北京宣传文化引导基金
BEIJING CULTURE GUIDING FUND
北京宣传文化引导基金资助项目

金墟

熊育群 著

北京十月文艺出版社
深 圳 出 版 社

目录

第一章	001
第二章	029
第三章	071
第四章	162
第五章	208
第六章	246
第七章	295
第八章	349
第九章	395
第十章	472
第十一章	508
参考书目	585

第一章

一

新的一天是从声音开始的。

司徒誉打开房门，司徒氏图书馆的大钟就敲响了，钟声跟约好似的。幼儿园开始播放儿歌，镇政府大院同事们的小车嗡嗡开进来，马路上店铺卷闸门“哐当”作响，斜对面关帝庙的钟突然被人撞响，一家石材店传来电锯声，声音像氤氲的雾气，在清晨弥漫。

司徒誉三步并作两步走到办公桌边，放下公文包，习惯性地去开窗。铝合金的玻璃窗却是打开的，他昨天忘记关了。

茶几上茶杯盛着酱色的茶，烟灰缸堆满烟头，空气中似乎还闻得到烟味。他一恍惚，恁个坐在沙发上的后生仔还在侃侃而谈……

他清洗茶具，揿下开关，桶装水哗哗流到了电热壶中。他把一颗良溪柑普茶丢进紫砂壶，倒上滚水，滗出一杯橙褐色的茶，一边吹一边啜。

晨光如溪，带着榕树的盈盈绿意流进来。室内的绿萝、夏威夷竹和铃兰被濯得鲜亮，让他心生欢喜。他犹豫着要不要把昨天的事报告给李玉虹书记。

宿醉的感受并不好，喉咙里总有咳不尽的痰，太阳穴也是麻木的，胀痛空洞洞的，痛感在一个虚缥的空间弥散，并无具体部位，感觉办公室也不再那么坚硬与稳定，他还有些晕乎。

来赤坎当镇长三年了，司徒誉梦想在家乡做一番事业，但圾圾碎的事情耗去了大量时间精力，要做一些事，改变下现状，总是有一种无力感。忙碌反倒像是在混日子，今天重复着昨天。

碉楼申遗成功了，开平却并没有像预想的那样发生大的改变，热闹了两三年就慢慢沉寂下来了，像犁开的水面复归平静。为了让古镇恢复生机，他不断想着法子，但总是胎死腹中的多。他拉了十几个项目，成功的只有两个，一个是他姑婆的仔吴容志，司徒誉拉吴容志到赤坎办了一家港资染布厂；一个是他同学的老公，南海一个广告公司的老板，被他动员开发深荫岛旅游，跟沙湾村签订了四十年的承包合同。

出奇的是，昨天傍晚，一个后生仔闯进他的办公室，开口就说要投资，比幻想的还要不真实。想什么就出现什么，这人来得太蹊跷了。

后生仔三十岁上下的年龄，有一层浅浅的络腮胡，脸颊和手臂晒得通红，深蓝色T恤被汗水打湿了，胸口的十字架一闪一闪。他背着一个瑞士军刀背包，有的地方磨破了，垂下一绺绺线头，气质和装束有些异样。会不会是个骗子？

司徒誉请他坐下。后生仔把背包抛到旁边的沙发上，金属搭扣碰到橡木沙发，发出一声脆响。他一屁股坐下来，贼亮的眼睛死盯着司徒誉的脸，好像他们早就认识一样，他是那种自来熟。不像有的人坐下来手不由自主地摸扶手，他背靠沙发，双手定定地撑在大腿上。

他虽然留了胡须，但也掩盖不住青春的稚嫩。年轻人有股逼人的朝气。司徒誉想起自己的大学时代，那时待人接物并不去刻意区分人，但凭直觉行事，整日沉浸在自我世界和感受里。

三年镇长当下来，他越来越务实、越来越现实了。跟形形色色的人打交道，他慢慢练就了一种洞察力，别人还没开口说话，通过对方的表情和身体语言他就知道其意图。对方后面要说的话他在脑海里同步说出，交谈有时变成了印证，重要的事情他连应对之策都想好了。但是，这个后生仔会说什么，他却捉摸不透。

几口柑普茶滑过咽喉后，他脑海里似水洇过，冒出一个决定——不报告了，别让人笑话。他本想了解一下情况，这个想法在饮了一壶柑普茶后也消失了。酒使人燃烧，茶能让人冷静。投资五十个亿简直就是个神话，怎么能够相信一个后生仔！

桌上的电话响了，是从会议室打来的，他忘记了上午的水利工作推进会，还要讲话，他赶紧翻出资料去了会议室。

下午，约谈南楼移交工作。一群人散场后，司徒誉的思维又回到了五十亿的数字上，这个数字刺激着他，这可是天上掉馅饼的事情。他又琢磨起了那个后生仔——

不记得他是否敲了门，门是虚掩的，推门进来的人方头大脸，一对剑眉，一个稍显大的鼻子，额前的长发被汗水浸湿，眼睛直直地看着司徒誉，特别有神。

他开口就问："请问您是不是镇长？"司徒誉点点头。后生仔刚一落座就脱口而出："镇长啊，我想投资。"

司徒誉感到后生仔这句"镇长啊，我想投资"的话憋了好久。他有些开玩笑地说："好啊，投资好。你投资搞什么？"

"我要买下赤坎墟。"

看了镇长的表情，后生仔接着说了一句："我投五十个亿。"

司徒誉的眼睛灯泡一样被揿亮，唰地闪出一道光，仿佛要把后生仔的五脏六腑照得透彻。"我投五十个亿"的声音在回荡着，司徒誉嘴角微微上翘，掠过一个让人不易察觉的微笑。他等着后生仔把戏演下去。

"我有钱，资金充裕。"司徒誉目光流露的不信任，后生仔以为是不相信他有钱。而他的自来熟，是毫不怀疑对方会按照自己意图行事的自信。

司徒誉明白，这个人不是老板。不管他有冇银纸，这银纸不是他自己的。大老板做事必有人引见，更不会单枪匹马，而是有团队，会事先考察……

后生仔简要地介绍了他的单位中荣公司，他是公司的产业基金经理，名叫关忆中。

中荣公司如雷贯耳，“基金”都是数额巨大，如果他的话是真的，买下古镇也并非神话。

下班时间到了，司徒誉在食堂为关忆中安排了晚餐。他找人买来了大头罗氏虾，又找朋友拿了一樽四斤装的洋酒。虾须比筷子还要长，虾壳发着蓝光。吃饭时两人频频碰杯，关忆中饮酒好猛，从不推辞。陪同的人见镇长招架不住也轮番来敬他。

关忆中醉了，行路摇摇摆摆，情绪亢奋，饭后要请镇长去唱卡拉OK。

在半岛酒店卡拉OK厅，一边唱歌一边饮酒，大家一时情绪高涨，划拳的、碰杯的、点歌的、跳舞的、扯着嗓子说话的，彩灯闪烁，歌声洪亮，节奏强劲。

关忆中唱的大多是英文歌，好多歌司徒誉没有听过。他时常忘记说中文，用英语跟大家说话，他的美式英语说得太地道了。开平是侨乡，海外华侨人数与本土人口相当。华侨回来说英语，大家习以为常。司徒誉猜测后生仔一定有海外的生活经历。

司徒誉感觉快不行了，他搂着关忆中的肩膀说：“下午你跟我说什么了？”他想再试探一下。

“我记得很清楚，我虽然醉了，我要买下赤坎古镇。这个要投五十个亿。”司徒誉再问他在哪家公司，到赤坎的经过，关忆中又说，“我为什么有信心啊？”

关忆中掏出手机，打通了一个电话，跟对方说了几句话就把手机塞给了司徒誉。

二

接电话的人是辰西古城的总经理杜应麟，他跟关忆中不久前来过赤坎。

杜应麟是旅游人才名单排名前十位的人，辰西“围城收费”事件让他出了名。三个多月前，关忆中给这十位旅游人才一一打电话，他要寻找投资项目和操盘手。

关忆中跟杜应麟说，你是专家，但你这个辰西古城不够大呀，你有没有大项目，我有钱。杜应麟并不热心，说我哪里有什么项目。关忆中要他好好想想。

杜应麟问：“你要一个亿的，还是十个亿、一百个亿的？”

关忆中回答：“从一个钢镚到几十个亿的都可以考虑，体量越大越好，体量越大资本越大的话，竞争性就越强。”

想了半天，杜应麟推荐了赤坎古镇。

杜应麟曾受邀来开平考察，恁时开平碉楼公司想寻找合作伙伴。

他看了立园、自力村、马降龙，都没有留下特别的印象，到了赤坎古镇，临江的一排骑楼让他震撼了。

聊天并非免费，专家咨询费按小时计，他们一聊就聊了很长时间。关忆中觉得只有与杜应麟聊天才碰撞出了火花。他邀请杜应麟加入公司团队。杜应麟觉得这也太快了，他还不了解情况。

关忆中来辰西古城见杜应麟，没想到他很年轻，但一看就是个镇得住场子的人。杜应麟请他吃湘西地道的米粉，他赞叹米粉特别到位，又要了第二碗。关忆中问店主有没有酒，小店只有散装的苞谷烧，他们一人要了一大碗，两人碗一碰，关忆中一口气喝了差不多半碗，连夸好酒好酒。

酒一喝，话兴浓了，什么话都随便讲，两人谈得特别投机。端起第二碗酒，他们就约定了一起去赤坎，说好在白云机场会合。

那是个连绵的阴雨天，空气湿润又黏稠。他们在白云机场会合后，租了一辆凯美瑞，车从机场高速转沈海高速，天蓝色的车一路狂奔。广州北二环高速桥梁和高架路特别多，像游龙腾飞于珠江三角洲的河流与平原上。蒙蒙细雨下浓绿的荔枝树、杧果树、榕树与碧绿一团的香蕉林，一团团夹杂在工业区和村庄之间。这与北方光秃秃刚刚吐芽的树木景色迥异。

过了九江大桥，从佛山进入鹤山，左面是紧挨高速路的大雁山，山箐青葱如洗，右面远处的茶山如屏如黛，地貌由平原转换至山区。沿路的山岭时高时低，近时翠绿如茵，远则一派幽蓝。

路上车不多。杜应麟车开得很猛，一路超速行驶，最快时开到了一小时一百五十公里。不到两个钟头，车就开进了赤坎墟。

两个人在墟镇转了两天，在堤西路、堤东路、中华西路、中华东路走了好几趟，又去看了两天碉楼。关忆中看到骑楼非常惊讶，房屋似有表情，他有如家的感觉，还有些梦幻，在骑楼下穿行时还有某种感应。

骑楼是岭南建筑的显著特征，有一定规模的城镇几乎都有骑楼街，街两边建长廊，上面住人，底楼临走廊设店铺，人行走廊，晴能遮阳，阴可避雨。

赤坎墟骑楼集中在堤西路、堤东路和中华西路、中华东路，延绵数里。它们被河流、村庄和农田包围。墟镇既有城市味道又有乡土气息，你想寻找什么味道似乎就出现什么味道，它能经得起琢磨，一个又一个建筑细节令人暗暗惊喜。关忆中辨别着每栋楼房的不同之处，每个主人的匠心——那些似曾相识的造型让他兴奋。

杜应麟从骑楼想到湘西的吊脚楼，它们差异太大。苗族、土家族跟岭南人的差异同样巨大。他联想到建筑跟人的个性，单个建筑表达主人个性，建筑群则表现地方个性。他猜测这里的人跟别的地方也应该不一样。

第二天要离开了，两人在微弱的灯光里寻找酒吧或是一处喝茶的地方。堤西路上，一个写有“影灭堂”的铺面，样子像茶馆，但大门紧闭，里面灯光晦暗。他们犹豫了一下，继续往前走进了一间咖啡馆。

店里人很少，全是外地游客。橘黄的灯光有些暧昧，沾了湿气似的。岭南春天的潮湿无处不在，地砖上渗水，墙壁上积水，衣服也是潮潮的。

青砖的墙，壁上挂的古董有洋油灯、座钟、洗脸架、木刻楹联、斗笠。这些民国的物件在开平随处可见，土洋参半。背景音乐放的是邓丽君的歌，旧时的情和爱，情欲里满是怨情，唱得却真挚感人。

杜应麟把自己做的功课讲给关忆中听，他以一百五十公里为半径，把赤坎划进来，圆圈内有五大国际机场，人口近两亿。开平碉楼与村落是广东唯一的世界文化遗产，一两百年内难以再有，因为国内申遗项目排到了两百多年后……

杜应麟说得很认真，关忆中却听得有些走神，雨夜里他感觉到某种神秘的东西，一股幽幽的情绪袭来，像春雨似停非停，似断非断。

雨落在瓦屋、树冠和江面，在黑暗里呢喃。古镇深陷绵厚的幽暗和静谧。零星的街灯，照出墨团一样的榕树、朦胧的骑楼。暗影里隐匿的廊柱，漆黑的门窗，藏着重重秘密。

店铺空了，街巷也是空的，偶尔一两家亮灯的人家，感觉主人来自另一个年代，开的不知哪个朝代的店铺，飘浮的话语既遥远又亲近，幻觉中他们随时可能消失。

突然传来一阵钟声。关忆中轻轻用英文默诵："但我早就已经熟悉这种黑夜。"他想起了美国诗人罗伯特·弗罗斯特的诗《熟悉黑夜》：

我早就已经熟悉这种黑夜。
我冒雨出去——又冒雨归来，
我已经越出街灯照亮的边界。

我看到这城里最凄凉的小巷。
我经过敲钟的守夜人身边，
我低垂下眼睛，不愿多讲。

我站定，我的脚步再听不见，
打另一条街翻过屋顶传来
远处一声被人打断的叫喊，

但那不是叫我回去，也不是再见；
在更远处，在远离人间的高处，
有一尊发光的钟悬在天边。

它宣称时间既不错误又不正确，
但我早就已经熟悉这种黑夜。

这是他读大学一年级时背过的诗。他喜欢弗罗斯特这种身临其境的诗歌。在这么遥远的异乡小镇，仿佛某些时光正在回溯，他突然想到这首诗，但诗已经记不全了。

杜应麟把他从恍惚的状态拉回现实，继续跟他谈骑楼。杜应麟说了一长串南方城市的名字，海口、湛江、江门、广州、汕头、厦门、泉州、漳州。关忆中一恍惚，不知道他为何说这么多的地名，疑惑地看着他，喝了一大口咖啡。

杜应麟说："它们要么保存得不好，要么没有连成一片，要么跟城市连在一起，很难把它们独立出来做旅游开发。"

关忆中明白了，他说的这些城市都有骑楼。他又听到室外摩托车穿街而过，灯光一扫，轰隆声像浪一样滚过，引来空荡荡的回声。他们的座位靠窗，车一来杜应麟就要提高声音。车过去后，一切回归长长的阒静，老街又像被幽深的岁月笼罩。

杜应麟看他总是发怔，不再说话，看着中学生模样的女孩给自己端来一瓶啤酒，他猜测着她做服务生的原因。服务生说的话，他一句也听不懂。

潮湿的空气里袭来一阵阵霉味。江边几声狗吠，那是船上的狗在叫。疍家人的船长年停泊在岸边，人与狗都警惕外人靠近。那肯定是有人走近船了。

白天，关忆中看到疍家人有些激动，他想上船，却被龇牙咧嘴的狗挡了道，上船的路也被疍家人用铁栅拦死了。

杜应麟接了辰西古城的一个电话，有点心绪不宁。他右手抓起啤酒瓶，灌了自己一大口。酒瓶放回桌面，溢出的雪白泡沫从瓶口流下来，打湿了桌布。他拣了几粒花生米、几根鱿鱼丝，吃出了淡淡的霉味。

一个女子跷着二郎腿侧脸看他。他盯着她一抖一抖的脚尖，总觉得哪里不对，半天才回过神来，她穿的红色高跟皮鞋跟牛仔裤太不搭了。后来他再回过神来，感觉她的眼神也不对，她的职业令人怀疑。

“你别高兴得太早，赤坎古镇真要是好东西早就被人抢光了。”他突然给关忆中泼了一盆冷水。

“那到底值不值得投资?”关忆中猛然回过神来，疑惑地问。他眼里流露出责备——既然这样又为何要推荐?

杜应麟说到辰西古城风波，他自己搞不下去了。他每天一早醒来就要面对八万常住居民，不是东家要处理这个事情，就是西家要解决那个问题。

“虹桥下面一户卖姜糖的人家，屋顶丢了好多纸屑果皮，非常邋遢，红屋顶又非常抢眼。我骂环卫队队长，为什么不打扫干净！他很委屈，说不是他不扫，是屋主不让扫，还非得要总经理上门。”

杜应麟上门了，屋主说不让你们扫，是因为只要这里弄脏了，省里领导来虹桥看的时候就会过问县领导，县领导就会找上门来，那个时候我可以顺势提出要求，把我的房子加盖两层。

公司员工在沱江两岸撑船，排污管坏了东家要怪公司。两栋房子之间起火了，也怪公司防火做得不到位。有一次，杜应麟陪领导考察，街上有家酒吧牌子上写了“日本人与狗不得进入”，领导叫他赶紧把它拆了。但这是居民自己的店，没法去拆。

有的店拉客、追客、宰客，有的囤积居奇，有的搞二次菜单、用地沟油，甚至有暗中搞色情敲诈的。因为房屋产权是住户的，杜应麟想管也使不上劲。

“你要避免这样的问题，就要把古镇全部买下来，搬空。保证资产完整、管理完整，但这是个世界级的难题!”

两天参观考察，杜应麟没有说旅游投资的事，他跟关忆中讨论的是景点特色和建筑风格，谈论的是乡风民俗。他们品尝美食，吃了赤坎的豆腐角、鸭粥、黄鳝煲仔饭和马冈鹅。杜应麟晚上集中来谈，这样可以给年轻的投资经理一个专业的印象，让他觉得自己是认真思考认真准备的，这样自己的意见会更加得到尊重。他把自己的想法完整表达了，就算是完成任务了。

奇怪的是，他觉得自己完成了任务，又感觉才刚刚开始。他并不了解开平，不只是话听不懂，还有一种很遥远的感觉。他从没想过自己与这个地方会有什么关系，却感觉这个难题好像跟自己有关。

杜应麟又说出了一个大难题，赤坎墟周边没有一寸可利用的建设用地，都是农田，要调高标准基本农田要到国家层面才可以解决，这个不是有钱就能办到的。还有行政审批事项，他预感到会有很多意想不到的事情出现。

关忆中问是什么，杜应麟说既然是意想不到，当然就不知道啊。他劝关忆中，不要搞独立投资开发，一定要跟政府捆绑在一起，没有政府，农田都搞不来，环境影响评价也好麻烦。

接着，杜应麟又泼了第二盆冷水，他不能做赤坎项目的操盘手。

“我有资金，选择项目和投资是我的事情，项目操作和运营没人来做就是空谈。”关忆中对他一时说好一时说不好有些不快，总在希望与失望之间摇来摆去，他不知道杜应麟后面还会说出什么话来，心里不爽。

杜应麟说：“不是我不做，赤坎古镇需要的不只是管理，古建要修复，配套设施要建设，古镇要运营，没有成熟的古建施工队伍和熟练的管理团队根本做不了。”

关忆中抬头看他，不相信他没有办法，关忆中知道眼前这个人既然思虑周全，一定是胸有成竹。

“在中国只有一个人能够操盘，那就是程小东。花五十个亿又能花得好的老板很难找，只有找他，再联合政府和银行，你才能搞好。冲着他银行都会贷款给你。”

杜应麟对程小东研究很深入，对他的一千三百张图纸和二十八万字的材料认真琢磨过。

“怎样才能请动他？”关忆中问。

“你要从名上去打动他。他在长三角做了一个项目，在京津冀做了一个项目，那你问他想不想在珠三角做一个传世的作品。这里可是粤港澳啊！

“还有就是从利益上打动他，你把他规划、设计、建设和运营的代建费用和赢利谈好，不能打折扣，按市场机制来合作。”杜应麟的确所有问题都想到了。

两个人谈到咖啡馆打烊才离开。雨已停，过桥时关忆中看到河里的水退潮了，月光不知什么时候出来的，映照在河面，像铺了一条路。这里与大海相隔不远，关忆中想起了那座海岛，爷爷曾郑重嘱托他去岛上看看，海岛是祖居地，他们的先人在一百多年前离开了那座岛。岛上的一抔土一直保存着，传到了爷爷的手上。关忆中看过很多海岛的资料，查了潭江入海口，它跟海岛相隔不远。

他的眼前又浮现了大海，船头画有鸡眼的渔船在风雨中航行，像幻觉又似真实的一幕。那是茫茫太平洋上的一次远航……

关忆中实在太忙，几次想去都没有去成。“抱歉啦。”他在心里跟爷爷和所有的长辈们说。

离开赤坎，关忆中去乌镇、西塘、周庄、同里跑了一趟。乌镇给了他很好的体验。他对周庄印象最深的是从停车场到大门，经过了几十家蹄髈店，路边像个菜市场。景区外与景区内，蹄髈价一个便宜一个贵，打价格战。西塘有很多道门，有人主动来搭讪，给十元钱就可以把他带进去。他想，赤坎墟的经营模式一定要借鉴乌镇的。

这一次他一个人坐车过来，他要试一试从广州搭公共交通工具过来需要多长时间。他在中华西路街口的宾馆住了三天，与潮湿的春天相比，炎热的夏天更加难以忍受，炎热就像蒸笼一样烘烤，不管是否在阳光下，溽热形影不离。

他从宾馆西面一条水巷穿过，巷子里有一座高高的碉楼，这是赤坎墟有名的恒富按，仰头看见墙角悬挑的燕子窝角堡，很有欧洲中世纪之风。

到了堤西路，迎面一座人行桥，这座水泥桥有些年月了，护栏既破损又颜色发黑。从人行桥拾级而上，桥身微微拱起，桥在另一头的河南洲落下。站在桥上，堤西路街景一览无余。

关忆中从早到晚在桥上待了两天，他观察堤西路的店铺和人流，拿个黑皮本子记录着什么。汗水一刻也没有停过，把他的裤头都打湿了。

过桥的人三三两两，既有本地人也有外地人，外地人多上桥来留影，背景就是临江的堤西路骑楼，关忆中免不了要让一让。

仲夏季节雨水特别多，晴朗的天空总是突然飘来乌云，豆大的雨点噼里啪啦在人还没有反应时就砸到了头上。关忆中无数次跑到堤西路骑楼下躲雨。

堤西路上开了南货铺、五金杂货店、特产店、饮食店、糖水铺，还有茶馆、药店、博物馆和发廊。饮食店、糖水铺的店主把桌椅搬到马路上，特产店的摊档也摆了出来。每家撑开一把或几把大太阳伞。太阳伞像荷花开满路面。

特产店的摊档用铁架子支撑，木板上摊开一包包塑料袋封好的特产，有手拉姜糖、芝麻糖，有自晒的淮山、猪仔薯、鸡爪芋、霸王花、陈皮，还有广合腐乳、竹蜂盐柠檬、咸味黄皮。

频繁而来的过云雨店主一点也不恼，他们急忙把摊出伞外的货物往伞内拢一拢，就继续与人聊天或是做买卖。他们说的是关忆中既陌生又亲切的语言，他的祖母说的就是这样的话。

三天过去，这天下午看看日头偏西了，关忆中找到赤坎镇政府。镇政府大院并无大门，只有左右两堵贴着白色瓷片的短墙，与古镇那些沉淀了岁月痕迹的老房子不同，这些贴了马赛克的办公楼显得有些简陋和荒凉。他直接找到了镇长办公室。

三

司徒誉这天从水巷来到人行桥上，内河蒸腾起薄薄的水汽。炎热的天气，街道上行人很少，有的人家在往路面上泼水降温。河水泛绿，有些混浊。小时候他在桥上跳水，那时河水清澈，可以看到一群群小鱼，戏水时摸到一大把一大把的蚬。人行桥那时也是新的，是拆了木桥建的。

河面并不宽，只有几十米，墟镇人叫它小海。河南洲的南面才是潭江的主河道，自然被墟镇人叫作大海。潭江流程不长但水势浩大，自西向东流去，再向南流入海。因为临江，江风带着清凉的气息，轻轻摇动古榕。榕树遮蔽房屋，堤西路要稍微凉快一些。

司徒誉过桥来到了河南洲，沿河南路一路眺望对岸的堤西路、堤东路。堤西路和堤东路的建筑比人行桥要古老得多，是20世纪二三十年代建起来的。关忆中买赤坎古镇无非买这些房屋，司徒誉有意循着关忆中的视角，睇一睇他眼里睇到的东西。

换一个外人的眼光来看，这些司空见惯的老屋显得有些陌生，也有些不一样，这个式样的房屋五邑侨乡最多。

都说赤坎墟异国情调浓郁，司徒誉却毫无感觉。他在骑楼出生和长大，一切天经地义，无从感受什么“异国”味。世界各地的人在赤坎来来去去，不时有白皮肤、黑皮肤的人走过骑楼街，司徒誉也司空见惯了。这样的情形直到他离开家乡后，才知道只有侨乡才有。

要说他对赤坎墟感受最深的，无疑是它的衰落。小时候，赤坎汽车站人头涌涌，长途汽车一辆辆进进出出，相邻县市的人都来这里转车；海颈埗头有时晚上还有轮船泊岸，花尾渡是江上的一道风景。渐渐地人就稀落了，车越来越少，船也不停了，骑楼街一日冷清一日。上大学的时候，赤坎墟开广州的班车已经停运，他得去开平汽车站乘车。

河南路树木少，太阳照在身上火辣辣的，司徒誉在一棵榕树下躲阴。他打量着堤西路，骑楼建得十分整齐，走廊统一了高度，墙面都砌在一个平面，外挑阳台，门窗是长方形的，柱子也立的是方柱。

骑楼走廊有两层楼高，走廊的柱子和拱券也贯通到了二楼，三层楼的房屋看起来像两层的。

这一片骑楼属于上埠，是关氏当年所建。自然下游的堤东路就是下埠，下埠的骑楼是司徒氏修建，司徒氏不喜欢被人说“下”，就自称东埠。上埠下埠之间有一条塘底街，这是两族的界街。

孩提时，司徒誉对上埠充满好奇，但他不敢一个人过塘底街。到了夏天，他跟司徒氏一群细佬仔来上埠玩水，那时上埠的内河桥是木桥，关氏细佬仔爱跟他们比一比，比谁胆大，比谁跳水的花样多。换成水泥桥后，桥身高多了，只有胆子大的才敢往下跳。

司徒誉第一次跳水，有一种掉进深渊的感觉。先是风在耳边呼呼地响，接着周围的人和声音全都消失了，只有四周的水“哗哗哗”直往上涌。一片幽暗中，水越来越凉。直到双脚插进冰凉的淤泥，他意识到河底到了，拼命地往上浮。猛然间，天地一亮，喧闹的戏水声又钻进了耳朵。

读初中了，班上有了关氏同学，司徒誉来上埠就不再胆怯了。

上高中后，他来得多了。晚自习后他每周送一位叫邓月玮的同学到堤西路，她住在她的姑妈家。邓同学胆小，这在全班出了名，她见了苍蝇都害怕。这种胆怯的性格令司徒誉莫名欢喜。

司徒誉盯着一栋骑楼看了半天，它的窗用圆拱装饰，窗户是彩色玻璃。这是邓月玮姑妈家，他们全家早已移民去美国旧金山了。骑楼现在是一家南货铺。

这栋楼其实是长排骑楼中的一间，堤西路临街的房子全以骑楼相连，邓月玮姑妈家的骑楼最显著的标志是曲线形的挑阳台。每次到家后她都在阳台上目送他回去。这一幕很快便成了回忆，邓月玮移民美国，彻底从他的生活中消失了。

司徒誉看到一栋伊斯兰尖拱门的骑楼，平时他竟然没有注意到它。下游风采堂就有伊斯兰风格的亭子，细细的铁柱漆成蓝色，有一种特别浪漫的情调。那是一所中学，他的侄仔就在那里读书。

他一路走一路打量，老房子墙面装饰的浮雕各不相同，窗洞和线条极有韵律，特别是阳台和屋顶的山花，花样百出，争奇斗异。

山花有用传统“金”字形瓦顶的，有用扇贝饰件的，专家用巴洛克、洛可可来形容这些山花。以前去欧洲，司徒誉觉得家乡的建筑跟它们是不一样的，那里没有吉祥纹饰和卷草图案，更不会有岭南佳果。

先辈们建城时，西方的巴洛克、洛可可时代早已经过去了，也许它繁复卷曲的装饰跟清代的风格本就相似。他研究巴洛克、洛可可的建筑，谈不上喜欢，他更喜欢那个时期欧洲的诗歌。他喜欢写诗，有点走火入魔。读书时当了校园诗社社长，他有些得意。

来到东埠对岸，堤东路的骑楼比堤西路的高大多了。司徒氏为此骄傲了几十年，两个家族楼房都住旧了，还要经常比一下谁好谁差。司徒氏的骑楼最大的特点，一是立面设计各不相同，二是楼顶修了琉璃瓦的大坡屋顶，气象巍峨，隔着内河更能感受到它们轩昂的气势。

外人以为这是一片庙宇群，其实它们是司徒氏民国时期修的素庵、南坡、素直和坚翁司徒公祠。当年他们别出心裁在楼顶上建祠堂，让祖先住“天堂”，子孙居“人间”。如今，为了祠堂的产权，司徒氏与政府争执不断，司徒誉为此深受困扰。

司徒誉对祠堂毫无感觉。小时候去祠堂他的乐趣在于爬楼，他喜欢在楼顶做游戏，俯瞰潭江。那时祠堂并无香火，有的做了仓库，有的是供销社的办公室，他从没听人说起过祖先的神位啊香火啊之类跟祠堂有关的话。直到回赤坎当镇长，祠堂才成了一个问题，他一直不知道族人把祠堂看得这么重！一些事情只有随着年岁渐长才有所了解。

东面557县道的江南大桥横跨内河和潭江。从大桥过内河，走下长长的引桥回到堤东路，抬头就是司徒氏图书馆的大门。图书馆楼顶的钟声这时响起来了，正好是下午5点。赤坎墟最有代表性的建筑自然是司徒氏图书馆，还有建在另一头的关族图书馆，它们是古镇建筑的精华。

日头依旧火辣，司徒誉走出了一身大汗。他一路都在思考着，后生仔看中了古镇什么，五十个亿的投资有没有可能。站在买家的立场他掂量了又掂量，就像他是投资方，要买下古镇开发旅游。

但是，他睇到的只有古镇的衰落，房屋破旧，街道多少年没有修整，脏乱不堪，空房子越来越多，一年比一年冷清。他认为这样的投资太不靠谱。那么，后生仔买古镇的目的又是什么？真的是开发旅游？会有那么多人来旅游吗？

司徒氏图书馆大门旁停了一辆白色小车，杧果树下，几位老太公正在送客，从旧金山返来的华侨上了车，按下车窗，再次挥手告别。不用问司徒誉也知道是北美的司徒氏返来了。

华侨返来都要来图书馆坐坐，唯有到这里了才算是回了自己的家乡，寻到了司徒家族的根。

图书馆馆长看到司徒誉跟他打招呼，小车开走后陪着他一起从红墙绿瓦的牌楼大门走进庭院。

司徒誉仰头看看院子里的两棵南洋杉，这是图书馆落成时华侨从海外带返来种下的树，司徒氏叫它龙树。墨绿色的针叶紧紧挨着树干，树像腾龙似的直指蓝天，它们长得差不多与楼齐高了。司徒誉知道阿爷司徒不徙就在上面钟楼里。他来接阿爷回家。

四

司徒不徙在钟楼里打瞌睡。身边波士顿造的大钟在“咔嚓咔嚓”走动。铁的灰黑色支架抹得锃光瓦亮，铜的螺丝和齿轮金子一样发光，齿牙闪烁着银光。他在挨着大钟的椅子上睡得很安详，长长的人中和耳垂，夸张的眼袋，要不是眼皮偶尔跳一跳，他就像雕像一样纹丝不动。

司徒家族收回图书馆那一年他负责打理钟楼，每周给大钟上一次发条，擦拭各种形状的金属器件，给铁链上油。“咔嚓咔嚓”的响声从不停息，像膝下承欢的儿女。在司徒不徙看来，它们不是冰冷的器物，而是老朋友一样彼此懂得。

打开玻璃门，黑色铁饼就在他的腹前左右摆动，像孩童般摇头晃脑。铜质的螺丝把它连接在长长的铁杆上，铁杆像人的腰椎骨，顶端铁架似人脸，因为太高，他伸手难以触及。钟摆从上到下，带动上下与前后各两层的齿轮和连杆有节奏地旋转，大大小小的齿轮和连杆纵横交错，听号令一样有节奏地传递着运动。

他感觉钟声一个时辰相约一个时辰，相互守望，这一刻把前一刻敲醒，唤回来，又往前面的荒野上开拓出一个新路标。而时间的荒原总被浓浓的雾霭笼罩，时间是看不见的。

世事皆变，唯有这座钟不变，“咔嚓咔嚓”声穿越朝朝暮暮，像个昼夜不曾停息的行者，走向暧昧不明的未来。这是世界上永恒的声音，把一种恒定带给了人间。

到了九十岁，司徒不徙转动长长的手柄已经非常吃力，他就像老去的古镇，不但容颜衰败，满目荒凉，还有难言的寂寞。他知道自己时日无多了，对死亡的想象越来越频繁。死亡压迫着他，这是一场必败的孤军作战，一切早已命定。

他不害怕死亡，但他有强迫症一样的心理，需要感受到活在世上的每一分每一秒，看见分分秒秒节奏确切的时间，触摸到生命最后的时光。他跟大钟在一起就是跟一生的往事在一起，只有它陪伴他穿越一生的时光。

年轻时他被钟声敲醒，现在他睁着眼睛等着钟鸣。钟声从天井上空传来，阳光和清凉的风也从天井上下来，庭院里的月季、络石藤、簕杜鹃和爬山虎，仿佛受了钟声的催促和激励，一丛丛一片片，充满勃勃生机。钟声响了，他起床脱下睡衣，换上衣服，扯扯衣袖。近来有一个习惯，摸摸扣子扣眼，他害怕扣子扣错了位置。

下午3点，他准时出家门，从中华东路往东，穿过一条水巷到堤东路的开平酒店，再沿堤东路向东，经过望海楼和筑庐居，屋里的人睇到他都会喊他，他有时进去坐一坐。他跟他们沾亲带故，这些比他晚一辈的人也到了古稀之年。他们看到比自己老的前辈会感觉心安。

进了图书馆他先在一楼大厅坐坐，静静地看一阵读书的少年。他们在他八十岁后出生，现在都长这么大了，比他当年来图书馆的年龄要大。几位老人经常相见，说的话题都是故人和往事。华侨来了，听他们聊聊海外的情况，打听一下熟人的近况，然后他就爬上钟楼。

从前他是自己爬楼，半年前，需要人扶着上去。到了钟楼，摸一摸发亮的钢铁，坐下来听心脏一样走动的齿轮，打一阵间瞌睡。有时在楼顶睇一睇潭江两岸的房屋。图书馆至今仍是赤坎墟最高的建筑。曾经热闹的街巷慢慢变得安静，静得大钟走动的声音也越来越大，像有什么不祥的事情走近似的。

鸽群飞过，这是从前的景象。他喜欢这些在小镇上空盘旋的鸽子。天空之上来自海上的云，也是他爱抬头仰望的。这些南海上的云团像人一样站立，纷纷纭纭，从遥远的地方走来。恁个远方远到了地球的各个角落，美国的旧金山、洛杉矶、波士顿、芝加哥，加拿大的温哥华、多伦多、卡尔加里，南洋的新加坡、泰国……

那里有赤坎的司徒昆仲，他们会飞越云团上空圆弧形的时空，来到这里，有的回乡祭祖宴客，有的寻根问祖，有的旅游，有的为乡梓文化教育、公益与慈善尽力。他们有了一点积蓄，就要为赤坎捐款。他们返乡都会回到图书馆，司徒氏图书馆是他们心中的祖地。

司徒不徙感受到了一种世界大同的力量。在他年轻的时候世界就开始融合了。每当看见白皮肤的司徒氏，他就会想起火鸡的味道；看到皮肤泛黑的司徒氏，联想的则是新几内亚的莫尔兹比，二十多年前他去新几内亚时爬过雪山山脉；看见栗色皮肤的司徒氏，他从他们的身后望见了菲利普港的景色，那是当年司徒氏从澳大利亚维多利亚登岸的地方，他在这个港口眺望过南极……

操着不同语言的昆仲带来了地理的气息，有的语言在美国加州沾上了阳光的味道，譬如加州中部峡谷平原的休伦、轩佛、维塞利亚，那里终年阳光普照，有望不到尽头的葡萄架、油梨、夏橙和花卉；在菲律宾巴拉望岛的阿博兰、帕尼坦，语言沾上了浓浓的腥味，在那里，暴雨台风交加的季节，苏禄海岸空无一人，一棵棵椰树孤身搏击着风暴，刺破苍茫的海面……

旧金山、洛杉矶、马尼拉和香港的昆仲都表示，要在司徒不徙百岁寿诞时给他贺寿。他在图书馆编了四十多年《教伦月报》，民国时期编了十几年，改革开放复刊后又编了二十多年，他跟海外司徒氏联系广泛。

以前他总爱打听海外的亲戚、朋友和熟人，现在想打听的人越来越少了。新的情况是，请教他的后生仔越来越多。司徒不徙经历的人和事在他们眼里已经成为历史。司徒家族便把他当成了历史活字典，譬如加拿大温哥华凤伦总堂要求查找仕文翁的后人，以解决他遗下的财产归属问题；旅居台湾的司徒遇好要寻找失散四十多年的亲人，他提供的是从前的旧村名；加拿大周淑慈女士寻找从未谋面的祖母，老人只有姓氏没有名字；国防部也找来了，委内瑞拉武装力量总监苏胡将军是赤坎人，他访问中国，想要回乡寻找祖居和亲人；新几内亚的司徒协麟已经没有祖屋了，他想寻找见过他祖屋的人，他要在莫尔兹比港参照祖屋建房。家族外的人也来找司徒不徙了，洪都拉斯国防部部长、三军总司令熊伯洪寻找同父异母的哥哥，司徒昆仲帮他回国打听。

还有想了解司徒族的村庄分布、祖辈出国情形、家族产业、个人恩怨和亲人遭际的，各种各样的情况都有。当他们询问时，司徒不徙想一想，大体能够答上。

他因此经常陷入回忆，回忆成了他的工作。他在往事中穿梭，有无数的歧路，有无数人的面孔，在一个幽深的时空里气球一样飘浮，有时彼此遮蔽，彼此混淆，某些遗忘太久的脸庞浮现出来，尤其让他感到亲切。匆匆忽略他们之后，他还会回过头来寻找。如烟的往事在脑海里浮动，他的记忆虽然迟钝，却从不消失。

司徒不徙遇上的是个大变化的时代，相比老一辈年年相似的日子，他这一生世界发生了剧烈的变迁，越到年老变化越快，一年比一年不同，他跟得好累。

不变的唯有钟声，这洪亮悠扬充满金属质感的声音，响彻潭江两岸，像一道睇不见的光，瞬间照得天高地阔，令人莫名兴奋。

他中意去堤东路、中华东路，这里有他亲手参与建起来的房屋。他还是一个少年时，给人家送设计图、报批件，或是带人睇地基，帮人测绘。当年的场景到年老了愈加频繁地浮现在眼前——豪华的开平酒店、巴黎酒店开张了，大红灯笼到处悬挂；大同戏院第一场戏上演，红色海报上画了名伶谢泉月的半身像；关族图书馆开幕典礼，上埠大戏唱了五天五夜……

现在，大同戏院积满尘垢列为危房，久无人影，冷清得让人唏嘘。

他的耳边时常响起街上煤油桶“哐隆、哐隆”滚动的声音，这是亚细亚和美孚的煤油在通宵运货，四处是发电机的响声，碾米机的“嗒嗒”声、轮船汽笛的鸣叫声，小镇的繁忙在他耳边还冇散去。

守着一天一天的日子，似乎什么也不曾发生，但一切却不一样了！人还活着，而街道、房屋、生活用具却成了历史。老人要屈从年轻一辈的眼光，把这一切当作文物。而这些物件是有主人的，司徒不徙能报上他们的名字。这些名字是有表情有个性的人，哪一天哭过闹过欢喜过，他都还记得。

他年轻时爱假寐，闭着眼睛想心事，想的大都是没有发生过的事情。现在一闭上眼睛，脑子里全是旧时的人和事，故人跟他说话，甚至跟他争吵，搞得他疲惫不堪。

时间是这么无情又无理，时间的冷暴力在伤害着他，同龄人一个又一个离开他，他越来越孤独，唯有走进钟楼，向时间俯身，向它臣服，去寻得一份安宁。

司徒誉在钟楼见到阿爷，老太公睡着了。老人斑已遍布他的全身，他的脸庞、手臂上更加密集。稀疏的头发芦荻一样雪白。老人感觉有人靠近马上睁开了双眼，露出了孩子般的笑容。

第二章

五

第一次在潭江北岸听到大钟敲响时，司徒不徙十二岁，他从广州转学来到了赤坎墟。

夏天，跟着阿爹司徒文倡在赤坎海颈埗头上岸，他抬头就睇到了刚刚建起来的司徒氏图书馆。楼顶正中谭延闿写的“司徒氏图书馆”六个大字他端详了好一阵。这是赤坎墟最新最高的大楼。

大楼前横亘的围墙很有气势，一根根方柱形如经幢，柱子间装了高高的铁栅栏。离大门不远，左右围墙上各有一座三层的构筑物，样子有些古怪，上面两层琉璃瓦吊檐，下宽上窄，像牌坊又似神龛。

司徒家族一群中老年男人等在埗头。一阵风起，巨大的乌云飘过来，老人们的缁衣被风吹起。他们热热闹闹把司徒两仔爷迎进了图书馆。司徒氏像办什么喜事似的，个个兴高采烈。

家族正在筹划东埠建城，图书馆加建钟楼。潭江下游的新昌、荻海、长沙也在改造和重建。国民政府做了规划，鼓励海外华侨返来建房。赤坎墟要建成一座真正的城市。新昌、荻海、长沙统称三埠，它们隔江相望，也要建一座城。

司徒文倡一边跟人寒暄，一边走进图书馆，见到很多人在读书，立即压低了声音，说话变作了交头接耳。

司徒不徙抬头仰望大厅，一楼空间非常阔大，桌椅摆得很整齐，阅读者有穿夹克和宽大唐裤的，有穿西装的，穿长袍马褂的人比广州还少。

他们一行参观图书馆后，在宗长们的引导下，来到二楼的接待室。

司徒文倡在一张长方桌边坐下，两位宗长坐在他的左右，还有两位在他对面坐了下来。沏上茶后，司徒氏元老司徒懿石坐轿到了，他一上楼，大家起身来迎接，元老在司徒文倡对面坐了下来。

又是一阵寒暄。元老饮了两口茶，清了清嗓子，笑了笑，对着司徒文倡说："省府现在鼓励建市，人口达到三十万可以批准立市。江门刚刚立市，在石湾村设了市政厅。赤坎墟也要立市，现在我们只有几万人，努力一下争取到十万。上面说了，只要达到十万人，疏通一下关系，省府就可以批准我们立市。"

司徒懿石说完有些激动，频频点头，又去饮茶。四位宗长也点头称是，个个笑意盈盈，好像赤坎墟立市指日可待。他们请司徒文倡返来就是要他主持筑堤和建城。宗长们年龄大了，没有体力来做这个事情。

楼外突然下起瓢泼大雨，一股又凉又湿的空气吹进室内。司徒文倡从窗口朝外看，雨脚在地坪上溅起了一串串水花，潭江江面苍茫一片。哗哗雨声里，大家说话的声音也大了。

又说到关氏，关氏已经行动，他们请了本族加利福尼亚大学土木科毕业的关以舟做上埠规划。规划图沿东西方向设计了三条街，一条沿河，一条与河平行，两街之间设了一条窄的街，作为后院生活区。他们正在搬迁沙地村，家族在西面不远的地方揾了一块地，要建一个沙地新村。

司徒懿石说，关氏要求商业街建骑楼。按照族规，关氏的公尝地只卖族人，外人只许租地建房。旧金山的关氏四兄弟在沙地村买了二十米宽幅的地，率先建起了连四间高三层的房屋，每天都有人来参观。

一位宗长说，现在各村的地主、生意佬都在考虑购地建房。

司徒懿石脸色由喜转忧，他睇了睇司徒文倡，又睇了睇司徒文倡左右两位宗长，不无忧虑地说："东埠也要筑堤。黄明堂的驻军把江湾挖成了一条河道，现在上埠堤也筑好了。上游的水从沙地村流下来冲刷东埠，堤岸必须加固。"

他观察了一下四位宗长的脸色，接着说："关氏的堤筑好了，做成了阶梯，处处可以做埗头，我们唯有东埠海颈一个埗头。这个老埗头现在只有大船停靠，小船从内河进来，都开到关氏的堤边上岸，内河变成了运河。”

一位宗长说：“疍家人的艇也划进了内河。他们在艇上做饭，现在河上好不热闹啊。”

宗长们开会的时候，司徒不徙就在图书馆参观。一楼大厅阅览室陈列了报纸和杂志，他翻了翻。大厅正中有一幅镜屏，装了孙中山的大照片，他的脸很大，目光正注视着大厅。司徒不徙感受到了家族对他的崇敬。

四周墙壁挂了很多司徒氏的画像和照片，有清朝两兄弟司徒照和司徒煦的画像，他们中了进士，都被钦点为翰林院庶吉士。照片有美洲侨领司徒美堂、飞机设计师司徒璧如……司徒不徙一个个睇着他们的简介。

来到二楼藏书馆，一排排木书架上全是书，他径直走到书架间浏览。有几排玻璃柜挂了铜锁，里面摆放了“二十四史”等书。

三楼墙上挂了油画、国画和书法作品。墙边一排展柜，存放了司徒照当年殿试的试卷，慈禧太后手书的“龙”字，还有一个鳄鱼标本，样子很狰狞，它是新加坡族侨赠送的。司徒不徙想，这里是家族活动的地方吧？

听到阿爹叫他，他赶紧下楼。过云雨早已走远，空气清新又凉爽。太阳一晒地面已经半干，四周笼着一层若有若无的轻雾。他们绕到图书馆后面，来到东埠市场。

市场内以三鸟档口居多，还有果蔬、南货日杂摊，挤满了戴帽的、围头巾的人，远远地从生猪市场传来阵阵异味。

赤坎墟只有一条贯穿墟镇东西两端的主街，街面麻石铺就，街道宽不到两米，东西两头建有楼闸。街内聚集了千家商铺，跑个人力车都不宽敞。两仔爷坐在车上，车夫不停地吆喝着开道。司徒文倡不时提醒车夫慢一点，他担心撞倒了人。两人跟几位宗长去吃饭。这里的人4点就吃晚饭了，一日只吃两餐。

沿街店铺都是砖木结构的瓦房，两层楼，上层木阁楼住人，下层前为店铺，后作仓库、厨房。街上飘荡着油香，浮着一缕缕蒸汽和轻烟。司徒不徙早已饥肠辘辘。

吃了晚饭，两仔爷住进了华兴酒店。这是一座平顶建筑，砖砌的墙，钢筋红毛泥的楼板和梁，主楼三层，是赤坎墟的高楼。站在楼顶可以睇到牛墟，空地上有人正在打扫。

东边一座红砖砌的房屋特别高大，楼顶正中高高立着一个十字架，左右两边三层。这是赤坎的基督教堂。

第二天天刚放亮，牛墟里到处是牛，黑色、黄色、白色、花色的牛都有，大多数是矮小的黑色牛。操着各地口音的人来来往往，走近了，空气中都是牛粪味。

两仔爷一早就去租房，在墟镇四处转转。几栋青砖麻石楼房特别显眼，他们走进一栋四层高的大楼，底下是巨大麻石砌的墙，门楣石梁上刻了“赫曦庐”三个大字。司徒不徙认得字却不知道它的意思，阿爹说，就是指太阳，显赫的意思。

楼房里面有一道两扇的铁门，安装在厚厚的麻石上，比监狱里的门还要坚固，恐怕炸药也炸不开。门的上半截铁链纵横交织，穿起四排铁环，下半截是厚厚的铁板。司徒不徙看到上面四个铁环后面突然出现了人脸，他吓了一跳，揉揉眼睛脸又消失了。

阿爹说，里面关过天地会的人，一百多人困在篾笼里沉了潭江。赫曦庐开过当铺，办过私塾。光绪三十四年（1908）大洪水，赤坎墟房屋倒得没剩几间，赫曦庐也没有塌。

司徒文倡找到一栋房，房屋做过客栈，主人去了加拿大，客栈就不开了，房子畀亲戚照看。房屋进深很长，里面靠天井采光。赤坎墟的房屋进深都长。司徒文倡看中后，计划租住三年。

六

安顿好后，司徒文倡带着儿子回滘堤洲的老家中股村。他们一早坐船，从潭江拐进镇海水。两岸的村庄几乎一模一样，灰溜溜一片的青砖青瓦房，横平竖直，砌得整整齐齐。中股村前面有个大地坪，一边是个大池塘，另一边房子像豆腐块一样排列，面朝地坪的一排房屋砌成一条直线，一条一条窄巷与它垂直，伸进房屋深处。巷子里面，一家挨一家的大门开在两边。

村里的青壮劳力都下地干活去了，快到上午吃饭的时间，家家升起了炊烟。地坪上坐了几位老人，一群细佬仔在玩老鹰捉小鸡的游戏，司徒文倡跟这些叔伯婶姆打招呼，他们都知道他要回来，笑着说：“返来啦，得闲来坐。”

两仔爷钻进一条小巷，细佬仔停下游戏跟来看热闹。来到自家门口，门是虚掩的。司徒不徙一把推开门，两条狗朝他吠，一条是白色的小狗，一条是黄色的大狗。阿爷从厅堂出来，一路喊着“徙仔、徙仔”。他朝看热闹的细佬仔挥了挥手，要他们出去玩。

阿嫲和姑姑从厨房出来，阿嫲笑呵呵的，“返来啦，返来啦。”姑姑打了个招呼，转身进厨房端出了刚蒸好的钵仔糕。

司徒不徙一进堂屋就感受到了一股阴凉气。餐桌上已经摆了出糍、咸鸡笼和生果，司徒不徙最喜欢糯米粉蒸的出糍，这是婚嫁喜事才吃得上的点心，又糯又甜，上面还有三粒花生米，他拿起一个吞进了肚里。阿嫲塞了一个加州橙子给他，又忙着去倒茶。小白狗围着司徒不徙嗅来嗅去，尾巴不停地摇。

阿爷阿爹把桌子抬到厅堂的木阁前，木阁上摆了祖先神位，阿爹给列祖列宗上香，司徒不徙跟着他向神位三鞠躬。吃了饭，两仔爷去仁凯司徒公祠拜祭。下午走访亲戚，直到晚上才回家。

在家住了两晚，两仔爷就回墟镇了。司徒文倡给儿子办理转学手续，司徒不徙进鼎信祖祠县立中学读书。

鼎信祖祠是关氏的大祠堂，男女生在同一个祠堂上学，女生人数少，教室在最里面的一进，她们从侧门出入，也有跟着男生走大门的，没办法严格分开。

司徒不徙是插班生，入学第二天，6点多他就起床了，学校规定7点上课。

天刚刚放亮，街上有了叫卖声。他穿上衣服，去瓦缸里打水漱口洗脸，洗脸水用来冲马桶。出门就是麻石板街，街上都是人，木屐声响成一片，有人说话操外地口音，司徒不徙一点也听不懂。

同学们提着藤荚，荚内放了纸笔墨、算盘和课本。司徒不徙背了书包，他发现背书包的人没有几个。

没吃早餐，第二节课他就饿了。9点钟回家吃饭，时间既不像是上午，也不像中午；11点再到课堂上课，也不像是下午。3点下课，回家吃饭，太阳还火辣辣的，接下来的时间他就不知道该干什么了。

一日两餐，时间完全被打乱了。阿爹吃了下午饭还要去图书馆办公，司徒不徙在家练练毛笔字，待不住了就一个人出来四处闲逛。他喜欢钻小街小巷。逼仄的巷子墟镇人叫作水巷，水巷连通街道与河岸，去内河挑水、洗衣的人都从巷子里经过。

在水巷他遇见一个男人扛着一个女人，女人穿紧身的花旗袍，三寸金莲小脚，鞋子血一样红。她在男人肩上，一只手搂着男人的脖子，一只手用羽毛扇遮住自己的脸。

司徒不徙侧身让路，一股浓烈的脂粉气息扑向他。他好奇地跟出水巷，睇到女人被扛进了一家烟馆。

他喜欢来潭江边玩耍。遇上涨潮或是退潮，河水流速很快，上埠的台阶，一级级被淹没或是一级级从水中露出来。涨满潮时台阶有时剩下五级有时是六级不被河水浸淹。一群群鱼儿在被浸淹的台阶上游来游去，闪动的波光也在台阶上晃动。司徒不徙就在台阶上戏水，跟人学游泳。口渴了就掬一捧河水喝，清冽、甘甜。有时脱光了衣服，泡在水里，等女人走了才敢上岸。

台阶上搭了窄窄的木跳板，妇女们在跳板上洗衣、淘米、洗菜，她们议论东家长西家短，声音大得出奇。下河挑水的男人，有的故意用桶打起水花，溅到女人身上，引来一阵骂声，最终都以哈哈大笑收场。

司徒不徙睇疍家人整理渔网，细佬仔人人背着个浮木在艇头艇尾走动，他们手腕的铃铛发出悦耳的响声。他猜测浮木是用来落水自救的，铃铛声可引人注意。

他爱听女人们唱禾楼歌，听了有些莫名的伤心。羊城珠江上也有疍家人的艇，特别是荔湾湖停满了渔艇。赤坎墟的艇也多，大海停的是大艇，小海停的是小艇，艇上的人不太理睬岸上的人，但他们有时会热情地跟他打招呼。他笑一笑，算作回应。

有一次他竟然抓到了一条大鱼。潭江的鱼多，鱼引起了他极大的兴趣。看到有人钓鱼，他也自制了一根钓鱼竿，挖了蚯蚓，在埗头钓起了鱼。渐渐地他对钓鱼上了瘾。

每个月都有金山伯上岸，东埠的海颈埗头或是上埠埗头炸响鞭炮，细佬仔都涌去埗头看热闹。好多天，返乡的金山伯成了河边的热门话题，多少口金山箱 、箱内的物品人人皆知，他们砌屋、买地和婚嫁则是持续很长时间的话题。有的金山伯半路被偷了金条，倒霉的被土匪打劫，引来的是长久的叹息。半辈子的积蓄冇了，金山伯不疯才怪，旁人也痛心疾首。

一个黄昏，一条帆船驶入了内河，船上立一面白幡，直接来到了上埠埗头。有人看到一口黑色棺材，上面盖了一条棕色毯子。棺材从美国萨克拉门托抬上船，又在旧金山转轮船，海上漂泊近两个月，来到了维多利亚港。

死者是沙地村人，他的亲属在香港租船把他运了回来。

埗头围了很多人，有人认为尸体上岸不吉利，要求运尸船去上游的百合埗头，那是死人返乡的专用埗头。

岸上围观的几个老人认识死者，上埠埗头是沙地村地头，死者万里归葬，不能拒绝他上岸。于是，燃起鞭炮，喃呒在埗头做法事，十几个精壮后生把龙杠套在棺材上，一声“起”，就把棺材抬下了船。

司徒不徙在街巷都是漫无目的地逛。这天他经过一家发廊，在红色、金色、黑色的店铺招牌中，绿色的“丽源发廊”特别显眼。一个妹仔朝他挥手，他不明白她为何跟自己打招呼，便礼节性地招手。

妹仔走出来跟他说：“我认识你，你的鸭舌帽好好看。”司徒不徙正了正白色的帽子，心想她怎么认识自己。

妹仔又说：“我在鼎信读书。我叫麦贤勤。”说完，她先自笑了，笑声如风铃摇动，十分悦耳。

这是她家开的发廊，她就住在楼上。司徒不徙跟她聊了一下，原来她阿哥跟他是同班同学。她的阿哥回麦屋村了。麦屋村有三四里地远。

麦贤勤小小年纪就烫了发，显得比实际年龄大。她皮肤特别白，像瓷瓶一样细腻，卷发让她显得妩媚又娴静。

麦贤勤说，她烫发是帮发廊做宣传。他跟着麦贤勤进了发廊，发现赤坎墟的发廊一点也不比广州落后，转椅、大玻璃镜子、香皂，还有毛巾热敷。麦贤勤热情地邀请他以后来店里理发，司徒不徙很爽快地答应了。

这天上修身课，突然钟声轰鸣，房屋的木梁被震得颤动。钟声像在人脑子里面撞出阵阵巨响。司徒不徙和同学们从祖祠大堂冲进天井，又跨过大门跑到地坪上。惊起的白鹭正从街道上空飞过，它们飞得惊慌失措，叫声凄厉。

司徒氏图书馆正在举行钟楼落成典礼，钟声响起时，鞭炮在潭江岸边炸响了。锣鼓敲响了，醒狮队舞起狮子，醒狮腾跃、翻滚，张开大嘴巴，眨着眼睛，都是无比喜庆的样子。

从美国、加拿大、菲律宾等地赶回来的司徒氏男人，穿着西装，打着领带，胸口戴着嘉宾证，也有的穿长袍马褂，脸上都是喜气洋洋。

图书馆加钟楼四层楼高，正中的钟楼，使大楼变得愈加气势巍峨。

司徒不徙这天第一次听到钟声，从此，每一次大钟敲响，他都很愉悦。他在钟声里醒来，在钟声里来到学堂，在钟声里摇头晃脑背诵，在钟声里下课，在钟声里端上香喷喷的米饭，在钟声中入眠，甚至梦里也是钟声。时间一长，没有钟声相伴，他会隐隐不安。

钟声响得关氏心慌了，他们也要修建图书馆，建一座钟楼。

司徒不徙感觉赤坎的两个家族不怎么和睦，学校里司徒氏细佬仔和关氏细佬仔都是分开玩的。有一天，几个司徒氏同学叫司徒不徙去牛墟，看到他们脸上紧张的表情，司徒不徙不知道发生了什么不妙的事情。

到了牛墟，司徒不徙睇到了壕沟，东边司徒氏挖了一条，西边关氏也挖了一条，两边就像战场对峙，双方都冲对方架起了红衣大炮。司徒氏后生仔头上扎红布带，有的背枪，有的拿大刀。关氏后生仔袖子上绑蓝色布条，同样是刀枪武装。

平日里的笑容不见了，个个表情严肃，他们不安地蹲着、坐着，有人抽水烟，有人交头接耳，有人在观察对方的动静。睇到细佬仔走近，几个大人连声呵斥：“行开！行开！快行开！”

看到他们吓人的表情，司徒不徙跟同学撒腿就跑。

晚上，阿爹没有回家，他在枪声里做了一夜噩梦。上午吃饭阿爹回来了，声音都是哑哑的。他的表情跟壕沟里的人一样严肃。

来到学堂，同学们分成了两派，姓关的与姓司徒的自动调换了座位，司徒家族的坐到了右边，关氏家族的坐在左边。麦姓、邓姓、谭姓、胡姓、徐姓同学的座位被人占了，他们不知道坐哪里好。哪里有空座，他们就去坐了。老师发现情况不对，劝同学们回到原位，但没有人动。

数学老师德高望重，他苦口婆心讲了半天和睦的重要，下课后姓关与姓司徒的同学还是互吐口水。关姓同学要司徒姓的同学滚出去，祖祠是他们关姓的。司徒姓的同学不服，祖祠虽是你们的，但建校关氏出了一万五千，司徒氏出了五万，凭什么要司徒姓同学走。

一个关姓同学平时就不怎么安分，他去推一个司徒姓同学，两个司徒姓同学冲上去把他推开了，更多关姓同学冲了过来，司徒姓同学一看情况不对，也都拥过来了，你推我一下，我推你一下，彼此扭打起来，祖祠里吵成了一锅粥。

代理校长姓关，他大骂关姓同学，说他的修身课白上了！几个老师在喊，有的召集司徒姓学生，有的召集关姓学生，命令他们站过来。老师想要把他们分开。

有人喊“大头仔”。司徒不徙来赤坎不久就有人给他取了这个绰号，他的脑袋比别的同学都要大。司徒不徙睇到麦屋村姓麦的同学给他使眼色，他是发廊妹仔麦贤勤的阿哥麦贤修。司徒不徙就跟着他出了鼎信祖祠。

跟着麦氏兄妹来到发廊，司徒不徙心里还惴惴不安。麦贤勤提议去踢毽子。她换了一件两侧高高开衩的蓝色旗袍，在地坪上自己先踢了起来。红色毽子像一只鸟儿似的围绕着她上下飞舞，小腿腾挪忽闪，起跳时衣裙飞起，银光一闪，露出月光一样的腿。红扑扑的脸蛋，急促的呼吸，起伏的胸脯，司徒不徙睇得眼花缭乱。他从冇见过这么活泼可爱的人儿。

三人互相传踢毽子，毽子落地的时间间隔由短到长，三人配合越来越默契。麦贤勤像知道他所有的心思，司徒不徙刚要伸腿她就懂得他要做的动作，明白他要踢畀谁，她准确地在空中接住。

踢毽子最大的乐趣就是这种默契。最初接不住毽子最多的人是司徒不徙，他发挥越来越好后，麦贤修成了接不住毽子最多的人。麦贤勤踢毽子的间隙突然劈了个“一”字。司徒不徙不禁暗暗惊叹。

踢完毽子回到发廊，与他们一同进来了一对男女，女的来烫发，男的来理发。后生女行路摇曳生姿，一双含笑的眼睛，睇人时像会说话。她身上的法国香水，香味明亮，又令人沉迷。男子身材高大，长方脸，脚长手也长，穿着一套白色西装和白皮鞋，叼着一根粗大的雪茄，一副公子派头。

后生女是四邑有名的粤剧名伶谢泉月，男子叫关泽业，绰号“洋刀仔”。赤坎人都喜欢睇谢泉月演的戏，她一上台，立即满堂生辉。她皓齿轻启，音色让人迷倒。墟镇人都知道谢泉月与赤坎商会会长关基礼的侄仔洋刀仔拍拖。

麦贤勤对司徒不徙做了一个鬼脸，便去给谢泉月洗头。麦贤修带着司徒不徙上楼，去睇自己画的人像。

七

司徒文倡来赤坎前在省建设厅任职。建设厅刚成立他调过来参与筹组工作。在此之前，司徒文倡在政务厅任职，那时廖仲恺担任省长。他来建设厅后，广东废省长制，以厅为单位主体组成省务会议，只设主席。

身处一个动荡的年代，司徒文倡的工作极难稳定。他是一个忧国忧民的人，经常走上街头。民国十三年（1924）“双十节”，商团发动叛乱。司徒文倡参加游行，经过西濠口时，商团军突然袭击游行队伍。司徒文倡刚好拉肚子离开，躲过了一劫。

民国十四年（1925），联军征讨陈炯明。司徒文倡大年初九一早带病来到黄埔，在寒风中欢送学生军开拔。

东征军在惠州围攻陈炯明老巢，政务厅会议室很热闹，有人提议去前线慰问。那时他想部队凯旋，北伐可期。想不到又一场叛乱正在密谋，滇军和桂军两个长脖子司令纠集了两万多人。一声令下，枪炮声再次响彻五羊城。东征军紧急回师。

杨希闵和刘震寰入粤时，司徒文倡以为来了救星，北伐有望。想不到军阀为争权夺利割据一方没有原则。

革命军开始第二次东征和南讨。邓本殷是个冷峭又好权的人，企图割据一方。司徒文倡到处写标语，积极参与宣传鼓动。他的字秀丽刚劲，但在街头写的字却笔带剑气，不见秀丽，只有刚劲。

省港大罢工开始，广州在东较场举行数万人参加的反帝斗争大会。司徒文倡对帝国主义有切肤之痛，他喊口号喊得嗓子都沙哑了。午后，在夏天热辣辣的太阳下游行，司徒文倡的绸布衬衫被汗水湿透了。他跟随队伍向着西边的沙面前进，在挨近沙面法租界时，突然“叭叭叭”一阵枪响，沙面租界的英法驻军开枪了。

“轰隆”一声，一颗炮弹在离司徒文倡数十米的地方爆炸。白鹅潭上，英法兵舰的达姆弹呼啸而来。看到倒下去的人，血像蛇一样在沙基路上乱流，他不敢相信满地流动的全是血。

从此他每晚做噩梦，梦中都有流血的场面。

来建设厅上班一个月，一天中午，有个同事冲进他的办公室，大喊廖仲恺刚刚被人刺杀。他一拳擂在桌上，大吼一声：“王八蛋！这个世道没得救了！”

他最伤心的还是孙中山逝世，半年时间，他的心情都很灰暗。在那个潮湿的日子，噩耗从北京传来，天突然就暗了，他当天没有进食，也感觉不到饿。

司徒文倡在家设灵帏，参加追悼大会后又去了孙科家，表达慰问。孙科是孙中山的长子，任国民政府交通部部长兼广东省建设厅厅长。

弟弟司徒文冲从旧金山发来了电报。旧金山教伦总堂设了灵帏，司徒昆仲都来望祭。同村的司徒美堂发唁电，孙中山曾在他家住过，司徒美堂那时担任孙中山的保卫员和厨师……

在建设厅司徒文倡能做的事情不多。工作快满一年了，这天中午，赤坎的老同学登门拜访，带来了司徒氏元老司徒懿石的亲笔信，司徒家族请他主持东埠城建工作。司徒文倡考虑了几天，觉得自己能为家乡做点实事是有意义的，在广州他是在浪费光阴。

晚上，他跟妻子关璟娜商量。关璟娜感觉有些突然，夫妻分开，又有三个孩子，她担心自己照顾不过来。但是时局这么乱，司徒文倡关心政治，几次遇险，她一直为他提心吊胆，劝说也无效，回乡下对他无疑是最安全的。两人对望，关璟娜点了点头。

司徒文倡说："我想把不徙带走，让他跟着我学些本领。男子汉不能天天关在课堂里埋头读书。"关璟娜又点了点头。司徒文倡看到她的泪水在眼眶里打转，他拍拍她的肩，说："只是暂时的，我会经常回来啊。"

关璟娜在广州培道女子中学教英文，工作并不忙，平时去广东妇女解放协会做一些工作。家里的事有丈夫和保姆，她没怎么操过心，现在家里的顶梁柱要走了，她陡然感觉压力巨大。

司徒文倡写了辞职信，他要亲手交给厅长孙科，是孙科把他要来建设厅的，委任为厅长助理。

司徒文倡上交辞呈，孙科有些意外，一再挽留，又提出调他到交通部任职，但司徒文倡去意已决，孙科嘱他事情做完再回来。

仲夏季节，司徒文倡回到开平，想不到家乡掀起了一个城市建设的高潮，他大有不知今夕何夕的感觉。乡梓并无山林阻隔，何来世外桃源？

开平的华侨家庭追求时尚，他们用的是旁氏面霜、柯达相机、三支枪牌单车、胜家衣车，时髦的雪茄、咖啡、洋酒、牛排、留声机、收音机也不鲜见。后生女抹英国口红，洒法国香水，穿玻璃丝袜，年纪轻轻就剪短发，烫卷发，穿旗袍和高跟鞋。后生仔学金山伯打领带穿西装，一双进口牛皮鞋在乡道上蒙了一层浮土，一到墟镇，有的人掏出手帕弯腰拍打，闪闪发亮了才上街。

司徒文倡在街上遇到一个熟人，对方朝他点头弯腰说："哈罗，哈罗。"他不知道怎么回应。两人分手的时候，对方拱手抱拳，说一声"拜拜"，他只好跟着说"拜拜"。

还有人跟他说"疏哩"，他不知什么意思，就直接问。原来并非乡音改了，是对方说的乡土英语，意思是抱歉。赤坎人早把杂货店叫作"士多"，球叫"波"，饼干叫"克力架"，护照叫"趴士钵"……这些语言不同乡镇发音各不相同，让他忍俊不禁。

在赤坎墟安顿下来后，司徒文倡去拜访元老和宗长，听取他们对东埠规划的意见。东埠土地是司徒氏的公尝地，由四位宗长掌管。当年土客械斗，司徒家族、关氏家族在土客械斗中死了很多人，尸体陆上用鸡公车运，水上用艇运。他们立了很大功劳，地方政府以土地作为补偿，关氏和司徒氏因此拥有赤坎墟大量的土地。

宗长们的意见是，东埠市政建设一是改造街铺，现在的街道太窄，行路都困难，旧铺要全部拆掉；二是决定建骑楼，每栋骑楼都要由建筑师设计，要出设计蓝图，经赤坎墟审批后，再报县建设局局长批准；三是修筑长堤。大家一致认为要参照广州进行城市整体规划，请广州的规划师来设计。

赤坎墟属于关氏司徒氏两家，司徒文倡认为无论上埠还是东埠都同属一城，道路、下水道要对接；土匪横行，防御工程要整体设防；城市功能分区和商业布局需要整体考虑……既然两家已经合作办学，小学、中学都办起来了，建城两个家族就应该坐下来一起商量规划，不能各行其是。

他感到蹊跷的是，两族似乎都避免谈论合作的话题。司徒文倡想到去拜访一下赤坎商会会长，找他了解一下情况，交流建城的意见。有人告诉他会长是关基礼，这个人他太了解了，司徒文倡宁愿一辈子不见他。但建城是百年大计，是赤坎的大事，最不情愿见也要去一趟商会。

光绪三十四年（1908）司徒氏关氏联合建立赤坎商会，会长按三年一期，由关氏司徒氏推荐的人轮流担任。现任会长是关氏推荐的关基礼。商会设在塘底街，大楼就在天主堂对面。

司徒文倡与关基礼十几年没有见面了，他只知道他们兄弟俩联手做中药材和烟草生意。哥哥关基智在旧金山娶伍氏，伍氏家族在加州各地开洗衣店；关基礼与潭江下游的余氏联姻，余氏是个商业大家族，做粮食加工和销售，兼做油糖杂货生意。

美国禁鸦片禁酒，兄弟俩把鸦片当中药材来卖，把酒泡了药材也当药来卖。他们的中药铺开到了旧金山、萨克拉门托和斯托克顿，开平赤坎、三埠和水口三个墟镇都开了店铺，广州连开了三间铺面。

关基礼在赤坎墟开的是关爱中药店，店铺有两个开间，药店的跌打药、保胎药、壮阳药卖得很好，还有一种令人莫名兴奋的药没有名字，只有买过的人才知道。

二楼开烟馆，设贵宾室。贵宾室召妓从村里隐蔽的妓院扛过来。现在妓女集中到圩地横街，妓院一家接着一家开。烟馆看上了合爱堂，这家妓院有懂琴棋书画的艺妓。

司徒文倡让人上门约见，关基礼直接以“冇空”回绝了他。第二次派人去约，说明事由，是找商会公事公办，关基礼仍以杂事繁多为由，推说得闲了再约。又过了一周，再请他定时间，关基礼才同意第二天见面。

八

司徒文倡爬上商会二楼办公室，见到关基礼，彼此尴尬地笑笑，司徒文倡说：“仁兄久违了。”

关基礼说：“稀客啊。有何指教？”他脸色本就黑，拉下脸来就变乌青了。

司徒文倡一副公事公办的姿态，关基礼没有让座，司徒文倡就自己坐了下来。关基礼反应过来后说：“坐。”他叫人沏上本地大沙产的绿茶。

不等茶沏好，司徒文倡便进入正题。他提出上埠与东埠需要整体规划，特别是市政工程，希望关基礼出面，两个家族合计合计。

关基礼以审视的眼神望着他，毫不客气地说：“你们司徒又打什么鬼主意？我们各搞各的，谁知道你们又会搞出什么名堂！”他的声音跟他的体重一样沉。

司徒文倡说：“建城是大事，不要意气用事。城市规划对两族都有利。”

“只怕是对司徒氏有利吧？什么时候有利的事情你们想到关族了？”

不等司徒文倡回答，他乜斜着眼睛，又来了一句：“你莫不是耍小狗的吧？”

此话一出，司徒文倡气得两眼冒火。“耍小狗的”是侮辱人的话，专门贬损司徒氏。只要说起司徒氏的不是，关氏就要提这个事情。

光绪初年，司徒氏一个耍小狗的买了关氏的地葬父。他在坟地旁边搭了个临时窝棚守坟，几年后改建成了一栋青砖大屋，房屋占了关氏的地，引发了官司。

“我诚心为赤坎墟的规划找你，你何必意气用事！”司徒文倡强压火气。

“你们想拆围墙？又要占地？”关基礼语气极不友好，眼神一瞥，司徒文倡看到了他眼中的寒光。

两个月前，濂川家族宗长司徒懿江拆了光绪年间在牛墟盖的房屋，往西扩建，马路从他的屋前修到了关氏大宗祠前面。关氏一帮后生仔半夜把新砌的房屋推倒了。濂川家族很生气，从蚬冈叫来了一帮人，砌了一堵墙把马路堵死了。关氏又在深夜把墙推倒，挨着司徒懿江的屋基强行砌了一堵围墙，为此，双方相互谩骂、推搡、殴打。

这宗地争夺了几十年，起因与那年潭江发大水有关，更与关基礼的二爷关天云有关。

关天云保管的地契被打湿了，他的女儿睇到阿爹晒地契，就问阿爹为何有这么多地。关天云告诉她，这地不是自己家的，是关氏家族的公尝地。女儿就捡了几张地契带回家了。

关天云女儿嫁的是南楼的司徒氏。司徒氏有了地契就来盖屋，在牛墟的东南建房屋，又修濂川司徒公祠。两族为此打起了官司。关天云的女儿觉得自己左右不是人，她说了一句后来在赤坎流传很广的话："白天我穿着衣服见亲人，晚上脱了衣服见老公，你们让我如何是好?"

关基礼跷着二郎腿，斜视着司徒文倡，偶尔瞟一眼自己的皮鞋尖，厌恶的表情使他圆嘟嘟的脸变了形。

司徒文倡不是来吵架的。关氏的说辞他不想争辩。这片地是濂川家族购买的，并非偷地契所得。有人编派司徒氏，谬传深远。他尽量用平和的语气说："你是赤坎商会会长，要站在公正的立场说话。"

两人对视一眼，司徒文倡规劝道："现在是家乡建城，这是功德无量的大事，我们应该抛开恩怨，一起来把它做好。"

关基礼说："你能干呀，哪有你不能做的事情、不敢做的事情。司徒请你来请对人了。"他嘴角露出一丝揶揄的笑，又说："我正想找你，你弟弟在旧金山闹事，不要针对我哥。请你写信好好劝告他一下，闹下去对他不会有好结果。"

看来关基礼不想谈合作，他见司徒文倡的目的是想谈他弟弟司徒文冲的事情。

司徒文冲在旧金山搞罢工。罢工是由西福堂组织的，本来跟他无关，但他代表工余俱乐部到罢工指挥部去协助罢工。

西福堂是洗衣工人的组织，他们反抗的对象是东福堂。东福堂是洗衣店主的组织，关基礼的哥哥关基智和他岳父就是东福堂的组织者。东福堂做工人复工的说服工作，规定在限期之内不复工就解雇。他们又请黄色工会的人找了黑人来洗衣。

司徒文冲召集华工开会，大骂黄色工会是工人贵族，是工贼，是为资本家利益服务的。他要华工不要害怕，不要去上班，不要担心丢工作，他们有美国工人为后盾，罢工一定能取得胜利。

司徒文冲把情况报告美国产业劳工联合会后，联合会组织工人纠察队到洗衣店劝走了黑人。最后，东福堂不得不让步，同意工人减少上班时间。关基智岳父的几家洗衣店停业两个多月，工人又减少了上班时间，损失很大。

司徒文冲又在华盛顿街与天后庙街交叉街口聚众演讲，标语挂到了关基智的中药店门口。他批判资本主义，号召工人阶级不分种族和国籍联合起来，共同进行反失业斗争，利害面前没有什么宗亲之亲，唯有阶级亲。他带头高呼口号：“全世界无产者联合起来！打倒资本主义！”又带着大家唱《国际歌》。

关基智的中药店门口成了工余俱乐部公开活动的场所，关基智几次驱赶都不奏效，他就报了警。警察赶来干涉后，活动依然每周举行，严重影响了店铺的生意。

最令关氏兄弟恼怒的是关基智被工人打伤了。那天失业工人游行，包围了中华总会馆，要求救济。关基智是会馆董事，正好他在会馆，被冲进会馆的工人打伤。司徒文冲冇动手打人，但他是包围会馆的组织者。

华埠警长来威胁司徒文冲，如果胆敢继续煽动罢工，就将他遣送回中国。

在关氏兄弟眼里这些都是无法无天的事情。关基礼一副什么事情他都正确的态度。

面对他的威胁，司徒文倡也发出警告：“人家组织起工余俱乐部，有了一支队伍，真要闹起来对谁都不好。你兄长被打伤过一次，不能再第二次受伤。”

看到关基礼脸色涨成了猪肝色，他语气缓和了一些，“我会写信给他，也让旧金山的老兄去做做他的工作。文冲年轻气盛，他的脾气你们也是知道的，老板不做要去做工，宁愿挨饿也不要阿哥一毫钱。他只有摔些跟头才会知错的。”

最后一句话一说出口司徒文倡就后悔了，意识到不应该说摔跟头的话。但弟弟带队把人家打伤了，他道歉不对，不道歉也似有不妥。为了弟弟的安全，他就示一些弱吧。但他明白，弟弟与他们之间的矛盾不是个人恩怨，是组织对组织，或者说阶级对阶级，不可调和。

谈话进行不下去了，司徒文倡起身告辞。关基礼慢腾腾站起来，眼睛并不看他，说："关族也要建一座图书馆，你有什么意见？"

司徒文倡一愣，"好事啊。赤坎墟要变成文化城了。"

关基礼转过脸来，说："司徒氏建图书馆，还搞出了一个钟楼，整天响个不停。关氏也不能无声无息啊！"

九

回到图书馆，司徒文倡与元老和宗长们聊起关氏司徒氏争地的话题，几位元老认为关氏无礼，把围墙砌到了人家房屋跟前。又提起筑堤，几位宗长愈加恼火。黄明堂的部队来赤坎驻扎，军饷是司徒氏和关氏一起出的，黄明堂帮关氏挖通了河道，还帮关氏筑了堤。现在江水流动，冲刷下游，关氏有义务一起筑好下游司徒氏的堤。

关氏却一口回绝，认为银纸是给部队的军饷，不是为疏通河道和筑堤出的，军队还因挖河筑堤减少了对地方的骚扰，凭什么司徒氏的堤要关氏出银纸？关氏挨着司徒氏的一段河堤，关氏也不肯出钱修。

黄明堂是建国粤军第四军军长，他的部队在新会跟粤军打起来了。黄明堂突然通知关氏和司徒氏他的部队要来赤坎。关氏司徒氏非常紧张，部队一万人马过来，吃喝压力非常大。商会商量，银纸是逃不了的，如何防止官兵扰民则要想一想法子。

黄明堂是个正派人，他发动了广西镇南关起义，南路讨贼时担任总司令。但军长正派，士兵要是惹是生非也是防不胜防啊。十年前赤坎发生过防军杀人事件，马定邦营的士兵在剧场，因一件小事与观众发生争执，一排长冲上台开枪扫射，当场打死打伤十几个人。

为避免悲剧重演，关基礼建议给部队揾点事干。他跟军长黄明堂商量，我们可以畀银纸，但军队不能闲着。黄明堂倒很爽快，问自己的部队可以干些什么。于是，第四军来赤坎一个月，就挖出了关光裕堂到沙地村的一段河床，改变了赤坎水系。接着又在两岸筑了河堤。

司徒文倡说起关氏要建图书馆的事，一位宗长说："司徒氏图书馆建起后，关氏反应强烈，海外正在发动捐款。"

经过一段时间筹备，司徒氏要召开全族大会了，宗长们把东埠建新街和修河堤的事交由全体族人议决。大会会场选在图书馆，广场上摆好了一排排板凳。

元老、宗长和地方官员坐在图书馆二楼走廊，发言者走到中间的挑台，拿一个铅质喇叭讲话。挑台两边葡萄牙式的立柱上下贯通，屋顶钟楼拜占庭风格的穹顶高高挺立，有一种飞升之势，让人生出一股庄严感。

会议由一位宗长主持，司徒懿石元老做动员讲话，他讲了建城和筑堤的来龙去脉和意图。由于声音小，广场上交头接耳声大，效果不佳。

司徒文倡代表筹备组向司徒家族做报告。他站在挑台睇到黑压压的人群坐满了广场，铁栅栏围墙外也站满了人，一直站到了潭江边的埗头。大钟敲响后，他拿起喇叭讲话，他不知道要用多大劲才能让江边的人也能听到，结果因为用力过猛，话讲到一半声音就嘶哑了。

从建城立市的目标，到旧铺拆除、道路规划、骑楼建设、河堤修筑、组织实施等各个方面，司徒文倡都讲解了一遍。中途钟声响了一次，他在钟声响起的间隙饮了一杯水，清了清嘶哑的嗓子。他讲得喉干舌燥，感到力气不够，脑袋也有些晕眩，就放松了力气。江边人群骚动，他又不得不鼓起劲来。

他的目光越过人群，睇到潭江江面，潮水已经涨满，江上打鱼的疍家人艇来艇往。他们在潮涨潮落江水流动小的间隙下网。阳光下，只见粼粼波光，远处淡淡的水汽闪动蓝光，景色真美啊！如果建成一座万国建筑博览会式的小城，这是一件利在桑梓功在千秋的事业。城市就是一座丰碑，司徒文倡庆幸自己参与了家族史上最宏大的造城运动，感到无比的荣光。

早年他走上街头，特别是五四运动时，在广州天字码头发表演说。恁时面对宽阔的珠江，江上英国太古、怡和洋行的蓝烟囱、黑烟囱轮船来来往往，还有英法舰艇，他只有愤怒的情绪。想起遭美国遣返的经历、沙面租界英法的种种恶行，他对帝国主义的仇恨就像一团火，他眼里睇到的也是一张张愤慨的脸。

现在，每张脸都充满了期待，到处是如沐春风的笑容，作为一个建设者多么幸福。

各村意见收集上来了，反对的只有少数，主要是几条水巷的商户，他们担心拆铺自己会蒙受损失。反对最激烈的是巨昌、宝昌、捷源、丰盛和恒益栏水巷，恒益栏水巷对着埗头，抗拒最强烈。

家族会议形成了议决案，由本族兄弟承买改造的旧墟铺位和新建街铺，投承铺地采取公开方式——当众逐号编列阄投，当场开阄，以价高者得之，同价者先开先得。

获得地铺的中标人，须一周内交齐地价银，一年内务必完成铺位楼房建筑，否则收回铺地另行投标，以保证埠务的整体发展。原则上谢绝外姓人承买，特殊情况可以租地建房，按月或年收取租金。

另外，有人提出，东埠要尽量减少铺面，建商铺，赚银纸的只是少数人，要多建祠堂、公共设施和公共建筑，让多数人受益。公共建筑工程规模大，能够体现建筑艺术，私人建的房屋规模小，会影响城市的景观。

议决案决定，为了搞好河堤建筑，成立赤坎东埠建筑堤岸股份有限公司，拟定并发布《招股章程》，在赤坎、广州、香港各设立公司办事处，接受股银，募集资金十万元。

会后，司徒家族成立了赤坎东埠市政筹备处，司徒文倡任秘书长。为保证东埠市政建设在公开透明、族众监督下顺利推进，司徒文倡起草了《组织章程》《筹备处办事细则》《推举执行委员会细则》《市政进行计划和程序》等。筹备处又将东埠市政规划书、规划图、家族办事机构设置等向广东省建设厅、治河委员会等上级主管部门申报。

司徒文倡就像一个上足了发条的钟表，一天到晚不停地转动，他仿佛有使不完的劲。图书馆里总是响起他的笑声。他每天在敲响的晨钟中出门，在暮钟声里伏案工作，生怕自己哪一个环节疏忽，引发矛盾和纠纷，每个细节他都力求做到公开、公平、公正。他盼望一座美丽有魅力的城市在自己的努力下，出现在家乡的土地上。他也希望自己的才干得到家乡父老乡亲的认可，赢得声誉和尊重。

司徒文倡又找过关基礼，多次找关氏宗长商谈，希望上埠两条东西向的大马路与东埠的连接。关氏设计图里马路是封闭的，上埠与下埠之间砌了墙，不通往来。关基礼仍旧对他不客气，想不到关氏宗长对他也不友好，他们对上下埠马路连接的建议坚决拒绝。

司徒文倡很不理解，后来才知道关氏司徒氏正在打官司，双方为争夺横桥头的土地已经闹得水火不相容了。

十

横桥头大片土地被司徒氏占据，关氏咽不下这口气，把司徒氏告到了广州法院。法院判决，关氏输了，他们不服判决，又上告到了中华民国大理院。

大理院迟迟没有判决，关氏怀疑司徒氏疏通了关节，几位宗长密谋对策，有人在各村散发传单，声讨司徒氏：“今日司徒族事事向我作难，着着向我挑衅。我待以忠厚，彼且以为奸计可售；我待以退让，彼尤以为压迫可施。若我族人甘为彼压迫民族，任人宰割，任人裁制，则束手待毙可也。否则以我两三万民族，擅天时地利人和之优势，于己于人，我卧榻之侧，岂容他人鼾睡！”

就在司徒文倡找关氏宗长对接上下埠马路时，大理院横桥头土地的官司判决了，司徒氏所占土地全部充公，所占土地上房屋一律拆除。

判决书贴出来了，司徒氏关氏都来看，关氏喜笑颜开，司徒氏则骂骂咧咧，气愤至极。大理院代理院长潘昌煦是清朝遗老，曾留学日本，司徒族骂他是“潘狗”。

开平司法分庭执法人员前来强制执行，司徒氏不服，有人朝天鸣枪，有人说找关族算账。濂川家族宗长司徒懿江高呼：“关族不让我们活，我们先让他们死！”一时人群中骂声一片，喊打喊杀声四起，纷纷回家拿铁棍和刀枪。

司徒懿江带着横桥头的司徒氏往墟镇冲来，沿途加入的人越来越多。他们走得快，一路上大呼小叫，把关氏祖宗十八代都骂遍了。

来到濂川司徒公祠，人群朝围墙冲过来，几个后生仔抡起锄头猛砸下去，众人砸的砸、撬的撬、推的推，围墙在一片尘土中“哗啦”倒下。

关氏后生仔在离围墙几丈远的地方站成一排，刀枪对着下埠，只要司徒氏冲上来他们就准备大开杀戒。

赤坎警所闻讯紧急出动，警察冲到中间，鸣枪示警，警告谁敢动手就对谁开枪。两族对峙，谁也不肯后退。

司徒氏有人找出了红衣大炮，拖到濂川司徒公祠旁边，瞄准了上埠人群。一阵骚动，关氏没有人后退。

关氏很快也找来了大炮，在关氏大宗祠一边瞄准了下埠人群。

双方有的堆沙包、垒青砖，有的挖壕沟，没有谁打算后退。

司徒懿江建丰庆押，工地紧挨关氏大宗祠，关氏朝丰庆押开枪泄愤。牛墟的纠纷因丰庆押而起，关氏激烈反对在关氏大宗祠旁边建高大的押铺。这一片连河的土地既有关氏的也有司徒氏的，丰庆押占的地也有争议。

丰庆押门前，关氏在建骑楼，又在濂川司徒公祠门前搭设棚寮，使得公祠、丰庆押不能望河，风水遭到破坏。司徒氏朝那里放冷枪，关氏不敢过去了。

事态危急，司徒文倡火速找到县长沈载和，请他亲自出面调解，他又跟关基礼联系，请两族代表到商会谈判。他几次到壕沟喊话，担心两边有人冲动，一旦死了人，冲突起来将血染牛墟，酿成大祸!

关基礼也不愿发生流血事件，尤其是出人命。土客械斗殷鉴不远，杀戒一开，局面不可收拾。关氏司徒氏可以老死不相往来，但不必不共戴天。局势严峻，他也同意两族坐下来商议，解决危机。

掌灯时分，司徒文倡、关基礼陪着县长沈载和来到商会大堂。大堂里气氛凝重，坐在左右两排雕花椅上的人个个面无表情，有人拼命吸水烟，发出“咕噜咕噜”的响声，只有一两个人向县长点头。

房屋正中挂了一幅孙中山像，画像下面摆了三张红木太师椅。司徒文倡、关基礼把县长引到正中位置落座，他们俩在县长左右坐下。

沈载和见人人面露不悦之色，对他连起立的礼貌都不顾了，明白事态严重。他笑着说：“今晚不欢迎我？我可冇带枪和刀啊，去土塘剿匪我带了，我不姓关也不姓司徒，所以今天我不用带。你们不会当着我的面打起来吧？”

他其实带了捕属乡团的武装，让他们在横桥头隐蔽起来了。

宗长们尴尬地笑一笑。关基礼说：“县长刚上任就组织剿匪，为民除害，保我们乡土平安，劳苦功高。”说完朝他抱拳致意。

县长一脸堆笑，向左右抱拳说：“这是沈某该做之事，多年匪患，让百姓受苦。开平是省府指定的三个新县制试点县，以后还靠各位乡贤多多襄助。”

半月前，沈载和率领游击队和捕属乡团四百多人，配合李务滋团长的防军攻破了土塘匪巢，打死了几十个匪徒，解救了四十多个被掳劫的民众。

沈载和又说：“乡饮大宾关士荣的后人来了吗？”关氏一边有人起立，“县长，来了。”

“你是潭边村的吧？乾隆初年，士荣祖从湛江学习种蔗技术，买沙地引种甘蔗，又开作坊做糖，了不得啊。我听说他为团结地方做了好多善事，值得我们后人尊敬！”

又是一片沉默，只有竹制水烟筒发出的“咕噜咕噜”声，偶尔有枪声划破夜空。为打破尴尬气氛，关基礼询问县长农会包围法院的事。沈载和说：“龙塘农会杀乡团局队长，为首的骨干分子关到法院。农会来了一百多人，包围法院，要求放人。他们又向上面控告检察官，给姜颐罗织了很多罪名，什么‘追随北洋军阀、违抗政府法令、破坏农民运动、非法扣留农会骨干’。”

他饮了一口水，清了清嗓子，“这个事情来龙去脉是清楚的。但是不好办呀。《犁头周刊》上发文抨击，省农会一个常委发表了公开信。我的压力很大，怕是不释放不行了。”

关基礼接话：“他们无法无天，县长一定要管束管束啊！”

关基礼一说，宗长们一齐附和，盼望县府出面压制。农会有赤卫队，五十多人每人一支枪。他们统一戴笠帽、着号衣，敢跟赤坎商团对着干。

农会清算和接管公尝地、庙产，搞二五减租，解放下户、婢女，禁烟禁赌，反对高利贷，要求公尝购置的枪支弹药移交给他们。关基礼的中药铺设了烟馆，又放高利贷、高利押，农会上门要他关闭烟馆，取消高利贷、高利押。

司徒氏一位宗长提出用剿匪的乡团和防军来镇压农会。关氏一位宗长说：“县长需要的话，商团也可以出力。”

关基礼声调更高了，说自己受到了威胁，县府再不管，就会影响税收。

沈载和抬起右手，示意大家安静，他慢慢说：“去年10月，虾边村农会成立，很快林塘、齐塘、长安、北降、马降龙都成立了农会。县农会年底在你们赤坎墟成立，总部就在爱善堂，你们去看了吗？”

宗长们都冇吭声，成立的当天，庆祝大会人山人海，赤坎墟从来没有这么热闹过。宗长们都冇出门，也不敢出门。

县长见无人说话，“你们是害怕去看吧？不害怕是假的。”几个宗长点头。他接着说：“他们办农民夜校、识字班，运动搞得轰轰烈烈。还有县总工会、县妇女解放协会，上半年都在赤坎墟康乐书院成立。这是一股潮流，全国都在搞，有人说这是‘痞子运动’‘糟得很’，有人说‘好得很’。

“政府该怎么对待，这不是县府能决定的事啊。我一直在密切关注农会动向，决不能让他们干扰社会安定，大家的意见我一定向省府反映。”

沈载和又说到总工会，刚想说国民党跟共产党争夺工会会员的事，觉得自己说多了，他咽了一口口水，马上打住。北伐后两党关系紧张，国民党左派右派斗争激烈，他不想这个敏感时期暴露自己的政治倾向。他来赤坎墟有几重目的，关氏司徒氏两族之争背后是否有两党的影子？他希望从宗长们身上找到蛛丝马迹。他只简单说了说机器工会搭电船不用钱，从总工会争取会员的事。

县长一提到总工会，关基礼的意见更大了。总工会为工人闹着增加工资、缩短工时、提取店佣，开除工人他们也要管，样样像是针对他来的。他侧脸睇了一下司徒文倡，他旧金山阿哥的生意受到司徒文倡弟弟的影响，县长说是全国潮流，关基礼体会到是世界的一股潮流。

有“乡长王”之称的关纪营先吐起了苦水，他被县妇协逼着放走了家里的一个婢女，还被迫补给了她一笔工钱和路费。县妇协组织人马冲到圩地横街的妓院去解救妓女，让她们回家。她们逢人便讲男女平等。

司徒文倡在广州时认识沈载和，此人做事颇有些手段。他政治上是个骑墙派，今天的话有些偏向，也许有讨好之嫌吧。

牛墟的枪声突然密集，房子里的人神经都绷紧了。县长不想讨论总工会县妇协这些事情，看到关基礼要说话，就用手势制止了他。说话的气氛有了，县长话锋一转，回到了司徒氏关氏两大家族的土地纠纷上，“言归正传吧，为什么这么一小块地你们非得要争？光绪十八年两族械斗血的教训还不能吸取吗？关氏司徒氏是唇齿相依的关系，彼此实在不应该做这么不智的事情啊，真要闹出人命，两族将带着世仇生活下去，会永无安宁之日！真要到了土客械斗的程度，你们之中哪一个愿意离开赤坎？”

他扫视了一下大堂，个个脸上又面无表情了。他咳嗽了一声，放低了声音：“我知道赤坎对外开化得早，又有深厚的文化传统，历史上关氏先人就讲忠义二字，重义轻利。驼驮有‘忠昭日月，义薄云天’

的楹联。

“元九的后人关钝斋，师从一代大儒陈献章，深研心学，为官颇有政声。白沙先生曾为他赋诗，‘山形西上水东流，独泛长江十日舟。无翼可随飞鸟去，相思时复到浔州’。万历年间樟树村为他建关内翰祠。祖宗的德行和遗训不能丢啊！你们赤坎两大家族受地方尊重，遇事首先想到的是用法律来处理，不轻易诉诸武力，今天你们要做丢祖宗颜面的事情吗？”

县长又讲到前年打击土匪的事，两个家族一起把半夜闯入鼎信祖祠的两百多匪徒打跑了，解救了县立中学校长和二十三名学生。这次事件震动了开平，流传至四邑地区。他说：“两族合力，不单是能保平安，也能促地方发展。”

一通话讲得众人个个低了头。县长把话丢给司徒文倡，要他首先谈谈看法。

司徒文倡知道司徒宗长们对他寄予厚望，希望他靠省府的人脉把横桥头的地要回来。他睇了一眼在座的各位，道：“我从广州来赤坎，是来建设家乡的，关氏司徒氏都是我的乡亲，大家是手足兄弟。为什么要械斗？县长讲得非常好，两个家族是唇亡齿寒的关系。我相信没有什么问题是不能解决的。

“我们今天开了一个好头，两族坐下来协商。司徒氏是不会不讲道理的。刚才沈县长讲关氏最讲忠义，我相信司徒氏更讲仁义。我建议，明天两族先把大炮撤了，我们再商量怎么具体解决。”

关基礼接着表态："县长和文倡仁兄都讲得好，关氏兴旺发达，靠的是忠义。关氏从来不会为了小利去算计，去强抢！从来以德服人。我们今晚就去把大炮搬走。要是谁点燃了引线，后果不堪设想！"

关基礼的话刺激了司徒氏宗长，有两个脸上挂不住，等着反击。司徒文倡一直盯着关基礼，心想，县长说些奉承话，你就借话来攻击人了。关氏打打杀杀还少吗？关逢三、关逢四聚众造反，肆劫乡落，兄弟俩在北峰山占山为王，朝廷派兵征剿。这些事情怎么就忘了？

关基礼话一落音，县长马上抢着开腔，他看到了司徒氏宗长的不满，"两族表态都很好，今晚就可以商量具体解决办法。"他要趁热打铁，化解纠纷。

沈载和先提出了横桥头官司问题。他不提司徒氏退不退地，把退地当成既成事实，只提横桥头的地两族打算怎么处理。

横桥头土地之争由来已久。康熙四十年（1701）清朝在这里设立松柏巡检司。巡检司依照垛集制，在赤坎征了三十六名弓箭手。弓箭手与家属在横溪社居住，一边执行公务，一边开垦土地。

庚子新政后地方民军反清，司徒逊在赤坎组织同志竞业社把巡检司的官吏打跑了，丢下了大片土地。弓箭手便把公地占为己有，剩下还有大块的公地，司徒氏关氏都打起了主意。

司徒氏动作快，家族成立了一个阴宅公司，专门买卖墓地，安葬司徒族人。墓地越修越大，还有买"尸"做假坟占地的。眼看大片土地变成了司徒氏的墓地，关氏急得火烧脚，找司徒氏来论理：死人占的地可以既往不咎，卖了就卖了，没卖的地不能再卖了，墓地不能扩大。司徒氏认为地不是你的，用公地埋人何错之有。更何况清朝官吏是司徒氏打跑的。

关氏无可奈何，就把司徒氏告了。

枪声不时响起，东边司徒氏打枪了，西边关氏也不示弱，跟着打枪。凄厉的枪声划破寂静的夜空。

突然大门“砰”的一声被人撞开了，一个后生仔气喘吁吁冲进来，对着司徒文倡说：“倡叔，不得了啦！要点炮了，您快去！”

司徒文倡忽地起身，没跟县长打招呼就冲出了房间。关基礼脸色也变了，红衣大炮一响，今晚将死人无数，他似乎闻到了棺材的气息，跟着司徒文倡也冲了出去。

大堂里的人面面相觑，不知如何是好。沈载和疾步来到街上，朝天鸣枪，藏在横桥头的捕属乡团听到三声枪响，马上从一栋两排窑洞的房里冲出来，往牛墟方向奔去。

司徒懿江没有参加两族会议，半夜他从蚬冈带来了十几个人，又用马拉来了一门红衣大炮。壕沟里的后生仔看到有人加入队伍，一个个挥拳叫好。他们一进壕沟，就有人忙给他们头上绑红布带，有人忙着架设大炮，填装火药和弹丸。没有人用过大炮，大家害怕炸膛，埋了一根长长的引线。

装好了弹药，司徒懿江要求把炮口对准丰庆押门前的骑楼，他要把关氏新建的楼房轰倒。

司徒后生仔朝骑楼放冷枪为的是示威和泄愤，用大炮来轰炸，性质就大不一样了，这无异于宣战。大炮一响，关氏的炮弹必定会打过来，什么后果想都不敢想。

司徒懿江已失去了理智，他的丰庆押成了活靶子，每一声枪响都打在他身上，他无法容忍这样的欺辱。他铁了心，要趁这个机会轰平他门前的骑楼。

司徒文倡赶到壕沟，几个后生仔已经劝不住他了，司徒懿江喊道："我今日就是死，也要与姓关的一齐死！"

他一把点燃了引线，所有人吓得往两边躲。火焰兀自闪烁，火星飞溅，蓝色与橙红交织，妖艳而魅惑，发出"嗞嗞嗞"的响声。火焰虽微小，在漆黑的夜空却如烟花一样醒目，燃得人惊心动魄。

壕沟瞬间陷入了死一般的寂静。

对面壕沟关氏后生仔发现情况不对，有人大喊："扑低！扑低！"

司徒文倡朝着这团蓝幽幽的火花扑上去，只觉得脚下的浮土软绵绵的，他有陷入泥泞的感觉。他像一条飞鱼，身体几乎扑倒，周围的人和物全都消失了，只有风在耳边如浪似的呼啦啦响……他像溺水的人抓住了一根枝条，死死掐住了引线。火在他的指间燃烧，他也不觉得痛。他既掐不灭又扯不断，心一急，对着引线撒尿。

火花终于熄灭了。

关氏壕沟一阵骚动，关基礼也赶到了。司徒文倡怕误解，大吼一声："无事啦，不要放炮啊——"

司徒懿江还不肯罢休，司徒文倡说：“你跟我走。有理跟县长说去！”

捕属乡团这时赶到了，县长一声令下，“是谁放炮，给我拿下！”乡团把司徒懿江抓了起来。

沈载和大吼一声，捕属乡团几十条枪一齐朝天射击，枪响后，他喊话：“谁敢开枪，这几十条枪就朝谁射！”

牛墟又安静了。任何细微的响动都牵紧了县长的神经。

“我是县长。你们听好了，要是不想死，你们现在就离开。天亮还不走，见一个抓一个，让你们牢底坐穿。”

他又喊话关基礼，要他约束关氏。

县长带的捕属乡团一分为二，一排人端着枪冲到了关氏壕沟前面。

在捕属乡团的枪口下，司徒文倡和关基礼在两边一个一个劝退。

壕沟里的人慢慢散去。看看人走得差不多了，县长让人带着司徒懿江回到了商会。

大堂里宗长们坐立不安，心都提到了嗓子眼，大家非常害怕听到炮声。

沈载和一回来，人人松了一口气。县长落座，端起茶杯咕咚咕咚几口一饮而尽。旁边的人马上给他续茶。

他就像出去方便了一下，什么事情也没发生一样。沈载和示意宗长们坐下，请大家一起商量争端的解决之策。

鸡叫两遍，司徒文倡和关基礼都回来了，他们报告县长，两边的人都撤走了，红衣大炮也搬走了。县长连打了几个哈欠，有人畀他倒来了一大杯咖啡，他一口气喝了大半杯来提神。

县长的用心宗长们十分感佩。民国县长上任离任跟走马灯似的，今天来了个胖子，明天换个瘦子，宗长们经常连姓氏都叫错。沈载和大不一样，他上任即剿匪救人，悬红缉拿惯匪，将县城与各区乡义学、书院、学堂改为小学校，推行新县制试点。现在又利用侨资在赤坎、三埠建筑新城，今晚的表现更是令宗长们刮目相看。

沈载和知道赤坎关氏、司徒氏华侨的经济实力不容小觑，这些年他们从美国、加拿大汇寄的银信激增，这跟美国、加拿大等国家大战结束后开始搞经济有关。他希望利用这个机遇来建赤坎新城。但建城与两族能否和睦相处关系重大，关氏司徒氏必须和解。

经过一夜商量，司徒氏同意退出横桥头占据的土地，坟地不再扩大。关基礼提出，两族共同成立一个房屋建筑股份有限公司，设计建筑房屋，然后对外出售，优先卖畀关氏司徒氏，所得款项由两大家族平分，主要用于赤坎城市建设。

县长当场表态，他个人支持这一方案，以表示县府对新城建设的支持。但土地要办理有关审批手续，缴纳税款，取得土地权证。

牛墟土地之争，双方同意县长的建议，设立一条界街。县长说，就叫塘底街，由他亲自参与划界。以后司徒氏关氏都不得越界。

司徒懿江被带到大堂，县长让他坐在角落。他觉得自己的问题还没有解决，当即提出要拆掉丰庆押前面的骑楼，又骂关氏贴着他的屋强砌围墙，非常无理。

关氏一位宗长立即反驳："我在自己的地上建房天经地义，你无权干涉！哪像你拆屋建铺都建到关族的地界，无耻！"

两人吵起来，县长大怒，一拍桌子，厉声斥责道："你们还有完没完？闹出这么大的事，不感到羞耻吗？"

他又指着司徒懿江说："今晚的事情还没有找你算账！你差点闯出一场大祸！现在最要让步的就是你们两个！"

两人没再吭声。县长语气稍稍缓和了一些，"关氏砌的围墙被司徒推倒了，不必再提。关氏建房并无土地之争，这是他的权利。这个事情只牵涉到风水。"

说到风水，他要司徒文倡来解决，县长知道司徒文倡懂堪舆。

司徒文倡脑海里闪过一个念头，他有了破解之道，缺的是一个堪舆大师。他提出濂川司徒公祠前面不要砌房。

关氏让了一步，同意了他的要求。

第三章

十一

司徒誉站在阿爷的身边，看到阿爷嘴巴微微张开，脸上没有血色，纵横交织的皱纹雕塑一样凝固，怀疑阿爷是不是还活着。他轻轻把食指和中指靠近阿爷的鼻孔。

司徒不徙睁开眼睛，发现孙儿来了，他笑了，咳了一下，就扶着椅子靠背站了起来。老人动作麻利，司徒誉要去扶他，他摆摆手，示意自己能行。

从钟楼下来，三楼展厅和二楼藏书库都没有人。藏书库微弱的灯光照着一排排书架，书的颜色枯黄，散发出淡淡霉味。图书馆很长时间没有增添新书了。

一楼大厅高大宽敞，在楼梯上俯瞰，大厅显得有些空荡。教伦堂宗长司徒亮、司徒宗卫坐在一张大台上，正在商量编族谱的事情。看到两孙爷下来，热情招呼他们来坐。

司徒亮冲司徒誉说："今天得闲啦，来饮杯茶啦。"他起身去取台上的热水瓶，又端过来一个茶盘。为归还司徒祖祠的事司徒亮没少找司徒誉。司徒誉常来图书馆，跟老人们混得很熟。

刚一落座，《教伦月报》社长司徒健平抱着一摞书进门。放下书，他抽出一本递给司徒誉，"镇长，印刷厂刚送到的，新一期刊物。"知道镇长来了，他特意来送刊物，编辑部就在图书馆大院里。

司徒誉翻阅刊物，插页铜版纸彩印的是家族近期的活动照片，内文有《乡讯族闻》《来鸿去雁》《海外侨情》《文苑艺园》等九个栏目。

司徒誉读了《远客来访缔结友好关系》一文，马来西亚麻坡市中化中学与教伦中学进行文化交流，教伦中学的三位老师分别讲解了中国的对联、诗歌和创意作文。

又翻到司徒乔油画在京展出的消息，中国美术馆工作人员开了武警车专程来司徒氏图书馆，借出司徒乔的油画《孙中山殡仪写生》。这是司徒乔参加孙中山逝世悼念活动，在孙中山灵前画的。他把画送给了守灵的宋庆龄。后来这幅画挂到了孙中山的故居，最后又回到了作者的家乡赤坎。

月报还登载了"司徒麦玉琴女士的家乡情""本忠的后人找到了"等内容。司徒誉一番称赞后，建议多增加一些栏目，把竖排改为横排，把32开本改成16开大开本，全书彩色印刷，扩大容量，多报道些侨乡生活。

社长向他提出内刊经营问题，司徒誉略一犹豫，说他去找外事侨务局商量。侨务局是刊物主管单位。

两孙爷从图书馆出来，司徒誉放慢了步子，陪阿爷边走边聊。这条路是司徒誉读书时走的路，周围房屋变化并不大，但他感觉却大不一样，恁是个平房年代，三层楼的房屋就是高大的楼房，如今习惯了高楼，旧屋就愈加显得低矮了。

中华东路139号，房屋走廊外立柱上，鹅黄色的“新华书店”四个字依然醒目。屋檐上的字“文璟庐”脱落了，留下了字迹，毛笔字的秀丽刚劲仍可感受得到。这是司徒誉曾祖父司徒文倡题写的楼名。当年没有用“新华书店”取而代之，算是对题字人的尊重。

文璟庐楼高两层，旧时开过书局，后来做了新华书店。两孙爷从骑楼进入客厅，大厅进深特别长，正对大门的墙壁挂了一个暗红色的神龛，上面供着祖先的神位，神龛上红色灯泡代替了蜡烛，从早到晚一直亮着。

神龛右边挂了司徒文倡的照片，长方形的脸，棱角分明，他的眉毛浓黑，嘴唇微凸，一脸笑容，眼睛炯炯有神。司徒誉长得跟他神似。

神龛左边挂了一幅画。画是司徒不徙亲手挂上去的，是司徒乔的一幅速写。司徒乔被关过美国监狱，被驱逐出境，司徒文倡被关过天使岛，被遣返回国，类似的遭遇使他们成为朋友。这幅画是司徒乔从美国治病搭乘“威尔逊总统”号邮轮回国时，在船上遇到几位老华工，为他们画的像。

画的上方用毛笔写了十几行字，写到了四邑六百农民的命运：他们于一八九七年被美帝资本家骗至檀香山高威岛垦荒。在汽船枪手的警戒下被逼与外界完全隔绝。五十三年中备受严酷之压榨，至一九五〇年已死亡殆尽，只余李东号、汤心海、郑进禄等九人，血枯力尽，耳聋眼瞎，始被中华公会遣送回国……

这六百人就是被卖猪仔骗去的。他们在高威岛种甘蔗、稻谷。夏威夷中华公会为九位华工每人募了一张船票和四十八元美金，他们终于踏上了归国之途。

这幅名叫《三个老华工》的画与出版的同名画作不一样，应该是写生画，三个人物相对独立，都是用铅笔画的，画上盖了司徒乔的印章。

客厅后面是个天井，也是楼梯间。楼梯周围盛开着月季花、簕杜鹃。满墙的爬山虎，一片片绿叶叶尖朝下，向外张开，无数叶片相叠，像挂了一道绿色瀑布。大哥司徒解放一家住在楼上。司徒誉回赤坎当镇长，家里在二楼为他腾了一间房。

两孙爷穿过天井来到了司徒不徙的卧室。卧室里挂了司徒不徙太太的照片和一张全家福。全家福里，司徒不徙的母亲抱着三岁的儿子司徒不平。司徒不平穿开裆裤，伸手来抓司徒不徙的鸭舌帽。司徒不徙站在父亲身旁，两人的个头差不多一般高。那一年他十六岁。

照片是在衙前街漱玉影相铺照的。照完这张全家福不久，司徒文倡就离开了赤坎。恁时来影相铺照相的人已经好少，汇来赤坎的银信也少了，墟镇市面变得十分萧条。

司徒不徙有两个弟弟一个妹妹，恁时大弟弟司徒不偏和妹妹司徒不逸在广州读书。后来妹妹去了香港，小弟弟司徒不平去了美国。现在只有司徒不平健在，刚过了八十六岁生日。

阿爷每次从图书馆回来都要在卧室单独待一阵，跟太太说说话。太太的照片是她去世那一年在天井照的，天天笑脸跟他相对。

司徒誉从阿爷卧室出来，经过父母的卧室，又走进一个天井，来到餐厅。厨房里阿妈正在忙碌，她烧得一手好菜。

司徒誉叫了一声“阿妈”。

儿子这么早回来有些奇怪，平时他要应酬到很晚才回来，也很少在家里吃饭，阿妈说：“你回来啦，我加两个菜吧。”

司徒誉进厨房来帮忙，阿妈赶他出去，他拿过生菜来洗，问道：“要是有人买我们的房，你愿意卖吗？”

阿妈切肉的刀停在半空，“你怎么有这样的想法？”

“没有。只是问问。”

“这是家啊。我嫁过来就住在这里，还能住到别的地方去吗？”想到儿子为出国的事纠结，她又说，“你要去美国也不能把这个家卖了吧？”

“妈，没有的事！我只是随便问问。”

“你把江门的房子卖了？”

司徒誉无奈地摇摇头。阿妈遇到一点事总是要打破砂锅问到底，不揪出最初的动机决不收兵。

“那你发什么神经问卖房的事!”她不相信他只是随便问问，背后肯定有原因。她遇事爱联想，马上就把儿子今天早回家跟卖房的事联系起来，“今天有人跟你谈卖房的事了?”

司徒誉投降了，“阿妈，你能不能当我什么也没有说啊。”他放下生菜就去阿爷的房间。阿妈以奇怪的眼神望着他出门，“都问我卖房了，还当什么都没说。”

司徒誉想陪一下阿妈，想不到一句话让阿妈穷追不舍。平时她借关心的名义问这问那，谈一件事她非要问得清清楚楚，否则她会一直放在心上，过了很久还会来问。司徒誉跟她说话总是小心翼翼。

阿爹跟她不同，他半天不说一句话，司徒誉自然跟他说的话也少。阿爹喜欢打牌，在外面的时间远比在家多。好在司徒誉跟阿爷有说不完的话，什么话都可以跟他说。

回乡当镇长，司徒誉待在家里的时间很少，一有时间他就去村里了，新农村建设是他重点抓的工作，他喜欢下乡，走进田野就觉得周身舒坦。

赤坎地处潭江河谷地带，土地平展，良田万顷，田园风光很美。远处的百立山、百足山、梁金山，三山皆为孤峰，像一笔幽蓝抹入天际。新农村建设搞村村通公路，又实现了亮灯工程，天黑了村里也都是通亮的，进村方便得很。

但村里住的人极少，迎接他的都是狗吠，见到的大都是伯爷公、伯爷婆和细佬仔。大片田地租畀了外省人耕种。村里人有的进城，有的出国。有的村里，人们都去了同一个国家，如加拿大、美国，这样的村被称为加拿大村、美国村。有人出国丢下细佬仔，这些留守儿童被称作“洋留守”。

面对这样的局面，司徒誉思考着赤坎新农村建设的路该如何走。他在青砖青瓦老屋的巷子，绕着高大的碉楼猜测它的主人，一种跟岁月对话的感觉笼罩着他。村落都是聚族而居，一个大姓好多个自然村毗邻而居，在农村，家族的影响仍然很大。

他想以乡村文化建设为抓手，首先凝聚人气，这个做起来相对容易。他便鼓动关氏始祖村大梧村带头建一座文化楼，把始祖荣公的塑像立起来，向关氏后人发出召唤。

荣公的塑像和文化楼建设果然得到了海内外关氏的热烈支持，旧金山华侨关则荃带头捐款。他是大梧村人，文化楼落成这天，他专程从旧金山回来参加典礼。相邻的一百多座关氏村庄都来代表参加雕像揭幕，特别是从远方回来的人很多。

揭幕典礼后，司徒誉在新大楼跟华侨和从港澳回来的昆仲聊新农村建设。关则荃发言讲得很动情，他离开国内三十多年了，想不到村里的人都跑出去了，看到村子空了他很难过。

关则荃去赤坎墟牛圩路看了祖屋，屋后小花园的金鱼池不见了，到处杂草丛生。两百多年的龙眼树倒十分茂盛，但久已无人打理。他希望古木得到政府的关照。特别是赤坎墟的旧屋，有的已经倒塌，没有倒塌的墙上长了杂树杂草，墙面颜色发黑，一幅败落的景象。关则荃希望政府想办法恢复古镇昔日的繁荣。古镇繁荣了，村庄自然就有生气了。

散会时，一个女子从门前走过，银光一闪，施施然走向广场。司徒誉感觉女子是飘出来的。她个子高挑，一身雪白的连衣裙，钻进蓝色小车时，摘下白色的太阳帽，一头乌发瀑布似的垂了下来。

司徒誉以为她是华侨，村支书告诉他，她是老师，找村里的老人来采访，问的都是村里以前的事情。

这也是司徒誉爱问的问题，从前的事情村里老人知道的也很少，甚至有的村搞不清楚碉楼的主人是谁了。她在做乡村田野调查？司徒誉脑子里突然冒出了一个念头——何不搞一次乡村记忆调查，把赤坎每个自然村的村史、人物、碉楼、祠堂等记录下来，出一本书。赤坎墟如果卖掉了，有的村将会搬迁，村史也就被抹掉了。如果能有一本书把村史记录下来，将成为永久的纪念。他灵感一来，书的名字也想好了，就叫“碉楼深处是我家”。

新农村建设，文化是魂。文化是有根的，了解并铭记乡村历史非常重要，这是继承和发展地方传统文化的基础。海外华侨能回乡梓的是少数，这本书还可慰藉他们的思乡之情，加深对故土的了解。书能凝聚各地的乡亲，让他们关心支持家乡的建设。他把这一想法跟村支书和关则荃说了，他们连声说好。

司徒誉想让镇政府的年轻人和开平一中的老师组成一个调查编写组，他给校长打电话，谈了他的设想。校长是司徒誉的同学，也是赤坎人，他认为这是一件很有意义的事情，非常值得去做，他推荐学校的历史老师徐芷欣。她对开平历史尤其是赤坎家族的历史很有研究，调到一中工作后，她一直在采访和收集各种史料。两人商量，就让徐芷欣担任执行主编。

司徒誉又打电话给阿叔吴容志，请他资助图书出版。吴容志喜欢写旧诗词，热心文化公益，接到电话他很爽快就答应了，还主动提出当个名誉主编，安个身份好办事，他要来做些实事。

晚上陪华侨吃饭的时候，司徒誉接到了徐芷欣的电话。得知镇长要采写一本书，徐芷欣十分兴奋。她谈了自己对赤坎的认识和书的构想，她的见识让司徒誉有些惊讶，他约她来面谈一次。徐芷欣提议去深荫岛。

十二

深荫岛是赤坎最大的岛，岛靠近潭江南岸，岛上有疍民居住。去深荫岛要从江南大桥过潭江，上江堤左拐。江堤上有一段险路，一边是江，一边是低洼地，窄窄的公路悬空数米，胆小的不敢开车经过。

这天黄昏，司徒誉车过险路，担心徐芷欣过不来，他下了大堤，在沙石铺的停车场停好车，给她打电话。徐芷欣说她已经在岛上，正在桥头等着他呢。

走上浮桥，果然对岸桥头站着一位女子。她的身后是一堵城门，城墙形似长城，城门上写了三个黑体大字“深荫岛”，颇有一些《水浒传》的味道。

女子身材高挑，穿一条雪白的连衣裙。司徒誉一眼就认出她就是那天从大梧村巷子里飘出来的女子。

他边走边看，女子的脸庞渐渐清晰，黑而细长的眉毛，眼睛又弯又大，有一口洁白的牙齿，有种说不出的娟秀。徐芷欣见了镇长落落大方地笑了笑，打过招呼，自称是岛上土著。

岛上沙湾村是疍家人的村，司徒誉犹疑地问：“你是疍家人？”

徐芷欣点头，抿着嘴，鼻孔重重哼出一声“嗯”。想不到疍家渔村出了这么标致的女子，司徒誉暗暗吃惊。

上岛往西走，经过一个游乐场，很快就到了餐厅。他们进了临江搭的一座亭子，木梯、木柱，房顶盖的也是木板。亭内可以眺望潭江主河道，江面停了好多疍家渔艇。

餐桌上摆了一套紫砂壶。徐芷欣给镇长让座后，在冲茶的位置坐下来，撕开一包潮州鸭屎香，倒进茶壶，又提起旁边一把不锈钢热水瓶，熟练地倒入滚水，然后洗杯、沏茶、端茶。

天还没有黑，月亮就出来了。江风有了丝丝凉意，拂动她前额浅浅的刘海。徐芷欣双手端茶给他，指了指疍家艇停泊的地方，说：“那就是我的村。”她脸侧过去，鼻子和颧骨显得有点高，轮廓清奇。

“镇长不记得我呀？我可听过你讲话。你来过我们学校好多次啊。校长经常夸你。”

“嗯。好像见过。”司徒誉笑了笑，说了句言不由衷的话。

老板不知道徐芷欣请的是镇长，上菜的时候见到司徒誉，忙说：“镇长来了也不说一声，好久不见你了，这顿饭我请客。”

“我请的客啊，不要跟我抢。”徐芷欣急忙说道。

听语气感觉他们两个人很熟。司徒誉说：“谁也别抢，今晚我请。”

“今天的菜，鸡是我们家养的，鱼是我们家打的，菜也是我们家种的，镇长还要跟我抢单吗？”徐芷欣看着镇长，司徒誉也盯着她的眼睛，他犹豫了一下，“好吧，今天算你请，下次我来请。”

菜已经点好了。第一道菜蒜蓉蒸蚬上来了，他们边吃边进入正题。徐芷欣说：“镇长的选题非常棒。按自然村把乡村历史做个普查，记录成书，很有价值。在赤坎，关氏司徒氏两大家族是主体，全书按村来编目，但出现了一个问题，两大家族迁来赤坎的历史会拆成一堆碎片，很难反映出来。您看这样好不好，不如家族迁徙单独写一章？”

司徒誉觉得她说得有道理，点了点头。

她接着举例，“关氏迁粤始祖关景器被贬冈州，他的第六世孙关兴义迁来赤坎，落脚大梧村。芦村、大树村和廊下村是他后人建的，从朝阳里开始朝南拓建。这些村在宋元时期兴建。明代中期，家族向更远的地方建村，关易辰建龙背村，关芦庵建三门里，关子瑞又从三门里迁出建井头里。在明代隆庆年间关氏成为这里的望族。”

徐芷欣讲家族的繁衍和迁移如数家珍，司徒誉看她的眼神多了一层赞许。

“清代关氏家族扩张得更快了。康熙十九年，元九的后人出芦村建沙地村。同治十二年，关国信、关裕锡迁出招村，建毓秀里。光绪二十六年，关上登从龙背村迁出，建田心村。还有蝦村、龙岗、常安等一百多个村落都在这个时期建立。潭江北岸大片的土地都是关氏的地头。”

徐芷欣一边给镇长夹菜一边说，她一口菜都没来得及吃。这几年她在赤坎周边做乡村历史调查，难得有镇长这样一个说话对象，因此越说越激动。

司徒誉听得认真，他羡慕她惊人的记忆力，“你记忆力这么好，是不是电话号码都不用存啊?”

徐芷欣马上报出了他的手机号码。她说:“也不是吧，不过经常有联系的朋友手机号码我都记得。”她又把他的车牌号报了出来。司徒誉惊得吸了一口气,“你怎么知道我的车牌号?”

“你经常来我们学校嘛。我就记住啦。”

“你真的是过目不忘啊!”

“家里丢了东西总是问我，只要我看到过我都能找到。小时候背古文、玩魔方、算术，谁都比不过我。谁答应我的事我一辈子也不会忘记哦。”说完她笑了起来。

“你喜欢历史是不是也跟你的记忆力有关?”

“是啊，没办法，我看过的东西都记得。有时一对比就来了兴趣。”徐芷欣顿了顿，又说，“不过也有不好的。”

司徒誉接话：“有什么不好？”

“我也记仇啊。”

司徒誉笑一笑。这么翔实的村与家族繁衍的关系能做到脱口而出，不只是记忆力好，也一定投入了巨大精力。

这几年他跑村，同样的对象，在他与她的眼里却大不相同。新农村建设他调研各村如何发挥资源优势，特别是集体经济抓什么，困难家庭如何脱贫致富，还有改善村民的居住条件和生活环境，落实村民自治制度，做好民主决策、村务公开等管理和监督。还要处理家族矛盾，调解修路、征地的纠纷，养殖户水污染问题更棘手，项目资金谁先谁后村与村相互攀比……

徐芷欣每提到一个村，他脑海里就浮现那个村的模样，各村的姓氏他是记得的，南岸邓氏的小海村、梁氏的沙溪村、徐氏的三圭里、余氏的两堡村，西面胡氏的儒良村和乌金村、黄氏的黄烈村……

服务员上了一碟枸杞虫草花蒸鸡，香气扑鼻。司徒誉给徐芷欣夹了一个鸡腿，要她趁热吃。徐芷欣说声谢谢，起身给他添茶。

“赤坎出了好多了不起的人物，把他们零星地放入各个村，会被湮没。您觉得这样好不好，把主要的人物集中起来，专门用一章来介绍，写村史人物时只需提一笔？”

说起司徒氏名人，徐芷欣又数开了：中股村牛路里美洲侨领、致公党创始人司徒美堂，新楼村首创中国有声电影的司徒慧敏，书楼村中国红色摄影先驱沙飞，沙洲乡回龙里中国第一个万吨巨轮设计者、第一个小提琴制造家司徒梦岩……

司徒誉笑着听她数，他知道她是在赞美他的家族。司徒氏确实出了很多人才。他插话:“永安里美国首位华裔州议员邓悦宁、红溪村中国香港武打片创始人关德兴、朝阳里中国有声电影拓荒者关文清。”

两人相视一笑，司徒誉说的都不是司徒家族的。他的手机响了，太太伍晓蕾从美国给他打来了微信电话。

走出亭子，伍晓蕾柔软的声音传来，她要他看一本教材。伍晓蕾在洛杉矶核桃市开办了一个中文补习班，开班在即，她自编了一套教材，一些内容请他帮着把把关。之前招生广告也是司徒誉修改润色的。

月色朦胧，月光洒在江面，一条疍家艇在远处靠岸。很长时间司徒誉才回来，看到夜归的渔艇，他想了解一下徐芷欣的经历，便把话题往疍家人身上引，“晚上还打鱼吗?”

“晚上打鱼啊，特别是今晚月圆，潭江涨潮，鱼才多呢。”

司徒誉去过岛上的小渔村。村里只有十户人家，几十个人。徐芷欣说:“村里人打鱼有分工，有的人家打大鱼，有的打小鱼、捕虾，有的捞蚬。”

“那你家里打什么鱼?”

“我阿爹打大鱼。”

“你阿爹多大？现在还打鱼吗?”

“快七十了，他身体好。他打鱼不用费劲，每天只管去收鱼。”

司徒誉好奇地望着她，徐芷欣笑笑，“他发明了一种懒人捕鱼的办法，人家的网是垂直放的，他的网是平铺在水面。鱼总是要出水面换气的，换气就触网了。”

徐芷欣用手指了指岛的东北方向，“渔网就在那边，他在那条河汊放了一些树枝，做了一个鱼窝。他每天只要去收鱼。”

“一天能打多少鱼？”

“多的时候有一千斤，少的时候有四五十斤。”

想不到疍家人这么有智慧。他对疍家了解不多，又问：“三圭里姓徐的，跟你们疍家姓徐的是一家吗？”

徐芷欣点点头，“是一家。但三圭里不承认我们是一家。河南洲的疍家认我们。因为水上疍家被人称为‘贼’，他们加入余富彦的水军，在潭江流域抗清。”

河南洲的疍家人，当年政府为他们上岸建了房，但他们仍以捕鱼捞蚬为生。三圭里人一直耕田种地。司徒誉说：“我去过三圭里，你们的祖先大概是明初迁来赤坎的。徐云龙带了长子南岭、次子南嵩到百足山下军垦，建了三圭里。他们自称是东海郡隋唐徐茂公之后。你们这一支是怎么到水上的？”他不知道自己这么说会不会伤了她的自尊，因此语气很轻柔。

徐芷欣倒很坦然，带着几分自嘲的口吻说：“徐氏是朝廷派来管理赤坎河段的小官，三代都好穷。云龙公的后人海明公掌管潭江船务，他来到现在开平一中这里，那时叫鱼笱庙。海明公后人以打鱼为生，从此再冇上岸。”

两人吃菜，徐芷欣把凉了的茶倒掉，泡了热茶。她又提了一个建议，把赤坎发生的大事件独立出来。她列举了土客械斗和华侨出国。土客械斗前，赤坎人口稠密，有二十四姓。当年司徒氏提议建了二十四姓祠堂。十年土客械斗，赤坎姓氏减到了六个。其他姓氏被迫远走他乡，有的去了雷州半岛、琼州，有的到了广西容县、贵县，有的渡过北仑河去了越南。这些都是客家人。

司徒誉听阿爷讲过康乐书院二十四姓祠堂，他去看过。老屋的坡屋顶用巨大的坤甸木支撑，里面又空荡又幽暗，早就不是什么祠堂了。把大事件分散到一个村一个村去讲，的确叙述不清。

老板过来，睇到一桌菜冇动几下筷子，说：“别光顾着说，要吃啊。我畀你们去加热一下。”

菜热好又上来了，司徒誉说：“饿了吧，先吃。今天是讲不完的，以后还有机会。”他给她添了一碗汤，是冬瓜煲带子、薏米和瘦肉汤。冬瓜是潭碧产的，肉厚瓤少，汤料盛在冬瓜里面用慢火煲出来。老板又端上来香喷喷的黄鳝煲仔饭。司徒誉喜欢吃的是瓦钵底的锅巴。

一条黄狗一次次走上来，抬头望她，又去蹭她的裙子。徐芷欣没理它，它无趣地走下木梯，趴在路边。偶尔有什么动静，突然起身跑开。

月亮升上中天，司徒誉问她晚上睡哪里，还睡家里吗？她说就睡在岛上，她有一张榻榻米床。

司徒誉本打算开车送她，看来不用了。岛上临江建了好多吊脚楼，房里都是实木地板，床是榻榻米。他想她一定经常睡这里。

徐芷欣还要为他续茶，他摆了摆手，说：“今天收获好大，这本书一定很厚重啊！不早了，我下次再请你吧。”

徐芷欣把他送到江边的浮桥上。万籁俱寂，江上波光轻漾，江风吹得异木棉和糖胶树的叶子沙沙作响，彩灯早已熄灭了，深邃的夜晚仿佛只有他们两个人。

司徒誉伸出手，徐芷欣愣了一下，没想到他会握手。她的手掌很大，柔软丰满，无论什么时候都是湿润的，像被水浸过。她不愿意跟人握手也是因为手心的汗水。放开手，两人没再说话，彼此招招手，笑一笑。

司徒誉走上浮桥，窄窄的木板搭在船上，两边木围栏泛出幽幽蓝光，从一条船走到另一条船上，他像走向一个陌生的世界。浮桥发出的响声从木板传到船舱再到水面，像是另一个人踏响的。

到了对岸，江面传来一阵“咔咔”声，有人把江中一段桥吊起来了。

十三

第二次见面司徒誉没有约徐芷欣饭局，直接约了周六去横桥头。

这里是当年引发关氏司徒氏械斗的地方。阿爷多次讲到这一事件，他看到两族对峙的场面，晚上听了一夜枪声，很长一段时间他都感到惊悚。

横桥头在赤坎墟东北方。司徒誉开车接上徐芷欣，车从墟镇一角穿过即到，他把车停在村边，两人走路进村。

村口牌坊写“横溪西社”，这是最早的村名。旧时村都建在溪边高地，用溪来命名。社是清朝旧时的编制，保甲制不足一百六十户的称为社。这一带大海潮涨潮落，到处是苇草、蓢草，土地含盐碱不能种植，要靠溪水洗土后才能种庄稼。

他们走到一座模样古怪的建筑面前，中间一条走廊，廊顶是筒拱，走廊两边各开一排门，门内空间似窑洞，屋顶也是筒拱，刚好一人高。从外面看，走廊两边各一排并列的筒拱，每个筒拱外墙开了一个很小的窗。

司徒誉曾多次问过村民，没有人说得出来它是做什么用的。相邻的一位老太公说他的阿爹在里面做过豉油。是养猪，还是兵营？能够肯定的是这里曾设过巡检司，古道从村前经过进入赤坎墟。曾有山西人在巡检司为头，难道是他建的窑洞式营房？

徐芷欣转了两圈也不知道是干什么的，她拍了一些照片。司徒誉发现池塘边围了几层花岗岩石板，有一面是磨平的，他相信这些石板就是古驿道的。

村里一排房屋排列不甚齐整，房屋并不多却被隔成三段，每段分界处有一棵古榕，三段房屋的门前各有一口池塘。中间一段的人家姓关，两边都是姓司徒的。关氏司徒氏当年在此争地，官司打到了大理院，从两姓穿插居住情况来看，还能睇出一些端倪。阿爷告诉他，他的曾爷爷就是因为这个官司倒霉的。他主持了公正，却得罪了本族的人。

徐芷欣自然了解这场官司，司徒内部开始攻击司徒文倡，把他告到了县衙。县府立案调查，县长亲自办案，轰动一时。那晚县长出面调解两族械斗，他带的捕属乡团的兵就埋伏在这里，也许就是藏在这个建筑物内，里面藏几十个人并不显山露水。

阿爷曾用司徒文倡的案子提醒司徒誉，“做事情想平平安安很难，牵涉到方方面面的利益，人在风口浪尖总是容易受到伤害。有时事情做得多对前程反而不利。”

司徒誉想，他当镇长如果卖掉赤坎墟，古镇来一个改天换地的大变化，连主人也换了，他将面临怎样的局面？他的命运又会怎样？如果他不做，还有一年多就换届了，他有机会升任其他镇的党委书记，然后副市长可期，一路平平安安。要是投入这个大项目，不仅风险大，还会不利于仕途，他要在项目半途离任是很难的。即便领导有心提拔，有人提出这个要求，领导也不得不考虑。

来到横桥头自然说到了曾爷爷的遭遇，徐芷欣与他有不同的看法，她说：“赤坎是不会忘记你曾爷爷的，老太公是好样的！他在广州人脉那么广，人家的官越当越大，他的官越当越小，他只想做事，特别是要为家乡做点事。他制止了一场械斗，却遭受那么大的冤枉，后来投身教育，从来没有忘记家乡。在他走之后，关氏司徒氏从此和睦相处，再冇发生过争斗，他功德无量啊！”

司徒誉向她投以感激的目光，她太不简单了！他有强烈的相见恨晚的感受。从她身上他认识到一个人懂得历史有多么重要！

去骑龙马村的路上，田野上远远传来鹅群的叫声，稻田上空白鹭嬉戏。村口稻田深处的社稷神位，社稷之神塑得像个小老头，孤独地对着浩荡的稻田，滚滚稻浪扬起清锐又浓郁的谷香。

他们沿着一条青砖铺的田间小路进村。村里没有人，只有几条狗跟着，不时吠几声。房屋被疯长的古榕、簕竹和青藤覆盖。这些民国砖混建筑都是平顶楼房，高大、牢固，村头碉楼宏伟，房屋比其他村建得都要好。

与别的村不同的是，很多房屋坍塌了，有的窗门洞开，杂树从房里长出来，长得十分高大凶猛。树木长在它不该生长的地方，让人感觉十分怪异。徐芷欣看着有点害怕，紧紧跟在司徒誉的身后。

骑龙马村是赤坎与塘口交界的地方，又叫荣桂坊。司徒誉来骑龙马跟去横桥头一样，想了解从前的土地之争，实地体察一番，听听徐芷欣的见解。

民国十七年（1928），上塘村的方姓归侨向伍姓和关姓买了骑龙马的土地，准备建立新村。地主关鹤逸是赤坎第一家金银专营店汇通银号的老板，他以保障方姓华侨安全为名，敲诈了方氏六万多元。乡长关纪营知道这件事情后，也想从中揩油，但没有得逞，由此对方氏怀恨在心。

伍姓迁走后，骑龙马以方姓为主。村里二十四户人家，关姓只有关朝相、关如渊、关崇更和关崇加四户，他们都是美国归侨，建起了四栋楼和一座碉楼。关朝相、关崇更与方氏因路基争执结怨，关纪营便从中挑拨，指使人将关姓的一间小房烧了，然后嫁祸于方姓，再一次进行敲诈。

方氏见关氏仗着人多势众，喊打喊杀，有的迁回上塘村暂住，有的白天躲避，晚上再回碉楼住宿。为了息事宁人，附近方、周、李、谢四姓出面找关纪营商量，方氏表示愿意送几千元茶钱畀关纪营作为答谢。关纪营不肯接受，他嫌银纸太少。

关纪营是田心村人，他管辖四个乡，在赤坎墟开了当时最大的酒楼华兴酒店，女婿是军界头目，有钱有势，人称“乡长王”。

6月14日一早，关纪营串通匪首关龙、张沾、赣四等人，洗劫了方氏。土匪灌火油烧村，烧毁二十三栋房屋，劫走全村财物，烧死十多人，绑走二十一人。绑走的侨眷囚于土塘匪巢，要每家拿三千银元来赎人。

徐芷欣说：“火烧骑龙马后，塘口的方氏集资闹讼，要申冤雪恨。香港方氏出银纸请来军队剿匪，把土塘的土匪窝端掉了。关朝相用光了从美国带回来的六万多美元，最后还是在河南洲与关如渊一起被枪毙，成了冤死鬼。关纪营却跑了。骑龙马的关姓人家也搬走了。”

徐芷欣看司徒誉若有所思的样子，她问：“你相信这是全部事实吗?”

徐芷欣说的是火烧骑龙马事件最普遍的说法，司徒誉知道她还有话要说，“嗯”了一声，等着她继续说下去。徐芷欣把头一偏，刘海从她的额头滑下来，被风吹得轻轻飘动，她没在意，司徒誉心里却微微一颤。

“关纪营事发后没有跑，他跑去香港是解放时的事。他在田心村的东皋寄庐被方姓带来的县兵围住，乡委会委员找县长说明苦衷才帮他解了围。事发后，方姓和关姓都去告了对方，按关氏的说法，是方氏烧了关氏房屋，方氏无人到堂对质，法院有审讯过一次就判了。关氏认为方氏欺人太甚。”

事情过去几十年了，真伪难以辨析。司徒誉是来家乡工作后才听说这个惨案的。他对从前土地争夺的残酷程度深有感慨。他查过县志，看到清代下户杀主的事件。事情由顺德冲鹤肇始，延及新会、新宁、恩平，从顺治四年（1647）至十五年（1658），下户率众杀主，何彦泰占据泮村，潘自显、何荣贵占据波罗村，黄老猪占据独冈村，陈日霭占据上萌畔、扶洞，邓日轮占据楼冈村……这场斗争声势浩大，几乎波及开平全境，士绅纷纷出外躲避。清兵多次派兵剿灭，才将下户的反抗镇压下去。

随后，圆美村的余富彦率众造反。

司徒誉理解，下户杀主事件就是阶级斗争，是地主阶级与贫下中农的矛盾。直到解放实行土地改革，土地矛盾才结束。土改真的很重要。令他感叹的是，现在开平的土地本地人都不种了，租给外省人去耕种。

徐芷欣知道他对土地矛盾感兴趣，就问："你听说过方兰苑的事情吗?"司徒誉摇头。

"你要是有时间，我们去一趟百合镇的沙溪村吧。"司徒誉点头。他看了一下手表，说："先去吃饭，我请你啊。"说完他笑一笑。徐芷欣也笑了。

两人来到塘口镇祖宅村，这里与自力村相邻。走进"五十三度竹下"，一看饭店名字，徐芷欣说："主人一定好酒。"店主笑眯眯来给他们倒茶，说尝尝黄皮树叶冲的茶。两人一饮，果然味道好特别。

巧的是，这个村就是方氏迁徙最早落脚的地方。方氏先祖道盛公是南宋宋度宗的驸马，崖山海战宋亡，他携信安公主避居于此。骑龙马方氏就是从这里迁过去的。

店主姓方，他用布边藤、假蒌两种植物揉进糯米粉，做出了两种口味清香的点心。塘口家糍正在申遗，糯米做的点心品种既多味道又好，徐芷欣一番赞美后，问清楚了这两种点心的做法，她表示回去也要学着做，请镇长来品尝。司徒誉满口答应，笑得嘴都歪了。

开车去沙溪村，往西南方向走，土地欹斜起伏，稻田处处，各村的社稷神位一个接一个闪过。树木与簕竹交织，在微微隆起的丘陵与低低的岖上织成绿色的屏障。从一座牌坊拐进方家庄大道，竹林后面出现了青砖青瓦的传统民居和欧式楼房。沙溪与其他村并无不同。

他们找到了兰苑方公祠，一栋普通陈旧的祠堂，大门走廊地面抬高，两根石柱立在台阶上，大门通道却没有抬高，走廊台阶形成了一个“凹”形。司徒誉在祠堂打听到方氏就是方兰苑的后人，现在和周氏杂居。

明代嘉靖戊午年（1558），方兰苑在这里出生。方家恁时请了一个叫咸世保的管家，谁也不知道他什么时候起的歹心。一天深夜，他勾结同族土匪血洗了方家。方兰苑当时不足一月，母亲抱着他逃命时，他大哭不止。

眼看土匪就要追上来了，母亲把他丢到了一口枯井里，哭声立即停止。土匪在高纠坳追上来了，一阵又一阵惨叫声撕破空洞的黑夜，匪徒捅死了方兰苑全家四十一口人。

第二天，侯背闩一位村民早起耕作，听到婴儿哭声。他在井里发现了方兰苑，把他救回了家。

咸世保听到风声，来侯家搜查。侯家女主人急中生智，把方兰苑夹在腿中，用裙子盖着他，装作纺纱。

当晚，男主人趁天黑把方兰苑送到了沙岗他的姑妈家。

方兰苑长大后娶了张氏、洪氏，生有八子。沙岗张氏担心方兰苑人丁兴旺挤占他们的田地，想要他回沙溪又不现实，经多次商议后，派人到塘口祖宅村联系方氏，谋划联合起来为方兰苑一家报仇。

那是一个漆黑的夜晚，三更五鼓时分，复仇者悄悄来到沙溪。他们先将每户大门锁了，然后从天井翻身进入室内，逐户将咸氏五十多口人杀死。方兰苑报了大仇，搬回沙溪村定居。

如此血腥的杀戮，听徐芷欣讲完，司徒誉起了一身鸡皮疙瘩。为夺土地连细佬仔都不放过，实在残忍。他默默走到兰苑方公祠的廊上，墙上一道裂罅在眼前幻化，仿佛从前的岁月从砖罅里渗出来，他耳边响起了哭声……

大门一副红纸对联，上写“兰庭梅花开五福，苑家竹叶报三多”。司徒誉不明白三多指什么，徐芷欣说：“多福、多寿、多男子。”

司徒誉“哦”一声，他不知道她是不是开玩笑，有多男子的吗？以前重男轻女到了这个程度？

想一想，方兰苑之后四百多年，这里有他这么多后人，传宗接代对家族延绵的确重要。但接下来，他又失望了，问了几个人，对这一场仇杀他们竟然全都不知道。村里华侨建的沙溪图书馆规模很大，他问建馆的情况，回答同样语焉不详。司徒誉对徐芷欣说：“乡村记忆这本书真得抓紧做！”

回来的路上，天色已晚，徐芷欣说：“中国的历史就是一部土地的历史。开平现在的村落格局，背后都看得到刀光剑影。”

司徒誉算是理解了关氏司徒氏争地的矛盾。两族间的矛盾不能说不大，但对峙最终和平解决了，只是族人对曾爷爷憎恨的程度他自己可能轻视了。从别人的悲剧里看得明白，司徒誉脊背有点凉浸浸的，曾爷爷处理这么棘手的事情，真是没顾后果，当年红衣大炮都用上了。

十四

关忆中离开赤坎后，向公司写了一个内部申请，要求通过高层关系联系江门市委主要领导。他找专家论证，又找了程小东，对方被他说动了，派了助手来赤坎墟考察。

他给司徒誉打过几次电话，说话的语气很轻松。话虽说得轻松，司徒誉对他却越来越有信心了。关忆中大大咧咧，他的自信是骨子里的，天大的事情在他这里都是小菜一碟。司徒誉觉得自己太小看人家了，真是井底之蛙。一个全球布局的大公司，五十亿买一座小城轻而易举。

大事就要发生了，司徒誉既激动又惶惑。他想找个人说一说，想来想去，最好的说话对象就是阿爷，老太公可以帮他分析分析。

阿爷经常跟他说曾爷爷建赤坎城的故事，从风水布局，到重要的房屋设计和施工，以及房主人的事迹，特别是每个人克服各种各样的困难，回到故乡来建房。赤坎墟在他们的努力下终于模样大变，赤坎城成为一代人的传奇。

这些业主散布在世界各地，他们忍辱负重，拼命赚钱，把银纸汇寄回乡。他们的人生在今天看来，就是一个全球拼搏的故事。

事关古镇未来的大事，现在只有他一个人知道，司徒誉有些后悔当初没有报告。他老是想起曾爷爷，说不清什么缘由，隐隐约约感觉不安。

一天晚上，他跟阿爷坐在天井里，夜晚的爬山虎显得特别幽暗，月亮出现一阵间就晃过了天井。他冲了阿爷喜欢饮的新化黑茶，开始从自己见到关忆中的那天下午说起。

阿爷在一边静静地听着，等他把话说完，他只说了一句：“盛极必衰，衰极必盛，赤坎墟的命，又到了一个‘坎’上。”然后长长地叹了一口气。

老人想起赤坎墟的起起落落，当年从水上货运起步，赤坎墟第一次兴于明代海上走私贸易，第二次兴于关氏牛墟和司徒氏东埠市场，第三次因为华侨，兴于民国十五年（1926）的城市建设，三起三落。司徒不徙看着墟镇兴建，又看着它一天天衰败，跟随自己的生命一起老去，他心中充满苍凉。但国运如此旺盛，他不相信赤坎墟就这么衰败下去。

这一次兴盛不再是凭借赤坎自身的力量，改变赤坎命运的力量来自远方，它跟国运联系在一起，跟无数陌生的人联系在一起。老人感觉时机临近，他活一百岁就能见证这一天的到来。

但是，赤坎墟卖给外乡人，老居民迁走，古镇将跟司徒氏没有任何关系，阿爹亲手建起来的城市变成别人的东西……这些都出乎他的意料。他们会爱护它吗？它会变成什么样子呢？

听了孙儿的话，他两天没有跟谁说一句话，也没有去图书馆，他就待在自己的房子里，除了来餐厅吃饭，就是在客厅拜祭祖先，一个人喃喃自语。家里人看他行路吃力，以为他病了。唯有司徒誉知道是什么原因，老人失眠了，他也失眠了。

司徒不徙失眠还跟与他交往密切的人有关，不知道几时他们都会聚到了这里。阳世间唯有他一个人健在，他的老朋友全都走了，生命是一场接一场的告别。现在他们又来了，一到晚上就吵得不可开交，嚷着要他的孙子阻止这个买卖，否则他们无处可去。

司徒不徙同样感伤，但他知道一个地方有一个地方的命运，该来的谁也挡不住，没有的谁也求不来。他的孙子也在这个命运之中，这也是他的命。

他安慰他们，既然人家买古镇就是冲着老房子来的，没道理拆掉旧屋建新房。这跟八十多年前建新城完全不一样，前辈创造的城市是有价值的，得到了后人的认可，他们一定会维护好的。司徒不徙用这样的话来安慰他们也安慰自己。

阿爷的心情很复杂，司徒誉是知道的。阿爷跟他说："以后我就冇家啦。他们可以不走，我有法子不离开吗？卖赤坎古镇如果对地方发展有好处，对别人有好处，我不阻拦，但我是要死在这栋屋子里的。

"我冇几多时日了，我要跟阿爹在一起，跟贤勤在一起，他们都在这栋楼里。这里有我们全家人的回忆，我离开了就再也回不到从前了。我现在能天天跟贤勤说一阵话，这里到处是她的身影。我什么也不要了，只需要回忆。"

老人说完眼涩涩的，眼角挂了泪花。他想起了阿爹和工匠们一起修建房屋的日子。搬进新房的时候，房子里还有石灰和油漆的味道，他觉得特别好闻。全家比过节还高兴。弟妹们睡着了，他和阿爹阿妈一晚上冇睡着。阿爹楼上楼下每个房间都去待一下，关上这个门又打开恁个门，跟梦游似的。阿妈跟外婆一直说着悄悄话。

司徒不徙一阵间在梦里，一阵间醒来，似睡非睡，潭江上传来轮船的汽笛声，还隐约听到小提琴声，他感觉潭江平原的夜好辽阔好深邃。直到天快亮了他才迷糊了一下。

第二天，五六个人将一张美国檀香木做的椭圆形大餐桌抬进门来。阿妈从厨房里跑出来，手里拿着锅铲，她用左手去摸，“来得正好！来得正好！”这句话现在依然在他耳边清晰地响起。

秋雾若霁，白鹭亮翅，一片落叶飘入窗口。人人满斟香槟，阿爹正要说话，图书馆的钟声响了，他突然眼圈就红了，“钟声畀我们每个人都带来好运，祝福我们新生活越来越美好！”他一个个碰杯，在阿妈面前停住，“辛苦你做了这么美味的饭菜。”

这一桌菜阿妈筹划了一个星期，是一桌国际化的美食，有美国牛扒、法国蜗牛、意大利比萨、日本天妇罗。烧鹅、白斩鸡、香芋扣肉、清蒸鲩鱼，则是外婆的手艺。还有点心行山饼、禾荅、菱粉糍。

街道上鞭炮炸响了，又有一家店铺开业了……

现在，司徒不徙的心像石头一样收紧。这是阿爹留下来的东西，他在这栋楼里生活从来没有感觉过孤独，那些磨得发亮的扶手，被香火熏得发黑的神龛，天井里花草的光和影，窗上的铁栏杆，意大利的彩色地砖……都成了他身体的一部分，现在他仿佛要跟它们活活剥离。

司徒誉听了阿爷说的话也很伤心，他有些疑惑，阿爷说的他们是指谁呢？难道他知道有人不肯搬迁吗？

其实，司徒不徙早就知道有人要卖古镇。春天的一个晚上，木棉花巨大的花瓣纷纷掉落，砸在地上“咚”的一声响，跟约好似的，一声接着一声响了一夜。春天的落叶在起风的夜晚，发出沙沙声。司徒不徙的阿爹这时来找他，后来老伴麦贤勤也来了，他们出现时就跟在世一样，经常拉起家常。

阿爹畀他取名不徙，是因为阿爹在天使岛的遭遇，他痛恨出国。在遭遇诬陷离开故乡后，他考虑让司徒不徙留下，认为“不徙”之名不可违。广州沦陷，他跟阿妈回到了赤坎，那时墟镇上到处是躲避战火的人，冷清的街巷又热闹起来了。日军进犯四邑，阿妈带着全家到了天露山。

阿爹这时随学校迁往云南澄江，两年后又迁回粤北坪石，在粤北山区再也没有回来。

司徒不徙听从阿爹的安排，没有离开家乡。阿爹谆谆告诫，人生在世不靠做事，要靠做人；财富不一定是个好东西，够用就行；人要有能力就多做些对别人对社会有益的事；不要贪图名利，名利无非是要出人头地，但得到的却是嫉妒与算计；要学会做一个普通的人，人只有跟大多数人一样生活才最安全，过的才是正常的生活，这样的生活才心安和充实。

司徒不徙一辈子只做人人不喜欢做的劳烦事，冇名利却有人缘。经历了各个年代的风雨，他一生平安又高寿。

土改时期，家里没有土地，土改工作队到处查找地主，他完全置身事外。恁时连公尝地和华侨的土地都查得清清楚楚，地主的帽子戴到了华侨头上，又从公尝地查出好多“死地主”。跟他同村的司徒美堂给毛主席写信，反映侨乡土改出现的偏差，伤害了华侨，司徒不徙向中央提出了华侨土地问题的几点意见。

公私合营刚一动员，他第一个把文璟书局交出来，他家底楼成了赤坎的新华书店。清理房屋产权，全家人搬到二楼，一楼给新华书店做了办公室和仓库。二楼居住面积跟别人家差不多大，外人也不好意思再插进来住。查找海外关系，他在海外没有直接亲属。

但是，司徒不徙不是没做过错事说过错话，譬如反右时他当中学老师，他的言论比那些划为右派的人还要过分，但从没有人检举揭发他。“文革”他是臭老九，也没有人写他的大字报，更没有人来斗他。各种运动到最后都变成了公报私仇，泄私愤者个个义正词严。

现在，人老了，他发现人只不过是活着，人所追求的也无非是好好活着，按自己的意愿来活。生没有意义，死只不过是人老的自然结局。在死亡面前，人生的意义只剩下传递香火和文化。他自己用尽了全力，过了一个平凡人的一生。他并不后悔。

一个多月前，麦贤勤的阿哥麦贤修从纽约返来，他已经改姓邓，叫邓贤修。他告诉司徒不徙有个华人后裔要买赤坎城。他的阿妹听到这个消息就哭了，她知道老公要离开这里，她找了好久才找到他，以后不知道要去哪里寻找他。司徒不徙的房间从此天天有人哭泣。他不知道是谁，后来听出是谁在哭，原来是被日本鬼子杀害的医生。他叫对方的名字，对方就出现了。

又过了一些时日，华侨也来了，他们还是年轻时出去的模样。共和国成立，改朝换代，有钱人家害怕革命，好多人跑到港澳，又从港澳去了世界各地。鼎信祖祠的同学们分散到了四方，他们有的经过千难万险，回到了赤坎。他的房子里不再寂寞，有时还好热闹。他的绰号“大头仔”又有人叫了。

赤坎墟的未来是他们讨论最多的问题。他们害怕老城变了，变得他们不认识了。唯有图书馆的钟声才能让他们安静一阵。

起初，司徒不徙不肯相信邓贤修的话。孙子当镇长，这么大的事情他不可能不知道。当司徒誉跟他说起卖古镇的事情，刹那间他有些恍惚，不知道阴阳世界他到底身处何方，或者阴阳本就相通，他已是半个阴间人了。

司徒誉看到阿爷经常落泪，他自己问自己：你肯定是在为家乡做好事吗？他选择肯定时，内心极不踏实。他选择否定时，又很茫然，赤坎墟的出路又在何方呢？它靠自身已无力改变这种衰败！

事情到了这一步，要不要往上报告他也在心里纠结。认真想想，这个事情充满了梦想色彩，只有从上往下压才可能成事，从下往上报不但会被人嘲笑，还将困难重重，后患无穷。他个人和赤坎墟都会承担巨大的风险。既然有大公司推动，他只要等待时机。在这件大事当中，自己永远是个小角色，不能够去尝试主导。

十五

天露山有块巨大的岩石，有人在尖尖的岩石上呼喊着司徒誉的名字。这个情景多次出现在司徒誉的梦里。那是个少女，她站在山顶，下面是云遮雾绕的丘陵和平原，少女吓得不敢下来。

她是司徒誉开平一中的同学邓月玮，那是一次集体爬山活动。活动之后不久，邓月玮就移民去了旧金山。司徒誉为此十分伤心，他暗恋她两年了。

邓月玮去美国后两人再无联系。“9·11”恐怖袭击发生，在撞向世贸中心南塔的飞机上，一位空姐冒险躲进卫生间，向地面控制塔报告了劫机。她和邓月玮名字谐音，又都是赤坎小海村人。司徒誉误以为是她遇难了。

梦境再次出现，当他急匆匆去接她时，电话响了。司徒誉以为是别人的手机，被闹醒后才发现是太太打过来的。

伍晓蕾一说话就带着哭腔，司徒誉很紧张，不知道发生了什么事。他人还没走出梦境，现实里太太的声音有些缥缈。

司徒誉再三追问发生了什么事，她突然就不带哭腔了，说吓死她了，警车鸣着笛一路跟着她，一直跟到秀秀的学校。司徒誉急了，问她是什么事情。说到女儿，他的心就悬了起来。

伍晓蕾像个没事人一样，他急她就不急了。

原来，她在一个十字路口停车的时间不够，被警察追了上来。按经验，这种没有红绿灯的路口，路面和路边牌子标了“STOP”，她都会停下车，心里默数六下，然后开车通过。这次她急急忙忙数了六下，女儿下课了她火烧脚一样急于去接。

警察敲她的车窗。她听人说这种情况是不能下车的，手要放在方向盘上，按警察指令拿出证件。她就像一个表演者，赶紧把手放在方向盘上，由于不知道发生了什么事情，紧张得双手微微抖动。

警察听了她的解释，本来要罚一百多美金，没开罚单，叫她以后注意。

女儿每天8点上课，早餐、午餐在学校吃，下午2点半下课，天天要人接送。伍晓蕾怕女儿跟不上，寒暑假又报了私人办的补习班。

伍晓蕾来美国，虽然相隔万里，司徒誉依然受她生活的影响，她总有法子把自己的忧和乐全部传递给他。她在他入睡前打电话，工作节奏这么快，他很不情愿听半夜来电。尽管不情愿，他晚上却不敢关机。伍晓蕾打电话有时考虑时差，有时会忘记。

伍晓蕾在Amer Furniture INC任经理，这是江门银湖户外用品公司在美国开办的分公司。银湖公司生产销售户外沙发、躺椅、帐篷等产品，户外家具在美国市场大，公司产品畅销美国西部。这个市场主要由伍晓蕾开拓。

伍晓蕾家族都移民到了美国，家族成员主要居住在洛杉矶、旧金山等城市。大家族在美国有经商的传统，祖辈最早出国的人是伍连良，最早开贸易公司的也是他。他是家族的传奇人物。

伍连良幼时在加拿大温哥华做家童，稍长到克内尔市当洗碗工，又在圣詹姆斯堡哈得孙湾公司做帮厨，而立之年自己做起了生意，为做当地人的买卖，他学会了凯瑞土著语。

美国修中央太平洋铁路时，伍连良从加拿大来铁路公司做伐木工、测绘员和帮厨。后来又到汉福德理发、修理钟表。他并不懂钟表修理技术，只是发现绝大部分手表不是坏了，而是被脏物阻塞了，他只需要把手表在煤油盆里来回晃荡，表针就会奇迹般走动起来。

有了积攒，伍连良喜欢摄影，于是开照相馆，用伊士曼兰德相机给华人、白人、土著们照相，又把照片改成明信片来卖。后来，他来到洛杉矶开照相馆，再开电影院，晚年创办了电力公司。

现在伍氏家族十分庞大，后人分布于各个行业，有做餐饮的；有投身农业的，养鸡养鸽子，种菜，种植桃子、杏子、李子和葡萄，做干黑豆、发豆芽，制作豆腐、豉油；做贸易的人更多，有做户外用品生意的，伍晓蕾经销的产品很大一部分是她家族的公司销售的。

伍晓蕾父母十年前出国，那时他们要伍晓蕾出国，她为了跟司徒誉在一起留了下来。结婚后父母又提出国的事，随着年事渐高，他们盼着女儿来美国团聚。

伍晓蕾动心的是孩子一天天长大，她希望女儿去美国接受教育，美国有世界一流的大学。特别是公司业务在美国发展得很快，成立美国分公司时，董事会要求她到美国任职。分公司选址也考虑到她父母的居住地，落户洛杉矶。

司徒誉大学毕业分配到区政研室工作。江门市选拔一批干部去基层，他被开平市委书记于耀轩看中，调任开平市委办公室副主任，不久被任命为赤坎镇镇长。

伍晓蕾想，他当镇长忙得一周都难回家一次，她时常飞美国，留在国内也是长期分离，还不如去美国。她做丈夫出国的工作，司徒誉反对移民，现在移民美国的人越来越少，尤其高素质的人才，国内发展的机会更多。每劝慰一回，伍晓蕾能平静一段时间，接着又是相互劝说，大半年下来，谁也说服不了谁。伍晓蕾的性格司徒誉早就领教过，凡事她一拿定主意就总能磨到他放弃。

司徒誉不是没有想过放弃，家庭的重要不言而喻，一个乡镇干部也没有那么重要，何况他还不太适应乡镇，好在是在自己的家乡。他想这只是一个过渡，他愿意在基层磨炼一下。

这些年，乡镇干部的素质已大大改变，大学生越来越多，有些是从全国各地参加公务员统一考试考过来的。基层的变化，司徒誉看在眼里，镇政府都流行普通话了，村里也出现了大学生。

有一次，他受不了老婆的软磨硬泡，打算放弃。下决心的时候，感觉自己从体制里被剥离出来，像从一片茂密的森林放逐到了一片旷野，自由倒是自由了，但人生突然找不到目标了，没有方向，也失去了可期的未来。去美国洗盘子吗？去做个二等公民？那样他将一无用处。要是这样过一辈子，想一想就觉得可怕。人生有希望才活得有奔头。

为出国，两人争执、冷战，互不相让。

分公司成立，给了伍晓蕾机会，司徒誉也让步了，只要求她不要移民。伍晓蕾这时倒犹豫了，两人从此山高水阔，她有些不舍，更放不下心。

伍晓蕾和女儿来美国后，父母逼着她们两仔乸办绿卡，有了绿卡，五年后就可以通过公民考试，移民美国。她们移民了，相信木已成舟，司徒誉自然就会妥协。

司徒誉态度坚决，要求两仔乸不要办，他不会出国。伍晓蕾在美国发展得很好，她不理解丈夫为何毫无商量余地，有一次说着说着，她气不打一处来，丢下一句话："要么来美国，要么离婚！"司徒誉针锋相对，"那就离婚吧。"伍晓蕾狠狠地把电话挂了。

作为公司高管，伍晓蕾拿的是L–1A工作签证，这个签证以后可以通过EB–1申请绿卡，不用走父母亲属移民的渠道，只是时间拖得比较长。伍晓蕾想，这个时间正好用来做丈夫的工作，她要做的事还从来没有放弃的先例。

一段时间，司徒誉老做离奇古怪的梦，学生时代的梦，时空阻隔的梦，都是急切的事情。有个梦境一直纠缠着他：他遇到了紧急情况，急需给伍晓蕾打电话，但手机总是出状况。遇到的紧急情况每次都不同，手机打不了的原因也不一样，不是手机指纹失效，密码记不得，就是程序启动不了，或是程序更新了不会使用，他急得团团转，直到急醒。

梦醒后，什么紧急情况他记不清了，但手机打不开的情景却很清晰，急切的程度余波犹在，仍然心有余悸。

网上有人议论“裸官”现象，组织部门三年前就要求开平市领导填表申报配偶、子女等与“裸官”相关的情况，现在传出风声，科级干部也要填表申报了。司徒誉一对照，如果伍晓蕾和女儿办了绿卡，他就是标准的“裸官”了。

十六

这天上午，司徒誉走进会议室时想起关忆中，他们一段时间没有联系了。李玉虹书记在传达学习中央文件和上级有关会议精神，司徒誉还在想，不知道事情有没有进展。

审议赤坎境内河流清漂治理工作后，李书记讲话，一个电话打断了她。她低头看电话，马上接通了。起身往外面走时，她指了指司徒誉，示意他来主持会议。接下来的议题是审议村级集体经济组织换届工作方案。

接完电话进来，李书记跟司徒誉做了一个手势。这时司徒誉的电话响了，他低头一看，是市委书记于耀轩打来的。

于书记一开口就问赤坎五十亿的文旅项目，“你知不知道，是怎么一回事?”司徒誉一时蒙了，他想于书记是怎么知道的?

“是中荣公司投资赤坎的事吗?”司徒誉问。

“还能是什么事!”于书记口气生硬，“为什么不报告?”

司徒誉不知从何说起。他站起来向李书记摆摆手，李书记点点头，他从她的表情睇得出，她什么都知道了。

走出会议室，司徒誉一边报告关忆中那天来办公室的情况，一边想着没有上报的理由。先说明面上的理由，一急之下，脑海里跳出了几千户居民房屋买卖的问题，这是个比登天还难的事情。他马上把这个又作为一条理由。三条临时想出的理由像是早有准备，足以让于书记不再责备他了。

于书记最后说，是江门市委刘书记打电话来了，叮嘱他要做好赤坎开发这篇大文章，“你们准备一下，市里四套班子后天来赤坎调研。”

李书记接的也是于书记的电话，赤坎投资的事她一点也不知情，她说要去问问镇长，看他知不知道。

散会后，司徒誉来到李书记办公室，详细说明了事情的来龙去脉，又把自己的想法跟她做了交流。

李书记平时不爱管事，镇里定下的事情都交给司徒誉去办，但如此大的一件事瞒着她，她心里有些不爽。听司徒誉解释后，她也能理解，她赞同镇长的判断，也认可他的做法。这件事情就算是真的，做起来也会非常困难。

接到于书记的电话后，司徒誉反倒信心更足了。关忆中所说的“大话”他真的做到了，证明这种天上掉馅饼的事是真实的！凭中荣公司的实力是能够办到的。

但越是这样，越要谨慎，每临大事有静气，有太多环节难以把控，一不小心就要出大事。谨慎是生活教会的，司徒誉这方面的教训也不少。

死水微澜里一条大鱼想要冲进来，不管怎样，他得把所有的口子都敞开。放下于书记的电话他马上联系关忆中，了解他们公司对这一项目推进的情况。

关忆中说专家来赤坎考察过了，论证后基本认可。程小东也认可，双方已有意向。他的思路是公司的资金加程小东的管理团队，再加政府的资源，三方合作。程小东的团队负责建设和运营，政府负责房屋和土地征收，清理干净产权，通过公开的市场挂牌转让，进入中荣公司的名下。

第三天下午，于书记带着市委、市人大、市政府、市政协四套班子的领导来到了赤坎墟。一干人马登上永坚村边的工商所大楼楼顶，听取司徒誉的汇报。

司徒誉有些激动，开平领导齐聚赤坎，三年多平淡无奇的日子，这是个不寻常的时刻，背后要有多大的力量推动，才会出现今天的这一幕。

李玉虹做了一个开场白，就由司徒誉具体介绍情况。他首先汇报了关忆中来赤坎的经过、中荣公司的设想和工作推进情况，又讲到中荣买下赤坎古镇、周边征地和政府的深度合作的计划，古镇将按照浙江乌镇模式进行旅游开发。

中荣公司还提出了收购开平碉楼公司的要求。司徒誉压低声音补充了一句："中荣公司控股碉楼公司，是要占有古镇开发的外溢效益。"他突然补充这句话，是要表示在这件事情上他不持立场，以示客观公正，还想到万一事情失败，不要把他当替罪羊，之前他没有上报，也是这个缘由。

司徒誉穿了一件白色衬衣，天气炎热，他挽起袖子，汗水还是湿透了胸口。他并不喜欢穿衬衣，平时习惯穿T恤，为了显得郑重，他昨晚找出了压箱底的白衬衫。他特意戴了一副无框眼镜，瞳仁与玻璃片都在闪闪发光，显得神采飞扬。

在一张赤坎镇大地图前，他拿着一根不锈钢杆，从上埠、下埠到河南洲画了一个圈，提高声音说："这里有三四千住户，全部房屋要征收，居民全都要搬迁。"

不锈钢杆又从赤坎墟指向潭江北岸大片的村落，它们都在阳光下闪耀着光芒，山墙上彩色的灰塑，高耸的碉楼，翠森森的榕树和簕竹林，广阔的泛黄的稻田，波光粼粼的池塘。"这些土地都要征收。"然后，他指向楼下的深塘村，把视野之内的村一个个点下去，"这些村全在征地的范围。"

于书记指着深塘村的碉楼说："广东和北方不太一样，我们要把这些村全部拆掉，肯定拆不下去。土地征收征得太多了！城镇和农村征收是两套体系，城镇征收用的是国有土地上房屋征收与补偿条例，农村土地的征收用的不是这套东西。

"国有建设用地上附着物的征收，国家虽有征收与补偿条例，但广东没有制定条例实施相应的办法，下位法缺失，在开平就是上位法缺失啦。广东一直走的是市场征收的路子。要依法征收，中间会出现很多问题，譬如行政诉讼要怎么搞，钱怎么给……"

书记刚一讲完，现场就炸锅了，大家议论纷纷。

有人说："这个怎么可能，这是不可能的事。"有人说："搞旅游开发干吗要把镇里的人赶走？"又有人说："哪来那么多的资金？公司到底有没有实力？是不是来搞房地产开发的？你们是不是被呃了？我们花那么多时间精力征收，到时候卖给人家多少钱才合理？"

司徒誉站在旁边，心情复杂，他再没说半句话。当初他也一样不敢相信，现在也不敢说就没有问题，感觉仍然是虚幻的，但他不知从哪里升起了一股冲劲，一种蠢蠢欲动的冲动，好似大学时代激情涌动，克制不了种种憧憬。他的眼前幻化出了开发后的古镇，街巷仍然古旧，却焕然一新。堤东路、中华路人头涌涌，大巴车在机场与赤坎之间穿梭，新的赤坎车站又恢复了往日的喧嚣，甚至更加热闹。镇政府大院里，人人脸上充满了激情和活力……

于书记最后说："上头催得紧，不管怎么样，我们假戏都要真做。

这件事情必须保密。回去再开四套班子会议吧。”

晚上，李玉虹跟司徒誉研究，两人不知道如何把握假戏真做。司徒誉理解就是不抱希望，但事情还要当真的一样来做，主要是对上面要有所交代。关键是这个“真”字怎么理解，既然是假戏，这个“真”就很难真，只能是形式上的“真”。那么如何走形式，又如何让人感觉不是在走形式，拿捏这个度很考验人。

司徒誉觉得这么重大的事情他们耽搁不起，也不能无所作为。两个人决定尽快找于书记，听他面授机宜。又考虑到如果不是假戏，为了今后工作不被动，必须尽快做些准备工作。做什么准备工作呢？他们想来想去，想到了去调查一下堤西路堤东路有多少间铺面，进店的人每天有多少。

说了半天两人也没什么头绪，最后彼此提醒不能走漏风声，一旦泄密，最被动的就是他们俩。一是可能引起什么风波，有人会趁机买卖房屋抬高房价，加建新房；二是真要征收，无疑将带来意想不到的困难。

走出办公楼已是深夜，周围漆黑一团，耳根静得只有唧唧虫鸣。司徒誉想，真要是来一场翻天覆地的变化，这里将会变成什么样子呢？起码夜晚不会这么黑，一个人走在路上瘆得慌。他脸上浮出一层不无自嘲的笑。夜深人静愈加觉得自己是在发梦。但内心深处他却有着隐约的期待。

他想起关则荃说的话，他渴望古镇恢复昔日的繁荣，这也代表了华侨的心愿。他去看过关则荃家后院那棵两百多年的龙眼树，周围杂木丛生，人很难靠近了，满树龙眼也无人采摘，站久了火蚁咬人。关则荃的祖屋是一栋三层楼的当铺，墙上青苔有的绿有的炭黑，都可以用来拍鬼片了。司徒誉想象关则荃面对祖屋时的心情，一定百感交集。

第二天，司徒誉要副镇长李洋风来办公室，交代他去查清堤东路堤西路的铺面和进店人数，叮嘱他工作必须秘密进行。李洋风领到这一任务就开始猜测，猜了半天也猜不出个所以然来。

李洋风把自己摸到的数据报告给了镇长，司徒誉突然醒悟——不对呀，人家算的是征收成本，不需要顾客数量，需要的是面积多少啊！他受了关忆中调查的影响，没有从征收和补偿的角度去考虑。现在需要摸清的是上埠下埠房屋数量和面积。但这个事情要瞒着副镇长有点困难，靠自己和李书记去干也不现实，不如跟李洋风开诚布公地谈一谈吧。

李洋风知道情况后，感到震惊。他在数店铺和人数时做梦也想不到是有人要买古镇。这么多的楼房怎么测量面积？这个按常规肯定做不了，工作量太大，也很难保密，必须另想法子。

第二天，他左思右想，想到了卫星测量图。他花了半天工夫找出了地图。果然图上每栋房屋的平面十分清晰，按比例即可计算出面积。他要做的工作就是标明每一栋楼的层数和楼层不规范的情况，注明商业用房还是住宅。

第一天李洋风戴了墨镜和太阳帽来到河南洲，上午数河对岸堤西路的房屋，下午数堤东路的，没有人注意他。大太阳底下，不用半个钟头他的衣服就湿透了。

第二天去数中华路，骑楼发挥了遮阳的作用，他在骑楼下数对面的房屋。骑楼数完了，再去塘底街、墟地街、牛圩路、解放街数。有了经验，他天刚亮就上街，快到午时，秋阳火辣，就回办公室，等到日头西斜再去，一直数到太阳落山，夜幕降临。

路上有人狐疑地盯着他，李洋风装作没看见。碰到相识的人问他在干什么，他就说查看违章建筑，新农村建设整治环境。

一个多星期他摸清了房屋的情况，第二个星期计算出房屋面积。数房屋他晒得脸上留下一道墨镜的印痕，取了墨镜还像戴着眼镜。算面积又把眼睛熬红了，司徒誉看了忍不住笑。

李玉虹、司徒誉和李洋风研究征收房价多少合适，觉得征收房价肯定要高于现在赤坎的，但高多少才合适，一时拿不定主意。按目前赤坎墟市场价需要五六亿元，如果按开平的房价，大约三十亿。征收价在这个区间，波动的幅度相当大。

十七

关忆中中秋节后又来了开平，他背着恁个愈加破烂的背包，跟上次一样，来到司徒誉的办公室。这次他门也没敲，直接推门就进来了，发现办公室没有人，他就在门外大喊“镇长、镇长”。没有人应他才掏出手机打电话。

司徒誉从会议室出来，看到关忆中头发蓬乱，眼睛却特别有神，长途奔波他竟然一点倦意也没有，像一个打足气的皮球，碰一碰就能弹跳起来，这种精神状态少见。

关忆中来赤坎墟去堤西路又数了一次人头，到周边了解了一番游客的情况，专家提出疑虑的地方他一一核实。专家提的意见，有些他还要与司徒誉商量落实。

两人见面亲热多了。关忆中特别兴奋，一副成竹在胸的样子，他拥抱了一下司徒誉，像是老朋友相见。落座后，关忆中从包里抽出一个牛皮笔记本，把背包往旁边沙发一丢，就说起了他做的工作。

司徒誉除了给他添茶，就一直坐在沙发上仔细听着。关忆中一讲完，司徒誉就把镇政府做的文字材料递到他手上。于书记交代的全是虚的，他们做的这些材料方方面面都有，看起来认真落实，实际上不过是些花架子，下的只是文字上的功夫。司徒誉政研室玩文字出身，这对他不是什么难题。

关忆中一页一页认真地读。司徒誉看他这么实在，就坦率地说：“这些材料看起来像做了很多工作，其实只是表面的。立项都没讨论过，还远没有到操作的地步。”

关忆中面露疑惑。司徒誉说：“项目最核心的难点是房屋征收。办一个工厂很简单，政府有权可以搞掂。要征收四千户的房屋，按市场的办法征收，成本无法控制，要实现全部征收更加没有把握。”

关忆中说：“需要政府出面征收才行。”

司徒誉说：“政府只有依法征收这一条路。但依法征收又缺上位法，要推动广东、江门、开平制定国家房屋征收与补偿条例的实施细则，贵公司能否推动地方制定部门管理规定？”

不等关忆中回答，司徒誉就把自己这些天所思所虑一股脑儿都倒给了他，“如果政府征收，政府的钱从哪里来？如果只征收了百分之六十，你们公司干不干？就算一切顺利，政府征收回来了，万一你们公司干不下去了，或者换了个老总，他不想做这个项目了，那怎么办？

“赤坎是华侨镇，有华侨告御状怎么办？征收后，作为国有资产出让，贵公司又能否顺利转让到手？”

关忆中坐直了身子，眼睛直勾勾地盯着他看，像要挖出司徒誉背后的什么东西。他希望这是一个前奏，期待后面有个转折。

司徒誉饮了两口茶，看到关忆中的表情，他语气放缓和了：“开平市四套班子召开过专题会议，大家依然有分歧，没有信心，会议什么结果也没有。很多领导担心，让老百姓搬迁出去，会产生一系列社会问题和矛盾。大家没有共识，如何做好说服工作？”

关忆中期望的转折“但是”没有出现，镇长就像有多大的冤情似的，朝他一顿怼。关忆中想到过一些难处，但没有想到这么多。他认为在中国做事情，只要走通了上层路线，就没有解决不了的问题。现在事情复杂，他一下子感觉到了压力。

关忆中换了个角度想，镇长说了这么多困难，恰恰说明是重视的，认真考虑了每个环节。关忆中就像一个足球运动员，球到了自己脚下，就是拼了命也要把球射进球门。这是他做事的风格，镇长的话自然不能把他的信心浇灭。

第二天，关忆中找开平市委书记于耀轩去沟通，谈了一个多小时。于书记的话没有镇长那么直接，但听过司徒誉的话，关忆中明白书记云山雾罩的话背后的含义。虽然书记表态坚决支持，但他心里还是有些发虚。

吃了晚饭，市委安排他入住半岛酒店，关忆中要求直接送他去江门，公司帮他联系了江门市委主要领导，明天一早见面。

江门市委书记非常重视，听取关忆中的情况汇报后，指定副书记专门负责。副书记雷厉风行，马上召集有关部门开会，开平也派人来江门参加会议。

第二天，司徒誉跟李玉虹一大早赶到江门市委大院，他们比大院办公的人到得还早，会议室参会者的名签早已摆好，两人先挑会议室一个角落坐了下来。市文广旅体局的人陪着关忆中进来，关忆中看到司徒誉马上过来跟他握手。

参会者一阵寒暄，时间一到，会议开始。司徒誉认真记录每个领导的讲话，他知道这里自己官职最小，但做事情还得靠镇里。上面千条线，下面一针穿，每个领导的态度和具体意见他都要做到心中有数。

会上，大家都积极肯定，各部门都表态支持，最后副书记要求开平拿出赤坎古镇项目保护开发方案。

开平压力巨大。征收面这么大，老的房屋产权涉及几代人，多的达上百人，特别是华侨房产，产权人分布在世界各地，光是找人就不是一件容易的事。还有政府要投入大量人力物力和前期费用，中荣公司到底有多少实力，不到最后谁也不知道，这要冒很大风险。要做这个项目领导必须有决断和担当，甚至押上自己的政治前途。

会后，开平把做赤坎古镇项目保护开发方案的任务布置给了赤坎。司徒誉想，事已至此，作为一级政府，赤坎镇先要达成共识，表明态度，这对开平达成共识是有推动作用的。

司徒誉在国外的亲戚和朋友中做了一个调查，就是告诉他们，你的祖屋朽坏了，你愿不愿意拿银纸来维修。华侨的房屋大都委托家乡的远房亲戚来照管，后人大部分没有能力也不太愿意投入时间和金钱来维修。

司徒誉跟李书记商量，召开一次赤坎古镇项目党政班子专题会议，议题事先通知班子成员，让他们做好准备。

会上，司徒誉提出了从发展大背景之下看赤坎项目的视角，他首先说明了项目做和不做的区别，如果不做是什么结果，那就是再过五年十年，就要捡瓦片了。老房子会相继坍塌，老祖宗留下来的遗产会丧失。而里面有十九栋楼是省级文物保护单位，市级文物保护单位就更多了。

要让老祖宗的遗产保存下来，一是号召产权人来维护。他把自己了解的情况做了汇报，海外大部分人没有能力也没有意愿投入时间和金钱来维修。二是地方党委和政府来维护，保护文物我们是有责任的，但开平是吃饭财政，要投几个亿进行维修根本做不到。

做这个项目，首先是解决了这一个难题，老祖宗留下来的东西不单保护了还可以传承，发挥它的历史文化价值，形成新的经济价值。如果项目成功了，还会为开平的发展开辟一条新的路线。开平有这么好的田园风光，有世界文化遗产，赤坎古镇这个项目作为龙头，开发旅游经济，效能转化率是很高的，对地方经济有很强的拉动作用。赤坎墟因此可能重现昔日的辉煌。

他的话很鼓动人，大家听了都有些激动。发言时，所有人首先都表态：这是赤坎一个千载难逢的机会，百年前赤坎有过辉煌，这一次将再铸辉煌。但发言到最后，有人认为不可控因素太多，哪个环节出了问题都是连锁反应。有人认为，现在平安做事最好，好好的何必要冒这个险，到时出了问题问责，大家怕连工作都难保。

一位年长的镇委委员说："20世纪90年代开平也很辉煌，用了银行大量贷款，出了个震惊全国的金融大案，后来又出了'土地事件'，大批干部被处理。"他就是当年"土地事件"被降级处分来赤坎的，为加快开平经济发展，违反了土地管理规定。

副镇长柳如升咳了一声，他说话语气很冲："就凭我们这点人，现在工作任务越来越重，就是三头六臂征收任务也不可能完成！"

司徒誉听不得这种话，他很清楚，有人只想混日子，有人家属在市区开了店，精力都放在生意上，有人想回城工作，担心项目落地自己走不了。

他把自己了解的情况又做了详细介绍，“至于风险，不能说没有，项目最大的风险至少有两个：一是征收不顺利；二是项目中途资金断裂，半途而废，成为烂尾项目。但是，我们可以通过签约和资金担保的方式，譬如设立双方共管账户，中荣公司存入风险金等办法，尽量降低风险。古代当官都讲为官一任，造福一方，我们共产党的干部应该境界更高，只要能推动地方发展，这样的风险就值得冒！到了成功的那一天，在座的各位都是赤坎的功臣。”

他有意来点上纲上线，好堵住一些人的嘴。

李书记及时做总结，她赞同镇长的意见，决定以镇党委和镇政府的名义向上级写报告，集体请战。她个人表示愿意承担责任。

赤坎的报告于耀轩书记马上批给了四套班子成员传阅，虽然项目决策在开平市委、市政府，责任主要由他来承担，但这是他需要的态度。他早已下了决心，就是在稳妥的基础上积极推进，但他希望有更多支持的人。他预见到这项工作将会有很多的非议，把一个古镇卖掉，让居民一个不留全都搬走，后期可能会出现强行搬迁、起诉等情况，如果政府意见都不统一，局面将很难控制。

于耀轩在开平当一年市长后升任书记，他当书记不搞标新立异，而是注重传承，在传承的基础上结合新要求，采取渐进式的改革。他是一个稳中求发展的人。赤坎古镇项目来得突然，是唯一一个非政府主动谋划的大项目。

有一段时间他日思夜想，项目有太多不可控因素和环节，风险极大，他个人也要冒很大的政治风险。但是，项目一旦成功，不但可以带动乡村振兴，对地方发展也将影响深远，这确实是开平的一个机会。政府需要主动作为，推动项目落地，还要及时引导、规范公司的行为，既不能破坏古镇文物，也不能侵害老百姓的利益。

他决定亲自来抓，安排了一个常务副市长专门负责这项工作。为此，市委下了一个文，以示重视，也让各方看到市委和他的决心。

果然，项目推进遇到了前所未有的困难，牵涉的问题除了融资、环评、占用耕地、省文保单位旧镇近代建筑群保护，还牵涉到了水源保护区降级调整、航道调整，甚至出现了广东鲂保护问题。如今山坡上、街道旁，到处是标语“绿水青山就是金山银山”“望得见山，看得见水，记得住乡愁”，环境保护越来越严格了。

按一级水源地保护标准，沿江两百米以内不得搞开发建设。赤坎水厂就在赤坎古镇，上埠、下埠几乎全被划定为一级水源区。从一级下调到二级，必须经过省政府常务会议研究同意，再上报环保部。许多事项省级部门才能办理，而要省级各部门支持，特别是新增建设用地等指标，只有省级重点项目才有这个可能，赤坎古镇项目需要争取成为省级重点项目。

关忆中在北京广州间飞来飞去，疲于奔命。最初他以为江门地级市权力大，他和开平领导都跑去江门开会。一段时间后，他发现很多事情都要靠开平来落实，于是，他把重点转到了开平市。

十八

关忆中办事风风火火，做事像头蛮牛，但闲时他却喜欢静。垂钓时他一坐半天，拍摄风景更有耐心，一大早起来等着日出，或是坐等日落。他是基督徒，星期天必去基督教堂做礼拜，赤坎的基督教堂和开平市区的教堂成了他常去的地方。他跟教徒们唱赞美诗或读《圣经》，听牧师讲道讲章。

开平到处是鱼塘，司徒誉经常带他下乡钓鱼。司徒誉钓鱼的兴趣是阿爷培养的，这也是司徒誉唯一能坐得下来的活动。关忆中钓鱼的时候不要太阳伞，乐意被太阳晒一晒。他来开平时间的长短可以从他的肤色看出来。司徒誉明白他皮肤黑的原因了。

开平有一千多座碉楼，很多年前碉楼就无人居住了，厚厚的墙壁上，黑洞洞的窗口，铁栅和铁门板坚硬如初，几十年了只有表面一点点锈迹，尘封了无数的往事。

关忆中摄影时看上了碉楼，每每遇见，他总是久久凝视，不忍离去。碉楼大都是华侨所建，都是当年漂洋过海的人对乡土的深深眷念，对重返故土生活的无限期待。时光在红毛泥和青砖上寂寂沉积，榕树与杂草疯长，蓬勃生命与寂寞日子纠缠。他拍碉楼尤其喜欢黄昏时分，对着夕阳拍摄。

这天，司徒誉带着他来到邓边村，这个村被人叫作三埠无人村。六十年前村里还有五户人家，二十年前只剩下两户，十年前已空无一人，不知道村里人移民去了哪里。邓边就是邓姓人居住的边界地。赤坎有严边、谢边，现在却不是严姓谢姓人居住。

一条护村河被填埋淤积，只剩下一口塘。坍塌的青砖青瓦房被一棵巨大的血榕覆盖，榕树长在屋顶，树根像一张巨网向下伸展，根须蛇一样钻过一堵堵墙，挤得青砖开裂、歪斜，一直伸到房屋的各个角落。

血榕树20世纪40年代从墙壁上长出时，被屋主人斩断了根，树根流出血一样的汁。小树没死，根茎开始四处蔓延，气根一丛丛落地后又长成树干，一棵树竟然长成了一片树林，硬是把主人吓跑了。

晚上，风吹血榕，小果子纷纷从树上掉落，传出各种异响，有时似人哭泣、低语，有时似阵阵跫音，敢进村的人越来越少。据说，有个原居民托亲戚从国外回来，在房中挖地三尺，挖出几个装满银元的瓮，带回了国外。

关忆中不顾危险，钻进每一栋房屋。空气中散发着浓烈的植物气息和阵阵陈年霉味。这就是废墟的味道吧。时光遥远，旧布衣裳、佝偻的身体，祖母的右衽布衫和银簪在他眼前浮动，脸却模糊。祖母是开平人，姓邓，但他不知道她是开平哪里人。关忆中情绪有些激动，眼圈泛红，似乎还有些自责。祖母弥留之际喃喃说着想要回去，她渴望死在故乡。

关忆中的祖祖辈辈都怀揣着返乡梦，当年他们从上川岛驾着渔船来到美国西海岸，就一直想着会有回去的那一天。时光漫长又短暂，一百多年过去了，也没有人回来。在一辈又一辈人的描述中，原乡成了一个圣地。关忆中担心圣地像邓边村这样荒芜，这样的景象他无法接受。

司徒誉注意到关忆中情绪的变化。司徒誉知道他华侨的身份，不知道什么触动了关忆中，司徒誉期待关忆中说点什么，关于他的身世他的经历。

关忆中在一堵大门前站了几分钟，说了一句：“回去吧。”

既然他对荒村这么有感触，司徒誉又带他去赤坎的加拿大村。经过樟村和蝦村的时候，司徒誉介绍了两村的关系，蝦村的人是当年从樟村搬出来的，加拿大村的人又从蝦村搬出，他们都姓关。

司徒誉特意介绍关氏，猜测关忆中跟赤坎有什么关系。他在邓边村的表现，他对开平的喜爱，让人猜想也许他的祖辈跟赤坎关氏有些渊源。司徒誉几次引到这一话题，关忆中都没有接话。

加拿大村是一片别墅群，关忆中一栋栋看过来，看得很认真，四豪楼、华德楼、安庐、鋆庐……这些三层四层楼高的别墅，每一栋他都转到了。有一栋平房，三角门楣上橙红色的枫叶依旧鲜艳，站在大门罗马石柱旁，关忆中看了半天枫叶图案。

所有的楼都是华侨盖的，村里空无一人，主人都去了加拿大。高高的桄榔树、水杉与四面荒草，深深围困了雕梁画栋的楼群。

关忆中非常感慨，仰头看了一阵桄榔树上深邃的天空，自言自语道：“要是能在这里睡一晚就好啦。”

司徒誉说：“那就成孤魂野鬼啦。”

“是啊，孤魂野鬼。”他重复了镇长的话，又问，“开平有没有露营地？”

司徒誉想了想，推荐了深荫岛。岛上住宿有些露营的意思，江边有几栋吊脚楼，床是榻榻米，周围都是荒草杂木，可以枕着水流声入眠。

来到浮桥边，正是太阳落山时分，长河浩荡，洲渚如染，岛上异木棉、水杉、糖胶树、苦楝树和竹林交织成一道绿色藩篱，倒映在江面。夕阳在潭江投下一道金光。白鹭归巢，白色花一样在树林里纷纷落下。

两人在望江亭饮酒，饮到兴起，无话不谈。这时，一个女子从餐厅出来，双手托着一个茶盘，茶盘上摆了一套紫砂壶茶具，一袭白裙飘飘，朝亭子走来。徐芷欣像个幻觉人物一样出现了。

她一进亭子，司徒誉就吃了一惊，“你怎么在这里？”

他站起来，忙把餐具往一边挪，腾出放茶盘的地方。

徐芷欣笑了笑，说：“你忘了，这里是我的家啊。”

司徒誉一拍脑袋，说了句“沙湾村”，又觉得不对，开玩笑说：“餐厅也是你的家？”上次吃饭他注意到她与餐厅老板很熟络。

“我来帮忙照看一下。”见司徒誉表情疑惑，徐芷欣知道他误会了，急忙解释，“餐厅村里有股份，我阿哥也有股份啊。”

原来老板集资了。这个情况司徒誉不了解。难怪上次她主动提议来深荫岛，也许想照顾餐馆生意。又想到那天是她买单，自己不该这么想，何况拉生意也很正常。

徐芷欣说：“这是我潮州的朋友寄来的凤凰单枞，你们试试怎么样。”

关忆中一直盯着徐芷欣，她有一张清爽而俊美的瓜子脸，暗影下，脸庞棱角分明。徐芷欣被他看得不好意思，捋了捋头发，朝他微笑点头，说：“您好。”

司徒誉赶忙介绍。关忆中站了起来，伸手来握，桌上的碗筷被他碰得叮当作响。

“镇长讲过你，很高兴认识你。”关忆中握手用力有点大，徐芷欣神情不自在地往回缩了一下手。关忆中又去搬椅子，请她入座。徐芷欣笑一笑，“谢谢。”她就在旁边坐了下来。

“靓女，镇长说你对赤坎历史很有研究，也给我多讲讲啊。”

司徒誉听关忆中说“靓女”感觉有些别扭，他以为这是赞美词，其实就是普通的称呼，只是语气太夸张，司徒誉怎么听都觉得有些轻慢，这不像关忆中的风格。

徐芷欣说：“谈不上研究，我只是有些兴趣。”

司徒誉插话：“听说你在写赤坎史话？”

“我一直想了解在关氏司徒氏之前，哪个家族最早迁到赤坎。”

"有答案了吗?"

"有些收获，最近写了一篇文章。"

关忆中插话:"拿给我们看看吧。"

徐芷欣说:"还不成熟。"

她低下头，撕开纸质包装，先湿壶、烫杯，用茶匙往紫砂壶里倒茶，再悬壶高冲。开水满溢出来，又用茶盖轻轻刮沫，盖上盖再淋壶，用布擦干茶盘被打湿的地方。

两人看着一双长而丰润的手，蜻蜓点水的动作，娴熟又灵巧。这是潮汕工夫茶地道的泡法，不是潮汕人这么烫的水都对付不了。司徒誉猜想，她跟潮汕关系不一般。

短暂的沉默，徐芷欣开口:"很荣幸哦，今天又认识贵人了。前几天有个导演过来，上个月还结识了一个奇人。"

听话听音，关忆中以为徐芷欣在恭维他，司徒誉知道她这是说投资经理也没什么了不起。关忆中说话居高临下，她很敏感。司徒誉转移开话题，问:"还有奇人?"

徐芷欣一笑，露出雪白的牙齿，学关忆中说"靓女"的口气:"有啊!"

司徒誉笑一笑，开玩笑说:"愿闻其详。"

"他就在堤西路开店。不只是个奇人，还是个怪人。赤坎的历史他比我了解得多。跟我们不同的是，他都有实物为证，这个厉害!他说的潭江上的事情我特别有兴趣。我是疍家人嘛。"

听到她说冚家人，关忆中有些坐不住了，想要插话。

徐芷欣把紫砂壶里的茶倒进茶漏，过滤到茶缸，拿起茶缸给他们斟茶。“他纠正了我，赤坎的历史不只是土地的历史，还是一条江的历史。”

奇人告诉徐芷欣，她的祖先当年在赤坎势力很大。麦氏迁走后，徐氏便掌控了赤坎。

雍正年间，上游高州、阳江、恩平与下游苍城等地过来的货物在赤坎分拣，这里有脚钱可赚。徐氏控制了水路，赚的是中间钱。货运船只最多一天有三四百条之多，货物上岸、搬运、储存，再上船，在赤坎吃埗头饭的人有三百多个，他们干活挣脚钱要依仗徐氏。

赤坎墟就是因为货物分拣出现的。货物上岸后囤货需要建房，有了囤货就有交易，于是形成了市。水上有交易，村与村之间有交易，一个家族有一个小市。于是，牙商随贸易市场出现。

司徒氏有人当官渐渐变得强盛，把控了恩平下来的生意。关氏把下货的地方改到上游，私设一个埗头水埠头。雍正二年（1724）至四年（1726），赤坎墟就形成了上埠、下埠两个埠。

徐氏势力转弱则是因为他们反清复明，大部分人跟随余富彦去了海上。徐氏空下的地盘被司徒氏给占了。

“怎么说他是怪人呢？”司徒誉又问。

“这个人呀，就是怪。不应酬，不进餐馆，过午不食。”她笑了笑说，“还不近女色。”

关忆中插了一句："你怎么知道他不近女色？"

徐芷欣瞪了他一眼，"他自己说的，不跟女人交往。"

"你不是女人吗？"关忆中瞟了她一眼。

"这不一样，我是个老师嘛。"

两个男人都笑了。徐芷欣急了，白了他们一眼，"他真不是你们想象的那样，他不喜欢跟人打交道的。"

关忆中说："我可以去拜访一下吗？"徐芷欣望着司徒誉，问他："你去吗？"

司徒誉说："当然。你推崇的人一定不会让人失望。"

"那好，你们见了就知道的。"

关忆中倒了一杯酒，放在茶盘上，"我热爱疍家人。我敬你一杯酒吧。"

徐芷欣有些意外，口气有些不屑："茶跟酒不能混饮。饮茶了就不能饮酒。"

关忆中不懂饮茶，枉费了好茶和徐芷欣的一片心意。司徒誉帮他解围："这是我们当地的习俗。这杯酒我饮啦。"他端过杯一口干了。

关忆中竟然又给自己倒了一杯，"我陪你喝一杯。"他也干了，又给司徒誉倒酒。

饮茶的氛围没了，徐芷欣斟茶的热情锐减，话也少了。续茶的时候，她只给司徒誉倒。司徒誉夸她茶好，又谈起他们去三埠无人村的所见所闻，徐芷欣只是附和。

十九

徐芷欣去舅妈家喜欢走堤西路，马路一面临街一面临河，走的车不多，河岸古榕一团团似绿色云层。她在一个叫影灭堂的店拐进水巷，来到中华西路。巷子两边青砖墙又高又齐整，让人联想到森严的宫墙，或是旧时高墙大院人家。

她最好奇的还是影灭堂，骑楼下摆满鲜花，一直摆到廊外地坪上，花坛中间留了一条窄窄的路，通向大门。大门永远是半掩的，攀缘植物从廊柱一直爬到了楼顶的山花上。徐芷欣绕道而过时总会看它一眼，她纳闷这是不是店铺。

影灭堂楼高三层，正面开三扇窗，临水巷一侧，也开了三扇窗，墙窄似柱。窗用圆的拱券和窗线，楼层用装饰线分界，有很浓的南欧风味。影灭堂大门走廊挂宫灯，木的牌匾和楹联漆成墨绿色，上写金色隶书的字。

这天，徐芷欣走到花径上，欣赏着野菊花。走到了大门前，她迟疑了一下，推开了这扇半掩的门。

迎面一架高大的照相机和电影放映机，这种老款照相机拍摄者要把头伸进暗箱去操作。两台旧机器的三脚架伸到了门口，暗箱就对着她的脸。她偏过脸往里面窥探，看到了满房子的古董，地面只有窄窄的一条通道。

这是一个民国的时空，如同时光隧道发出强大的吸力。“有人吗?”没有人回应。不知道主人欢不欢迎，徐芷欣顾不得那么多了，犹豫了一下，就走进了房间。

从高大的照相机和放映机旁转到屋内，发现墙角有一个年近半百的男人，朝她看了一眼，那眼神既不欢迎也不拒绝。徐芷欣说：“我可以进来看看吗?”他点了点头。

徐芷欣进来，一眼就看到了一本写陈仲真的书。她正在研究陈仲真，影灭堂像专为她而设的，她要寻找什么，什么就出现了，有点不可思议。陈仲真就是她找到的最早到赤坎的人，她赤坎史话的文章便是从他写起的。

徐芷欣在读清代地方群祀制度时，发现除关帝、文昌、南海神、龙王等庙为群祀，有个绥靖伯庙也在群祀之列，祭祀的人就是陈仲真。南宋理宗时，此人被朝廷任命为屯田校尉，带着麦、胡、罗、黄、谭、袁等姓氏的人由冈州来到了蓢上、蓢下，在这里屯田、筑堡和练兵。她查找蓢上、蓢下的方位，发现就是赤坎一带的古称。那一刻，她激动得轻轻拍起手掌，体会了什么叫拍手称快。

陈仲真进士出身，善屯田、用兵和捕盗。他二房娶了麦氏。麦氏是岭南十大古姓之一。南宋祥兴二年（1279），麦氏在新会参加了崖山海战并出谷赈济南宋皇帝。麦氏跟随陈仲真从冈州麦氏大屋迁来了蓢上、蓢下。

麦氏尚武，他们在赤坎落籍后发展最快，到第二代西岐公就有乡团二千。乡团巡防于罗汉山至儒冈一带，他们成了赤坎的望族。元代麦氏掌管有十堡，明初又在鱼笱庙位置建起赤坎堡。

麦氏在潭江左岸放牧和买卖牛羊，从东南亚引进一种矮山牛，牛羊所到之地他们一一取名——羊咩洲、牛箇、牛塘、牛墟、牛路里、牛路头、牛母湾、牛肚母、牛栏前……这些地名现在仍在沿用。那时候无田可耕，麦氏的口粮要从泰国远道贩来。

关注麦氏，徐芷欣发现西歧公娶的是司徒氏。她终于找到了司徒氏迁来赤坎的缘由。这是司徒誉感兴趣的，她可以给他一个惊喜。

条桌上的书有些发黄，是专门介绍绥靖伯庙的。庙址位于台山市水南村，紧挨水南河，背靠飞鹅山，当地人叫陈老官庙。水南村人就是陈仲真的后人。后人为陈仲真修庙，本是座家庙，清道光皇帝下旨敕封陈仲真为绥靖伯，家庙变成了绥靖伯庙。

徐芷欣看得入迷，男人也不理她，只顾捣鼓自己手中的活。薄薄的书徐芷欣一口气读完，她凑过去看他捣鼓什么。他正在整理司徒氏20世纪初修堤的文件和土地登记证书，桌上摆的纸和簿全都发黄了。

她看到了民办第一条股份公路股东息折、关氏新业堂四人股份簿、加拿大光裕堂邮寄赤坎的银信、汇通银号汇兑票、赤坎银号汇兑美国汇票、香港汇赤坎港纸转汇纸、赤坎鹰村祖尝账簿……

徐芷欣十分惊讶，这些八九十年前的纸质文物对赤坎太珍贵了！她请问主人尊姓大名，知道他叫吴寄，又请教他文物的来历。吴寄小眼睛盯着她看了半天，了解到她是历史老师，脸上现出了少年一样的笑容，便向她一一讲解。

第二天一下课，徐芷欣又来到影灭堂，接触到了更多赤坎的历史资料，有的让她眼界大开。

吴寄几乎不出门，徐芷欣一有时间就来影灭堂跟他聊赤坎。吴寄对徐芷欣谈不上热情，也不反感。聊熟了，他也谈一些自己的经历。

吴寄跟赤坎的缘分始于三年前的夏天，他跟女儿来开平玩，去锦江里路过赤坎，车开进中华东路，他感觉自己误入了一个时空隧道，立即在路边停车，向一个摆摊的老太公打听地名，他第一次听到了赤坎的名字 。

在此之前，吴寄在山西拍了一段时间的纪录片，他拍平遥古城、碛口古镇，拍山西一扇一扇的老门。一个大雪天，他在碛口过年，听说黄河对岸有座吴堡古城，早已人去城空。于是，大雪过后，他过军渡大桥，爬山上了吴堡古城。

一年时间他无数次上山，拍摄了吴堡古城的纪录片《三个人的城》。这座古城只有三个人，一对老年夫妻，一个孤寡老人。纪录片以孤寡老人的意外死亡结束，他拍摄了葬礼的全过程。

拍完《三个人的城》不久，他就遇到了赤坎。一个月后，他专门来赤坎墟，打听到关族图书馆有房屋出租，他租下一栋楼，楼房是华侨捐给图书馆的。他一边剪辑《三个人的城》，一边想着干些什么。

就像是命运的安排，吴寄本爱古物，有人把一口金山箱和赤坎华侨填写的美国总统轮船公司信息表拖到他门前，问他买不买，很便宜。金山箱长三尺多，高、宽各约三尺，箱的边角镶包铁皮，两侧装了铁环，箱身打了一排排铆钉，气派非凡。他一看这是几十年前的东西，价钱这么便宜，就买了。

又有一台日本NEC壁挂手摇电话，这是1924年的产品。他问明来源，也买下了。金山箱使他知道了古镇一百多年前有人去美国淘金，手摇电话牵出的是赤坎当年开办灵通电话公司的事情。又有一件红色右衽花袄，经历漫长岁月颜色依旧鲜艳，这是一个民国女人的衣服，她的命运令他遐想。

赤坎是一个有故事的地方，他一边收集文物，一边寻访古镇故事。文物背后的故事，故事透露的历史信息，让他像瘾君子一样扑了进去。为了筹钱，他卖掉了深圳的房屋，为此夫妻反目。他把骑楼按自己的意愿进行了装修，修旧如旧。一部分文物在房间展示，营造出一种奇异的氛围。

徐芷欣向他请教，对他说的赤坎名字的由来极有兴趣。吴寄说，“赤”通“朱”，赤地千里莫非皇土，这是麦氏向朝廷表忠，拍朱皇帝的马屁。赤坎可以理解为皇土边界，“坎”作门槛理解。古时又叫赤墈洞，墈为堤岸，也是边界的意思，他们住的地方叫赤坎堡，意思是为国戍边。

“坎”字又可当作八卦中的坎卦，按后天八卦方位，坎就是北，北为玄武之地，玄武是北方水神，被道家尊为真武大帝。麦氏建北帝庙，供真武大帝塑像，也是拍皇帝的马屁。明成祖永乐帝发动靖难之役曾梦见真武大帝，得到神助。武当山真武大帝道场，神像依照永乐大帝画像雕塑。成祖尊真武大帝，是向天下昭示其皇位神授。

麦氏要表忠心，是因为麦氏乡团被朝廷视为元代武装。元朝倾覆时，麦氏举起了反旗，他们进攻的队伍还在半路，元朝就垮了。永乐大帝不信任麦氏，为了加强海防，防止惠帝从海上回来争夺天下，也防麦氏坐大，朝廷要麦氏迁到阳江去建寨堡。

明代中期，西歧公的曾孙子由公带领麦氏家族，从儒冈溯潭江入锦江，经恩平，在那龙再乘船，沿那龙河南下，西迁阳江。“二千之众有青壮五百、马一百余匹，在平雁坡建赤坎堡寨。”

一个周日的下午，徐芷欣约好了镇长和投资经理，带着他们来到了影灭堂。司徒誉推开大门，跟徐芷欣一样，他以为这里正在拍摄，但他马上意识到这个古董级的照相机不可能拍照。高大的三脚架伸得太开，关忆中差点被它绊倒。

房间零乱令人吃惊，主人长头发、长胡须、小眼睛。徐芷欣跟他打招呼，说镇长来了。吴寄对镇长来影灭堂并无兴趣，徐芷欣执意要邀，他才勉强答应。吴寄朝司徒誉咧嘴一笑，露出一颗突出的黄牙，说了一声：“来啦。”他便转身去忙自己的事情了。

两个男人都被眼前的旧物什吸引了：座钟、案几、座椅、门匾、楹联、线装书、照片、青花瓷、布偶……主人没在意他们，他们也没太在意主人，好像主人也是一件文物。

睇了半天，司徒誉问吴寄一副木刻楹联的年代。吴寄回答说民国初年。他亮晶晶的小眼睛看着司徒誉，半天才说：“坐吧。”

吴寄的穿着打扮看不出年代，衣服随意混搭，恐怕好多天没有洗了。他神情落拓，从内到外都没有现实感，他似隐没到另一个时空了。

一张方桌，左右两把雕花红木椅，繁复的雕花是清代的。桌后靠墙一张神台，神台上摆了座钟、太湖石、青花瓷瓶和一对铜蜡烛插座。墙上一对木刻楹联，正中位置的下方是类似窗花的木制饰品，上面挂着一块“存正统”的木匾，木构全都颜色发黑。

司徒誉一入座，手触到冰凉的木头，一股凉气就向他袭来，像触到了某个机关，他感觉突然恍惚，像坠入了某个古老又陌生的时空，眼前的场景瞬间发生了改变，现实中的人变得飘浮，不太真切了，声音也是朦胧的。他差点叫出声来。

关忆中对吴寄的经营模式好奇，吴寄坦率地告诉他，自己开店是姜太公钓鱼式的，凡进影灭堂的人，收茶费十元，喝不喝茶都同样收费。他卖的是赤坎的故事。

有人听了他讲的火烧骑龙马的故事就去骑龙马村看，回来再跟他探讨细节。有的听了自力村华侨方润文停尸十三年，从美国运回安葬，就专门去看铭石楼和更楼下的墓地。有的听了百合华侨尸骨专用码头，便去那里凭吊。百合中学校园内有一栋高大的碉楼，紧靠埗头，旧时用来救治病人和存放骨灰，也有人去寻访。有的听了余富彦突围的故事，就去看富彦滘。

余富彦的故事非常传奇，他的水军被清军堵在镇海水，夜晚他挖开滘堤洲与祥龙洲连接的洼地，趁潮水上涨，千只战船进入潭江主河道，从对岸的一条秘密水道出海。一夜北风，天亮时清军发现不见船影，余富彦的水军这时已经到了电白。

吴寄的文物摆不下了，他正在商谈在隔壁租房的事，他想租下两三栋楼，正式布展。互联网上有各种募集资金的人，有人找他要求投资，希望做大，除了文物展示这一块，还要开发潭江的娱乐项目，牛母湾的露营地。找他的投资人跟他女儿年龄差不多大，这让他感觉有点别扭。他们钱多，急着要找投资项目。

关忆中看到一个木盒，上面提手外轮廓像朵花，两侧有倒“八”字木耳。他情不自禁地用手去抚摸。吴寄揭开盖，说这个木盒应该是清末的，但他猜不出是做什么用的。

徐芷欣说：“这是个保温套，里面放茶壶的，我阿爷还在用呢。”关忆中摸了摸上面镶铜的小口，徐芷欣说：“这是茶壶口的位置。”

关忆中家里有同样的旧物，龙的纹饰略有不同，他一直不知道是做什么用的。他惊讶地问：“你家里有用吗?”徐芷欣点头。他盯着她，像要从她身上找出什么秘密似的。

徐芷欣有些尴尬，她跟司徒誉说：“楼下没茶饮，上三楼去吧。”三楼临窗设了茶室，她带头往里面的楼梯间走。

踏着木梯上楼，楼梯间挂了一幅幅民国生活的照片。有一幅福特小汽车的照片，乌龟壳车周围站满了人，一些人在笑，笑得有点呆滞。

上到二楼，仍然是满房的文物，它们比一楼的更加古老。司徒誉忍不住拐进房间浏览，他对这个魔幻空间有了浓厚的兴趣。刚才那一刹那的恍惚，他觉得世间真有异度空间，说出来可能无人相信 。

到了三楼，穿过房间去临街的茶室，这一层的文物并不常见。司徒誉在一口精致的漆皮箱前停下来，感觉造型颇有古意。吴寄看他用手去摸，就把箱子打开了，原来是口外包牛皮的木箱。

吴寄说，这口木箱出自麦氏之手。麦氏当年养牛，发明了这种皮木箱。岭南春天潮湿，箱内存放衣物容易发霉，这种箱子利用牛皮和木材遇湿气膨胀不一的原理，牛皮裹紧了木箱，可以保持箱内干燥。他自己试过，现在还能防潮。

关忆中盯着几个铁钉看，他不明白铁钉这么寻常的东西，为何要用密封的玻璃缸来装。吴寄说出了一段闻所未闻的史实。

赤坎以前造船，叫开平船。开平船是平底船，两头尖，后面翘，吃水浅，走得快。两边有一对防浪板，遇浅滩可以集水过船。这些铁钉来自打铁村，是用来钉船的。

司徒誉从来没听说过赤坎有打铁村。吴寄说，就是回龙里。从前有河通到村口，打铁村的铁钉是造船产业链的一环。

吴寄又指着一个大铁钉说，这是道钉，来自美国西部铁路。当年美国修铁路，赤坎有人参与修筑了美国第一条跨洋铁路——中央太平洋铁路。这是他们打的道钉。

关忆中见过道钉，不过那是一个纯金打制的，收藏在斯坦福大学康特艺术博物馆，金钉顶端刻了一行字“The Last Spike”。他奇怪的是，金钉上没有被敲打或撬过的痕迹。

他毕业于斯坦福大学商学院，学习世界贸易史时，知道了中央太平洋铁路，它横跨美洲大陆，连接起了太平洋的海上商路。第一列货车运载的就是来自中国的茶叶。广州十三行商人也参股投资了这条铁路。

那时中美贸易额巨大，美国的野生花旗参、水貂皮毛、檀香木全都运到了中国。水貂被抓得快绝种了，须立法保护；野生的花旗参挖尽了，只有印第安人才找得到；檀香木也全被砍光，檀香山没有了檀香树……

铁路在犹他州普罗蒙特雷合龙，最后一根连接铁路的道钉就是金钉。斯坦福亲自抡起银锤将金钉敲击了三下，宣告铁路合龙。华工参加了铁路合龙庆典。庆典后，一位华工将金钉拔出，打下了最后一根铁钉。

吴寄有些兴奋，开平造船也是因为贸易。明末赤坎墟就有了铜铁业，地方还开了兵工厂，关氏和麦氏能造红衣大炮。

他从一个密封袋里小心翼翼地取出一件衣服。这是一件饰有暗花的上衣，黑里透红，款式也是从没见过的。他让三个人都摸一摸。衣服滑溜溜的，有些凉，像香云纱一样发出细微的沙沙声。

他问：“是什么料子？”

两个男人都说是绸缎。徐芷欣笑一笑，没有吭声，她已经看过了。

吴寄也笑了，说："这是赤坎出产的波罗麻布，当年假冒丝绸运到上川岛，卖到了西方。早期是夏布假冒贡品雷州葛布。那时开平家家都是织机声。

"赤坎运景德镇的瓷器、湖南安化的黑茶去上川岛。明代海禁，只有上川岛的走私贸易兴隆。从上川岛运回来的是印度香料、西班牙银、暹罗铜、欧洲钟表等奇珍异宝，还有大量压舱的坤甸木、铁力木、檀木、酸枝木。关氏经常三条船结伴出海，他们跑一趟一个大家族可以吃上四五年甚至七八年。开平船用坤甸木来做，船很瘦小，遇到海战，可以直接去冲撞人家的船。"

司徒誉想，吴寄是胡扯，还是真的有依据？就像当初关忆中要买赤坎古镇一样，他也不敢相信。赤坎墟竟然与海上丝绸之路联系密切，这个历史太过神奇。

吴寄对关忆中说，明代中晚期，关氏元九族利用官府发放的湖南到广东的路引便利，在水路上做起瓷器、茶叶和麻布生意。又依靠会道门势力，潭江上，上下货船只要挂一个"关"字，便无人敢拦截。关氏做上川岛的生意，后来有人从赤坎的樟村迁去岛上了。

听到赤坎与上川岛的贸易，关忆中就在想自己的祖先与赤坎是不是有什么关系。听到上川岛关氏是赤坎迁去的，他非常震惊，历史能这样编吗？是不是幻想？他自言自语："是真的吗？"他问吴寄又像自问，人一时走了神。

“当然是真的！我这里有族谱。迁去上川岛的就是元九的后人，从樟村过去的。”吴寄说完就消失了，他去找物证。

一阵间不知道他从哪里搬来了一个木箱，箱子里面全是各种族谱。“我一有时间就读谱，找村里老人聊，赤坎姓氏的情况我了解。”

他找出一本鲜红如同证书一样的本子，封面是银色的字，上面一行写“广东台山”，中间竖框内写“上川关氏族谱”，下面标了时间“2011年辛卯孟春立”。这是一本新族谱，内文为铜版纸彩色印刷。

吴寄得到上川关氏族谱十分偶然。影灭堂开张不久，有一个人进店，问吴寄修不修鞋，他的皮鞋脱帮了，附近找不到修鞋的。吴寄哭笑不得，他想这人可能是看到店里这么多破烂儿吧。吴寄看来人晒得黧黑，觉得是个忠厚之人，就说可以帮你修，但这里不是修鞋铺。

一边修鞋一边闲聊。男人姓关，年近花甲。正月十二是关氏传统的春祭吉期，他从上川岛来祭祖。从关氏大宗祠出来，他要去关族图书馆。吴寄从他身上知道关氏有人从赤坎迁去了海岛。

鞋修好了，对方见吴寄不肯收钱，看到他房间里有族谱，说你要喜欢族谱，我送你一本新的。他带了几本准备送图书馆，抽出一本就送给了吴寄。正是因为修这个新谱，上川岛的关氏才知道自己的祖先是从赤坎迁过去的。

奇妙的空间，奇妙的人。司徒誉觉得影灭堂就是个梦境，这里的时间和空间界限模糊，或是时空都收缩到了这里。大门口那部放映机就是旧时空的入口。

关忆中更加震撼，他感觉到了一股神秘的力量正在指引着他，他被引着来到赤坎，又到了樟村，在影灭堂看到自己家族的族谱，又见到了小时候的旧物……他像剧本中的人，剧情已经写好，他要寻根，正在计划，命运却早已做出了安排，他先来到了上川岛祖居地的源头……

这一切不知从什么时候开始的，这样的场景恍然间在记忆中闪现，似曾相识，他在重复同样的场景……回想三埠无人村的经历，关忆中打了一个激灵，身上起了一层鸡皮疙瘩，他相信那就是祖母的村庄。祖母在那里清晰地浮现，他几乎闻到了她的气息。

他们来到茶室，茶室位于骑楼走廊上方，房间正面和西侧两面开窗，室内光线十分明亮。西面三个窗户，中间的窗台上摆了一尊观音像，观音像左右置文竹，其他两个窗台摆盆花、盆景。关忆中观察半圆形窗的彩绘玻璃，有一种身在教堂的感觉。彩绘图案如蓝印花布，淡雅而艳丽，八十多年过去了依然这么美丽。他不由自主地在胸口画了一个十字。

茶台摆在窗下，是一件古董铁器，上面放了一张大玻璃。玻璃板上实木的茶盘很大，旁边有自动电子开水机、不锈钢锅和木质茶罐，茶具有玻璃的茶杯、茶海、茶缸和不锈钢的茶漏，天蓝色瓷瓶里装了竹制的茶则、茶挟、茶匙。吴寄揿开自动开水机，水注入烧水壶。

茶室里有两张明式红木椅，一张靠背椅，还差一个座位，徐芷欣主动坐到一张心形竹编大吊篮里。她不习惯人被吊起来，吊篮总是不停地晃荡。

吴寄继续说着赤坎，说得口干舌燥，嘴唇发白，他忘记给客人斟茶了。

徐芷欣腿吊在篮外吊得麻木，她脱了鞋双腿缩进吊篮，蜷缩的姿态如布偶猫一样温柔。她微微晃动着，凝视窗外时，显得特别温存和娴静。司徒誉和关忆中时不时看她一眼，两个人的心也在微微晃荡。

二十

立冬恰逢星期天，天气却依然是炎热的。司徒誉带着镇政府的年轻人在翠山湖体育公园踢足球。他找有关业务单位捉对比赛，除了锻炼身体，还可彼此增进了解，联络感情，今后办起事来容易沟通。对方组织不了足球队的就组织篮球比赛，来镇政府篮球场打，到了吃饭时间，顺便在食堂炒几个菜。

司徒誉喜爱集体活动，连体育也喜欢集体的，譬如打篮球、踢足球这种相互配合的团体运动，像乒乓球、羽毛球这种个人对个人的运动他不中意。闲暇时他喜欢跟朋友聚会，饮点小酒就很开心。

跟自然资源局的比赛旗鼓相当，打得很激烈。司徒誉打中锋，由他组织进攻。上半场各进了一球，下半场打得体力有些不支，两边轮流进了两球，打成了平局，最后要靠点球定输赢。赤坎方点球由司徒誉来踢，他一脚把球踢飞了，自然资源局赢了点球。

大家出一身汗个个爽快透了，快活地离开球场。司徒誉从车上拿出手机，看到关忆中打了几次电话，又给他留言，问他这几天在不在赤坎，两天后杜应麟要来开平。自从有一次他来赤坎没有见到司徒誉，他就学会事先打电话了。以前他误以为镇长要天天开会，是不会出差的。

司徒誉把电话打过去，关忆中说杜应麟要带团队来开平工作。杜应麟升了产业基金事业部副总经理，是关忆中的副手。关忆中这次来不了开平，他要去贵州，那里有一个新的文旅项目要签约。那边关忆中把电话递给了杜应麟，司徒誉第二次跟杜应麟通话。

“镇长好，我们有缘分啊。”

“杜总好，我们早就盼着您过来呢。以后我们就是一个团队的人啦。”司徒誉呵呵笑，踢足球的喜悦也感染了对方。

“我们先过来三个人。关总说您很好，有些事情需要您协助。”

“别客气啊，自家兄弟。我们安排车去接您。”

杜应麟调进中荣公司一年多了，赤坎古镇项目迟迟没有落地，他被临时安排到中荣公司北方一个古镇当总经理。那个古镇快到张家口了，他到任后并无多少事情，经常开着黑色奥迪车四处转悠，就等着来赤坎。当地除了煤老板，鲜有高档车，别人还以为他在显摆。

一年前中荣公司与开平市政府达成了合作框架协议。现在签订了正式协议，中荣公司工作团队正式驻场。

杜应麟住进了半岛酒店，他一出现在门口，司徒誉一眼就认出来了。杜应麟有一双灼灼闪亮的眼睛，透着一股睿智，他的前庭饱满亮堂，气场十足。两人紧紧握手，有一种兄弟部队会师的感觉。

市领导为他接风，相互介绍后，杜应麟说了一番客套话，说得很得体。酒杯一举，气氛就变得不一样了，他说话都是脱口而出，抑扬顿挫，仿佛没有经过大脑一样。他的记忆超群，虽然刚到，赤坎的情况却了如指掌。

司徒誉观察，杜应麟的眼睛深处还藏着一双多疑的目光，仿佛有两双眼睛，一双眼睛盯着人说话，一双眼睛关注周围动静，观察的是对方的动机——事情背后的东西。司徒誉猜得到他后面将说什么，但很难猜到他此时此刻在想什么。

司徒誉代表镇政府在深荫岛为杜应麟接风。两人交流默契，沟通也非常顺畅。杜应麟思路清晰，逻辑严密。开始饮酒，小杯才饮了两杯他就要求改用大杯，三大杯下肚就跟司徒誉称兄道弟，勾肩搭背了。

刚刚安顿好，杜应麟就去拜访各级领导，熟悉情况。没几天他就跑到广州搜罗人才去了。他与中山大学建立联系，筹组了团队。接着到自力村、立园、马降龙等景区考察，中荣公司控股碉楼公司，他要结合古镇项目重新布局规划碉楼旅游。

慢慢地，从各地来找他的人多了，他跑江门、广州、北京等地也越来越频繁，忙着对水资源、土地、房屋等进行合法化调规、确权和征收。

程小东作为第三方进场时，时令已到冬季。但赤坎的冬天依然一片浓绿。冬天的风像春风一样和煦，程小东一出机场，脱了羽绒衣还要脱毛衣。住进宾馆，空调只有冷气没有暖气，他放了一阵冷气觉得有些凉，只好关掉。一会儿又感觉到闷，去开窗只能打开一条缝，不知道蚊子什么时候飞进来的，冬天这里竟然还有蚊子。他不得不关了窗又把空调打开了。

数月前，程小东在珠三角跑了一圈，看了一些古镇。珠三角跟长三角一样河道纵横交错，但小镇却完全不同。长三角小镇青瓦木楼依河而筑，楼阁轻盈，门窗透漏，起居生活围绕河流展开——拱桥、乌篷船、小码头。

珠三角小镇靠近河流兴建，青砖青瓦与红灰瓦，砖石构筑的镬耳山墙、高耸的饰以祥瑞物的屋脊给他留下深刻印象。跟长三角大异其趣的是，这些民居空间封闭，窗户特别小，据说是讲究财不外泄。他猜测可能是因为台风。五邑侨乡引入了大量西方建筑样式，一些古镇在20世纪初兴建了钢筋混凝土的骑楼群。它们是中国最早的钢筋混凝土建筑。

程小东做事喜欢画图，用图来表达，到哪里他都带着纸和笔。赤坎古镇开发他画了很多设想图，他一画图就画十个八个小时，桌上放一瓶酒、两包烟，边喝边画。

他在赤坎墟骑楼群加入岭南传统民居，突出镬耳山墙和青砖，让它处于中心位置。小巷铺上青石板。江南小镇的小巧灵动则以小河、拱桥和船来塑造，他把塘底街设计成一条河，穿过人行拱桥，与内河相连，船从潭江可以划进古镇。

程小东有一条龙的团队，从古镇改造设计、古建施工到景区运营，都积累了很多经验。他把思路告诉团队，交由他们来实施。

古镇设计出来后，他又提出了新区设想。古镇有外溢效应，需要新区来承载游客。他在酒店关了三天，画了一张新区的规划草图。

司徒誉正在考虑景区怎样带动周边农村发展，新农村建设是乡镇最重要的工作。程小东提出的配套新区建设正是他所想的，古镇与新区相互需要，新区建设就有了内生动力。

程小东画的新区规划图，覆盖了不少村落，永坚、深塘等几个村都要拆掉。李玉虹和司徒誉认为拆掉古村落是件大事，古村落要保护，项目也不能与民争利，而是要惠及村民。规划必须调整，要避开村落。

司徒誉和杜应麟实地考察，两人看过东面村落稠密的土地，又来到墟镇西北方向。石子冈和凤塘里紧挨325国道，在两座村庄的南面，有一大块集中连片的土地，新城如果继续扩大，还可往西越过得业路，尽管那边到了百合镇的地界，但作为一个重大项目，他相信跟百合镇协调，问题不难解决。

关忆中也加入了新区规划的谋划，他每个月飞来开平两三次。新区跟安置房建设，开平市决定一起交由中荣公司代建。杜应麟邀请了香港的设计团队参与规划。

进入春雨连绵的季节，关忆中和杜应麟经常约司徒誉饮茶聊天，搞头脑风暴。有时是在办公室，有时是在茶馆和咖啡厅。关忆中提出把新区建成一个较大的城区，资金方面，镇政府在古镇有大量公有房屋和铺位，可以跟中荣公司置换，还可以通过新区建设盘活大量土地，进行土地拍卖。

杜应麟说可以招商引资。基础设施建设方面，镇政府可以用古镇公有物业和新区土地抵押，通过银行对小镇政策性的长期低息贷款，获得建设资金。

杜应麟还想引入潭江水，把疍家文化作为新区的一个特色，与本土华侨建筑文化元素融合，按4A级景区来打造。

一说到疍家文化，关忆中就朝他竖起了大拇指，夸他这个想法有创意。这是新区的特点。赤坎不能缺少疍家，不能忽略水上世界。

夏天到了，他们在月光下的田野和古镇街巷散步，大排档的煎豆腐角是三人所爱，点上几份，再要几瓶啤酒，就可聊到深夜。有时想吃黄鳝煲仔饭，就到路边餐馆来吃。

关忆中出汗多，边吃边取纸巾来擦。杜应麟总是说起湘西的美食。关忆中起先附和，认为他是思乡。一次他说到老虎肉，关忆中说，你是不是在瞎编啊。司徒誉开玩笑说，老虎是他老婆，他想老婆了。杜应麟说，你老婆在美国，你想不想？

关忆中看他们两个怪怪的表情，突然明白什么似的，说："是不是你们故意离开老婆？"两人异口同声地说："你没有结婚你怎么知道呀！"

司徒誉底气越来越足了，他想打造一座新的百年古城。既然国民党统治时期能够建一座百年古镇，共产党领导下完全可以再建一座百年古城。这里有新的关氏司徒氏图书馆，新的教堂、祠堂，再把古镇搬迁离开的商户请回来，保留当地的老字号和手艺，延续古镇的商业文化和传统。

项目越谈越大，内容不断扩展，投资也从五十亿增加到了一百亿，首期要投入六十亿。

一天晚上，司徒誉跟伍晓蕾视频，兴奋地说起赤坎的百亿投资。伍晓蕾嘴巴一撇，不客气地说："你冷静一点，新区哪里来这么多人住？古镇只有骑楼，来怀旧的能有几多人？"她当头浇了一盆冷水，司徒誉愣了一下。

伍晓蕾边听英语边收拾房间，她关了英语节目，"赤坎要火很难。我做户外产品的了解旅游，一个地方火起来都是有原因的，拉斯维加斯有沙漠有赌博，羚羊彩穴、布莱斯峡谷、西大峡谷，人家是自然奇观，黄石国家公园、大提顿国家公园，这个自然风光太靓了。奥特莱斯是购物，全都是可以玩可以体验的项目。"

看到司徒誉没吭声，她声音放柔和了一些："小镇旅游西海岸也有，圣巴巴拉、丹麦村，还有大提顿的杰克逊，来的游客也多，但是不能跟上面这些地方比呀。"

伍晓蕾的一番话引起了司徒誉的沉思，他心里有些不安。市场就是人心，而人心飘浮，莫测高深，随时间和环境变化。古镇项目的确存在风险，但是，只要是市场行为，又有哪件事情没有风险呢？成功的也不是没有，乌镇、周庄、古北水镇，这个风险是值得冒的。这是个机遇，没有机遇连冒风险的机会都没有。

合作协议签订后，关忆中和李玉虹都得到提拔，关忆中由投资经理升为投资总裁。按照中荣公司规定，他要与项目风险共担，他每年的奖金要全都投入赤坎项目，直到项目结束。一旦失败，所有投入一分钱也拿不回来。

李玉虹升任开平市副市长，仍担任镇委书记。提拔她是为了加强赤坎古镇项目的领导。

李玉虹上任后向于书记提出了两个请求：一是组班子，把用人的权力下放；二是把市里立项、规划、报建、验收等这些分散到各个职能部门的工作，统一到一个地方办公，加快办事效率。

司徒誉的精力投入到了跑贷款上面，这个工作牵涉到项目能否落地，市委领导出面后，具体都由他来跑。炎热的天气在外面奔波，每天一身汗，衣服都多换了几身。

征收由政府付钱，不允许花投资商的钱，这是为了杜绝利益输送。开平却拿不出这么多钱，国家又收紧了银根，尝试各种模式走不通，古镇项目一时陷入了绝境。

没有钱，所有的努力都是白费。金融血脉一阻塞，庞然大物就要倒下来了。司徒誉有种心梗的感觉，晚上觉也睡不好，有时半夜起床，来到楼下的天井抽烟。他平时不抽烟，现在抽着抽着就抽成了习惯。

阿爷每晚听到动静知道他遇到了难题，老人想到父亲建城的种种艰辛，孙子经历的困难恐怕才刚刚开始。一天深夜，他下了床，司徒誉看到阿爷走出来，有些不安，“影响阿爷休息啦。”

司徒不徙在他身边坐下，也不问他什么事，只是聊起了司徒誉小时候蹒跚学步的往事，不知哪天他自己突然就会走路了。在潭江玩水也是这样，呛了两次水就学会了游泳。

晚上蚊子很多，天气炎热，司徒誉用蒲扇给阿爷扇风赶蚊子。老人语重心长地说：“很快就要入秋了，晚上还这么热，等到了秋天总是要凉快的吧。”他劝孙儿去睡觉，什么也不要想。他的意思很明显，就是水到自然渠成。

立秋了，司徒誉没什么感觉，天气反倒最闷热。一场台风自珠海以西登陆。为防台风，司徒誉组织转移了居住在疍家艇上和危房的人家。

上午回到办公楼，风就在楼外嘶鸣。狂风由南往北，从台山上川岛、下川岛，一路横扫至开平的赤水、蚬冈、百合、赤坎，马路上的一棵大榕树被刮倒了，枝叶在高空飞舞，木棉树剧烈地摇摆，仿佛要拔离地面飞走似的。暴雨从空中横扫而来，兜头泼向他，打得窗玻璃咚咚作响。

司徒誉呆望着墙上的地图，如果地图横过来，开平地形就像一只凤凰，位于尾巴的赤水镇离海岸只有十几公里，赤坎在尾巴的起点。开平现在就像只落汤鸡，全泡在水里了。

二十一

教师节到了，司徒誉代表镇政府去一中慰问教师，颁发慰问金。他自己特意给徐芷欣买了一个Kindle。座谈会后，他到了徐芷欣的办公室，刚把Kindle送给她，他的电话就响了，是农发行行长打来的。司徒誉一看是行长的电话心就扑扑直跳。

行长说话有些激动，告诉他一个大好消息——国家对国有企业和政府融资放松了。他提醒镇长，要融资的话就赶紧行动，估计放贷的时间会非常短。

司徒誉一激动就拥抱了徐芷欣，又举起双臂，“真是天无绝人之路啊！”徐芷欣被他搞蒙了，不知道发生了什么事情，跟着他傻笑。

转瞬即逝的机遇仿佛是专门来救赤坎的，古镇项目争取到了二十亿元贷款。

开平市马上成立了项目指挥部，于耀轩书记任组长。指挥部下面成立赤坎古镇文化旅游开发建设管理委员会，批设十一个编制，负责项目管理和协调。管委会与赤坎镇政府合署办公，一套人马两块牌子。中介机构和服务机构也一个个相继成立，既有常设的也有临时的。

管委会一成立就不分昼夜运转，制定出了一系列政策。房屋征收价格是讨论时间最长的，论证了几次，因为没有参考依据，一时难以拍板。

这天会议开到晚上7点多，定价方案还是确定不了。大家明白，低了征收工作难做，高了又怕以后问责，项目公司也不会承认。司徒誉看得出，有人想把征收价定得高一点，道理说了一大通，一说到具体价格就吞吞吐吐，只想别人来提，不想从自己口里说出来。二十个人中有七八个是希望价格低一点的，他们怕赤坎人指责，价格也不敢说出口，只是说理由，其中两个人提出了不能超过市场价，他俩平时就嫉妒别人得到好处。

司徒誉觉得讨论已经很充分了，会议再开下去没有意义，现在需要有人来提价格方案。他表态："征收价还是要设身处地站在老百姓的角度考虑，他们房屋被征收了，拿到钱再去买房子，不能大房子换小房子，但开平市区房子又贵，怎么办？那就买旧房，买二手房，旧房子换旧房子，按市区二手房的价来征收。想要住新房，那就自己补钱，这个合情合理。搞开发嘛，没有老百姓吃亏的道理，要让他们得一些实惠。为官一任，造福一方，让老百姓有获得感也是我们的追求。"

大家先是沉默，司徒誉观察，有人表情掩饰得很好，有人喜怒形于色，还是真性情，超过一半的人是赞许的。那两位提出按市场价征收的表示反对，一个是副镇长柳如升，一个是分管宣传的委员。柳如升表示，我们都是国家干部，不能为了一小部分人的利益损害国家的利益。

司徒誉接着发言，对换房提出具体建议，"选择安置房，换房按套内面积1∶1.1的比例，多给一点面积。不到五十平方米的按五十平方米补足。选择拿钱的，有人后悔了，一年内还可以再来选择安置房。

我想尽量为赤坎多留住一些人。”他想到村里人去楼空的情景，他不愿意这样的情形出现在墟镇。

柳如升质疑，是不是过于优待。镇长是司徒家族的人，小心有人借此做文章。他说话时眉头紧锁，让人感觉问题严重。

司徒誉扪心自问，如果自己不是赤坎人会不会这样做？答案是肯定的。他说：“我考虑的是让利于民，共建共享，我们要考虑社会稳定，不能事情还没有做就有人去投诉、上访。”

征收价格确定后，吃了晚饭，会议又继续开。打电话的、抽烟的，会议开了一阵人才到齐。

谁来征收又起了争论，一方主张征收采取外包购买服务，由第三方公司来做，一方主张政府自己来做，大家争得面红耳赤。

司徒誉听大家发言，大部分人想要第三方来做，他能理解大家的心情，现在镇里事情越来越多，很多时候是白天开会，晚上干事，但征收不是一推了之的事情。他说：“如果外包，看起来省事，因为牵涉到动迁，容易做的工作第三方做了，剩下难攻克的钉子户，最后还得政府出面，实际上最难的部分还是政府在做。”他看了看大家的表情，用商量的口吻说：“不如自己来做吧，还锻炼了干部。”

柳如升接话：“是可以锻炼干部，也可能毁了干部。”

司徒誉回应：“要相信干部，我们会建立一套制度，纪委监督做到位了，就能防范。”

纪委书记是位转业军人，他表态：“我们会履行职责，严格监督。”

柳如升态度坚决，“领导要政绩也要看能力，这个事情是我们能做得到的吗？”

李玉虹看会议达不成统一意见，事情重大，不能强行通过，最后她表态延后再议。

会后，司徒誉安排人去算了一笔经济账，自己做的话最少可以节省五六千万元。这笔钱对开平来说是个大数，对赤坎更是个天文数字。他跟李书记商量，她赞同他的意见。再开会时，决定征收工作由镇政府牵头来做。

确定征收方案后，李玉虹、司徒誉向于书记当面汇报，得到了他的认可。李玉虹提出要在全市抽调干部，第一批要抽一百二十人。她笑眯眯地说：“我要抽调四十岁以下的股级干部。”

于书记有些为难，“抽年轻人不更好吗？哪有那么多股级干部？”

司徒誉接话：“抽调干部，能干活的单位一般不会给，能做到股一级证明这个人在单位起码不会太差。”

看到于书记点头，李玉虹声带娇腔说：“各镇各单位定的人员名单我得先筛选一下哦。”

“好吧，好吧。这个人选由你们来把关。”于书记郑重交代，“要用好干部，让他们多锻炼，不能犯错误！”

到了年底，各单位事情特别多，但市委市政府下文要办的事谁也不敢马虎。赤坎古镇项目已深入人心，大家凝聚起了共识，事情再多也要保证这个项目的人力物力。

抽调人员名单很快报上来了，李玉虹发现有两个是爱打小报告出了名的人，她直接把他们划掉了。

有两人报到后，到处说自己在单位累死了，来赤坎好好休整一下。组长安排他们打电话联系工作，要求当天打的电话，拖了三天才打；要他们发材料，材料堆在办公桌上，有人打电话来要，他们要对方自己来取。

司徒誉把这两个人叫到办公室，跟他们不客气地说："我不允许有人在这里不干活，能力强不强那是另外一回事，起码要有工作态度。你们来休整了两周，就回自己单位上班去吧。我不会让你们难堪，你们自己找个回去的理由。"

这段时间，食堂的变化是最明显的，吃饭的队伍越排越长，饭堂里坐满了人，一片热气腾腾的气象。一场大战的帷幕就这样拉开了。

二十二

早晨有了一些寒意。这天江面起了一层薄雾，雾中刚开的木棉只有一团淡淡的红。堤西路的店铺还没有开门，小货车小汽车经过时车速极快。吴寄一早起来给廊前的花浇水，抬头看到两个后生仔正在江边的榕树下贴宣传材料。不锈钢架的宣传栏架得越来越长了，上面张贴的标语和宣传材料也越来越多。

两个男子在江边闲逛，来到宣传栏跟前凑热闹，看了上面贴的东西就大呼小叫起来了。吴寄好奇，放下洒水壶过来，原来是赤坎墟房屋征收补偿方案，他大吃一惊。公告写明了房屋征收范围和搬迁、过渡期限、补偿方式和补偿标准等。他听到过中荣公司要买赤坎墟的风声，但一直不太相信。

导读非常详尽，房屋征收分为普通住宅、骑楼、独栋住宅、商铺，单价从三千多到一万多元，不同街道、楼层的商铺单价也不一样。对两个月内签约、搬迁的，给予奖励和补助。选择房屋置换的，每平方米还有数百元的搬迁奖励和临时安置补偿。商铺置换经营的与停产停业的补偿价又不一样。他一看，公告是开平市人民政府发布的，权威性毋庸置疑。

各家各户的门打开了，宣传栏下聚集的人越来越多，有人喊："政府要来收购房子啦！""要卖房啦。"知道内幕的说中荣公司要买下整个古镇。

太阳爬过榕树梢，房屋长长的阴影退缩到墙根时，墟镇的人几乎全都出门了。公告在几处地方张贴，居民都急急地赶过去看，有的用手机拍照马上发给在外的人。人人打了鸡血似的，三五成群，议论的、商量的、打听消息的，到了午饭时间，人群还没有散去。

有打电话向亲戚朋友报喜的，老房子可以赚一大笔钱了。有想买房买车的人，手里的钱不够，正犯愁时来了征收款，一时兴奋得连走路都不一样，连蹦带跳。

愁眉苦脸的人也不少，赤坎墟有很多房屋代管人，他们大都是房屋主人的远亲，这些房屋代管者有的自住有的出租，房屋征收了他们要不没有地方住了，要不没有租金可收了。有人沉默，有人交头接耳，有人说风凉话，脾气大的当街就开骂了。

“甜半天”店的秀姑认真看完公告，右手扶着宣传栏蹲了下来，一屁股坐到了地上。有人去扶她，发现她昏厥了。她的糖水远近闻名，生意十分兴隆。她把左邻右舍的房屋都买下来了。突然要征收，犹如晴天霹雳。有人掐她的人中、虎口，醒来后，她走回去的力气都没有了。

公告给吴寄带来了强烈刺激。古镇被人买下，这里就没有他的立足之地了。吴寄一直沉默不语，他想到自己跟图书馆签了租约，总得给一个说法。他去找相关法律条文，为保障自己的权益不得不有所准备。

镇政府大院里，一片忙碌又紧张的气氛。项目指挥部办公室，征收现场、产权认定、安置房建设、征地等十个组都挂了牌子。从市里抽调的两批干部元旦后就来上班了，三人为一个征收小组，分了一百个小组，他们参加了三个月的培训。市领导人人分配了工作任务清单，认领了房屋征收任务。相关部门接受了项目报批审批和政策难题攻关任务。

征收小组人手一本册子，协商谈判、征收签约、产权公证等，都有具体操作指引，特别是纪律，要求任何情况下都必须三人在场，个人不得单独接触征收对象，每项指标都要求三人签名。

司徒誉担任了未经登记的建筑调查、认定和处理工作组组长。管委会分工会上，他又提出了两项工作他要亲自来抓。这两项直接跟钱挂钩，非常危险。首先是建筑面积测量，如果没有一个廉洁的人来管，很容易被人利用。第二个是功能认定。赤坎墟旧房功能复杂，五花八门，只要放松一点，工业的定为商业，房屋就从每平方米三千多元升到了九千多，价钱天壤之别。

他说话情绪激烈，“这个事情可以给别人管，但我说一句，资金拨付都是经我签名的，要是给别人的话，我无法对拨出去的每一分钱负责。我做这个组的组长，我敢担保自己绝对对得起历史，我敢承担这个责任!”他说完激动得拍了两下胸口，拍得“嘭嘭”响。

大家都冇吱声，这两项工作权力最大，影响全局，镇长是要把最重要的权力死死抓在自己手上。事后有人对他说“要是给别人的话”就如何如何有意见，好像给了别的人就会出问题，班子里就他一个人廉洁。

一切准备就绪，征收工作动员大会隆重举行。主席台挂了一条超大的红色横幅，会场两旁插满了红旗，墙上贴了好多鼓动人心的标语口号。进场音乐播放两首老歌《下定决心》《我们走在大路上》，现场火热，令人激奋。年青一代都没有听过语录歌，只有年龄大的露出了会心的微笑。

大会上，于耀轩做动员讲话，说到他小时候听这两首歌的一些场景，现在听，他有时空穿越的感觉，但还是让他精神振奋。司徒誉主持会议，他说起了星座，他是天秤座，凡事要求公平，极力反对不公平。他欢迎大家来监督，看他是不是名实相符。

会后，年轻人纷纷上网搜找这两首老歌，相互转发，感觉像看老建筑一样，很有岁月感。想不到征收期间听老歌成了时尚。

测量监督小组和功能认定小组成立了，成员由司徒誉亲自挑选。他要求所有指标和认定都必须经他签名。他会带师傅去抽查，如果量出来少了一平方米，就给予师傅奖励。只要抽查出一个问题，这个征收小组所有认定的结果全部作废。

司徒誉调来赤坎古镇房屋交易记录，又查了赤坎土地增值税的税收报表，发现都在正常范围，跟以往一样没有出现异常。这证明项目的保密工作做得十分到位。征收前每栋骑楼平均价格二十五万，通常是有价无市，现在征收价高的达到了二百五十万，要是有人以低价大量买入，将获得暴利。

征收公告发布后，司徒誉的朋友埋怨，为什么不透露一点消息，我们可以五五分成啊。有个中学同学很气愤，先骂他一句，再责问："你为什么这样对我？为什么不告诉我？就是你一句话的事啊！"

第四章

二十三

关璟娜从天字码头登上花尾渡，雨就开始下了，落在江上的雨声被冷飕飕的风送入耳根，化为阵阵呢喃。这趟船从前都是她跟司徒文倡一起坐的，现在两人分开，记忆就像斑驳的光影跟随她在船上漂移。

一年多来，广州发生的事情太多太多，充满血腥。她既后悔当初答应他回开平，又庆幸他离开了广州，这种矛盾心态交替着，夜深人静的时候，使她常陷入孤寂。

司徒文倡回来过几次，两人书信往来，他遇到各种各样的难题都会跟她交流，想不到在家乡做事也这么艰难。他多次去找关基礼，气得关璟娜一夜没合眼，很长一段时间她都没有给他回信。司徒文倡道理讲了一箩筐，她的气也消不了。

春节快到了，司徒文倡的兄弟都从美国动身了。老大老三在赤坎墟买了地，他们回来建新房。全家都回赤坎中股村过年，这是一次家庭大团圆。

雨越下越大，雨点在江面砸起了水泡。这是大寒后的第一场雨。船离开了码头，沿江街道上人影寥寥。关璟娜怕孩子们冻着，让他们俩回舱内玩。女儿司徒不逸偎在外婆的怀里，小儿子司徒不偏闹着要她讲故事，他感冒吃了药，刚退烧。

船溯珠江而上，两岸景色似春天一般朦胧。似乎是眨眼之间天就黑下来了。在船上吃完晚饭，天黑得跟一团墨似的，窗外只闻风声、雨声、浪涛声，一家人早早地睡了。

这条航路关璟娜从一个人走，到与司徒文倡两个人走，再到拖家带口走，转眼走了十几年。小儿子已经比她当年出国时的年龄还要大。她有过许多人生梦想，但没想过生儿育女会耗费人这么多精力。司徒文倡回开平后，她累得晚上一挨床就睡着了，两个孩子把她折腾得够呛，尤其是司徒不偏经常生病，不知跑了多少次诊所。司徒文倡想要再生一个，她一直不肯松口。

船身随着江流微微抖动。阿妈和孩子睡熟了，微弱的灯光里看到阿妈的白发，关璟娜想起了自己跟阿妈第一次坐船，那年她七岁，阿妈带她去美国。那时阿妈比她现在还要年轻。

海颈埗头上，她们在雨中上船，阿妈穿了一身黑色的衣服，挑着行李。她害怕坐船，阿妈也害怕，想到海难就不敢上船。舅舅把她抱到了船上，船一开她就哭了。那时她没地方读书，阿爹让她们两仔乸到美国。她这一去就是九年。

她的阿爹关开言十岁那年去的美国，他跟叔叔去闯荡世界。那时家里实在太穷，连肚子都填不饱。

初到旧金山，他在一家白人开的杂货店当徒工。语言不通，他工余去教会学校学习英语。店主喜欢他，把他当干儿子一样对待，几年后，帮他开了一家小茶楼。

关开言有经商天赋，茶楼越开越大，从一层扩大到二层，一楼卖茶叶，二楼销售丝绸，他取了一个“唐人丝茶馆”的店名。又在一楼墙外加做了橱窗，在二楼外立面砌了一座红瓦的中式牌坊，挂满宫灯。唐人丝茶馆成了都板街的一景。

到了成亲的年龄，母亲把儿子的名字和生辰八字写给媒婆，媒婆相中陈氏，关开言回国时两人相亲见了一面。那是在村口大榕树下，双方站在四五米远的地方，各自背向走几步，说一句话，证明自己不是残疾人，相亲就结束了。关开言觉得陈氏身段可人，说话婉转，媒婆问他的意见，他点了点头。第二个月关开言办了婚礼。半年后他独自一人回到美国。第二年关璟娜出生。

到了上学的年龄，开平没有女孩读书的地方。关开言让陈氏带关璟娜来美国。两仔乸来美国的证书由香港办庄和关开言当徒工的白人杂货店老板担保。

见到阿爹一个星期后，关璟娜就进了旧金山唯一的一所公立华人学校。学校设六个班，学制八年。课程有文史、修身、珠算、地理、应用文，还教授国语，周六晚开设国文专修班。学校有三个班，老师有中国的，也有美国女教师。

考虑陈氏要接送女儿，关开言带着她们仔乸俩在学校与家之间来回走，让老婆认路。唐人街的木楼大都三层，屋顶出一个大挑檐，外挑木头的走廊，四处挂着灯笼，有的楼梯伸到了街上。房屋样式大同小异，陈氏是个路盲，转了两个弯就分不清方向。回来的路反过来走，她也记不住，结果一家人走了一天。关开言又在电杆上做了标记。来到遥远的异国他乡，她一出门就很紧张。

关璟娜第一天上学也很紧张，一早起床阿妈就畀她扎头发。她穿了一件白色的右衽长衫，黑色的唐裤，阿妈给她赶做了一双花布鞋。父母一起把她送到了学校。

一家人走进铁条做的大门，地坪里有一大一小两棵柏树，柏树后面的办公楼是坡屋顶的平房，最里面的教学楼是一栋三层高的木屋。屋脊装饰了中国瑞兽，飞檐立起雕龙，窗户像教堂装了彩绘玻璃。长方形的教室，一人一张小课桌，课桌横着摆，横排六张，竖排三张。

同学们一个个入校，男仔都梳了一条长辫，两鬓刮得干干净净，头顶只有一撮头发。女仔头发多，用手绢扎花把头发绾起来。女仔的右衽长衫有蓝色、橙色和褐色，有的装饰了花边；男仔的对襟短衫有黑色、棕色和青色，教室里五颜六色。

关璟娜注意到全班同学只有她一个人穿花布鞋。女仔穿船式木牙鞋，有四个人穿黑绒布鞋，男仔穿耐磨的美国靴。下课时，有人盯着她的花布鞋看，关璟娜就坐回教室，把脚缩了进去。

第二天，阿妈送她到学校，她指给阿妈看同学们穿的鞋。一周后，她就脱下了花布鞋换上了船式木牙鞋。

上课没几天，女仔暗地里比赛头饰，有的扎得越来越夸张，中国老师训了一通话，要求扎简朴的头饰。

企李街是一条泥沙路，英文名叫Clay，红色大木轮马车都从这里经过，上课时不时有马蹄声传来，有时还有悦耳的铃铛声。马粪拉在街上的声音关璟娜也能听到，她的位置靠着窗户。

有一天阿妈来接她，企李街突然就看不清了，当面来的人也只有一个影子，阿妈一慌神，走过了都板街。

太平洋的雾爬过圣马刁县山脉，从山上瀑布一样冲了下来，如长堤坍塌，百里银瀑飞泻，厚厚的又像被子被人拖着走，一路盖过公路、楼宇，转眼之间弥漫了街巷。关璟娜感觉进入了一个神话世界，她很兴奋，跟着阿妈在街上转来转去，走了半天又回到了学校。

大雾太神奇了，关璟娜从此喜欢上了雾。大雾时常出现，总是先从西面山坡探头窥视，然后扑向城市。海上的雾比陆地上的来得快，大雾率先冲过金门海峡，在海面上如长龙游走，又似牛奶，流成了一条海上之河。

关璟娜读二年级时，美国通过了将所有排华法案无限期延长的议案，她入籍美国无望了。加州新宪法曾规定，中国出生的人不得拥有和继承土地，华人建房屋也不行。

三年级下学期的一天，关璟娜遇到了人生最恐怖的事情。这天天还没有亮，突然地动山摇，空气里有一种令人恐怖的“嗡嗡嗡”声在回响。她以为自己在做梦，一只手猛然把她拖下了床。阿爹一声快跑，带着她和阿妈从二楼跑到了楼外。

她在一种梦游般的恐惧中来到了街上，朦胧的天光里，房子还在剧烈摇晃，远近都有木楼开裂、坍塌的声音，瓦和木头雨一样纷纷坠地。凄厉的呼叫和号哭由远而近，由稀到密，让人感觉恓惶、凄怆。

关璟娜彻底醒了，眼睛瞪得大大的，看着街上惊慌失措的人，她的表情仍是木木的。

一家人衣服都没来得及穿，4月的早晨有些寒意，关璟娜双手抱肩，躲在阿妈的怀里。

天大亮后，关开言壮胆进了屋，取出衣服、钱和贵重物品。临近午时，玛结街北起火了，一路烧到了森岑街、乾尼街、企李街。一家西药房藏了火药，发出巨大的爆炸声，火势迅速蔓延。

天亮时电停了，水也停了。消防员面对火势，只能疏散人群。

晚上刮起了大风，大火成燎原之势，三天三夜，浓烟与火焰遮天蔽日，空气里都是刺鼻的焦臭味。

唐人街木屋大部分被烧毁，无家可归的人涌向金门公园和华盛顿广场。所幸唐人丝茶馆既没有倒塌，也没有被烧。

发生爆炸的西药房就在学校附近，教学楼被烧毁了。两个月后，学校从企李街916号搬到了929号，校名更名为远东公立学校。

大地震彻底改变了旧金山的面貌。

暑期学校补课，市府让日本孩子跟中国孩子一起上学。日本政府抗议。新学期一到，日本学生又回到白人读的普通公立学校去了。

城市重建，缆车不久恢复运行。关璟娜天天看着它沿企李街来来往往，有一天，她鼓起勇气在都板街上了缆车，车厢里两个白人男孩看到她上车就朝她吐口水，又一唱一和讥讽、谩骂她。她听不懂他们的话，但非常害怕。关璟娜这才明白，华人在唐人街生活，为什么不愿意离开半步。

她从此不敢走远。唐人街之外的地方她只去相邻的意大利人社区，偶尔去一下日本城。意大利人社区在唐人街北面的北岸区，建筑是石头墙和红瓦，圆形和梯形的窗，墙角线又硬又挺拔。街上总是飘着浓浓的咖啡香，意大利粉店、比萨店很多，橱柜里摆满了比萨饼。

意大利人笑着跟她打招呼，有的还用汉语问好。他们虽然不会受到华人一样的歧视，但美国人也不喜欢他们。

西面的日本城隔着一段路。那里有跟中国相仿的大坡屋顶房屋，还有亭、寺庙与和式建筑，女人穿和服着木屐，碎步走路。日本城小，他们跑到唐人街来开店铺，跟唐人抢生意。

关璟娜知道白人欺负华人受法律保护后，非常生气。旧金山出台过很多欺负华人的法律，譬如，针对人口密集的唐人街，出台了《立方空气法案》，规定市内每个住客需有五百立方公尺空间；看到华人挑扁担运送货物，就出台了《街边挑担条例》，不准市民在人行道上肩挑竹篮走动，违者罚款；看到华人节俭，以人力运送货物，出台了《洗衣馆法规》，规定不用马车送货每季要缴税十五美元；还有禁止华人将同胞骨骸运回中国，禁止华人在加州河内捕鱼，特别是限制中国女性进入加州，使得华人不能成家立室。

关璟娜敏感又自尊，尽管这些法律是很早以前的，她也有一种被伤害感。国文专修班讲授黄遵宪的新派诗，他写的诗《逐客篇》引起了她的共鸣："居同狗国秽，食等豕牢薄。所需日百钱，大觳难此较。任彼贱值佣，我辈坐朘削。眼见手足伤，谁能忍毒蠚？"她把诗抄到了小册子上。黄遵宪提出"我手写我口"，"诗之外有事，诗之中有人"，关璟娜深表赞同。

她问老师，黄遵宪住在唐人街哪个屋内。老师说，黄遵宪担任总领事是很久以前的事啦。老师讲起黄遵宪邀白人官员去监狱参观的故事。旧金山监狱里，几十个华人同囚一室，黄遵宪根据《立方空气法案》要求监狱每一个囚犯依法给予五百立方公尺的空间。狱方为难，只得释放囚犯。因为这件事，《立方空气法案》不得不取消。

旧金山的气候十分宜人，它跟四邑一样，四季如春，冬季不冷，有时夏天却会冷，有人穿T恤，也有人穿西装。关璟娜喜欢旧金山的花旗松，特别是金门公园的花旗松树林，灰白的树干纹理苍劲，缠绞成一股升腾的态势，墨绿色树冠一团团或一爿爿，造型特别。她写了好几首咏花旗松的诗。

关璟娜加入了学校的晨风诗社，跟同学们交流诗艺。受诗友的影响，她也开始关注时事。在华人报纸上发表一首习作后，她开始阅读华文报纸。

二十四

士德顿街的龙冈公所是刘、关、张、赵四姓联合成立的，他们非同宗同源，是异姓结义，因为这个，龙冈公所又叫龙冈亲义公所。四姓结义缘由来自《三国演义》的桃园结义。关开言年轻的时候就喜欢去公所，来这里说说赤坎的土话，乡音就是一剂药，可以慰藉他浓浓的乡愁。

他在公所认识了樟村的关开茂。那天，关开言在公所搬桌子时被一个钉子扎破了手，关开茂随身带了药，为他止血上药。关开茂听口音问他是哪个村的，原来他们是相邻村的。

关开茂有一身好功夫，年纪轻轻就在天后庙街的义胜堂管事，手下有十几个斧头仔。斧头仔是职业打手，他们按堂规行事，不惜玩命，警方破不了的谋杀和行刺案几乎都是他们干下的。西部本是个冒险之地，最早的堂号广德堂就是效法白人的自卫队成立的。

唐人爱结社，有按地域、姓氏结社的，堂号属秘密结社。天后庙街有义胜堂、秉公堂、赵天水堂、黄江夏堂、马扶风堂、杨弘农堂、周爱莲堂等二十多家堂号。堂号之间经常起纠纷，大都因包庇烟赌娼妓而起。夜晚，堂前昏暗的纸灯笼在风中摇荡，斧头仔神秘出没，堂斗常在这个时候发生。

黄遵宪到过义胜堂，他跟关开茂讲了一番化私为公的道理，他又找每个堂号的头来谈话，晓以大义，不要堂斗，为秉公堂题字时他特意把“公”字写得大大的。

关开言的唐人丝茶馆常有人来骚扰勒索，搅得关开言惶惶不安。关开茂来丝茶馆坐镇一个多月，遇到上门勒索的，关开茂先是晓之以理，再口头警告，不听规劝者，他的蔡李佛长拳可不是吃素的，龙虎拳、达庭八卦掌无人招架得了。有一次勒索者纠结了一帮人上门闹事，关开茂遭群殴时身若游龙，上下左右进退自如，几个连环闪电铁削掌，把几个彪形大汉打得倒地吐血。丝茶馆从此太平无事。

关开茂得了蔡李佛拳的真传，祖师爷陈享除暴安良的精神也感召了他。当年中华会馆派人赴南洋请来了陈享。旧金山有个叫基利士的白人恶霸，他的拳脚无人能敌，每年向华侨勒索“年规”。会馆请陈享来除霸。

陈享是新会人，清廷剿灭太平天国余党时，他躲到了南洋。陈享一到旧金山就柬请基利士来谈判，劝他取消“年规”。基利士回复，待他的拳脚同意了才考虑。于是两人立下生死文书公开比武，陈享将他打得吐血，留了他一条性命，从此蔡李佛拳名震海外。陈享留在旧金山陈氏联宗会执鞭教徒。

关开茂家在都板街开了一家中药店，店铺布置得像个大堂，药店的跌打损伤膏很灵，各种膏、丹、丸、散齐备。店铺是他的父亲关天鹏开的，关天鹏是洪门中人。中药店后院有间小铁铺，关天鹏喜欢打铁，他是个铁匠，打了一辈子铁，不打铁就心慌，周身酸胀。

关开茂经常陪着阿爹打铁，发现打铁也能练功。关开茂喜欢看打铁，晚上铁屑烟花一样飞舞，橙红的铁块在一阵阵叮叮当当声中变成斧头、砍刀、菜刀，他有一种莫大的满足感。

关璟娜出生时，关开茂上门向关开言道贺，两人打开一樽杜松子酒，关开茂向关开言提出，两家结为亲家。那一年关开茂的儿子关基礼五岁。

大地震后，唐人街的中国人越来越多了。一场大火将市政府的档案全烧了，很多中国人自称在美出生获得了公民权，他们的儿女便来到了美国，还有假冒子女的"纸面儿子"入境。

关璟娜十五岁这一年，关基礼来到了旧金山。关开茂中药店的生意越做越红火，他让关基礼来旧金山，一则是来成亲，二则让他熟悉美国的生意，然后回国去帮助采购，有能力的话，再在国内开店。他不想进货渠道卡在别人手上。

关璟娜家住华盛顿街，关基礼住在相邻的杰克逊街。两家人经常出现在格兰特大街，华人把这条街叫作都板街。这里的招牌写有汉字，店铺大都是唐人开的。街道依山坡起伏，缆车由东往西横穿过都板街，爬上西面的高坡，又由西往东滑向海边的砵士茂广场和金门公园，在那里可以看到金门海峡。

大地震三年后唐人街重新修建起来了，面貌焕然一新。旧时的木房代之以红砖，窗砌的欧式拱券，木窗油成明黄色、绿色和白色，还保留有不少中式亭楼和绿色琉璃瓦的房屋。

华人把唐人街的街道都取了中文名，“HANG AH”叫作香亚街，“STOCKT”叫作士德顿街，“WAVERLY PLACE”叫作天后庙街，“SACRAMENTO”叫作唐人街。“SACRAMENTO”是华人最早落脚的地方。

他们取名无视英文街名，林华耀街英文名是BRANHAM PLACE，它是旧金山一位市长的名字，华人叫林华耀街是为了纪念华人民权先驱林华耀。WAVERLY PLACE有一座天后庙，华人就叫它天后庙街。有一条火烧过的巷子，华人叫火烧巷。有一条小街叫毫半街，因为这条街集中了华人的发廊，理发价格是毫半。

两个结亲的家庭经常一起出现在唐人街，店铺门前一串串草绳，吊起生姜、生果、草药来卖，腊鸭、咸鱼也吊起来卖。来自中国的货物琳琅满目，连古玩、玉器、粤绣、瓷器、牙雕、柚木制品和竹编都应有尽有。他们在都板街挑选铁镬、锅铲、瓦煲、瓦罐，买烧腊、生鲜瓜果蔬菜和调味品，去德和街的咸鱼栏、鸡鸭铺和海味批发商店挑选食材。

有时到粤菜馆吃饭，他们喜欢光顾四海酒家的大厅，几十围的大空间，喜气的红地毯，干净的白桌布，关璟娜中意门窗和桌椅繁复的木雕和铁花装饰。很多年后，她在自己家里也用上了这种铁花装饰。关开言爱点红烧杂烩、软熘肉片、鱼丸汤，关璟娜爱吃小笼包、汤圆，这些既有家乡味道又有新变化。

餐桌上，双方父母有意让两个崽女坐在一起。关基礼也爱吃小笼包和汤圆，他总是抢着吃，关璟娜有时跟他抢，他就很不爽，事后跟她大谈三从四德、三纲五常，好像她做了什么大逆不道的事。

他们俩去天后庙烧香，去剧院睇大戏，又去海边码头、联合广场闲逛，这些交往并没有拉近两人的距离，相反，两个年轻人的隔阂越来越深。

关璟娜看到三五成群的“自由女”很是羡慕。她们穿西服皮鞋，烫卷发，戴金丝眼镜，涂脂抹粉，笑起来一点都不会掩饰。关璟娜穿长衫唐裤和船式木牙鞋，长发梳髻，她觉得自己有些古板，跟不上潮流了。

唐人街有人指责自由女是“竹升”，两头不通。指责者无一例外，他们穿长袍马褂，戴黑色便帽，着布鞋。关璟娜觉得他们是些老顽固。她希望关基礼支持自己的观点，想不到他一点都不认同她。更令她生气的是，他赞赏男人纳妾。一些赚了钱的华侨妻妾成群，关基礼认为这样的男人才有面有派头。他信誓旦旦，要赚钱做大老板，以后要是纳妾，她永远是他的正妻，不会受委屈。

春节到了，家家做粉印、年糕，户户贴对联、挂灯笼。大年三十晚上，关璟娜收到阿爹畀的压岁钱十分开心，晚上做了好多个梦。待她沉沉睡去，鞭炮声把她炸醒了，一大早唐人街上就有人舞狮。

大年初一，唐人街的人相互串门拜年，到寺庙上香。关基礼跟父母来拜年，他邀请关璟娜上街玩，关璟娜推托说肚子痛，拒绝了他。

从此，两人再没单独一起上过街。

关璟娜十六岁生日快到了。父母张罗着为她订婚。关璟娜找阿妈哭闹，她不愿意。关璟娜虽然生得瘦小，个性却倔强，她说自己要嫁就嫁冯如那样的人。

冯如是开平邻县恩平牛江镇人。关璟娜只见过他一面，却视他为偶像。一年前，在旧金山奥克兰，冯如驾着自己造的双翼飞机飞上了天。当天《加州人民报》大版报道了中国人的新闻，报纸破天荒以“中国人航空技术超过西方”做标题，这让华人自豪不已。

辛亥年（1911）元月，冯如带着他的两架飞机回国了。跟他一起回去的还有赤坎基头村的司徒璧如，他跟冯如一起研制飞机。冯如是受孙中山影响回国的。

关璟娜知道企李街住了一位闹革命的人，他要推翻清朝建立民国。他住的地方就在学校对面的粤东旅馆。辛亥年是孙中山第四次来到旧金山。

关璟娜的同学和诗友受到孙中山影响，有的也回国去了。她暗下决心，自己一毕业就回国，她要去见冯如！她到街上找算命先生算了一卦，很符合自己的心愿。

父母对她拒不订婚的态度伤透了脑筋，最后拗不过她，关开言跟关开茂说，她还小，不懂事，请亲家再等等。

家庭诸事不和，陈氏再无生育，关璟娜一毕业就吵闹着回国，关开言对此苦恼不已。想不到陈氏也提出要回家，她思念家乡，特别是关开言跟白人杂货店老板的女儿要好，他们说话跟密语似的，她一个字也听不懂，陈氏感到痛苦。

一天晚上，关璟娜流着泪给阿爹读了一副对联：“这一条路远八千，岂堪久住番邦，候补此方土地；有几何人生七十，若不早还故里，依靠哪个乡亲?”她念完，阿爹眼涩涩的。华人的苦痛他又何尝没有体会！如今女儿长大了，要走自己的路，她有自己的人生，想到自己终究是要叶落归根的，他就答应了。

关璟娜闻听喜讯，清帝溥仪在京宣布退位了，孙中山在南京就任民国临时大总统。唐人街就像过节一样人人兴高采烈，很多华侨听过孙中山的街头演说，捐过钱，他们自发上街庆祝。

关璟娜回国，船到香港，她刚从维多利亚港上岸，就听人说临时大总统变成了袁世凯。

回到国内，中华民国果然气象一新。各地纷纷开办新式学堂。南京临时政府颁布了劝禁缠足令，女子开始放足。男人剪掉了长辫子，不戴瓜皮帽；女子也有剪发的，剪出一字头、刘海头，留长发的用缎带把头发扎了起来，用珠宝翠石和鲜花织成发箍，有的用长围巾将头发包起来。

男女穿着大变，纷纷效仿外国人的着装，有的男人学女人穿衣，有的女子穿男装，平民穿起官服，官僚穿衣更像平民，满人的旗袍也流行起来了。人们脸上散发着一股朝气。

民国元年（1912）秋天，关璟娜考进了广东省立女子师范学校，她来到了广州。学校在小北大石街太清宫。走进校园，一种期待与欣喜的心情油然而生，这种心情她在旧金山上学时从没有过。学校课程除了化学、天文、数学、地理外，还教图画、手工、乐歌和体操。上课的老师竟然有三位日本人。

广州远比旧金山的唐人街多姿多彩，这里街道宽阔，楼房高大，有一股大都市气派，关璟娜感觉既熟悉又陌生。

街上女人打扮时尚，有穿高领衫配长裙的，衫服有大襟、斜襟和一字襟，领、袖、襟都镶绲花边或以刺绣纹饰，袖口流行一截白色或花色紧口袖，衣摆有方有圆。新潮女郎穿紧身长裤，戴太阳帽。她睇了心里也有些悸动。

再也不用提心吊胆了，不会有人歧视她欺负她。关璟娜到西关和海珠岛游玩，心境完全不一样。海珠岛周围密密麻麻停满了疍家乌篷船，在荔湾吃艇仔粥、肠粉，到西关品尝姜撞奶，想不到广州有这么好吃的东西。

重阳节学校组织登白云山，这是她第一次爬山。她听了西方管弦乐队演奏会，表演的都是中国人，拉小提琴的还有女孩。她们的思想比旧金山还要开放。她从此喜欢上了广州。

二十五

第一个学期在苦苦期盼中结束了，关璟娜第一次跟阿妈分开这么久，很不适应。放寒假的第二天，她就坐上了开往开平的花尾渡。

天气晴朗，关璟娜一大早来到珠江北岸的天字码头，太阳向珠江洒下一片嫩绿的晨光。江面十分开阔，江上泊了好多大小船只。一艘铁红色的木船，船头画了貔貅，船尾舱高高翘起，上面画了五彩斑斓的龙、凤和海棠、牡丹等花卉，船身画了黄色波浪纹，雕栏画栋，像个移动的宫殿。这是有名的花尾渡，上面做客舱，舱底和船头装货，由小火轮拖带航行。搬货的扛狗佬已将货物搬进了货舱。

天字码头由官码头改为民用后，南来北往的人都会聚到了这里，卖水果、洋烟的货摊摆满马路，街边各色行当好不墟冚。

关璟娜登船，跟随人流走进舱内，发现自己订的是大客舱票，舱内设上下铺，床与床用一块活动隔板分开。舱内人很多，女人却很少，大都是带着细佬仔的妇女。第一次买票，她买了公舱二等舱，原来公舱就是大客舱。二等舱有床位，三等舱是散座。舱内很吵，她便到船顶去看书。

“呜嘟——”一声汽笛长鸣，小火轮高高的烟囱冒出一股黑烟，拖动花尾渡从桅帆林立的珠江西行。关璟娜站在三楼船顶，睇到了圣心大教堂的尖塔、六榕寺的佛塔、海关大楼的钟楼拱顶，还有远处的白云山。沿江楼房高五六层，一栋连接一栋，门廊窗户有像旧金山的，做成拱券、罗马柱。马路上密密地跑着黄包车。

南岸士敏土厂的烟囱高耸，像擎天一柱，日夜冒着烟。它生产的水泥可以媲美红毛泥。南岸灰色或白色的烟雾远近都有，是各处的糖厂、炼铁厂、缫丝厂、枪弹厂冒出来的烟。她寻思云跟它们的区别，云朵在天空飘移，但烟雾不行，它们升上天空就飘散了。

司徒文倡跟她搭乘同一艘花尾渡回家，他也在船顶眺望，似有无限心事。从天使岛被遣返回国后，他回岭南学堂继续完成学业。民国元年，一切都在变革求新，岭南学堂也改成了岭南学校。

船离开城市的江段，平原和丘陵交织的江岸上，可见桑树、甘蔗、果园和空旷的稻田，大榕树、竹林与村庄一同出现了。司徒文倡睇着江面一条正在下网的渔艇，一对疍家夫妇女人划艇，男人放网，配合十分默契。关璟娜从他身边走过，靠在他旁边的栏杆观景，也发现了这条小渔艇。

划艇的女人抬头睇了一眼花尾渡，又低头划桨去了。潮水涨满了河床，前面小火轮掀起的浪荡得小渔艇左右摇晃。

看了一阵间，小渔艇消失了，关璟娜打开一本书来读。司徒文倡注意到了她，她读的书是郑观应的《盛世危言增订新编》。

关璟娜看书很投入。司徒文倡在一旁观察，她的装束与众不同，气质也不一样，墨绿色紧身上衣，竖的衣领，半长袖，下配银色褶裙，裙角在风中轻轻摆动。她身上微小却迷人的曲线很多，透出柔软又硬朗的气质。侧面睇，她脸部轮廓分明，鼻子和颧骨都高。

兵荒马乱的世界，一个女子出远门犹如在自家庭院一样淡定，不由得让司徒文倡猜疑。关璟娜回国就像回家，她的心里一片安宁。

船走了一个多时辰，前面的小火轮突然减速，船工松开牵引绳，花尾渡依靠惯性冲到了小火轮旁边。小火轮靠过来，两条船靠在一起，船工用绳把两条船绑在一起，小火轮再发力拖着花尾渡靠向前面的码头。

船顶上的人突然多起来，大家都来睇船泊岸。司徒文倡看到三个后生仔靠近看书的女子，感觉他们行为有些异样。两个人一左一右靠近她，两人演戏似的骂对方“衰仔”，女子盯着他们看，不知道发生了什么事。

司徒文倡意识到三人来者不善，他靠了过去。果然，后面一个后生仔迅疾走近关璟娜，骂骂咧咧的男子挡住了她的视线。后生仔伸出手的瞬间，司徒文倡拍了拍他的肩膀，镇定地问：“有冇洋火？”对方触电似的直起腰，一脸尴尬。见他在掏烟，恶声恶气回了一句：“冇！”

前面两个后生仔回头睇了他一眼，眼露凶光。司徒文倡很镇定，又拍了拍女子的肩，“你书有冇看完？你阿爹在找你呢。”

女子回头睇一眼他，四目相对，疑惑的刹那她从男子眼神读到了什么，似懂非懂地“嗯”了一声。三个后生仔悻悻而去。她突然就明白了自己的处境，下意识地夹紧了身上的包。

小偷下去后，司徒文倡指了指她的包，不咸不淡地说了一声：“睇紧包。”关璟娜知道是怎么回事了，感激地说：“多谢！”

司徒文倡问看的什么书，她把书拿畀他。他翻了翻，“你这个是光绪二十六年的版本，第六版。”

她的气质与国人迥异，这本书国内也很少有人看了，他判断她是归国华侨，“你几时回国的？”关璟娜非常惊讶，她没有回答他，反问：“你怎么知道的？”

司徒文倡笑一笑，他的笑容触动了她，这种笑只有宽厚又聪睿的人才有，透着内心的自信和坚定。“这是一本旧书，早几年前我就看过。现在国内读它的人不多。”

她也笑了笑，知道自己回国后什么都落伍了。在旧金山熟悉的都是国内二三十年前的事。中国发生的变化太大了，跟旧金山那个华人的世界大不一样，她返来有一个适应的过程。

司徒文倡听她说的像开平话，便讲了一句开平土话：“我系牛绳穿针，操心药。”意思是说自己睇不过眼，爱管闲事。她说：“你系一眼三哨，醒水。”她夸他机警。他们四目相对，眼睛大睁，她指着他，两人一同说：“你系开平人？”

关璟娜接着问：“开平哪里人？”司徒文倡答：“赤坎。”

关璟娜瞪圆了双眼，“这么巧！”两人间的陌生感顷刻间消失，这个旅程不再陌生寂寞了。

关璟娜抬头看了看他，司徒文倡头发短而干净，气质儒雅清秀，看她的眼神充满真挚之情。看书的时候她就注意到他了，他在观察她。

司徒文倡问她为何看《盛世危言增订新编》，关璟娜解释，“书里有孙中山的《农功》，我想看看，一读起来就放不下了。郑观应写的都是现在正在做的事情。”

两人又聊起广州的学习和生活，引发了诸多的共鸣。

船上铁钟敲响了，到了吃午饭的时间，他们相约去餐厅。司徒文倡要请她吃饭，她坚持要请他，刚才要不是他钱就没了。司徒文倡不好再推辞，两人点了菜，又聊起了赤坎。关璟娜喜欢听他讲赤坎，她七岁离开，对自己的家乡并不了解。

下午风大了，穿了外套都有些凉，搭客都回到了舱内。司徒文倡到二等舱去找她。公舱里人多，还有人“咕噜噜”抽水烟筒，空气混浊。他去找了船长，帮她换了一人一间的头等舱。

他提着她的行李，把她领到了头等舱。关璟娜问他补了几多钱，她要畀他钱。司徒文倡说：“我们扯平了，饭钱我也冇畀你啊。”

关璟娜不无嗔怪地瞟了他一眼。这个眼神司徒文倡许多年后都记得，女人可爱不全在外貌，也不全在语言，更在眼神，这里有一个人内心丰盈的风景。他第一次感受到了彼此心灵的触碰。

她进了房间，司徒文倡不便进去，帮她放好行李，就礼貌地退了出来。

夜晚北风呼呼，窗外月色如水，时而山影如幕，时而星垂阔野，不知船到了哪里。司徒文倡想，她在干什么呢？

关璟娜也在窗前睇着夜景，睇得倦了又看一阵间书。想到司徒文倡，她把白天发生的事情回味了一遍，心里泛起一股暖意，有了与人结伴同行的感觉。

上半夜船上敲钟，前面小火轮汽笛回应了几声，然后又复归平静，唯有船头掀起的水花声。

进入开平境内，天刚蒙蒙亮，水口到了。花尾渡却往左停靠在公益埗头。司徒文倡看了一眼对岸的水口河与潭江交汇口，灰蒙蒙一片，停满了渔艇。

公益属于新宁，像一座新城，石砌的堤岸不久前才竣工，岸边中华酒店也是新建的，一座红砖红瓦的洋楼，体量庞大。还有更新的建筑便是新宁铁路机器厂和连接埗头的公益火车站。

从斗山到公益的铁路已经通车，搭客从这里下船可以坐火车到新宁各地。火车一通，公益大大变样了。搭客啧啧称赞修铁路的华侨陈宜禧，是他组织海外华侨集股修建了新宁铁路。

公益下船的人多，挑担的男人有的还留着长辫。司徒文倡在船顶，柚木板上的人跟他一样也在睇乘客下船，岸上有人上船卸货。

轮船离开埗头，沿潭江拐了一个大弯，来到了宽阔的江面。这里天高地远，来自南海的云朵，一座一座如雪峰似的，孤立、飘移，悠闲自在，涨潮的水流推动轮船走得更快了。

司徒文倡一直观察她有没有出舱，睇到她在看江南的风景，心中一喜。她换了一套衣服，一件一字襟蓝色高领衫，配白色长裙，领、袖、襟边都饰以刺绣，两袖有一截花色紧口袖，只是远远睇一眼就美得让人心跳。

他来到栏杆边，假意说了一声："你在这里啊。"

关璟娜回头一看，笑了，"快到家啦。"

“家乡美不美。”司徒文倡并没有问的意思，“你看的是新宁，这边才是开平。”他笑笑，指向船的右侧，要她到船的另一边来。

江北地势略低，一丛丛芦苇和芭茅草在风中摇曳。芦苇深处的村，青砖青瓦的房屋露出了屋脊。

关璟娜远眺江天，想起张若虚写的《春江花月夜》，当时恐怕也是这般江景吧。

司徒文倡指给她看，这里是武溪，前面是潭江开平境内最宽阔的江段。果然，船往前走，江面越来越开阔，江岸退远，变成了一条线。他们忽左忽右，江南江北眺望，司徒文倡指着靠近的南岸说：“那是沙黄洲，属于开平。”

沙黄洲是个岛，岛上的鸟被轮船惊飞，鸟群似一团烟在江上飘荡，忽东忽西，忽高忽低，快速掠过。

过了沙黄洲，司徒文倡说：“前面有个滘堤洲，是开平最大的洲。我家就在洲上。”

关璟娜说：“你家在滘堤洲啊，我们叫鸡啼洲。”

司徒文倡问：“你知道为什么叫鸡啼洲吗？”关璟娜摇头。

“想不想听故事？”司徒文倡看着关璟娜。她笑了，马上回应：“好啊！”

司徒文倡仿佛看到了五百年前的时光，他像个说书人一样说起了一个私奔的故事。

南雄县有个司徒氏，在一位黄员外家当长工。他里里外外都是一把好手，为人又善良忠厚，因此得到了员外全家的赏识。

黄员外长女年方二八，品貌端正，自幼读书，通情达理。她很喜欢司徒。一天，小姐叫丫鬟将他晾在竹竿上的衣服拿来，缝补好了破洞，又叫丫鬟晾回去。

寒来暑往，小姐的关心被长工察觉。因自己出身卑微他不敢相爱，不敢爱反而爱得更深，最后，两人决心私奔。长工进城找测字先生指点前程，测字先生告知：兄台此行利于西南，行前备笋鸡一笼，待鸡学啼，此行即止也。

两人收拾细软带上一笼笋鸡，当晚悄悄雇船起程。船一直朝西南走。一天，时将三鼓，忽闻雄鸡高唱，船尾那笼笋鸡咯咯学啼了。他们马上吩咐艄公将船靠岸。黎明将近，他们登上高丘，举目一望，原来是一处四方环水、土地肥沃的三角洲，于是两人在此安家立业。从此，当地人把这个洲叫作鸡啼洲。

司徒文倡看她听得入神，“这个故事当然是后人杜撰，想贬低司徒。”他笑一笑，“中国人想出了很多私奔的故事，其实是渴望追求个人幸福和自由。每个人都希望遇上知音，寻找到一个两人世界。”

看到关璟娜点头，他问：“遇上自己中意的人，你会私奔吗？”

关璟娜露出了一丝痛苦又惘然的表情，“我很羡慕，我可能做不到。”

“为什么？”

“不知道。”

看她情绪有些低落，司徒文倡不再追问。他转移了话题，说起他的祖先的确是从南雄珠玑巷一路迁来的。金兵南侵，中原氏族随宋室南迁，他们从长江入赣江，翻越南岭山脉大庾岭，走梅关古道进入岭南，在南雄珠玑巷落脚。然后，再次南迁到珠江三角洲。三角洲最大的一次迁徙发生在南宋绍兴元年（1131），一个叫罗贵的廪生带领三十六姓九十七户人家乘筏南下，落脚冈州良溪。

海颈埗头很快就到了，小火轮开始减速，花尾渡又拍到火轮上，小火轮把它牵引到埗头。

司徒文倡收拾好行李，去敲关璟娜的房门，用开平话问："使帮手吗?"

关璟娜打开门，笑一笑，用开平话道谢："吾该。"

司徒文倡帮她提了一口皮箱，她自己提了一个布袋，两人一起上岸。

埗头停了很多艇，他们俩上了同一条小艇。关璟娜家在蝦村，艇走镇海水，司徒文倡家住中股村，也走镇海水。北岸上蔗园里的小埗头去蝦村，上南岸埗头到中股村，两个埗头相距很近。两人住得这么近，他们都不敢相信，彼此望一望，想着以前是不是见过。

关璟娜先上岸，司徒文倡下艇送她。经过蔗园里，走一条田间小径，两边芳草萋萋，稻田里密密的禾蔸，一片枯黄。麻雀叽叽喳喳在田间觅食。远远传来了狗吠和零星的爆竹声。

闻着熟悉的田野气息，两人讲起家乡话顿时变得十分自如。他们把最土的话找出来讲，丢下一路笑声。

在蝦村村口告别，司徒文倡望着她走向远处的牌坊。回到埗头等渡船，他再回望北岸，只见薄雾轻笼，一片寂静，澄澈的江水波光泠冽。他突然觉得心空了，似有所失。

二十六

春节到了，司徒文倡的心仿佛丢在了对岸。大年初四，他送同学过镇海水，看到蝦村的牌坊，走到他们分手的地方，他的脚步不由自主地走向了村口。

一条小河从牌坊前流过，走上石板桥，司徒文倡仰望牌坊上“蝦溪”两字，字体古朴，字的两边各有一朵灰塑的木棉花，大门上挂了一对红灯笼，左右一对石狮，一副对联写道：“蝦蟆鼓吹世太平，溪人安居万代昌。”社稷神位的石缸插了香，他脚下的地上是一层红色的炮屑。

进了村，想不到蝦村前面是个大湖，难怪进村的路绕了这么远。湖中一条堤对着村的中心，堤把湖分为东西两个。

司徒文倡从村前地坪走过，朝几条巷子里望了望。在他望的时候，村里人也在睇他。匪患严重，人们警惕性极高，要不是过年早就有人来问他了。为避免尴尬，他走上了湖中的长堤。

堤上也有一道门，门后的堤面十分开阔。门早已不存，两根残留的门柱凿了凹槽，石头的门柱连着围墙，围墙很短，砌到水边，这里有些一夫当关万夫莫开的味道。司徒文倡猜测古代这里是不是兵营？这样的地理令他有些惊讶。

临到回广州的日子，司徒文倡早早来到埗头。两人约好坐同一班船，当关璟娜搭乘的小艇出现时，司徒文倡老远看到一个身穿墨绿色紧身上衣的人，哪怕只是一点影子，他也闻到了她的气息，甚至有了触觉。

送关璟娜的人很多，一个用人陪她一起去广州。司徒文倡先上了船，放好行李，他在楼梯口等她上来。

关璟娜上楼梯看到了他，一阵惊喜，有一种久别重逢的感觉。

他说："来啦。"声音很轻。她轻声答道："来了。"他问："哪间舱？"她报了舱号。这次她知道要订头等舱。

他熟悉船舱，带着她直接找到房间。用人提着行李跟在后面，帮她放好行李，又去打滚水。

两人坐在一起，谈起春节的话题，他描述了蝦村开年日：湖边三户人家迎神灯，门上挂了走马灯。村里去年至少有三户人家娶亲了。

关璟娜很惊奇，问他怎么知道的？司徒文倡笑而不答。她又问他春节是怎么过的，他说得吞吞吐吐，脸也红了。她有些疑惑，"怎么啦？"司徒文倡没说话，只是望着她。

她低下了头，明白了他的意思。

再抬头，他还在看着她。她目光迎了上去，彼此相望，有种酸酸甜甜的滋味在心头涌动。

用人回来了，放下热水瓶，她取自己的行李去底下船舱。关璟娜交代了她几句，用人点点头就下去了。

他们一起来到船顶，上面没有人，潭江上白鹭群飞。关璟娜说春节她关在家里读书，有个亲戚要她读梁启超的书。司徒文倡说读他的《新民说》吧。他赞扬了一番这位四邑才子，受梁启超的影响，司徒文倡读书方法也学他的“鸟瞰、解剖、会通”。

她问：“你怎么评价他？”

“四邑从明代陈白沙之后，就到他了。”他看着她期待的眼神，又谈起了梁启超和夏曾佑、谭嗣同提出的诗界革命，谈到梁启超办的《新小说》。说到小说，两人交流佛山吴趼人的《二十年目睹之怪现状》和香山苏曼殊小说的读后感。苏曼殊的小说关璟娜特别喜欢，她是在广州上学后读到的，小说以爱情为主题，他们讨论最热烈的是关于婚姻自主和婚姻自由的话题。

关璟娜想到父母逼婚，这是压在她心上的一块石头。她吞吞吐吐地说：“如果是父母定亲，双方却不中意，抗拒这个婚姻是不是不孝？是大逆不道吗？”

司徒文倡一惊，“当然不是。这正是苏曼殊反对的。现在进入民国了，一定要争取自己的幸福，要与自己爱的人结婚。”

关璟娜眼睛晶晶发亮，痴望着他，希望他再多说一些。这个事情她从来没有与人交流过，她渴望理解，渴望指引，更渴望卸下包袱。

司徒文倡畅谈自己和众多名人的婚姻观，航行中的轮船仿佛只有他们俩，周围的人都被他们忽略了。

两人腿都站麻木了，但谁也不愿离开。司徒文倡怕她着凉，把自己的衣服脱了披到她的身上。关璟娜担心他感冒，拿起他的衣服穿回他的身上。司徒文倡又把衣服裹紧在她身上，他感觉到了她冰凉又坚硬的骨骼，法国香水弥漫出绵软又幽婉的香。

关璟娜不再动了，他抱了一阵间松开手，两个人继续谈话。

船工上来船顶一声吆喝:“开饭啰——”司徒文倡请她去餐厅吃饭。

餐厅很大，跟船一样都是坤甸木做的墙壁和门窗，柚木的地板，大厅摆了十张桌子。菜很丰富，有烧鹅、叉烧、白斩鸡、清蒸鲩鱼、家乡扣肉、豉汁排骨、咸鱼蒸猪肉。他们都喜欢烧鹅，这是开平家乡菜，又点了咸鱼蒸猪肉、清蒸鲩鱼和莜麦菜。司徒文倡去下面小卖部买来了腐乳，关璟娜从小就喜欢吃。

关璟娜说起在旧金山去都板街买开平腐乳和火蒜的事，店里经常缺货，又谈起自己对新派诗的理解，把自己写花旗松的诗读给他听。两人从唐诗宋词谈到晚清的诗，关璟娜在船上说的话，比她大半年说的话都要多。她发现自己并非不是个爱说话的人。

船到广州，两人依依惜别。关璟娜跟司徒文倡约定，他陪她去黄花岗墓地，她要去祭拜冯如。

冯如把广东飞行器公司从美国迁回广州，一年零七个月后，他在一场飞行表演中牺牲了。国民政府追授他陆军少将军衔。他出事那天，关璟娜正好接到广东省立广州女子师范学校的入学通知，她一时悲喜交集。本以为到广州能接近自己的偶像，想不到传来的是噩耗。

到了相约的这一天，天还没亮司徒文倡就醒了，他一大早从江南过珠江。因为太早，过江只有一种烧炭的小木船。到了江北，他雇了一辆小马车，很早就来到了学校门口。关璟娜见到他，建议去白云山采摘鲜花。几天前她看到一片山坡地的迎春花开了，特别烂漫。

从麓湖进山，绿色笼在初春的雾里，从低矮的山岭一直到主峰，像一片浮动的薄纱。一处山坡地，迎春花如一爿耀目的阳光，如生命的欢歌，热烈、跳跃、喧腾，却有难以掩饰的淡淡哀伤，两人各采了一大捧。

关璟娜捧着花像捧着一份圣洁的供品，她挨着司徒文倡坐下，彼此望一眼，她黑亮的眸子让司徒文倡感觉自己变得透明，雾似的飘动。

白云山和冯如墓离关璟娜的学校都不远，山坡路却很颠簸，车摇摆着把两个人摇得靠紧在一起，手脚一触碰，关璟娜就挪一下身子。

冯如的墓前方方正正立了一座墓碑，有两人多高，像座方塔。塔身居中刻了一行篆体字："中国始创飞行大家冯君如之墓"。墓碑右边镶嵌了他的照片，左边是他设计的飞机照片。关璟娜手捧鲜花深深鞠躬，把花放在碑前，她久久凝视着他的相片，两行热泪滚了出来。

司徒文倡三鞠躬后将手中的鲜花摆到墓前，然后退到了后面，静静地等着。他不知道她对冯如是怎样的一种感情。冯如的行为给了她人生巨大的信心和勇气，她自信是因为从他身上得到了鼓舞，从此看清了人生的方向，决心要走自己的路。她既敬仰、喜爱又感激，掺和了人生很多复杂的感情。

关璟娜又约司徒文倡陪她去燕塘，她要去寻找冯如坠机的地方。他们后来去了两次，两次都没有找到。最后一次遇上了大雨，他们在一个亭子里聊天。

这时春已深，潮湿的空气带来阵阵荔枝花香。远处的什么鸟，叫声凄凉。此情此景触动了司徒文倡，他眼里浮现了天使岛的山林，大雨中潮湿的空气从山谷飘进木窗——“雨中犹闻风啸声，山海伤情囚笼中。西方晦暗无晴日，天涯海浪伴天明。”他轻轻念起了诗。

关璟娜听他吟诗，被诗中悲伤的情感打动，问他是什么诗，为何这么悲凉。

司徒文倡告诉她，这是他写的诗，是他关在天使岛期间写的。关璟娜不知道他有这样的经历，司徒文倡从不跟人主动谈起。这次经历对他伤害太大了。

司徒文倡在天使岛写诗，第一首是咬破手指用血在木板墙上写的，后来用铁器刻。他又吟了一首：“寒雁孤飞夜茫茫，飘萍如寄海中央。悔不当初西行日，不若村民栽禾秧。”

关璟娜双手抓起他的手，“这也是你写的？”司徒文倡点点头，“告诉我，究竟发生了什么？”

“弃书荒砚万里洋，孤岛木楼困日长。怎料埃仑委身地，不作国民作洋奴。”司徒文倡吟完诗，眼里闪出了泪光。痛苦的一幕又出现了……

关璟娜毕业那一年，旧金山天使岛建起了移民羁留所，峡谷坡地上的移民羁留营房围起了高高的铁丝网，另一面山坡建了医院、中央暖气工厂和职工住宅。羁留所年初从旧金山搬来了海岛。

关璟娜在旧金山码头街眺望过天使岛，想不到司徒文倡被囚禁在岛上，时间长达半年之久！对她而言，那只是一道风景。她恁时更感兴趣的是码头边上成群的海狮。

关基礼也跟他一起上了天使岛，他也从来没有跟她说起过这件事情。司徒文倡与关基礼认识也让她深感意外。

二十七

十七年前，司徒文倡和关基礼搭乘“克利夫兰”号轮船，前往旧金山。那是初冬的一个清晨，香港的维多利亚港口，“克利夫兰”号轮船烟囱冒着黑烟，他们肩扛手提行李上了船。

轮船绕着香港岛出海峡，驶入南海，第三天下午到达上海，在黄浦江停留一天。黄昏时分，离开上海外滩，在东海航行两天两夜，到埠日本长崎。进入日本濑户内海后，停靠神户、大阪，出外海到埠横滨，每经一地停靠一天，横滨停靠了四天。

从横滨出发，就是颜色发黑的太平洋，“克利夫兰”号经九天九夜航行，到埠檀香山，接着再航行七天七夜来到旧金山。

司徒文倡去加州是阿爷司徒贞铎要见他的儿孙们，他可能不久于人世。阿爹司徒懿唐要他来了就不要回去了，安排他在旧金山开旅馆，旅馆正在筹建。四年前阿爹回了美国，那年旧金山大地震，阿哥司徒文东靠卖棺材赚的钱开了建材店。旧金山重建，建材店又生意兴旺。司徒大家族在美国加州做房屋建筑，又开木材工场、旅馆和餐馆，生意做到了三藩市、萨克拉门托、斯托克顿和汉福德。华侨将它们叫作旧金山、沙加缅度、士得顿和轩佛，更简单的叫法是一埠、二埠、三埠和五埠。阿哥的建材店也开到了这四个埠。

阿爷出国前在香港做木工，他跟弟弟司徒贞远没有跟家里人商量就去了萨克拉门托。他们到达那里时正是发现狗头金的时间。但他们没有去淘金，而是给淘金的人搭木屋。

恁时他们坐三桅帆船，沿当年西班牙大帆船贸易航线，从日本东海岸，顺着“黑潮”往北航行，与北极千岛寒流交汇后，进入北太平洋暖流，向西行驶，再进入加利福尼亚寒流南下，一路顺着海流漂泊，数月后到达加利福尼亚的海岸。

兄弟俩上岸的地方叫作三藩市（San Francisco）。地上薄荷丛生，远处的山坡巨大而平缓，坡地上都是木板搭建的房子，居住了数百人，像个村落。

他们在砵士茂（Portsmouth）广场上岸。砵士茂是美国一条战船的名字，一年前，战船在此登陆，船长在陆地升起了第一面美国国旗。那时，这里还是墨西哥的土地，叫作耶巴宾纳（Yerba Buena）。

司徒贞铎和司徒贞远在去萨克拉门托的路上，就听到了当地发现金矿的消息。消息是在砵士茂发布的，它就像一场飓风，刮向了太平洋沿岸的国家，轰动了全球。兄弟俩有自己约定的业务，没为黄金所动，他们继续前行，来到了萨克拉门托。

第二年，金矿的消息从桑威奇群岛传到了香港，再传至四邑，人们热血涌动，有冒险者在香港挤上了三桅帆船，沿司徒贞铎和司徒贞远兄弟走过的航路来到了三藩市。

当三藩市涌来两万人的时候，司徒兄弟走了与淘金者相反的路线，他们回到了两年前上岸的地方，在砵士茂广场搭建简易木屋。这里帐篷密集，海岸停满帆船。来自墨西哥、智利、法国、秘鲁、爱尔兰和中国的人都在这里上岸了，人人眼里充满发财的渴望。他们眼睛有的泛着蓝光，有的是黑色之光，有的黄光闪烁。酗酒的人相互斗殴，有人弹起吉他不停地吟唱，有人思念家乡通宵不眠。

人们从这里走去内华达山，山脚一个叫萨特磨坊的地方就是金子发现地。萨特磨坊依然路途遥远，有人骑马骑驴子，有人搭马车，有人步行，有人买高价船票沿浴霸河、贝尔河、美利坚河逆流而上……

三藩市木屋租价堪比黄金。蜂拥而来的人，连一顶帐篷都没有，到处是露天睡木板的人。“弗洛里克”号船将香港的木屋材料预制构件漂洋过海运到了这里，同时运来的还有木工。新成立的市政府颁布了法令，禁止搭建帐篷，要求建造木结构房屋。

搭建木屋人工和建材奇贵，一栋单层木屋需要花费一万五千多元。很多人只能搭帆布营幕房。一些桅船被改装成酒店夜总会。不久出现了厂制铁皮屋。司徒兄弟参与了七十五座木屋的搭建。

建石头墙的派瑞特大厦时，花岗岩石全部从中国运来，岩石拼砌说明用的是中文，司徒兄弟又被请来砌花岗岩的墙。数年辛劳，司徒兄弟成了三藩市有名的建筑工匠，他们成立了一个以华人为主体的工程队。

兄弟俩来美国时跟来了一个女人，她照顾他们的起居生活。女人为司徒贞铎生了五个仔和两个女儿。

司徒贞铎年迈了，他发出召唤，让各地的儿孙们都来萨克拉门托，他不知道自己活过了这个月还能不能活到下个月。

“克利夫兰”号轮船驶入太平洋深处，像黑夜里的光，一排排一朵朵浪花不断涌现。海平线弯曲成弧形，在船的周围连接起一个完整的圆圈，海面微微鼓起。世界只有风。天地失去了方向，失去了尺度，也失去了季节和时间。

十几个精壮汉子在锅炉前铲煤，煤炭堆成了小山，他们个个挥汗如雨，炉膛里的火映红了他们裸露的上身。曾有一艘从旧金山开往香港的船，从横滨开出后锅炉发生爆炸，轮船起火沉没，几百人葬身鱼腹。船一进入太平洋，司徒文倡想的全都是一些不好的事情。

大海让他感到恐怖。鸿蒙初开的世界，人比尘埃还要微小，船如汪洋一片中的落叶。日头从升起到坠落，也跃不过海的疆界。

每天天亮一睁开眼睛，看到的景象都是一模一样的。夜晚，满天星斗“刷刷刷刷”随船移动。司徒文倡被一种绝望的情绪控制，脑海反复出现“天地不仁，以万物为刍狗”，又想到一首儿时唱的歌谣：“水路先从上海过，横滨过了太平洋。烟云黑暗鱼龙啸，洪涛大浪水茫茫。人在船中齐颠倒，劳劳碌碌打秋千。头晕目眩心中闷，频频呕吐不成眠。”

想到阿爷当年搭坐三桅帆船漂洋过海，全靠风帆和洋流，在海上漂荡数月，最快也要五十天，那种折磨不知如何忍受得了！

船上，关基礼讲起自己的经历，讲他怎么逃学，讲他捉到一条大鱼的经过，讲他遇到过蛇群攻击，讲他到广海第一次看到大海，讲他怎样捉弄小脚女人，怎样闹洞房占人家新娘的便宜。他跟一个华侨的老婆偷情。这位女子嫁畀一个加拿大华侨，结婚对方冇返来，她是跟一只公鸡拜的堂。他带着蝦村的一群细佬仔去麦屋打架，去百立山的土匪窝，没有见到土匪却遇到了狼。

司徒文倡跟关基礼一起玩过，关基礼敢一个人在涨潮时横渡潭江，水性可跟疍家的细佬仔比试。他是关族的孩子王，整天好炫耀，天上地下没有他不知道的事。司徒文倡在海颈埗头附近玩水，潭江实在太宽了，他只敢在江湾来回游。

登上“克利夫兰”号轮船，关基礼就觉得从前的事情离自己遥远了，特别是离开日本，漂荡在大海上，他的这些经历就像是另一个世界的事情。

他讲时事，讲自己家族去美国的故事。他崇拜阿爷。阿爷的故事是一部传奇，他跟别人总是讲得绘声绘色。

他的阿爷叫关天鹏，个头高大，左眼几近失明。在美国修中央太平洋铁路时，他没日没夜打铁，铁花溅到眼睛里灼伤了左眼。他去美国是因为看了一张招工传单，传单贴到了樟村，上面写道：美国是一个文明国家，全体一视同仁；可承祀神祇，有钱、有房、有体面的生活；美国没有满大人，没有丘八，大人物不比小人物大……于是，他动了心。

那是中央太平洋铁路动工的第三年春天，为解劳工之荒，华侨受铁路公司委派来四邑招工。这一年是同治四年（1865），红巾军残部参与土客械斗被官军围剿，客家人刚刚安置，械斗又起，赤坎到处是参与围剿的清兵。关天鹏参与了械斗，他的长缨枪杀过客家人，他正想躲避。

关天鹏赊单来到了旧金山，在旧金山上岸后，他被大海晃荡得晕头转向，人还有反应过来，又上了内河的轮船，他像麻袋一样被塞进船舱。下船的地方是萨克拉门托，从这里再坐火车，一个庞然大物的机器怪物，“哐哧哐哧”把他运到了铺轨现场。他这才知道什么是火车，知道了火车走的路是铁路。

铁路修到西艾拉内华达山脉，这是一道鬼门关。修唐纳峰隧道时，他差点被雪崩埋葬，同队的华工把他从几米深的雪里挖出来，他冻得像具僵尸。

修合恩角铁路，要从亚美利坚河北支流的悬崖上通过，华工用吊篮在几近垂直的花岗岩绝壁上凿洞，用黑炸药炸出一条路基，工程需要大量的铁锤、铁凿。关天鹏的铁匠手艺这时派上了用场。

修铁路的一万多华工，死一路埋一路。一年后，中华会馆的人沿路来捡骨骸，挨近铁路有一千多座华工墓，山区的墓用木头和石头立碑标记，半沙漠地区的没有木材和石头就用锡片刻上名字，更多的墓地只有几块垒起的石头，他们的坟墓全都朝向东方。二十万磅的白骨和遗物用火车运到萨克拉门托，再经水路运回国内。

香港东华医院收下骨骸运回广东，由仁爱医院和爱善堂接收，再通知家属来领。开平华侨的骨骸运到了百合埗头。青春离家，白骨还乡，大量无名骨骸埋葬在新会金牛山义冢。

关天鹏因为做铁匠远离了死神，他的分队二十五人，有九人没有返来。其他十六人与四千个筑路工，沿着修好的铁路走回了萨克拉门托……

关基礼讲得滔滔不绝，司徒文倡从不打断他。他们都需要打发漫长又恐怖的时间。司徒文倡觉得他不仅在讲述自己，也在编造一个自己。

司徒文倡想起阿爷司徒贞铎，阿爷又何尝不是一部传奇。只是他对阿爷的了解远不如关基礼对关天鹏熟悉的程度，他觉得有些惭愧。他还有见过阿爷，此行非常渴望见老太公一面。

从檀香山航行七天后，太阳不是从海上一跃而出，而是从地平线上升起来的。地平线在橙汁一样的阳光里变得粗壮，高低不平的山峰从粗壮的地平线渐渐鼓胀出来。有人惊呼——“美国到了！”

山上的花旗松、柏树也清晰可见了，轮船驶进约两公里宽的金门海峡。南北两岸的山像四邑的山岭，它们不高，但有些峻峭。风突然增大，吹得人站立都有些困难，吹得海面浪花飞起，打得船身“嘭嘭”直响。

海峡短得没等人反应过来就进入了内海——旧金山湾。右岸城市的房屋依山坡堆积，山的高度变成了楼的高度。司徒文倡发出了一声惊叹。周围的人全都在惊叹。他感觉那种叫作命运的东西就要降临在自己身上了。

船向着旧金山渔人码头驶来，楼宇渐渐清晰，新建的楼房高大，特别是高耸的坡屋顶既美观又亲切。司徒文倡还睇到了熟悉的椰树、棕榈树。码头街上行走的人也睇得清了，穿戴与他们大相径庭。在大海上长时间行船后见到陆地，司徒文倡感动得直想哭，恨不能立即奔赴上去，拥抱陆地上的泥土和树木。他跟着别人一阵阵欢呼。

但是，船上的中国人、日本人却被拦了下来，赶到了一条小木船上。欧洲人上了另一条木船。木船又离开码头，向着海湾东面驶去。大家心里忐忑不安，听说要在岛上接受检查盘问。

前面出现了两座岛，先经过的一座小岛叫阿尔卡特拉斯岛，木船继续向前面一个叫天使岛的方向航行。

天使岛沿岸满布峭壁巉岩，像一座浮在海上的山。从西绕到东，出现了一个小海湾，里面有一座码头，栈桥正对着一栋二层高的楼房，屋前一排棕榈树，树顶像一条裙撑。楼房后面的峡谷，右边山坡的树木比左边的要多，两面山坡上都建了房屋。这些坡屋顶的房屋都是二层高的木楼，黑色的瓦透出些许灰红，外立面上层涂奶白色，下层涂赭色，在葱绿色山坡上显得十分醒目。

船慢慢靠过去。司徒文倡明白自己要在这里上岸接受审查了。没有合法文件、品德不佳、激进分子、文盲或可能成为公共负担的人都会被遣返……

二十八

司徒文倡毕业了。为表庆贺，他请关璟娜到西关新开的新民影院看电影，又去艳芳影相铺拍照留念，一起逛先施公司店铺。关璟娜提议去沙面看看，天色不早了，他们约了第二天再来。

在河涌边望见基督教堂塔楼上的十字架、维多利亚酒店、群英会俱乐部、邮政局大楼，关璟娜产生了一种复杂的感情。她怀念唐人街的生活，来沙面寻找慰藉。但真的看到西洋建筑，她又感觉不适。

通往沙面的桥上装了铁闸，有三个巡捕把守。关璟娜这才知道英法租界地，除华籍雇工，中国人是不能过桥的。司徒文倡说，沙面江岸连华籍雇工也不许去，华人去了会污染清新的海风。关璟娜一听，脸上立刻蒙上了一层乌云，想不到中国人在自己的国家也遭人歧视，她顿时对沙面失去了兴趣。

两人沿河涌行走，海关钟楼悠悠的钟声从江边传来。关璟娜谈起旧金山的生活，司徒文倡在旁边安静地听，他偶尔跟国内的生活做一番比较，两人都对身边的媚洋者痛恨不已。

毕业前夕，司徒文倡在国民政府找到了一份工作。最后一个暑假，他跟关璟娜相约回家，他打定主意在船上向她求婚。很长一段时间他在幻想中设计求婚的场面，想了好多表白的话。

司徒文倡认为婚姻自主应该学西方，要按西方的方式来求婚。中国没有自主的婚姻，也没有求婚的仪轨。送金戒指和玫瑰花不是赶时髦，是一种约定俗成。但他只听说过，没见识过，怎样做只有想象。

为了买戒指，他跑了好多家首饰店。玫瑰花他跑遍江南也没有找到，只好过江北来找。他能做到比别人不一样的地方，就是把情诗抄好，做成一本线装书送给她。

上船的时候，他把花藏了起来。大热天关璟娜见他穿了笔挺的西装，好不奇怪，问他是为什么。他笑一笑，说一阵间你就知道了。

他在她毫无准备的情况下，抱着一捧鲜艳的玫瑰花出现在她的门口。他满头大汗，一进门就右膝跪地，想好的话却一句也说不出口，人一急汗就像水一样渗出来，他喊了好几声“璟娜”才吐出一句“我中意你”。

他的下巴抖得厉害，接着喉咙也在抖，身子也在抖。关璟娜先是惊讶，他的颤抖传递给了她，她也紧张得不行，不知道自己该怎么做。她一急就急哭了。

司徒文倡吓坏了，怀疑自己是不是表现太拙劣。他拿起她的右手，她像触电似的，两个人的手都在颤，他颤是因为紧张，她颤是惊慌。在戒指碰到她手指的时候，她突然挣脱了他的手，双手抚着脸，放声大哭。

他石头一样呆住了，不知道发生了什么。他像一个人走进了无边的沼泽，茫然无助，眼看自己正在一点点陷落，一种灭顶之灾来临……他慌乱、委屈，突然伤心，“你不能不收啊……”话一出口，他的眼泪就涌了出来，僵硬的左腿跟着跪了下来。

关璟娜看见他流泪了，她就不哭了。抹了几把眼泪，抬起头，把他扶了起来，又掏出手帕去擦他的眼泪，擦完了又擦自己的泪水。她从他怀里接过玫瑰花，闻了闻，脸色却是惨白的。

他看着她，猜不透她，她现在变得完全陌生了。她要他坐下来，她的脸上闪过浅浅的一丝笑，笑得好勉强，也好苦涩。

她说话了，从她出生后阿爹把她许配给关基礼说起，说到了与关基礼的交往，自己的抗拒，说到哭闹着回国。她抗拒这个婚约，但婚约一直没有解除。她年纪不小了，家里无人敢来提亲，谁都知道她有了婚约。

长长的沉默，她又说，在她家里，婚姻大事她做不了主，要父母同意，要媒人上门正式提亲。

她又流泪了，抬起头望着他，“我要是不能嫁畀你，一辈子不嫁人。”

司徒文倡眼圈红了，听她说话，他生怕错过一个字，听到她的誓言，他很意外，像被电击似的，深深震动。“扑通”一声，他又跪下了，一字一句说：“我要是娶不了你，这辈子决不成亲！”

他又获得了勇气，一把抓住她的手。她的手颤抖得厉害，不知道他要干什么。在她心里，幸福与痛苦同样剜心穿肺，相互纠缠。他说：“婚姻自主，我们要勇敢追求自己的幸福，不能妥协。”

他不停地鼓励她，不要中途放弃。

关璟娜惘然无措，只是流泪。两人说一阵间话，流一阵间泪，又突然笑起来，话说得多了，脑袋一阵阵晕眩。

话语比雨水还要缠绵，两人感觉到饿时，才发现天早已黑了，他们一天没有吃饭。时间像网中水一样“嗖——”地溜走了。

晚上，关璟娜躺在床上，司徒文倡坐在她的身边。天气炎热，他用折扇给她扇风，忍不住轻轻梳理一下她的头发。她黑亮的眼睛看着他，仿佛在仰望他的一生。两人体会了幸福有多强烈，痛苦就有多深。

回到家，司徒文倡就让家人找媒人上门提亲。他们又走回了传统的婚姻方式。

关基礼突然从旧金山返来，意外的是，他不是来逼关璟娜结婚，相反，他宣布了自己的婚礼，他要娶的人是荻海余氏家族的余新燕。

樟村炸了锅似的，议论纷纷，族人不知道出了什么情况。关璟娜背后被人指指点点。按常理她家是高攀。现在人家宣布另娶余氏，自然是男方不要女方了。

关基礼回到赤坎，亲戚朋友问他，他逢人便说："关璟娜性格好倔，这样的老婆别人要我不稀罕。她又冇旺夫相，臀细生崽也不行，不经看又不经用，做个偏房还差不多。余家小姐打着灯笼也难寻！"

他说司徒文倡关在天使岛被看守吓得尿裤子，哭着哀求移民官，还向白人下跪，给中国人丢尽了脸，司徒文倡是被遣返的。他自己被关天使岛的事则只字不提。

关璟娜听到关基礼这样损自己，气得哭了。她是一个好强的人，被说得如此不堪，想死的心都有了。

司徒文倡家几次上门提亲，关璟娜的母亲一直没有松口，她有些忌讳关家。既然关家要另举办婚礼，日子都挑好了，她也就无所顾忌了，马上答应了司徒家。到底谁不要谁啊，别颠倒了。平时她是一个有脾气的女人，女儿这件事情她是真生气了。

关基礼的婚礼在樟村举行，这是樟村有史以来最隆重的婚礼，鞭炮炸落的纸屑像铺了一层红地毯，地坪上全是红的，小巷里的红纸屑盖过了木屐。弥漫的硝烟让猫狗都躲远了。鞭炮震动了邻近的蝦村，每一声鞭炮都传到了陈氏的耳朵里。

来自广州的西洋乐队在地坪演奏《婚礼进行曲》。院子里八音乐队高奏《走马》《彩云追月》曲目。厅堂里除了传统的出糍、咸鸡笼、艾糍、芋头糍、钵仔糕、行山饼，还有西洋的饼干、巧克力和橙子，香槟和洋酒一箱接着一箱开。

戏剧性的是，半个月后，关璟娜的婚礼举行，司徒家族婚礼办得比关家的还要隆重。司徒家给关璟娜家重重送了礼金、礼饼。关璟娜逢人便说，她选择了一个有文化有修养的男人，庆幸自己冇选择下三烂的生意佬。

司徒文倡的阿爹司徒懿唐从旧金山回到家乡，举行了新屋落成典礼，新房有五个单元，占据了半边巷子。每个单元大门开向巷子，单元间后门相通。司徒文倡的新房是第二单元，一座庭院，三面围以瓦檐走廊，照壁对着厅堂，厅堂雕花的大门又高又大，厅堂一侧布置了洞房。

双喜临门，新屋落成典礼后，就是司徒文倡的婚礼。司徒懿唐广邀宾朋，广州的要员也请来了，除了八音乐队和广州的西洋乐队，还请来了醒狮队和踩高跷的。

关璟娜天不亮就开始沐浴洁身，梳妆打扮，她美若天仙下凡，艳似一朵午荷。在她家门口，醒狮一大早就在锣鼓鞭炮声中狂舞。关家那天鞭炮放了几多，司徒家也要在蝦村放几多。鞭炮声从蝦村响到了樟村。

花轿出蝦村，烟花鞭炮笼罩了全村，村路上全是送亲的人，延绵一里多，队伍特意从樟村前面走过。挑嫁妆的人佩戴红花，众多姊妹陪着关璟娜一路唱《女哭歌》。

关璟娜在匿阁学唱一个星期学会了《女哭歌》，她唱：“年嫩女哩，嫩女早离群噜，衫袖又长手又短，嫩女过灶烧衫裙……”“平日冷水洗面桃花色，今日热水洗脸菊花黄；拨开莲藤讨莲梗，拨开花轿阿妹讨路行……”在阵阵歌声中，关璟娜觉悟了，从今往后自己是个大人了，再也不能任性。

她心里有一个隐痛，阿爹冇返来。他为婚事寄了银信，有两千多银元，信中说店里的生意离不开。但关璟娜从别处得到消息，去年他娶了一位白人女子。这位女子就是他当徒工的杂货店老板的女儿，老板过世了，杂货店也交给他来打理。她不敢把这个信息告诉别人，更不敢告诉阿妈……

白驹过隙，时光如电，儿女们一天天长大，昨日之事已成往昔。回首时，青春宛若朝露，它是渭城朝雨浥轻尘的那个清晨，是月光下的一场游戏，比母亲的期望还要短暂。

一声汽笛，赤坎海颈埗头到了，远远地她看到司徒文倡和大儿子司徒不徙在岸上朝着花尾渡眺望，他们身后是高高耸立的司徒氏图书馆。正当午时，图书馆钟楼里的钟声响起，与汽笛遥相呼应。

第五章

二十九

三月油菜花、黄花风铃木凋谢了，四月的紫荆花、禾雀花、簕杜鹃又开。岭南进入了又闷又潮湿的雨季，古镇的冷清突然被打破，大街小巷停了很多车，大排档的生意也旺了很多，晚上依然灯火不熄，三三两两还有前来吃消夜的人。

征收员按照网格划分，在古镇挨家挨户上门征收。春雨停一天下两天，落寞的紫荆花和簕杜鹃雨珠一样飘落，淡红与朱红落满街巷。街巷里，飘移着各种颜色的雨伞。它们成了丁酉年（2017）春天的一景，进入古镇人的记忆。

这天上午，司徒誉泡好茶，坐在桌前，开始履行监督职责。办公桌上报来的材料越堆越高，他从上往下捋了一遍，掀起一沓材料，顺手抽出一份报件审读。接着抽第二份、第三份，都一一过关。

抽到一个商铺，他对这间商铺有印象，征收时店主拿不出房产证。他去过店铺，房间里摆满了货架，货架上面堆满五金件，高处取货要踩板凳。他记得面积，报件建筑面积一栏好像填多了，难道自己记错了？

他叫上测量监督小组马上去现场测量，测出的面积比填报的少两个平方米。店主却认定他的商铺是填报的面积。

司徒誉把征收小组的人叫来会议室，组长坚持说没有错，他又跑去测量了一遍，发现确实多了。到底这个多出来的面积是怎么写进来的，自然负责录入的人嫌疑最大。在镇长面前，他坦率承认是他加大了数据，因为对方不肯签合同，要按他认定的面积才签。

司徒誉盯着他的眼睛，心想，你们之间有没有什么关系呢？要不要查一查？

按规定，征收小组出了问题，他们所有测量的面积都必须重新测定，从此，测量监督小组将他们列为重点抽查对象。

5月，私自放点水的情况更多。原因是积极配合的征收户大部分已签完，现在签的多是犹豫不决的业主，放一点水确实能尽快签订合同。

6月，征收户愿意签的更少了。为杜绝放水行为，测量监督小组加大了抽查力度。征收员开始说怪话了，甚至当面讥讽测量监督小组的人，小组有人甚至想打退堂鼓。

为减轻测量监督小组的压力，司徒誉决定自己去现场。一有时间他就带两三个人去巡街，有时一个人也上街，他的出现没有规律可言，有时是上班时间，有时下班了还在街上转。他找征收小组聊情况，或是站在一旁看他们工作。他就是要给征收者督查的压力。司徒誉把自己的名片发给每个人，要他们有情况直接报告他。

6月的阳光毒，司徒誉的脸没几天就晒黑了，头上生了疮，人一上火不是牙痛就是喉咙发炎。

征收小组遇到难题直接找他来了。有户人家楼塌了，要求算面积。司徒誉来到现场，只见三楼青砖砌的墙，塌得只余三分之一，砖上长了一层青苔。户主是个瘦弱的男子，戴高度近视眼镜，他见到镇长话就没停过。他说话快而含混，司徒誉听他反复说了几遍才明白他的意思。

他的理由是楼顶塌了是事实，但楼顶是一层房屋也是事实，而且是更重要的事实，因为你们征收不是需要这个破房子，所以倒没倒塌不重要，如果需要房屋他可以砌好，但是政府规定不能砌房。他不砌房不是怕违规，因为他是房屋维修，不是新建房屋，他不维修是认为政府不需要，他相信政府……

有人说，谁说我们不需要房屋？没房屋我们征收什么？户主马上回应：“没说你们不需要房屋啊，你们要的是旧房，不是维修砌的新房。你们需要新房，我马上给你们砌好。”他说话推一推眼镜，眼睛并不看人。

司徒誉看他是个执拗又自我的人，他认定的事情谁的意见都听不进去，总会有自己的理由。司徒誉就只是听并不发表意见。他想，群众利益无小事，尽量保障群众利益。但征收的每个问题都可能带有普遍性，还有没有塌楼的？个案处理结果会成为类似问题的处理标准。他想按现有三分之一墙体面积同样的比例来计算。他交代小组长："把问题上报，上管委会讨论决定。"

有一天，从中华西路走过，听到一个女人叫他，声音非常熟悉。女人从窗户睇到他，喊着"镇长、镇长"，她一边喊，一边冲出了门。

原来是徐芷欣，这栋房屋是她舅妈的物业，她与征收小组正为店铺面积争论。徐芷欣的舅妈把底楼分隔成了两层，面积按两层算还是按一层计算，差别巨大。按照征收规定，有分隔层的房屋按两层计算，层高必须达到2.2米。徐芷欣舅妈的房屋分隔层上面一层刚好是2.2米高，底下一层却差了6厘米。但这个高度是量到装饰板下面的，徐芷欣找人把装饰板拆掉，量到木楼板下面，高度有2.27米。

征收小组要把木梁的高度计算在内，只肯量到梁底，高度只有2.15米。徐芷欣气不过，她认为房屋净空有4.5米高，木楼板3厘米厚，空间怎么分隔都超过了2.2米。这牵涉到对净高的定义，包不包括梁高。

徐芷欣的舅舅过世三年了，舅妈年老多病，就把房屋分隔出来出租。补偿款如果底层加一层面积，舅妈可以置换一套房，另外还有一笔补偿款，这对她晚年的生活是一个极大的保障。这个她不得不力争。

司徒誉想到这种情况具有普遍性，他得回去研究。他让征收人员把材料报给管委会处理。徐芷欣无助地望着他，他就像是她的救星，这种祈盼的眼神既有信任，也有忧心，显得楚楚可怜，激起他的保护欲。

但司徒誉不希望她与自己之间的关系牵涉到他的工作与职权。他内心对她有一种期许，这种隐约的感觉，从第一次见到她就有了。当面对征收的问题，她就只是一个女人，他只能在规定的范围内帮她，做事情要经得起审查，尽管他不想辜负她。

徐芷欣知性而爽朗，司徒誉觉得她纯净时又感觉到她的成熟，感觉她成熟时又觉得她单纯。她并非风姿绰约，却有如玉的俊秀。心仪的女人要是有个模样，徐芷欣算得上理想的一个。

在刺目的阳光里，司徒誉信步朝前走，身上的汗水直流，脑海里思绪纷纭。想起自己的初恋，女人恁时神秘又陌生，像另一个世界的人。他不理解她们为什么突然就嘻嘻哈哈，突然又噘着嘴巴生气了。性像一团强光，盲目的冲动，让人不能思考，时时陷入幻想。

恁个初夏的夜晚，并无月色，在闷热的南风里，他向伍晓蕾表白，他是那么冲动，一刻也等待不了，近乎痴狂和妄想，每句话恁么炽烈。

伍晓蕾依偎在他的怀里，她皮肤柔滑又细腻，全身冰凉，微微张开的嘴唇，露出一线雪白的牙齿。他发誓，要用自己的一生来爱她。

记忆里荔枝林浓烈的荔枝香味与她的体香混合在一起。荔枝花簇落去，米粒大的荔枝果一嘟噜一嘟噜冒了出来。急骤的呼吸，湿润的嘴唇，慌乱的心，她舌尖伸进来的那一刻，他明白了她的心意。她不但听进去他的话了，还认可了他跟她说的话。他们紧紧相拥，两个人恨不能融为一体，直到不分彼此。

犹如春花怒放，两个人不由自主，瞬间失去了现实感。他们陷入酒醉的状态，陷入了自己的心境、虚荣、幻想和对爱的迷思。

幸福是一种满足，满足即是完成。激情过后，如云影般轻盈又朦胧的现实，恢复了大地一样厚重而凛冽的存在，复杂的社会、难以捉摸的人性、烦琐的家庭生活，将耗费人的一生。

自我而感性的人，思想和行动的自由被彼此牵制，快乐像空气一样越来越稀薄。淡漠则像秋天的气温，凉意一天天加深，直到苦涩成为生活的滋味。

伍晓蕾的自信和柔韧什么时候变成了强势和不妥协，而曾经打动他的纤弱不知什么时候消失了，她成熟得这么快，跟变了一个人似的，独立、干练，眼神里都是对目的的期待。

司徒誉看到了自己爱情背后的虚荣，荷尔蒙的冲动，与生俱来的自卑与好强。

混沌的生命体，两相融合只在刹那的冲动，而漫长的一生，要依理性生活，这是人痛苦的根本。婚姻便是一道数理题，每个人都要耗费自己的一生去破解。

走出古镇，路上行人稀疏。他自问，自己现在对女人的认识是成熟的吗？随着岁月的流逝会不会改变？他想会的，每个年龄阶段的人想法都会不一样。

三十

第二天，徐芷欣给他打电话，她要组织一次采写业务会议，请镇长参加。司徒誉想周末安排在镇政府会议室开，但大小会议室全都排满了。在考虑去哪里开的时候，表叔的电话来了，先问舅舅身体情况，又主动关心书的进展。听说要开一次会议，表叔提出自己要来参加并邀请来他的瞻园开。司徒誉觉得很好，就商定周六上午过去。

瞻园是一个有名的私家庄园，20世纪90年代吴容志在梁金山下买了一块地，修建了一座自然山水的园林。一条峡谷，溪水注入前后两口池塘，小的水深，大的水面开满荷花，岸上有茅草搭的长棚，充满野趣。

红砖青瓦的主楼临水而建，一栋尖尖的坡屋顶，工字形平面，临水一侧建露台；一栋楼高三层，坡屋顶高低错落，采用岭南传统镬耳山墙。两栋楼用曲廊相连，又在水边筑小桥和凉亭。

徐芷欣按约定，等人到齐了给吴容志董事长打电话。等了一阵，一个中年妇女打开了大门上的小窗，问明情况，大门自动打开了。

车沿着湖边小路开到了楼下，吴容志精神矍铄，站在楼下迎接，他邀请大家参观瞻园。徐芷欣想先开会，征询他的意见后，吴容志把大家引进了书画室。书画室很大，中间摆了一张十米长的大台，墙上挂满字画，大多是吴容志自己的诗词和书法。

采访进行了一半，稿件也写出了一部分，采编遇到了一些实际问题，与预想的并不一致，要规范采访对象和内容，统一写作风格和章节模式。徐芷欣写出了样章，她要给小组详细讲解为什么这样写，要点在哪里，并当场解疑释惑。

吴容志饶有兴致，全程参加了他们的讨论。他把自己出的线装诗词集《瞻园诗钞》每人送了一套，又把近段写的诗词拿出来，请大家提意见，开场白他说："要不是因为我是地主崽子，我就去广州读书了，会去做一个教授。"

徐芷欣说："您现在是大老板啊，不是更好吗？"

"我中意读书不中意做生意，做生意我是冇法子，要赚银纸。"

徐芷欣见过一些富人附庸风雅，有了银纸就要装扮有文化，就没多说。

吴容志七十多岁了，他对阿爷当年的一个决定仍然耿耿于怀。那一年阿爷从美国西雅图回国，打算在开平买地建房，阿嫲提议到香港去买铺位，铺子价格便宜。阿爷还是回楼冈起了屋，修了个小碉楼，又买了十六亩田。余下的银纸借畀侄子去做生意，这个银纸自然收不回了。

就是这十六亩地，吴容志成了地主崽子，中学毕业后不准他再去广州读书。父母在香港，他提出团聚的申请，一年后获准。

司徒誉会议到了尾声才赶到，徐芷欣向他简要汇报了一下，他建议去参观瞻园，边走边讲。

沿峡谷小路上山，山坡上都是茂密的楠竹和松木，各处开着不知名的野花，鸟鸣声声入耳。走到一处凉亭，吴容志说：“这是东坡亭，当年苏东坡从惠州流放海南，从这里经过。”

徐芷欣迈过石级进入亭内，只见一长联写道：“筑雨榭云亭，寄故国悠思，让旖旎南岭风光，都入我，三面青山，三泓绿水；伴豆棚瓜架，温儿时旧梦，爱潇洒东坡笠屐，也栽他，几竿修竹，几树苍松。”徐芷欣读了很有感触。墙上还有好多碑刻，都是吴容志和文朋诗友的诗词。她对老人家一笑，“您想象好丰富啊，把苏东坡都请来了。”

吴容志也笑了，“苏东坡当年经过开平，你也不能否定他来过这里呀。”

徐芷欣觉得老太公好玩，对古体诗词这样痴迷，他的作品虽称不上佳构，但还是颇有可取之处。

吴容志当年到香港后读了两年英文，他从塑胶花做起，接着开制衣厂，接到的订单多了，就把衣服裁剪好，发到别的山寨厂去加工。他借助英文词典自学打版，又开起针织厂、印染厂。内地改革开放，建立深圳特区，他最早拿了订单过罗湖口岸到深圳加工，开起了“三来一补”工厂，又率先到东莞开织染厂。

开平招商引资找到他，他算一算运费要多出十万块，打算放弃。

母亲坚持要他回开平办厂：很多亲戚朋友没有工作，要他为家乡做些贡献。于是，他在开平建起了第一家外资工厂，从服装厂、针织厂、棉纺厂到独资开办整染有限公司。

司徒誉常来瞻园玩。他与吴容志两个人饮点小酒，无话不谈。跟伍晓蕾闹矛盾了，他请教吴容志。他们两人为出国的事陷入一团乱麻似的理不清的状态，司徒誉曾为自己出不出国纠结了很长时间。

吴容志讲了他阿爷的故事。老太公在西雅图当餐馆主管，返来家乡娶了一个乡下姑娘。他两年回来一次，是个很会生活的人，特别中意种花种草。吴容志建瞻园就是受了他的影响。恁时回来一次可是漂洋过海，但家庭生活该怎么过还怎么过。

他又拿自己举例，他来开平办厂的时候，太太坚持带女儿去美国读书，后来移民美国。他的情况跟司徒誉非常相似，太太去了美国，他在开平建瞻园，互不影响。他现在是洛杉矶、香港和开平三地跑，一样生活得很好很充实。

司徒誉知道吴容志喜爱花花草草，生活上不拘一格，但他很难做到，每个人情况不一样。

吴容志看表侄冇出声，便问他是否又有中意的人了。中意妹子好自然，不一定非得结婚。老婆也好情人也好，女人都得哄着她们。

在山中小道上，司徒誉问他："徐芷欣这个人怎么样？"

吴容志心领神会，眉毛一闪，夸赞："人长得高挑，五官生得靓，有学问，又有能力，人也大气，到哪里都压得住场子。这个气质开平少有。”他反过来问，“这么靓的妹子，会有人追吗？你了解她的从前?”

司徒誉摇了摇头，“只是问问您。”

吃饭前，徐芷欣和司徒誉在稻田间流连，这是一处“暖暖远人村，依依墟里烟”的微缩田园，一小丘一小丘袖珍的田，让人感觉特别亲近。走过拱桥，两人斜靠在木质曲桥上，交流起书的情况。

徐芷欣一阵间睇他，一阵间低头望水中的倒影，盈盈池水像喜悦在她眼中荡漾，冰雪一样的牙让笑意闪光。她睇到水边的芭茅，夸他表叔有眼光，选了这个很有诗情画意的地方，说以后有好地方要多多带她去开眼界。

菜已上桌，吴容志过来叫他们吃饭，他笑着跟徐芷欣说：“我这个地方你常来啊。我表侄可是个人才，别看他现在是个镇长，以后前途不可限量。”

徐芷欣说：“您挑地方有眼光，看人更厉害。”

三个人都呵呵笑。穿过一片草地，从连廊来到最里面的大厅。餐桌上一鼎金山火蒜炖鹧鸪汤，散发着黑蒜特有的香气。菜都是地方特色菜，鱼腐浸蚬冈西洋菜、白切马冈鹅掌翅、盐水和顺鱼、水口腐竹竹笙白果煲、五彩炒沙塘藕丁、葱油鸡，主食是马冈濑粉。白布的桌面和白色的瓷碟，碟中绿色、黄色、黑色的菜和高脚玻璃杯中的红酒，色彩都特别亮眼。

吴容志举杯，“瞻园名字取自苏东坡的字‘子瞻’，我最欢迎的就是文人。开平的故事好多好多，你们编书让我想到高冈里，想起了阿爷，他是个农民，但他一生平凡又传奇，我最敬佩老太公。来，我敬你们一杯，你们做的事情太有意义了。”说完他把大玻璃杯中的红酒一口干了，所有人也都一饮而尽。

司徒誉要徐芷欣讲几句，徐芷欣站起来念了一首诗：“感君尤念家乡水，知我无忘故旧情。一片丹心原未改，归来依旧木棉红。”

大家都夸好诗。吴容志笑得眉毛都弯了。徐芷欣说：“这是董事长的大作。”大家再次鼓掌。

司徒誉一时兴起，也站起来朗诵了一段：“书有约，思无期。使君有梦两心知，莫愁巢鸟空枝立，散落江南信可依。”

大家喊：“好词，好词。”

司徒誉说：“还是我表叔的词《鹧鸪天》。”

吴容志站起来，笑得眼睛眉毛挤到了一块，“今天我最开心。‘书有约’，我正式邀请各位，书出版时再来瞻园，我们一起饮酒吟诗。”

司徒誉感觉到徐芷欣魅力无处不在，两人视线相交的瞬间，她眸子似凝结似流溢，如秋霜如月光，分外动人，他有瞬间被融化的感觉。

三十一

功能认定小组遇到的麻烦比测量监督小组要多，房屋面积摆在那里，测量有争议无非重测一遍，但功能认定有时不好界定，由于没有硬的标准，镇里班子成员之间也因此出现了矛盾。

东埠市场边一户梁姓人家，房产证用途一栏写了工业用地，但户主一直在卖早餐，房屋属于工业还是商业价格相差三倍。户主强烈要求按实际情况补偿。功能认定小组组长罗新义把情况向司徒誉做了汇报。

司徒誉去实地察看，这是一家小餐饮店，长期经营早餐，情况属实。按实际情况当核定为商铺。回来的路上，他灵机一动，要小组去查他的电费。当天调查情况反馈畀他，小店用电长期交的是工业用电。司徒誉先把材料压了下来。

店主梁先生年过半百，头发掉得厉害，他多次来办公室找他，好不容易见到人，马上恭恭敬敬给他递烟。司徒誉睇到店主右手还提了一个包，估计是送他的礼物。他便问：“你偷了这么多年电怎么办？你税是怎么缴的？是按工业还是商业税缴的？我可以派人去查哦。”

梁先生一听就慌了，老实承认自己没缴过税。司徒誉说：“你没缴税呀，要不要补缴？你这是偷税漏税，构成犯罪哦。你告诉我，我怎么处理才好呀?!”

梁先生一听腿就软了，慌忙说：“算了算了，工业就工业吧。”他一边说一边点头，转身就走了。

睇到梁先生蹒跚的步履，司徒誉心有不忍，对一个生活艰难的人，这一个机会对其人生影响巨大。他的职责是不让国家财产损失，但他也有责任让赤坎的每个居民过上好的日子，两者之间怎么平衡十分不易。他从来没有过这么大的权力，一个人就能决定一个人一生最大一笔财富，他心里有些隐隐不安。

中华东路五连栋的福字楼，东面一间开了一家幸福餐饮店，在功能认定时也卡住了。店主听说了梁先生的遭遇，他不敢来找镇长，专门托了他的亲戚司徒誉的同事出面。店主跟镇长同姓，也是卖早餐的，房子是他的祖屋。他的曾祖父靠卖杂货起家，担任横桥头阴宅公司经理，墓地生意终止后，在司徒氏关氏合办的建筑公司担任董事，他最先动手在龟臀转角建了福字楼。

幸福餐饮店做的豆腐角远近闻名。店铺缴的也是工业用电，但水缴的却是商业用水，房产证用途写的是商业，纳税也是按商业的缴纳。同事问镇长："这个可以原谅一下吧？"

同事是个老实人，平时行路都低着头，吩咐做什么就做什么，在办公室干了一二十年，司徒誉几乎没有与他单独打过交道。司徒誉本想问他对方是你什么人，话要出口又打住了。这户人家性质不同，他只是用电贪了一点便宜，应该认定为商铺。司徒誉不管同事与对方是什么关系，出于何种目的出面，还是干脆地签了字。

另一个姓关的业主为争商铺就没那么省心了，他背后到处煽动，说镇长如果不认定他是商铺他就要去上访。他知道镇长最害怕人上访。他的房产证用途写的是住宅，他的用电用水都是住宅的，但左邻右舍都证明他是商铺，还做过仓库。但做了多久的仓库无人证明。司徒誉权衡后，不认定为商铺。

让司徒誉大为意外的是，关姓业主的事情作为个案通过别的渠道上了管委会会议。司徒誉清楚，绕过他显然得到了其他领导的支持，上会也说明了书记的态度，拿不定主意或是希望会上通过的事，李玉虹都会事先跟他沟通。他分管的事在他不知情的情况下上会，书记的态度已经很明显。

镇长否决了，只要不是错的，商量余地并不大，除非书记下了决心。通过会议来否定镇长的意见很不寻常。如果是书记的意图，为不引起直接冲突，通过管委会会议讨论决定当然是一个办法，但她为何不跟他私下沟通呢？不管是不是书记的意图，至少她认可了。

司徒誉一看到会议议题，血就直往脑门上冲，他有一种背后被人算计的感觉，也许背后还有更深的谋划，他不能束手就擒。但他马上又镇静下来了，猜想，她是被逼无奈？是背后有人打招呼？还是另有隐情？会不会是一个策略……

李玉虹以前什么事情能不管就不管，都交给司徒誉去办，她乐得当个甩手掌柜，现在什么事情她能管的都管起来了；以前她的眼光是柔和的，眼里充满了信任，现在眼神变得肃穆，透着某种焦虑；以前说话是商量的口吻，现在全是不容商量的口气。她这是在向自己发出一个信号吗？他定的事情拿到会上来公开否定，摆明就是要驳他的面子，扫他的威风，树自己的权威。是自己没有足够尊重她？架空了她？

他明白，一切都安排好了，她一定想好了各种预案，事先做通了一些人的工作，甚至谁先发言谁后发言，讲什么内容，她都做好了安排。她想要通过的事，他的反抗是徒劳的。会上公开闹矛盾还得掂量掂量，变成一个事件，对谁影响都不好。

讨论时他没有发言，果然意见一边倒，跟她走得近的都表态了。平时敬重他的人，看到镇长拍板的事情拿到了会上，也感觉有些不妥，但他们不知道是不是镇长本人提交的，一看这个架势，把握不准，也就不发言了。逼着表态也只是跟着点头。

李书记问镇长的意见，司徒誉说："我不同意，我保留个人意见。"他的话把矛盾公开了，有人露出了惊讶的表情。

发表意见环节已过，只有镇长表示了不同的态度。书记最后拍板，她同意大家的意见，姓关的业主房屋功能认定为商铺。

会议通过的事情司徒誉必须执行，在认定书上他签名同意。签名的一刻他感觉到了背后的嘲笑，他的权力开始被抽空。

回想管委会会议，他多次拍桌子发火，是不是自己做得过火了？那次研究征地红线范围，大家分歧很大，他坚持把镇政府前面一大片土地纳入进来，搭古镇依法征收的便车。不搭这趟车，以后想做事情再来征地，麻烦就大了。

书记的意见只考虑安置房征地，以后的事情以后再解决。他据理力争，想到未来的新城镇，他说："我们一定要看得长远一些，赤坎今后开发连一点土地储备都没有！"他越说越激动，连拍了几次桌子。

副镇长黄茂忠也跟着镇长拍桌子，他跟镇长的想法是一致的，拍完桌子他就气呼呼离开了会场。李书记当时脸上一阵青一阵白。黄茂忠是从法制局过来任职的，负有监督政策制定符合不符合法规的责任。此人做事一根筋，有不同意见当面就提出来，绝不绕弯子。

他又想起一件事情，他们沟通时书记不同意，他直接在班子会上捅了出来，提到桌面上来谈。那时候他也没有顾及书记的感受。

有了关姓业主的先例，上会的个案越来越多。司徒誉认为不妥的他必须表明个人意见，他要求会议纪要把他的话原原本本记录下来。特别是对新出台的一些方案、处理方式、奖补政策等，他都详细说明自己不同意的理由。

会议通过的事情，该签名的他都得签，签得多了，他认为太违背自己的意愿了，他提出三千多个征收户都要经他复审签名，他力不从心。他决定把章交出去，由别人去盖章，他不再签名了。

通过的个案越多，找司徒誉的人自然越少。有人说凡是跟镇长打过招呼的不容易认定，找其他关系反倒容易搞掂。测量监督小组和功能认定小组的工作也因此受到了挑战，他们不是被人疏远，就是被人家故意找碴。

一次党政班子会议上，根据项目运行情况，进行了机构和人员调整，新成立了征收办公室，下设上埠、下埠、河南洲三个工作组，工作人员驻点答疑解惑，协助征收人员办理相关手续；成立了特殊个案处理工作领导小组，组长李玉虹，常务副组长司徒誉，李洋风等三位副镇长担任副组长；成立了一个督办工作组，专门督办各项工作推进落实情况。

李书记说到个案组时强调：“成立特殊个案处理工作领导小组，是专门对征收未能明确规定的特殊个案，以集体决策的方式，确定解决方案。这也是为了保护干部。”她顿了顿，放低声音，“以后测量监督小组、功能认定小组的工作交给李洋风同志负责。镇长要腾出精力抓大事，日常琐事就交给副镇长来处理吧。”

她说得严肃，余光扫了一眼会场，每个人的表情全在她的眼里。

司徒誉望着李玉虹，她比以前瘦多了，脸上的肌肉显得僵硬，说话跟念稿子一样，没有表情。她完全变了一个人。他不知道其中的缘由。他还是原来的自己，她却不一样了。

班子成员个个脸上一片肃穆，以前个性丰富的表情全都不见了，全是一副波澜不惊的模样，只有黄茂忠是不以为然的表情。司徒誉其实知道此时此刻他们每个人心里的想法，他们的发言他几乎可以替他们一个个说出来。

这次会议之后，司徒誉办公室来的人突然少了，他很不习惯。他的门天天开着，但半天也没有一个人来找他。坐在办公室突然无所事事，他经常站在规划图前发呆，他变成了赤坎最清闲的人。

有几次他带人去安置房工地现场办公，他交代的工作，竟然都没有下文。百般无奈之下，他带了一堆书，天天坐在办公室读起书来了。

他翻阅与司徒氏关氏有关的资料，看《开平文史》《开平银信》，看《旅居者与移民》《美国中央太平洋铁路建设中的华工》，也看五邑华侨华人作家的小说、诗歌，希望对华侨华人有更深入的了解。

一天晚上，一位市领导给他打电话，问他与书记是不是闹矛盾了。司徒誉说："我们冇矛盾，只是工作上有不同的意见。"领导说："那就好，书记与镇长相处是门学问啊。"

这句话对他触动很大，这段时间他也在思考书记与镇长的关系。自己做事忽略了书记，她不仅是书记，而且升了副市长，现在与从前不同了，何况书记的责任越来越大，他也要调整，要适应这种变化。

三十二

读了两个多月的书，司徒誉心里烦闷，望着窗外，连树木也是无精打采的样子。这天他信步走出大院，来到了上埠。

在关氏大宗祠前，司徒誉停下脚步。他曾陪关忆中进宗祠，在关氏宗长主持下，关忆中很虔诚地祭拜了自己的祖先。他的认祖归宗大大拉近了中荣公司与关氏的关系，关氏很骄傲由自己家族的人来投资开发古镇。这种缘分充满了预言般神奇的色彩。

关氏大宗祠又叫光裕堂，修建于道光六年（1826），20世纪80年代重建，镬耳山墙，门廊细细的石柱，两头曲折的石横梁，与珠江三角洲村落祠堂并无二致。司徒誉发现大宗祠屋顶用了黄色的瓦，屋脊装饰也很简单，这点跟其他宗祠大为不同。

宗祠有三进，最里面一进祀奉先祖。高大的神主牌，左为圣祖云长公之神位，右为鼻祖龙逄公之神位，中为陇西郡关门堂上历代祖先之神位，下面一排正中便是入粤始祖关景器，两旁为迁赤坎的六世祖荣公和七世祖元六、元九和元三。在长明灯和燃烧的香火中，暗红的灵牌和明黄的文字显得灵异又诡秘。

宗祠斜对面，宽阔的马路像个小广场，连接内河上的一座大桥。堤西路与堤东路在此分开。现在这里人流稀疏。有名的糖水铺“甜半天”挨着小广场，从前店铺前面摆了二十多张桌椅，人多时顾客还找不到座位。过路的人慕名来店里品尝，有的还打包带走。它从最初的凉茶铺到糖水店，经营了几十年，生意越做越红火，成为远近闻名的品牌。现在只有几张桌子，坐了几个人。

这种反差，司徒誉能想见店主秀姑的心情。她一直拒绝跟征收人员打交道。她非常担忧搬迁后自己失业。她家里有个瘫痪的老公，如果失业这个家以后靠什么来支撑?

古镇项目并非无人受到伤害，司徒誉为此心中不安，当看到征收人员眼里只有目标和任务，他除了表扬，也有担忧。他要求对秀姑宽容一些，尊重一些。

走到“甜半天”门前，门口挂的还是那两块牌子，一块写“风能进雨能进，征收人员不能进”，另一块写“房子是用来住的，不是用来炒的”。司徒誉看了有些好笑，也有些心酸。

这时，他的电话响了，是徐芷欣打来的。她舅妈的房屋按两层面积计算，她打电话代舅妈感谢他。

司徒誉说："不用谢，你舅妈的房屋符合条件。以前条件没规定那么细，你舅妈的房屋让条例写得更细更明确了。"

徐芷欣说："那还是要感谢你呀，没你推动条例怎么可以更改。"

司徒誉说："是我们工作没考虑那么细致，要感谢你舅妈，她让我们条例更完善了。"

两个人越说越客气，感觉距离越说越远。只要牵涉到古镇项目，司徒誉就本能地谨慎起来，每一件事情他必须做到公平公正。

两人很久没有见面了，他不想继续刚才的对话，跳开了话题："你对文天祥墓有兴趣吗？"

突然冒出一个文天祥来，她一时没反应过来。她"嗯"了一声，"你是说百足山上的墓？"

"是呀。"

"你能肯定是文天祥的墓吗？"

"因为不能肯定才去找啊。"

徐芷欣很干脆地说："当然有兴趣。你别抱太多指望，听说是他父亲的衣冠冢。也可能连衣冠冢都不是，只是一个传说。"

"传了这么久，总得去看看，到底是怎么一回事。"

"也是。很多资料上写了，冇几多人相信。说不定连墓地都冇呢。"

“那就当爬山锻炼。”

徐芷欣被他逗笑了，“哪有你这样锻炼的，那可是荒山，冇路啊!”

“你不敢去呀?”

“谁说不敢去了。几时去?”

“今天。”

“今天? 来得及吗?”

“怎么来不及? 我们吃了午饭就去。我来接你。”

“好。我得换衣服。”

司徒誉回家找了一把弯刀，开车来到一中门口，接上徐芷欣。她穿的还是白色的连衣裙，只是有些偏黄，她高个、长腿，像白鹤似的。她要回家换衣服。

车沿潭江左岸祥龙南路东行，穿过滘堤洲，过富彦滘桥到祥龙洲，在汇景湾小区停了车。司徒誉在车上等她。半个钟头还不见人影，司徒誉嘀咕，天下女人都爱磨蹭。

徐芷欣穿了一件长袖浅紫色衬衫，领子、袖口都镶了花边。一条黑绳系的琥珀项链，挂在衬衣外面，突显出乳房的高耸。她背了一个黑色的双肩包。带花边的太阳帽故意往右斜戴。下装是深蓝色牛仔裤，白色运动鞋。她描了眉，涂了口红，身上一股香气幽幽袭来。

她这是旅行度假的做派，打扮既有波希米亚风，又有运动活力，混搭起来有一种天真之气。

时间已到中午，司徒誉把车开到东溪村潭江边的一家农家乐餐馆。大排档的菜口味好，猪肉鲜甜，牛杂与牛肉混炒特别香口，清水煮西洋菜又脆又嫩，据说西洋菜是大沙泉水边长的。两人胃口很好，四个菜吃得只有豆腐煲剩了一点。

徐芷欣要买单，司徒誉说:“要请我也得去好些的酒家吧，这顿饭还是我来买单。”

徐芷欣听他这样说，不好再说什么。她擦干净嘴，补了一下妆。两人怀着旅行一样的喜悦出发了。

车从江南大桥过江，从大堤走入南岸的稻田。重阳节快到了，禾也开始黄了，田野一望无垠。徐芷欣情不自禁朗诵起诗来——

野马的船
草原的海
港口，坚硬的马镫
骑手一跃而下
卸下一路动荡
一路风尘

海浪
白色狼群
港外嗷嗷呼叫

夏季台风

带着暴乱的气息

带着匪徒的虐意

弥漫天宇

藤萝如风

从海洋爬上陆地

放纵的情欲

带着对陆地不竭的激情

遗下一片狼藉

司徒誉一听她朗诵，就放慢了车速，惊讶地看着她。这是一年夏天他跟伍晓蕾到台山广海镇写的，名字叫《广海台风》。她怎么找到这首诗的？还背了下来！

“我好喜欢你的诗。五邑才子啊。”徐芷欣笑起来，雪白的牙齿使笑意雪浪花般飞溅。司徒誉很感动，涌起酸酸甜甜的幸福感。

“你怎么找到的？”

“你猜。”徐芷欣朝他头一偏，跟小姑娘似的，故意卖起了关子。

司徒誉笑一笑。徐芷欣说，这首诗虽然写台风，但也有其他寓意和象征。

司徒誉问什么寓意，她脸有些红了，轻声说：“你不觉得很有激情吗?”她又朗诵起了一首诗：

土地，季节的故乡
居住着乡愁
大海，流浪的土地
生长了漂泊
季风浩荡，吹皱时光
寂寞的行走
一生的放逐

昔日的梦想
五邑深处的根
世界如此辽远
乡愁如汁
写在蓝色之上
大海的信笺
黑蓝的光
写尽世界的洪荒
乾坤徙若风尘
所有的波浪劈为道路
所有的道路酿成风暴

远行者心怀家的方向

从不迷航

她朗诵的是他写的《致华侨》。几年前司徒誉去江门华侨博物馆，回家后有感而发，一气呵成。她朗诵得富有意境，眼前浮现了当年帆船航行的大海。

徐芷欣看他沉默，眼睛涩涩的，就往他的左前方一指，“看，小海村，赤坎最浪漫的地方。”

小海村就是一个寻常的村，“小海村怎么浪漫了？”

“这还要问？你想一想就知道啦。”

司徒誉想到了邓月玮，他脸一红，但马上又镇静下来，她不可能知道他暗恋邓月玮的事情。

“嗨，当年广州起义失败，司徒慧敏回家乡躲藏，小海村的邓雪琼把他藏在自己的阁楼里，后来两人结为夫妻。”

司徒誉“哦、哦”几声，“你讲得确实有道理。女人私藏男人，还是个通缉犯，邓雪琼不简单！她还为毛主席、周恩来重庆谈判量身定做过衣服。”

“遇到自己中意的人，就是要敢作敢为。”徐芷欣说完，盯着他的脸。

她似乎有所指，司徒誉又想到了邓月玮，当年他确实没有表白的胆量。他偏头一看，徐芷欣望着他的目光意味深长。司徒誉心里“咯噔”一下，脸颊像被火燎过。

徐芷欣拿了一瓶矿泉水，拧开盖，送到他的嘴边，“镇长喝水，压压惊。”说完她哈哈笑起来。司徒誉右手接过瓶子，喝了两口，还畀她，说了声“谢谢”。

司徒誉也给她出了一道题，“知道仁庆里吗?”

“知道，护龙村的，挨着小海村。”

“知道村名是谁题写的吗?”

徐芷欣终于被问住了，想也不用想，直接回答不知道。

“宋教仁。”

徐芷欣很吃惊，这里面一定有文章。她问缘由，司徒誉摇头。

这难不倒她，马上上网搜，原来护龙村的华侨当年支持过宋教仁。

车开进了底岗里，在村前的草地上停了下来。百足山就在村边。

底岗里属沙溪村，村里人姓梁，他们宋代迁粤，明代弘治年间从肇庆迁来此地。村民在村口牌坊和大门对联上都把“底”写成上面为“不”下面为“高”的字。两人不知道这个字怎么读。

司徒誉给村支书打电话，支书很快就到了，身后跟的是村里的守山老人梁伯。梁伯戴着一顶尖顶草帽，背着一个黑布袋，里面露出一节绿色的铁管。司徒誉问他是不是弯刀，梁伯点头。司徒誉转身把自己带的刀放回了车内。

一行四人钻过高速路的涵洞，到了山下的一片菜地。几个中年妇女头裹毛巾，正在给菜浇水。薄薄的阳光照得土地金黄，菜薹开出的黄花，跟油菜花一样灿烂，碧绿的白菜、灰绿色的包菜与枯黄的藤，似乎有意做枯荣对比。

小路从簕竹丛穿过，黄土的山坡陡然间就到了脚下。山路是人踩出来的小径，弯曲、陡峭，路边坟墓很多，走了一段路小路就消失了。

山上长满了松树、芭茅草和狼萁草，深绿色的山坡，只有枯黄的芭茅草属于秋天，它们在头顶芦荻一样开出一丛丛白褐色的花。司徒誉摘了一束献给徐芷欣。徐芷欣很兴奋，但她拿了花爬山很危险，司徒誉知道她舍不得丢，他把花拿过来，“代你献给山神吧。”他一把将花抛向了山谷。

梁伯在前面抽出弯刀开路，袖子高高挽起，手臂晒得黧黑。一行人在岩石上攀爬，每遇一块大石头，司徒誉就在上面伸出手，抓紧徐芷欣的手把她拉上来。两个人的手拉在一起，他们既在意什么时候拉，更在意什么时候放。他抓紧的瞬间，她也使力，她有一种依赖感。路面平坦了，司徒誉放开她的手，她感觉他放得并不自然。

她手上的汗水多得像刚从水里抽上来，汗水把他的手也打湿了。她怀有一种歉意，他却完全没有在意。平时她对自己手心汗水多有些懊恼，写字手往笔尖滑，拿文件先要擦手，读书还会弄湿纸，现在就更讨厌这双手了。

爬到半山腰，徐芷欣已大汗淋漓。梁伯一路奋力砍倒灌木丛，他脱了外衣，只穿了一件黑色背心，全身都是汗水。村支书边爬山边跟镇长说话，累得直喘粗气，停下脚步不再说话。司徒誉的衬衫湿透了，额头上挂满汗珠。徐芷欣要他等等，她拿出纸巾帮他把汗水擦干了。司徒誉问她还爬不爬得动，徐芷欣说："爬啊。"她再累也不能扫了他的兴。

三年前她就注意到司徒誉了，他的活力吸引了她。他常带镇政府的一帮人来学校打篮球，有时踢足球。她不懂打球但看得出他是这群人的核心，他的气场很足，一举一动都影响着别人。教师节司徒誉来学校慰问，她才知道他是镇长。他发言没有官腔，讲教育讲得生动又很深刻，引发了她深深的共鸣。她感觉他眼里有一片光，能看透很多东西。

校长对司徒誉非常推崇，请他来给师生们做讲座，他讲的岭南海洋诗歌，令人耳目一新。他讲到旧金山天使岛四邑人写的诗词，朗诵了他曾祖父的诗。徐芷欣听完讲座后开始搜集他和他家族的资料，读到了他很多诗歌。他的诗跟他人一样，阳光、充满激情和浪漫精神。她想读他的爱情诗，但他写得太少。一次她听同事说，司徒誉的老婆去了美国，要跟他离婚。她平时不爱八卦，这次也许太好奇了，就问人家离没离，对方摇头说谁知道呢，应该离了吧。

爬山的速度明显慢了下来。守山人早已冲到前面去了。司徒誉爬一段就站一阵，他知道徐芷欣累了不会说。荆棘几次挂住了她的衣服，他帮她轻轻扯开。

梁伯在山上喊："快到啦。"司徒誉这时睇到了一座大坟墓，他怀疑是不是这一座。老人在上面招手，要他上来。

来到上面果然不一样，一条狭长又平坦的山地横过峡谷，山坡也没那么陡了。中间一座墓地，司徒誉在墓前环顾四周，左青龙右白虎，左右环抱的山脉像太师椅的扶手，背后的山坡是靠背。峡谷面对潭江平原，一马平川，褐色的田野，绿树环绕的村落，初冬阳光里浮起的淡蓝色薄雾，潭江闪闪发光，一路向着东北方奔去。墓穴真是一处风水宝地！

他急切地来到墓前，左侧竖了一高一矮两块碑，矮的白石碑立于1999年12月，上刻一诗："慎独尊荣百足岗，终枕龙脉结明堂。追源大宋忠魂志，远扬正气阜民康。"落款为"香港新界元朗区新田乡洲头村文国雄等四人恭题拜立"。

高的黑石碑立于2006年11月，诗为："开平赤坎百足岗，落葬文山祖墓堂。追本溯源为纪念，弘扬正气理应当。"落款："深圳松岗西山村、上头村、潭头村文氏后裔敬题"。

睇到"松岗"司徒誉顿生惊喜，他对徐芷欣大喊："这个是真的！这个是真的！我去过松岗，他们是文天祥堂弟文天瑞的后人。"

他急忙打开手机，在图库里快速下拉，照片像瀑布一样流过。他找出两年前在松岗拍的照片，徐芷欣和村支书围过来，盯着他的手机—— 一座重檐牌坊，拱门上挂了"文天祥纪念馆"牌匾。左右墙壁两副对联，一副写"宋廷柱石，文庙馨香"，一副写"文山功德世人颂，正气长留天地间"。

广场中央立了一座文天祥塑像。文氏大宗祠面对广场，灵堂上挂黑色牌匾“浩气长存”。

文天瑞当年随文天祥抗元兵马，携带家眷及族人来到广东。文天祥兵败后，他们流亡到了宝安，匿于黄松岗，在一个叫鹤仔园的地方开基。明代洪武年间文氏后人在松岗东方村建起了文氏大宗祠。

文天瑞的儿子文应麟被尊为“义士”，他的墓地在离宗祠不远的地方。墓前辟出了一条宽阔的马路 。

有松岗文氏后人的认可，这个坟墓就不是传说！司徒誉摘了一束芭茅花穗，拜祭荒山野岭的疑冢，没有比这种芦荻似的苍苍白花更适宜的。

司徒誉来到墓前行三鞠躬之礼，把虚幻之花放在墓碑上。墓碑赫然写着“文山祖墓”。石碑立于1996年，碑上写了“裔孙重修”。

一个不可能的事情变成了现实——司徒誉站在山上狂呼大喊，一次又一次跳起来。大历史就在自己的家乡出现，他感到无比震惊。

七百多年前新会崖门的那场海战，在潭江下游的崖门水道打响，那里是黄茅海入海口，宰相陆秀夫背着少帝赵昺投海，十万军民跳海殉国。这是中国历史上悲壮的一页！被执的文天祥在船上目睹了南宋亡国的最后一幕。

文氏溯潭江来到百足山，这条船上有什么人？什么东西？人或物肯定跟文天祥有关。他投海了或被秘密杀害了，押解元大都的只是个替身？一行人是遵遗嘱，还是其他原因，发现这块风水宝地后，在面朝家乡江西吉安的方向，在山上为文天祥修筑墓地。

司徒誉拨开层层松针和尘土，发现墓碑下有一块年代久远的花岗岩，上刻“大宋文山拜石”，刚正厚重的大字，既凛然大气，又有力透纸背的隽永意涵，没有深厚学养的人写不出来这样的字。他跪在石上，叩了三个响头，表达他对文天祥的敬仰和对那惨烈一幕的哀悼。

下山时，梁伯告诉他，这个可能是文天祥的衣冠冢。埋这么高，因为恁时海水淹到了百足山山腰，他们是坐船来的。文氏后人很早以前就有人来祭拜，“文革”中断了一段时间，后来又来得多了，有时年年来人，有时隔年来，现在是开着大巴来。

听到海水淹到山腰，司徒誉想到自己的祖先司徒新唐，他迁来赤坎的时间在文天祥立墓之后，关氏则在墓地出现之前迁来，恁时的赤坎可谓一个泽国。

司徒誉眼前出现了一幅画面：汪洋的水面，这一带冈、岔、湖、溪四布，沙和乌泥淤积，地若平川，人、马、车难以进入，“必善操舟船者方敢入”。镇海水南北两岸，关氏落脚北岸的驼驮，南岸司徒新唐落脚滘堤洲，它是潭江的一个岛。镇海水从潭江流出，与泥海河、苍江之水汇合，再流入潭江。

江河交汇，苇草丛生，大海潮汐涨落，潮水从当年浮尸十万的崖门海战战场一路涨上来，淹过赤坎，直抵蚬冈。大片土地在咸淡水中沉浮。陆地含盐碱不能种植，多少年后靠溪水洗土才开始播种。

迁徙者筑庐高地，但见舟楫往来，不见人踪。先民们一边渔猎，一边放牧牛羊……

三十三

大荫村厕所选址改了几次，拖了全镇的后腿。司徒誉一早跟着村支书去看新确定的地点。从村口走进稻田，村支书指着水渠边的一块地说：“就是这里。”这个位置离村口有一百多米。

于书记这时打来了电话，他一开口便问：“你的厕所修完了吗？”司徒誉听口气不对，他来修厕所于书记怎么知道的？他忙说：“快完成任务了。”

“你还记得自己是管委会副书记、副主任吗？”

司徒誉不敢吭声了。于书记说：“下次我要听你汇报新区规划思路、项目内容。”不等他回答，于书记就把电话挂了。

这一个多月，司徒誉主要精力用在修建厕所上。厕所革命作为乡村振兴战略的一项具体工作，每个村都要建一个厕所。他主动领了这项任务，觉得这是惠及农民的好事，乡村文明从小事抓起。他还可以深入了解农村，有机会参与徐芷欣领队的采访，他对地方历史的兴趣从没这么浓厚。

不久前，他跟徐芷欣到了富彦滘，两人步行过桥，桥下就是当年余富彦带兵挖开的河道。这里是台山的一块飞地。他们坐疍家人的艇渡江，去荻海寻找余富彦的村庄、墓地和秘密水道。当年南明小朝廷桂王朱由榔的军队在这一带活动，余富彦树起反清复明的大旗。徐氏青壮年都跟随他跑到了海上。从此徐氏势力在地方一落千丈。

在圆美村村口大榕树下，他们跟纳凉的老人谈起余富彦，老人们都叫他“贼”，想不到族人这么鄙夷他。他们把他的遗物埋得很深。

这一带很多村都叫“美”，塘美、迎美、岗美、城美。从圆美村到冲美村，钻过密密的竹林，两人寻找秘密水道，果然发现了一条已被废弃的河床。在高高的河堤，两个人一直待到太阳落山。

司徒誉除了修厕所就是开会学习。镇党委“两学一做”“三会一课”政治学习抓得紧，有时管委会会议也要为政治学习让路。李玉虹把出外考察学习的任务也交给了他。司徒誉跑北京、浙江和上海，学习人家的信息化征收、景区与景区外的分工配合、信息化和智慧城市等。

司徒誉把厕所位置定下来后，要求村支书两天内动工，大荫村建厕所不能拖后腿。从水渠上往回走，他的皮鞋沾满了泥巴，他又交代水渠这段路要倒水泥。村支书苦着脸要求增加经费。建厕所有规定，没道理大荫村的经费要多拨，司徒誉要支书先从村集体经费里解决，他以后再想办法从高标准基本农田项目经费中解决。

回镇政府的路上，李玉虹的电话打过来了，她要他做好去美国的准备。国外出现了有关赤坎项目的舆情。班子下午要开会研究。

香港网络上曾出现过攻击政府的文章，声称内地如果拆华侨的祖屋就要怎样怎样。近日，美国旧金山、洛杉矶的报纸刊登了有关赤坎墟征收的文章，炒作共产党要搞二次土改，批评中国政府如何压榨华侨华人，侵吞华侨资产，拆除他们的祖屋。海外华侨反应强烈。

司徒誉征收刚开始时处理过一起谣言事件，微信上到处转发一条消息“赤坎因政府征地引发冲突”。赤坎政府门前抗议的群众，拉起了一条横幅——“我要吃饭，我要生存!”除了文字还有照片。消息很快在开平传开。

维稳安保组联系公安和网信办，查找消息来源。微信假消息利用了几年前的一场征地风波，照片是真实的，但拍的是某市与赤坎同名的地方。警方查到最初发信息的人是“甜半天”店主秀姑。这属于捏造不实消息，造成了恶劣影响，警方对她给予了行政拘留。

秀姑交代，消息不是她制作的，她不会制作公众号消息，是她香港亲戚制作的。警方查到香港编写消息的人，果然是网上攻击政府的人，此人还参与了“港独”活动。

党政班子会上，李玉虹通报了美国的舆情。根据掌握的情况，这是一次有组织的炒作，执笔者背后有国外一些势力的影子。他们已经盯上了赤坎墟征收这件事，要做文章。

广东一个乌坎事件曾闹成全球关注的新闻，此次征收牵涉到海外众多华侨利益，必须紧急处理。首先要尽快面对面跟华侨沟通，把真实的情况告诉华侨，取得他们的理解和支持。

会议确定由司徒誉带队去美国和加拿大。司徒誉提出带两个人同行，一个是副镇长李洋风，他跟加拿大华侨联系多，经常去多伦多探亲；一个是赤坎退休的副书记黄永和，他跟华侨打交道几十年，很有感情，现在还在侨联工作，请他配合做些工作。这两个人跟司徒誉一样都有美国十年期签证，马上就可以走。

方案直接报给于耀轩书记，他同意司徒誉带队去，他还考虑派市领导去，司徒誉重点做好关氏司徒氏华侨的工作，市领导去美国、加拿大各地的开平同乡会做工作。于书记要求司徒誉立即动身。

按出国规定的时间，他们跑美国旧金山、洛杉矶和加拿大多伦多，包括路途，时间只有八天。司徒誉决定三人一起飞旧金山，然后去洛杉矶，再飞多伦多，从多伦多飞回广州。

李书记问他需不需要带翻译，司徒誉说，都是跟华侨打交道，不需要。他自己简单的英语还能对付。

司徒誉给黄永和打电话，讲明了镇里的意图。老书记很热心，表示愿意帮助做点事。他说自己正在给侨领司徒启荣先生写信，上周市侨联收到了旧金山凤伦总公所、教伦总堂的来函。这封函是写给国务院侨办和旧金山总领事的。司徒誉要老书记马上传真过来。

信函开头写到赤坎开埠的历史，再写到开平市政府将古镇土地及房屋的产权转卖给中荣公司，接着写道："司徒氏图书馆是我们祖辈九十多年前，漂洋过海用血汗换来钱财，带回家乡合力所建，是司徒氏族的祖业，是乡亲们读书的地方，是司徒氏族人寻宗问祖的灯塔，是司徒氏族人的根。

"司徒氏图书馆的产权属于世界上所有司徒氏族侨社、堂所共有，是华侨的财产，是海外华侨回国探亲的基地。祖业绝不能卖。作为省级文物保护单位，也不能征收。我们恳请政府保护华侨权益和财产，不要征收司徒氏图书馆。千万不要伤害广大华侨的感情!”

信函中又提到素庵、南坡、素直、濂川、坚翁祖祠，五所祠堂是司徒氏族人为传承中华民族敬祖念宗的美德，海内外宗亲当年集资建造，供族人祭祖的场所。土改时被定为封建遗产予以没收。有的氏族祖祠早已发还，而司徒氏族的未能发还，有失公平。强烈希望政府把祖祠归还。

函件同时抄送广东省侨办、开平市侨联和司徒氏图书馆管委会，又电传世界凤伦联谊会网站。

凤伦总公所、教伦总堂还专为五座祖祠写了一封上告信，写给了国务院侨办主任和旧金山总领事，请求返还祖先历史文化遗产。

海外司徒氏的态度司徒誉能够理解。他刚当镇长时司徒氏图书馆管委会就找到他，要求政府返还五大祖祠。当年没收是新政府的政策规定，改革开放时落实华侨房屋政策，它又不在清退规定的范围，一则时间久远，二则不是华侨个人私产。

关氏大宗祠归还关氏，因为它是新建不久的房屋，在清退范围内。他为此费了很多心机，最终还是找不到解决的办法。五大祖祠已属国家财产，没有政策依据，谁也不敢将国家财产赠予某个私人团体。

司徒氏和关氏图书馆征收都遇到了阻力，两家图书馆管委会坚决不答应。司徒誉知道此行去美国，这些无疑会是矛盾的焦点。

华侨为什么对征收反应这样激烈呢？他觉得有些异常。赤坎古镇项目合同签订后，市长去美国和加拿大，将项目情况告知了华侨。他自己也一直跟华侨保持联系，他们对征收的想法他是了解的。态度突然大变，他觉得原因可能还在国内。直觉告诉他，可能是利益问题。

征收没有损害业主的利益，损害的是代管人的利益。

黄永和很快就查明了，就是一些代管人以政府拆祖屋和强行抢房的虚假信息来忽悠华侨，煽动他们出来反对征收。

美加此行，说明真相，取得信任极为重要！这个事情国内国外要一起抓。三个人旅途上正好凑一凑，找到原因和突破口，先安抚海外族人，回来马上解决国内的问题。

司徒誉把他去美国的事情告诉了徐芷欣，徐芷欣有些意外，“干吗去美国？”意识到自己口气不对，她又说，“去干什么？”

司徒誉简略说了情况，徐芷欣说：“哦，可以见女儿啦。”

司徒誉说：“是啊。”

“你们几时走？”

“明天去广州美国领馆办个手续，现在就订机票啦。”

临行前，徐芷欣给他送来了旅行常备药，一把电动剃须刀，问他衣服带得够不够，她特别关心他的行程。离开时望着他，她说：“你跟你曾爷爷一样，鼻子很好看。”说完低头走了。司徒誉感觉她变了一个人似的。

收到司徒誉发来的行程，徐芷欣迫不及待地点开，她留意了一下在洛杉矶停留的时间，在旧金山停留的时间比洛杉矶要长。

第六章

三十四

司徒文倡去了一趟肇庆，专程恭请堪舆大师张若水来看风水。大师听说过赤坎，那里的牛墟很有名气，地方上却不太安宁，匪患成灾。他掐指一算，“你先回去，我三天后动身。”

这天天气晴朗，卯时一到，只见霞光万道，大师骑一匹白马出门。他从官道一路南行，午后，山岭越走越高越走越密集。10月的阳光依旧火辣，山岭背阳处时有阴风袭来，收一收他脸上和胸口的汗。

日头开始偏西，望一望西面的大山，他想起当年六祖慧能在这片山地砍柴的情形，山水便有了几分禅意。

他喜欢看山，先师赖布衣的《朝山断诀》列举了各种形态的山，它们对应人不同的命运，每座山形皆有说法。赖布衣数十年在广东沿海寻龙探穴，在肇庆点穴留名，赖派天星风水影响深远。张若水精研其《催官篇》，又参读《仙婆集》翻卦法，对天星地曜颇有个人心得。

第二天，在寂寞的马蹄声中进入开平境内，见天色不早，张若水就找地方歇息了。开平频频发生土匪劫杀事件，他不得不防。

晚上，他琢磨起赤坎的名字，是红色的土坡还是《周易》卦名，要是八卦名，坎为水、为沟渎、为隐伏，对人来说，为心病、为耳痛、为赤。朱熹撰《彖上传》，坎是“重险也”，“水流而不盈，行险而不失其信……天险，不可升也；地险，山川丘陵也。王公设险以守其国，险之时用，大矣哉”。

他翻了一阵书，有些困乏，就早早睡了。天一亮，又上了一条更窄的路，看到一个樵夫挑柴下山，便闲聊了几句，这一带还算太平。

山脉之尾，山岭变为四散的丘陵，他又投宿一晚。第四天，平原渐多，经过塘口，到处是水，他误以为前面不远就是大海。辽阔的地平线在淡蓝色薄雾中，闪着细碎的光芒，有些朦胧。

走近赤坎墟，山都退远了，秋天的阳光下，东北的梁金山、北面的百立山、西北的罗汉山在天边耸起一抹青蓝，南面一座山却靠近了，一片黛玉似的绿。

黄昏时分，张若水进入墟镇，司徒文倡把他安排到一家西式客栈。张若水第一次用抽水马桶，蹲惯了的人很不习惯。在铸铁的浴缸洗澡倒是十分舒适。司徒氏用西式牛排、面包、咖啡和洋酒招待他。

他没吃过西餐，看到刀叉不知怎么使用，就等着人家用了跟着学。张若水不由得感叹这里开化的程度超过了肇庆。肇庆街上虽有西式房屋，但乡村并无多大变化，开平沿途村落倒出现了抽水机、摩托车。他睇到正在建筑的碉楼，造型令他感到惊奇，不免问起缘由。众人有说匪患猖獗的，有说华侨在外赚了钱，不是砌屋就是买地，想要光宗耀祖的。司徒文倡笑说："好不容易光鲜一回，谁不想衣锦还乡，无人愿意锦衣夜行吧。"张若水点头，原因倒也容易想到，人同此心嘛，这般造型无非是华侨居留地的建筑样式，下面几层密闭为防土匪，顶层建筑则各显精彩，如万国博览会。

又聊到了当地建房请法师来净地和立阴契的事情，开平称道士为喃呒。说起喃呒道场用草船开光，奉送鬼神也用草船，一路护送到河中，葬礼最重要的仪轨是到河边买水，开平如此看重水路，可能跟祖先沿水路迁徙有关，跟华侨漂洋过海也可能有关。

一位宗长说起火烧学院祭文如何灵验，这篇祭文一出，羊城学院门前道光年间大火烧死的数千冤魂便安息了。火烧学院祭文被一些喃呒做净地仪式用来劝息鬼神，据说也很灵。

风水师一袭道袍，长须飘飘，坐在穿西装、打领带和领结的人中间，有些局促。桌上一半人去过美国和加拿大，但大家对风水依然兴趣浓厚，有诸多问题向张若水请教，个个频频举杯。

张若水本不胜酒力，敬酒者碰杯并不干杯，他每次都干了，后来发现他们没有饮完，他也就跟着只饮一口。几杯洋酒下肚，想不到这种并不烧喉的酒后劲如此之大，让他飘飘然真的有些仙风道骨了。

司徒文倡跟风水师聊起赤坎名字的由来，他从清代《肇庆府志》里看到过赤墈洞的记载，时间是康熙七年（1668）。但赤坎的称呼在张瑀踏勘之后民间就有了。他认为也许跟张瑀勘界有关。

明代崇祯年间，盗贼蜂起，地方请求设县。肇庆知府张瑀前来勘界和选址县衙，莇上、莇下、儒冈一带是县衙三个候选地之一。张瑀见此地河洲交错似坎卦，无山险可守，县衙府址便放弃了它。他走后，莇上、莇下、儒冈等地就有了赤坎的称呼。

风水师认真听他讲解，脸上露出了惊讶的表情，张瑀就是他的祖先。自己家族跟赤坎缘分匪浅。司徒文倡知道风水师是张瑀的后人也很惊讶。当年张瑀为开平立县勘界，走了一个多月，为开平确立了县域。

张若水沿着自己祖先走过的路考察，有些缅怀的情愫。当年张瑀临勘地形，士民欢跃。勘界立县刚得到朝廷批准，明朝就被推翻了，立县不了了之。清代顺治六年（1649）开平正式立县。请求立县的生员张朝鼎却被土匪截杀于赴肇途中。

张若水发现赤坎并无红土，江南有一座百足山，孤峰耸立，其余皆平原。潭江东去，弥天浴日，渺不知其津涯焉。村都在高处，村址略高于田地，赤坎人叫作垯。此处地形，河洲交错的确形似坎卦。

他和司徒文倡都认可赤坎的“坎”来自《周易》坎卦。方位为北，为玄武水神，水神龟蛇合体称北帝。风水师感到意外的是，赤坎修建了好多座北帝庙。北帝庙印证的不只是地方兴道教，更能说明赤坎名字与《周易》的关系。

司徒文倡带张若水去睇一座太平庙，当地人说供的是海神妈祖。张若水一进庙，发现也是一座北帝庙。他对自己的判断更有信心了，赤坎名字八成来自《周易》。

赤坎地处潭江之北，地形确有山川之险。坎卦于人为赤，大赤则为乾，乾是天，是皇帝时乘六龙以御天的天。

赤坎城规划自然要以龟蛇为念，街道如蛇曲行，城内设一龟。龟同赑屃，寓意长寿、吉祥和财富，可旺财化煞。赤坎城唯有先避险，然后聚财，龟和蛇可助聚财。

考察龟形位置的时候，司徒文倡跟风水师说，龟头朝向就是濂川司徒公祠前面这条街。此路迎向水流，正对上埠挖通的河道。风水师仰头看宗祠，廊上福禄寿图画工精湛，巨石的门楣上，“濂川司徒公祠”六个字丰盈饱满，写于丙申元月。题字者是光绪十五年（1889）的探花刘世安。这里自然是龟头位置。

龟背两边街道依龟甲设计成弧形，北为衙前街，南为中华东路。街道弯曲，但弧度并不算大，只有前面的颈盾和后面的臀盾弧度较大，房屋不能砌成直角，平面略呈扇形。这个布局可化解原来的风水，临江房屋遮不遮挡都不影响吉位。纷争到此自然可以止息。

英雄所见略同，风水师既惊讶也有些困惑，司徒文倡为何花大价钱请他来呢？他没有问，司徒文倡也就不用答。张若水收了银子，牵着那匹已显老态的白马启程。

司徒文倡请了商团的人护送。张若水上马前跟他耳语："坎，陷也。坎是水也是月，可谓水中月，要水中捞月，需要找到聪慧之人。人与人要互救，不要争斗，要靠崇文重义来破解。"

他要司徒文倡报上生辰八字，掐指一算，"仁兄此地不可久留。这是一个长别离的地方，久留必遭构陷。"

风水师的话司徒文倡只是笑一笑。很多年后他常常想起，真是一语成谶啊。

经过基督教堂，风水师抬头打量了一番，在墟镇体量如此庞大的教堂十分罕有，红砖的立面，窗的拱券、圆的小窗、凹凸的墙体全都用砖砌，手工精美至无与伦比。这时有人前来做礼拜，成群结队，风水师感叹："这里信洋教的人真多啊！"

司徒文倡说："信洋教的是少数，他们受华侨信教影响。本地人还是崇尚道教。"

风水师想起了仙花寺，当年利玛窦来肇庆传教，在西江边建起了这座中国最早的天主教堂。他问："赤坎有天主教堂吗？"司徒文倡说："当然有，在龙口里。"

光绪二十三年（1897），龙口里司徒氏乐潜祖与乐恒祖的后裔为争地打架，十八人被县衙关进大牢。从美国返来探亲的司徒氏，以天主教徒身份找到广州石室圣心大教堂主教，请他出面救人。主教一口答应，条件是司徒氏要组织至少一百多人入教。主教派神父巍畅茂找知县郭占熊将人放了，神父在龙口里借书馆传教，建起了天主教堂，又在赤坎墟建天主堂，方便教徒住宿。

张若水很有感慨，洋教强势侵入，西洋文化盛行，他在赤坎三天，所见所闻，民众无不对西方顶礼膜拜，赤坎西化得厉害。穿西装打领带他其实看不惯，说话夹杂西语也听得不舒服，好在有个知音，他跟司徒文倡相谈甚欢。

临别时两人有些不舍，彼此道过珍重，司徒文倡扶他上马，风水师鞭一挥就拐上了大马路。

三十五

送走风水师，规划图很快就出来了。弯曲的马路除了符合龟蛇布局外，街道景观也因此而步移景换，大大增加了城市的趣味。不利的是房屋进深有长有短，有的地方出现了三角形房屋。但这样的布局有利于防匪盗，闯入者极易迷失方向。

安全防御上，关氏在上埠东端规划了三座成犄角之势的碉楼，其中一栋是关基礼的恒富按。上埠中间地段设西隆押。西边的牛墟拟建关光裕碉楼，吸取上次学校被劫的教训，要建一栋最高大的碉楼，让学生都进碉楼上课。所有马路都有碉楼枪眼对着，无一死角，小巷也迎面设置枪眼，匪贼将无路可逃。

赤坎墟不设城墙，南面是内河，北面遍栽簕竹，这种带刺的高大竹子长得密不透风，猫狗都难钻入，一有风吹草动，竹林会发出“咔咔”的响声。

城市布局一出，购地建房者除了选择位置，还要考虑弯曲的街道上房屋的朝向，每个人生辰八字和属相不同，房屋朝向要求也不一样。

建城带来了图书馆人流，早晨8点图书馆钟声响过，就有人来办事、咨询，上楼办事的人都在一楼阅览大厅放轻了脚步，他们对认真读书的人都怀有一份敬意。司徒文倡看到前来闲聊的人也不少，就在二楼门口立了一块牌：“闲谈者止步。”这一招很灵，来聊天的人真的少了。

司徒不徙每天下课就来到图书馆，司徒文倡带他来赤坎就是想让他参与新城建设，锻炼一下办事能力。司徒文倡给他讲解城市规划，建城的步骤、方法和困难。他从跑腿打杂的事情做起，司徒文倡处理矛盾纠纷也让儿子旁听。司徒不徙一边帮忙一边做功课，晚上在图书馆读书，两仔爷一直到图书馆熄灯了才回去。

司徒不徙一次一次给发明电灯股份有限公司送规划草图。公司房屋三年前就建好了，龟北的衙前街绕开了公司的楼房，公司集资发起人司徒常柏和关国蔼有意见，他们要求房屋成为龟背的一部分，多次协商，规划将衙前街设计经过其房屋，使房屋处于牛圩路与衙前街的交叉路口。公司于是在南面加建大门，二楼设内廊，三楼阳台外挑，屋顶立山花，重新建门面后，大楼成为衙前街风格独特的一座建筑。

灵通电话公司是司徒璧如、司徒俊材和司徒俊云从美国和加拿大回来集资创办的，他们要了龟肩左边的一块地。司徒璧如飞行事业受阻，重返美国后又回到赤坎创业。司徒不徙协助他们办理了建房手续。

关文清在美国拍电影，拍的是他编导的独幕剧《太子求剑》，他计划回赤坎墟办一所英文学校，也要物色地方。关文清是大梧村朝阳里人，在好莱坞当过演员，是地方名人，上下埠都任他挑选地方。司徒不徙希望关文清把英文学校办在东埠，他以后学习英文方便，他陪着关文清的委托人选地，最后选择了衙前街。

衙前街有康乐书院、消防队，坊间风传胡椒仔要在这里开漱玉影相铺，这里本就有他的地。胡椒仔以桀骜不驯胆大包天出名，他做香港咸鱼生意，很多人知道他的咸鱼生意只是个幌子，做什么很神秘。他开影相铺引起了众人好奇。

马上就有两家跟着开店，影相铺名字都取好了，一个叫艳芳，一个叫真光。司徒文倡认为影相铺有前景，影相是家庭的一件大事，出国办证都要影相。他建议在衙前街设一条影相街。

光绪二十七年（1901），赤坎墟出现了中西医诊所，民国三年（1914）有了西医产科诊所，上埠集中的是西医，下埠以中医为主，妇科最有名。于是，中华东路入口规划了医生街，进街为诊所，然后再设中药铺。滋生堂中药铺最早在中华东路挑地，拟建四栋两层高的楼房。

北京协和医学院、上海同济医学院、广东光华医学院毕业的医生来赤坎墟开诊所。在法国留学的司徒珙，要在图书馆东面建一所大型西医诊所，他计划配备显微镜、X光机，设置留医病床、配药房和手术室。

民国二年（1913）建的公安警署要出售了，司徒不徙一次又一次带买家去睇楼。被人买下后，买家要在警署房前加建一栋房，将警署改造成当铺和旅馆。司徒不徙又帮忙送交设计图。光东公司、绍源当、广合隆、英发祥铺位买卖也是他在跟进。

司徒文锃很早就筹划开银号，他是司徒文倡的堂哥，银号选址在龟颈挨着濂川司徒公祠的地方。他要建东埠最气派的经宝银号。

经宝银号设计图纸从美国寄来了赤坎，司徒文倡最先看到，一沓蓝色图纸，立面、侧面、剖面、平面和细节构造，尺寸详尽。房屋面阔三间，高三层，中间顶层外挑大阳台，阳台上面立两根爱奥尼亚柱，从阳台到屋顶山花都以简约的巴洛克风格设计，阳台两侧做内弧形处理。司徒文倡觉得繁简恰当，大气稳重，然而欧式风味太重。

堤东路集资建开平酒店、东堤旅店、巴黎旅店和赤坎影剧院，设计师全都是广州请来的。巴黎旅店四层楼高，一、二层为酒楼，三、四层为客房。建筑风格中西结合，露台和窗采用欧式装饰线，屋顶为歇山式坡屋顶，上盖绿色琉璃瓦，楼顶空中花园设一中式凉亭。旅店要建成赤坎墟最奢华的场所。

祠堂无疑是东埠建设的重点，是司徒氏最看重的建筑，堤东路的建筑都十分高大，平房的祠堂再高也高不过它们，但族人又不想高楼压迫祠堂。宗长们多次开会探讨，有的提出辟出一个广场，建素庵、南坡、素直、坚翁公祠，但各族都想把祖先的祠堂建在自己的土地上。司徒懿石突发奇想，提议把祠堂建在楼顶，建祠堂的楼高度要超过其他房屋。

素庵居庐设计者留学日本，他设计了一栋四层的楼房，最出彩的是立面一、二楼贯通两根爱奥尼亚柱，改变了房屋的造型，带有明显的公共建筑特征，颇具气势。

楼顶祠堂依大庙设计，堂内采用高大的爱奥尼亚柱，坡屋顶为歇山式，绿瓦，室内空间阔大。祠堂广场铺意大利红色瓷砖，右前方立一座六角凉亭，柱子同样用爱奥尼亚柱式，中式尖顶，用蓝色琉璃筒瓦与红瓦相间，既是景观又是观景处。

最具创意的是，设计者借鉴日本神道教的鸟居，在正面女儿墙设计了一座牌坊，引山水入坊，右为百足山，一抹山影伸入大门，门对浩荡潭江和洲渚，成群的白鹭在洲渚起起落落，正是窗含西岭，门泊渔艇。

这是一个灵魂之门，牌坊可以置于大地，日本神社鸟居置于湖与海中，素庵居庐的牌坊则悬于空中，先人们的灵魂临空虚蹈，御风而行。

坚翁、素直公祠不甘示弱，设计稿一次次更改，坚翁司徒公祠同样在女儿墙立牌坊，素直则设计两进，与坚翁、素庵歇山顶不同，它采用硬山式屋顶，古色古香。

楼顶建祠堂在四邑地区罕有，有人说司徒氏是“天堂在上，人间在下”，一句笑谈变成了口头禅。

堤东路除了酒店、影剧院、祠堂、图书馆、书局等公共建筑，私家店铺则有金铺、洋布洋服店、笔庄、染布店、茶楼、米饼铺、米店、烧鹅店、杂货店、副食店。

上埠买地建屋数关基礼家族风头最劲，他们地买得最多，关基礼本人除堤西路建一座恒富按外，又在中华西路买地建豪宅，他还为阿哥、侄仔和崽女也买了地。

恒富按引人关注的是它的房屋进深和防卫系统，关基礼要防土匪，也考虑对付农会。恒富按进深四十多米，南北两头设店铺，居中建一座赤坎墟最高的碉楼。南面是堤西路，设一间当铺，北面临堤二马路，开一间银信汇兑店，兼做土地和房屋抵押贷款等大宗交易。碉楼存放银元宝、银元、票据、抵押物等。

西面相邻的楼设置一条水巷，同样的进深，楼上办公，楼下开店铺，几间铺面分门别类出售当品。为了安全，店铺大门全都开在水巷。

恒富按按照土匪打劫的一幕设计：冒充客户的土匪从堤二马路走来，二楼岗哨从窗户观察，判断来人动机。“客户”走过第一道琉璃瓦的牌坊，跨过牌坊无疑想进店，二楼枪口这时瞄准了他。如果是一群人拥来，岗哨立即启动机关，大门落闸。

“客户”跨过厚重的坤甸木大门，进入接待大厅。大厅一、二楼空间上下贯通，二楼岗哨就隐蔽在二楼回字形的走廊上，它的枪口也跟着“客户”转向了大厅。来人无论处于哪个位置，都在二楼的枪口之下。“客户”如果冲进来就动手，岗哨会在他开枪前把他撂倒。如果他威胁或是动手缓慢，二楼会鸣枪吓阻。

接待厅朝水巷特意设了一道侧门，让他逃跑。窄窄的水巷前后两端都设置了枪眼，头顶则悬着碉楼燕子窝的枪口，可谓关起门来打狗，要在水巷取其性命十分容易。

堤西路的当铺面对内河，采取的是坚壁清野的办法。铺内设高柜台，柜台前面设铁闸。南北店铺均不与碉楼连通，银元和当品通过溜索从极小的洞口进入碉楼。只有验过货物并收进碉楼后，支付的银元才从碉楼里递出来。土匪在堤西路打劫，一是店铺里面空无一物，二是内河阻隔，他无路可逃。

对付假装来洽谈生意的人，他要从大厅的小门进入相邻的楼，还要穿过一个房间再上楼梯。经理在二楼观察他，室内采光的天井，用于联络，设置了各种机关。不是熟客，先在二楼接触，了解客户意向，洽谈了一番才请到三楼贵宾室。这里房间用烫金的坤甸木装饰，设有烟馆，提供各种高端服务。

关基礼在恒富按花了大心思，在住宅上也同样用心，他要建墟镇最豪华的大楼。他给楼宇取名“如意庐”。

如意庐虽然只有三层，但层高超过五米，按宫殿要求来设计。骑楼下面设了两个大铺面，在铺面之间单独设置楼梯间，铺面与住宅分开，互不干扰。

关基礼每层都精心设计，特别是三楼别出心裁。整层设为一个大厅，像一座欧洲宫殿，气势恢宏。厅中巨型吊灯，藻井饰多层石膏线，中间是镏金十字形花饰。梁下装饰曲线牛腿。外走廊立面设计了四根爱奥尼亚柱，中间连用三个悬空的花瓣式拱券，圆形的罗马拱券居中，两边为伊斯兰尖顶式拱券，拱券均饰券心石，券背墙面饰卷草纹花，上面檐壁用齿饰。走廊东西两侧又设圆拱门。

楼顶立柱高耸，两边雄狮威武，如意庐气象非凡。

如意庐对面西行约百米，关基礼为侄儿关泽业买了三间铺地，设计前面两层，后面三层。他想让关泽业做绸缎生意，取名伟业绸缎庄。从设计到施工，关基礼全部交给侄儿自己来做，他要让关泽业从戏子那里收回心来。

关基智把大儿子关泽业交给他，考虑的是美国的店铺货源都在广东，关泽业跟着关基礼学进货，关基智带着老二老三做生意，以后他们三兄弟可以把家族生意做下去。

关基礼也有自己的打算，他的崽女以后也是要吃这碗饭的，他把细仔关泽洋送出国，大仔关泽创和女儿关泽瑜留在身边，他们兄弟以后也能联手把这桩生意做下去。

关泽业在广州读书，生性好玩，风流倜傥，尤其中意睇戏，他爱华服、爱脸谱、爱唱功，晚上最喜欢往剧院跑。梅兰芳演的《黛玉葬花》《千金一笑》是他的最爱，每场必看，直到自己也能唱了。

迷上粤剧后又开始迷戏班。四邑“梨园春”不管是在广州还是在开平演，他总会在台下出现。认识戏班旦角谢泉月后，他拜她为师，不知道他是学戏还是拍拖，两个人一有机会就黏在一起。偶尔他还上台客串一下。

关基礼不知是该喜还是该忧，与戏子玩一玩他不反对，谈婚论嫁则不可，就是他同意了，大哥也会责备他。他认为绸缎生意很有市场，不如让侄儿去做这一桩生意。

伟业绸缎庄往西是关氏医生街。往东的三角地中心，关氏规划了一条金融街。家族除了传统的牛市，还主打金融和医疗。

司徒氏继续经营传统的生猪和三鸟生意，重点发展新业务，电灯、电话、影相、酒店、影剧院、医药医疗。

三十六

时令进入冬季，接连两场寒流，赤坎墟的热闹一点也没受影响。不只是图书馆来人多，潭江上的船也很繁忙，除了来来往往被征用的运兵船，多的是运送红毛泥、化肥、钢筋、瓷砖和砖瓦的船。浅水汽轮、小火轮，这些冒着蒸汽“突突”作响的船，比帆船不知快了几多，江面上再也没有往日的宁静了。

用帆和桨跑运输的，船主大都是疍家人，他们属于横河渡，只能在开平县域跑。电轮属于长河渡，可以出县域，远的跑到了广州、香港和澳门。

来埗头停靠的船络绎不绝，卸货的人来来往往，运货的鸡公车排成长队。红毛泥、钢筋、瓷砖、灯饰和西洋生活用品漂洋过海从美洲、欧洲运来，这些洋货一到埗头，主人无不欢天喜地，对挑运瓷砖、灯饰的扛狗佬叮嘱又叮嘱，担心打烂。单件货物最重的是红毛泥，用橄榄形的大木桶封装，外面用铁条箍紧，要两个人来抬。红毛泥装上鸡公车，用麻绳捆紧，木轮被压得吱扭作响，推车的推得满头大汗。

夜深了，吆喝声、轮船汽笛声还不时响起，进入人们的梦乡。

一天，一条大船在海颈埗头靠岸，船上装了一辆黑色的小汽车。卸货成了一个大难题，一群人在船和岸之间，用木板搭桥，十几个人把车抬上桥。车的主人是灵通电话公司的合伙人司徒俊材，他发动了小汽车，小心翼翼地开到了岸上。

看热闹的人越聚越多，跟看大戏一样人头涌涌，人们争先恐后挤到前面来摸车。有人说:“这家伙跑得快，一支烟的工夫就到了二三十里外的地方。”

有人问:“那谁拉它跑恁么快?”

众人笑，有人说:“你以为是人力车啊。”

问话的人就是一个人力车夫。

又有人摸它的时候，小车喇叭叫了，他吓了一跳，说是老虎屁股摸不得。

乌龟壳小汽车来自美国，能鸣喇叭能在地上跑。锃亮的车身印满无数的手印。司徒俊材穿西装留大分头，驾驶着车在小街上慢慢走，小车里总是坐满了人。就像当初电灯、电话出现一样，人们激动了好多天。

公路还有修，司徒俊材动员族人集资。司徒氏集资的热情特别高。台山华侨陈宜禧修起了新宁铁路，支线修到了潭江南岸的白沙。赤坎通不了火车可以通汽车。司徒俊材的汽车让这个梦触手可及，集资款多得超出了他的计划。

公路从赤坎墟往东修，架桥过镇海水，穿过滘堤洲，再跨过富彦滘，直达祥龙洲。司徒俊材又与司徒璧如等人组建了东滘龙行车公司，公司除了修公路，还购买了公共汽车。

开平修路的劲头很大，各地都在集资修路。没多久，赤坎墟往西经百合、茅冈到义兴的公路修通了；捕属公路、桥沙公路也通了车；东去长沙、西到蚬冈的公路也快通车了。中华西路街口建起车站，底层是候车室，楼上是旅店，美国福特牌公共汽车开进了赤坎墟。

司徒俊材又引进美资，开设夏巴洋行，经销福特长途汽车和零配件，他受聘为华人经理，一时成为族人拥戴的人物。

司徒俊材曾在美国芝加哥大学电讯工程系深造，回国后他改掉了自家益记油铺祖传的榨油方法，改用机器榨油。又从德国买来发电机发电、碾米机碾米以及进口磨牛骨粉机器，把赤坎成堆的牛骨变成磷肥。

这些先进机器大受欢迎，于是，他转做设备生意，还代理批发德士古煤油、鹰唛炼奶、可时年胶带、英美烟草和比利时日用品。

东埠规划一出来，司徒俊材一口气买下了大片土地，拟建十几栋楼房。他的风头一时盖过了关基礼家族。

司徒俊材把一台大功率发电机送给了司徒氏图书馆，又无偿提供煤油。他常来图书馆找司徒文倡聊天，每次都给人派555牌香烟。司徒文倡不抽烟，司徒俊材总是要嘲讽一下他不懂得享受生活，要是热爱吃喝嫖赌，他准是个商业奇才。他为司徒文倡寻找人生的岔路口，认为是当年去美国被遣返，堵死了他的商人之路。司徒俊材的目的是动员他来公司，利用他的人脉扩大业务。

司徒文倡由司徒俊材去说，提到遣返时他眉头一锁，很不舒坦。在他的世界，财富并不能带来快乐，他更无兴趣为了赚钱而活。他生而有种使命感，为社会和大众办事，他才感觉充实。现在赤坎墟以江门为目标，城市人口很快达到七八万，他想象一下赤坎的未来就感到十分振奋。他庆幸赤坎建城做得很及时，工作虽然累，但大家对他的需要就是他活力的源泉，他从中获得了巨大的精神满足。

人一开心他就要唱一唱小曲，饮点小酒，他最迷的是去看一场电影，上埠建影剧院是他最上心的事。影剧院坐西北向东南，他力主立面采用古典对称式横三段式，以简洁取胜。

司徒不徙受到阿爹的影响，身上也有一股使不完的劲。他唯一难受的事就是太想念阿妈了。他经常给阿妈写信，告诉她赤坎墟的变化，详尽写下自己所做的事情。信写多了，他的写作能力也得到了提高。

阿妈最关心的是他的生活和学习，她经常给他寄书。在家时她教他英语，听儿子说要去关文清办的英文学校学习，她高兴地写了一封长信，详细教给他英语学习的方法。

学校举行过罢课，抗议校长克扣学生伙食费。恁时每天有同学上街，宣讲校长的罪状。班长要司徒不徙参加宣讲，他露一下面就来图书馆了。司徒文倡跟他交流，问他为何不去宣讲，司徒不徙说："这里的工作更重要啊。"

校长躲到广州去了，第二年返来复职，开除了九个学生。司徒文倡又问儿子有何感想。司徒不徙说："校长说这次学潮纯属共产党煽动闹事，训育主任何老师被抓了，他是共产党员。原来学校还有一个秘密图书馆，设在育才学校。我什么都不知道，所以我要谨慎，做事要学会多动脑筋。"

麦氏兄妹几次约他去玩，司徒不徙都没有时间。他怀念跟他们在一起的时光。他们曾一起去基督教堂听基督徒读经祷告、唱赞美诗；一起去苍城东门街看开平学宫，学宫从前办苍城义学，文人才士在此深造，是个出进士、举人和秀才的地方；到麦屋，司徒不徙学着干农活……一想起麦贤勤，她银铃般的笑声、温婉的笑容、柔柔的话语，就在他脑海里一幕幕浮现，他萌发了给她写一首诗的冲动。

不能一起玩，上学能见一见也是愉快的。司徒不徙一到鼎信祖祠就东张西望，希望碰到麦贤勤，跟她说几句话或是打个招呼。

一天晚上，他们在一起玩，两个人抱在一起，她呼吸急骤，气息吹到了他的脸上。转身的时候，她露出了大腿，皮肤白得像一道光，两个人的腿靠在一起，他突然着了火似的，全身战栗，身子“轰”一下融化了……猛然醒来，发现自己是在做梦，却像真的一样，他的裤子里黏糊糊一片。

令人惊奇的是，麦贤勤第二天就在图书馆出现了，她朝他抿嘴笑。司徒不徙感到恍惚又疑惑——是不是事情想多了，就会真的出现？

麦贤勤的阿爹麦海波来找司徒文倡，麦贤勤叫声阿叔后，就朝他这边走来了。她穿的还是那身司徒不徙梦见的蓝色旗袍。

丽源发廊马上要拆了，发廊是租关氏公尝地建的，麦海波想买地建房，关氏不同意，只同意租地。麦海波听到下埠衙前街要建影相一条街，想到发廊挨着影相铺建，影相的要理发，可以带旺生意，他就想在衙前街买地建屋，至少租地建。

司徒文倡不反对衙前街开发廊，这样可以方便影相的人理发。但租地和买地，要按规定来办，他做不了主。他给麦海波透漏了一个信息，衙前街谭氏有块地要卖掉，他要去长沙购地建房。麦海波听了眉开眼笑，问了地址，走的时候说：“仁兄以后来理发，丽源免费。”

麦贤勤告诉司徒不徙，她做姐姐了，阿妈畀她生了一个弟弟。她的阿哥要去美国。阿爹找了一个姓邓的华侨，买了一张出世仔纸，麦贤修将以邓姓华侨儿子的名义移民去美国，到美国他就叫邓贤修了。

邓氏华侨给了他们一份“口供纸”，详细写明了他的家庭成员情况、祖屋和村子的内外环境等，凡是他的儿子应该知道的事情麦贤修都要熟记。麦贤修将在天使岛接受美国海关的严厉盘查，通过了，他去美国变成别人的“纸面儿子”，没有通过就会被遣返回来。

麦贤勤睇到阿爹起身，她也从椅子上站了起来。司徒不徙打开抽屉，把一个信封悄悄塞畀她。他的脸红得跟猴子屁股似的。信封里面有他写给麦贤勤的诗。

阿爹一直让他练习书法，这一个多月司徒不徙反复写这首诗，直到写得满意了，把它藏了起来。几次带在身上，想着送畀麦贤勤，总是没有勇气，弄得信封都皱皱巴巴了。今天不知从哪里来的勇气，就在麦贤勤转身离去的时候，他打开了抽屉。

春节很快就要到了，司徒文倡的大哥、弟弟和堂哥就要到家了。他们的房屋设计图通过了审定，红毛泥、钢筋、瓷砖、浴缸等建筑材料在旧金山买齐了，动身前已发货。司徒文倡为大哥和弟弟在堤东路买好了地，他自己在中华东路买了地。想到风水师的谶语，他购地挨着龟身来选。堂哥过完年按虚岁算满五十，大哥满四十，他们都是正月出生的，正好在家乡过一个生日。

司徒文倡隔两天就回一趟家，筹备过年和接待的事。大哥、弟弟和堂哥十多年没有回家了，这是全家难得的一次大团聚。兄弟仨风光返乡，这是光宗耀祖的事，仪式要搞得隆重一些。鸡和鹅阿妈养了一些，这些过年吃，摆酒宴客他去东埠的三鸟市场买了几笼鸡几笼鹅，找了一条疍家艇，要他们到时送活鱼过来。粉丝、腐竹、橘子、蒜、茶、酒和鞭炮都买好了，送到了家。

学校放寒假，又逢过年，这是司徒不徙最轻松的一段时间，他又跟麦氏兄妹玩在一起了。

关璟娜带着一家人回赤坎，他们最先到达，司徒文倡和儿子这天早早来到海颈埗头迎接。

三十七

花尾渡中午停靠海颈埗头。司徒不偏看到阿爹阿哥高兴得跳了起来，大喊：“阿——爹——”图书馆轰鸣的钟声把他的声音压住了。

关璟娜提着行李，阿妈牵着两个细佬仔下船。上了岸，司徒文倡接过行李，牵着司徒不偏的手，笑呵呵往家走。司徒不徙提行李，贴着阿妈一路说个不停，恨不能把赤坎发生的所有事情一口气告诉她。

一家人高高兴兴回到住地，司徒文倡泡了茶，家里雇的老婆乸赶忙点燃木炭，司徒不偏路上就喊肚饿了，午餐准备的是打边炉。

红红的炭火有一种兴旺的感觉，也有了过节的味道。桌边的调料是开平的豉油、腐乳和蒜，味道浓郁。一只劏好的鸡丢进火锅，滚水里煮了几分钟就捞进碗里，蘸了作料吃。司徒不偏饿坏了，一边吹气一边往口里夹。他的病好得差不多了，胃口大开。

鸡肉很快就吃完了，又把牛肉片放进了锅里。司徒文倡拿了漏勺一边给大家捞，一边说："吃多点、吃多点。"缭绕的雾气里，关璟娜看看这个看看那个，一股幸福感油然而生。"吃慢点，别烫着啦。"她叮嘱小儿子。

全家在赤坎墟停留一天，关璟娜四处看看街巷的变化，又到图书馆看藏书。她喜爱司徒氏图书馆，在朋友中讲起它，总是充满骄傲。这座带有葡萄牙风味的建筑，让她想起旧金山意大利人社区的房屋。顶层古罗马拱券与底层三角形窗楣都是她所熟悉的造型。她爱在大门口仰望钟楼，半圆的拱券下是圆形的时钟，它是整座楼画龙点睛之笔。

建筑以立柱贯通，底层窗户两边砖墙也砌成柱状，钟楼因之气势夺人，望之心胸豁然开朗，心旌摇荡。图书馆是雍容、典雅的，盛大而不傲慢，庄重而不威严。这正是她喜欢的风格。

司徒不徙当起了老大，他带着阿弟阿妹去牛墟玩。弟弟妹妹喜欢牛，开始不敢靠近，在司徒不徙的鼓励下，他们敢去摸牛角了。牛铜铃一样大的眼睛，又黑又亮，睫毛很长，一眨一眨善良又可爱。妹妹站到牛面前跟牛说话，她认定牛听懂了她的话。

孩子们的外婆到东埠市场买菜，特意买了鲂鱼，她要求老婆甠按广州的一日三餐来做，司徒文倡和司徒不徙只觉得整天都在吃饭。

一家人坐艇到中股村，司徒文倡住了一个晚上就回了墟镇。关璟娜住了两个晚上，陪阿妈过镇海水回蝦村。

小年到了，正午的阳光照得潭江波光粼粼。司徒文锃、司徒文东、司徒文灿在这粼粼波光里出现了。他们乘坐的船泊到了海颈埗头。司徒文倡请来的人上船，抬下了十九口金山箱。埗头上围了好多看热闹的人。

三个男人穿的都是“三件头”美式西装，司徒文东和司徒文灿两兄弟穿的是藏青色西装，内穿白色衬衫，司徒文东戴了一顶巴拿马帽；司徒文锃是咖啡色西装，里面穿黑色衬衣，三接头皮鞋擦得黑亮，戴了一顶白色礼帽，怀表的金链垂在西装口袋外，一闪一闪金光耀眼。

司徒文倡和妹妹司徒文斓来迎接，兄妹四人手拉着手，喊着哥哥妹妹。司徒文倡抓住大哥和弟弟的肩膀使劲摇，司徒文斓笑出了泪花。四个人有说不尽的话，一句话还没来得及回应，就被另一个人的话打断。司徒文倡没看到司徒文冲，问大哥他怎么冇返来。司徒文东脸色一沉，老三赶忙插话，说行李都搬上岸了，到哪里租船？

司徒文倡已租好了两条帆船，他马上指挥人把金山箱又往帆船上搬。金山箱在埗头排成一排，场面十分壮观。橙色的木箱巨大，长宽高都超过三尺，每口箱子重约两百斤，硬木箱四角包镶厚铁皮，箱上钉满闪闪发光的铆钉。精壮后生们已用麻绳捆好了箱子，粗大的竹杠从绳索穿过，两人一前一后抬起来，上船时左右两人一手拉铁环一手扶木箱，一直扶到船舱。

船起锚了，船工扯帆的扯帆，摇桨的摇桨，帆船顺着退潮的江水从潭江拐进了镇海水。两条船顺风顺水很快就到了中股村小埗头。一条跳板从船上搭到岸边的石板上。

长长的鞭炮在堤上炸响，岸上的人大声喊叫："返来啰!"有人吆喝，有人挥手打招呼，有人鼓掌，有人交头接耳，有人大声冲着司徒文锃喊："生鬼财，还认得我吗?"大家眉梢间都是洋溢的喜气。

司徒文锃只是笑，有时挥挥手，说一句："好啊好啊。"

司徒文东频频挥手，一个劲喊："大家好啊——"

司徒文灿咧嘴呵呵直笑，看到认识的人就朝对方挥手打招呼。多少次想象衣锦还乡的情景，现实的一幕犹如幻景。

人们簇拥着三位"金山伯"到了岸上。司徒文锃向宗长鞠躬时显得有些不自然。有人冲上来握手，高声说："变了，变了。"几十个后生仔把一口口金山箱抬上岸来，又摆成了一排。鞭炮炸出的烟雾在阳光下升腾，寂寥江天，声音长了翅膀一样飞去了遥远的地方。

后生们排成一队，一边吆喝一边朝村里走。细佬仔跟在后面跑来跑去。在震耳欲聋的鞭炮声中，司徒文锃家里抬进了八口金山箱，有三口金山箱要四人来抬。司徒文倡家里抬进了十一口金山箱，两口金山箱要四人抬。

地坪里搭起了篷子，摆下了百桌酒席，听到河岸的鞭炮声，厨师们就开始忙碌，地坪临时砌的灶升起淡淡青烟，吐出长长的火舌。队伍进村时，鱼肉香味已弥漫在禾堂和巷子里。

第二天上午，全家人在堂屋拜祭祖先，挨家挨户送艾糍。下午，在全村男女老少围观下，打开了金山箱。箱内有自鸣钟、排球、衣物被褥、鞋袜手巾、杯盅碗碟、刀叉筷匙、香水、肥皂、化妆品、洋蜡烛，这些都是用的；吃的有金山橙、苹果、无花果干、固体牛油、糖果饼干、罐头、洋酒。“西铁城”小三针手表、宝石和金自来水笔是晚上放进箱里的，为了开箱时众人睇一眼。围观的人都有或吃或用的小礼物，家里人和亲戚则按纸上记录的物品来分配。

欢喜的日子过得特别快，眨眼间春节就到了，司徒文倡早早在门口贴了春联，门楣上贴了福字，又挂了一串橘子、蒜和生菜，表示瑞气、吉祥和生财。

一大家人吃团年饭了，又围坐在一起守岁。这个时候想到司徒文冲，个个都唉声叹气。他被拘禁在天使岛羁留所，罪名是外籍侨民反对美国政府罪。司徒文东曾试图上岛探望，移民局不予批准。他在岛上的情况入境的难友转告了司徒文东，还带来了两封信。

司徒文冲初到旧金山，到圣马利教会学校读书，司徒文东和阿伯有意让他以后做水果生意，安排他晚上在街边摆摊卖水果，先积累些经验。但司徒文冲有自己的想法，他考取撒斐路镇中学后，半工半读，自食其力。他先是到白人家庭当雇工，随后四处打散工，就是不愿意摆摊卖水果。

他参加了美国学生活动，组织工余俱乐部，编辑《工余》。他一有空就跟华工在一起。华工有好多黑户，他们在华人餐馆、洗衣馆打工，不敢出门，害怕被抓遣返中国。雇主把他们当廉价劳力，每天要工作十四到十六个小时，没有休息日。为了生存立足，还清赴美欠下的旅费，华工不敢有任何怨言，有的还把雇主当恩人。

司徒文冲把华工组织起来，要为他们维权。他宣讲阶级斗争，揭露资本主义社会怎样压迫剥削工人。

司徒文倡猜测弟弟已经加入美国共产党。他的来信总是充满激情，说自己走出家族的小圈子才发现伟大的目标，找到了人生的意义。他不愿意重复阿哥阿伯那样的人生，他的愿望是天下劳苦大众都不再受苦，人人过上好日子。

司徒文倡担心弟弟的人身安全，总是叮嘱他，社会险恶，要先学会保护自己。每次写信他都要告诉弟弟国内发生的事情，谈自己的感受和认识。弟弟关注国内形势，总有各种各样的问题，请他回复。

司徒文冲的两封信，一封写到了自己在羁留所的情况，他的确是美国共产党员，一进羁留所他就被孤立了。他通过教人英语，帮人理发，得到了难友们的认可，大家还推选他为自治会主席。牧师上岛慰问，他揭露牧师宣扬“人道主义”和“自由与民主”的虚伪；旧金山中国领事馆总领事来慰问，他组织难友揭穿他毫无诚意的所谓“关心”。

有一天，他组织难友一齐向看守投掷刀叉和碟子。移民局局长被迫来谈判，司徒文冲代表大家提出不吃馊饭和马肉，八分钱伙食标准太低，要增加菜的分量，活动场所每天开放三次。难友们的生活待遇由此得到了一些改善。

另一封信是写给司徒文倡的，他收集了难友的诗，他相信里面也有哥哥当年写的。他不知道自己能否出来，希望哥哥把这些诗和羁留所的情况在国内公开。他列举羁留所检查身体时不管男女都要脱光衣服，审问时还要女人回答闺房性事。中国女人不堪忍受这样的羞辱，有的自杀了。

司徒文倡曾遭受同样的侮辱，读了弟弟的信一夜未眠，这么多年了，天使岛仍在虐待和羞辱着同胞，连弟弟也被囚禁了，他却无能为力。国家军阀混战，有谁会顾及海外华侨。他再也没有过年的心情了。

司徒文东一直感到愧疚，觉得自己没有尽到一个兄长的责任。

除夕夜第一遍鸡啼，细佬仔来拍门了，高喊“财神到了”。司徒文倡打开门接过细佬仔手中的红纸，畀几个细佬仔一人一个“利是”、一人一块年糕，又把小红纸贴到门上。

关璟娜和司徒文斓做了斋菜，有糯米粉中加艾叶的艾糍，还有提前做好的粘米角和咸鸡笼，以备祭祀。

天蒙蒙亮，一家人都起床了，个个穿上新衣服，互道恭喜。

司徒懿唐带着儿孙们向一个个神位祭拜，神台上摆满了烧鹅、金猪蹄、点心、生果，点燃香烛，按长幼次序站列，全家先在堂屋拜赵国郡司徒门堂上历代祖先神主，然后到大门旁敬天官和五方五土龙神，求天官赐福，求五方五土龙神驱邪，再到厨房拜灶君。鞭炮一次又一次炸响，焚香，烧契钱，房内一时紫烟缭绕。

正月初二，司徒文倡跟关璟娜回蝦村。他看到一家佃户年饭都要省着吃，细佬仔捧了一碗白米饭就好开心。他与佃户闲聊，他们一家平时靠番薯充饥。还有一个下户，过年冇穿新衣，主妇在外乞讨，年前才回村。下户的细佬仔现在仍然不准上学。

蝦村农会年前还在清算和接管公尝地、庙产，为佃农减租减息。樟村、大梧村农会搞得好，贫农过年都有肉吃了。司徒文倡想起弟弟为维护工人权益，组织他们与老板抗争，他跟农会一样，都是为了穷人有好日子过。他们的行为都是公平正义之举。

想到自己过年未免有些奢侈，就想着做点什么。年初四开年日他去孤儿院捐款，年初五组织宗长们为河南洲麻风病院捐献钱物。

横桥头土地之争给司徒文倡留下阴影，他没有如族人希望的那样去疏通关节，那些被强制收走土地的司徒族人对他意见很大，年前有人到他家里来理论，几个妇女来图书馆点名道姓骂他是家族败类、关氏走狗，娶个姓关的女人就不知道自己姓甚名谁，扬言要告他，还说他背后得了关氏好处。司徒文倡想春节前跟宗长们上门去慰问，做做说服工作，但无人响应。

年初六，中股村接菩萨回村，村人拜菩萨十分虔诚。司徒文倡跟村民一起拜，他心里有些不安，跪在菩萨面前也很虔诚。他给菩萨奉上鸡、鹅和生果，又烧鞭炮，祈求诸事平安顺遂。

三十八

元宵后，赤坎墟拆的拆建的建，变成了一个大工地。很多建筑工人是参加省港大罢工后返来的。建房的砖和瓦就地取材。百足山西南方，一条白沙河蜿蜒流来，右岸的柴窑一个接着一个开，鸡笼窑烧砖，牛背窑烧瓦，还有露天的望天窑，只见一团团烟雾缭绕，整日不散。

上埠、下埠天天都有鞭炮炸响，有时东边演奏西洋乐，西边又响起了八音锣鼓，各地醒狮队不请自来，他们就在赤坎墟租房住了下来，就连喃呒也忙不过来，家家动土起楼要做净土仪式。

正月十一，从旧金山发运的建筑材料到了，司徒文倡一家赶到埗头，宗亲全都来帮忙卸货，货物运到了临时租来的房里。

司徒文倡房屋正月十九午时动工，风水佬在地基上劏了一只鸡，他一边念经文，一边将鸡血洒向四周，敬祭神灵。一束阳光照射到地基上，砌匠马上开挖，依罗盘方位放下墙脚。

晚上喃呒来做净土道场。他穿红色的道袍，先开坛启师，诵经文，敬奉祭品……然后烧草船开光。拜下席用道家经咒和火烧学院祭文劝退鬼神，让他们去往别处，另寻庇身之所。

拜请祖先是希望得到先人相助，驱赶孤魂野鬼。喃呒在地基四角和中央插入五个铁犁头五根降龙木，又插上朱砂符和令旗，请来天兵天将，发兵驱赶魑魅魍魉。有人敲锣，众人举起火把，手拿斧头、降龙木，在喃呒带领下绕地基又呼又叫。

喃呒提着一条草船，魑魅魍魉全被赶上了船。草船在众人的吆喝声中，一路来到潭江岸边，喃呒把草船抛到了江中。

司徒文倡看着喃呒远去，只觉一股阴风从他身边刮过，仿佛梦境，暗影重重晃动，他似乎听到了马蹄声。

司徒文锃的经宝银号奠基仪式三天后举行，地基四周插了彩旗，南面扎拱门。在鼓乐和鞭炮声里，县长和三位股东各执一把扎了红绸的新铁锹，一起朝一块花岗岩碑铲土。

银号预算三万一千大洋，司徒文锃投入了一万五千大洋，还有两位司徒各投八千。银号骑楼两根柱子旁又加了一对爱奥尼亚柱，在西面三楼增设了一条外挑长阳台，楼顶加了挑檐。

司徒文倡的房屋8月初竣工。房屋建了两层，由于进深长，面积并不小。房屋立面两层做了西式檐口处理，二楼两扇大窗采用微小弧度的拱券，以券心石强化。方柱只用了一个带卷纹的牛腿装饰。墙面装饰用的是梅兰竹的浅浮雕，清新雅致。

司徒文倡从自己和妻子名字中各取一字，取名“文璟庐”。父母打算跟他一起居住，哥哥弟弟都为文璟庐出资。司徒文倡计划在底层铺面开一家文璟书局。

司徒文东和司徒文灿的房屋8月底完工，堤东路上，两兄弟的房屋挨在一起，都建了三层。司徒文东在旧金山开建材店，他新房一楼也开建材铺，取名“筑庐居”。筑庐居的红毛泥、钢筋、瓷砖、卫浴从旧金山进货，门锁、螺丝、洋钉、插铁、线缆、圆铁、工字铁、柚木板、铁门、云石米、油漆等从广州和香港进货。这次返来他不走了，旧金山的店铺他交给了大儿子打理。

司徒文灿在蒙特利湾开旅馆，开平酒店一千多股他买了一百股。他的新房底层店铺出租，取名“望海楼”，他打算以后回国自己开店。

筑庐居三楼立了四根爱奥尼亚柱，三个拱券中间大两边小。望海楼立面都是窗户，二楼两个大窗，三楼一个门两个窗，门和窗上部都是半圆形，墙面也装饰了拱券图案。

经宝银号也在8月落成。月末这天举行了隆重的开张典礼。赤坎各公司纷纷前来祝贺。灵通公司、光东公司、英发祥、绍源当、广合隆和滋生堂联合送了一面巨大的水银镜，司徒文锃把它挂在进门的左侧。祝贺的花篮摆到了濂川司徒公祠前面。

典礼上，司徒文锃容光焕发，眼睛微微鼓起，他微笑着很少说话。藏青暗花西装最显眼的是红色领带上的金夹子，还有垂在西装口袋外的怀表金链、口袋别的金自来水笔和左右手戴的大金戒指，初升的太阳照得金器闪闪发光。他的西装被汗水打湿了后背。仪式开始，他只说了三句话，一是感谢大家前来捧场，二是请大家以后多多关照，三是为大家做好服务。

丰庆押封顶了，司徒懿江并不高兴。关氏在他房屋对面建的一排楼房也封顶了，有二十几米长，准备开土产杂货铺和杉木行。看到经宝银号前面关氏不建房了，把搭设的棚寮也拆了，银号大门直接面对潭江。他认为一定是司徒文倡出面了，其中有什么交易值得怀疑。他心里愈加不平衡了。父母给他取名懿江，是他命中缺水，他非常在乎房子面不面江。

对司徒文倡龟头位置的说法他并不完全认可，龟头在濂川司徒公祠和经宝银号的位置，龟头被他的堂兄占据了。他的丰庆押在龟嘴前面，但他不好说破，怕真的应验了。他对司徒文倡很有意见。

司徒懿江本就是个尖酸刻薄的人，为建房的事闹了这么久，人瘦得跟猴子似的。司徒文倡看他整日闷闷不乐就来开导他，建押楼是百年大计，是大好事大喜事，一定要高兴！

看到他实在不开心，司徒文倡自然知道他的心病所在，他思考着破解之道。一天，他在丰庆押前面徘徊，又爬到楼顶，猛然一击掌，跑到楼下把司徒懿江叫到楼顶，跟他说，在楼顶加建一层，房屋东西南北设四个大拱券门，房子像个亭。这样附近没有房屋比丰庆押高了，前面房屋也挡不住，可以望到潭江，特别是四面来风尽收，这个亭就是聚风亭，也可以叫招财亭。

司徒懿江终于露出了笑脸，他说就叫招财亭啊。他马上交代下去，先搞一个设计方案出来。

关基礼的豪宅如意庐和恒富按也落成了，他搞出的动静最大。他的阿爹和阿哥专程从旧金山返来参加庆典。落成典礼这一天，广州的西洋乐队在如意庐三楼外走廊上演奏，音乐在中华西路上回荡。一楼设流水席，招待的开香槟开得手软，一排排高脚杯，泡沫溢出杯口，从杯壁流到白桌布上。他们手托碟子，一桌桌挨个上酒。

关基礼请来了四邑最有名的粤剧班子“梨园春”。“梨园春”的红船提前一天就停到了上埠埗头，船上插满彩旗，船头留声机播放着大戏。船一靠岸就吸引了好多人，尤其赤坎墟的细佬仔像过节似的，全都挤到了埗头。

“梨园春”首开先河起用女子花旦，一时红遍四邑，旦角谢泉月名字几乎与“梨园春”齐名。戏班舍得在她身上花钱，她头饰的片子、头套、发髻、饰物全都精工细作，帔风、海青用了高级衣料。谢泉月无论身段、手势、台步、水袖都是男子花旦无可比拟的，可谓步步生莲，摇曳生姿；而她娇滴滴的声线，清丽又宽广，婉转而柔美，听过她戏的人无不上瘾。

戏台就搭在中华西路街口，在恒富按北门前唱了两天一夜大戏，从传统剧目《西厢记》《刁蛮公主戆驸马》《昭君出塞》到新戏《新罗马传奇》《火烧大沙头》，只要谢泉月一上场，全场就欢声雷动。她的声音唱得人身子酥麻，男人们眼睛眨都不眨一下，个个像失去了理智，有的人受不住了急忙离场。

谢泉月从没这么投入地唱过，她知道关家不肯接纳自己，而她的才艺是自己唯一的资本，她幻想靠出色的表演来赢得认可。她不知道或者不肯承认自己的戏子身份被大户人家看轻。她唱《西厢记》把自己当作莺莺，莺莺的爱情就成了她自己的感情。

后花园一幕，唱到“兰闺久寂寞，无事度芳春；料得行吟者，应怜长叹人”，她唱得泪花闪闪。

关泽业穿一身白西装，坐在最前面，他看得到她的泪光，他知道这泪是为他流的。他忘记了身边还有数千观众，觉得谢泉月只在为他一个人唱。背后有人对他指指点点，他一点也没有察觉。

最后一场是戏班加送的《千里送京娘》。赵匡胤救下京娘，要送她回家，他把自己的马让给京娘坐，教京娘上马、执鞭、骑马，谢泉月的动作惟妙惟肖，她用上了高难度的踩跷表演。赵匡胤由小武行当演员饰演，七星眉面谱正中印堂画太极图案。太极图随演员情绪波动而颤抖，他唱得极富感情。台下有人放鞭炮表达欣赏。

谢泉月深情道白：“怪匡胤兮，姗姗来迟；恨自己兮，佳缘薄命；怨苍天兮，一场捉弄！暗自叹，今生不能补报大德，死当衔环结草……”她一时情绪失控，真的哭了起来，突然明白最深的爱唯有死亡才能表达，也唯有死亡才能解脱。

关泽业慌了，他知道她为何痛哭，他们的恋情遭到家族反对，台上与台下的事情他都不知如何处理。当人人羡慕他的艳福时，却无人知道他的痛苦。

庆典一过，家人纷纷表态，要求关泽业停止与谢泉月交往，只有他的堂弟关泽创背后支持他。

三十九

东埠拆建布告张贴出去后，水巷拒不拆建的商户，不但不拆，还集体阻挠，一些打算拆建的人家也停止拆房了。司徒文倡怎么做工作也没用，有人还把拆建房屋一事告到了广东省建设厅，坚请保留。东埠筑堤工程也遇到了难题，无法启动。

司徒文倡的笑容不见了，脸上凝着一团秋霜。特别令人生气的是，建设厅的处理意见完全颠倒，站在商户一边，第一五二号令写道："现据开平县民司徒俊崎呈，为地非冲要，无故迫拆，恳派委勘明，饬将布告撤销，以维原有等情。据此，除批示候行县查复外，合将副呈令发，仰该县长迅即查明具报，以凭核办。此令。"

司徒文倡看了就来气，这是在助长抗拒者的气焰。司徒俊崎不但不拆，还要求把布告都撤销，这旧屋哪里还拆得下去！旧的不拆新城何来！让司徒文倡拍桌子的是第三〇一号令，完全黑白颠倒："为无辜令捣，恳准免拆，以恤商艰等情。"他气得大骂："这帮官僚，坏我大事！"

上埠关氏对拒拆的商户要强行拆卸，也被告到建设厅。县建设局局长前来查办，认为该店对于交通尚无大碍，暂准保留，至有碍交通时始行改拆。其他店铺有样跟样，也不拆了。

关氏贴出限日督拆布告，商户再次上告，建设厅又下令制止。第一四六号令写道:“现据开平县民关俊杰等呈称，关于前控开平赤坎埠宗长关以桐，假公捣毁一案，业经饬县制止拆卸，今忽布告限日督拆，请饬县制止，以维商业。”

这是以前同事干出来的事，他们可能还自以为为民仗义。这种官僚习气，如果不是亲历，司徒文倡体会不会这样深，做事情实地调查太重要了。但是，出现这种情况还是下面官员没有秉公办理，不排除有受贿之嫌。

建设厅的号令一件件下来，告状的商铺越来越多。县长沈载和为此伤透了脑筋，他设立了赤坎埠市政主任一职，委托沈颐庵出任，代表县府来协调和管理新城建设事务，但下属把事情处理成这个样子，气得他撤了建设局局长的职。

尽管拒拆户顽固，司徒文倡仍然耐心上门说服。东埠矛盾比上埠要小，这跟司徒文倡的努力分不开。其中两家不肯拆建的商户，就是他三番五次上门说服的。新城规划在这两家商户之间设计了一条水巷，他们坚决不同意，水巷占去了他们房屋的面积，要求补偿水巷占地面积。但是，两边旧楼都是在原址拆了旧房盖新楼，谁都不肯让一寸土地。

县长来做工作他们也不肯拆。两户当家的男人一高一矮，高个子说话结巴，他不听别人说话，只顾自己说，说得唾沫横飞；矮个子不爱说话，别人说几多话都冇用，最后他都是一句话:“我不拆!”但他们都表示，如果非得在这里留出一条水巷，他们可以考虑换地，搬到别处去，但面积不能少一分一毫。

司徒文倡上门碰壁后，在规划图前看了好长时间，看有没有可能调整。这条水巷是南北通道，连通堤东路与中华东路、东埠市场，要挪动位置也只能在附近变更。他想，这里本来就有一条巷子，现在巷子加宽一倍，每户让地只有现有水巷的一半面积。所谓路通财通，虽然水巷占了房屋面积，但这个人流之地做生意却是个黄金地段，牺牲一点面积也是值得的，说不定有人愿意对换。

于是，司徒文倡一户户做工作，有两户人家考虑再三，表示愿意对换。他马上去那两户商家，告诉他们可以对换了。这一高一矮两个男人互相对望一眼，高个子男人蹲了下来，右手抱头，仿佛他只有蹲下来才能思考。矮个子话突然多了，问这问那，两个男人又对望了几眼，异口同声说："不换了。"

司徒文倡以为他们反悔了，矮个子男人接着说："我们拆。"原来他们以为不会有人来换地，他们打的是现在水巷的主意，不新设水巷，这条旧水巷他们就可以侵占。司徒文倡从矮个子男人上翻的白眼里突然有了一种不祥的预感，他想起了风水师临别时说的话："久留必遭构陷。"

拒拆商户得到省建设厅的支持，他们的态度更加嚣张，有的甚至扬言谁拆我的屋，我就让他去坐监。县长沈载和多次回复建设厅，都没有下文，他也急了。

沈载和知道司徒文倡在建设厅任过要职，就来图书馆找他，商量如何处理。沈载和想请司徒文倡出面跑一趟广州。

司徒文倡很清楚建设厅下了号令，要他们自己来否定自己是很难的。当官的即便知道错了，也不会自己打自己耳光。这件事得有人来背责任，一个办法是查出下面的问题，建设厅以追究责任的方式再行号令；另一个办法是找出两家拒拆商户的问题，最好是带头闹事的，再上报严办，来个杀一儆百，其他商户自然就会赶紧拆。但是，这也得畀足建设厅面子，让人家改变态度，愿意办理才行。

司徒文倡离开广州两年多了，今年只回过一次家。县长找他，他犹豫一阵就答应了。事情虽然难办，也没有其他的办法了。何况这也是他的分内之事。

时令已是初秋。东埠海颈埗头上，沈载和带着市政主任沈颐庵、技士莫浩川等人来送行，司徒氏宗长们也来了，司徒文倡在图书馆处理完最后一件公务，提了一口皮箱急急忙忙来到埗头。县长迎上来，亲手交给司徒文倡一个大信封，里面是他写的县府呈文。

一队运兵船这时冲着海颈埗头开来，士兵下船时故意把长枪杆弄得哗啦啦响。司徒文倡纳闷，这些兵从哪里来的？前些年，不是东面广州、新会的部队打过来，就是西面阳江、恩平的军队打过去，潭江上士兵来来往往，赤坎总少不了军队的身影。民国十四年（1925）冬，国民政府的两架飞机还飞到了河南洲，来为南路前线助战。好在赤坎无险可守，没有成为战场。

士兵上了岸，对着图书馆指指点点。司徒文倡有些担忧，图书馆是读书的地方，哪里容得兵油子骚扰。他去打听，原来他们是从恩平下来的，停靠埗头来吃饭。这是些地方兵，要是没人调用，他们很可能去做土匪了。开平的部队就有很多到土塘干起了土匪的勾当。

汽笛一声响，花尾渡靠岸了，司徒文倡抱拳辞别，互道珍重。上了船，窗口正对着图书馆，它夺人的气势仍然让司徒文倡感到舒畅。这座建筑成了潭江一景，声名远扬。

船开动了，人群远去，正在建设中的赤坎墟也远去了，两岸由青转黄的稻谷，送来阵阵稻花香。

回到客舱读县长的呈文，前面大段文件说明和工程介绍他都直接跳过，翻到第三页，上写："职抵任以来，该商户已请求免拆，不能不审慎办理，惟再三勘查，并发交赤坎市政主任沈颐庵、技士莫浩川等审议，佥以赤坎自办理市政开辟马路以来，所有上下两埠东西行之马路，割让两旁铺户，建筑骑楼，铺筑三合土路面，业经次第完成，交通往来，行人称便。

"讵南行通海旁水巷之铺户，辄以拆铺备受损失为词，力持异议，实则各水巷如不拆卸，依照图定阔度改造，则赤坎已成之马路，不过徒具外观，与改良市政宗旨违背尚多。

"现在已成马路，不过就原有街道改建。东西二马路之间交通，即恃现下之所请水巷者。查此等水巷，其宽者阔度不过十尺，其窄者则仅数尺而已，如不改建，不特将来车辆不能来往，即行人亦感挤拥，且赤坎埠与他埠之交通，虽有百赤茅公路，但多数仍恃河道，货物船只，已泊堤岸，上落货物，当经水巷。如不改建，则数尺阔度之街道，试问何以来往？况赤坎埠尚未装置自来水塘，市民用水，均取给于河流，平时挑水上落，已感困难，若一旦发生火警，则危险更觉可虞。至方振聪所请免拆之巨昌宝昌捷源丰盛水巷，系与北面之塘底街衔接，司徒俊崎之恒益栏水巷，为堤岸埗头所在地，为改良全部市政，计在势均不能不拆。

“查赤坎应拆之水巷，在卓前局长所定本有十一条，今以最关重要之恒益栏巨昌等二条，尚不允照办，以致均未改建。赤坎自开辟马路以来，铺户之拆让者达千间，各市民之所以忍痛须臾，亦为图交通之便利，市民之安全耳。今因三数水巷之铺户，为一己私利，反对拆卸，致此交通与安全均蒙妨碍，又岂市民要求办理市政之初衷耶。

“至关俊杰称市政主任将督拆布告贴其门首，实无其事。至呈内控市政主任沈颐庵有敲诈勒索情事，更涉法律范围，虚实均应彻究，除呈内列名之关勋仲胡和荣，早已往外洋，关述强已来呈摘释，谓不知情，系关俊杰捏名外，已令该关俊杰将敲诈勒索证据提出，以凭办理……

“职为完成该埠市政计，拟仍查照卓前局长所定改建各水巷计划，分令拆卸，俾利交通，并策市民安全。奉令前因，合将查明，并拟办情形具文连同原图一纸，呈复察核，是否有当，仍候指令祇遵。谨呈。”

司徒文倡觉得啰里啰唆，行文不简洁，特别是文中有质问上司之嫌，不够谦恭，又有对地方的诋毁，如“总之该处民情刁狡，办理稍不如其意，即便罗织上控，冀售其奸”，地方官员理当就事论事，不可自我发挥。文中“海旁”实为江畔，开平人把江河称为海，不该方言入文。

司徒文倡特别在意关俊杰，他是关基礼家族的人，平时其目中无人，这种诬告行为太卑鄙无耻，毒化地方风习。司徒文倡没有想到告状的人这么多，好人无故蒙冤，地方风习浇漓也让他陷入了沉思。

一个地方若无所谓坏，也就无所谓好了，风习自然也是这样，的确有好坏之分。但相比兵荒马乱的时局，开平这些事情不过是静水微澜。建设厅作风虽然官僚，但如此动荡形势下，时政由军阀把持，仍能每事办复，也实属不易。

呈文总算把重要的事情都写到了，光凭一纸呈文恐再生误解。以司徒文倡的经验，出了问题面对面交流非常重要。

船上敲响了钟，到吃饭时间了。司徒文倡感觉这艘花尾渡特别熟悉，原来是他第一次遇到关璟娜时坐的船，恁时是新船，十几年过去，船也旧了。他很感慨，船在江河行走，人在岁月穿梭，自己从朝气蓬勃的青年，到了处变不惊的中年，不过眨眼的工夫。

活成现在的模样，并不是当初自己想要的样子，生活使人变成这样，跟年轻时的梦想已经没有什么关系。青春时有梦想，现在要为当年的梦想付出幻灭之痛的代价。

他无心睇窗外的风景，心里涌起了一股苍老的感觉。

四十

一夜航行，羊城在雾中出现，司徒文倡远远睇到了海关大楼顶上的钟楼、大新大厦高耸的尖顶，熟悉的景象让他感到亲切。

天字码头没有往日的热闹，不久前码头发生过激烈的战斗，一个女兵班在此全部战死。街面很冷清，街上几位老人衣衫破烂，他感觉到一股阴森的气息。盯着码头看了一阵，他仿佛听到了女兵们的呐喊。

在司徒文倡离开广州后，国民政府不久就迁都去了武汉。时局的变化总是出乎他的意料，去年担任省政府主席的李济深11月被汪精卫、张发奎赶走，陈公博代理省主席。广州起义后，汪精卫也被赶走了。今年，李济深再次回到广州，复任省政府主席。

同乡周文雍被杀了，他临刑前的一幕广为流传。他与同赴刑场的陈铁军宣布结婚，两个人把枪声当成了婚礼上的炮仗。

广州街头的罢工游行又起，自来水厂、兵工厂、电灯厂的工人生活不下去了……

司徒文倡在天字码头招手，坐上了一辆老旧的“加拿大”汽车，车上八个人的座位也没有坐满，前排乘客有人瞟了他一眼，他在后排落座。凉凉的风从篷前扑到身上，吹走了倦意。

他在西门口下车，空气中飘荡着回民饭店的牛肉香。这里有很多纺织厂和典当铺，卖棺材的店也好多。街上新开了两家当铺。宝生大押碉楼是一个标志，从它旁边拐进巷子马上就到家了。巷子里一片低矮的瓦屋，其间却穿插了很多豪宅。

司徒文倡转了几道弯，走到了家门口。这是一栋两层的青砖房，房屋是他结婚那年买的，阿爹从一位倒闭的纺织厂厂主手中以很便宜的价格买了下来。站在门前，喊了一声“璟娜”，他有一种梦游的感觉。

厚厚的木门一响，大门打开，关璟娜一脸惊喜，她把趟栊门往右猛地一推，“哐当”一声，她跑出来接他的行李了。

“你怎么返来啦?”她不敢相信，又去睇他后面，他知道她在找儿子。

“不徙上课，冇返来。”他轻轻抱了一下她，感觉到她身子骨的坚硬，她又瘦了。

自从去年广东妇女解放协会被查封后，关璟娜就很少出门参加社会活动了。以前协会办了《光明》，她业余担任编辑，又在妇女夜校上课，协会办妇女运动人才训练班缺人手时，她也临时去帮忙。现在她除了去学校上课，就是写些文章，在《妇女之声》《广东妇女》《新妇女》等报刊上发表。

司徒文倡告诉她，赤坎旧屋拆卸遇到了很大麻烦。听说有人诬告市政主任，关璟娜一边给他冲茶一边提醒，要他自己也当心点。

休息一下就吃午饭，下午关璟娜上课，司徒文倡去建设厅。从家里过去路程并不远，行路也就二十分钟。

建设厅至今都给司徒文倡邮寄《广东行政周刊》。厅里管的业务很广，包括全省铁路、公路、长途汽车、电报、无线电、长途电话、邮政、水电、航政、治河、筑港等事项，都由建设厅掌理。他想厅里人员变动应该很大，但公路处处长还是原来的老处长，这件事情一直由公路处在处理。

司徒文倡先拜会厅长。厅长姓陈，是以前政务厅的同事。寒暄之后，说起自己做的事，厅长对他回家乡建新城大加赞扬，又问他有什么事情需要帮忙的。司徒文倡就简略地说明了自己的来意。

厅长把公路处处长叫来办公室，果然是司徒文倡的老同事张之丰，他的板寸头是司徒文倡离开建设厅时留的发型。两人见了分外亲切。司徒文倡想到厅长事多，就站起来主动告辞，说去公路处办理，不耽误厅长办公。陈厅长又说了一番客套话，就送他到门口，他跟处长下楼去了。

张处长了解情况后表示自己太疏忽，太相信商户了，他总觉得老百姓不容易，没想到他们胆敢诬陷做事的人。接着他又埋怨这么复杂的事情，开平也不来个人到省里说明一下情况，更不应该让老领导辛苦出面，他一再表示歉意。

司徒文倡十分感谢他的支持，表示等新城建成，请他出席庆祝活动。张处长问他在广州待几天，好尽快办文，让他把文件带回去。

建设厅的文很短，简要说明原委后，经核准，针对不肯改建的店铺下令：凡不照规划图建筑的横街水巷，一律拆除重建，并限期恒益栏和捷源水巷务必在一周内拆除违章建筑。

司徒文倡带回号令，县长、市政主任与关氏司徒氏市政筹备处的人，一户户上门宣读命令。恒益栏和捷源两家商户一看阵势不对，马上表示自己按期拆卸。其他以各种理由拖延的横街水巷也立即行动起来。一周之内，旧铺全部拆除了。

房屋拆卸问题解决了，东埠筑堤的事情却比旧铺拆卸棘手得多。

关氏大宗祠前面是关氏的地，这一段河岸挨着下埠，关氏没有修堤。司徒氏修堤自然要跟关氏上埠的堤连接，他们提出来修这段堤，钱由关氏出，但关氏不同意。关氏不想修又不能强迫人家修，司徒氏也反对出银纸替关氏来修，这成了一个死结。

司徒文倡私底下了解，关氏不想修，一个原因是司徒氏在这片地上想建房就建房了，还有就是他们让出濂川司徒公祠前面的地，不能在上面建房屋。关基礼说，不能建房，地就只是名义上属于关氏，何况这片地也有司徒氏的。关基礼劝关氏不要出银纸修堤。他就是要让司徒文倡难堪，让司徒氏修不成堤。

司徒文倡想到赤坎商会，目前唯一的办法就是商会出钱。家族各宗长掌握的是土地，商会负责赤坎苛捐杂税的摊派，其背后是公安警署，商会替他们收税。所以商会手中的银纸最多。这也是来之于民用之于民。

司徒文倡并不知道关基礼背后阻挠筑堤，他很不情愿去找关基礼，他厌恶这个人。司徒氏筑堤的银纸并不缺，新城建设土地出让金很多，宗长们为这笔钱的开支争论不休，多数人要求建立一支家族武装，用这笔钱购买枪支弹药和做军事训练，以保一方平安。

司徒文倡一段时间往懿石元老家跑，探讨修堤的事情。他们都想立足于司徒氏自己来修。

司徒文倡托人找来上埠的规划图，他把上埠规划图和东埠的图并在一起，看看赤坎墟能否形成一个整体。上埠东埠都是东西两条主街，沿河的自然可以连接。东埠主街道往西与沿河街交会，相距只有几十米，以塘底街连接，形成了一个闭环。

上埠在东埠设计金龟后，修改了规划，也设计了一个龟头，主街道在龟头一分为二，北面的路取名墟地街。长长的龟背后面再设一条南北向横街，也形成了一个封闭的道路体系。东埠与上埠之间有一条南北向的塘底街，这是东埠与上埠分界的街。如果上埠不把塘底街街口封死，两边的道路还可以连通。

司徒文倡不死心，再次登门做关氏宗长们的工作，希望街道通过塘底街加以连接。他们不是以地块卖出去了，就是以规划图定了不能修改等各种理由拒绝。关氏还新出了一条族规，关氏家族不准跟司徒氏通婚。

司徒文倡多方劝说仍然无效，他又去找沈载和，希望县府出面协调。沈载和大为恼火，好好的一座新城分隔成两大块，摆出一副老死不相往来的架势，国家岂能允许这样的情况出现。他亲自出面，勒令关氏通路，如若执意封路，所有在建公路将不通过关氏地段，上埠将成为一个死角。

司徒文倡一忙就没有管司徒不徙了。司徒不徙春节后不再来图书馆，他的学习任务加重了。有几次他没有按时回家吃晚饭，司徒文倡觉得不对，问他干什么去了。司徒不徙看了看他的脸色，小声告诉他参加学生会活动去了。司徒文倡又问什么活动，司徒不徙有些紧张，说是去闹基督教堂了。

中华基督教堂举行五十周年纪念活动，传教士四处宣传他们的功德。老师在课堂上教育同学们，基督教会披着宗教外衣，为帝国主义文化侵略服务，他们有罪。全国都在反对帝国主义文化侵略，驱逐传教士，赤坎基督教堂竟然举办大规模纪念活动。学生会振臂一呼，同学们第二天就跑到教堂门前去了，当场揭发教会的丑恶行径，引来路人围观。

几天后，赤坎成立了一个“开平反对基督教大同盟”，他们进入墟镇和农村进行宣传、揭发和示威。司徒不徙去了麦屋村宣传。

圣诞节到了，教堂最热闹。学生会组织学生队伍开赴教堂，在地坪敲鼓，等到人越聚越多，总工会也派人助威来了，学生会干部站出来揭露传教士的罪行，控诉他们危害中国利益，侮辱妇女。

一时群情激愤，学生们带头冲进了教堂，撕破了《圣经》，砸烂了门窗，把传教士赶出了教堂，命令他们滚远点。

司徒不徙跟人用铁锹把教堂楼顶的“中华基督教礼拜堂”的字铲

掉了，挂上了“中山纪念堂”的牌子。

司徒文倡听说有人在教堂闹事，想不到儿子也参加了。他问：“是不是老师组织的?”司徒不徙说：“老师冇参加，老师在课堂上说基督教会有罪。”

司徒文倡明白了，老师中有共产党的人。他既没有批评也没有鼓励，只是提醒儿子，以后做事要学会自己动脑筋，如果传教士有罪，就要找到他们犯罪的证据。如果是烧教堂或是打人，这是很严重的事情。一定不要犯法。

第七章

四十一

飞机引擎声轰鸣了一阵，慢慢滑向跑道。这时已过晚上10点，机身一阵微微震动，在一片迷离的灯火中，一个硕大的密闭空间与一排排绑在高靠背椅上的人在“咔咚咔咚”声中冲向星空，不知道哪个时刻飞机脱离了地面，机身突然停止了震动，舷窗外的灯光瞬间变成星星点点密集的线条，飞机从广州白云机场直飞洛杉矶。

飞机进入太平洋上空已到深夜。司徒誉和黄永和、李洋风还在商量各种应对之策。遇到气流，飞机一阵颠簸，司徒誉赶紧抓住扶手，他上了飞机就不敢解开安全带。对脚下无边无际的海洋，虽然看不见，他却充满了恐惧，悬空在天空与海洋之间，他有一种仿佛要死无葬身之地的感觉。

天放亮了，飞机还在太平洋上飞行。舷窗外只有阳光和瓦蓝的天穹，低头可以看到云朵下的海洋，只是一个蓝色的色块。在轻微的嗡嗡声里，一切都像凝固了。唯有白云的变化层出不穷。阳光的变化非常缓慢，只有细心体会才能察觉正在流逝的时光——白昼的时间要比办公室短很多。

太平洋西海岸出现了，黄昏开始降临。夕阳下的云层染上了红与蓝、紫与灰的微妙而丰富的色彩。大海从深蓝变成幽蓝，如一个深邃的梦境。

飞机冲入了美洲大陆，内华达山脉上积雪茫茫，被落日染成了金黄色。峡谷的褶皱，笼罩在一层清冷的暮霭里，如蒙上了透亮的浅蓝色纱巾。

崇山峻岭之上，飞机一个大拐弯，沿着加州海岸由北往南飞。司徒誉又看到了大海，它愈加黯淡，跟陆地一起向着沉沉夜色隐遁。

旧金山湾，初上的华灯一片璀璨，像银河垂落，似黄金和钻石项链。海湾是一个狭长的内海，海峡上的金门大桥和横穿内海的海湾大桥如两根金簪，飞机低低飞过，桥上跑的车都看得清楚了。

飞机的起落架“咔咔”响起来了。司徒誉有些激动，有些梦幻，十几个钟头就来到了另一个世界，如此遥远又如此靠近，这一片灯火之下，有来自赤坎的族人在此世代繁衍。他们心里念念不忘的却是相隔万里之遥的几个旧祠堂。想到这里他有些感动。有了家族的人，这座西方的大都市就不陌生了。

接他们的是司徒氏教伦总堂的主席司徒启荣和副主席司徒卫国。司徒启荣个子高，脸很瘦，发际线也高，弯曲的眉毛生在眉骨突出处。他穿一件米色夹克衫，显得精干又随和，在出口老远睇见他们就笑了，一见面他双手握着司徒誉的手，连道："辛苦了，辛苦了！"又连忙来推行李。

从大厅玻璃大门出来就是敞开的走廊，马路修到了低低的走廊里面，路边停了一辆黑色面包车。一个中年男子落车，用生硬的汉语冲司徒誉叫"弟弟"。他白皮肤红头发，身体发福，小跑过来抱一抱司徒誉，又赶忙放开，忙着去搬行李。他麻利地把一个个大箱子从推车上放进车尾，放不下的又放到前面座位旁边。

他叫司徒达业，是个混血儿，中文说得比较困难。他的曾爷爷司徒文灿跟司徒誉的曾爷爷司徒文倡是亲兄弟。他代表司徒家族来迎接。家族在唐人街设宴接风。

车往中心城区唐人街开，路上车不多，马路不断变道。穿越市中心繁华的街道，车拐进了一个地下停车场。坐电梯上到地面，开门就是一个小广场。广场专门给电梯盖了一栋平房，这是一座中国古典寺庙式房屋，红柱、红梁和青瓦灰脊的坡屋顶。广场对面走廊也是中式坡屋顶，着意营造了一种中国情调。

司徒启荣带他们来到一根方柱前，柱顶有一条帆船模型。他介绍这里是花园角公园，后面就是唐人街。旧时这个地方叫砵士茂广场，当年这里就是海滨。

他指着帆船模型说：“这艘帆船是美国战船‘砵士茂号’，1846年7月9日，它在这里登陆，船长在这里升起了第一面美国国旗。一年多后就在这里发布了加州发现黄金的消息。”

司徒达业跟司徒誉说：“我们的先人是从这里上岸的，最早在这里修建房屋。我们家族每年要来这里团聚一次。今晚你来就特意选在这里。”他说得断断续续，但热情溢于言表。

司徒誉环顾四周，广场小得跟国内住宅小区的广场差不多。还有一个双手擎着火炬的少女雕像。旁边是大马路，马路对面一排大楼有十几层高，体量庞大。他不由感慨：“真是沧海桑田啊！”

拐进小街，房屋只有四层，有屋顶建中式凉亭的，有立面用挑檐装饰的，挑檐采用单坡屋顶，绿色琉璃瓦。招牌大都竖挂，有英文的，也有中文的。沿街开了珠宝玉器店、银行，最多的是餐厅，几十米距离内就有华圆酒家、四海酒家和庆年海鲜酒家。

到了华圆酒家门口，两位主席想就此告辞，司徒达业再三邀请，他们就一起进了饭店。

进入一个大包厢，里面坐满了人，他们都站了起来，纷纷过来握手。司徒誉只认得四位，他的亲叔叔司徒尚民、堂兄司徒达承，他们特地从外地赶到。还有两位长辈是司徒文东、司徒文灿的孙子司徒尚林和司徒尚上。

餐桌上，餐具用的是潮州的瓷器，饮的是铁观音，点的是粤菜，他们一落座，菜就上来了，有豉油鸡、蜜汁叉烧、粉丝虾米、鲍汁扣鹅掌、蚝汁烧鲍鱼、芝士伊面焗龙虾、凉瓜牛肉、酱爆蛏子等。

司徒誉感觉回到了一个大家庭，就像还没有离开中国。桌上他不但年龄最小，辈分也最低，他一个个给长辈敬酒。同行的李洋风和黄永和也无拘束感，相互敬起了酒。

说起当年老祖宗司徒贞铎和司徒贞远两兄弟，大家都敬佩不已。司徒尚林说：“老祖宗在这里上岸，什么都冇，面包都是从芝加哥运来的。恁时在山上淘金一天可以赚五百块，到处是黄金。山上还有印第安人。衣服要送到夏威夷去洗，洗一件衣服十五块。大家忙着淘金，有人做餐饮，有人洗衣服，也冇像样的房屋。老祖宗没去淘金，选择在旧金山砌屋，有胆识和定力啊！现在还有家族的人住他们做的房子。”

司徒家族现在做什么行业的都有，分散到了美国东西海岸，也有移民去加拿大、澳大利亚和菲律宾的。家族也有很多故事。二战时家族有人参军，一个被派驻塞班岛修机场，日军轰炸塞班岛时，他冒险灭火救人，被授予银质勋章。一个是机枪手，在新几内亚打死了六个日军，被授予航空勋章。他牺牲后连尸体都没找到。十几年后，意外发现他的名字被刻在旧金山圣马利广场纪念碑上。法国诺曼底登陆作战、朝鲜战场、越南战场也有司徒氏后人的身影。

大家关心司徒誉阿爷的情况，询问老人家身体状况。司徒誉说，阿爷的身体不是很好，但冇大碍。大家都长舒了一口气。他是家族的寿星，跟家族成员联系广泛，大家都祝福他健康长寿。

司徒誉说到此行阿爷对自己的叮嘱，一是代表他去看望他的弟弟司徒不平，老人家快九十岁了；二是去天使岛看看，阿爷经常发梦，梦到他的阿爹总是在岛上踯躅，可能是在寻找他的弟弟。

话题转到天使岛，自然说到司徒文冲当年失踪的事情，有说是死在移民羁留所，被驻美国的国民党害死；有说是美国共产党把他送到苏联去了；有说是遣送回国，被国民党杀害了；有说是被驱逐出境了。

美国共产党当年曾经通过国际工人保障会出面，代司徒文冲向地方法院起诉，坚持他有权留居美国。又通过产业劳工联合会发动工人进行示威游行，抗议当局将他遣返中国。

司徒尚民和司徒尚林去过天使岛。现在天使岛对外开放了，有人在岛上把自己祖辈在天使岛的遭遇刻到了碑上。美国出版了华人在移民羁留所墙壁上写的诗。这些诗是羁留所维修时发现的，墙壁上刻的诗有好几层，当年把诗粉刷掉，又有人在新的粉刷层上刻写。

去天使岛不是每天都有船去，司徒达业查到后天一早有一班船。大家一起商量行程，考虑到时间很紧，明天上午去风伦总公所召开恳亲会，下午抽时间去旅美开平同乡总会拜访，安排晚上看望老太公。后天由叔叔和堂兄陪司徒誉上岛，从岛上回来再拜访关氏元老并座谈。

司徒卫国说他的阿爹在天使岛关过半年，他也陪着上岛。

宴席要散了，桌上大都是老人，年长的七八十岁，他们跟司徒誉有些依依不舍。司徒誉说：“以后有机会我再来看望各位长辈，请阿爷阿叔多回家乡看看。”他把带的礼物和手信台山玉、红木摆件、新会陈皮和大沙茶分送给各位亲戚。

住宿订在都板街嘉兰酒店，一行人陪同来到酒店大堂登记入住。这时司徒誉才感到困乏了。

唐人街房屋普遍低矮，街道狭窄，路灯也不太明亮，商铺里卖的大都是中国的手工艺品。这里是旧金山最有特色的旅游地。

司徒誉第二次来唐人街，在酒店门口他看到一排大红灯笼横过马路，斜坡下面一座中式牌坊，进都板街要从牌坊大门下经过。对牌坊他印象很深，它并不旧，是唐人街的一个标志。

第一次来这里，他跟伍晓蕾在牌坊下面一起合过影，那时感觉到熟悉的气息，一座异域城市突然就不再陌生了。伍晓蕾特别兴奋，挽着他的手，沿着都板街往北走，街道是上坡路，她指给他看那些国产的货物，有些是民国的旧物。伍晓蕾十分留意来自中国大陆的产品，特别是户外用品，她一家都不放过。

在唐人街，环境是如此熟悉，连街巷的脚步声也是亲近的，仿佛染上了国内的烟火气。伍晓蕾在这里讲台山话，竟然也可通行。

现在，都板街变化依然不大，唤醒了他很多记忆。酒店对面的古玩珠宝店他跟伍晓蕾进去过，他给她买过一串珍珠项链。店铺早已关门，但微弱的灯光里，还能看得到那些商品。街上华人的身影少了，店铺和霓虹灯多了。华人不再在这里扎堆居住，很多人住到了日落区、利治文区。

晚上司徒誉做了一个梦，人出国了，梦还是开平的，只是梦很奇怪，他梦见了徐芷欣。第二天醒来，拉开窗帘，阳光如液体般溢满房间，窗外的景色让他脑海跳出了“蓝天碧日”一词。

天这么蓝，钻石般晶莹。太阳照得城市熠熠生辉。都板街对面背阳的房屋，阴影里浮现一层幽蓝，酒店一边的房屋被照得纤尘毕现。空气能见度这么好，他的视野也开阔了。

打开窗户，街上的老房子虽然五花八门有些零乱，但它带来了岁月和别样的生活气息。市中心泛美保险公司金字塔造型的高楼，挨着唐人街，除了金门大桥，它算得上旧金山的一个标志。

司徒誉睇到路边的街灯，绿色的铸铁杆，红色宫灯是一个微型的中式六角亭，底下还有三条金龙拱托。又睇到转角西餐厅旁有块木牌，上面写了“财记修鞋配锁匙”，“欢度中秋”的彩旗还飘在街头，他会心一笑。对他而言，高楼大厦远不如这些细微的东西让他心动。人在异乡，会不由自主地关注自己熟悉的东西。

四十二

司徒启荣和司徒卫国一早从家里开车过来，在楼下大堂等候。李洋风带上图书馆新出版的族谱和两套开平丛书，还有一件送界总公所的工艺纪念品。司徒誉提了一个电脑包，手提电脑里面有民国侨乡小镇策划案和赤坎古镇文化旅游项目资料，PPT都是团队精心制作的。

司徒誉打算开诚布公，把事情的来龙去脉，赤坎的现状和未来，工作的进展和遇到的困难全都讲清楚。这些事情没必要遮遮掩掩，越坦诚越好，事情本身是为了赤坎的发展，他相信华侨是会理解和支持的。

沿着都板街朝北走，街道微微向上倾斜。马路已经够窄了，路边还停了很多车。房屋外墙壁大都安装了铁爬梯，底层的梯子被吊起来了，阳光把铁梯投影在墙面，纵横交错的线条泛着淡蓝的色泽。司徒誉曾跟伍晓蕾猜测过这些梯子的用途，他们都认为梯子是火灾或是地震逃生时用的。

街上不时出现斗拱飞檐的坡屋顶，墙面多是红砖的清水墙，店铺招牌特别多，各种文字各种字体各种颜色，零乱中显出一种自由。

一路睇店铺，有广东商场、共和旅店、金山圣寺、华美银行、东方参茸药行、三宝堂推拿针灸、铁口神算风水命相馆、日新洗衣店、舌尖上的中国麻辣一品……最有中国生活气息的是卖干货和蔬菜的店铺，菠菜、红薯、芋头、藕、生姜、荸荠都带着田野乡风气息，连店员的笑都是中国地道乡土的。

海鲜干货有珧柱、海参、鲍鱼、花胶，这些全是中餐珍馐，产地有美洲、澳洲、亚洲和非洲，个头极大，食物来源是国际化的。

国内有的这里都有，只是感觉时间与国内相隔了一个年代。

司徒启荣走得很快，客人停下来睇某个地方时，他就热心讲解。街道都是网格状的，穿过萨克拉门托街、企李街，便是华盛顿街。司徒誉留意了一下企李街与都板街街口，这里是曾祖母上学经过的地方，一栋三层高的房屋，一楼商店底下摆了各种人物雕像，上面挂旗袍、运动衫，外墙上画满了中国古代的人像和马。他猜测房屋的年代，但无从判断。

司徒誉看到两个穿紧身裤的华人女子有些恍惚，觉得有可能迎面碰上邓月玮。她来旧金山后仿佛人间蒸发，再无她的消息。那张瓜子脸，尖尖的下巴，多少年都在他脑海里浮现。走在唐人街，她似乎无处不在，他感受得到她的气息。

沿都板街再走一小段路，往左拐入华盛顿街，这是一条上坡路，很快凤伦总公所就到了。街道倾斜得厉害，三开间的房屋，左边入口两层，右边三层。墙面漆成暗红色，挑檐的瓦油成了明黄色。大门贴深褐色大理石，上面刻一副金色对联："凤鸣盛德，伦正纲常。"司徒誉睇了一下门牌号"976"。

他很有感触，听阿爷说，他的母亲就住在华盛顿街，上学要从这里经过。她每天出家门，迎着太阳走一段路，在都板街右转，再右转进企李街，十字路口那栋画满中国古代人像和马的房屋，如果年代足够久远，那就是她每天看见的街景。这条路她走十多分钟，学校离住地很近。

一百多年后，同样一轮太阳东升，太平洋辽阔的风低低地吹来，一个名叫关璟娜的妹仔已无人知晓，她清晨曾踏响这条街道。司徒誉想起那一幕，瞬间怔住。又想到今天的一幕也会被海风吹远，消失得无影无踪。人永远是这个世界的过客。

司徒启荣邀请大家在门口合影，又请他们上楼。凤伦总公所主席司徒仲山、副主席司徒礼文来了，还有中文书记司徒子楼、司徒汉光等十几位昆仲热情相迎，大家握手、问候。

司徒汉光是从一百多公里远的地方赶来的。他退休后去寻找华侨最初到过的地方，在漫长的海岸线和大海湾，每当找到一处当年华侨劳动的地方，他就在那里帮人家种菜、养鱼，寻找华人当年生活的遗迹。这种发现和缅怀给了他心灵慰藉。

司徒礼文捐建了一座小学，多次给开平一中捐款，资助生活有困难的学生完成学业。司徒誉在赤坎接待过他。他对赤坎古镇项目非常关心，几次主动联系镇长了解情况。

楼上是间大房子，墙上挂满了黑白和彩色人像，他们是总公所的创办人、各届主席和夫人、司徒家族杰出的代表，还有各种证书、奖章、锦旗和合影。两个大窗间挂了一块“凤伦总公所”的牌匾，上面围了一条红布，顶上插了美国国旗和州旗。

窗前横摆一条长方桌，满铺红格桌布。这是总公所开会议事的地方。另一头设一座神龛，左右一对立柱，金龙缠绕，梁上双龙戏珠，挂了红色幔帐和宫灯，神龛上摆满司徒氏祖先的神位。

司徒誉在神位前双手合十，行三鞠躬之礼，拜祭司徒氏先人。他代表赤坎镇政府赠送了总公所礼物。

大家落座后，司徒仲山主席致欢迎词，他简单介绍了一下凤伦总公所的历史。总公所的凤代表薛姓，伦代表司徒，伦来自司徒氏的教以人伦，凤伦总公所是联姓公所。教伦总堂则是司徒氏的。他们联合举办过首届世界凤伦恳亲大会。每年春秋两季总公所举行祭祖活动，洛杉矶、西雅图的昆仲都来参加。

司徒誉发言先表明了来意，然后打开电脑，一边播放PPT，一边报告赤坎政府做的工作，要点是突出华侨和华侨文化，把赤坎打造成华侨文化地标，按世界级的文化休闲旅游地标准来开发，把它建成粤港澳文化旅游度假中心。这样的定位在座的人难以置信，原以为把他们的祖屋卖了，搞房地产开发，镇长提到保护华侨文化，让他们听了很欣慰。

司徒誉把电脑屏幕转过来给大家看，一个个设计效果图，让他们感觉政府做事非常认真。

再讲到政府征收，他问大家听到了什么消息。有人说是要拆祖屋，有人说政府强占，有人说政府有补偿金，果然真假莫辨。

司徒誉请李洋风详细说明征收政策。听完他的介绍，有人对政府征收后卖给公司提出了质疑。司徒誉解释为什么要这样做，谈到华侨人去楼空，房屋破败，无人维护维修，而政府既无力承担对私产进行加固改造，亦无法可依，三方合作是一个共赢的方案。他又解释了中国的体制和政府的角色定位。

有人提出为什么要把居民迁走。司徒誉介绍了乌镇的商业模式，又把居民不搬的难处简要说了一遍。

一位理事不愿意卖掉祖屋，他说：“赤坎不是经济问题，重要的是祖先的基业，不能被埋没。”

司徒誉解释：“首先，祖屋搬不走，还会保护得更好。其次现在全国都在快速发展，赤坎也要发展啊！当年我的曾祖父司徒文倡放弃省城的官不做，回来建设家乡，就是希望家乡变成一座城市，家乡人过上好日子。华侨先辈们出钱出力创造了赤坎的辉煌，也是这样一个共同的心愿，所以才有了今天的祖业。”

他说得有些激动，嘴唇微微颤抖，饮了一口茶，降低声调说：“我们后人应秉持同样的愿望来做今天的事情，这个才更符合祖辈的心愿。赤坎人是不服输的啊。把祖屋产权让出来，不但经济上有补偿，还可以带动赤坎发展，造福乡亲。大家要是考虑返来居住，我们还有置换房。”

听到司徒文倡是镇长的曾祖父，司徒仲山插话：“你曾祖父了不起啊！我阿爷经常说起他，他办事公道，夙夜在公，东埠建设他功不可没！当年他宁死不降日军，令人感佩啊！”又说：“司徒不徙是你阿爷吧？”

司徒誉点头，主席马上端正身子，语气庄重地说：“他是我们家族受人敬重的元老啊！老太公高寿，现在身体怎么样？”

司徒誉从主席的眼神里读到了更多的东西，里面有敬重、期望、喜出望外。“谢谢您的关心，老太公身体还好。”司徒誉诚意感谢。

主席又说：“老太公百岁寿诞，总公所发起祝寿。贵府不做寿，好不遗憾！老太公是我们家族一宝。”

司徒誉充满感激，他站了起来，双手合十，“国内有八项规定，不敢违规，也不便打扰各位昆仲。前辈的心意我们领了。”

司徒卫国说：“回去一定代我们问候老太公，祝福不徙元老身体健康！”

司徒誉连声说“谢谢”，又是鞠躬又是点头。他有意把曾祖父和爷爷搬出来，心里还是有些不安，阿爷的心愿他是知道的。

话题转到图书馆和五座祖祠上，这是他们最关心的事情。司徒启荣两次问起，他有些按捺不住了，上告信第一个落名的就是他。说到这个话题大家情绪就激动起来了。司徒誉看看吃午饭的时间到了，这个事情需要好好讨论，他提议吃了午饭再来谈。

一说到吃饭大家情绪马上放松了，老人们笑起来，热情邀请他们三位就座。

几个中年妇女特地赶过来做饭，饭菜已经摆到桌上了。两张餐桌拼到了一起，菜一式两份，豉油鸡、粉丝虾米、牛肉炒凉瓜、莲藕炖猪手、猪杂菜心、卤水拼盘，还有老火煲汤，都是开平家常菜。在旧金山中心城区吃地道的家乡菜感觉大不一样，有些奢侈，有些受宠若惊。

炒菜的阿姨才从国内移民过来，是她妹妹申请她来美国的。她家有一栋新砌的房屋，见镇长上桌她趁机问，她的房子是不是价钱卖低了。司徒誉问清情况，跟她说：“你才出来不久，你应该知道赤坎墟房价啊，没有征收哪有这个价钱。你起楼花了几多银纸，现在卖几多银纸，你赚得不少啊。”说完他笑一笑。

她还是忧心忡忡，说以后要是回去就没有房子住了。黄永和接话：“你要是考虑回去可以置换新房，你旧房变新房，面积又不少，还有补偿，这还不是美事吗？”

李洋风明白她又想卖房又想换房，拿不定主意，便劝她，先置换房屋。要卖的话，以后新房也可以卖啊。众人附和说这个好。大家都笑。

司徒礼文了解征收的情况，吃完饭就要谈图书馆和祠堂的事情，他觉得要给镇长做些铺垫，也代表总公所表一个态，他说：“过去我们的祖先经过艰辛的努力，将赤坎墟建成了全国甚至全世界的名镇，但今天的赤坎墟已经远远配不上名镇这个称号了。作为海外华人我们心里很着急。

“上次我回去，看到政府的规划和征收政策，保护赤坎墟旧建筑的同时，建一个新城，跟中国很多城市的发展一样，旧区进行改造，新区进行大规模建设，新旧区之间有机融合，将来城市汇聚起人气，赤坎墟自然就兴旺了。这是一个很好的发展宏图，是百年大计！我个人感到很振奋！有用得到我们的地方，我们愿意做些力所能及的事情。”

司徒礼文的一番肺腑之言，众昆仲听了频频点头。司徒誉听了很感动，他站起来向各位鞠了一躬。

四十三

图书馆和五座祖祠的问题全球司徒氏都关心。特别是五座祖祠的问题，司徒氏已经力争了二三十年。司徒誉一上任图书馆管委会就找他，要求他解决。这个问题牵涉面广，还有时代变迁中的各种机缘造成了目前的困境，这是一个死结。如果要谈，得从共产党成立之初提出反帝反封建民主革命纲领谈起，祠堂作为封建遗产没收是必然的。只是历史发展时代变化，做法不同了，以现在的眼光看似简单，但有些事情却是回不去的。

司徒启荣拿出了一份打印的文章,《祠堂是国人灵魂的栖息地》,原文发表在《人民日报》上，他激动地念了起来:“我一直笃信:祠堂，是大地上鲜活的遗存，是正宗的中国‘国粹’，是一方方最独特的‘中国印’。在那里，我们黄皮肤的中国人，都能寻找到我们的根，都能看到自己的‘胎记’。无疑，祠堂是存放我们乡愁的陈列馆，是安放我们灵魂的栖息地。一座祠堂，就像一位母亲……

“虽历尽沧桑，却总是天下儿女向往的地方。在那里，有先前的风气，有我们的老规矩；在那里，供奉着祖先牌位，供奉着天地人的大道理；在那里，血脉绵延，传承赓续，生生不息……”

在座的司徒氏有人抹眼泪。有人说:“写得太好了，写到我们心里去了。我们老了，祖祠就是一个寄托。”

司徒启荣念了一段停下来，对镇长说："我们也知道你们为难，但是，1953年土改时期，中央内务部199号文件第四条有明文规定，这样的祠堂是民间集体的私有财产不能征收。我们揾不到原件，能不能帮我们找一找？"

看见司徒誉点头，他又说："1976年落实华侨房产政策，五邑中有台山、恩平、新会、鹤山退回了没收的祠堂，只有开平赤坎冇退还，交给了当地房产部门，至今六十多年了。没有祠堂，我们司徒氏一年一度的宗亲大团聚也中断了六十多年！"

他越说越激动，说到当年数百个祖先神主牌被清走，他一生气，话都说不下去了。空气也陡然紧张起来。

司徒誉很警醒，不能接着这个话题说下去了，自己是来解决问题的，接受声讨的结果不但解决不了问题，还会把关系搞僵。

他对司徒氏的研究使他明白，人活在当下也活在历史中，每个人都是一个历史过程，是家族生命的一环。他们这种感情他完全可以理解。中国人崇拜祖先是对生命源头的敬畏和怀想。他要李洋风把司徒氏族谱拿过来，大家都关注他这个举动，不知道他要干什么。

司徒誉拿到厚厚的族谱，翻开来，说："这本书记载了我们大家生命的旅程，虽然有些简陋，但司徒氏每一代人都是非常认真非常神圣去对待的，全体族人参与了这一场生命的大书写。这是一种世代约定，我认为是人类的一种高级文明。前人定出班派，后人执行，这种约定和期许超越了时间和生命。今天我们能够看到司徒氏生命延续过程，我们的血脉在一代代传递下去。这也是社会秩序的建构。

“今天我们能万里之遥来到这个会所，你们相隔世代还念念不忘祖辈建造的祠堂，这说明我们的血浓于水，我们都是司徒昆仲，是一家人。我作为司徒氏后人，我的心情跟大家是一样的。”

全场鸦雀无声，街道上英语的交谈声都听得很清。司徒誉清了清嗓子，他调整了一下情绪，“我们的入粤始祖司徒宣翁，是一个‘忠厚朴素，敦行不怠，而智深勇沉’的人。他从安徽、江西入粤，到珠玑巷后，又一次南迁广州，最后来到新会水东石坑村定居。宣翁的七世孙司徒新唐，元朝末年迁到了赤坎的滘堤洲。我们都是他的后人。

“在座各位的祖先，一百多年前又漂洋过海，经历生死考验来到了美国，开辟了司徒氏另一部传奇。我的祖先当年也在花园角上岸，我昨晚到了那里，感受特别深。我们后人当然有责任保护前人留下的遗产，那是我们家族共同的财富。”

司徒誉的话打动了所有人，大家庭的气氛浓浓地笼罩在这个空间。他以司徒氏后人的身份拉近了彼此的距离，没有对立面，只有自己人。

他知道自己不能回避问题，既然是自己人就说自家话，“落实华侨房产政策时我还冇出生。我来家乡工作快六年了，一直在努力解决这个问题，但你们相信我，困难非常大。因为错过了政策机遇，在国内办事比登天还要难。不是我推卸责任，我回去一定会尽全力去做工作，但也要等待时机。既然六十多年过去了，就说明不是短时间内能解决的事情，大家一定要有耐心。”

再说下去他就有些言不由衷了，赶紧打住，将话题转到图书馆。这个也是让司徒昆仲恼火的问题，司徒誉不但要平息事件，还要做他们的工作，配合征收。他心里设想了多套方案，最低目标是要控制好舆情。

他知道李玉虹为什么要他来美国，这个活太危险，要是完不成，舆情发酵，甚至演变成影响国际的事件，他的前途可想而知。他现在才感到后果严重。

他把话题先转到司徒氏捐款建校的事情上来。教伦中学计划筹办建校三十周年大庆，这所三千学生就读的中学是华侨捐款两千多万元在赤坎兴建的。司徒誉代学校向他们发出邀请，请他们来赤坎做客。

司徒誉了解过司徒启荣的情况，不久前他选上教伦总堂主席，他也是风伦总公所第一副主席。他家是个大家族，曾祖父在澳门做生意，他的八个孩子，分散到了香港、澳门、广州和开平，在开平的儿子就是司徒启荣的阿爷。他们在香港的家族倡导建教伦中学并捐港币两百万，学校的设计者司徒国鎏也来自他们家族。司徒誉特意对司徒启荣说:“你一定要返来啊!”

司徒启荣一家解放前夕离开赤坎来到澳门，几年后到了香港。司徒启荣十六岁从香港到美国，投奔他的外祖父。他一边打工，一边学习，二十岁考入大学商科，毕业后从事再生塑胶贸易。

镇长盛情发出邀请，李洋风和黄永和也热情相邀。李洋风说，你们来实地看看就明白的，这是家乡难得的一次机会。

但说到图书馆征收，他们都不肯答应，可以配合公司的运作，但这是祖业，是司徒氏的根，不能卖。卖图书馆就是卖祖宗。五个祖祠没有了，不能再失去图书馆。

司徒誉知道不可能来一趟就说服他们，他提出可以政府出面给司徒氏再建一个新馆。他们都摇头。司徒仲山说："那不一样，旧馆有我们对先人的缅怀，有我们家族的感情，新馆就是一栋房屋。"

司徒仲山说得的确有道理，司徒誉的双重身份令他左右为难，但他来美国是以镇长身份来的，他要履职。他又试探地问："换使用权，保留产权，可不可以考虑?"有人反对，有人沉默。这个方案还是他个人的想法。

司徒启荣问："征我们的图书馆去做什么用?"

司徒誉坦率回答："我不确定。中荣公司说要根据以后的情况来定，估计还是做图书馆。他们保证不会损坏它。"

有人"哦——"，语气里透出反感和担心。有人说："这是商业秘密吗?"

要再谈下去不会有好的结果，司徒誉见好就收。他想换个角度和环境再做工作。他便把话题又转到他正组织采写的乡村记忆的书，希望各位有自己村的故事可以告诉他。他跟每位加微信，没有微信的就留手机号。

司徒荫翰元老来了，他特意送来了旅美开平同乡总会一百周年纪念特刊，这是他开的印刷厂印的。他握着司徒誉的手，说自己老了，怕是再难回家乡了。老人家主动提出跟家乡来的乡亲合影留念。元老站在中间，如雪的发丝，佝偻的身子，他显得恁么瘦小，司徒誉站在他的身边，紧紧地握着他的手。

听了古镇开发的设想，元老支持政府的决策。他跟司徒启荣说："你们都离开老家几十年了，什么情况都不知道，就别乱掺和啦。"

他后悔的是回家乡太少了，人老了，就只有故乡和亲人了。没想到人生就是眨眼间的事。从前以为人生最重要的事，现在都只不过是平平淡淡的往事。

司徒誉宽慰元老，给他送上赤坎的画册和纪念品，还有"金山阿伯"的火蒜、柑普茶和冬蓉饼。元老睇到商标上的头像，牛仔帽、金丝眼镜和领带，笑了笑说："金山伯好形象啊。谢谢啦！"

伍氏元老伍柱钧赶过来了，他是伍晓蕾的叔叔。司徒誉跟伍晓蕾旅行结婚来旧金山就住在他家里。伍柱钧是广东省侨联顾问、美洲中国统一促进会联合总会会长，与各公所联系密切。他请大家去伍胥山总公所访问。

伍氏在美国人数众多，来美国最早。司徒誉步行去天后庙街的伍胥山总公所，伍柱钧一路介绍沿街的公所和会馆，说起台湾与大陆、老侨与新侨融合的历史，说到自己的侄女如何好如何优秀，一个人也不容易，要一家人在一起才好。他是来替伍晓蕾做工作的。

四十四

清晨，渔人码头有些冷清。烟蓝色的云涂了一抹淡红的朝霞。海湾阴冷的风阵阵吹来，低低刮过码头的坡屋顶、露台和亭子，吹得椰子树长长的叶子大幅度摇摆。港湾停泊的白色游艇的高高的桅杆与山坡地上泛美保险公司尖尖的高楼一同指向苍穹，提示着天的辽阔。

39号码头是海狮聚集地，它们挤在木板台上，一个个爬上又跃下，相互打斗，以把对方挤下海去为乐，又以出其不意的方式从另一侧爬上来而扬扬得意。

旁边几十张台板空着，它们只往几张台上挤。有的昂起头，嘴巴碰嘴巴，相互摩挲、撞击，打情骂俏。长长的须，圆圆的眼，短短的脚蹼，司徒誉被它们的憨态逗乐了。

也有喜欢安静的海狮，它们懒洋洋、孤零零躺在台板上，等着太阳出来。朝阳照射到远处的金门大桥，红色的桥身愈加通红。

海面空荡荡的。旧金山不再停泊军舰，海湾冷清多了，早晨只看到一艘轮船。

远处的阿尔卡特拉斯岛像块巨大的礁石，沿岸可见陡峭的白色岩石，白色房屋建在岛的中央，两层高的建筑看得见窗洞。

美国内战与西班牙战争期间，阿尔卡特拉斯岛是军事监狱，后来做了联邦监狱，还没有人活着从岛上逃出来过。20世纪60年代印第安人占据后，两年后又撤出。

阿尔卡特拉斯岛后面是天使岛，岛上山高林密，房屋隐约可见。天使岛后面是东海岸，远山连绵，山下城区光斑点点。

司徒誉跟阿叔和堂哥在海狮前留影。司徒卫国一到，他们一起去2号轮船码头坐船。

乘客排队上船，白色渡轮掉头，迎着太阳驶向对岸。海面长风浩荡，旧金山中心城区渐渐退到一面山坡上，像一座岛屿。南面海湾大桥伸向水色苍茫的远方，北面金门大桥跨过海峡，连接起马林县的山脉。碧绿的波涛从金门大桥下一路向内海翻腾而来，一丛丛雪浪花火焰似的腾空而起。

绕行阿尔卡特拉斯岛，岛上低处建了房屋，周围看不到树木。天使岛地势跟它不一样，海岸不是悬崖但依然陡峭，处处裸露褐色的岩石，山势较平缓，山上树木苍苍。经过一处工地，泥土呈红褐色，也许在修建一个码头。

船从西面靠近，往北绕行，驶过几个岬角，岛的东面出现了一个海湾，码头出现了。

一只雄鹰在天空翱翔。司徒誉一直盯着这座海岛，不知道是一种什么心情，一个早已熟悉却又完全陌生的地方，往事仿佛藏在森林深处，连林梢上薄薄的雾都捎有某种信息，时空正在相遇，恍惚间要被遇见。

鹰向着他俯冲，挨近时彼此看到了对方的眼神。司徒誉从没有这样近距离跟鹰对视过。

曾祖父，百年后您的曾孙来到苦难的现场，能触及您的一些感受吗？登岛的时辰跟您一样，眼里的海和山也是您当年眼中所见，恁时您还是个少年，我比您当年大多了，这座岛影响了您的一生。

码头愈来愈近，一股忧伤的情绪猛然袭来。

船上乘客很少，除了四个中国人，全都是白人。一个旅游团跟他们一同上了岸。轮船下客后，驶去东海岸。码头又空荡荡的，栖满了海鸥。

司徒誉怔怔地看了看码头，感觉曾爷爷从船上提着笨重的行李下来，他的脑后留着一条长辫吧，正如老照片看到的那样，走到了脚下这片土地。似乎听到了跫音，空气中飘过惶恐与不安……

圆弧形的海岸筑了一条水泥路，路边停了一长排白色电瓶车。海湾的木楼黑色的瓦红色的烟囱，木板墙油米白色和黄褐色漆，立柱也是木制的，做成方形。这是当年的建筑？老房子里一定设有壁炉。

司徒卫国给他们买了上山的车票，旅行团的人往山上走，他们等了好久，才有一个肥胖的中年男人叫他们上车。

满山的树木司徒誉只认得松树。山下的树像速生桉，山上的树，树叶细小，树干笔直，有的树皮纵横交错像松树一样饱经沧桑。山与山并无多少不同，开平的山也与之相似。

公路弯弯曲曲，拐过几道坡后，海又在山脚下出现了，枯黄的草丛间，海由绿色转为蓝色。下坡进入一条山谷，羁留所到了。

“您下船要走这么长的山路?”司徒誉一边往山谷走，一边寻思。前面就是海，高高的椰子树下，有个木架，挂了一口巨大的铜钟。地面岩石上刻了一幅世界地图，虚线画出了环太平洋地区到天使岛的航线。上下两排图文，全是当年的照片和说明。照片中的人都是面无表情的唐人。

司徒誉看到一幅由栈桥连接轮船与岸的照片，岸上穿制服的移民官虎视眈眈看着乘客下船。中国人穿宽大的青衣，拖着一根长辫，长扁担挑着两口箱子，低着头，小心翼翼地走在栈桥的一侧，一眼就能看出来。

照片旁边写了一段中英文:“在横越海洋之后，一个移民踏上美国国土的第一步却是通向移民羁留所的码头。顿时，他们就深陷于不熟悉的环境、语言和习俗以及渺茫的命运。‘那真是一次艰辛的旅程。当时，我年仅十二岁，我得跟别的人挤在一起，我们数百人在下面货舱内挤成一堆。床上是床，堆得都不能再高了……’”

这一段话落款是约翰·F. 路易，写于1936年天使岛。这是移民来天使岛的一个记录。中国人来到这里，刚刚经历了海上生死考验，很多人因病而亡，被抛入了大海。

司徒誉对比图片发现，铜钟的位置就是当年的码头，刻地图的地方正是当年行政大楼的地坪。欧洲人和妇女孩子上岸进入行政大楼二楼，他们与非裔、亚裔是分开的。这栋楼房在1940年被一场大火烧毁了。羁留所因此也转去了三藩市。这里又被当作二战战俘营。

海水退了，码头移到了别处更低的地方。天使岛也在经历沧海桑田。

地图一侧，紧靠山坡立了一堵墙，墙上嵌了一排黑石，黑石上用中英文刻下了中国人的名字和他们故乡的信息——曾保恩、陈桂英、刘吉藻、刘伍诚意、陈辉光、陈黄氏、陈荣瀚、陈朱英香、邝煜敬、余专珠……一路看过去，好多台山人。司徒誉感到震撼。台山人来美国最早，人数最多，当年唐人街通行台山话，台山话被称为唐话。

看到“司徒小玲”，来自开平蚬冈乡中和里，他是司徒濂川家族的。司徒惠华只有名字没有地址，还有开平德堂里、隆兴村的关金婺和胡持耀。

朱联芳、朱温美爱的碑刻得很大，他们的后人在上面写下了自己的感受：“缘何离乡背井？慈父心有谁知。他未提起，子女也没尝探问。闯荡于异乡美国，这片与家乡朱洞村那么不一样的天地，十七岁的台山少年，何所思何所想？被囚天使岛那般滋味，是彷徨还是焦虑……”

司徒誉默默寻找曾祖父走的路线，从行政大楼右侧来到了山坡地。坡上两栋木屋被高高的铁丝网包围了，它是专为中国和日本人建的，一栋是二层楼的营房，一栋是一层楼的餐厅。营房前一条架空的走廊，梯级通向营房大门，走廊上面盖瓦，廊道两边用铁丝网围蔽。

踏着木梯听着“咚、咚、咚”空荡的回音，司徒誉走进被铁丝网封死的走廊，眼前出现了一群四邑老乡——几十级木楼梯突然被他们踩得吱吱咔咔响。曾祖父就在人群里，他船坐久了，像疍家人上岸晕陆地，走廊上他感觉比船还要晃荡，行路趔趄。对铁丝网本能的恐惧和反感，对前后荷枪警卫的看守，他预感不妙，大声质问……

司徒誉紧紧跟随他的脚步来到大门前。突然就异常安静了，木门上了锁。他轻轻叩一叩门……

久久站立，他默念起曾祖父的诗。诗就是在里面房间写的。他到了曾祖父被关的地方，触到了曾祖父不曾言说的隐私，这隐秘的痛苦一生都在折磨着曾祖父。这一刻，他理解了——“弃书荒砚万里洋，孤岛木楼困日长。怎料埃仑委身地，不作国民作洋奴”。

曾爷爷在天使岛的遭遇影响了子孙的命运，他的四个儿女，除了最小的儿子很晚才出国，后代都没人再来美国。司徒誉不肯跟太太移民美国，他觉得与从小读曾爷爷天使岛的诗也有一些关系。他自幼把美国想象得很恐怖。

羁留所只有他们四个人，管理人员不见踪影。司徒达承说，我们来得太早，一阵间会有管理人员来的。

他们沿着营房走到后面山坡上，草木枯黄一片，从木屋间露出的海愈加青蓝。穿过林间的风特别阴冷。屋后铁丝网围出的一个小院，是一块几十米宽的狭长坡地，北面挡土墙上铁丝网用了粗的钢管。羁留者从二楼西边一道门出来，在坡地上走动，偶尔打打排球。这道后院门早餐后打开，晚餐后关闭。

司徒誉睇到一张眉头紧锁的脸，朝他望了一眼。随即老鹰扑了下来，从他面前掠过，他又一次与鹰眼对视。老鹰朝着大海飞去，司徒誉看到它的背影若有所思。

司徒卫国说，我们就在这里祭奠吧。他带了香和点心。司徒誉感觉有些异样，似乎房里的人离开不久，还有某种存在的东西。他马上说："这里好。"

阿叔点燃打火机，为司徒誉和司徒卫国两人点香。司徒誉来到刚才产生错觉的地方，在草地上分两处插香，每处三炷香，在香后摆上点心和橙子、绿提、苹果，又摆了一束鲜花。他给两位曾爷爷各写了一封信，跪在一片枯草地上，点燃了信纸。

青烟缭绕，被风吹得左右摇摆，凌空舞蹈似的。四周一片寂静，婆娑的树叶声清晰入耳。司徒尚民、司徒达承在他身后跪下。司徒誉喊了两位曾爷爷，说你们的后人从万里之遥的故乡来到了天使岛，特意来看望你们，希望你们在另一个世界过得开心，不再有天使岛的磨难。祈愿灵魂安息，回到赤坎故里。愿香火送上子孙的问候和祝福，天堂里再没有悲伤。

三个人向着营房叩头时，黑鹰又飞过来了，在他们的头顶盘旋。司徒誉抬头对老鹰说："请给祖先灵魂自由，像鹰一样享受辽阔天地，永远往来自由！愿曾爷爷们灵魂安息。"黑鹰尖叫一声飞走了。

他们又来到海边的一处高地，天使岛和东岸之间的海面尽收眼底，一块黑石纪念碑高高耸立，上面写了"别井离乡漂流羁木屋，开天辟地创业在金门"，立碑时间为1978年中秋。碑是一位餐馆老板捐建的，以此纪念华人移民为美国做出的贡献，2006年重建移民羁留所遗址时移到了这个位置。

阿叔说，天使岛并非一座荒岛，他看过资料，米瓦族的辉门族群在这里住了几千年，考古挖出了贝冢化石、火炉和岩石的炉箱。

旅行团的人来到了山谷，他们在导游带领下在各处参观。又等了一阵间，终于来人打开了营房大门。他们跟在团队后面再次走进走廊。进大门的时候，两个身体粗壮的白人男子拦住了他们，喊管理人员来阻拦他们，两人强行把他们赶出了门，把大门反锁了。

司徒誉非常生气，“这太不友好了！”司徒卫国气愤地说：“这是歧视！”美国有人依然从骨子里歧视华人。

等到又有人来了，第二次开门，他们才进入营房。

上了二楼，日本人往左，华人往右。华人进入走廊再左拐，经过储物室，所有人的行李都要放进这里。司徒誉想，老乡们一定很紧张，贵重的东西不知道该取出来还是放在里面，犹豫之间会遭到看守的呵斥。

走进大房间，房里密密地竖起一根根铁杆，碌架床分两边支在铁杆上，床很窄，大约半米。床架了三层，不睡觉时床板往上翻起来。

铁床架上摆放了当年的旧物：礼帽、脸盆、木梳、剃须刀、三寸绣花鞋、竹篮、象棋、二胡、纸牌、象牙雕、毛笔、笔架、印章和书，挂了衣服、毛巾，只有被子是新的。羁留者为打发时间，有人聚在一起赌博，玩牌九、番摊和麻雀牌。

窗户也安装了铁丝网。司徒誉紧贴窗口望向山谷，对面的山坡和房屋看得很清楚，海只看得见左边的一角。他又找其他窗户，终于有一扇是能看到海的，他心里默诵“寒雁孤飞夜茫茫，漂萍如寄海中央”，曾爷爷肯定在这扇窗眺望过，他心里有些许安慰似的。

从屋外侧墙的楼梯下楼，经过一块地坪。这里就是当年老乡们脱光衣服的地方，移民官用一根水管往他们身上喷洒硫黄水。他们又穿上裤子，裸露着上身，排队进入餐厅，一个个接受身体检查。有的人被要求抽血、验粪便。

餐厅、地坪和木楼全都被铁丝网高高围起来了。餐厅没有座位，所有人都得站着吃饭。

羁留所中文介绍，羁留人员第一个月主要检查身体和问话。房间里一个主审问官、一个监审官和一个翻译，旁边一个打字员。主审官先要问话对象宣誓，发誓不说假话，没有口供纸。他的问话颠来倒去，循环往复，陈年旧事也不放过，一问就是两个钟头，一个人一连问三天。

司徒卫国给司徒誉讲了一个新宁伍姓人被遣返的故事，主审官问他，你爸爸结婚时，你在干什么？他回答，我在接待亲戚。审问官说，Good bye! No!

他说的是实话，他阿爹原配过世后再娶，他恁时已有十岁。他的阿爹怕劳烦，没有到旧金山移民局报告自己再婚的情况。

司徒誉在木墙壁上寻找诗歌，没想到到处都是，有的能清晰地辨认，有些模糊不清，有的只有一部分。他渴望找到曾爷爷写的，但诗大都没有署名，他想，要是读到曾爷爷的诗，曾爷爷的风格他是能读出来的。他一首首读过去，模糊的字他左右顺光逆光辨认，读得很辛苦："忆昔当年苦未从，坚心出外觅陶公。岁月蹉跎仍未了，至今犹困岛孤中。"作者的苦闷、懊悔如在眼前。

更强烈的痛苦是这首署名台山助苗长者题的诗："飘零湖海倏经秋，万劫才过作楚囚。伍子吹箫怀雪恨，苏卿持节誓报仇。霁云射矢非多事，勾践卧薪却有由。激烈肝胆轻一决，苍天诺否此志酬？"司徒誉被触动了，此情此景此诗，他想曾祖父何尝不是这样。

有两首诗司徒誉觉得颇像曾祖父的风格，也许是他另一种心情的写照。他把诗拍了下来。"西风吹动薄罗裳，山坐高楼板木房。意好子娘云欲远，月明偏受夜更长。床头有酒心常醉，枕底无花梦不香。一副幽情何心寄，全凭知己解凄凉。"另一首是："木屋闲来把窗开，晓风明月共徘徊。故乡远忆云山断，小岛微闻寒雁哀。失路英雄空说剑，穷途骚士且登台。应知国弱人心死，何事囚困此处来？"

他琢磨了一下，觉得第二首更像曾爷爷的风格和为人。

司徒卫国也跟着司徒誉读诗。他说起一首有名的回文诗，是一个名叫余庭槐的新宁人在船上写的，恁时他身染重病，已经知道自己回不了家乡。司徒誉问他还记不记得，他说手机里保存了。司徒卫国找出来念给司徒誉听："枯眼望遥山隔海，往来曾见几相知。壶空怕酌斟杯酒，笔下难成和韵诗。途路阻人离别久，信音无雁寄归迟。孤灯独守长寥寂，夫忆妻时父忆儿。”

这是老侨思念妻儿的诗。司徒卫国要镇长听好，他倒过来读一遍：“儿忆父时妻忆夫，寂寥长守独灯孤。迟归寄雁无音信，久别离人阻路途。诗韵和成难下笔，酒杯斟酌怕空壶。知相几见曾来往，海隔山遥望眼枯。”这又变成了妻儿思念父亲和丈夫的诗了。司徒誉大为感叹，要司徒卫国把诗发给自己。

时间过得飞快，回程航班快到了，阿叔催促他下山。堂兄打了司机的电话。车快到了，司徒誉不得不放弃寻诗。

搭车下山，他感觉有人在注视，频频回头，他又看到了那只鹰向着山谷俯冲。他在心里默念：“曾爷爷，一切都过去了，中国已经强大。您就跟随曾孙回家吧。”

四十五

下午，关家公所副主席关则荃来酒店接司徒誉去士德顿街。他是大梧村人，20世纪80年代初来美国，他跟司徒誉在大梧村参加过文化楼揭幕仪式，不久前他又回了一趟赤坎，两人相见分外亲切。

在关家公所召开恳亲会，老书记黄永和跟关氏元老交情很深，他们先叙旧，然后司徒誉介绍古镇定位和新区设想，展示设计效果图，说明政府征收政策。

公所几位主席提了一些问题，对赤坎政府的做法表示赞同，对中荣公司有些不放心，明确表示关族图书馆和关氏大宗祠不卖、不租、不代管、不置换四个原则。这样做是确保祖先的物业能继续延续下去，让海外关氏子孙永远记得这根。

关家公所的意见早在意料之中，司徒誉也能理解，他只要求他们对项目有所了解，求得理解和支持。图书馆和祠堂征收难他不是不知道，但也没有想到这么难。

司徒誉是一个从不愁眉苦脸的人，想起当初设想的困难他还是太乐观了。一个浸泡了岁月记忆和数代人情感的建筑，成了后人情感和精神的支柱和寄托。通过自身的经历，他又重新感受和认识了祠堂和图书馆的意义。它们是血缘的一个象征，仿佛家族的图腾。即使相隔万水千山，依然能让家族的子孙团结在它的周围。这是一种珍贵的情感，从家族到民族到国家，这是最基础最根本的情感。

然而中荣公司一定要把它们征到手。随着项目的推进，所有合作方都认识到了，赤坎古镇这个项目华侨文化是它的根和魂，如果没有华侨文化，这就是一个商业项目。而图书馆和祠堂又是华侨文化的灵魂，是项目能否成功的重要因素之一，没有它们，赤坎的故事、华侨的故事讲不好。

关则荃认为这是赤坎百年难逢的机遇，这一步走好了，赤坎再现昔日的辉煌指日可待。这次回赤坎，他当即把征收款的一半捐给了政府，表示对项目的支持。

司徒誉提起旧金山、洛杉矶报纸刊登有关赤坎墟征收的文章，关则荃气愤地说，这是故意歪曲，什么二次土改、侵吞华侨资产、拆祖屋，全都是假话，别有用心！

他表示自己要发声，把了解的情况告诉关氏昆仲，又建议政府做些针对性的解释工作，在公开的场合或是网络，将古镇规划和未来营运方式等，给大家讲清楚，还要建立一个畅通的沟通渠道，最好有一个专门的机构，跟业主重点沟通。

洛杉矶关氏宗亲会两位主席刚好在旧金山，就一起参加了恳亲会。他们表示，回去马上解释清楚，一定积极支持家乡的建设。听说镇长时间紧张，两位主席表示不用镇长来关氏宗亲会，都是一家人，宗亲会一定做好洛杉矶那边的工作。

从关家公所出来，伍晓蕾的电话就打过来了，商定洛杉矶的行程。在洛杉矶他们要拜访罗省风伦公所，考察丹麦古镇，如果时间允许，去好莱坞星光大道看看。赤坎要打造一个电影之城，开阔一下眼界是有必要的。

司徒誉想来想去，第二天去丹麦小镇正好是周六，可以公私兼顾，一家人同去。伍晓蕾坚持要他一起去十字门购物，她想给司徒誉买些品牌衣服、鞋子和用品。丹麦小镇她在做户外产品推广时去过太多次了。女儿要他陪自己去橙县迪士尼乐园玩。

司徒誉去丹麦小镇是工作，电话里他多次做伍晓蕾的工作，她总是嬉皮笑脸，老是岔开话题。女儿的愿望他很想满足，他打算让李洋风和黄永和去好莱坞，他陪女儿去玩半天迪士尼，晚上搭飞机去多伦多。

伍晓蕾来美国五年了，去年她跟律师签署了申请绿卡的协议，填写了有关信息，提交了材料和文件，支付了两笔律师费。在美国她已经站稳脚跟，她决定移民。

这些年她过得并不容易，新成立的公司要开拓业务，投资办中文补习班，女儿上学，自己还要到社区大学学英语，一路打拼，刚刚可以喘一口气。

第二天一早飞洛杉矶，飞机升空后往南飞。远处内华达山脉上的积雪在初升的太阳下分外耀目，山脉分开了两个不同的世界。东方一片黄褐色的是内华达沙漠，脚下的山脉低矮、断续，相间大片盆地，那里是一个个农场连绵不绝的种植园。西面跟天空同样瓦蓝的是太平洋，纯粹得像一张蓝颜色贴纸。

飞行一个多钟头后，飞机降落在洛杉矶安大略机场。洛杉矶安排的公务车等在机场，由于是美国国内航班不用过海关，他们等到行李，联系上司机，直接去一家华人开的上岛大酒楼。这家酒楼粤菜做得十分地道。

午餐是司徒誉同学司徒天宇张罗的，他请来了蒙特利公园市华人市长和亚洲人商会会长等人作陪。伍晓蕾早早来到餐馆等他，她一直在微信联系，询问他到达的位置。

车停在餐馆地坪，大家都在广场迎接。伍晓蕾站在司徒天宇旁边，三年不见了，感觉变得遥远的一个人突然出现，有些期待，有些兴奋，也有些隔阂和生分。

司徒誉下车朝她一笑，转瞬之间，熟悉的一切仿佛又返来了。这熟悉属于从前的岁月，隔着一段悬崖一样的时间。三年时间一天天过来是如此漫长又坚硬，见面后又像雾一样轻盈，似乎可以忽略。在雾里随时间新生的东西正在退场，被旧的情感淹没。

司徒誉一一握过手，面对她，两人互相睇着对方，不知道该说什么，握手不对，不握手也不对。在他们眼里，对方都消瘦了，都有些憔悴，彼此有一种心痛的感觉。

伍晓蕾蜜色的皮肤仍然润滑，牙齿雪白，但浓密的头发却没有昔日的光泽了。她笑一笑，“他们等你好久啦。”她挽起他的手臂就往里面走。这是她习惯性的动作，但他感觉出了不自然的成分。

上岛大酒楼建在一片开阔地上，只有一层楼，酒楼很大，大厅显得有些空荡。包房也很大，午餐十分丰盛，龙虾、螃蟹、燕窝、鲍鱼、东星斑都上了，大得夸张的高脚杯碰杯时发出金属般的响声，十分悦耳。

有了微信和自媒体再也不是“君自故乡来，应知故乡事”了，主人对家乡的了解一点也不比司徒誉少，大家谈论国内时事彼此毫无障碍，一阵间是洛杉矶的生活和工作，一阵间是跟广东联系和交往的情况。市长来自香港，说起香港跟内地关系的话题，引起一阵热议。

司徒誉跟伍晓蕾商量行程，两人还在争执，最后伍晓蕾同意明天一家人开车去丹麦小镇，她提议在圣巴巴拉海边住一晚。第二天上午直接去迪士尼，然后她和女儿送他去机场。

李洋风建议在丹麦小镇他们一家自己玩，他和黄永和单独行动，反正都是看，分开来还能多看一些内容。他是想多留一点时间给他们。

饭后，司徒天宇带他们去罗省凤伦公所。伍晓蕾下午有课，晚上她自己下厨，司徒誉回家吃饭。司徒天宇跟伍晓蕾都住在核桃市，两家离得不远，司徒誉请他一起到家里吃饭，司徒天宇笑一笑说："你们两口子难得一聚，我就不当电灯泡啦。"

司徒誉坐进司徒天宇的车里，两人在一起感觉轻松多了，小空间里弥漫着醉人的情谊。司徒天宇问能不能多留两天，司徒誉摇头，"出国违反行程规定犯纪啊！现在什么都从紧从严啦。"

司徒天宇又问他考不考虑移民，司徒誉反过来问："你为什么还不移民?"

这也是司徒天宇一直纠结的问题，他来美国快十年了，还在为移不移民纠结。他一直拿的是绿卡，不愿意放弃中国籍，内心深处他无法认同自己不是一个中国人。他时常从梦中惊醒，做的是同一个梦—— 一群人宣誓加入美国籍，有人来缴他的绿卡，他总是这个时候惊醒——庆幸又是一场梦。

司徒天宇出国前办调味品厂，到美国做调味品生意，国内的工厂还在继续办。现在又转做物流仓储生意。他来美国的情形跟司徒誉和伍晓蕾一样，太太要跟着父母移民。司徒天宇第一次到洛杉矶，只住了一个多月就跑回去了，他住不习惯，更思念家乡。他年年在两个国家来回跑，超过半年不回国就心神不宁。别人称他为华侨，他就问自己：“何谓华侨？”

司徒誉的处境他自然感同身受，但他们还不一样。司徒誉是公务员，来美国的确难以找到发展的机会，连找个合适的工作都难，但夫妻长期分居也不现实。有几次他碰到伍晓蕾跟一个白人男子在苏珊娜公园散步，有时是在圣何塞山步行道，他想把这个情况告诉老同学，但又觉得不应把自己搅进他们夫妻之间去。他提醒老同学：“有些事情当断则断啊。”

司徒誉叹息一声，“伍晓蕾在申请绿卡，她的绿卡批下来，我就成了‘裸官’。按照规定，不能再担任镇长了。”

司徒天宇知道在中国裸官意味着什么，他不知道该给司徒誉什么建议，总不能劝人家散伙吧。

望着窗外波浪一样高低起伏的地形。这片土地长年被阳光照晒，地表像戈壁一样干涸。椰树高高举向天空，像一面面旗杆，树冠升向天空的姿态像人不切实际的幻想。司徒誉想，这些葱茏的树木没有水来浇灌很快就会枯干，草木的精气神全都在这些水上。

路边房屋大多是坡屋顶，楼宇一片一片从车外闪过。街上白人、黑人、黄种人都有，但人影极少。司徒誉突然很有感触，“人生这条路，每个人都在自己走，人与人无非是相遇和分离，最终谁都会离开这个世界”。

想不到老同学情绪突然这样低落，司徒天宇说：“人都是孤独的，这个我来美国后体会最深。人与人之间不管多亲密，最后都会淡薄，都会变化。”

他这番话是自己的体会，也是暗暗提醒他，劝解他。

司徒天宇琢磨伍晓蕾这个人很久了，她看似直爽、随和，但她的主意却常让人感到意外，他不知道她心里到底是怎么想的。在国内时他们就相识，她给人感性、热情、开朗又很自立的印象，说话坦率、直接，但又很懂得察言观色。她既小鸟依人，又很独立自强。

在圣安东尼奥学院学习，她的英语说得不好，她主动跟学得好的同学去对话，一年后，语言过了关，好多人成了她的朋友。她是一个适应能力极强的女人，到了任何一个陌生的环境她也不会感到生疏。

是司徒天宇建议她来核桃市买房子的。次贷危机后，洛杉矶房价下降了一半，伍晓蕾到美国时房价还没有升，她买房的时机正是美国房屋最便宜的时候。伍晓蕾看中了老区一栋二手房，房子三百多平方米，院子有一千多平方米，房价从六十万美元谈到了五十万。她计划把江门的房子卖了，但老公不肯出国，江门的房子不能卖，她到华人开的华美银行贷了款。

华人喜欢投资核桃市学区房，核桃山谷联合学区是南加州顶级公立学区之一，小城还是全美一百个最好的居住城市之一，有小瑞士之誉，不但安静，华人华侨也多，市长就是台湾人。

伍晓蕾住进来后，发现办中文补习班很有市场，第二年她就投资租了一间门面，请了中文教师，办起了“核桃中文”。女儿司徒攸秀就读核桃小学，这是司徒天宇儿子上学的地方，他帮助她女儿入了学。

伍晓蕾在洛杉矶很快就吃得开了。她的交际圈里有很多白人黑人。司徒天宇感觉她对婚姻并没那么看重，也许这种自由的状态更合适她。这一点司徒誉是不会知道的。

车走了半个钟头后到了唐人街，司徒天宇放慢车速。司徒誉来过这里，洛杉矶唐人街不像旧金山那样有生活气息，房屋大都是公共建筑，牌坊、堂馆、庙宇、寺塔、商场、办公楼，分布松散。街道也是曲折的，但街面很宽。中山广场塑了孙中山雕像，还有一尊李小龙像。当年孙中山四次来到洛杉矶，争取侨胞支持革命。李小龙曾在这里开武馆。现在华人都搬走了，显得很冷清。

穿过北百老汇街、北晓街，这两条街各有一座牌坊。马路两边的房屋大都只有两层楼，挂了很多中文店铺招牌，多数是中餐馆。

司徒天宇说：“现在唐人街华人来得少，外国人来得多，成了一个旅游地。美国人爱在这里开画展、办沙龙。”

车转上一个山坡，到了北晓街罗省凤伦公所。这是一栋堂馆建筑，临街两层，坡下三层，顶上一层向外挑出，立面屋顶呈人字形，屋脊特别尖，有些日本和式建筑的风格。

凤伦公所元老司徒潮健、主席司徒展环和太太司徒惠娟等人恭候多时。大家一见面像老朋友一样握手，潮健元老将司徒誉引到家族神龛前。

神龛上立了一尊木雕，顶上挂的帷幔、镂空雕刻的金龙匾，繁复而华美。司徒誉在香炉上香，在长明灯前行三鞠躬之礼。他睇到香案上一个瓷盘，上面画的是司徒氏图书馆。昆仲们把图书馆也供奉起来了。

司徒潮健先介绍凤伦公所，讲到修建公所楼房的艰难过程，又讲到华侨的历史和现状，回忆了当年司徒不徙来会所的情形，他指着墙上一张合影，司徒誉看到古稀之年的阿爷神采奕奕的样子。

司徒誉说明来意后，把赤坎的情况做了介绍。昆仲觉得开发是好的，洛杉矶很多华侨在赤坎墟有房子，他们都同意政府征收，并不在意政府给几多银纸，他们想的是房子已经很旧了，很破烂了，拿回了也没有什么用，只是希望家乡的历史能够有人记住，那就很好。说到图书馆征收，元老和主席都表示感情上无法接受，这是把司徒家族连根拔起，从此就没有根了。

司徒誉把话题引到报纸和网络文章上来，“洛杉矶有人写赤坎的文章，国内有人看到了，他们不了解征收的情况啊。政府怎么可能侵吞华侨资产，拆他们的祖屋呢!”

Glenn SooHoo是在座最年轻的昆仲，他看到了一些文章，跟作者也有联系，文章发在亚特兰大华人办的报纸，他看的是网络版。这家报纸网络版有二十多种语言。他们特别关注人权，对房子被强拆的拆迁户和上访户做了很多报道。还有台湾报人办的一家北美中文报纸也发了，影响特别大。

司徒誉向他打听作者的情况，Glenn SooHoo只知道他跟自己一样是第四代华侨，他的曾祖父当年在赤坎墟有钱有势，房产很多。1949年全家逃到香港，第二年曾祖父被人劝说回到了赤坎墟，当即被抓起来了。他们家族从此再无人回去过。

司徒誉请Glenn SooHoo打听他曾爷爷的名字。Glenn SooHoo当即跟作者联系。作者的曾爷爷是当年汇通银号的关鹤逸。

司徒誉请Glenn SooHoo也写写文章，宣传一下赤坎墟征收的真实情况。他表示愿意。司徒誉又拜托各位帮忙做些工作，昆仲们表示这是他们应该做的事情。

司徒展环主席得知镇长不参加晚宴，他有事情请教，司徒誉连忙说："可以可以。"

主席早有准备，在会议桌上摊开了一沓材料，请镇长过目。司徒誉一一看过，有民国二十五年（1936）广东省政府财政厅不动产登记确定证、民国三十八年（1949）广州市政府地政局土地所有权状、遗嘱、委托书、房屋照片、手绘房屋位置地图和家庭照片。

司徒誉惊讶地看到赤坎粮站、永坚学校操场上的碉楼，还有他去司徒氏图书馆必经地的几栋房屋。是什么人有这么多的房产？他问主席，司徒展环说："是我阿爷的。"

"你阿爷叫什么名？"

"司徒俊材。"

"原来是他！"司徒俊材曾是下埠司徒氏首富。当年他首开机器榨油、机器碾米的先河，第一个把小汽车开进赤坎墟，与人合办灵通电话公司，组建东滘龙行车公司，又自己修公路，是赤坎的风云人物。

黄永和说：“当年你阿爷招女话务员，挑选声音好的靓女，赤坎都说是皇帝选秀，引起很多误解。当时灵通公司并不赚钱，一场台风刮来就把电杆刮倒了，线路折断，你阿爷把它当作公共事业来做，克服了很多困难，坚持经营下去。电话在抗战时期发挥了很大作用，日军一出动，大家就知道了。”

司徒展环没想到赤坎人并没有忘记自己的爷爷，他很感动。他拿出一张合影，上面有司徒俊材的六个兄弟姊妹、八个子女，他指着照片上的一个小孩说：“这个是我，恁时只有九岁。”

他又找出一篇手稿，是1991年春写的人物传，一千余字。钢笔字写得很娟秀，司徒誉展开来读：“司徒俊材年少出洋，在美国东部积彩埠揾食，半工半读学习英语。回家看到家乡与科学昌明的美国落差巨大，便立下志愿，要重返美国学习科技，为将来建设祖国而努力。一年多后，他进入了芝加哥大学电讯工程系深造……”

读完，司徒誉好奇地问：“你们一家几时离开赤坎的？家族在赤坎还有什么人吗？”

司徒展环摇头，“我们赤坎冇人了。”他说起家族离开赤坎的一幕。

那年国民党向海南岛撤退，解放军追到了苍城，又在恩平截断了国民党部队的退路。县长梁翰勋告诉司徒俊材赶紧跑，晚了命就没了。司徒俊材犹豫了几天，赤坎地区武工队开进了赤坎墟。这时，苍城、长沙、东山、金鸡等地四处都是枪炮声。

司徒俊材紧张了，兵荒马乱，觉得还是去澳门躲避一下，他先让人去斗山准备船。一天深夜，全家人一个两个分开，悄悄出门，再在潭江下游会合，一路走到了斗山。逃往澳门的人很多，船都没有了，只有临时扎的竹筏。一家人只好上了一张大筏子。

全家什么也冇带，站在竹筏上，饿了吃艾糍、咸鸡笼和饼干。水带少了，嗓子干得冒烟。屎尿都拉在竹筏上，被海浪冲走。茫茫大海，一家人既紧张又沉默。那年司徒展环五岁。

一家人来到澳门，试着做点小生意。后来小生意也做不下去了，穷得连油都吃不起。

司徒展环十八岁从香港来美国打工，在一家餐馆洗盘子，报酬一美金一小时。现在他还在洗盘子，每小时十二到十三美元。到美国他一句英文也听不懂，他早上去学校学英语，中午到中餐馆洗盘子。他想，当兵也许是一条出路。他连续两年报名参军都没有音讯，直到第三年收到通知，面试时因听不懂英语，又让他回来了。

1967年的一天，他收到了部队寄来的一封信，同意他入伍。恁时越南战争非常吃紧，参军三个月后，通知他休息一个礼拜就上前线。他乘飞机飞到关岛，从关岛坐船去越南。船先到冲绳岛，再到韩国运兵，经过台湾海峡时遇到了台风。他所在的部队负责运兵，把驻韩国的军队运到越南前线去。

四艘军舰在海上走了十天，开到了北纬十七度交战线，一艘军舰被炸，死了二十七个人。司徒展环所在的军舰开去海岸时搁浅了，动弹不得。士兵们拿着枪紧张地观察海面的动静。

船上没有水也没有电。晚上溽热，司徒展环睡在炮台上，仰头看着两边的炮弹在头顶上飞来飞去。它们在空中飞行，月光下炮弹并不太亮，发出长长的棕色的光，“嗖——嗖——”的声音让人十分好奇。军舰搁浅四天后才脱险。

战争结束，军舰开往夏威夷。司徒展环跟所有士兵一样饮酒、聊天、谈女人，彻夜不眠。海上航行了二十八天，他每晚对着女朋友的照片写一首诗，一共写了二十七首，献给香港还没有通过话见过面的女朋友司徒惠娟。他随后的命运被同船的一个战友全都说中了，他能未卜先知。

司徒誉仔细看了材料，问他有没有房屋地契。司徒展环说：“恁个时候什么东西也没有带，不能带值钱的东西，特别是金银珠宝这些东西不能带。不带这些东西证明你还会返来，带了这些贵重的东西，家族人都不会让你走，房子地契更不会带。阿爷也没有想到一辈子回不了家，他以为就是出去躲避一下。”

司徒誉知道落实华侨政策时，有些老华侨不相信共产党，没有返来办理。现在拿不出当年的证照，按照政策规定是非常难办的。

他又看了司徒俊材亲笔写的遗嘱，毛笔字很清秀，落款时间是1950年10月15日。恁个时候司徒俊材还年轻，去澳门刚刚一年，为什么这个时候立遗嘱呢？是他预感到自己这一生回不了大陆？遗嘱将广州豪贤路英贤里一号楼自己名下的产权分给四子司徒栩生。司徒栩生又有一份委托书写给一位姓刘的女士。

司徒俊材到澳门五年后迁居香港，在香港参与组织司徒氏宗亲会，担任监事。在香港生活了十二年，老年再去美国跟儿孙们团聚，七十五岁无疾而终，葬于二埠河西坟场。

司徒誉唏嘘不已，一个旧世界被彻底打翻，一个新社会重新建立，时代与每个人的命运联系如此紧密，在大时代风云里，个人如此渺小，谁都是一粒尘埃。

司徒誉认真看了一栋栋房产说明，大量房产是司徒俊材抗日战争末期到抗战胜利时购买的。他房屋的数量有三十四栋。

司徒展环打算参加教伦中学成立三十周年校庆，司徒誉嘱他把所有材料都带上，到开平他会让专业人员认真核实，如果不违反政策，就帮他尽量争取。

司徒展环满头银发，但他精神矍铄，脸泛红光，眼睛特别有神。他陷入幽远而忧伤的情绪中，慢悠悠说道："财富这个东西生不带来，死不带走。赤坎墟的房产不是我赚的，是我阿爷赚来的。希望阿爷留下的东西以另一种形式贡献社会吧。"

四十六

从凤伦公所出来，司徒誉谢过元老和主席，上了司徒天宇的车。车往东朝核桃市开，房屋和树木浓重的影子投射在路面，发出蓝色阴冷的光。傍晚温度明显降低了。路上的车多了，都是从中心城区往外开的车，车子“呜呜呜”跑得极快。

司徒攸秀发了几条微信，问阿爹几时到家。司徒誉语音留言，他睇到了圣安东尼奥山脉上的雪了。女儿从家里就能睇到山上的积雪。夕阳下的雪染成了橙红色，瓦蓝的天空下，美得宁静而有些孤寂。

司徒攸秀英文名Emily，爸爸叫她秀秀，妈妈叫她Emily。司徒攸秀刚读完小学，加上补习班学习，英文赶上来了，但她的中文能说却写不好，现在又进了阿妈办的中文补习班。在补习班阿妈开始叫她的中文名，到家里还是习惯叫她Emily，叫来叫去她就叫乱了，一阵间攸秀，一阵间Emily。

司徒攸秀一直埋怨阿爹没来参加她小学的毕业典礼。6月的毕业典礼非常隆重，家长们都来了，穿西装和礼服，大家手捧鲜花，典礼既庄重又活泼。司徒攸秀跟阿爹视频，一个劲遗憾他没来到现场。

阿爹总说自己忙。阿妈也总是说他工作辛苦。她觉得全中国人都很忙。她不能理解，为何工作比什么都重要。每年家庭节，看到别人全家在一起开开心心，她年年只有阿妈陪着，这两年她就不去参加了。

核桃市是洛杉矶的一个小区，区内居民都很热情，经常几家人自带食物在一起聚餐。每年举办家庭节，在柠檬街和La Puente组织游行，在苏珊娜公园举办露天游乐活动，每年还举办田径接力比赛。核桃市教育好，孩子多，治安相对也不错。

车开进市区，坡地平缓，树木茂密，周围一下子变得安静。路边有很多核桃树，树叶枯萎，在风中飘落。在各种高大的树木里，核桃树叶子最大，其他树木司徒誉都不认识。

拐了几个弯，看到一处斜坡上的房子，司徒誉觉得眼熟。司徒天宇在大门口停下车，对司徒誉说："到啦。"

这是一栋南欧风格的老房子，红褐色的瓦，大屋面坡度平缓，出檐很浅，米色墙带些淡红，门窗饰白色框。路边的棕榈树还很低矮，后院有一个游泳池，池边的小亭子亮起了灯。

伍晓蕾买下这栋楼后，司徒誉来过一次，恁时走进房子有一种怪怪的感觉，它既不属于自己，更无法找到家的感觉，但又不是完全跟自己无关。正如他找不到主人的感觉，又非客人，一种悬在半空的状态。女儿恁时是最兴奋的，她一下就认可了这个新家。

司徒天宇打开后备厢，取出行李，跟司徒誉说："我就不进去了。教伦中学校庆我争取回国。"为三十周年校庆，司徒天宇把大半年赚的钱都捐给了学校改造塑胶跑道。

女儿早打开了大门，看到车来了，跑到大门口喊"爹地"。"秀秀——"司徒誉兴奋地迎上来，父女俩拥抱在一起。看着女儿长得这么高，他既惊讶又欣喜，还有一些愧疚。

与司徒天宇道别后，他随司徒攸秀进门。伍晓蕾正在厨房忙碌，她穿了一件白色背带围裙，头发向后高高绾起，她过来接行李。这样的情景恍然某一刻的重复，只是改换了环境，而眼前这个人也不再年轻。

司徒誉感觉到了某种无法掌控的力量，他一直觉得可以掌握自己的生活甚至人生，但眼前的一切显然他都是被动的，他只是一个接受者，这让他变得很不自信。这种非客非主，既生疏又亲和的感觉对比强烈，对他形成了压迫，他无法对家里的一切做主。伍晓蕾给他沏了茶，他就像个客人一样接过了茶杯。刚见女儿时的兴奋也消失了。

当秀秀跟妈妈用英语对话时，一种陌生感和孤立感在他身上交织。他无法用Emily来称呼秀秀，伍晓蕾很少叫她秀秀了。叫她秀秀的人除了他，没有几个人再这么叫了。他们之间司徒誉感觉到了背后两个国家和两种文化的影子。

这些司徒誉以前是想不到的，他和伍晓蕾不只是空间距离造成感情的疏离，这跟国内不一样，他们的生活习惯和价值观，身体里的文化细胞也在分离。她举手投足间，带有美国人的某些气质。

客厅里的沙发和椅子，胡桃木架包了米色的皮，皮套里的填充物厚得有些夸张，用布钉钉成斜方格。这些是伍晓蕾中意的。司徒誉在家要用木沙发，他怕热，动一动就是一身汗，要是皮沙发想躺一躺都不行。伍晓蕾人瘦，坐木沙发硌人。两人为此经常发生争执，结婚两年木沙发换成皮沙发，她闹着出国时他又换回了木沙发。现在没有人跟她争了，满房家具到处可见布和皮。

壁炉台上有一对佛山石湾公仔陶瓷醒狮摆件。这是她大学去佛山实习时买的，她一直带着。醒狮是这栋楼里他唯一熟悉的东西。它们并非舞狮队的狮子造型，而是塑成狮身人面，头上鬣毛塑得像个皇冠，一双眼睛特别大，公狮憨态可掬，母狮楚楚可怜。舞狮人是一对稚拙的孩童，从狮身后面露出顽皮捣蛋的笑脸。

司徒誉假想自己来到了美国，在某个中餐馆洗盘子，然后晚上再回到这个家……他这样一设想就明白了，即使自己来了美国，他们之间也回不到从前了，一切都变了。

伍晓蕾以前最拿手的菜是沙拉和煎牛排，这也是司徒誉最喜欢吃的菜，他高兴了就要开一瓶红酒，与伍晓蕾对饮，一边饮一边夸奖一下自己的老婆。伍晓蕾今晚特意做了这两道菜，又把自己来美国后做得最好的罗宋汤和烤鲳鱼端上了桌，打开了一瓶加州福莱家族酒庄的红酒。

伍晓蕾给他倒酒夹菜，说好久没有给他做过饭了，尝尝是不是原来的味道。女儿也频频举杯来敬，她希望爹地开心。下周学校就放寒假了，圣诞节马上就要到了，她很开心，要爹地留下来一起过圣诞。司徒誉说："你能跟爹地回开平吗？"女儿不假思索地说："好啊。"

伍晓蕾说："她还有补习班的课要上，读初中了，中文书信还写不好啊。"

这个时刻，又有一家人的氛围了。司徒誉感动之余，就觉得内疚。伍晓蕾一个人也太不容易了！他为这个家没做什么贡献，这还是他的能力不够，没有以世界为舞台的雄心，不能跨国施展个人才干，不能创造大的财富。

想到司徒天宇，他虽然纠结，却能在两个国家间游刃有余，如果以平常心对待，这何尝不是现代人的一种正常生活？都说地球村了，不应该再抱持原来的时空地域观念啦。一个人没有自信，连女儿名字怎么叫都会计较，看世界的眼光也是扭曲的。

又想到关忆中，他也是跨国工作。现在跨国公司那么多，做个地球人才是这个时代的弄潮儿。司徒天宇问“何谓华侨”，当中国人都分布到世界各地了，很多人四海为家，就不再是从前的华侨概念了。

吃过饭，司徒誉帮收拾碗筷，他似乎找到了一些主人的感觉，但依然自信不起来。他想，只要在这个空间他永远都不会拥有自信。

他把给女儿的礼物拿出来，一套有语音的中英文对照图书，每首唐诗上面都设置了语音按键，几本中英文对照世界名著，中文字幕电影DVD，一台小型笔记本电脑，还有两套衣服。女儿特别喜欢带语音的中英文对照图书，她一打开就认真听了起来。伍晓蕾决定要补习班的学生也去买。

他给伍晓蕾带的是她中意的台山玉摆件、香云纱旗袍和沉香。台山玉产自那琴半岛，有海的润泽，又有山的坚硬质地，明黄色是那座半岛的颜色，蓝天碧海之间分外夺目。

跟女儿聊了一阵学习的情况，她就抱着笔记本电脑进了自己的房间。伍晓蕾冲了茶，端到后院凉亭小桌上，他们在躺椅上躺了下来。院子草坪上，摆放了一套沙发，这是银湖公司生产的，沙发看起来像藤编，其实是仿藤的PE塑料。核桃市很多家庭院子里都摆了这种户外沙发。

月色皎洁，月光在泳池闪动碎玻璃一样的光，山上积雪似一块银锭幽幽发光。四周静得只有风吹树叶的“沙沙”声，泳池里细细的波浪拍打池壁，发出轻轻的“噼噼”声。

伍晓蕾说起她办的核桃中文，来学中文的孩子越来越多，不但华人的孩子来学，白人黑人的孩子也想学，固定上课的时间是每天下午3点半，6点下课。学校2点半下课，孩子们可先来补习班做作业再上课。周末是全天上课，有时候她周末也会上上课。

现在有的成人也想学，她想开成人班。伍晓蕾说：“你要来美国，不用去洗盘子，可以做的工作有好多。”

司徒誉没有吭声，再一次陷入纠结。伍晓蕾在这里发展得这么好，她想移民是很自然的事情，换了他也会这样做。她的绿卡没有通过父母关系去申请，这是给他留出的时间，也是在逼他。中文补习班也是为他准备的。他的人生一眼就看得清清楚楚了。他脑袋一晕，这种人生被安排感让他很不舒服。

生命就是自由意志，人生是不能由别人来安排的，哪怕太太也不行。

伍晓蕾见他沉默，就转移了话题。她感叹核桃市生活很方便，附近有大华超市、大中华超市、夏威夷超市，肉、菜特别多，鸡肉卖得比国内还便宜，还有很多东南亚的食品。接着她又来了一句：“来美国的话，人老了有保障，福利也不错。”话一出口她就意识到自己又说回来了，赶紧打住。

气温降了很多，风从圣何塞溪谷刮过来，像来自十分遥远的地方，带着一份凛冽。伍晓蕾说：“要生壁炉了。”司徒誉说：“不冷，这里比江门暖和。”

伍晓蕾进去拿了一床毛毯，往他身上盖的时候，凉凉的肌肤触到了他的脖子，他不由得抚摸了一下她的手臂，蜜色的皮肤，细腻的感觉，都是他熟悉的。她双手绕着他的脖子抱紧了他，低下头脸贴着脸，轻轻地摩挲。

他一把抱住她的头，脸对着脸，月光下，她的牙齿似颗颗白玉，气息吹到了他的脸上，一股熟悉又显陌生的体味。她湿润又滚烫的双唇贴到了他干渴的嘴巴，司徒誉舌尖轻轻滑过她单薄的双唇，碰触到她的牙齿后，伸进了她的嘴里。

她的舌头带着凉凉的气息，舌尖相互摩挲，轻轻吸吮，又从他的舌尖滑向舌根，强劲地缠绕……像心灵相拥，失散多年的亲人重逢。隐秘的纠缠释放着心灵的信息，一股来自身心深处的爱意，潮水一样涌了出来，令彼此都有些感动。

恰当的生疏调动了他们的激情，彼此渴望着重新融合，彼此确证对方还没有走远，可以返来。这多少有些出乎他们所料。

身体的记忆真实而可靠，带着他们努力地回到从前。此刻，身体的关系是这样纯粹，驱除了各种杂念，仿佛回到了恁个荔枝花落果实似米粒的初夏，恁个激情一嘟噜一嘟噜涌出的青春岁月。但他们都知道，那样的激情不可逾越了。

月亮西沉，大地幽暗，风越来越大。司徒誉抱紧伍晓蕾，她的双唇贴过来，他右手熟练地滑向她凉凉的脊背。脊椎低低地陷落，他滑到了一条山谷，两边的缓坡地带正散发着薰衣草香，波浪一样有节奏地起伏，他痴迷地滑上滑下，要把每一道细微的斜坡滑遍。

指尖抵达腰部，这里大草原一样平坦而坚实。他继续深入，进入丰腴的山岭，山不高却圆润饱满，富有弹性，比脊背更凉。他喜欢这种玉似的凉。他用手掌轻轻覆盖，他的掌心渗出了汗。

他们回到房间。女儿很乖先睡了。揿亮客厅的灯，伍晓蕾拿开一个单人沙发皮垫，露出下面的木板。这是一套皮和木两用沙发。司徒誉有些意外，“不用不用，天气凉了，我可以坐。”

伍晓蕾喜欢浅色，房间油成了米白色，只有门窗和凹进去的部位油浅赭色，窗帘的赭色略深。矮柜上摆了一大盆鲜花，是司徒誉中意的水仙。她把他带到卧室，司徒誉有种回到家的错觉，被套竟然跟江门的一模一样。这是她特意网购来的。

冲了凉，到两人上床时，窗外已没有月光，唯有黑夜里的风吹得远近的树木呼呼作响。伍晓蕾说，明天我开车，1号公路的风景全美出名，一边是太平洋，一边是山色，你好好看看。

第八章

四十七

司徒文倡巡街，总有人找他来评理，有人跟邻居共一面墙反悔了，有人屋顶落水落到了别人房前，有人长期占道，他们认为只有委员长才能公平解决。

水巷商户旧屋都已拆卸，司徒文倡特意去看那几家态度顽固的人家，他们开始放地基砌新房了，看到他都主动打招呼。

恒益栏的司徒俊崎硬扛到底，县长现场督促他才动手拆卸。他是东埠最后一个拆屋的，刚刚把屋顶拆完，瓦片堆到了埗头，木梁木檩堆满水巷，有的木梁被烟熏得发黑，散发一股陈年的烟火味。

司徒文倡来到水巷无法过身，退了回去。司徒俊崎一身灰尘，司徒文倡问他什么时候可以拆完，司徒俊崎说快了，用眼角瞟了他一眼。这一眼他看到了对方的怨恨。

这段时间司徒文倡经常在傍晚散步，永坚村一户人家的大黄狗总是对他吠个不停。有个晚上，天色漆黑，黄狗突然在他身边狂吠，好在他带了棍子。狗刚吓退，池塘边瓮声瓮气传来一声“你敢打它”！

“它要咬人呀。”司徒文倡发现黑暗中的人影。

“它为什么只咬你?”

司徒文倡竟无言以对。

他反思地方民情民风，开平每个乡镇人的性情都有差异，从大处讲，开邑兼三县之地，民风亦有三县之俗，西北各乡俭朴而褊吝，东南则峻厉而悍劲。赤坎民众眼界高，好胜心强，人与人较劲是在骨子里，明面上却讲究绅士风度。他想到一个新发明的“囻”字，意思是民国，是以民为主、以民为中心的国家。但是以民为中心不等于以自己为中心。

开平各家族办事都讲民主，要求公开、公平、公正。一起做事则按公司股份制方式来办理，乡规民约也改成了章程。这种风习也养成了斤斤计较的心理，谁吃了一点亏就要上告政府，去法院打官司，官司一层一层往上打，不打到最高法院不肯罢休。

不久前，百赤茅公路因割用田亩补偿不公，又引发了官司。司徒文倡有一种感觉，他回家乡发生了这么多事，事情不会就这么容易平息，像潭江的水他看不清江中的暗流。

中华东路有一段房屋建好了，新的街景跟从前完全不同，一个叫司徒觉的年轻画家立起画架写生，有很多人来围观。十天后他创作出了一幅油画，半是写生半是想象，采用了印象派的手法：薄雾的清晨，空旷的街道，新铺的三合土路面上，几个身影朦胧的行人；弯曲的街道，骑楼立柱一根一根排列，映照蒙蒙天光，充满一种韵律，像是琴键，又似音符；而立柱上竖写的文字，全是毛笔字写的店铺名字，恰似一本打开的书；化入天光中的山花，像斑驳的光影又似花冠……一座幻想的非现实的城，一个奇异的梦境，但却是赤坎新城的神韵。

油画画好了他送到了图书馆。司徒文倡看到连连击掌，不停地说："妙，妙，妙。"新城竟然有这样的诗意境界。司徒文倡想到店铺招牌就按画中的，一律用毛笔写在柱子上，看起来像排列的诗句，特别有书卷气。

司徒觉给画取了一个《故乡》的名字，他希望图书馆收藏，挂在比较显眼的位置。司徒文倡呵呵笑着，满口答应，说图书馆可以给他办一个画展，让族人了解和欣赏他的才华。后生仔有些兴奋，他刚刚从巴黎留学回来，他愿意学成归来的第一场展览在家乡举办。

一幅最美的图画就要变为现实，司徒文倡兴奋难耐，写了好几首旧体诗。

他再去司徒觉画过的街道，感觉就有些不一样了。临街的骑楼每栋房屋各不相同，它们挨在一起又有了一种奇妙的整体感，一种超出独体建筑之外的城市味。尤其微微弯曲的街道，有一种妙不可言的韵律，有曲径通幽令人好奇的视野之外的想象，让人流连，这体味是小镇式的，创造出了一个新的别样的故乡。

这里有世界的眼光，荟萃了昆仲们足迹所到之地的美，各异其趣的风格，把每个人的建筑观念和自信心做了集中展现。它将成为新的乡愁。

新的乡愁司徒觉已经感受到了，他以一种回忆的笔调画出了。这正是油画动人之处。艺术能改变人看世界的眼光。

最后一道难题就是筑堤，作为东埠最大的市政工程，遇到的困难也最大。司徒文倡觉得河堤不能再拖延了，他跟司徒懿石元老商议，关氏态度短时期内不可改变，建议家族自己出钱来修。钱可以从卖地的银纸中拿出一部分，还可以号召商户认捐。

司徒懿石提出，东埠内河很宽，以前是个江湾，河边的马路可以填一部分河，沿河商铺再让渡一部分地，堤面要修得比上埠宽阔。他相信司徒商户这个觉悟还是有的，这既是为他们好，堤修好了，他们生意也好做，也是为大家好。

得到懿石元老的首肯，司徒文倡又说服家族其他元老和宗长，开过两次家族会议，最后确定了方案。

司徒氏拟成立一个东埠筑堤委员会，推举司徒文倡为委员长，司徒声卓为副委员长。中秋节后，筑堤委员会举行了成立仪式。司徒家族像过节一样，图书馆上下张灯结彩，红地黄字的横幅挂在大门口，又在两旁插上彩旗。

司徒觉四十五幅油画挂满三楼和外走廊，油画《故乡》挂在一楼大厅中央，三楼挂“从塞纳河到潭江——司徒觉油画汇报展开幕仪式”横幅。画展开幕式也成了成立仪式的一部分。

新任县长余启谋出席仪式，他发言期望大堤早日修成，又上三楼为画展剪彩。司徒文倡做了动员讲话，贴出了筑堤告示。

主动来图书馆认捐的商户很少，半个多月过去了，只来了十几户。司徒文倡带人挨家挨户登门拜访，一方面做认捐的工作，一方面做商铺出地的工作。不愿意捐的商户超过了半数，不是推说困难，就是老公同意了老婆不肯，特别是远在海外的华侨，找家属做工作很麻烦。让渡土地的工作最难做，司徒懿石的估计过于乐观。

五个月后认捐的银纸达到了预算款数目。那些做工作后前来认捐的商户，话都说得特别靓，“认捐很光荣呀”，“大家好了自己才更好”，“这是自己的事情啊”！有的声明“早就想要捐了”。司徒文倡呵呵笑，这些话有的是他说服他们时讲的，他一律给予赞扬。

筑堤委员会在图书馆大门张贴红榜，公布了认捐商户的认捐数额，并撰文称赞全体昆仲踊跃捐款。

筑堤工程立冬这一天开工。开工前的晚上，戌时一到，三个喃呒带着一帮人做起了法事，先做瑜伽焰口施食仪轨，喃呒诵焰口施食经，抛撒食物。净地道场从开坛启师、草船开光、拜下席到拜请祖先和天兵天将驱鬼，沿岸插犁头、降龙木、朱砂符和令旗。深夜，一支队伍零零散散持香烛火把沿岸而行，一路敲锣呼喊，直到子夜方散。

第二天一早铿锵的锣鼓震醒了赤坎墟，两支醒狮队一支在图书馆劲舞，一支沿河岸一家家商户舞过去，家家鞭炮齐鸣。气氛比过大年还要热烈。

一船一船大石头从潭江上运过来了，工人用扁担和竹杠把一块块岩石抬下船，号子喊得震天响。

开工一周，一条疍家船行驶到马降龙江段，在江面拐弯的地方突然刮来一阵大风，船上石头装得太多，吃水很深，刮起的大浪扑进船舱，艄公舀不赢，船一阵间就沉到了江底。

这段江面十分宽阔，船上的人拼命往岸上游，岸上有人浮了木板去救。好在人人都会游水，没有淹死人。

第二天，赤坎墟人人都说这是一股邪风，出事的地方挨着百合埗头，那是个死人埗头，美洲、澳洲、南洋华侨的尸骨都在这里上岸，无人认领的白骨还存放在岸边的碉楼，必定是鬼魂在作祟。艄公受到惊吓，说游水时有人拽着他的脚往下拖，他拼命挣脱才游上岸来。

又过了三天，一个砌匠上午闪了腰，一个砌匠下午砸断了腿，住进了诊所。

晚上，潭江上出现了奇怪的叫声，像人在吹口哨，一阵间像细佬仔尖叫，又似鸟鸣，一阵间似猪哼哼唧唧。最惊慌的是住在艇上的疍家人，吓得大气都不敢出。

第二天早晨，一条疍家小渔艇睇到几道白光从水下滑过，吓得网都丢到了江里。艇划到岸边，人仍然惊魂未定。

这时江面叫声又起。胆大的小心翼翼划艇围上去，发现了四条白亮无鳞的怪物，头像猪，长着飞机似的尾巴，有五六尺长。它们被渔网困住了。一个渔民拿了鱼叉去捅，霎时鲜血染红了江面。

上埠关氏一位神婆做了一个梦，她梦到一个奇怪的地方，一串串气泡从水底下冒出来，一声一声龙吟把她吓醒了。神婆一醒来就到处说龙王生气了，筑堤惊扰了龙宫，灾难将降临。无鳞怪物一出现，人们纷纷议论，这是不是龙王派来的，鱼叉捅了它，赤坎必有大祸。墟镇一时人心惶惶。

下埠司徒氏听了很不高兴，骂关氏妖言惑众。关氏筑堤又开挖河床龙王不生气，司徒氏筑堤龙王就不高兴了，龙王是他们的亲戚呀。关氏反唇相讥，上埠是开挖河床，下埠是填埋河湾，龙王当然生气。又说上埠的堤是军士筑的，万人部队压得住，司徒氏何德何能。

一天傍晚，一条疍家艇在上埠靠埗，撞到了一堆软绵绵的东西，艇主取灯来照，发现是三具男尸。三个男人全身被麻绳捆绑，他们面部浮肿，血肉模糊，模样非常恐怖。

关氏很生气，说晦气是司徒氏招来的。司徒氏驳斥，关氏妖言降灾，这是他们自己招来的。

这天司徒文倡刚进图书馆，一位宗长把一本《光裕月报》送到他桌上，他翻开其中一页，请司徒文倡看一篇文章，题为《不为强邻所欺侮族人要团结起来》。

“语云，众擎易举，独力难持；又曰，一木焉能支大厦，众志亦可成城。足见人心不一,百事瓦解。窃思我开邑关族，素有巨族之名，举办族事，当筹措自如，指日可待。然近数年来，族中所办之事，居多失败。此非无人才也，非为无财政也，实因人心涣散，意见分歧耳。名为一族，平素相处，视同秦越，有事召集，势等冰炭。最近强邻侵公河筑新长堤之轇轕，处心积虑，不夺不餍，眈眈逐逐。是可忍也，孰不可忍也！”

司徒文倡大为惊异！关氏不出银纸也就罢了，居然还不让司徒氏筑堤！这可是经过省里批准的工程。更令他惊讶的是，省治河委员会停止筑堤的号令送到了他的手上，理由是筑堤妨碍泄洪。

关氏把司徒氏填河筑堤告到了省治河委员会，请求阻止。申述理由是司徒氏筑堤扩宽了路面，挤占河道将影响汛期泄洪，上埠地处内河上游，将因此受灾。

筑堤是建设厅批准的市政工程，省治河委员会为何阻止？司徒文倡写了一份申辩材料，请县府转呈。余县长复函，为司徒氏筑堤引用法例抗辩，直言治河委员会没有参与地方市政，不了解情况，不宜干涉。

诸事不顺，司徒文倡想起动工前那晚请喃呒来净地，没有敬河神，更没有敬龙王，是自己疏忽了，得抓紧补办。筑堤委员会决定停工一天，请喃呒来做道场，并举行一个隆重的祭祀仪式，邀请政府要人出席，以正视听。

祭祀仪式请来了两位贵宾，一个是胡锦雅，儒良人，任第八路军总指挥部航空处上校飞行主任。他专程回乡来考察鸡公洲和东埠尾建设机场的事。他东征讨逆，北伐作战，事迹卓著，向总指挥部提出了在赤坎修建机场的建议。

航空处有多位开平飞行官，当飞行员的更多，他们都梦想在赤坎修建机场。当年司徒璧如从美国回来，他跟冯如研制的两架飞机，一架坠毁后，另一架被他拆散带回了滘堤洲。这个振奋人心的消息，可谓喜上加喜。赤坎建了机场，在四邑地区无疑将成为最重要的城市。胡锦雅受到了乡亲们的热烈欢迎。

另一个贵宾是刚从江门市政厅厅长调任第五军少将参谋长的司徒非，他是赤水塘美村人。司徒非要他们与江门竞争，省里有什么事情他可以请余汉谋出面支持。

司徒非与余汉谋交情甚笃。余汉谋是陈济棠的主要军事助手，任第八路军师长。陈济棠任广东省编遣特派员，与省主席陈铭枢分治广东。陈济棠掌权靠的就是第八路军。陈济棠受司徒非之邀，特来开平视察。

祭祀仪式晚上举行，一边是道场，一边是搭盖的花舫，花舫上张灯结彩，灯火映亮了半条江。多艘渡船和电轮为娱神在内河巡游，船上鼓乐齐鸣，名伶竞相献艺。

岸上看热闹的人挤人，维持秩序者担心有人挤进工地摔倒或是被石头碰伤，不停地喊话，声音渐渐喊得嘶哑。

亥时，东北角天空出现一颗斗形的巨大流星，发出青蓝色白光，照亮了天空和大地，向着北面飞去。有人大喊，众人无不惊骇。

天呈异象，余启谋县长当众宣布，这是祥瑞之兆，赤坎从此风调雨顺。

果然，尽管天气转寒，筑堤却进展顺利。

冬月北风凛冽，绵延的呼啸声挂在树梢，仿佛是声音把树梢压得低低的，乌云潮水一样涌来，遮天蔽日。

工地上风更大，司徒文倡畏寒，他穿上厚厚的冬衣来巡查。

一天晚上，他听着吧嗒吧嗒的雨声怎么也睡不着，迷迷糊糊做了一个梦，一个女人在门外一阵间叹息，一阵间低低抽泣，似有无限委屈和惆怅。她的样子很熟悉，但司徒文倡就是记不起来。他的记忆像一具沉沉的渔网，瘫在地上拎不起来。他的房门被人反锁了，他出不了门。街上很多人走过，没有一个人听得到他的喊声，他的声音一出口就消失了。他既焦灼又惶惶不安。

从梦里醒来，老鼠在楼板上跑来跑去，就像它们内部发生了战争。赤坎墟的老鼠多得令人恐慌。他想着女人的模样但怎么也想不起来。

白天司徒文倡跟人说起梦境，有人说是拆旧屋惊动了鬼魂。赤坎墟有很多人做起了稀奇古怪的梦，有关洪水的梦特别多，都是在茫茫江水里挣扎，有人说那不是洪水是海水。见到先人的梦也很多，有人醒来了依然记得梦境，他们赶紧去拜山。还有梦见窑神、雷神、风神的，都是人在空中飞行，被神灵追赶。

奇怪的是，司徒文倡连续三个晚上都做同样的梦。一次从梦中醒来，他记得女人的哭声，觉得跟太太的声音很像。想起自己已经很久没有回家了，担心家里有什么事情，他把公务交代给副委员长，就匆匆搭上了回广州的船。

还是熟悉的花尾渡，船上乘客少了，乘船的妇女和细佬仔却多了。路途停靠有警察上船来搜查。自从国民党省执行委员会通告各县市党部检举共党分子，各地都在抓捕共产党人。开平总工会、农民协会联合会的活动都被迫停止了。

一早到家，关璟娜和司徒不偏果然大病了一场。关璟娜重感冒盖两床被子都觉得冷，人瘦了一圈。病恹恹的身子走路还要扶东西，他抱她的时候，轻得只有一把骨头，令他心痛不已。前几晚，关璟娜每晚做同样的梦，梦见司徒文倡把房门关了，不让她进去，她委屈得哽咽，在外面冻得瑟瑟发抖。

两人梦境如此重合，关璟娜瞪圆了眼睛望着他，不敢相信。司徒文倡扶着她来大门拜天官和五方五土龙神，求天官赐平安健康，求五方五土龙神驱邪，一家无灾无祸。

司徒不偏不知是什么病，看了两次医生，一到晚上就咳个不停。司徒文倡看他的病历，写的都是咳嗽，偶尔高烧、嗜睡，没有确诊。司徒文倡深感内疚，把儿子吃的药看了一遍，马上带着他上门去看一位名老中医，回家亲手给他煎药。

在家住了一个星期，儿子晚上不再咳嗽了。关璟娜催他回去。他有些儿女情长，满是缱绻之情，舍不得离开。他又带司徒不偏看了一次医生，确定康复了，才回赤坎。

筑堤的事不用司徒不徙帮忙，他进入了一段自由自在的时光。司徒文倡只有吃饭的时候才能见到他，总感觉他的行为有些躲躲闪闪。一天，他在书桌上看到儿子写的白话诗，问他是不是老师教的，司徒不徙吞吞吐吐地说，老师教是教了，主要是自己喜欢。

他告诉儿子，诗写得太直白了，大白话像泡水的荔枝干，淡而无味。他讲梁启超的“能以旧风格含新意境”的诗词主张，讲可以将咸水歌、粤讴入诗，就是不能写那些新式文人提倡和尝试的白话。他鼓励儿子写新派的诗词。

四十八

从广州回来，宗长们请司徒文倡去开会。司徒懿石元老跟他说，卖地的银纸除去修路筑堤还有一半结余，宗长们想建立一个民团。家族有了武装，不仅能保一方平安，出去说话也有底气。关氏正在筹建民团，司徒氏当然也要有自己的武装。

司徒文倡对枪支弹药本能地反感，看到宗长们意见全都一致，他就没有说什么。司徒懿石请他来筹备，司徒文倡答应做前期工作，民团的事情他不参与。

经过家族议决后，枪支弹药计划去香港购买，保证参加民团的后生仔每人有一支枪。宗长们请司徒文倡给民团取名字，他考虑民团成员来自腾蛟村的人最多，就给民团命名为“腾蛟”。他出面找司徒非，请他从军队找人来训练。

司徒氏的银纸大都来自东埠的七个家族，他们成立了司徒氏十三甲尝款保管理事会，建立了规章，大的开支由理事会决定，各房分摊。各房的开支由各房自己做主自己做账，尝款统一存放在汇通银号。

购买枪支弹药要提取一大笔银纸，司徒文倡和理事长、副理事长来汇通银号洽办。老板关鹤逸亲自出面接待，他把三人请到贵宾室，冲了花旗参，点上大烟。司徒文倡不吸烟，他也不习惯这样的环境，就直接提出来，银纸几时可以取。

关鹤逸面露难色，要求宽限一些时日。不久前东埠筑堤才提走大笔银子，汇通拿不出这么多银纸，他又想避免去其他银号拆借。司徒文倡要求一个准确的时间，关鹤逸说准确的时间一时难以确定，他把双方谈支取的时间转为谈确定的时间，提出一个星期后告诉他们什么时候可以支取。

关鹤逸有一双阴鸷的眼睛，直勾勾看人，说话也有些阴阳怪气。司徒文倡与他打交道是从筑堤开始的。那天两个砌匠受伤，送到司徒梓居的诊所，当时账房不在，急着用钱。诊所旁边就是汇通银号，筑堤的工钱都是由汇通银号支付的。司徒文倡找到关鹤逸，问可不可以先垫付医疗费，关鹤逸请司徒文倡签了一个名，马上就把银纸付给了诊所。

司徒文倡要确定的是支取时间，现在弄出一个确定支取时间的时间，他不答应。但理事长和副理事长立马点头认可，司徒文倡睇到他们抽大烟陶醉的样子，对环境熟悉的程度，他猜测得到其中的原因。他再坚持就走到他俩的对立面了。

发生了火烧骑龙马事件，关鹤逸敲诈方氏六万多元的事传出来，好多人来银号取钱。关鹤逸怀疑司徒氏是借购买枪支弹药的名义把钱提前取走，猜测他们可能把钱转存经宝。他拖延时间是想了解真实的原因，考虑对策。他还担心司徒氏取走这笔巨款引起恐慌，出现挤兑。为展现自己的实力，他让两位理事长在贵宾室吸烟，自己带着司徒文倡进银库参观。

从一扇暗门走进一条通道，里面十分幽暗。通过三层关卡进入碉楼，只见几排铁架上，大条、元宝、银元码得整整齐齐。关鹤逸介绍，方块长形的大条一根一千两，银元宝一个二百两。凹形木板里是排列整齐的银元，大板一千元，小板五百元。银两库存多少一目了然。库内还有金元宝和客户寄存的金银首饰。

汇通银号生意做得很大，辐射到了省外。司徒文倡从几层堆放的银子感受到华侨财力之大，他从没见过这么多的银子。

关鹤逸说，这些是银号保证清偿能力的银子，我们准备得相当充足。但不能提取给你们，要从另外的地方调银子来，调银子是需要时间的。他顺手拿了一个元宝就往司徒文倡的上衣口袋里塞，“表示个意思。不要嫌少啊。”

司徒文倡没有想到他来这一手，一把抓住他的手，“万万不可！”两个人相互使出暗劲，一个是不达目的不罢休，一个是使出了决绝之力，关鹤逸感受到了这种决绝的意志，像泄气的皮球软了下来。

司徒文倡突然明白，要谈确定支取时间的时间，是为了方便行贿。他也意识到，来这个银库两位理事长诡异的笑是什么意思，他跳进黄河怕也洗不清。

果然，关鹤逸说：“你来了银库，拿没拿这个元宝不重要，外人谁能进到银库里面？”

即使光线幽暗，司徒文倡也看清了他狡诈的笑。“咚”一声闷响，元宝掉到了地上。司徒文倡掉头就往外面走。

司徒文倡既懊悔、自责又气恼，怎么就冇防备之心呢！家族的银纸存在汇通银号非常危险，要赶紧转走。几天前去堂哥的经宝银号，司徒文锃告诉他，美国出现了通货膨胀，经济要出大问题！华侨的银信正在减少。情况如果继续恶化，肯定会波及赤坎。他想，好在新城快建好了，若不是动手早，怕是建不成啦。

经宝银号开业的时候，堂哥就向他提出，希望家族尝款存到司徒家族自己人开的银号来，他可以保证资金本息安全。司徒文倡没有管也不想管这个事情，他想，要从汇通银号把银纸转出来也不容易。汇通是赤坎第一家成立的银号，家族的钱一直存在汇通，关鹤逸与几位宗长关系非常密切。他建议第一个目标把这次卖地的钱争取过来，各房的尝款是独立管理的，可以找各房做工作。

司徒文锃与宗长的关系同样密切，他经常请他们上鱼笱庙去玩。那是一个离岸几十米的小岛，岛上只有一座天后庙，庙里供了一尊妈祖神像，它是疍家人朝拜的地方，渔艇经过时虔诚的疍民会燃放鞭炮。经宝银号在岛上建起亭台楼阁，装饰豪华，又建了一座浮桥，晚上浮桥连接江岸，有时则不用浮桥只用艇。

这是一个寻常人不敢去的地方。入夜之后，灯火迷离，总是传来琵琶古琴之音，还有黄鹂一样婉转的歌声。司徒文倡自然知道这是一个什么去处，他从不上岛。宗长理事长爱去，汇通银号的贵宾室哪里比得上这样一个夜夜笙歌放纵驰荡的享乐天堂。

经宝银号股金大，越做越红火，投资买地、建公路，参与横桥头房地产开发，它与关基礼的恒富按分别代表司徒氏和关氏在横桥头北面建起了一个新村，取名德庆里。华侨回乡建铺面，他们既没有土地也没有住宅，房产的需求很旺盛。

走出汇通银号，司徒文倡还在懊恼。赤坎墟银号多，一些人想拉拢他，他都以礼相待，从没有给人以口实。今天是自己太大意了。

回到图书馆，司徒俊材正在看两张油画照片。这是旧金山昆仲司徒俊英寄来的。司徒觉画展的消息在《教伦月报》刊发后，在海内外家族产生了影响。司徒俊英也想举办一期画展，他给司徒文倡写了一封信，随信寄来了两张油画照片。油画画的是女人，一张是首届华埠选美女皇梁苏玲，另一张是第二届选美女皇曾春秀。

司徒俊材为架设电线的事情来找司徒文倡，他被桌上的油画照片吸引了。见到司徒文倡，他突发奇想，决定在灵通公司选拔女话务员，倡导一种新风尚。

他征求司徒文倡的意见。司徒文倡正在为给不给司徒俊英办画展而犹豫，他画的都是女人，听说还有裸体女人。他反过来征求司徒俊材的意见，办这样的画展会不会伤风败俗，造成不良影响?

司徒俊材说:“这是艺术。裸体画在西方一直就有。现在是讲男女平等的时代，开平男女生都同校了。工商业也要对女人开放，让她们有男人一样的工作权利，我正考虑灵通公司聘用女话务员呢。”

司徒文倡知道县府不久前已通饬各小学实行男女生同校，但这跟裸体画不是一回事。灵通公司招聘女话务员他不反对，但女人主题的油画展他得慎重，不如找宗长们去商量。

司徒俊材为自己首招女话务员很是得意，春节后，公司就贴出了告示，公开向全县招聘。告示列了四项条件，一是非裹脚女，二是能识文断字，三是声音姣好，四是年方二八。话务员岗位数量有限，限定为六人。技工招聘青年男子十人。

应聘这一天，公司门前挤满了人，等待招聘的队伍排到了濂川司徒公祠前面。睇热闹的人比排队应聘的人还要多，他们指指点点，毫无顾忌地议论着。

应聘者逢年过节似的穿上了新衣服。一位叫关懋红的妹仔抹了眼影膏，涂了口红，只有她不怕冷，穿了花的连衣裙和高跟鞋，打扮特别扎眼。她不但声线好，说话有磁性，还生着一双水灵灵的大眼睛，无辜地看人。

关懋红是加拿大归侨，见过世面，为人落落大方。负责面试的司徒枫云喜不自禁。话务员初选了十二人，最后选定六位。司徒枫云把关懋红列为第一名。

这天早晨，六位青年女子来上班了。公司门口又来了好多人，话务员被堵在大门口进不去，司徒枫云要大家让路。

关懋红一来上班就成了大家关注的对象。司徒枫云对她特别关心，亲自给她租了住房，又送她化妆品。

关懋红在加拿大温哥华读过书，司徒枫云从温哥华回国，他们聊得最多的便是温哥华的话题。关懋红喜欢温哥华，阿爹要回国，她十分不情愿地跟着返来了，她希望再去加拿大。司徒枫云跟她说，他有办法让她出国。

一天晚上，关懋红值班，雨越下越大。她下班时很晚，司徒枫云主动提出送她回去。两个人只有一把油纸伞，司徒枫云怕她的旗袍打湿，右手把她搂紧。香云纱肌肤一样滑溜溜的质地，让他忍不住轻轻摩挲起来。关懋红被他抚摸得忍受不住了，轻轻说："阿叔，好痒。"

司徒枫云说："阿叔帮你挠啊。"

"不是，是你挠得我痒啊。"

他把她抱得更紧了，细细的腰身全被他揽在右臂上。雨哗哗响成一片，关懋红全身发抖。司徒枫云把她搂到一处骑楼下避雨。楼房还没砌好，到处是断砖碎瓦，他喘着粗气，不停地说："你好美，你是个天仙。”

司徒枫云搂着她的腰，关懋红用劲掰开他的手。他趁机捧起她的脸，嘴巴贴到她的厚嘴唇，关懋红死死咬紧牙根……

灵通公司招聘女话务员在开平成了热门话题，人们茶余饭后津津乐道。有人说是皇帝选秀，有人说有伤风化，恶毒的骂公司要开窑子了。打听六个后生女情况的人更多，特别是媒婆，她们很快就了解得一清二楚。

牛圩街口是个媒婆聚集的地方，每隔五天媒婆就来这里相聚一次，她们带了海内外相亲者的信息，依据各方择偶条件和相片、生辰八字、男方职业、收入等情况，一起交流、配对。

媒婆关心女话务员，她们是抢手货，海外华侨也要求媒人找话务员。她们经过挑选，个个长得如花似玉，求婚者不用担心遇到丑怪女人，更不会有残疾。

媒婆打听到住址，纷纷上门来提亲，一个媒婆前脚走，另一个媒婆后脚跟。她们信息保密，想不到彼此还是在门口遇见了。

灵通公司的电话突然增多了，有些人打电话不说转去哪里，只跟话务员闲聊，有的直接问话务员姓名，哪里人，话务员问转哪里对方支支吾吾半天，有的电话直接来攀亲。而话务员上下班，楼下也出现了假装闲逛的人，他们眼睛总是偷偷地往公司门口张望。

司徒俊材亦喜亦忧，他没想到反响这么大，女话务员给他做了很好的广告。但这些从没跟外人打过交道的妹仔，出洋相的，闹笑话的，都在坊间传开了。

他赶紧组织培训，教她们如何说话，首先是说话要得体，要学会各种礼貌用语，还要学会如何避免被人纠缠，尤其是个人生活需要注意的方方面面。他不希望话务员出问题，或者处理来电不妥影响公司的业务。

灵通公司是股份公司，每股银毫十元，招得股份三千八百五十六股，归侨占了百分之五十八。公司在长沙、水口设立了分公司，电话线路东面接到了长沙、水口，西面连接了潭边园，往西南通到了蚬冈，北面接通了苍城。公司正在与台山县固声电话公司谈合作，筹划架设赤坎至荻海、长沙至公益电话线，年内通达台山各地，再由台山接通新会和江门。公司的目标四年内连接四邑地区，再覆盖四邑周边县市。

司徒俊材处理了电话骚扰问题，想不到内部又出了状况。两个男技工为争一个姓黄的话务员打了起来。起因是一个技工听不得另一个技工老夸奖她好，两人都找媒婆提了亲，女方都有回应，他们两个就先掐起来了。

更糟糕的是关懋红怀孕了，关懋红的阿爹关泽源找到公司来了。关懋红哭哭啼啼，要自寻短见。司徒俊材安慰父女俩，事已至此，不可张扬，他来妥善处理。

他问关懋红中不中意司徒枫云，她不作声。他又问关懋红的爹，他们俩奉子成亲你赞不赞成？关泽源气得拍桌子，大骂王八蛋。他的脸上有条刀痕，一生气就红得发紫。这是在温哥华被白人砍的。

司徒俊材好言相劝，让他明白这是唯一解决的法子。司徒俊材为他们捉了一个媒婆，几经撮合，关家提出了大大一笔彩礼。司徒枫云早有此心，马上把礼金、礼饼按数量送过去了。

拟定了吉日，提前十天，关懋红就去匿阁，练习《女哭歌》。这天晚上，宗长气势汹汹找上关泽源的门，要求取消婚礼，关氏司徒氏不允许通婚，如若不听劝阻，就按族规处置。

司徒俊材与关泽源商量对策，先由关泽源去说服宗长，实在不行，就去外地完婚。公司把司徒枫云和关懋红派往台山开展业务，关氏真要闹事，就一起来面对。

关泽源在宗长家透露了女儿怀孕的情况，宗长更加气愤，关氏不嫁司徒氏，更不嫁流氓。他来找司徒氏论理，司徒氏欺负关族女子，司徒枫云必须按流氓惩处，如果司徒氏不处置，关氏就自己动手。

司徒氏也很生气，这是男女两个人的私情，现在两人明媒正娶，又关家族什么事！这不明摆着挑事嘛。关氏定的两族不通婚不合潮流，都民国什么年代了。司徒氏本不想理这件事情，既然关氏要闹，他们就坚决支持这桩婚姻。

事情延烧，关氏攻击灵通公司是个道德败坏的地方，扬言要去剪掉公司的电话线。司徒俊材马上报告赤坎警所，警所贴出告示，警告剪电话线是犯罪行为，将判坐监。

司徒文倡自然支持关氏司徒氏联姻，他建议办一场新式婚礼，他从两族和睦的重要性，动员县长来主持婚礼。县长也想劝和，正好通过这件事情把两族不通婚的族规破了。他不但痛快地答应了，还主动去做关氏的工作，讲了一番唇齿相依的道理。

四十九

深夜，街上传来拍门声，一阵嘈杂声后，又复归平静。司徒文倡早晨出门听到三益书店有人被抓走了，被抓者是个地下共产党员。司徒文倡跟他很熟，他姓谭，高个子，他给司徒文倡推荐过《马克思主义浅说》《唯物史观》的书。司徒文倡经常帮衬三益书店，跟他多次讨论农会和罢工问题，他又送给司徒文倡《农民运动须知》和《工农商学兵联合起来》的书。

当天传来了梧荣乡八社小学一位女教职员被捕的消息。抓捕是与三益书店地下共党同时进行的，抓她的是赤坎警所谍报队。便衣天不亮到达她家，越墙而入进行抓捕。她的家姑见儿媳被捕，哭哭啼啼，儿媳将身上的一个金戒指和一对金耳环取下交给家姑，说：无须过分伤感，无非一死而已。你仔尚在而且年轻，不愁无贤媳。然后昂然随谍报队人员离开。这天，便衣队还在蝦村、樟村抓人。

这次抓捕是叛徒告密牵出来的。广州公安局特别侦缉队侦破了新会共产党县委机关地址和常委住宅，从住宅搜出了新会县委与开平支部的绝密地址和代号。便衣来到开平塘口里村邮政代办所找周立平，

“周立平”是联络暗号，特别联合支部书记周允元以为是上级派人来找他，过来相见时当场被捕，被解往赤坎警所。

周允元第一次刑讯就供出了党员名单和地址，又亲自带特务到建昌铜铁店、县立中学、育才学校抓捕。共党分子被分开关押，赫曦庐四层都关了人。

晚上，司徒文倡做了一个噩梦，梦到赫曦庐粗悍的铁门，梦见弟弟满脸鲜血，以冷冷的目光看着远处走动的人群，这些人衣衫褴褛，面容愁苦……他从梦中惊醒，有一种强烈的不祥的预感。司徒文冲一年多来杳无音信，想到美国也有很多国民党特工，弟弟可能出事了。

他醒来后再也睡不着了，想起赤坎发生的事情，就像过电影一样。他琢磨，这些事情可能都是共产党背后组织推动的。

三年前上埠源利、其兴昌工人罢工。两家铜铁铺的工人要求加薪，老板开除了为首的工人，把店门也关了，不让参加工会活动的工人回店食宿。于是，工人罢工抗议。

司徒文倡从源利店前经过，看到七八个戴红袖章的人，手持梭镖，看守着大门。他们是县总工会派来的工人纠察队，老板被纠察队员反锁在店内。

十天后，他又看到店门口竖起了“欢迎本店全体工友回店复工”的大红牌，老板被关了十天十夜，不得不答应工人的要求。

去年，赤坎、三埠、水口船工连同罢工，反对滥征船捐，水上交通因此瘫痪。这次罢工却是由百赤茅行车公司一位售票员引起的，他工作出了点差错被解雇了。

好笑的是，三区区长司徒耀权向一位麦氏妇女勒索了一百元，他写了个“借据”做掩饰。麦氏将他告到县妇协，县妇协了解到他喜好坐轿，于是，编制了一个大猪笼，猪笼上写“区长的花轿”，又贴上区长的“借据”，旁边写了一条标语：“如不立即将款交还，请乘这顶花轿过市。”花轿摆到区署门口，观者如潮。司徒耀权无地自容，连夜将银纸送还给了麦氏。

妇协做事底气十足，显然是有组织撑腰。

开平共产党支部成立于四年前，他们在上埠三角市河面一条疍家小艇上，召开了秘密会议，像民国十年（1921）夏天共产党在嘉兴南湖红船上成立一样，开平支部也在小艇上正式成立，据说有十个党员。

这十个人在开平掀起了很大的风浪。特别是总工会、农会在河南洲举行工农联欢大会，那天人山人海，会后举行示威游行，高呼口号，群情激愤。谁也不知道，这一天正是国民党在广州开始抓捕共党的日子，开平人还不知道发生了政变。

这次被捕的共产党十有八九会被杀害。想不到赫曦庐被他们用来关人，如此坚固的房子插翅难逃。司徒文倡心里感到压抑、难受，今后谁来维护老百姓的权益？

起床洗漱，步行来到图书馆，几位宗长坐在他的办公桌边，见他进来，都站了起来。有人把新出刊的《教伦月报》举到他面前，问他看没看里面的文章。一位宗长指着《为本族土豪劣绅进一言》一文质问：“这篇文章是你要编辑发的吗？”

这不是兴师问罪吗？司徒文倡马上明白，他们一早来是找自己麻烦的。

两个月前，有人给他看了一封信，信是写给本族土豪劣绅的，信中写道：“我族不论哪一件事都要经过你们才有效，族众都受着你们压迫及苛待的痛苦！你们不理这方是、那方非，必须给你银纸才得解决。汝的这样行为无怪乎被人憎恶！现在唯有一办法，你们可以转向光明的路线，努力把族务办好，把东埠建设好，将功补过。”

司徒文倡找到编辑司徒囿，要他把信在刊物上发表，他拟了标题《为本族土豪劣绅进一言》。

宗长很生气，看到司徒文倡点头，要他解释是怎么一回事。旁边有人说：“这是诽谤、泄愤，不能一竿子打翻一船人。”

司徒文倡笑一笑，“一封信就受不了呀，我还以为多大的事情呢。”

他轻描淡写地说：“这个现象是有的，警醒一下也没什么不好，要给人家发泄的机会嘛。他是专指劣绅，不是指所有的绅士，更没有指元老和宗长。”

人在利益面前是自私的。社会需要一种平衡的力量来维护公平。如果连一封信都不允许存在，又怎么容忍得了共产党追求的社会制度和理想。司徒文倡看他们一副不肯善罢甘休的样子，就提醒说：“这件事情你们不要再追查了，真要追查，也是追查信中反映的受贿问题，你们没有受贿就跟你们无关，这封信只针对受贿者。”

没人再起高腔了，有两人低声埋怨了几句，大家一起离开了图书馆。

下午，一个商户来图书馆，副委员长司徒声卓跟他谈土地让渡的事情，谈了半天，越谈越僵。司徒文倡又出面来谈，对方虽然没反驳，但也没有一点松口的意思。

土地让渡从开平酒店开始，酒店把前面的地都让出来作为共用，把游乐场设到天台上去了，上面附设影画戏，用收音机播放广州中山公园播音台的音乐。

司徒文倡以开平酒店为例，说酒店让出这么大一块地，为此花重金设一个天台，你看人家这么做得到了家族的夸奖，生意多好。你让渡对你的店铺没有损失，要是不让渡，名声传出去可不好听，还会影响生意啊。对方沉默，突然要求司徒文倡不要说他不肯让渡，他一直是想要让渡的。

开平酒店为东埠打响了开业第一炮，开业典礼请来了八音锣鼓、管弦乐队和戏班，堤东路三天三夜鼓乐喧天，睇戏的人挤到了堤岸上。“梨园春”名旦谢泉月让赤坎人迷得有些癫狂，好多人的梦里都是她的唱腔和韵白。谢泉月糯软的声音让人成瘾。

工商业各类店铺相继开张，典礼排满了吉日，有时一天几家同时开业。司徒文倡只要得闲都前往道贺。他本人更看重灵通公司举行的青年技工培训开班式和南方机艺汽车学校的开学典礼，他去讲话，提出了自己的一个观点：“决定一座城市水平的是人，街道变了，人更得变，所以要多办学办培训班。”

他向司徒氏图书馆提议为失学儿童办一个民众夏令班，又动员成立国语研究社。开平县立中学留省同学会在省港两地募捐，他们寒暑假回乡开办平民学校，学员一律免费入学，教农民、工人、船民识字、计数，进行进步思想启蒙。司徒文倡紧密配合，在家族中发动，想不到要求来学习的人很多，连家庭妇女都报名了。

自废私塾后，光裕、黻国、潭江、振华、觉立几所小学纷纷建立，每当散学，一队队长蛇阵一样天真活泼的细佬仔鱼贯而行，成为市井一景。有细佬仔唱：“月亮亮，照天上。”后面一群细佬仔齐唱：“前面一个照着小山冈，后面一个照着我书房；初一的一个像眉毛，月半的一个肥胖胖；它们个个不相像，到底一共有几个小月亮。”这情景司徒文倡看了笑得很开心，市民看了也啧啧称赞。

学习的风气正在形成。西隆路玉壶春医馆的医生司徒邦缵年近古稀，每天门诊时间一过，就来图书馆看书两三个钟头。他对书怀有一种神圣的感情，每次来读书都要先用香皂洗手，换了衣服才进馆。凡有文字的地方他不是打躬作揖，就是句句敬语。地方以前有敬惜文字的传统，写有字的纸片皆要集中焚化。司徒邦缵在图书馆置一口木箱，专门收集字纸，定时搬去焚字塔焚化。

司徒文倡着意宣扬他读书的事迹，鼓励族人都来读书。他又叫图书馆从三益书局购进了一批进步书籍，希望读者获得更多有益的启迪。

看到图书馆读书的人越来越多，有时一楼大厅坐得满满的，还有人站着看书，为了不干扰读书的人，司徒文倡建议在大门旁边另建一栋平房，用于家族办公，把二楼办公的地方也开辟为阅览室。

来图书馆读书的也有关族的人，司徒氏图书馆同样对待，一律欢迎。

司徒文倡感到蹊跷，关族图书馆静悄悄的，它被四面围蔽，外人都进不去。竣工两年多了，它为何迟迟不开放呢？

五十

关氏就关族图书馆开幕方案开过多次族侨会议，会议内容均不为外界所知，搞得十分神秘。司徒文倡只知道，关族打算重金购买“万有文库”“二十四史”等图书，他猜测是不是馆内藏书不够？有人跟他说是关族房派闹矛盾。

他在河南洲隔河眺望，关族图书馆建得很美，立面简洁、刚健，极富西欧建筑神韵。它和司徒氏图书馆无疑都是赤坎最瞩目的建筑，若是上埠与东埠的大钟一齐敲响，这个景象就太特别了！

跟一些人相互嫉妒的心理不同，司徒文倡认为关族建图书馆把两族的竞争转到了文化上面，最后必定会转到人才上面。这种竞争非常难得，文化的竞争一定会带来文化的繁荣。

这天晚上，春风低拂，蛙鼓初鸣，田野上油菜花的香气飘来，他跟司徒懿石谈起关氏，元老谈兴很浓，两人猜测了半天关族图书馆迟迟不开的原因。司徒懿石并不担心关族图书馆压过司徒氏图书馆，关族虽然建起了图书馆，但首开先河的是司徒氏，怎么说都是关族学的司徒。他不解的是，关族为何要与司徒氏在图书馆上较劲？

司徒文倡说，这很好理解，两族都看重文化，这个局面既偶然也必然。司徒氏历来重视文化教育，族训是“教以人伦”。关氏崇尊儒学，把文化看得很神圣。加上华侨出国吃尽了冇文化的苦头，他们比本土人对文化的重要性体会得更加深刻，这是必然因素。

偶然因素嘛，司徒氏在联兴街福音堂开了阅览室，反响十分热烈。于是，旅居美国、加拿大和菲律宾的华侨倡议集资兴建图书馆。关氏醒悟过来，自然也要建馆，司徒氏只不过是先行了一步。

懿石元老十分认可，不停地点头。他夸司徒文倡，到底还是文化人站得高看得远。

司徒氏图书馆落成的那一年，关氏非常急迫，尤其海外关氏，他们立即成立了筹备委员会，在海内外筹集资金。旅居加拿大的关国暖和关崇操最先在美洲发动捐款，第二年夏天就筹集到了资金。夏末，关国暖受海外关氏所托，以图书馆建设主持和监理人的身份回到了赤坎。

关国暖阔别故乡十多年，在赤坎墟一上岸，他没有回老家蝦村，就直接来上埠商量建馆的事情。图书馆筹委会关纪营、关鹤逸等出面热情接待。关国暖看了设计图，立面还满意，平面图感觉面积不大，他问："司徒氏图书馆面积多大？"

关鹤逸回答："关族的面积比司徒氏的小一点。"

关国暖立即收敛了笑容，"这不利于凝聚家族人心，发挥不了关族在开平的影响力，也不利于与司徒家族竞争。"他看到大家面有难色，也无所顾忌，向在座的委员提出："图书馆要增加面积，扩大规模，至少与司徒氏图书馆相当。"

关纪营、关鹤逸耳语了一阵，关纪营说："增加面积就要增加银纸，重新设计，推迟开工。"

关国暖立场坚定，"兴建图书馆事关家族荣誉，是光宗耀祖、弘扬家族文化的头等大事！"

他从箱中拿出一封族侄写的信，打开来递给关纪营、关鹤逸，信中写道："近闻本族图书馆行将鸠工兴筑，将来巍巍之楼现于赤坎，民智赖以开通，风俗赖以改良。公造益于本族，岂浅鲜哉，而公之名亦垂不朽矣！"

关国暖说："这是侨胞心声，而非个人贪图虚名。这将是家族不朽的事业。"

按扩大的面积计算，总预算要四万银元。关国暖回加拿大再次募捐。半年后总共筹款三万六千银元。设计经过反复修改敲定，又经图书馆钟楼筹委会议决，大钟司徒氏买了美国的，关氏选择去德国进货。

奠基那天，锣鼓喧天，彩旗猎猎，关族兴高采烈。司徒族也松了一口气，终于尘埃落定，规模上谁也没有胜过谁，大家都有面子。

关氏举行隆重的奠基仪式没有邀请司徒氏参加。司徒文倡不会为出没出席仪式难过，他是遗憾错过了一个和解的机会。但他希望开幕典礼能邀请司徒氏参加，不邀请就把家族间的矛盾愈加公开化了，对大家都不好。他私底下做工作，又请县长余启谋出面来当和事佬。但是，关族却一直没有举行开幕式，他们葫芦里卖的什么药呢?

迟迟不开幕，海外关族也急了，为开幕之事加拿大的关崇霖、关崇秀、关国煊等十四位华侨搭上了“亚洲皇后”轮，专程回赤坎来督办。

两族兴建图书馆是大事，但更大的事却是县立中学要迁址。当关氏、司徒氏为图书馆一争高低时，县立中学决定新校址搬去长沙。司徒文倡闻听消息，大吃一惊。要建文化重镇没有学校不行，学校也大大方便了两族子弟读书。他寻思，是不是两族不睦导致学校想要迁址?

鼎信祖祠是个临时教学场所，学校不能长期在祠堂办学。赤坎墟建新城给了学校巨大的压力，新城建好了，如果还在旧祠堂里教学，师生们都脸上无光。经过数年筹款，学校累积了一些经费，他们启动了新校区选址工作，决策者要把新校区建到长沙去。

为留住学校，司徒文倡又去找关氏，只有两族携手合作才能让县立中学留下来。

这次关氏、司徒氏都放下了怨恨，同意合作办学，一是捐地，关氏、司徒氏都表示愿意捐，司徒氏捐鱼笱庙侧的地，关氏捐河南洲的地；二是两族各自发动捐款，兴建两座楼，司徒氏负责建教学楼，关氏负责建宿舍楼。

想不到捐地时关氏、司徒氏又发生了争执。县府考察两地后，拟定校址为鱼笱庙侧。关氏听说选了司徒氏的地，有人提出了异议，认为这块地本属关氏，关国年等人又以冒占税地为辞，将司徒氏告上了法院。

县府派了测量员钟智祥来实地测勘。这天上午他来到鱼笱庙，邀约双方带上契据，进行现场调验。司徒氏一方司徒俊材、司徒俊球、司徒发猷等十四人，雇东滘龙专车过来。关氏租了一条三板船，十几个人搭船在天后庙上岸，双方都交出了契据。

钟智祥看了契据，听取了双方的理由，又一起实地查勘，下午即回县禀报。

三日后，县府即训令校长邵耀镛："为令遵事，查该校筹建校舍用地，经本府派出测量员钟智祥实地测勘，并调验关氏、司徒氏两方契据，现经细查司徒族交来契据，所称土名牛耽水、北山、圣母庙等处，税地四十余亩，大半南至海边为界，且与关族买受者居多，其契身除在咸丰年间投契外，余均自光绪十八年至二十七年陆续印契，并无遗失新契字样，比之关姓所交之证据，自民国三年至十三年新契者，其证据较为真确。

"至从母地所生之子坦，既经司徒族司徒恩等，于民国十三年，呈由恩开清佃局，转呈广东沙田清理处核准承升，复经第八路总指挥部航空处，于民国十九年，拟择该处为民用航空机场，由该族担任出资请另择机场各有案，则该牛耽水、圣母庙侧土名北山地段，为司徒族所管有，证据确凿，已无疑义。

“该司徒族热心教育，首先捐送为该校建校地址，迭经再三查勘明确，堪以建校，所请应予照准。除此示外，合行令仰该校即便遵照，克日筹建校舍，早观厥成，以弘教育，有厚望焉。

“此令，县长：余启谋。”

为了以正视听，司徒文倡让《教伦月报》发了一条县中校址已定鱼笱庙侧的消息，附上了这道县府第二四〇五号训令。

鱼笱庙侧多年土地争端有了判决，县长余启谋果断定案，关氏虽然不是很服气，考虑到土地是捐来办学，为子弟着想，不宜闹讼。再争的话，新校区可能不在赤坎墟建了。

司徒文倡终于有些闲暇了，他一直想为《教伦月报》写一篇《青年应怎样前进》的文章，鼓励青年人好学上进，不要虚度年华，大时代需要人才，侨乡人自应勇于担当。读书不是在家族中做个绅士，而是要替群生除灾害，替国家定安危，替科学辟领域，使历史留光芒。他要呼吁海外昆仲学成归来，报效国家。

《教伦月报》编辑司徒圃是个进步人士，担任图书馆馆长，他还在赤坎代售多家进步报刊，司徒文倡跟他交流，感觉他跟三益书店的谭先生思想非常相近，从中得到了很多信息和启发。

司徒文倡研究了一番《教伦月报》，刊物在筹建图书馆时创办，已办了六年多，海内外昆仲越来越关注。他建议月报发表一些社会见闻，多些把侨乡的生活介绍给海外昆仲，这些生活的点滴就是他们的乡愁。又建议每期登载四邑物价调查表，让华侨知悉生活成本，增设侨闻、邑闻、省闻和国闻，还刊登一些文艺小品，丰富文化生活，培养文学趣味。

于是,《教伦月报》出现了《老农夫行善可嘉》的报道。一位年过花甲的孤寡老人，自耕三亩薄田，还不忘接济别人。《族侨回国经营家业》报道了中兴里族人司徒俊礼，二十年前去往墨西哥，以耕园种植为主，稍有积蓄，鸟倦知还，为振兴祖国农业，连同族侨多人，组织华侨农牧社，于江苏江宁板桥镇种植稻麦豆，并设牧畜场，其土地广大，资金雄厚。

《白发配红颜之结婚佳话》报道了雁湖里的朝栋君，他侨居檀香山四十多年，积资巨万，月前捆载返里，年已六十尚未娶妻，返来后央媒人四处寻觅，欲娶一侍老伴侣。大树厦村关某之长女愿意嫁其为妻。朝栋君拿出两千元办酒，在塘中高搭酒棚，以锣鼓八音相庆，邀请全村人饮喜酒。

司徒不徙听同学讲他阿爹坐火车的经历，写了一篇《火车不让我吃云吞》的文章投稿。乡下人初次搭乘火车，不知道火车是按时开行的。他打了票正好肚饿，就到云吞担子上买了一碗云吞吃。吃的时候,“呜——”一声，火车开走了。他急得云吞也不吃了，跑步去追。

没追上火车，他回来找售票员责问：你们做火车生意，为何不等我吃了云吞开车！

《教伦月报》面貌大大改观，不但无稿荒之忧，还增加了厚度。人们开始津津乐道刊物内容，譬如报道赤坎修建游泳场，黑人游泳团参加开幕典礼，报道赋税、高利贷和贪污，报道螟蛉子价高和难以教育、滘堤洲田禾丰收、迷信风水石公路完成无期、电船撞伤疍妇、赤坎私娼猖獗、溺杀女婴现象屡禁不止等等。

蹊跷离奇的事情也很多，譬如开平酒店女客发现散发鬼。买猪崽妇女把猪崽背回家，猪崽跑到沟边化为了一团黑烟。巷间传闻西头咀吴某，邓氏许配其为婚时不幸身故，吴某再娶谭氏。邓氏鬼魂托落谭氏之身，使其四处乱走，遇谭氏娘家人送货而来，她将人和货带到邓氏家。第二天醒来，谭氏竟全都忘记了。

私生活的内容也出现了。楼冈墟宝华杂货店店主关某，其妻方氏充当司柜，引其内兄之妻胡氏来铺居住。胡氏本一金山婆，年华方艾，妖冶非常，时引一班狂蜂浪蝶之流，往来其间，以致丑闻四布。该处人士愤其伤风败俗，撰俚语“白抄”等遍贴墟口通衢，俾伊知所警惕。

这则报道甫一出街，宝华杂货店店主夫妇就找来编辑部，要求道歉和赔偿。司徒文倡不提倡报道男女私情和乡间“聊斋”，主张多增加一些国家大事。于是,《教伦月报》格局又起了变化。

五四运动后开平纷纷成立了各类青年团体，他们在赤坎举行声势浩大的反帝反封建爱国示威大游行，又办起了各种刊物，有影响的是《小海青年》《里讴革进月刊》《潭溪青年先锋》等，这些刊物编辑看到家族办的刊物出现先进思想，颇感惊讶。家族本是他们反封建、破旧立新、传播科学知识和民主思想的壁垒，现在反倒受《教伦月报》的影响，他们也跟着增设栏目。

刊物在开平受到追捧，关基礼看到了商机，他把见多识广的关泽业叫来商量。关泽业平时爱读书看报，还在报纸上发表过一些文章，家族店铺重要的文案和广告都是请他写的。

关泽业也注意到了地方刊物的兴起，但他不主张办刊，建议办一份报纸，一张纸既快又薄利多销。他本人对办报很有兴趣。

冬月至腊月，天气寒冷。一天，赤坎墟开往三埠的“海生”电轮出事了。关泽业把正在组建的通讯员队伍紧急组织起来，分工采访，从满载搭客的“海生”号离开海颈埗头，到采访酒气熏天的驾驶员、电轮撞上石头沉没现场、纷纷跳海的搭客、东滘龙公司汽车六槐乡救人，每人完成一篇。

他小试牛刀，出了一张《“海生”号沉没》专号。报纸放到各家店铺寄销，果然畅销。

五十一

“海生”号离开海颈埗头了，司徒不徙跟麦贤勤相约去丽源发廊。

这天，麦贤勤的阿爹跟理发师坐“海生”号去三埠看香港来的烫发机，这是一种新的电烫技术，丽源计划购买。

两人走到弯曲的衙前街，在骑楼下偷偷地拉了拉手。拉手的感觉令人心惊肉跳，他们又悄悄地放开了。才走了几十步，司徒不徙装作不经意地碰到她的手，两人再度牵手。他们都不敢看对方，彼此红着脸望着前方，有人在打招呼，他们视而不见，心思全在手的触觉上。

这种心惊的感觉在图书馆那天就出现了，司徒不徙从抽屉里拿出信封，麦贤勤看到他那么紧张，像做贼一样，她也跟着紧张起来。她知道这是不寻常的东西，一转身就藏了起来。

一路上，麦贤勤莫名兴奋。回到家，关上房门，她抽出信封里面薄薄的宣纸，原来是一首诗。她一行行看，顿时耳热心跳。他的诗写得太热烈太露骨了，她有些意外。男女之情如梦如幻，欲说还休，他这么直接地表白，让她心如鹿撞，惊慌失措。

几天后心情稍稍平静，她逐字逐句琢磨，慢慢体会了他的情感。整整一个多月，她处在兴奋又忐忑不安的情绪中。睡觉的时候，她悄悄打开诗稿看一眼，原本皱皱巴巴的纸被她磨得起了毛，月光下，她思绪纷纭毫无头绪。

司徒不徙说话声变得粗哑，男孩女孩不知哪一天就不在一起玩了，但他们俩还有交往。她发现他看自己的眼光跟从前不一样。

她的身体也在发生巨大的变化，身体里面隐藏的魔术师，把她变成了一个女人。她不习惯这样的变化，也不愿意接受，甚至讨厌。初潮的血汩汩涌来，那个下午她正在上课，吓得要哭。她不敢离开座位，一下课就用帽子遮着屁股跑回了家。

每个月肚子要痛一回，几天都弥漫着血腥味，一阵一阵的血气自己都能闻到。乳房硬得像裹了两颗橄榄，肿痛得厉害，长到乒乓球大时，她羞得拼命收紧内衣压住它们，不让它们暴露，更不许它们乱动。她拼命遮掩，直到无可奈何地接受。

司徒不徙的诗竟然热烈赞美她的身体，她再看自己的乳房、腰、臀和腿，感觉它们也有些可爱了，她轻轻地抚摸了几下。某个时刻，想象这只手变成别人的，是一个男人的手，她立即就缩回了。

一天晚上，她睡着了，阿爹进来拿东西，看到宣纸摊开在被子上，就帮她收拾。宣纸磨损得厉害，他奇怪妹仔为何不丢掉，是什么重要的东西？他拿起来看，立即明白是怎么一回事了。他把诗稿按原样放回，把事情跟老婆说了，妹仔已经长大，他要她来处理。

阿爹反对他们交往，他要妹仔以后嫁给金山伯。麦贤勤羞愧得把头低到了胸口。在家里很长时间她的头都是低着的，她也不像从前那么大声说话了，尤其跟阿妈阿爹说话，低低的像蟋蟀的声音。

司徒不徙总是出现在她脑海中，她想象他说话的恁个腔调，行路的姿态。她不知道想象中的人与现实中的人正在脱节，想象中的人按她的意愿跟她交流，有时伸手来抚摸她，尽管是她自己的手，她也感觉到刺激。

她越是想他就越是要躲着他，有种力量在拉扯着，她跟自己对抗起来，她做出的事情都是违背自己意愿的。以前的她决不会这样做。她完全变了一个人。

她把自己当成他的恋人，远远地观察。司徒不徙不爱跟一群一群的人玩，散学后就去图书馆，有时急急忙忙跑去工地，没事的时候中意到处逛逛，他迷恋垂钓，爱好游泳，喜欢读书，有时行路也在看，估计图书馆的书被他翻遍了。

有一次，麦贤勤发现他也在偷偷观察自己，她的心脏撞击得厉害，一时手足无措。他躲在骑楼柱子后面，那是她家发廊对面的艳芳影相铺。他竟然跟踪自己到了发廊!

两人视线相遇，他假装没有看见，转脸去睇橱窗里的照片。影相根本不是他的兴趣。从此，她回发廊会习惯性地看一眼那根柱子，她知道他不会在那里出现，但她就是克制不了。

司徒不徙一点也不知道她在跟踪他。麦贤勤乐于尝试各种隐藏的法子。骑楼正在兴建，她躲在一栋栋尚未竣工的楼房里面，或是行走在连成一片的楼顶，偶尔藏身断壁残垣的旧屋，闻着刺鼻的霉味，或是隐身教堂的彩绘玻璃后面。

黄昏时分，建筑工人停工了，赤坎墟只有细佬仔的打闹声，司徒不徙这个时候出来闲逛。她在朦胧的光影和振荡的钟声里像个精灵一样围绕着他，若隐若现，飘忽不定。

他垂钓的时候，离他不远的大榕树成了她读书的地方。他钓鱼那么专注，她就想这个人好不书呆。她觉得自己像螳螂后面的那只黄雀。隐秘成了她的快乐之源，越隐秘就越克制，越克制越能感受到一股股爱意，她甚至因此流泪。

受哥哥的影响，她也喜欢画人像。哥哥出国后，她就拿起哥哥的画板开始画人头像了，主要是画女人的发型。画板、桐油纸伞随时可以用来遮挡。有段时间见不到他，恁时他去了广州，她尝到了思念的滋味。

当她渴望他再给自己写诗时，已是第二个学期，她盼望想象里的人与现实中的人合二为一。对隐秘的游戏她不再有兴趣了，甚至厌倦。

在司徒不徙眼里，她总是离自己远远的，两人相遇，她点点头，或是冲他不自在地笑一笑，就低下头急匆匆地走过去了，这明显是在躲着他。看着她熟悉的发型和走路的步态，他常常怅然若失。她真的变了一个人。有时候，他甚至怀疑从前的那些场景是不是真实的，他不得不强行压抑自己的想念。但她却出现在春梦里，醒来了，梦中的她还是那么真切。

他猜不透，她的态度为何大变，为何疏远他，为何不给他任何信息？是自己行为鲁莽吗？这么想时他感到羞愧。但是，他心里的幻想依旧顽强，像野蛮的青春一样生长。

他感觉到她气息的存在，隐隐约约就在自己的周围，某个时候一闪而过的身影，像是幻觉。他曾到骑楼上去寻找，但楼上空空荡荡，他确信是自己太想念她了。

司徒不徙冲动，却极度敏感自尊。他害怕自作多情，因此他极其在意麦贤勤对自己的感情。他希望自己的爱能给她幸福。

麦贤勤聪慧又顽皮，她意识到司徒不徙好强的性格，若没有她的暗示，他是不会第二次表白的。

一天，她刻意经过他的身边，装作不经意地问："你何解不来理发啦？我们家得罪你了？"

司徒不徙感到意外，接着窃喜，追上她说："我头发好长了，是要理发啦。"恁时他头发并不长，但他没有意识到自己说谎了。麦贤勤睇他一眼，能睇出他的头是一周前剪的。

司徒不徙的第二首情诗一气呵成，不像第一首那样反复推敲。从此，他写诗一发不可收拾了。爱情培养诗人，尽管他的诗直露，炽热的情感之下含蓄等同装腔作势。

阿爹看到了他写的白话诗，好在不是写给麦贤勤的。他要司徒不徙写新派诗词，司徒不徙觉得古体诗词没法直抒胸臆，尤其不能表达强烈的感情。这次他没有听从父亲的教导，执意练笔白话诗。

五十二

"海生"号出事的时候，洋刀仔带着谢泉月进了丽源发廊。做头发和影相是谢泉月最爱做的两件事，洋刀仔每次都陪她来衙前街。谢泉月刚从美国返来，人瘦了一圈，头发也没有光泽。

“梨园春”被旧金山华侨请到美国去演出，在旧金山、萨克拉门托、洛杉矶等地演出了大半年。请戏班去的人正是洋刀仔的阿爹关基智。为了阻止儿子与谢泉月结合，他请戏班去美国的条件就是要班主阻止他们俩，最好让她留在美国。

关基智在哥伦布街戏人宿舍找到谢泉月，跟她谈条件，提出离开他儿子畀她一笔银纸，不离开在美国她会遇到意外事故。谢泉月表示，要她的命容易，要她离开关泽业难。就是饿死她也不会要关家一分钱。

谢泉月去美国，关基礼赶紧给关泽业相了一门亲，女子是胡椒仔的妹妹胡瑞颖。胡椒仔做香港咸鱼和海产品生意，神通广大，三教九流都有他的人。他妹妹却是个文静之人，但她文静的表面之下有一颗不安分的心。

胡瑞颖是个电影迷、影相迷和飞机迷，长得跟电影演员胡蝶神似，两个酒窝几乎一模一样。有人说她是胡蝶的妹妹。胡蝶是鹤山沙坪人，本名叫胡瑞华。胡瑞颖祖籍也是鹤山沙坪。

胡瑞颖的二哥是飞行员，她去广州睇飞机，爬上飞机问这问那，央求阿哥找部队招她当飞行员。空军有很多开平老乡，很多是华侨子弟，胡瑞颖认了好几个阿哥，她提出要当空军，大家都只当她说说玩的。

胡瑞颖平时在漱玉影相铺照相，她是赤坎第一个女影相师。她在关文清办的英文学校学习，又参加他开办的电影社活动，跟着他到乡镇和学校放映电影。关文清推荐她去广州拍电影，她饰演过一个小配角。

在广州，她天天泡在电影院，恁时阮玲玉主演的《火烧九龙山》与胡蝶主演的《火烧红莲寺》都很火，观众喜欢拿这两位广东侨邑的演员比较。胡瑞颖更偏爱阮玲玉一些。她爱看《白云塔》，这部电影看的人并不多，她喜欢的原因是胡蝶和阮玲玉一同出演，她细细比较两人的演技。胡蝶在这部电影中的表演得到观众称赞更多一些，她却不以为然。

关泽业认识胡瑞颖。胡椒仔有时带着她跟关泽业一起玩。胡椒仔比关泽业大，他叫关泽业洋刀仔，胡瑞颖也跟着叫。胡椒仔叫阿妹小颖，洋刀仔也跟着叫小颖。洋刀仔的见识和谈吐让兄妹俩十分折服。

胡瑞颖暗恋洋刀仔很长时间了，他人长得帅气，又有知识，谈吐不凡，虽然他跟女戏子关系密切，但她觉得他们并不合适，分开是迟早的事。特别是知道洋刀仔家里的态度后，她就动起了脑筋。

她嫁洋刀仔的想法得到了胡椒仔的支持。哥哥找媒人上门做关基礼的工作。关基礼正在为洋刀仔的婚事犯愁，他马上把这个消息报告了兄长，全家一商量都表示同意。

洋刀仔见到小颖爱跟她聊几句，谈起电影的话题两人有很多共鸣，洋刀仔也爱看电影，只要一聊粤剧胡瑞颖就有意拿电影来比，话题变成了土气与摩登之争。洋刀仔并不跟她争，他不想扫她的兴。他中意睇她笑时的酒窝，比酒还醉人，他能品出其中的风情。

关基礼正式跟他谈这桩婚事，洋刀仔不同意，他要娶的人是谢泉月。关基礼说：“谢泉月去美国了，她不会返来了。”洋刀仔说：“那我也去美国。”第一次谈话就谈崩了，关基礼只得再动脑筋。

谢泉月与洋刀仔两个人差不多一年没见面了，谢泉月一回国就来找他。她是一个不管不顾的人。谢泉月的变化特别大，一双丹凤眼，眼里的水灵消失了。洋刀仔拥她入怀的时候，她水一样柔软的身体也有点僵硬，笑容里多了苦涩。在他吻她的时候，谢泉月挣扎了一下，两眼望着他，“你爱不爱我？对我有多爱？”她的眼神中充满疑惑与恐惧。

洋刀仔要带她去仁里。这一年他的变化也很大，他代阿爹在仁里买下了一大片土地，跟河南洲一样大。土地激发了洋刀仔的梦想，他要盖一座像欧洲贵族那样的庄园。

广州有人找他合伙走私恩平的钨矿，走祥发里的一条秘密水道运去澳门，全程军队武装押运。水道就在富彦滘对岸，是当年余富彦逃往海上的河道。于是，庄园梦变成了一个很现实的追求。

胡椒仔一直在秘密水道上跑，船由台山广海的烽火角入海尾，到那金、三合，再转船走水南到潭江，或由烽火角走斗山经大同北上。他做的是香港生意，洋刀仔拉他进来，胡椒仔也成了合伙人。

谢泉月觉得他的庄园梦跟自己毫无关系，对他不关心自己的遭遇有些伤心。她在美国整天提心吊胆，害怕遭遇什么不测，他却一点都不担心她。“梨园春”班主天天劝她放弃，这桩婚姻门不当户不对，开始他就反对。

从美国回到家，谢泉月才知道家里人也受到了威逼利诱，父母都劝她离开这个男人。这样的压力她一个女人扛不住了。

谢泉月进了发廊，烫头的大师傅不在，他跟老板去三埠看烫发机了。另一个姓邓的师傅不敢给她烫，害怕烫不好。谢泉月坚持要烫。麦贤勤赶紧帮忙烧旺了煤炉。

邓师傅先将鸭嘴铁钳在炉中烧热，放入水中冷却，冷却到一定温度取出来烫发。铁钳炉中加热和放入水中的时间非常讲究，刚开始邓师傅掌握得不错，炉火一旺，他调整不到位，铁钳温度高了，烫得她的头发嗞嗞冒烟。谢泉月一声尖叫，洋刀仔冲了过去，一把将邓师傅推倒。铁钳飞出去砸到了麦贤勤身上，她也一声尖叫。

司徒不徙正在理发，听到麦贤勤尖叫他从椅子上冲过去，撞向洋刀仔，把洋刀仔撞倒在地。洋刀仔爬起来就是几拳，打得司徒不徙差点倒地，两个人扭打在一起。

邓师傅很生气，看到司徒不徙与洋刀仔打架，知道司徒不徙会吃亏，赶紧来劝架。谢泉月和麦贤勤在一旁哀求："不要打了！不要打了！"两个女人越喊两个男人打得越凶，他们斗狠都是表现给自己的女人看的。洋刀仔的心情更复杂一些，他想借机发泄一些情绪。

司徒不徙明显吃了亏，他被打得鼻青脸肿，洋刀仔只是白西装被撕破了，左手背被咬破了皮。麦贤勤把司徒不徙推出发廊，帮他擦干血迹，又带他到诊所去上药。

回到家，司徒不徙澡也不敢洗，早早和衣躺下。疼痛在他的身上游走，如同遍地烽火，四处火辣辣的。这一晚梦游似的，各种梦境交错出现，他迷迷糊糊，看到了大火，又在冰冷的水中挣扎，又被人追赶。麦贤勤有时笑有时哭，他还睇到了她低垂的胸口，像一片晨光熹微……

司徒文倡很晚才从六槐乡回家，“海生”号沉没，他坐东滘龙行车公司的车去现场救人。看到司徒不徙这么早睡，有些疑惑，问他一声：“睡了？”他只“哼哼”了两声。

第二天一早，看到儿子脸上青一块紫一块，问他是怎么一回事，司徒不徙只得如实相告。

旷课一天，第二天肿还没消他就去上课了。有好事者围过来问他被谁打的，司徒不徙说与洋刀仔打了一架。同学们有点不相信，他敢打洋刀仔？再问什么事情打架，司徒不徙说是理发，再问下去他就支支吾吾了。后来大家知道他是英雄救美。

第九章

五十三

司徒誉从美国回来，徐芷欣把她写富彦滘的文章发给他，文章写到了圆美村和秘密水道，写到高高河堤上的那个黄昏。这篇文章写作风格大不一样，不只是写史实，还写了过程，从富彦滘坐艇过潭江，那是余富彦水军突围的水路，江中一座小岛，艇绕到岛的东南方，南岸隐藏的秘密水道出现了。

徐芷欣加入了自己横渡潭江时的体会，她把河堤上的黄昏写得很凄美："那个黄昏，没有一片晚霞，夕阳橙红，天空瓦蓝，冷冽的辉煌，热烈的孤寂，人却莫名地忧伤……"

这是她心境的写照。那天黄昏，司徒誉看她落泪了，他不知道她为何突然伤心，他抱了抱她，对她突然有种怜惜的感情。他们坐在堤面的水泥墩上，看着夕阳在对岸的田野落下。她写道："太阳落山落得好快，像坠落在地面，黑暗潮水一样涨满天与地。你温暖的气息和话语如圆美村的灯光，点亮了时光里的一扇窗。"

她说起自己的人生，用一种局外人的口吻，像在谈论别人的生活。理想似近实远，爱情如幻觉般飘忽，她曾得到又很快失去，像一场梦……

奇怪的是，司徒誉在旧金山做了一个梦，梦到了那个黄昏，她不是在说话，而是抱着他哭诉，她汗湿的手抱着他的腰，他吻了她……醒来后，吻的感觉太真切了，因为泪水他的吻也是咸的。

第二天早晨，他看到她发的信息，她也梦见了他。他好奇地问她梦到了什么，她回了一个害羞的表情包。

在美国，每次起床都是她打微信电话叫醒他，她告诉他今天是晴是雨，温度多少，要穿什么衣服。总是及时发来信息，告诉他经过的地方有什么景点，历史上曾发生过什么事情。她提醒他去坐他曾祖母坐过的缆车，缆车从企李街经过。去天使岛，她提醒他去39号码头看海狮。离开旧金山的那天晚上，他去坐了缆车，车过企李街，仿佛时光倒流，他能找到曾祖母的记忆。

退房了，她又提醒检查房间哪个地方，充电器、手机、手表、眼镜有没有落下。

她下班的时候，正是他起床的时间，司徒誉每天都听到她周围熟悉的喧闹声。只有在洛杉矶她没有打电话。他问她想要什么礼物，她要他把1号公路的风景录下来，再多拍些丹麦小镇和圣巴巴拉的照片。在加拿大多伦多皮尔逊国际机场，他给她买香水，从小众沙龙香中挑了檀木香的，他觉得她身上就有这样的气息。

周末的晚上，他们在百合镇一家台湾人开的自然料理馆吃饭。餐馆开在一座碉楼里，房间只粉了墙面，挂了一圈田野风光照片，门口挂的旧楹联“风同欧美，盛媲唐虞”，红地已淡如浅赭。若不是中式的木桌椅，就跟置身中世纪欧洲城堡一样。

司徒誉谈起富彦滘的文章，两人再回想那个黄昏，他说：“你写得真好，没有这篇文章，你的感受我理解不了这么深。”她没有说话，只是笑笑。

“这跟书的风格不一样呀。”司徒誉疑惑地看她。

“不是给书写的，是一篇散文，写给你看。”徐芷欣望着他，眼里失望与伤心交织，缓缓地低下了头。

司徒誉不明白她的情绪为何突然低落，愣在那里，不知道说什么。

徐芷欣猛一抬头，眼里满是幽怨。她转身拿出一本司徒乔的画册，“这是你想要的书，我托人找到的。书里收录了司徒文倡的文章。”

“啊——”司徒誉喜出望外，双手接过厚厚的书。

徐芷欣看他高兴，脸上有了淡淡的笑容，要他谈谈美国的经历。

司徒誉谈起他在公所见到司徒昆仲的感觉，讲到天使岛，亲历现场的感受，他再读曾爷爷的诗心情大不一样了。

说完了，司徒誉问她学校什么时候放寒假，春节有什么打算。徐芷欣瞪眼看着他："说完啦?"

他"嗯"了一声。

她又问："见到女儿了吗？她好可爱吧!"司徒誉讲了讲秀秀。

她仍然不满足，"那她呢？你带了什么礼物?"说话时她低着头，声音也低了下去。

他这时才明白她为何一直问他在美国的情况。又想到要他拍1号公路的录像和丹麦小镇、圣巴巴拉的照片，这都是他跟伍晓蕾在一起的时间。她就是要恁个时候他也记着她吗？还是其他意思？

恁时他录像和拍照心里有些忐忑，她是个无形的存在。在圣巴巴拉海滩，银白色的房屋、沙滩、海浪、椰树和棕榈树，他都是带着她的眼光在拍。

长长的沉默。她不停地捋着头发，散开来又聚拢，她的头发长了很多，像一团夜色。她一直低着头，在幽暗的灯光里，她双臂紧紧夹紧身子，好像青砖缝隙里都透进了冷风。

她的心事他已经明白，司徒誉有些惶惑。他喜欢她尊重她，但他不能伤害她。她已经被人伤害过。他跟伍晓蕾将来会怎样，一直就是一团乱麻。他不想现在碰这个话题。

他问她主食吃什么，她抬头望着他，摇了摇头。

过了很久，徐芷欣说："你有空看看《千里送京娘》吧，我很喜欢。"

司徒誉说："是粤剧吗?"

“粤剧、京剧、昆剧都有，看什么都行，别去看电影。”

“哦。”司徒誉不明白她什么意思。徐芷欣看着他的表情说：“没什么。我现在关注民国的一位名伶，她虽然不是赤坎人，但她跟赤坎缘分很深。她跟京娘一样都是淹死的，一个投江，一个投湖，两个人都是因为爱情。”

“叫什么名字？”

“谢泉月。当年有名的粤剧戏班‘梨园春’的台柱子。”

司徒誉很好奇，期待她继续讲下去。

“《千里送京娘》是她的保留节目。她是吟着京娘的台词走进潭江的。”徐芷欣轻轻地吟道，“怪匡胤兮，姗姗来迟；恨自己兮，佳缘薄命；怨苍天兮，一场捉弄！暗自叹，今生不能补报大德，死当衔环结草……”

司徒誉有些惊喜，“你什么时候学会唱粤剧了？”徐芷欣说：“听得多了就学了一段。”

“你是怎么找到这个人的？”

徐芷欣说：“你听没听说过洋刀仔？”司徒誉点头。

她幽幽地说：“洋刀仔建了一个大庄园，不知它为什么消失得无影无踪，没有人提起过。要是毁掉了，也应该有人知道呀。它能人间蒸发吗？我想去寻找，把这个大庄园写到书里来。关注洋刀仔就带出了谢泉月。我也想写写他们的爱情故事。”

司徒誉听了很激动，“那去找啊！你不早说。”

“我在赤坎西边找过，北边和东边还没有去找。”司徒誉提出跟她一起去找，先跑赤坎周边，再扩大寻找范围。

自此开始，司徒誉一有空就约徐芷欣，他开着车，专往那些不太熟悉的地方跑。他们先到西北的罗汉山寻找，然后一路朝东跑塘口地界。北面没有发现，东面排除滘堤洲，只有国道北面那一带，平时那里他们去得少，司徒誉觉得可能性极大。

如果那里还找不到，就得过潭江往南跑，或是过镇海水朝东找，这样范围就太大了。司徒誉觉得洋刀仔隔江去建庄园的可能性不大。

虽是寒冬腊月，这一段时间却全是晴天，穿件外套也不觉得冷。徐芷欣放了寒假，除了写作，就是跟着司徒誉寻找庄园。他们经常行走在乡间窄窄的路上，绕着一个个山包、垯子搜寻。她先在高德地图上找出重点区域，画出路线图，车开不了的地方，就步行。虽然村村通公路了，但村与村之间还有很多沙土路，有的路长年没有人走，已被疯长的荒草掩没。

密林低谷地带，出现了一些湖泊，很多废弃的建筑被他们找出来了，有的房子建得十分精美，在铺天盖地的野草杂木里，它们成了放养鹅鸭的场地。有个旧庄园开设了餐馆，他们靠近引得狗群狂吠。这么僻静的地方有谁来吃饭？餐馆规模并不小，两人猜测了半天也猜不明白，这太反常太神秘了。

这天，他们从国道下来，车一路往北开，田地特别平整。走了几公里，路边出现了一块蓝色牌子，上写“回龙里”。司徒誉想起吴寄讲过，这里曾经是个打铁村，他方向盘往左一打，车就拐进村去了。

两人在村前转了转，什么也没有发现。村前池塘特别大，司徒誉又往前面走了走，在西北方向发现了一片水域，原来赤坎最大的湖泊就在这里。湖的北面是塘口镇，这是个界湖。

徐芷欣手机定位查地图，发现湖水跟镇海水是连通的，她想到了开平船，要是在这里造船是非常合适的。

司徒誉也认为开平船就是在这里造的。回龙里是打铁村就对了，它挨着船厂。

两人觉得今天收获很大，走路的劲头也足了。出回龙里继续往北，稻田里枯黄的禾蔸一眼望不到头，田野广阔而又平坦，人烟却稀疏。北风刮来，车窗开一条缝就呼呼作响。

没走多远，右前方出现了几栋房屋，颜色暗黑，像从时间深处呈现的景观。从碉楼就能判断，这是个民国时期的建筑。它向他们发出了召唤，就像沉没于海底的神秘世界在呼唤。

右拐走上稻田里的一条路，宽度刚好走一辆小车。穿过坡地上的竹林，车开进了地坪。

地坪里到处是悠闲觅食的鸡，一大片地积满了鸡屎。刚一落车，一群狗朝着他们狂吠。

很久才有一个中年妇女出来制止。中年妇女看了他们一眼，没有打招呼的意思，转身就进屋了。他们自己参观起来。

第一排是平房，青砖砌的墙，一道道白色砖缝像激光射线一样又细又直，砖砌得这么平这么直非常罕见，可见主人砌屋的用心。

被鸡屎包围的房屋，大门有一对科林斯壁柱，门往墙内凹进了一米多深，形成了一个门廊。大门上的拱券，两头折叠成梯级，拱券上方一米高处，再出浅檐线装饰，是同样的拱券造型，两边也折叠成梯级，中间券心石是块楔形石，上面镶嵌一块紫色宝石。大门上的山花，一大片卷纹浮雕。

司徒誉注意到，拱券上面一个圆形浮雕是一朵硕大的花，圆圈里铺满四片花瓣，花瓣上还留有残红。几十年日晒雨淋，竟然还有颜色。司徒誉猜测它是家族的徽标?

第二排是两栋三层高的青砖房，体量巨大。二楼设一排科林斯柱与拱券的走廊，三楼退后，腾出一个大露台。露台边的房屋同样有廊，柱子为砖砌的方柱，大门前面才是科林斯柱。门上的山花高大、方正，浅浮雕的小花围框，小花正是微缩的徽标。楼的名字就写在花朵环绕的方框内。

徐芷欣细细察看方框内的楼名，墙体斑驳，墙面和字一如涂炭，漆黑一片，她只辨别出了一个“庐”字，另一个字实在太模糊，无从辨认。

最里面是一座四层高的碉楼，楼顶列柱与拱券组成挑廊。山花四角立花瓶，正中弧形山花上站着一只张开翅膀的老鹰。

所有建筑的门窗全部用宽边装饰，门、窗、柱和装饰线都是白色。青砖与扎眼的白色形成一种细腻又粗犷的风格，让人想起藏族的碉房。

站在露台，田野一望无垠，阳光钻石似的在天地间闪耀，无声而辉煌。远处的山影，北面是百立山，西面是罗汉山，东面是梁金山，低伏于地平线上，如一抹轻烟。司徒誉感觉到了一个王者的气势。他想到了酋长、土司。

楼下的大片田地既然没有村，也许从前是属于房屋主人的。这是一个大庄园！难道是洋刀仔的？

徐芷欣观看碉楼上的山花，发现上面写了“衮庐”两字。衮是古代天子祭祀时穿的绣有龙的礼服，后世称三公为衮，衮职则是君主的职位。洋刀仔会这么大胆吗？从他的所作所为看，赤坎也只有他有这天大的胆子。

他们下楼，去找恁个呵斥狗的妇女。走进室内，楼层高大，里面的布局和装饰像个宫殿，雕梁画栋并非金碧辉煌，只用金色绘出，地板是意大利拼花瓷砖，天花板上都是家族的徽标。两个人有预感，洋刀仔的庄园找到了！

房间里堆满了化肥、柴火、油漆桶、纤维袋和废弃的轮胎，墙角被竹梯、竹扫把、塑料壶、塑料椅和破铜烂铁占据，到处是乱牵的线，有的晾了干农活穿的紫色、蓝色的破衣服。卧室挂起蚊帐，墙边立着用塑料布蒙的柜，一条拉链上下贯通。用作厨房的房子，墙壁被油烟熏得发黑……

如此景象两人唏嘘不已。见到中年妇女，司徒誉跟她攀谈，她姓王，是广西人，年轻时候就来这里种田。她一家四口，西边这栋楼他们一家住，东边的楼住了另一户人家，那家人跟房屋主人有些沾亲带故。

问到房屋主人，女人见过他。她在这里住了两年，来了一个老太公，穿白西装，戴墨镜，他爬不了楼，女人的老公把他背上了露台。老太公在那里站了好久。

老太公跟陪他的人说，以后不要收他们的租金了，让人家住吧。房屋没人住会朽坏得更快。

他又跟女人的丈夫说，你们住要爱惜房屋，门窗记得关好，风雨吹进来房子容易朽。

司徒誉问："以前租金几多？"

"五百块。"

"老太公叫什么名字？"徐芷欣早就沉不住气了。

"记得姓关，不记得名字了。这里的人叫他洋刀仔。"

司徒誉一声"啊——"双手一拍，"总算找到了！"

徐芷欣笑了，泪水溢了出来。

洋刀仔回来司徒誉是知道的。20世纪80年代，开平政协一位副主席专程去美国拜访他。他曾是洋刀仔的把兄弟，成立民团的时候他找洋刀仔借过枪。国家鼓励华侨回来投资，他劝洋刀仔返来看看。

洋刀仔跟他说，你们把我的房子和土地都没收了，我还怎么返来？副主席告诉他，只要你能够说出哪些是你的房屋，政府全都还畀你。洋刀仔不肯相信。

副主席没有劝动他回来，是他女儿写信要他回来的。她告诉父亲，阿妈病重，想见您最后一面。女儿就是他跟谢泉月的私生子，谢泉月生下她后就愈加疯癫了。

洋刀仔发家在赤坎是个传奇，他走私钨矿，后来又从港澳走私军火、药品，国民党和共产党两边的银纸他都赚。美国高价购入白银时，他参与了投机，在广州开银行大量收购。赤坎银号那时纷纷派人驻扎香港，内外联手倒卖银子，很多华侨从国内带银子去美国。美国突然停止购入，白银价格大跌，洋刀仔这时已经收手，赚得盆满钵满。赤坎银号却一家家倒闭，有人亏得跳江。

洋刀仔开伟业绸缎庄，三年时间就垄断了赤坎的绸缎生意，绸缎价格由他说了算。他还办了《新生活报》，一纸风行，影响超出四邑，在广州、香港都有发行。

他结婚时，谢泉月已经疯疯癫癫了。洋刀仔离开大陆的第三年，那个夏天的黄昏，谢泉月身穿花旦戏服，一边走一边道白："怪匡胤兮，姗姗来迟；恨自己兮，佳缘薄命；怨苍天兮，一场捉弄！暗自叹，今生不能补报大德，死当衔环结草……"

远处游泳的人看到她走进潭江，缓缓走入江中，口中还唱着粤剧打洞腔，直到江水淹过她的头顶，红色戏袍浮在江面，这才反应过来她是投江。

离开赤坎后，洋刀仔再没有穿过白西装。返来的时候他特意做了一套银白色西装，打了红领带。他希望谢泉月看到的还是当年恁个穿白色西装的人。

他在大陆没有亲人了，只有这个私生女。知道她骗了自己，他也不怪她。开平翻天覆地的变化，令他感慨万千，人世间有时比戏剧还要戏剧。他给女儿留了几间房子，把其余的房屋全都捐给了政府。

司徒誉想，这么一座庄园，该怎样做文章呢，不能让它再荒废了。

徐芷欣想起什么，拉着司徒誉的手又上楼去看碉楼。她指着碉楼顶上的老鹰，问他："老鹰下面弧形墙是云不？"三道圆弧形墙中间高两边低，确实是用来表示云层的。司徒誉点头。

"云中有轮圆月，你仔细看。"

司徒誉问："什么意思？"

"谢泉月的月呀！洋刀仔常以美国鹰自比，所以他敢用'衮庐'。"她观察了一阵，又有所悟，"你看云两边立的是水罐，四角是花瓶，都是用来盛水的，那就是泉！"

司徒誉会意地笑了。徐芷欣拖着他又重看了一遍房屋。在入口的平房，那个铺满花瓣留有残红的徽标上面，原来没注意的那堵巨大山花，它们全是云的浮雕。云中一轮圆月，灼灼其华，不知是什么材料做的，闪着银白色的光，显得冰清玉洁。

司徒誉不敢相信它就是月亮。徐芷欣仔细观察，发现浅浮雕的玉兔，玉兔很小很浅，但神态依然可辨。司徒誉高兴得把徐芷欣抱了起来，转了两圈。两人开心地咯咯大笑。

他们相互拍照留念。徐芷欣给司徒誉拍照时又有了新的发现，山花顶端有一个很大的杯盏，位于圆月之上，圆月之下是楔形紫色宝石，宝石下面是家族徽标。她说，这不是徽标是花。杯盏代表泉，杯盏中的水还可映月，紫色宝石和红花在泉和月的下面，都是献给泉月的。庄园选址湖畔，也是一幅湖水映月的美景……

徐芷欣越说越激动，她被深深打动了。一个男人深藏了一生一世的爱被她发现了，她真想去触摸那轮银白色的圆月，去捧一捧那个硕大的杯盏。女子为他投江，男人在生命最后的时光，飞越半个地球，为了见她最后一面！

徐芷欣真想哭一场，她抱着司徒誉的臂膀，身子微微颤抖。司徒誉拍了拍她的头，他感觉到了她内心深处炽烈的情感。这一个多月的相处，他心中也萌生了一种难舍难分的感情，他竭力克制着拥抱她的冲动。

徐芷欣吟道："怪匡胤兮，姗姗来迟；恨自己兮，佳缘薄命；怨苍天兮，一场捉弄！暗自叹，今生不能补报大德，死当衔环结草……"

这既是京娘的，也是谢泉月的，现在由她道白，也就变成了她的心声。

五十四

于耀轩书记来赤坎开了一次舆情分析会议，肯定了管委会所做的工作。谈到新城建设，他提到了司徒誉的设想，要求他继续深化，并做一次专题汇报。李玉虹明白，书记是要镇长来抓新城建设。

又是一个春天，木棉花总是等不及枝叶冒芽，就在高空点燃了火苗似的花瓣，铁黑枝头蹿动的串串血红，像号角吹响。喧闹的春天，黄花风铃木、禾雀花、桃花、油菜花都是木棉花的伴奏。

司徒誉把木棉花跟春天画了等号，看到木棉花他会有生理反应，潮湿的春天是一股汁液，渗透并滋润硕大的花朵，也在他的身上渗透。

这天跟鹰村村主任谈完话，他站在窗口看两棵木棉树，它们花开正旺，其热烈恰似无声的呐喊，让人感受着浓浓春意。

木棉树后的安置房正在节节拔高。杂乱的背景使得木棉树没有往年那么挺拔，那么特立独行。

红溪村村主任从一辆车里出来，从地坪向办公楼走来。他是今天第二个相约来谈征地的对象，司徒誉一个村一个村地谈。新区及配套建设用地需要四千多亩土地，征地涉及十四个村委会一百多个自然村。

上周开征地村小组长和村民代表会议，红溪村村主任发言，提到省国土资源厅调整新一轮征地保护补偿听证一事，他要求等新标准出台后开始征地。他的话引起了一阵骚动，台下议论纷纷。司徒誉主持会议，他强调有新标准一定按照新的标准来征。

有人站起来问他：“征地十几二十个亿，政府有没有这么多银纸？签了会不会马上畀银纸？”

他说：“一分钱都不会少。”

马上有人接话：“你们连安置房都是施工单位贴钱来建的，我们怎么相信政府有钱？”

台下吵吵嚷嚷，各说各话，会议开不下去了。

红溪村村主任敲门了，司徒誉冲了柑普茶，又问他抽不抽烟，塞畀他一包烟。聊了一阵新厕所使用情况，司徒誉问：“群众对征地有什么意见？”

村主任说：“群众都反对啊。”

“怎么反对？”

“有人说，怎么这么巧啊，刚要调整征地标准，政府就来征地了。一定是政府为了减少成本，想趁标准调整前来征地。”

“那你的意见呢？”

村主任掏出烟，问镇长抽不抽，司徒誉摇摇头。村主任点燃烟，抽了一口，笑一笑说：“十几年前，有个比你级别还高的领导，答应我们修路给一笔银纸，到现在还有兑现呢。”

司徒誉明白他的意思，“如果你有这方面担心的话，我今天在这里答应你，如果真的是今年内有调整，你先拿旧的标准跟我签，等国土资源厅文件正式出台后再按照新标准补回差价。”

村主任只是抽烟不说话，烟雾在房间里缭绕，熏得司徒誉有些不适。司徒誉接了一个电话，然后盯着对方，“你不相信我?”

“不是不相信，是担心你调走了，新官不理旧账，到时政府还是不兑现。”

司徒誉说：“我可是本地人啊，除了当镇长我还要做人的，你就再信我一次怎么样?”

“留成地规定百分之十到百分之十五，我按最高百分之十五给你们，建议留成地交给政府，由我们统一纳入总体规划和建设，保证村民从新区建设发展中受益。”

村主任想了想，答应回去做大家的工作。

各村谈完话，司徒誉找李书记商量，这几天的谈话，他感觉政府的诚信不够，老百姓与政府互信基础薄弱。他建议清理一下，镇政府对外欠了什么钱没有，不管欠集体还是个人的，尽快还清；还有镇委委员下去做工作承诺过的东西，也赶紧兑现。老百姓、政府和开发商三方的利益，只有老百姓的利益没有太多保障。这些失地农民的养老保险问题我们也要帮他们解决，这个是政府的责任。

李玉虹赞同他的意见，决定列入管委会议题，马上研究。

征地开始了，首期征地七百亩。李洋风带着几个人天天往村里跑。三个月他征下了五百多亩，大家称他为征地名将。李洋风发现一些村的村主任并不能做主，谁最凶谁声音大就听谁的。他就找那些出头的，只要是不违法的，各种法子只要好使他都使出来了。他征过地的村，刺头要不跟他称兄道弟，要不见了他绕道走。

但是，棠下村的地怎么也征不下来，他实在没有办法了，就来司徒誉办公室吐苦水，“镇长啊，我无能。我征了这么多的地，没遇到这么难的！棠下村的地要多出一百万块才能搞掂。”

司徒誉说：“你不能靠银纸去解决，这样做有很大的风险。”

“我不是不知道，但我冇法子啦！”李洋风撇着一张嘴，像哭又像笑。

司徒誉沉吟了一下，“我来想法子吧。”

司徒誉到棠下村摸情况，知道村主任一直反对征地，跟他谈心后，发现此人并无私心，征地跟他没有利益冲突，他认为自己是全体村民的代表，他是在为村民争取利益。但与村民接触，他们并不是真的反对征地，只是想抬高地价。但是，征地是有政策规定的，不是在农贸市场可以随便讨价还价。司徒誉想了想，心里有了一个主意。

棠下村旁边是埮上村，司徒誉给他们投了很多钱搞美丽乡村建设，政府做什么事情埮上村一直都积极配合。

司徒誉把李洋风叫来商量，跟他交代：“你明天去一下埮上村，找找村主任，把他叫到村口，你指点一下埮上村东边的地，告诉他我们要征埮上村的地，这两天就派人来测量，要他先保密。”

司徒誉知道棠下村的村主任跟埮上村的村主任是好朋友，他们一定会通气的。

李洋风疑惑，“你要征埗上村的地?”司徒誉笑而不答。

司徒誉又把镇文化站站长关国文找来，他是棠下村人。司徒誉交代他，从现在开始你不要再做村里人的工作了，要是棠下村和埗上村村主任找你，你不说征地也不说不征，就当什么也不知道，说些应该、没有之类的话，不管他们说什么，反正就是你确认不了，冇法子。

棠下村人看到政府要征埗上村的地，开始沉不住气了，他们反过来骂当时反对征地的人。村主任两头不讨好，非常紧张，他找关国文打听情况。以前是关国文请他饮酒，现在他请关国文来饮酒了，关国文觉得镇长真是神算。他按镇长的交代说话，村主任急得火烧脚一样。

棠下村有个生意人关晓林，征地他受益最大，他一直希望政府把地征下来。村里反对的人多，他虽然地位高，但怕人家骂他只顾自己的利益，不敢抛头露面。事情发酵半个月后，关晓林给镇长打电话，请他吃饭。司徒誉自然知道他什么意思。

以前吃饭，司徒誉总是做工作要他帮政府征地，这次吃饭司徒誉闭口不谈征地的事。关晓林实在忍不住了，主动问:“听说你们要到埗上村征地?”

司徒誉说:“是啊。埗上村现在已经在签名了。”

关晓林说:“来，跟你饮一杯，你们不要去埗上村，你要怎么样我都帮助你们。”这次他带来了一瓶好酒。

“你们棠下村的事太难搞了，垯上村征地就是我一句话的事。”司徒誉说完摇了摇头。

关晓林饮了一杯，看到镇长没有端杯 ，又倒了一杯，一连干了三杯，“棠下村征地的事也只要你一句话！”

司徒誉端起酒杯，“饮了你这杯酒也行。不过三天内得把名签了。还要请我饮一顿好酒，在座的都要请。如果你能做到我就饮。这个事情我现在可做可不做。”

关晓林马上答应，他放下酒杯就离开桌子打电话去了。回来便说：“我三天一定可以搞掂。”

第三天，村主任带着全村人的签名，来找司徒誉。

垯上村签了名的地也一起征，这二十亩地用来建大棚，一个老板投资搞葡萄种植，村民收益高，司徒誉把这个项目放到了垯上村。

五十五

七夕一场台风，连续两天大雨，天都下黑了。第三天下午，司徒誉有一种异样的感觉，他必须马上回家！

这些日子阿爷老是对他讲，潭江对岸深更半夜有人吹哨，一阵间东一阵间西，比风还快。有一天，司徒誉回来很晚，阿爷听到他的脚步声，要他停下来，听一听江对岸的哨声。

司徒誉真的听到了哨声，一个飘来飘去的声音，这一秒在一个地方响起，下一秒在相隔半里地的地方响起，声音出自同一个人或是同一发声物，它不停地换地方自己呼应自己，像是自娱，像在游荡。

司徒誉冒雨回到家，见阿爷坐在躺椅里发呆。他知道孙儿进了屋，先把手伸过来，问他淋雨没有。半路上雨停了，进家门时天居然放了晴。

司徒誉扶着阿爷来到天井。阿爷喜欢坐在爬山虎下说话。今天的爬山虎滴滴答答，雨珠从叶尖一颗一颗滴落，像微语呢喃。经历了台风，有的叶片被吹得翻转，现在它们正在慢慢转身，有的叶子像受了惊吓，急速地转动着。天光照亮了天井，天井里没有阴影，连爬山虎叶子下也有绿茸茸的光。阿爷像沐浴在神秘的光辉中，给人一种陌生感。

阿爷的眼里还有泪光，大白天他梦见了麦贤勤。就像少年时期，他感觉到了麦贤勤的气息，她隐隐约约就在自己的周围，某个时候一闪而过的身影，像是幻觉。

他梦到了恁个遥远的下午，麦贤修叫他“大头仔”，他们三个人离开鼎信祖祠。麦贤勤提议踢毽子，她穿着高高开衩的蓝色旗袍，红色毽子像一只鸟儿围绕着她飞舞，雪似的小腿闪转腾挪，突然劈了个“一”字，多么可爱的人儿啊……这一个如叠压在时光岩层中的景象，在他的记忆深处做着回光返照。

死亡一个一个发生，最后，他也要走了，司徒不徙意识到一代人的死亡，自己所属的时代就要成为历史了，如江河入海，沉入玄渊。

司徒誉说：“阿爷，你哭了？”他伸手把阿爷的眼泪抹干。

“阿爷要走了。”司徒不徙说话像在回忆。

“阿爷要去哪里？”

“阿爷要去找你阿嫲了，丢开她好长时间啦。阿爷要跟你分开了。阿爷的阳寿好长，你曾爷爷建的新城都被我住成古镇啦。”

司徒誉想，阿爷是活懵懂了吧，好好的怎么说这样的话呢？

司徒不徙说：“左邻右舍搬走了，旧时的人又住返来啦。他们说赤坎墟安静了，我跟他们待了这么久，要过去了……

“阳间的人等着我搬迁，阿爷把你们都拖住了，阿爷不是不讲道理的人，现在该我走了，不再畀你添劳烦啦。”司徒不徙一直望着孙儿，停了一下，他像从遥远的地方返来，“阿爷一走，你自己保重啊！人活一世，你是看不到自己的，也看不清别人。”

他顿了顿，语气一变，突然说：“世人都在相互伤害，以后不管谁伤害了你，你要有胸怀。只要你放下了，谁也伤害不了你。”

司徒誉听阿爷这么说，心里一紧。阿爷好像预料到了他后面的什么事情。老人又说：“做镇长要尽忠职守。但凡做事合则留，不合则去，不要恋栈。”

司徒誉用力点点头。司徒不徙混浊的眼睛亮起来，“你去把那幅《三个老华工》的画取来。”

司徒誉取来了画。司徒不徙抚摸着画。画面已经发黄，素描的线条短促有力，线条虽然多却没有多余的笔墨。三个老华工经历的苦难都表现在脸上，他们的个性也十分鲜明。“这是你曾爷爷的朋友赠送的画，我一直把它挂在神龛边。我们家有什么贵重的东西，阿爷把它送畀你，你把它再传下去吧。”

隔着玻璃，他摸到司徒乔红色印章的位置，司徒誉把画靠近他的脸，他凝望了好久，像睡着似的，很久才转过头来。

望着司徒誉，他的语气又一变，“你不要忘记华侨，不要亏待他们。华侨是世界上最爱国爱乡的人。他们吃了很多很多的苦……他们把血汗钱寄回家，卖儿卖女支援抗战。”

接着，他又说：“你不要出去，一个人在外漂泊很苦啊……”他的话停下来，似乎陷入了回忆。

司徒誉一边“嗯嗯”，一边使劲点头。阿爷知道他跟伍晓蕾为移不移民美国争执不休，阿爷是在叮嘱他。

“要她们回来。”阿爷自言自语似的。他望了望天井上空，天光开始变暗，光线在他脸上飘忽，一阵明一阵暗。“你背阿爷再去一次钟楼吧。”

司徒誉感觉越来越不对头，他不相信阿爷好好的说走就走。他把画放回去，回到阿爷跟前，蹲下身子，把他扶上自己的背。阿爷比以前轻多了，他背着阿爷慢慢走，一路上没有说话，他想，这也许是自己最后一次背老太公了。阿爷也像在静听着什么。

街道是空的，只有一老一少踏响百年老街。古镇进入了自己最寂静的时光，某个瞬间让人产生人都去了哪里的幻觉。街道破旧了，阿爷也老了，百岁老人比百年古镇更加沧桑。

黄昏时分，街上大片交错的暗影，像时间静止的假象，盯着它没有变化，但眨眼间它就走样了。司徒誉的脚步声从墙壁爬到了山花上，立在上面像夕阳一样闪闪发光。天空在呼唤什么，耳边发出细细的嗡嗡声。古镇的静，镜子一样照到了某些黄昏遗失的细节。

从中华东路转到水巷，阿爷突然说："你们都来啦，又不是开会。"一阵间说，"海颈埗头早就不开船了，怎么去接人。"一阵间又说，"船在海浪上走，月光照得到海岸。"

司徒誉感觉到一股阴风拂过他的背和头顶，一种不曾闻过的气息，像青砖里释放出来的土腥味，他抬头睇到前面的街道一片朦胧，有些晃荡。

阿爷像突然清醒了，"这是开平酒店，你曾叔祖父有股份，你要记得畀他。"他们已经转到了堤东路。

到了望海楼，司徒不徙让孙子停下来，悠悠地说："都搬空了，他怎么也不返来看看呢？"

他自己下来，让孙儿扶着，慢慢走到筑庐居，摸着骑楼的一根柱子，"房子太旧了，跟人一样都老了。"

图书馆的钟声这时敲响了，老人立着一动不动，脸上的表情瞬间凝固。就在他要倒地的时候，司徒誉扶住了他，又把他背起来。他问："阿爷，我们还去图书馆吗？"

司徒不徙气息微弱地说："我们回家。"

回到文璟庐，司徒不徙就躺到了床上，晚上不再进食。他告诉家人:“帮我准备后事吧。明天酉时我就走了。”

家人半信半疑，在老人安排下给他洗浴、更衣，大家都不说话，人人脸上浮着哀戚。老人时而清醒时而懵懂，老说钟声怎么响个不停，说什么“大头仔”“鼎信”“丽源”之类，不知道是什么意思，这些话从来没有听他说过。

半夜，司徒不徙仍在不断说话，好像他周围聚集了好多人。他异样的表情家人从没见过。

第二天早晨，司徒不徙仍然不进食，突然就变得安静了。司徒誉轻声叫阿爷，问他饮不饮水。司徒不徙微微点了一下头。他把阿爷扶起，司徒不徙饮了三口水就闭上了嘴唇。

到了酉时，图书馆钟声响过后，司徒不徙开始抽噎，喉咙发出“呜呜”声。司徒誉紧紧抓着老太公的手。老太公一声长叹，眼里滚出了两滴泪珠。他头一偏，呼吸慢慢停止了。

司徒誉感觉阿爷的手突然松弛了，脸色在眨眼间转成蜡黄色，手掌由温热变得冰凉。他喊一声“阿爷——”眼泪似决堤的水，夺眶而出。

司徒誉的阿爹司徒尚平为老太公剪发，阿妈趁他身子还没有僵硬，忙给他穿寿衣寿袜。司徒誉和大哥一个抱头一个抱脚，把他从卧室抬到大厅的东面，头朝向大门。

司徒尚平将一枚铜钱塞入老人的口中，把白布盖在他的身上。又在他的头前放一碗白饭、一个鸡蛋，插一双筷子，点燃了香烛。大哥找出长明灯，在老太公的头边脚边各点一盏。

夜深了，亲人们都赶了回来，每个人都换上了白衣，在大厅里静静坐着。司徒誉的电话响了，是伍晓蕾打来的，司徒誉给她发了信息。伍晓蕾说："阿爷什么时候走的？我来得及送他吗？"

"明天就送火葬场了，来不及。"司徒誉话一出口就哭了，突然很伤心。伍晓蕾知道他跟阿爷感情深，她一边安慰一边自责，老人百岁了她应该回来看看的。秀秀很懂事，她接过电话也来安慰父亲。司徒誉一边听电话，一边抬头看月光下的爬山虎，叶片在夜风里抖动，想到白天阿爷还靠着它说话，心里愈加悲恸……

喃呒到了，在文璟庐骑楼下悬挂一个白地蓝字的灯笼，上面大写一个"福"字，又写一行小字"躬逢四代"；另一侧写上司徒姓氏和年龄。

大厅里挂起丞相像。开坛式，一面小铜锣有节奏地敲着，敲得夜色愈加深沉，声音像来自茫茫荒野里的古寺。喃呒启告祖师，开始超度亡魂。

第二天天蒙蒙亮，喃呒又在一块空地上搭帐，挂起神像。并列的两幅神像，一幅端坐云上的是玉清元始天尊、上清灵宝天尊和太清道德天尊，另一幅云上端坐的是燃灯古佛、如来佛、弥勒佛和观音菩萨。云下亭台楼阁是十殿冥王，从一殿至五殿在三宝佛下，六殿到十殿在三清天尊之下。

神像下设供桌，插香火，摆上茶饭、点心。喃呒在锣、鼓、钹和唢呐声中，面对神像赤足跪坐于地，手持法器开始诵经。

司徒誉从前并不相信这套仪轨能够沟通阴阳，现在他却希望这一切全是真的。他跟阿爷之间，这是唯一的寄托。他唯恐沟通有什么疏忽，担心喃呒不认真做不到位。

徐芷欣一大早就来了，她穿了跟孝服一样纯白的衣服，脸上一片肃穆。她悄悄站在司徒誉后面，听喃呒诵经。她知道司徒誉非常伤心，但她却一点作用也没有，她找了一块布塞到他的膝下。孝家叩头时她也跟着一道鞠躬。

司徒族元老、宗长和司徒氏图书馆、关族图书馆、镇政府、开平一中都来人吊唁，送来了挽幛、花圈。司徒誉家里没有发讣告，按照八项规定丧事从简，只是自己亲属和邻里、朋友前来送殡。

上午做水忏，喃呒在前面引路，后面两人用竹竿抬着供桌，桌上立司徒不徙遗像，遗像前摆了花瓶、纸花、香蕉、苹果。司徒尚平拿竹幡，司徒誉持孝杖，在哀乐和鞭炮声中，走向潭江。

堤西路围蔽了，去江边要出古镇。穿白衣孝服的队列，沿着静静的中华东路往东走，鞭炮声在古镇上空发出了空荡荡的回音。徐芷欣加入买水的队伍，跟在孝家后面默默走着，感悟着死的悲哀。

喃呒在潭江岸上以祭品向水府龙王启告买水，用一个竹筒打一筒水，系在竹幡上。竹幡是一根新斩来的竹竿，竿端挂红黄纸魂幡，竿上扎毛巾，毛巾包裹米和钱。司徒尚平扛着竹幡，把水背回来，给亡人洗脸。

三魂杳杳，七魄茫茫，喃呒持竹幡，在文璟庐招魂。从大门到天井，从卧室到厨房，四面八方开拜，欲唤醒亡魂。

喃呒又用一碗米装两个生鸭蛋，点燃蜡烛，为遗体开光，唱祭文为亡魂开路。

中午吃盒饭，亲朋戚友吃得很安静。阳光强烈，喃呒穿红若蔻丹的道袍、戴深蓝色圆筒帽，他的道袍像一团火。开始拜酆都了，拜礼大道、十殿冥王，为亡魂破地狱、渡仙桥、升度南宫。

出殡前喃呒一边吟诵一边挥动竹幡，在亡人前游走，为亡魂解七七四十九种罪结，祈祷鬼神原谅死者生前的一切过失。

司徒誉脑海里杂念纷纷又麻木不仁。天气炎热，他胸口密密的汗珠像一窝虫子蠕动着，湿透了孝服。喃呒诵经声让他进入了一种幻境，仿佛看到正在远行的阿爷。“旧时旧日旧乾坤，旧时旧月旧星辰，旧时青山旧时水，眼前不见旧时人……”第九结解脱索债冤仇结，喃呒的吟诵触动了他，他一时涕泗滂沱。

吉时一到，棺材抬到了中华东路上，亲朋好友一一拜祭，在喃呒的诵经声和哀乐声里，集体绕棺一周，每人给亡人敬一杯酒，鞠三个躬。

李玉虹来了，看到司徒誉很伤心，眼里布满了血丝，便劝他人死不能复生，要保重身体！关忆中、杜应麟一起来的，两人拉拉司徒誉的手，要他节哀。他们都来送老人最后一程。

棺材抬上一辆手推车，长长的送殡队伍，跟着棺材沿中华东路前行。有人打伞，有人手执毛巾，器乐声、鞭炮声和偶尔的哭声，古镇像一个巨大而空洞的容器，把葬礼跟外界隔绝了。

路边两只猫钻到围蔽的脚手架里面去了，三条野狗躲进黑洞洞的门窗。脚手架上挂的一条红色标语“搬迁有时限，错过后悔晚”，司徒誉此时看到，又是另外一种感受。

一位中年妇女在标语前面点燃了一串鞭炮，接着又有三户没有搬迁的人家，各自在家门口放了一挂鞭炮。司徒氏图书馆放的鞭炮最长，沉睡的古镇似乎又被炸醒了。他们都来给百岁老人送行。

一阵风起，秋风吹得契钱纷飞。远处传来挖掘机的声音，它正在挖掘新的河道，新的宾馆和游客中心正在古镇北面施工。

就在棺材要搬上殡仪馆的车时，图书馆的钟声响了，似乎比平时更加响亮，声音久久回荡。

货车沿潭江边的祥龙路远去。钟声响过后，寂静如铅似的沉沉压了下来。送殡队伍有的折返，有的散去。司徒誉望着消失在远方的车，感觉断了一条根似的，心也随之空了。他在心里默默呼唤着阿爷，泪水又模糊了双眼……

五十六

古镇还居住着几十户人家，晚上亮灯了才知道哪栋楼里面住了人。随着开平市第二人民医院搬迁，所有的单位和机构都从古镇迁走了，但关氏、司徒氏图书馆管理人员仍在照常上班。

政府召集管理委员会开了十几次会议，图书馆的征收仍然毫无进展。李玉虹有种精疲力竭的感觉，想到司徒誉，也许他有办法。司徒誉分管新城建设后，古镇项目的事情他都放下了，要他来处理这个难题，李玉虹有些不好意思开口。

丧事过去半个月后，这天早晨一上班，李玉虹来到了镇长办公室。

司徒誉戴着黑袖章，神情中仍然透着一丝哀戚。打过招呼后，他给李玉虹斟茶。李玉虹说，你要节哀顺变，阿爷百岁后过世是喜丧，他是个有福之人。接着她向他吐了一肚子苦水，最后恳切地说："你是赤坎人，你们家族威望高，在镇政府无论威信还是能力没有人能跟你比。两个家族的图书馆，还有最后这几十栋房屋征收，你也看到了，我们大家都拖不起了，只有请你出面来抓。我保证全力支持你的工作，有责任我们共同承担。"

征收遇到难题，司徒誉不是不知道，柳副镇长开会连人都召集不齐了，图书馆管理人员今天有人推说腰痛，明天有人推说胃痛，开会还有人装睡。司徒誉也很着急，古镇项目走到今天这一步非常不容易，如果工程因此而停下，无论哪一方都无法承受这个损失。赤坎将是悲剧主角，再无发展机会。他很清楚，这不只是个费力不讨好的活，而且是个不计个人前程才能干的活。矛盾到了最激烈的阶段，没有非常手段将无法完成任务。

想起阿爷告诫他的话，做事情要想平平安安好难，人在风口浪尖就会受到伤害。阿爷叮嘱他要吸取曾爷爷的教训。司徒誉明白处理这个事情将进入一个灰色地带，要把握好法律底线不容易。

三七的晚上，司徒誉在阿爷灵位前说："事到如今，已经冇半点退路了，请阿爷保佑，事情能得到好的处理，不要出现什么意外。"

司徒誉把功能认定小组的人重新召集起来，成立了征收协调小组，组长仍由罗新义担任。司徒誉要求他们一头扎下去摸清情况。

政府为解决强制执行时被强执对象无处居住的问题，临时在安置区预留了几十套周转用房。征收办和法务组召开了研判会议，律师们结合未签约的情况，从法理层面就如何理解和做好强制补偿工作进行了分析。

两个小组的工作人员加班加点，有关文件，送达凭证，直接利害关系人意见，申请强制执行房屋状况，被执行人姓名、住址等材料都准备齐全了，向法院申请强制执行的各项工作均已做妥。

司徒誉几晚都睡不安稳，心里想着强制执行时可能出现的各种情况，救护车都安排好了，但一闭上眼睛他就心慌，额头冒汗。他不能接受自己想象中的画面，想着还有没有什么办法，还有没有穷尽所有的努力，强制执行的一幕最好不要出现。

他召集全体征收员和未签约业主所在地的村委会干部开会，他把人员分成四组，要求大家全都佩戴工作证，由征收办负责人带队，向每一间未签约业主送达"房地产征收估价报告""国有土地上房屋征收与补偿条例”“业主劝告书”三份法律文书。

他又交代罗新义，要动员各种社会关系私底下再去做工作，双管齐下。

图书馆征收他还是老办法，先摸情况，但要摸清图书馆的情况非常不容易。无论什么关系，只要一提到征收，管委会的人都唯恐避之不及。但问题的关键就在图书馆管理者身上，必须在他们身上找到突破口。

司徒誉进行了利益分析，图书馆是个重要平台，特别是通过图书馆募捐很有号召力。还有就是华侨出于对图书馆的信任，有的把房屋捐赠给了图书馆，有的交图书馆托管，有的还可能交给了个人。管委会手中掌握了一批房屋，常年用来出租。征收的后果是房屋不能出租了，还失去了图书馆这个募捐的平台。图书馆管委会激烈反对是能够预计到的。

华侨并不清楚自己的房屋成了图书馆的物业，或者他们虽然清楚，但只要他们帮忙管好祖屋就行了。

司徒誉掌握了一个情况，关族图书馆有个叫老金的人，负责打理物业出租。他未在管委会担任领导职务，但他的意见在管委会很有分量。协调小组找出老金的社会关系，司徒誉发现华侨关则荃跟他是亲戚，关则荃曾送给他家一栋房屋。他马上打电话到旧金山，关则荃明白图书馆对古镇项目的重要性后，表示愿意去做工作。

几天后，关则荃给司徒誉回电话，老金本人支持，但他背后有个叫老季的人反对，要求他坚决拒绝。老金不敢得罪他。

老季是一位退休村支书，他在家族的关系盘根错节，门路很广。老季当支书时得了不少好处，也帮了很多人，他在村里有很多物业，是个很有手腕的人。到龄了他还不肯退，村民谁都不敢吭声。司徒誉抓到了他一些把柄，硬是把他逼下了台。

司徒誉怎么也想不到背后最大的阻力来自老季。他知道老季的能耐，但不清楚他的能耐这么大，手伸得这么长。他想，老季那些事放在从前不是大问题，全面从严治党后，放到现在就不是小问题了。司徒誉授意组长罗新义找他私下谈，明确告诉他，图书馆的事情不准再插手了。如果不配合，随时可以处理他；如果谈下来了，镇里可以奖励。

老季矢口否认，说这个事情跟他没有关系。

司徒誉让他来镇政府，老季一进办公室脸上就堆满了笑，露出两颗大金牙。司徒誉请他坐。司徒誉一提起图书馆的事他就一个劲地摇头，脸颊的肉也荡了起来，说跟自己一毛钱关系也没有。

司徒誉说："我不讲你跟图书馆有没有关系，图书馆征收这项工作请你参与，我们会付畀你报酬。没有几多事情，就是几时我们去图书馆开会，你也参加会议，在会上你当着大家的面说同意征收，支持政府工作。我知道哪几个人跟你关系好，这几个人你必须给我搞掂，他们要表态支持。我掌握的这些情况，你别打听我是怎么知道的，我要知道这些一点都不难。"

关族图书馆两次会议，老季都在会上表态，坚决支持征收。管委会负责人也表态：“图书馆签约是一件好事。我们大家都大力支持赤坎古镇项目，这个项目将带来赤坎的繁荣。”管委会监督负责人说：“这是一次发展的机会，如果错过了这个机会是我们关族的损失。我们一定要抓住这个机会，把这项工作做好、置换好，让大家安心。”

经过数次与关族图书馆洽谈，终于签订了置换协议。但世界关氏宗亲总会随即发来了申诉书，一份寄给了国务院侨办主任，一份寄给了开平市委书记于耀轩，再次申明关族图书馆和关氏大宗祠是海外关氏族人的根，不卖、不租、不代管、不置换，请求阻止侵犯华侨产权的行为。

司徒誉非常了解华侨的感受，他想，图书馆还是不要动产权，只交出使用权。新的图书馆一定要建好，建成新区建筑的精品，也只给关氏、司徒氏使用权。如果跟中荣公司沟通能确定下来，他再去做华侨的工作。

五十七

不知从什么时候开始，原本要求减少文山会海，想不到会议却越开越多，司徒誉要准备各种发言材料。提出做工作要留痕后，需要整大量的表格和文字材料，检查频繁了，汇报密集了，加班越来越多，直到成为常态。

这天，银行要来赤坎考察，司徒誉带大巴车专程去广州接人。赤坎项目需贷款四十多亿，中荣公司要做高杠杆融资配比，每家银行额度有限，需要十几家银行组成银团贷款。

关忆中从北京赶回开平，他跟李玉虹在开平高速路口迎接。行程安排下午项目汇报，第二天现场考察，第三天财务数据审查。

三天考察紧锣密鼓，银团不断提问，直到审查完了财务数据，大家才松了一口气。他们认可项目贷款用途真实可信，对赤坎前景比较看好，在听了程小东的介绍后，决定去程小东经营的两个古镇考察。司徒誉清楚，银行贷款是冲着程小东业内的影响来的。

送走银团，关忆中说，关族图书馆签订了置换协议，银行贷款也顺利推进，晚上我们好好庆贺一下吧。

下午开会，司徒誉收到徐芷欣的信息“我晚上过来”。开完会他匆匆赶去国道边一家新开张的餐馆。路上翻看信息，徐芷欣又给他发了一条“ 我到了”。司徒誉纳闷，关忆中请她了？

来到二楼包房，果然徐芷欣在座。关忆中很兴奋，正在大声说话，看到镇长进来，喊道：“上菜，上菜。”有人马上起身去叫服务员。

杜应麟跟他打招呼，“今晚不许耍赖，我们喝个一醉方休。”他脸色潮红，浮着一层油光。他团队的三位同事都跟镇长点头打招呼。

徐芷欣坐在关忆中身边，司徒誉的座位留在徐芷欣与杜应麟中间，他一落座，关忆中就举起酒杯说：“大家先干一杯。”

司徒誉说：“菜还没上啊。”

服务员说马上就来了。大家都站起来，司徒誉有些好奇，关忆中今天为什么这么兴奋？

关忆中说："首先祝贺关族图书馆签订置换协议。"

徐芷欣拿了茶杯来碰，关忆中说："徐老师今天能破个例吗？"徐芷欣说："我不饮酒的。"

关忆中看着司徒誉，徐芷欣也看着他，司徒誉说："饮茶就饮茶吧。"说完，他跟大家碰杯，一饮而尽。

落座后，司徒誉与徐芷欣相互望了一眼，徐芷欣眼里有疑惑，司徒誉眼里的疑惑更多。她低声说："关总说你叫他请我的。"

司徒誉明白了，小声问："刚才他说什么那么兴奋？"

"说话大声点嘛。我刚才说大湾区呢。"关忆中大声说话，还没开喝他就像醉了一样。

"什么大湾区？"司徒誉摸不到头脑。

关忆中讲纽约湾区、旧金山湾区、东京湾区，前面两个湾区一个是他的出生地，一个是他读书的地方，现在中国规划粤港澳大湾区，他问司徒誉："我跟湾区有不有缘？"

没等司徒誉回答，他端起酒杯，"第二，赤坎这个项目生逢其时啊。我们的规划要对照大湾区重新定位。"说完，他扫视全桌，"来，大家再干一杯！"不待碰杯他自己就一口干了。

杜应麟也来了兴致，站起来说："我们今天要搞个大的。银行贷款这一块也看到了曙光。"他拿起分酒器，把酒倒满，要在座的都把分酒器倒满。他团队的人拿了酒瓶一个个来倒。

关忆中大声说："好！"

大家打了兴奋剂一样，司徒誉一时跟不上氛围，徐芷欣情绪并不高，她身体很不舒服。司徒誉说："不要急，慢慢来嘛。"

关忆中说："慢什么！我们的胆子越来越小了。"他边说边举起分酒器。

看到徐芷欣又拿起茶杯，"徐老师，这杯你得喝啊。"徐芷欣倒了半杯，大家相互碰杯，关忆中带头喝光了。

杜应麟说："还有一件事情值得高兴，港珠澳大桥快修通了，深中通道也开工了，这对我们全是利好啊！"他提议再干一杯。

关忆中来敬徐芷欣，"靓女，你杯里的酒还没喝完呢。"徐芷欣站起来，他一口干了，空杯倒给她看，要她喝完。徐芷欣皱了皱眉头，她脸色苍白，无奈地饮了下去。

关忆中给她来倒酒，她双手紧紧捂住酒杯。他来抢她的杯子，徐芷欣不高兴了，把酒杯放在桌上由他去倒。众人都笑。

司徒誉站起来，"今天难得大家开心，我敬关总一杯，没有你当初的不顾一切，就不会有今天。"

关忆中说："刚开始觉得不是事儿，那时好天真。"

杜应麟接话："要是知道这么磨人，打死我也不干！"

"别说丧气话呀。"关忆中瞥了他一眼。

三人一起喝了，大家又相互敬酒。又说到司徒氏图书馆，镇长得想办法。

酒越饮越乱，直饮得说话语无伦次。关忆中敬司徒誉的时候，要徐芷欣抱一抱镇长，徐芷欣赶紧躲开了。司徒誉发现她有些恹恹的。

徐芷欣看酒桌这么混乱，几个男人相互搂搂抱抱，就说："不早了，晚餐结束啦!"

第二天管委会扩大会议上，杜应麟汇报侨邑馆的设计方案还带着酒气。司徒誉听到设计单位是地级市一个区的设计院，他一拍桌子，"杜应麟，你有冇搞错？这个设计院这么烂，我们要建一座新的百年古城，侨邑馆是安置房的第一个建筑，要请何镜堂这样的大师级建筑师来设计才行，这么小的设计院不可能达到要求!"他说话也带了酒意。

李玉虹说："行不行我们看设计方案嘛，杜总你先介绍方案。"

司徒誉耐心听完方案介绍，他仍然认为方案不行，这样的设计院不可能做出高水平的设计。

李玉虹脸有些挂不住了，她气呼呼地说："方案好不好听专家的。这个不是谁定的，是通过招标由专家确定的。"

司徒誉一拍桌子，"招标也不是万能的，如果这是招标的结果，我认为招标本身就有问题!"

"你说招标有问题，你的证据在哪里？我们严格按照程序走的。"

"不用证据，就凭这样的结果。你们敢向社会公开吗?"

"有什么不敢公开的！通过了就可以向社会公开。"

杜应麟一边接电话一边走到司徒誉身边，让他接听电话，又拖着他往外面走。司徒誉很疑惑，电话里并没有声音。

出到门外，杜应麟跟他说：“你好有性格啊。没有谁打电话。你别傻，你得罪的人不是李玉虹。”

司徒誉眼一瞪，杜应麟继续说：“设计院的来历你就不要问了，设计院只是个壳，具体谁操办？还是我操办。作为兄弟我向你保证，我做的一定是个好作品，包你满意。我用人格担保！”

司徒誉半信半疑地看着他，“你凭什么保证高水平设计？”

“大设计院的方案我有好多个，我也不满意，都是套路。我有了新思路，我要恢复开平砖砌艺术，用好砖的语言。你就相信我吧。”

司徒誉说：“这可是你说的啊，这个事情我会跟到底的。”

回到会议室，司徒誉再次发言：“我们用这么低端这么小的设计院，用地产的思维，去设计一个流芳百年的建筑，这是不可能实现的。我不希望你们这个事情搞黄了搞没了。虽然事情已经决策了，但我个人持保留意见。”

司徒誉对侨邑馆不是一般的看重，他把它当作新的百年古城的代表性建筑，不能输给民国建筑。

第二天陪行长们去乌镇考察，在赶往机场的路上，他又打通了杜应麟的电话，要他详细说明接下来操作的步骤。他对杜应麟不能坚持原则仍然心怀不满。

再次来到乌镇，春天的景色跟岭南很不一样，新生的绿，鲜亮软嫩，令人垂怜。司徒誉喜欢河边的垂柳，柳梢在微风中摆动，比发丝还要柔软。

人是个环境动物，一入古镇，青砖青瓦，青石板街，乌篷船，小桥流水人家，司徒誉的心情就好转了。

吃完晚饭来景区散步，司徒誉陪行长们走到一个码头旁边，大家看到乌篷船，想去坐一坐。中荣公司财务总监马上掏钱买了船票。司徒誉招呼大家上船。

摇橹的小伙子人很阳光，口才也好，一边摇船，一边讲解。船悠悠缓行，晚风拂面，一时恍若画境。

上岸后，中行一位独立审批人跟司徒誉说：“游船很舒服啊。从这个艄公身上，我看到了七八十年代时人的精气神，这个企业经营得很成功！”

司徒誉附和：“是啊，小伙子个个阳光、真诚，能言会道，很有亲和力啊！”

行长们离开乌镇时认为它的经营模式和企业文化很有特色，企业管理得很好，对团队非常有信心。

在去机场的路上，司徒誉收到徐芷欣的信息：“我住院了。”

司徒誉立即回复：“什么病呀？不要紧吧？我在浙江，返来马上来看你。”

司徒誉嘀咕：“好好的怎么生病了？”

坐在一旁的关忆中问：“谁生病了？”

司徒誉说：“徐芷欣呀，都住院了。”

“那我们去看看她吧。”

“好。我跟她说了去看她。”

徐芷欣的信息又来了：“大忙人。”

司徒誉回：“你先安心治病，是在第二人民医院吗？我明天就来看你。”

徐芷欣回了三个感动得哭的表情包。

在医院见到徐芷欣，她脸色煞白，眼神也变了。司徒誉涌出一种痛惜的情感。他有些自责，对她关心太少，那晚聚餐她就不舒服，司徒誉去浙江这天，她就住院了。司徒誉把鲜花、水果放在床头柜上，询问病情。徐芷欣岔开话题，反问他去浙江做什么。

她住院由母亲照顾，老人晚上要回艇上去睡，陆地是摇晃的，她睡不安稳。她的父亲干脆把艇从深蓢岛泊到了堤东路，来医院穿过一条水巷就到了。

徐芷欣的阿哥徐高帆来看她，兄妹俩感情很好。他做海外华侨的豉油生意，在祥龙洲买了两套房子，一套自己住，一套给父母和阿妹。

关忆中买了花旗参、燕窝、蜂王浆等一大堆补品，装了两大袋。看到徐芷欣瘦了，便去找医生了解病情。医生只是笼统地说消化不良、气血亏虚。他又问医生饮食，医生建议多吃瘦肉、猪肝、蛋黄、牛奶，还有鱼虾、贝类、大豆、豆腐和猪血，补充铁和蛋白质，多吃蔬菜和水果，补充维生素C。

关忆中听进去了，每天他都来看她，一天一捧鲜花。他从餐厅点菜打包送到她的病房，每餐菜式都不一样。他买来牛奶、水果和各种口服液，把她床前都堆满了。

徐芷欣心里不安，她本就没有胃口，餐前她给关忆中打电话，告诉他她已经吃了，但关忆中照样送。送晚餐时看到午餐没有动，他就把午餐拿走。徐芷欣告诉他，晚餐她也吃过了。关忆中说你晚上饿了再吃。

徐芷欣拗不过他，要求他收钱。关忆中说："你记好账。"

"你没告诉我几多钱，我怎么记?"

"那我先记着吧。"

司徒誉来病房探望，看到她病床周围堆满了东西，尤其是几束颜色耀眼的鲜花，他的视线总不由自主地瞟向那里，猜测是什么朋友送的。他送的也是花，尽管是他精心挑选的，在一堆花束面前花的意义也大打折扣了，他不情愿地把花跟花放在了一起。

聊天的时候，他有些心不在焉，想着送花的人大概率是男士。第二次他改送水果，发现水果也堆满了床头柜。徐芷欣看到他眼神黯淡的一瞬，司徒誉一走，她就叫阿妈把东西全搬空了。从此，病房每天清理一次，关忆中送的东西全都被清走了。

关忆中是个不管不顾的人，他每天除了送花送水果送补品，还拎着几个打包的饭盒准点出现，鱼、虾、豆腐、猪血每天必不可少，贝类则从元贝到青口、带子、花甲、蛏子，轮换着来。医生护士在一旁笑，问徐芷欣是不是男朋友，徐芷欣摇头。有个护士说：“要是有人这么追我，我就答应嫁畀他。”

徐芷欣连忙说：“你可别乱说啊，人家的眼光高得很，可看不上我。”

关忆中每次送餐一出现在病房，徐芷欣就背过身，不跟他说话。她微信给他转账，关忆中不收，钱总是被退回来。徐芷欣坚持了两天，实在不好浪费食物，只好吃他送的饭菜。

徐高帆在医院认识了关忆中，一次徐高帆跟他到楼下聊了一阵。一个投资总裁这样讨好阿妹，超出了朋友正常交往的度。关忆中也不遮掩，坦率告诉他，他喜欢徐芷欣，希望给他一个机会。以前他在美国有个女朋友，分手已经几年了。

徐高帆问了一下他的家庭情况，“这个要尊重我阿妹的意见。”

关忆中说：“好。我能请你吃餐饭吗？”

徐高帆犹豫了一下，觉得多了解一下他也好，替阿妹把把关，就答应了。关忆中又提出：“可以请你爸爸妈妈一起去吗？”

徐高帆感觉这个节奏太快了，他还没有问过阿妹的意见呢。“我得问问啊。”

徐高帆首先问的是阿妹，问他对关忆中印象怎么样。徐芷欣说：“他好烦人的。人还实诚，反正我不喜欢。”徐高帆说：“他好中意你。”徐芷欣有些不好意思，叹了一口气。

关忆中请徐高帆去半岛酒店吃饭，在三楼包厢点了鱼翅、龙虾。

餐桌上的豉油恰好是徐高帆销售的，味道有点甜。关忆中问他销售的情况，徐高帆说主要是销给美国西部的华人华侨。关忆中说他在东部可以帮他推销一下。

两个人饮了一樽轩尼诗XO，话说得还算投机，一直聊到很晚。

徐芷欣出院，医生把信息告诉了关忆中，他打电话给徐高帆，说他开车来接，不用他辛苦跑一趟。

徐芷欣在病房见到他，什么也没说，对他说什么也没有用，他决定的事情十二头牛也拉不回。阿妈帮她收拾，关忆中分两次把东西提到车上。两仔乸坐到后排，关忆中递上矿泉水，问清住址，就按导航沿祥龙路往市区开。

路上，关忆中说起《碉楼深处是我家》，他从杜应麟那里看了书稿，"我特别看了有关樟村的，写得很棒。"

徐芷欣记得写樟村写到了他祖先从村里迁去上川岛的事，明朝嘉靖四十五年（1566），自昭的三个孙子在上川岛北坑落户。她问："你的祖先是几时去美国的？"

"一百几十年前，具体哪一年不清楚，比司徒誉的天祖父还要早。当年他们七条帆船，只有三十英尺长，横渡太平洋。到了新大陆就分开了，一支到了门多西诺县，一支到了蒙特利海湾。"

"那是大眼鸡船吧，不知行多久？"

"是啊，不知道船走多长时间。"

关忆中自幼听长辈说过，几条小渔船横渡大洋，有一天他产生了怀疑，如果真是这样，这可是航海奇迹！这要有多大的勇气和魄力啊，他们的壮举应当载入史册。

“我觉得我的祖先好伟大。”

“当然伟大！我还是第一次听说，真有这种事情呀？”

“基本上吧。没有考证不敢完全肯定。”

关忆中讲起西班牙大帆船贸易。他读经济学时对这段历史有所了解。16世纪下半叶，中国的生丝、丝绸、瓷器、茶叶、珠宝等由平底船运到马尼拉。每年6月，西南季风一起，装上中国货物的大帆船从马尼拉起航，穿过台湾东部海域，进入东海，沿日本东部海岸，顺着“黑潮”北行，与北极千岛寒流会合后，进入北太平洋洋流，由洋流推送一路来到墨西哥的阿卡普尔科。

海路航程万里，历时半年，他的祖先很可能走的就是这条海路。这是一条危路，“黑潮”除了大浪还有暗涌，可以将大帆船上的人抛下大海。小小渔船走上危路，随时都会发生海难。

徐芷欣对这段历史兴趣浓厚，觉得书中可以提一笔，毕竟是从樟村走出去的关氏后人横渡太平洋，到达了美洲西海岸。

车开进小区，关忆中问可不可以一起吃饭。徐芷欣犹豫了一阵，就答应了。

五十八

关忆中从斯坦福大学商学院毕业那一年，自己开车沿着1号公路旅行，意大利籍女朋友李莎与他同行。李莎意大利名叫Irene，关忆中英文名叫Richard，他们在一起不但用中文名称呼对方，交流也都说汉语。两人走近是缘于李莎对中国的热爱。

李莎自幼向往中国，六岁那一年，一位素不相识的老人敲开她家房门，送给她一本中国龙王故事的书，老人告诉她，你是一位中国公主。李莎从此愈加迷恋中国。

她跟关忆中是大学同班同学，李莎主动靠近他，跟他学说汉语。关忆中对中国的了解并不比她多，这促使他对中国关注和研究，尤其是李莎对他家族的移民史很感兴趣，关忆中开始追索家族迁徙的历史。

第一次去康特艺术博物馆也是李莎带他去的，他在康特看到了金钉，对太平洋铁路产生了好奇。

李莎爱去博物馆，关忆中自然也去得多，但他们感兴趣的内容却不一样，那些世界各大洲的古老木雕、石雕，关忆中只对其历史和生活用途有兴趣，而那些古怪的绘画他则完全不理解不喜欢。为了培养他的艺术感受力，李莎在博物馆一侧的沙地上给他讲罗丹的雕塑。沙地塑了很多罗丹的雕塑作品，她把罗丹的每一座雕塑都讲解了一遍，两人再交流，她发现关忆中只当知识来学，他理解到位的只有“地狱之门”。

两人散步是最惬意的。他们穿过胡佛塔楼前的广场，一起去图书馆，黄昏时在石头墙的拱券下坐一坐。李莎迷恋广场上的落日，大坡屋顶，红褐色的瓦，浅赭色的石头墙，大块面的建筑，古朴、粗犷、简约，这是她家乡的建筑风格。他们谈得最多的却是中国的建筑，木结构的细腻和繁复，这是一个细腻而又多愁善感的民族的心灵外化。他们向往江浙的古镇和西南少数民族的村寨。

硅谷也是他们爱去的地方，过一条铁路便到了，茂密的树木和别墅群愈加安静。铁路经常有人卧轨自杀。遇到火车他们会有种不安的情绪。

毕业前的那个暑期，李莎到了关忆中的家，关忆中的爷爷听她谈论中国，她对中国的了解和热爱令老人大为惊讶，也很感动。李莎的理想就是去中国工作，她动员关忆中也一起去。关忆中去中国是老人最开心最盼望的，他跟孙儿讲起祖居地上川岛总是很动情很神往，祖辈们讲过无数遍远渡重洋的故事，老人跟李莎又一次讲起。

这个假期十分愉快，从那时开始，他们就做着去中国发展的准备。

毕业了，两人共同的心愿就是沿西海岸踏访关忆中祖先居住过的地方。这天，他们上午从学校出发，一路南行。

接近午时，导航提示右拐，他们拐下了1号公路，走上一条森林茂密的马路。路有些狭窄，弯弯曲曲，不久“咆哮山庄”的路牌就出现了。

关忆中把车停在一个砂石地坪里，两人走过一座小桥。山谷有些阴森，到处都是高大的乔木。一条废弃的窄轨，铁轨上停了一辆火车。几栋高大的坡屋顶木屋，里面不见一个人影。这是个古老的伐木场。关忆中的家族曾有人在这里伐木，他不敢肯定是否就是这个伐木场。

两人沿铁轨进山，才走了两三百米，一棵棵巨大的红杉树遮天蔽日，粗的树干要几人合抱。山中阒静，枯叶从高高的空中落下，越落越快，发出大得令人惊心的声音。不知什么动物在树上运动，“哗啦啦哗啦啦”声在密林回响，他们不敢深入。

晚上，两人来到了蒙特利湾，看过海洋馆后，他们在一家旅馆住了下来。关忆中的祖先当年横渡大洋，就是在这里上岸的。他们来寻找当年的渔村。

第二天找到罗伯斯岬，这是祖先最早建起渔村的地方。这是个小海湾，水平阶地上还有红杉木搭的房屋，颜色已经发黑。关忆中不敢确定这是不是渔村遗下的木屋，也许是当地人搭的。礁石、海浪、沙滩，太平洋浩荡的风吹得花旗松枝丫向着陆地方向伸展，像烫出固定的发型，海面涌起一波又一波浪花，仿佛岁月从无古今之别。

眺望远处的海，关忆中想起爷爷说的深海鱼，那里什么奇形怪状的鱼都有，有两张嘴的，有两个头的，爷爷看见过青色的鲨鱼，身上布满黏液。祖传的经验，肚子里有肠、鱼头有鳃的鱼才能吃。

先人们到海湾是被鲍鱼吸引来的。从海底峡谷涌升的海洋冷流带来丰富的养料，蒙特利海湾成了鲍鱼、海参、海带的天堂。

抵达海湾的这一天，人们远远地看到黑乎乎一片闪着五彩斑点的壳海，每块礁石上都包了一层硕大无比的鲍鱼。鲍鱼是软黄金，他们在船上站直了身子，一个个看傻了眼。

鲍鱼多得捡不赢。他们起早贪黑，一船一船运到岸上。

捡鲍鱼发生过惨剧，一个渔民在乔伊岬岩石区用撬杆去撬石上的鲍鱼，撬杆不慎落入海里，他急于捕捉一只大鲍鱼，就伸手到鲍鱼壳下去掰。鲍鱼钳住了他的手指，怎么用力他都无法挣脱。海湾寂静无人，潮水一点点上涨，直到把他淹没。

蒙特利海湾产鲍鱼的消息传到了旧金山，一个月后，从海上驶来的木船接连不断，华人越聚越多。不久，在罗伯斯岬南部陡峭岩岸下的小海湾，华人的小舢板也出现了。

渔村的木栏杆与木屋顶上都是晾晒的鲍鱼。渔民们把它风干、腌制。那时，当地人不吃鲍鱼，渔民把它装箱运回国内。这里慢慢形成了一个规模巨大的干鱼市场。后来，渔民成立公司，一度垄断了蒙特利半岛的渔业。

白人看不惯华人的生活，不喜欢空气中的鱼腥味，诬称捕捉鲍鱼导致物种灭绝。他们开始驱赶华人，渔村的木屋被当地人烧毁。在此之前，白人赶走了印第安人。印第安人曾在这里捕捉壳鱼、鲑鱼和虹鳟。接着，英格兰人来了这里，他们捕杀鲸鱼和水獭。

20世纪初，罗伯斯岬渔村的渔民开始沿蒙特利海湾迁徙，又建立了许多个新渔村。他们遭到当地人和意大利人的驱赶，陆陆续续离开海岸，散布到美国各地。

渔民们最初进入农场开垦荒地，种植玉米、大豆、葡萄、苹果、草莓、青花菜、花椰菜等农作物。关忆中的曾祖父离开大海来到了帕哈罗河谷农场。那里是低洼的沼泽地带，地理、植被和气候跟四邑非常相似，完全可以把它当作岭南的土地……

这是个漫长的下午，关忆中讲着他祖先的传奇经历。徐芷欣的思绪随着他的描述，飘到了遥远的美洲西海岸，从印第安人的独木舟到西班牙人的大帆船，再到广东大眼鸡渔船，大海时而浅蓝时而钴蓝时而宝蓝，随山脉远近变化无穷。陆地山岭绵延起伏，山谷里红杉树直指云天……

她想，四邑渔民知道蒙特利湾的鲍鱼，在此之前，该有多少中国人到达那里。一定是参与大帆船贸易的中国人在这个海湾停泊。又想到远古的扶桑国、扶桑树，觉得传说可能跟那片大陆相关。

关忆中讲到二百多年前美国“中国皇后”号帆船，那年2月，它横渡大西洋、印度洋，绕过好望角，抵达了澳门和广州。船上装的是人参、棉花、铅和皮毛。广州商人看到船上挂了满眼星的星条旗，就把美国人叫花旗人，人参也叫花旗参。这条帆船出发的港口就是关忆中的出生地纽约。

半岛酒店西餐厅，徐芷欣点了火腿三明治和一碗窝蛋牛肉粥，关忆中要了干炒牛河和皮蛋瘦肉粥。她心思不在吃上，关忆中讲的是大历史，是小人物创造的历史事件，她为此而激动。

下午，吃午饭的人都走了，大厅十分安静，他们要了一壶红茶。阳光把大楼淡淡的影子投在草坪上。广场上的万国旗在微微飘动。大玻璃窗边，伏地的龟背竹，开素白花瓣的鸡蛋花树，高耸的棕榈树，在大楼的阴影里绿得蓊郁葱茏。

关忆中又说起他的女友：“她太敏感太要强，什么都要按她的意愿来做。她一直生活在自己臆想的一个剧本里。”

徐芷欣没有接话，她并不想了解他的私生活。从他的讲述中，她感觉关忆中的眼里浮现了女友的面容。

“我们来中国后分手了，她去了贵州。”他顿了顿，“我们偶尔会有些联系。”

他沉默了一阵，望着她，“我对疍家人感情不一样。”

徐芷欣很敏感，抬头问：“为什么？”

“我的祖先是跟着疍家人去加州西海岸的。他娶的是疍家女。我们家族以前说疍家话。”

“是真的？”徐芷欣有些惊讶，想不到这七条渔船是疍家船。这也太巧了，说不定蒙特利海湾的疍家人就有徐氏后人。

关忆中说：“祖辈们都盼望回到中国，一代又一代人把海湾当作临时寄身之所。渔村说疍家话，写汉字，过中国节日，跟他们从前四邑的生活是一样的，它就是一个与白人隔绝的中国渔村。想不到的是，我们家族到我这一代才有人回来。”

“到你几代了？”

“七八代了。”

“我一直想去上川岛看看，你能一起去吗？”关忆中望着她，话说得十分诚恳。

徐芷欣想去看广海镇、川岛镇、海宴镇、北陡镇等沿海乡镇，还有上川岛的沙堤渔港、三洲湾，那里可能有疍家人，也可能找到徐氏后人。她点了点头，她不愿意跟他两个人一起去，琢磨着怎么安排才妥当。

五十九

关忆中有疍家血脉，特别是他的祖先横渡太平洋，给徐芷欣带来了深深震撼，也勾起了她对海上徐氏的种种猜想。她寻找有关南海的书，写海上生活的极少。她在网上看到一本美国学者写的《华南海盗》，想到赤坎人都说徐氏是“贼”，海上徐氏会不会当海盗呢？

她刚下单的时候，手机响了，五邑大学的谭教授给她打来了电话。教授说，有个叫亚历克西斯·赖特的澳大利亚作家，要来寻根，她的曾祖父名叫徐阿保，他是从海上去的澳大利亚。

听到徐阿保的名字徐芷欣有种触电的感觉，徐氏到了澳洲啦！

谭教授推测徐阿保是疍家人。五邑疍家姓氏集中于徐、周、温、张、黄、李、林七大姓，徐姓最多。疍家人在艇上生活，没有自己的故乡，徐阿保留下广东人的信息，没有留下故乡的信息，可能就是疍家人的缘故。

徐芷欣表示认同。

关忆中才说美国西海岸的疍家人，突然就来了澳大利亚的徐氏！她有种预感，徐阿保可能就是跟随余富彦到海上的徐氏后人。

就像一部小说的情节，一个中国人背井离乡，去到了遥远的世界，不知道什么缘由，他再也没有返来。他的信息在漫长岁月里湮没了，只留下了他的名字和省份。

多少年后，有这样一位后人，渴望着踏上先人的祖国的大地，寻觅他的故乡，去了解他童年、少年的生活。但这样的寻找异常艰难——他留给后人的信息太少太少。但他的这位后人寻根的愿望是这样强烈，从少年到了花甲之年都没有放弃这一愿望。

谭教授受广州朋友所托，广州的朋友则受澳大利亚广州领事馆的托付。她接到这个任务，无异于大海捞针。

教授是开平人，在塘口做传统村落活化。当年她参与碉楼申遗，现在做侨乡文化研究。她依据的信息只有徐阿保的名字。这也是领事馆找专家的原因，要借助专家来分析。

广东华侨集中在五邑、珠三角、潮汕、梅州，潮汕和梅州华侨出去得早，他们大都去了东南亚，五邑华侨则去美国、加拿大、澳大利亚的多。最初大都是冲着淘金去的，旧金山发现了金矿，四年后澳大利亚墨尔本和新南威尔士州也发现了金矿。徐阿保显然属于五邑，而徐氏赤坎最多。

徐芷欣当即网购了一部国内出版的赖特的长篇小说《卡彭塔利亚湾》。小说获得了澳大利亚最高文学奖迈尔斯·富兰克林文学奖，还被翻译成波兰文、意大利文、法文、孟加拉文和日文出版。

小说写的是北部卡彭塔利亚湾原住民古老的传说、神话与现实交融的生活，是一个告慰祖宗亡灵的故事。封底有中国作家的评语，他们称之为澳洲土著的史诗，文学技巧高超，是一部撼人心魄的当代杰作。

徐芷欣跟教授几次通电话，了解到徐阿保19世纪下半叶从广东去澳大利亚，流落到北部卡彭塔利亚湾。在这里他与当地土著女人结婚。赖特在卡彭塔利亚湾南部高原瓦安伊部落出生成长。

澳大利亚领事馆又提供了一个信息，一两百年前，达尔文港来了很多中国和日本渔民，他们来捕捉海参。卡彭塔利亚湾离达尔文港不远。徐阿保属疍家人的可能性更大了。徐芷欣又查到，从广东去澳大利亚，帆船顺着11月至来年3月的季风可以到达。

一个是美洲西海岸的鲍鱼，一个是澳洲的海参，疍家人的眼光两个世纪前就越过大洋，投向了广阔的世界。

徐芷欣想让关忆中担任作家的翻译，她给他打电话，关忆中很有兴趣见见这位作家，主动提出负责接待。他在半岛酒店订了房间，又安排了车和吃饭的地方。

徐芷欣又给司徒誉打电话，电话一接通，就知道他在开会，她长话短说。司徒誉那天工作脱不开身，但他要争取来见一见作家。

谭教授开车带着亚历克西斯·赖特来到开平一中，关忆中和徐芷欣跟他们会合。谭教授已找了一个翻译，她是台山一中的英语老师。

亚历克西斯·赖特下车，向徐芷欣和关忆中点头微笑，谭教授相互介绍后，关忆中直接用英语跟她交流，他称呼她Alexis Wright。

赖特是西悉尼大学文学院研究员、RMIT大学荣誉博士。她的父亲是白人农场主，在她五岁时过世，她跟母亲、祖母在昆士兰州的克朗克里长大。对亚历克西斯·赖特家族来说，曾祖父在中国的生活始终是一个难解的谜。她来寻根也是他们家族的大事。

赖特个子矮小，穿黑色短袖衬衣，身子有些佝偻，皮肤黧色，笑容却很朴实、平易又亲切。她的相貌是徐芷欣从没见过的，方形脸，轮廓特别分明，粗眉毛，眼袋明显，深陷的眼睛又大又锐利，透着执拗和善良。这是一张澳大利亚土著、汉人和欧洲人多次混血后的脸，她身上实难找出多少中国人的影子。徐芷欣很难认同她徐氏后人的身份，而她竟然对中国人的血统这么看重。

谭教授安排去三圭里村，村里保存了徐氏族谱。

徐芷欣坐关忆中的车带路，从司徒氏图书馆门前经过，拐上江南大桥，沿潭江南岸大堤西行。春天淡淡的雾气轻笼江面，岸上野草疯长，把车遮掩得只露出一个车顶。车很快就到了百足山下的三圭里村。

镇长已经通知了村主任，镇文化站站长也到了，十几个人等在村口，乡亲们个个笑脸相迎。赖特看到这么多人很是惊奇，她跟大家点头、微笑、打招呼，像看梦中景物似的，她四处打量，疑惑、好奇，又满脸喜悦。

村口的牌坊，黄色琉璃瓦顶，柱身贴绿色瓷砖，上面对联写“三水源远流长汇聚物华天宝，圭峰龙腾虎跃孕育人杰地灵”。关忆中向她解释对联的意思。进村，颜色、样式各异的钢筋混凝土小楼，在长长的水塘边排成一线。塘边几棵杧果树已经挂果。

赖特看了看杧果树和水塘，走进了村中小巷。青石板的街和青砖青瓦的老屋让她着迷，她看到有的人家还在使用柴火灶。

村口的云龙徐公祠是去年修的，只有大门的花岗岩是旧物。大门还贴着红纸春联。公祠供奉五代祖先神主牌位，从宋始祖石泉翁到明五祖云龙翁，神龛对联写道：“神恩浩荡千古，祖德宏源万代。”

村主任在公祠打开一本崭新的三圭村徐氏族谱，蓝色的封皮，里面是蝇头小楷毛笔字，前面是旧谱东海徐氏家谱，后面是清代重修的徐氏世谱，到二十八世世字辈时只记录了十人，二十九世德字辈只有一人，一直到三十五世杨字辈，都是空白。家谱支系栏也全是空格。家谱里没有出现徐阿保的名字。

又有热心的村民从自家神龛揾出一本发黄变黑的家谱，徐芷欣小心翼翼翻动线装书，原来就是新谱录下的东海徐氏家谱。

村主任说，族谱不全，后人分散到台山、阳江、恩平、开平各地，没有记录。她起码是我们徐氏后人，我们共有一个祖先。他安排赖特按照家族规矩，认祖归宗。

震耳的鞭炮炸响了，几十个徐氏族人陪着赖特走进云龙徐公祠。徐芷欣挨着赖特，看到她脸上庄严的表情，感觉她有找到自己血脉的复杂心情。

这是一种神圣的仪式，作为徐氏后人，赖特向祖先敬奉饭菜、水果，上香，焚冥币，跪拜。徐芷欣在前面做示范，这一刻，她感觉赖特不再陌生，甚至感觉到她身上流动的徐氏的血液。徐芷欣很感动，山遥水阔的时空仿佛画境，既横亘于前，又丝绢一样在迅速收缩。

关忆中一个劲地给她们拍照、录像。这个场景也打动了他，他身上疍家人的血液涌动，也来上香跪拜，心中生出了一股皈依的情感。

下午来到鱼笱庙。江边一座小荒岛，草木萋萋。徐芷欣介绍，荒岛修理河道时被炸，只留下很小一部分。以前疍家人在岛上建了一座天后庙，供奉妈祖像。妈祖是保佑水上平安的女神。疍家人在岛上祭神，也经常在这里聚集。

这里是水上徐氏的发源地。云龙公后人海明公在这里管理船务，后人从此在水上生活，靠打鱼为生。现在水上疍家人还想在岛上建天后庙。

赖特对疍家人特别好奇，问徐芷欣疍家人是什么人。徐芷欣解释，“疍”是古代少数民族蛇族的名字，与伏羲女娲龙蛇图腾部族同血统，被视为南蛮的一种。唐以前疍民在陆地居住，后来才居水上。现在疍家就是水上人家。

潭江上，几艘疍家渔艇正在下网，天上飘下毛毛细雨。对面深荫岛停了好多艇。赖特眺望宽阔的江面，想到了老祖宗故事中流传下来的那条大蛇——“这条富有创造力的大蛇一头扎到地下，穿过滑溜溜的泥滩……”她在《卡彭塔利亚湾》开篇写的河流就是大蛇创造的。这多巧呀！祖先们天地间的自由生活早已成为历史，如今人与故乡关系疏离，一种无根的状态令她焦虑难安。

徐芷欣指着深荫岛说，那是个疍家渔村。她的家就在岛上，自己是疍家人。她告诉赖特，她的曾祖父徐阿保应该是水上徐氏，也是疍家人。

赖特眼睛放光，盯着她看了半天。徐芷欣又跟她讲起了余富彦率领徐氏突围去海上的故事。

赖特突然想起什么，从手袋拿出一个铜制的筒，这是她曾祖父留下的唯一物品。她不知道它是做什么用的。

这是个八边形的筒，跟食指一样粗一样长，筒身刻满了水草和珍珠。两侧有一对细细的圆管，一条绳子穿过两个细圆管，把长的筒身和短的筒套绑紧，只有解开绳子才能取下筒套。筒套上有一朵铜铸的荷花。徐芷欣一看就脱口而出：“针筒啊。”它跟她阿妈用的针筒是一样的。

徐芷欣拿在手里，顿时觉得它沉甸甸的。这可能是徐阿保母亲的，阿妈想到送儿子针筒，必定是一次远行，一次山高水长的阔别。

寻常出远门，母亲不过是游子身上衣，临行密密缝，送儿子针筒，那是面向无涯的时光，比大海还要苍茫。母亲交出的心，儿子至死珍藏又传给了后人。

徐芷欣给赖特示范，取下筒套，筒里面放针线，筒套就是顶针，用裂开的花瓣来顶针。赖特明白了它的用途，拿在手上看了又看，仿佛第一次见到。她提出去沙湾村看看。徐芷欣给阿妈打电话，要她找出那个针筒。

沙湾村沿潭江的一条河汊而建，村边是簕竹林和水翁花树，房屋砌得矮小，砖墙粉刷成白色。内河停了一片缯艇和渔艇，大艇尾系着小艇，大艇起居，小艇打鱼，捕虾捞蚬。每家房屋前搭了一条又窄又长的小桥，通向大艇，艇上支竹竿晾晒渔网。

徐芷欣的家是一栋两层楼房，她的阿哥买来了水果，司徒誉也赶到沙湾了，在客厅里等待客人。阿妈给大家泡茶。关忆中一见老人就亲热地喊阿姨。司徒誉很疑惑，他怎么跟老人这么熟?

赖特认真对比两个针筒，发现只有饰纹和花瓣不同。徐芷欣见她这么珍爱，就要阿妈送给了她。

赖特在房内四处察看，关忆中和徐芷欣跟着她，她提问特别多，什么都问。看到神位，问龙母娘娘、善财龙女、孔雀明皇是什么神灵，又问对联的意思，“神德如山重”的“德”指什么，徐芷欣解释了半天。

神台上有一面镜子，她想起什么，又好奇地问镜子的用途。这不是普通的镜子，疍家人用它来祭神。农历三月二十三日，疍家过良马诞节，在镜子上贴红纸条，到江边祭拜妈祖。

赖特问为什么要用镜子祭神，徐芷欣解释，从前驾帆船，渔民求风是反过来的，去东要求西，去南要求北，镜子是反向的，所以要用它，求得顺风顺水。徐芷欣又解释了疍家人的良马诞节，它是疍家最重要的节日，良马诞就是妈祖诞，祭祀海神。

赖特陷入了沉思和缅怀，她依稀记得有人告诉过她，曾祖父过中国节日，他保存了一面镜子，但是不是用来祭神她就无从打听了。

他们上艇参观。一座水泥小桥从门前通向大艇，司徒誉担心安全，他走在前面，一手扶着赖特的手。走在独木桥上，赖特步子平稳，她还停下来四处观望。潭江氤氲的水汽带着淡淡的泥腥味，这种气息是她熟悉的，赖特停下步子深深地吸了几口气。一瞬间，她觉得眼前的江河非常熟悉，与卡彭塔利亚湾的大河并无区别。

艇上搭建了一间木屋，一部分人脱鞋入内，一部分人站在甲板上，屋内的木香远远就能闻到。居室设施虽然简陋，却很温馨。

关忆中发现了保温套，木板上浅浮雕的双龙图案是他熟悉的，他抱着它，摸了摸图案，又揭开盖，里面放着一把瓷茶壶和一个茶碗，周围填充物又轻又软被花布包裹。关忆中摸了又摸。

爷爷保存的几件旧物里就有这种保温套，铁制捣药罐、铜制眼镜和牛头扣、牵星板、磁罗盘、水烟筒，这些都是祖先传下来的东西。当年先人们上岸后，从祖居地带来的物件越用越少，他们就决定不再使用，把老物件保存下来了，跟那抔土一起，一代一代相传，让后人不要忘了根。

关忆中把它抱到船头，拍了照又录像，一声喟叹：“上帝——这是谁的安排呀！”

赖特每条大艇都去看，每栋房屋都用留恋的目光打量一番，沙湾村十户人家她都看过了，来到村尾的一片簕竹林，竹林里一口巨大的铁镬搁在铁桶上，旁边有一间敞开的棚屋。

大家围着铁镬猜测它的用途。司徒誉问村支书，支书叫来了一个皮肤黧黑的老渔民，他笑眯眯跟大家打招呼。关忆中跟他握手，感觉自己的手像小孩子的，老渔民的脚和手奇大无比。老人从棚屋抱出木柴，在铁桶里点燃，又提起一筐蚬，倒入铁镬。他拿起一把巨大的铁锨就像拿着锅铲，翻动铁镬里的蚬。

蚬壳铲出来，锅底是蚬肉。老渔民提着一箩蚬壳，穿过竹林，把它倒进潭江。

关忆中跟随他来到江边，脚下的沙滩全是洁白的蚬壳。徐芷欣看见关忆中一个人发呆，她来到蚬壳滩，指着对岸的一中告诉他，她上学是父亲从这个小埗头送她过江的。

关忆中问她父亲去哪里了，徐芷欣指了指下游的河汊，“他到他的鱼窝取鱼去了。”关忆中向东眺望，深蓢岛外还有一个小岛。

晚上在半岛酒店吃饭，关忆中特地点了鲍鱼和海参，饮的是澳大利亚产的红酒。席间，司徒誉问赖特还要不要继续寻找下去，赖特脸上表情深远而凝重。这次中国之行她是来参加中澳文学论坛的，为了寻根，她提前到了广州。赖特幽幽地说：“我认赤坎啦，有机会我要再来。”

谭教授请的翻译拿出一摞书分送给大家。这是她翻译的《四邑淘金工在澳洲》。她就徐阿保讲了一番自己的见解：四邑人淘金最初在维多利亚的菲利普港登陆。维多利亚政府出台法案，限制唐人入境，又收人头税，于是，他们选择在阿德莱德港和罗布的桂珍湾上岸，这些海港都在南澳。

疍家人捕海参是在北澳，靠近卡彭塔利亚湾，这里与淘金的地方相距遥远。徐阿保不是去淘金的，他肯定是奔海参去的。

翻译分析的依据就是她翻译的书，这是本澳大利亚人写的书。淘金者登陆的地方离金矿还有七百多公里，罗布离金矿也有四百四十公里，从阿德莱德开始的路找不到水源，走罗布的路洪水泛滥。四邑人戴斗笠，拖着长辫子，挑着箩筐上路，箩筐里装满了被褥、炊具、凿、铁锹、桶和油灯，队伍像长蛇阵。

有人沿途打井，做好标记。有人在树上刻字，给后来者指路。病倒的人由同伴用竹竿抬着，路边是丢弃的衣服和行李。一个多月的旅程，很多人死于寒冷或劳累……

大家听了一阵感叹。疍家人跟淘金者完全不同，他们是自己驾着帆船过去的，海参就是他们的黄金。但他们遇到的危险一点不比淘金者少。

赖特被深深触动，她进入了一种恍惚的状态。她做梦也想不到自己走到了疍家渔村，看到了疍家人的生活。她对疍家充满了神往，很冲动地想要写一写疍家人。只可惜时间匆忙，浮光掠影，这一切终将成为遥远的缅怀。

关忆中坐在徐芷欣身边，一天的经历让他对历史有了新的认识，对寻根更有体会。他至今还没有上岛，深感愧疚。他说要多做些文化公益事业，要赞助《碉楼深处是我家》的出版。

他跟徐芷欣窃窃私语，给她斟茶、夹菜，一副怜惜的神情。徐芷欣看他夹菜，观察他给赖特翻译时的表情，都带着欣赏的目光。

这些司徒誉都看在眼里，他提醒关忆中："我们的书不用你资助，你还是去做点别的什么事情吧。"说这句话他自己也感觉语气有些冲。

关忆中望了望他，眼神既疑惑又有些自得。

六十

快下班的时候，市委组织部突然电话通知，明天上午召开赤坎镇全体党员干部会议，会议重要，所有人不得缺席。

镇人事干部挨个打电话，要求全体人员准时到会。司徒誉明白赤坎有重要人事变动。

会场特别安静，有人咳嗽，声音显得很突兀。李玉虹主持会议嗓音有些发干。主席台上的人一律面无表情。

江门市委组织部副部长复读机似的，宣布程安同志任开平市委常委兼赤坎镇委书记，李玉虹任江门市文广旅体局副局长。他对李玉虹做的工作予以充分肯定。

程安是从江门市派下来的干部，曾参加援藏，任命后立即交接，第二天就来上班了。

第二周上班，他开始找干部谈话了。

跟司徒誉谈话谈了整整一天。司徒誉很坦率，程安想了解什么他就谈什么。当了八年镇长，他的情绪有些许波动，一种落寞又惆怅的情绪挥之不去。他从别人的眼神读出，他没有当书记就是一个失败，他自己在不在乎不重要，也无人相信他的超脱。他的失败不是来自自身，而是来自他人的评价。这跟他做了多少事做了多大贡献没有关系，评价干部最重要的标准就是升迁。

这很容易导致人生价值的怀疑，司徒誉很警惕，他竭力从这种失败的氛围中超脱出来。他很明白，自己不是一个没有抱负的人，但并非要爬多高当多大的官，当官不是升级比赛，那是很没尊严的。他需要的是一个做事的平台。命运既然把他安排到家乡，他就要为改变家乡面貌尽一份力。这是他人生的价值所在，也是他感到骄傲和幸福的地方。

清明节，他跟家人去拜山。这是难得的一个晴天，前几年清明节都是下雨。回到家人身边，他感觉到了亲情的可贵。

阿爷过世后，全家从文璟庐搬回了祖屋。一大早，二哥建国、姐姐四清都从开平市区回家了，姑姑、姑丈也从鹤山沙坪赶回来了。村里十几位宗亲过来帮忙，祖屋里到处是人。阳光照在院落的簕杜鹃上，花朵一簇簇似火苗被点燃了，小小空间又恢复了往日的生机。

大哥大嫂将每间房都打扫好了，司徒誉还是闻到了一股淡淡的霉味，缕缕发凉的气息不时拂过，这就是岁月的味道吧。

阿爹在擦拭神主牌，他患有哮喘病，一边喘气一边擦。神主牌发黑，他擦了好久字体才露出金色。

司徒誉帮忙去擦曾祖父和阿爷的神主牌。木板上雕刻的宋体字“显十八世祖考文倡翁府君、妣关氏太安人神主”“显十九世祖考不徙翁府君、妣麦氏太安人神主”，他一边轻轻擦拭一边看，熟悉的文字大不一样，有一种异样的感觉，灵魂似乎在周围飘浮。

大哥二哥两家都在厨房忙碌，烹制祭品，祖屋里缭绕着卤鹅、烧猪的香味。一家人在阁楼祭拜了祖先，就挑着箩筐去拜山。

家族墓地在镇海水堤坝向阳的坡地上，东面是吴氏的坟墓，司徒文倡埋在吴氏坟边，西边是关璟娜的墓地。关璟娜坟边是司徒文冲的衣冠冢。再往西，司徒不徙和麦贤勤的墓地挨在一起。他们旁边是司徒不偏的坟。

司徒懿唐和妻子谭氏的墓地在潭江围堤边，当年司徒文倡遵照父母的遗愿把他们埋到了那里。

家人和宗亲一起将七座坟墓的杂草杂木铲掉，盖上草皮，插上纸幡，又在每座坟头倒扣两块圆草皮，贴上三张白纸钱。在墓碑前摆上卤鹅、烧猪、发糍、行山饼、甘蔗，再切开鸭蛋，剥了壳，点燃仙香蜡烛，焚烧冥币、元宝，一个个在墓地前三鞠躬，鞭炮一次又一次在空中炸响。

拜祭完了，全家再去潭江边拜山。司徒誉留下来，他想单独待一阵。

面对一片坟地，向死而生的感觉一年比一年强烈。司徒誉一座座坟墓看过来，长辈们的死各式各样。高祖父司徒懿唐被日军杀害，高祖母谭氏受惊吓而死。曾祖父司徒文倡在日军围攻坪石时，因病未能随队撤退，日军诱降不就，他服用大量安眠药自杀殉国。曾祖母关璟娜患肺结核。曾叔祖父司徒文冲客死他乡，连个死讯都没有。祖母麦贤勤被艾糍粘住气管，活活憋死。二爷爷司徒不偏壮年被造反派打死。只有阿爷司徒不徙最神奇，他知道自己的寿限，说走就走了。

在死亡面前，人的生命再长，也是昙花一现。生死无从知晓，从数十年到一秒，随时到来。死亡使得一切没有意义，也使得一切有了意义。人生需要放下，也必须完成一些心愿。

司徒誉望着草皮下的泥土，它们亘古如斯。墓地是一个家族血脉的上游，已经干涸。血脉正在岁月里随时间向前延伸，家族成员一次次拥抱死亡却不被死亡掐灭，每个人都是这个生命链的一环。

人其实不必执着于自我，放下自我，祛除妄念，投身生命的历程，在承上启下中去寻找自己的归宿，这似乎是生生不息的生命所赋予的唯一价值：生命即过程。只要血脉在，未来就在。未来在，历史也就在。

小时候司徒誉非常害怕死亡，那是一种本能的恐惧，看到棺椁、尸体甚至坟墓，头发就竖起来了。现在把死亡当作日常，当作人生的课程。学习死亡，才能入世而又超脱。

司徒誉坐在阿爷的坟边，一丛丛铲倒的杂草堆在脚边，这些新生的草，散发着浓烈的气息，它也是土地的气味，沁人心脾，醒人心神。

阳光强烈，像夏天的太阳一样刺眼。西边一片乌云正向着天空弥漫而来，阳光里起了一丝凉意，司徒誉闻到了一股湿润的气息。他想起一段话："如果你失去一个世界，不要为此悲伤，因为这是微不足道的；如果得到一个世界，不要为此高兴，因为这也是微不足道的；苦乐得失都会过去，都会离开这个世界，因为这都是微不足道的。"他感觉这句话的背后就弥漫着死亡的阴影。

起身离开，他拿起一把青草闻一闻，深深吸一口气，心里感觉宁静。他抓着这把青草一直走到村子后面的鱼塘，才把它撒到水中。鱼儿掀动水波，把草衔到了水塘深处。

开车向南面的潭江驶去，田野平坦如砥，一望无垠。这是一片稻田，田地里小型拖拉机在犁田，准备育秧。一块块油菜地，花海潮水一样退去，一串串绿色籽荚在春风中摇曳，一股浓郁的植物气息扑面而来。春天是可以闻到的。

左前方出现一座更楼，像塔一样高高挺立，立面有被炮弹炸开的裂口。它是远近闻名的南楼。高祖父的死就与这座楼有关。

当年数万日军从海南岛到雷州半岛，经开平撤退到广州。开平民众早已挖掉了公路，炸毁了滘流渡桥、西头咀桥。日军走水路赤坎是必经之地。

司徒氏武装的腾蛟团队顽强阻击。南楼位于潭江拐弯处，控制了河道，七位壮士在碉楼内进行阻击。

进攻南楼不利，日军就在附近烧杀洗劫。一队日军进入中股村放火烧村，抓捕七壮士家属。一个幼女被拖进巷道，几个日军对她轮奸。司徒懿唐听到哭喊，从病床上爬起来，大声痛斥。一个鬼子举起东洋刀斩下了他的双手。司徒懿唐骂得更厉害了。鬼子哇啦哇啦，一刀斩下了他的头。他的太太当场被惊吓而死。

七壮士坚守了七天七夜。日军调运大炮猛烈轰击，又使用毒气弹。壮士们中毒昏迷被俘，他们被绑到司徒氏图书馆。

图书馆已成为日军临时指挥部。鬼子将七壮士吊在龙树上，割掉了耳朵、鼻子、舌头，敲掉了牙齿，最后将他们一个个肢解，从海颈埗头抛入潭江……

这是两座连体坟墓，墓碑上的字迹已经模糊。坟上杂草已经铲除，又添了新土，盖上了草皮。司徒誉一到，全家一起向着坟头三鞠躬，鞭炮又在潭江北岸炸响。

他们来祭拜高祖父，是要表达后人对老太公大义凛然不惧死亡的崇敬之情。司徒誉有感于两大家族抗战时的英勇顽强，总是在三鞠躬后转身向着浩荡的潭江，再行三鞠躬之礼，向死难的族人表达哀思和敬意。

六十一

如意庐是古镇最大的商住楼，“文革”期间做过学校，又被人称为校楼。司徒誉几次走进房里，找屋主人做工作。这家人是古镇为数不多的“钉子户”。

如意庐三楼大厅被分隔成前后两部分，前面部分再分作两层，做了卧室，后面部分变成两层楼高的客厅，显得空旷，沙发餐椅低矮得如同玩具。房屋虽然被改造得乱七八糟，但它的气势还是令司徒誉惊叹。

屋主叫余一平，开始征收时，他声称房屋是他阿爷传下来的，房产证不见了。没有房产证就签不了合同，征收便一直拖了下来。

司徒誉接手后，注意到有几户人家都声称找不到房产证，他感觉有些蹊跷，就叫组长罗新义去查一查。罗新义发现堤西路恒富按的屋主跟余一平是堂兄弟，中华西路三户不是业主而是余一平的租户。司徒誉心里似乎明白了什么。

这天他来到恒富按，从中华西路的琉璃瓦牌坊进来，坤甸木的大门敞开着，只关了趟栊门，房里空无一人。他走水巷去堤西路的前门，水巷有多长房屋进深就有多深，这样的房子在赤坎墟很罕见。

屋主正在骑楼下搬东西，看到镇长有些紧张。司徒誉问他在忙什么，两人交谈没几句，司徒誉就直截了当地说：“你没有房产证，房产证不是你的。”

对方脸一红，强挤了一个尴尬的笑脸，什么也不说了。

司徒誉又说：“你是余一平的堂弟吧。”

屋主很惊讶，嗫嚅着，“堂哥不让说。”

“你们是代管人。余一平也不让你说吗？”对方不吭声了。

“业主的房产证给你们了吗？”

“我手上没有。”

司徒誉不再说什么了，他从恒富按出来，马上去如意庐。

如意庐住了四户，余一平和弟弟住二楼，三楼住的是他儿子和侄仔，一楼他自己做些生意。司徒誉直接上二楼，见到余一平他单刀直入，“房产证是你丢了还是业主拿回去了？你跟业主是什么关系？”

余一平一惊，以为对方什么都查清楚了，就承认自己是房屋代管人，从阿爷开始到他已经是第三代代管人了。他声称房屋早就是他们家的了。

司徒誉要他出示房产证，余一平十分不情愿地拿了出来。房产证共有五本，如意庐、恒富按和中华西路与堤西路的三间铺面，名字写的全是关泽创。司徒誉问他们之间的关系，余一平说他的阿爷跟关泽创是亲老表。

代管人与产权人并非继承人关系，他们无权获得房屋征收款或是安置房。余一平辩解他们一家四代住在这里，都住了几十年，房屋就是他们的。他越说情绪越激动，又提到美国法律，居住二十年房屋就属于居住者。司徒誉不跟他争辩，只希望他揾到产权人，余一平一口回绝，说他没有法子揾到。

拖了一个月，司徒誉叫罗新义找余一平，揾到产权人代表也可以签合同。余一平也坚决不同意。

征收办不得不以镇政府名义发出全球寻人启事，又通过华侨关系寻找，但一直没有音讯。

为了不使房屋错过签约奖励期限，罗新义又找余一平谈，余一平这次态度很坦诚，“不是我不配合，我跟产权人也失去了联系。”

根据实际情况，司徒誉同意代管人签一个代理合同，暂时代产权人签约，一旦产权人出现，将重新签订正式合同。这样做的好处，五栋房屋的代管人可以获得奖励和安置费四百多万元，如果错过期限，奖励和安置费都将失去。

余一平的家族着急了，担心错过政策期限一分钱也拿不到。他们开会商量，大部分人同意签，只有小部分人反对。余一平的阿叔在美国，他建议代理合同也不要签。他认为只要产权人不出现，政府就会妥协，他们家族可以获得更大的利益。最后，家族听从了他的意见，无论协调小组怎么做工作，余一平的态度都十分强硬。

这是镇政府的一番好意，对双方都好，想不到代管人是这个态度。司徒誉想，阿爷若在世，一定知道这个人，可惜当年的见证者都离开了人世。他打电话去美国、加拿大和中国香港，又在几个华侨的微信群和朋友圈发信息，并托人四处打听，他不信这个关泽创就这样消失得无影无踪。

一个多月后传来了消息，关泽创早已过世，他没有后人，但他有个妹妹叫关泽瑜，人在香港。妹妹虽然不是继承人，但她是关泽创最亲的人。司徒誉通过香港司徒氏宗亲会找到了关泽瑜，经了解，关泽创曾给她写了一份遗嘱，把房屋全畀了她。但老人已经九十多岁了，无法返来。

揾到了产权人底气就硬了，司徒誉交代罗新义立即告诉代管人，他们已经丧失了代理签约的权利。

余一平接到罗新义的电话就沉不住气了，当即要求代签。罗新义回答，这个已经不可能了。余氏家族得到信息就炸了窝，彼此责骂，埋怨之前没有代签。余一平不停地往征收办跑，要求代签。

为了厘清房屋的关系，经过房管部门调查，五栋房屋解放前全都属于关基礼。他们全家在解放前夕跑去了香港，又从香港去了美国，房产收为国有。改革开放落实华侨政策，关基礼已经过世了，他的大儿子关泽创带着父亲的信件和父子关系的证明材料，以关泽创的名字办理了房产证。

关基礼的名字司徒誉经常听阿爷提起，他是关族的风云人物，但如今知道他的人没有几个。如意庐、恒富按是他的物业就不奇怪了，只是恒富按并没有恒富，不过是主人的一厢情愿，最坚固的楼房也抵挡不了时代的变迁。

一天傍晚，司徒誉来到如意庐下，正是暮色四起时分，中华西路稀疏的路灯渐次亮起，落日余晖在高高的楼顶一寸寸暗淡。正中半圆形山花，浅浮雕竟然是牛郎和织女，正中一根立杆穿过山花，山花被劈为两瓣，留下一条天河。

旁边柱头上一对石狮，狮头不知什么时候被砍掉了。夕照从无头狮身一寸寸上移，暮色像潮水一样把牛郎和织女淹没了。尖尖立杆上，最后一线夕阳也被收走。房子里的灯这时亮了。

司徒誉想到鹊巢鸠占，想到物是人非，时光更替，不免唏嘘。

关基礼他好歹听说过，有的人是彻底被人遗忘了，譬如关基坤，征收办的人四处寻找，又找代管人一个个询问，仍是一无所获。他房产证的地址也不存在了。最后去房产局查证，从浩繁的档案库终于找到了他，其名下有四栋骑楼一个仓库，价值超过两千万！关基坤只有一栋房屋拥有个人完整产权，其他都是共同拥有。这些共同拥有人自然也是无人知晓了。

关基坤的孙子Howard带着他的信件、照片、房产证，从洛杉矶来到了赤坎墟。他出示的房产证就是拥有完整产权的这一栋。Howard对爷爷一无所知。祖辈这么厉害，他想要去寻找爷爷的传奇故事。

Howard是洪门掌门人，司徒誉要他发动洪门人寻找这些产权共有人，一方面为了征收，一方面寻找他们也是在寻找关基坤的故事。司徒誉劝他，这是一种寻宗认祖的行为，可以在洪门中推动中华孝道。

征收的经历每天都在刷新着司徒誉对赤坎墟的认识，不断地改变着他的思想和观念。他感叹哪怕自己在这里出生成长，对古镇的认识也是肤浅的。对生命、人性、人生、社会、时代等等，他都有了深切的体悟。

关泽瑜的遗嘱传真过来了，关泽创的房产除了赤坎，在三埠、水口和广州也有，广州的产权人还是关基礼。老人电话中要求征收办尊重代管人，他们管理房屋几十年了。她委托儿子林庭琇回来处理房产。

林庭琇见到了余一平，他提出从征收款中给余氏家族拿出三百五十万元。余一平知道征收款有几千万，他提出与林家平分。林庭琇一听就没了笑脸，他淡淡地说："我畀你们一个月的时间，你们同意的话，就三百五十万，过了一个月，你们同不同意，我只畀三百万。"

余氏家族又开会商量，美国的阿叔还是坚决反对，几千万才给这么一点银纸，这是施舍，不是对余家该有的态度。

林庭琇第二次来赤坎处理房产，这一次他跟妹妹和律师一起到了如意庐。妹妹拿出了一个戒指，这是她阿妈一直戴在身上的旧物，虽然不怎么值钱，但代表她的一番心意。她还录了阿妈的一段话："我的表兄妹们全都过世了，我还能联系上后人很欣慰，见到戒指就当是见到我了。钱财没什么用，尤其对我这个年岁的人，人世间唯有情义、关怀才最重要！"

余氏家族商量后仍然不接受，主要是美国的阿叔不肯让步。林庭琇非常失望，"我们不是谈判，是亲戚我们才拿出三百万对你们表示感谢，这是个心意。这并不表示你们该得到多少，你们接不接受随你们的便。"

林庭琇根据阿妈的心愿，通过法律的方式，一是向开平市捐两千万，用于支持当地的教育，二是资助北京一个陷入困难的朋友一百万,三百万给代管人，五十万支付律师费，还有五十万用来解决租户的损失。关泽瑜一分钱也没有拿走。

看到关泽瑜真的把银纸捐出去了，余氏家族后悔不已。他们不得不接受这笔钱。但三百万元汇到谁的账户也发生了争执。最后，他们开了一个账户，商定银纸汇入后谁也不准动。

如意庐并不如意，麻烦无穷无尽。除了如意庐的纠纷，司徒誉最烦心的还是筑庐居的征收，这是他曾伯祖父司徒文东的房产。

曾伯祖父庶出的孙子在香港开制衣厂，改革开放后来深圳办厂，又到开平办食品厂。他在开平认识了一位女子，与香港的太太离婚后，两人结婚。

征收筑庐居，他的妻子拿出遗嘱和结婚证跟征收办签约。前妻拿了房产证来争财产，官司从一审打到二审，互不相让。

只要官司继续打下去，筑庐居就冻结了，征收确定不了签约对象就进行不下去。司徒誉必须要让双方妥协，达成协议。

司徒誉曾叔祖父司徒文灿的望海楼征收就很省心。望海楼由司徒誉的阿爹代管，出租畀两家租户。征收开始后司徒誉就让租户搬走了。司徒文灿的家族最初提出，不卖只租，可以几十年长租，他们想留下祖先的东西做纪念。司徒誉做通工作后，很快就顺利签约了。

家族征收款分配也很简单，大家平分。他们听说有华侨捐出征收款，马上决定捐出一半，要为当镇长的司徒誉增光。

司徒誉自家房屋文璟庐，他跟家族商量后选择房屋置换。他自己参与制定征收价格，免得以后别人攻击他是为家族谋利。作为镇长，他也要带头留在赤坎，特别是人家不相信政府有钱建设安置房时，他第一个签下房屋置换协议，可以给人信心。

这些旧屋纠纷十分烦人，但它对每个家庭又的确重要，司徒誉以最大的耐心来做工作，他总是提醒自己一定不要有情绪，要耐得住性子，他把这一切当作一种人生的修炼。

这天，一位老人突然去世了，老人家前一天刚签了合同。司徒誉接到电话后感到一阵后怕，要是签约时过世就解释不清了。想起丰庆押的老婆婆，她的年纪更大，一个人住在丰庆押，要是出个什么事就不得了，司徒誉签完手头上的文件就赶紧去探望老人。

经过中华西路，骑楼都已围蔽了，唯独一处挂白色牌子的地方房屋没被遮挡，牌上写的是“关泽业宗长捐此铺位给关族图书馆”。原来这里是洋刀仔的伟业绸缎庄。

绸缎庄有三栋楼，三间铺面连成一体，方柱的骑楼，每间外挑一个阳台。房屋进深很长，前面中华西路骑楼两层楼高，后面临堤二马路，楼高三层。

司徒誉信步走进楼内，原来里面大有乾坤。三层楼的天井采用的是钢筋混凝土框架结构，铸铁的楼梯扶手依然完好如初，竟然没有一点锈蚀。后面堤二马路房屋的立面外挑两层阳台，房子的气势竟然藏在屋后。

他来到东面的房间，站在骑楼上，从窗口看街对面，一栋20世纪60年代建的房子，年代感特别强。三层三开间的楼房外走廊相通，女儿墙上写了一条红地白字的大标语——“敬祝毛主席万寿无疆！万寿无疆！”

标语历经半个世纪，依然非常醒目。刹那像被什么一拽，司徒誉恍惚了一下，有种穿越的感觉。

街上也有很多标语，“拒绝签约，就是拒绝美好未来，拒绝遵守法律”“遵纪守法，自由自在，蛮不讲理，寸步难行”“已被征收房屋属政府所有，擅入违法”。这些宣传发动组写的红布标语，挂了两年就已经陈旧了。这时，突然驶过一辆摩托，轰轰的引擎声荡起一阵回声。司徒誉有些发蒙。

古镇进入了一个诡异的时空，它不再是衰落或是衰败，而是空落，是人去楼空，所有的记忆已经卷走。它在经历一场先死后生的巨大蜕变，将有一群人、一种完全不同的生活降临。现在，这群人、这种生活只在无数人的想象中，难以脱虚向实。

司徒誉走过满地瓦砾的工地，眼前出现了一片开阔的空地。解放后建的房屋全都拆掉了，塘底街原来密集的房屋不见了，上埠和下埠之间消失了几十年的牛墟呈现出了原貌。这里就是关氏司徒氏当年架起红衣大炮械斗的现场。

牛墟南面拆得只有关氏大宗祠、濂川司徒公祠，紧靠两大祠堂的丰庆押与经宝银号，孤零零显得特别高大。

丰庆押四层楼房只有一个开间，似孤峰耸立。修建者司徒懿江当年拖来红衣大炮要轰炸丰庆押对面的房屋，差点引发一场血斗的大悲剧，后来他买卖银元跳江，墟镇人都说是风水不好，楼落进了龟口。

他的儿子单传到孙子，孙子命也不长，但他生了三个儿子一个女儿。丰庆押征收，在拿征收款还是置换房屋上，老二和老大意见相左，相互斗气，母亲夹在中间没法签约。

司徒誉来到丰庆押门前，大门紧闭。他敲门，没人理他。他绕房屋转了一圈，发现从窗户挑出的衣服积满了灰尘，他急得大声喊叫，把门擂得山响。他打电话给征收办公室，要他们找人过来开门。

几个人强行开锁进门，房里竟然是空的。老人晾衣服唱了一出空城计，她早已住到乡下去了。

第十章

六十二

雨水如天漏似的，“哗啦哗啦”，从晨至昏，不绝于耳。雨一停，3月也就过去了。这天太阳惨白，宛如月亮挂在中天，周围绕了一圈蓝色的光晕。

关族终于大大地松了一口气，有人走出屋外，喊着“天晴啦”！每家店铺迅速行动起来，搞卫生的，插彩旗的，贴对联的，主街道热热闹闹挂出了大红灯笼，族人把一条条彩带横过街道，一面面三角形五彩小旗开始在头顶迎风舞动。

关族图书馆的围蔽已经拆除，被一片彩旗包围，大门前挂起了横幅，拉了一串串彩灯。第二天，各社团送书籍的、赠画的，络绎于途。

入夜，新城突然变成了一座不夜之城。所有的发电机都在响，风中不时飘过一股股煤油味。

关族图书馆开幕典礼日到了，家族要办一个赤坎有史以来绝无仅有、四邑地区极为罕见的庆典。

当年司徒氏图书馆开幕典礼举行了学绩展览会和游艺会，游艺会有国技、国乐、跳舞、白话剧、幻术、化学游戏和各种运动，请了梨园大荣华班连演了四天大戏。关族图书馆庆典要举办五天五夜，除了游艺会，家族请来了香港的管弦乐队、羊城的戏班、番禺的八音班，还有本土“梨园春”。司徒氏大荣华班演大戏十一套，关氏要演十二套，演出将通宵达旦。

红船是在雨天驶进内河的，在上埠埗头停了两天。船上的彩旗被雨水打湿，像竖着一根根辣椒，喇叭里播放着大戏。天一放晴，彩旗在风中展开了，河面大小船只进进出出，挤满了埗头。从恩平、台山、新会、鹤山远道驶来的船，人们一批一批在上埠登岸；也有住在船上的，河面上升起炊烟，舀一瓢清亮亮的江水倒进瓦罐，放入潭江的鱼，就可以煲一罐靓汤。

中华西路口的车站，从汽车上下来的人，下车后指点讨论，他们看到传说中的赤坎墟，骑楼相接，廊腰缦回，风雨无侵，此等金墟福地，众人无不啧啧称奇。新张的酒店间间客满，家家户户忙着接待亲朋戚友。

来自美洲、澳洲和南洋、中国港澳等地的金山伯，西装革履，他们黧黑的脸庞饱经风霜，笑容却充满了自豪。在家人簇拥下，金山伯四处闲逛。新城像个梦境，人在街巷，动作、声音、神态都变得夸张。从加拿大回国的关崇藻要主持开幕仪式，参观时有人弄皱了他的西装，他赶紧抻平。

上埠与东埠的街道连通了，花草树木栽种好了，马路两边搭建了花笪彩棚，两个家族建的城市连成了一个整体。

堤西路、堤东路的米饼铺、米店、金铺、烧鹅店、洋布洋服店、杂货店、副食店、酒店、笔庄、染布店、茶楼、书局等纷纷开张。中华西路、中华东路、塘底街、河南路、墟地街、牛圩路，铁铺、藤器店、钟表修理店、油漆店、木屐店、木材店、石材店、洗衣馆、当铺、妓院、中西医诊所、医馆、药材铺成行成市。

《光裕月报》刊文盛赞："本埠市政之发展，如有日之升，光芒四射，灿然可观。"人们盛赞其为"金墟"！这一赞誉百年之后仍在引用。

典礼也是赤坎新城诞生的庆典。关族广邀社会各界人士出席，也邀请了司徒氏参加。人群会聚到关族图书馆，堤西路、中华西路挤得水泄不通。内河上搭建了三座跨河竹木桥，顺德人和南海人在河南洲搭起一大片篷子，马戏、杂技表演紧挨着商场、摊档，洲面焕然一新。

司徒文倡来到关族图书馆，发现院子里种了两棵龙树，跟司徒氏图书馆种的树一模一样，大家都喜欢它的寓意。图书馆依标准的西欧建筑修建，每个细节都做得十分精美。设计者对大门进行了重点处理，正门两边各立了一根粗壮的科林斯柱、半根方柱，方柱另一半给人嵌入墙体的错觉。半圆形的拱门，拱门柱头向上升起如花似浪的雕饰，在繁简对比中柱头便是繁，恰如点睛之笔。

楼房三层，四根方柱从底升至顶，柱顶用涡券形曲线和瓔珞组成雕饰，饰作柱头。楼顶正中三角形门楣，饰卷草纹图案。屋顶的钟楼，做弧形处理。德国大钟下是“关族图书馆”五个大字。司徒文倡仔细品味书法，既有古意又有现代气息。

一楼大厅里，环列墙壁的是家族迁徙的路线、绵延的血脉和代表人物。司徒文倡特别欣赏三个人，一个是陈白沙的弟子关钝斋，他持身教人以端严为宗，交友喜好以诗唱和。他有五个儿子，四个儿子用修身、齐家、治国、平天下取名，叫作自修、自齐、自治、自平，最小的儿子取名自昭。他的孝道与胸怀常为后人称道。元六后人为他立长六祠。陈白沙是四邑先贤，岭南从祀孔庙第一人，开明代心学之先河。司徒文倡幼时读先生书，遵从他的“不死读书”信条，学习他的独立思考和怀疑精神，做学问则求之于心，以自得为本，静中养出端倪。陈白沙的“主于静以观动之所本，察于用以观体之所存”，成为他观察和思考的方法论。

第二个人便是关澄江。司徒文倡欣赏他的古道热肠。此公任蚬冈驿丞时，高州举人吴朝玉会试回乡，路经蚬冈被人打劫，衣服都被扒了。关澄江将他接到家中，款留一月有余，又畀他路费，以至吴朝玉留恋不愿离开。后来，吴朝玉两个孙子赶赴秋闱，特意来访，吴朝玉的孙女嫁给关家，接连三代联姻。

关澄江晚年有一段为后人乐道的风流逸事：谭姓婢女照顾他起居，关澄江私下收她为妾。谭氏怀孕，老太公病重，他在扇上题诗一首，并告之：我死后儿辈不认你为继母，待我长孙归来，出示此扇，他必善待你仔乸。

果然，儿孙不信八十老太公还能生育，反诬谭氏与人野合，将其赶出家门。谭氏栖于村边泥屋，在屋内产下一子。关澄江长孙便是关钝斋，他回乡省亲，看到扇面题诗“八十老公公，春心似少雄。生男名不溢，生女叫芙蓉”。于是，他下跪施礼，请庶祖母和六叔上轿，自己行路。

第三个人便是关朝宗，他是清同治七年（1868）进士，迁升虞衡司员外郎，荐任郎中加四品衔。中法因中越边界发生纠纷，朝廷特派其办理勘踏事宜，公务期间染疾，死于广西镇南关任上。司徒文倡感佩其果毅力行、忠恕任事的精神。

关族与司徒族代有人才，各有祖训与世代赓续的家族精神，上承华夏文脉，下融五洲文明，后世愈加蔚为大观。

开幕仪式后，拉开演出帷幕的是香港管弦乐队的交响乐。图书馆门前，乐手们身穿黑色西装，戴红色领带，个个正襟危坐。乐队中有几个白人，有打架子鼓的，有吹长号、圆号和萨克斯的。图书馆大钟敲响，大钟最后一响，铜管器乐骤起，像奔雷，似裂帛，若宏大之瀑布泻向江河，冲向天际，响遏行云。

司徒文倡却听到了鸟鸣声，他抬头去睇江边的榕树和椰树，并无栖鸟。天空暧昧不明，空气湿润。眼前的西洋建筑、西洋乐器、西洋音乐和西方演奏者，像突然降临似的，他有种身在异乡的感觉。这令他醒悟，赤坎墟变化太大，走得太远，从前的赤坎再也回不来了。

洋刀仔演出前反复告诫观众，演奏没有结束前不要鼓掌，一定要保持安静。这不是中国人睇演出的习惯，国人就是喜欢热闹。

第二天，光裕堂门前的戏台，羊城戏班的名伶登台献艺。高亢的乐音和鼓声回荡在街巷上空，从朝阳初升唱至夕阳西落，名伶优雅的韵白和流水般的唱腔，伴着呼啸而来的春风和香樟树飘飞的落叶，传到了远方的村落。无论低吟浅唱，或放声悲歌，引人去往的都是远古朝廷、荒郊野渡与彼时的鸡声茅店月。

司徒文倡惊叹于戏服的华美，蟒、帔、褶、靠，丝绸锦缎的衣料，精剪细裁，金线、银丝和彩色绒线刺绣的图案，绣工精细；铠甲、三角靠旗、玉带、翎子，营造出异样的情景；凤冠点翠犹如孔雀开屏，一派珠光宝气。每个上场者都引得台下观众一片赞叹。

寥廓江天，华宇美庐，装扮得五彩缤纷的人物，在一方舞台远远地脱离现世又来到现世，奢华、旖旎而满是绮想，在这融融春晖里聚众造出一方幻景。

“梨园春”在河南洲扎台演出。人们翘首以盼的明星谢泉月没有来，有人说她吃红丸上了瘾，有些疯疯癫癫，角色经常唱串，从前圆润如玉的嗓音变沙哑了，再也表演不了高难度的踩跷。“梨园春”戏台前昔日火爆的场面难以再现。

戏台下自然没有洋刀仔的影子。他参与筹办典礼，香港西洋乐队就是他请来的，他还请来电影明星唱歌助兴。他办的《新生活报》也火了，关族图书馆开幕典礼专号，刊登了香港管弦乐队、羊城戏班、番禺八音班班底介绍，演出目录，明星逸事，还有图书馆介绍、珍贵藏书和各店铺新张的广告，从此，报纸依周一、周三、周五出版。

典礼最后上演的是民乐，埠务公所前，来自番禺的丝竹之音似雨打芭蕉、彩云追月，在春天时阴时晴的午后，微风一样拂过潭江，吹向原野，令乡愁百结的侨胞怦然心动。

开幕典礼跨越清明，家家户户门口插柳。清明节上午，关族昆仲齐聚关氏大宗祠举行祭祖仪式。一头烤得黄灿灿的乳猪抬进了大宗祠，金山伯从美国带回的橙子、苹果摆到了神台上，供奉神位的还有三牲、糯米饭、烟酒。在阵阵鞭炮和高香蜡烛的烟火里，祠堂内外黑压压的人群一齐向着入粤始祖关景器、六世祖荣公和七世祖元六、元九和元三鞠躬。

关族元老致祭词，他像歌唱似的，幽幽而苍老的声音雾气一样缭绕——

"……始祖关景器，福建邵武府建宁县高梁人，生于后晋出帝开运三年，韶龄赐进士第，授翰林院修撰，擢左春坊大学士奉政大夫。因奏封失序，谪古冈州州同。时为宋太祖开宝八年，偕同两兄入粤，卜居新会谈雅乡。所置田塘五口，租谷八千余石，约子孙努力耕读，使之世世无失书香，以全士君子之家风。

“南宋淳熙七年，五传至荣公，迁入驼驮大梧村。远承世德，以蕃以衍，浸为巨族……

“清明时节，雨润百物，君子万年，永锡祚胤。冀俯临于云驭，与乎同天而如在，魂之听之，伏惟尚飨。”

同一天上午，司徒氏也在上埠祭祖。素庵、南坡、素直和坚翁四座祠堂先后落成，司徒昆仲都来到了堤东路，分祠堂进行集体祭祀。

他们爬上楼顶总要望一望潭江，据说祠堂的香火十几里外也能闻到。深秋季节祖先的神主牌上供神龛时，一到夜晚，内河两岸萤光点点，一天比一天密集，有时出现一团一团蓝光，蓝光一闪一闪，不时飞过河南洲，飘到南岸，有时如银河一般，沿着潭江上下流动、游走。司徒氏深信是祖先们的灵魂回来了。有人在百足山看到祠堂飘浮云层，吓得跪地叩头。从此，祠堂整日香火缭绕，爆竹不断。

恁时司徒氏做梦都与迁徙有关，梦里的山水令人莫名神往，竹筏如一团团乌云飘在空中，树木则与人背影不分，一阵阵呼喊声滚过，暗影幢幢，涌来雾一样的蓝光。一张张模糊不清的脸，都有着慈祥的目光……

司徒文倡上午在素直司徒公祠参加祭祀，大楼两层高的拱券气势恢宏，楼顶两进的祠堂挤满了昆仲，鞭炮楼上楼下一齐燃放，紫烟直扑内河。司徒文倡致祭词，只觉脊背一凉。祭礼毕，他右手一摸，衣服湿了一块，抬头望屋顶，并无漏雨。

来到楼下，地是干的，虽然几团乌云飘过，天却没有下雨。他大惑不解。

下午，回到中股村，阿爹阿妈早准备好了祭胙。两位老人上月从文璟庐回家了，他们烹制好了卤鹅、猪肉、发糍、行山饼和鸭蛋，摆满了一桌。司徒文倡的阿爷阿嫲埋在旧金山，他们不能跟别的人家那样上坟，全家就在大堂神龛的神主牌前祭拜。

祭毕，司徒文倡又带儿子去拜山。大阿嫲吴氏的墓地在镇海水边，离村不远。

吴氏是阿爷去美国前娶的老婆，她只生育了一个女儿。司徒文倡对她很有感情。司徒懿唐当年回国娶谭氏，司徒贞铎让他留下来照顾老人，为她养老送终。几年后，司徒懿唐和谭氏带着大儿子司徒文东又回美国去了，恁时士得顿开公司需要人手。他们再次回国时，大阿嫲已经过世。

出门时下了一阵毛毛雨，俩仔爷穿着木屐，每人打了一把桐油纸伞，司徒文倡提着竹篮，司徒不徙扛着锄头，绕过村后的大水塘，来到芳草萋萋的江堤边。

墓地矮墙环抱，形似项链，不久前粉刷的红毛泥光溜溜的。司徒文倡在坟头铲着疯长的杂草，春天新生的草溢出苦艾一样的气息。他把两块圆草皮倒盖在坟顶，贴上三张白纸钱，插上纸幡，又在墓碑下摆上祭品，他切开鸭蛋，剥了壳，点燃仙香蜡烛，焚烧冥币、元宝。点燃鞭炮，俩仔爷在紫烟里向着墓碑三鞠躬。司徒文倡说了几句安息的话，又对大阿嫲说了说自己的心事，他话里充满了感恩和思念。

大阿嫲的音容笑貌有些模糊。她过世时枯瘦得只剩一把骨头。她被世人称作赤坎第一个“金山婆”，也是最早守活寡的女人。司徒文倡觉得大阿嫲的命是最苦的。

老公去香港后，多年没有音讯。吴氏第一次收到信，请教书先生读给她听，她不知道美国在哪里。教书先生解释说：“在地球的另一边，就在你的脚底下。”

她说：“先生讵人，地底下人怎么进得去！”

教书先生又说：“信里面写了坐船走了几个月，从大海上过去的。”她更加不信了，海上跟地底下怎么扯到一起！

先生又说：“我们这里是白天，慹哒是晚上，住在慹哒的人不是白人就是黑人。”

吴氏生气了，那不是跟勾魂的黑白无常住在一起吗？这是诅咒老公下地狱。她回去后便天天敬菩萨，求神灵保佑老公和他的阿弟。

年过半百后，她才知道老公在外面有人了，她悄悄流了几个月的泪，视力也因此变差。当初去美国她恨他，时间一长就渐渐淡忘了。她已经有了自己习惯的生活，忙忙碌碌中偶尔想起他，感觉是那么遥远，他早已从她的生活中消失了。偶尔想起，她还是会为他担心。慢慢地，她一切都能理解，都能接受了。

她替老公尽了孝道，服侍两位老人，给他们送了终。老公的细佬仔返来，那年她六十岁，她张罗着给他成了亲。

光绪三十四年（1908）吴氏过世，在连绵不断的暴雨中下葬。刚满七七，大洪水暴发。波涛滚滚的水面到处漂着木头、稻草和动物的尸体。天空中飞满鸟翅。淹死的人尸体泡得惨白。赤坎墟被淹到水下十几米深，离赤坎墟十几里路的三门里，水也淹到了二楼。她的老爷家婆的坟墓被冲掉了，她的坟却依旧完好。

司徒文倡在她的疼爱中长大。四五岁了她还抱他，像抱着自己的命根子。她抱得腰痛，有时痛得直不起身来。司徒文倡读私塾，她每天在祠堂外面等他。有一年冬天，罕见地下了一场雪，天寒地冻，她站在雪地里等他下课。家里做了好吃的，她总是让他先吃，吃剩了她才动筷子。他的鞋子都是她一针一线纳出来的。她的疼爱让他一生刻骨铭心。

逝者的灵魂超越时空，司徒文倡每次清明拜山，总要仰望一下天穹，感觉那里有她关注的目光。

六十三

司徒文灿年前来信，他在蒙特利湾的旅馆裁员了，只留下几个守店的员工。他去了一个华人的渔村，试着做点海产品生意。很多海产品美国人以前是不吃的，受中餐馆影响如今也吃起来了。司徒文倡写信安慰阿弟，也许是一时的困难，不久生意就会好起来的。

两个月后，大哥旧金山的建材店生意也做不下去了。司徒文东收到儿子的信，他闩门去农场打临工了。

图书馆有旧金山的侨报《金山时报》《国民日报》，报纸登载，联合广场上到处是露宿街头的人，他们无力支付房租。救济站前候领面包的人排成了长龙，甚至监狱门前也有人排队，要求入狱。一个工厂招收几个工人，马上就有上千人排队。华工超过四分之一的人失业，他们向中华总会馆请求福利金救济。

失业工人举行大游行，他们沿着市场大道向联合广场进发，大家一起高唱《国际歌》，包围了市政府。令人气愤的是，无良老板把成吨的牛奶倒入山坑，把罐头食品、面粉倒进了太平洋。

美国出现的经济危机让司徒文倡神经紧绷，赤坎受到了直接冲击，兴旺的景象正在一天天变得冷清。

司徒文东筑庐居的生意，开张时很火爆，来自旧金山的建材成了抢手货。现在建房的少了，红毛泥、钢筋、瓷砖、卫浴销不动，门锁、螺丝、洋钉、插铁、线缆、油漆等还有些销路，比旧金山的建材店稍强一些，店铺还能勉强维持。

到了年底，空铺越来越多，有的铺面租金降了也没有人来租。营业的店铺，顾客稀落，老板们坐在柜台前，愁眉苦脸。一些找换金饰店，未到黄昏就闩门了。就连三八墟期，各村来的小贩在东埠市场摊位摆上一天，东西一半也卖不出去。

同安堂药材铺刚刚宣布歇业，门口贴出了吉铺招赁广告。龙兴路仿雅店，做票厂停业后，无人租赁，现在临时卖蔬菜水果。广兴木店，拖欠铺租，铺主不得不请赤坎商会定期在每月4日中午，当众将店内家私拍卖，所得款项用来抵偿租金。

赤坎银号也出问题了，侨汇一天天减少，有的银号故意积压侨汇，拖延支付。西隆押的营业大不如前，缺本甚巨，无法支撑。司理人召集股东开会，决定将西隆押全盘生意交付债权团清算，摊偿附储，已经与债权团谈妥，月底立帖移交。

中兴里墨西哥华侨司徒俊礼，从东方银行汇银数百元，用来娶媳妇，想不到银行关门多时，支票无处找换，变成了废物。

华灯初上，各家店铺陆续关门，躲在店铺里玩扑克，搓麻雀。行人也很少，以往成群结队行街的学生哥也不见踪影了。街边小贩，生意冷淡，晚八时钟声响过就收摊了。

从前的暗娼，黄昏后上街拉客，上埠的西堤二马路、牛墟乐登坊、德业路与东埠的猪栏村，不时有浓妆艳服、举止妖冶的女郎，招摇过市，四处寻觅成年男子。现在也都难觅芳踪了。

唯一的亮点是开平酒店，他们经营有术，使得赤坎墟保持了一丝活力。股东见酒店生意大不如前，便向租客收回自办，重金聘请了名厨，有奖征集“开平”二字辘轳七言对、“开平酒店”四字七绝诗，以各种法子宣传促销。

后来又重新粉饰改装，将二楼扩建舞台，聘请省港名优，日夜登台，落力拍演。女优李惠芳、梁小燕、侬玉卿，绮年玉貌，妙舞娇歌。男优饰文武老少，忠奸贤佞，表演都绘声绘色。酒店不收戏票，只收茶钱，一时观者如潮。特别是编演广州近事，如王文舒碎尸案，一时座无虚席。

上月末，大力士吴仲文旅行经过赤坎，酒店请他登台表演。吴仲文先登台在玻璃碴上跳舞，赤脚踩踏，左右挑拨，直到把玻璃碴踏成粉末。接着他把一根大铁钉打入木头，用牙齿将其咬断。又取出一条扁铁，双手将它折成缠丝形状，化钢铁之硬为绕指柔。最后一招便是头顶千斤巨石，再用手将其击碎。他的表演吸引了大量观众，一时盛况空前。

司徒文倡忧虑，赤坎的繁荣会不会是昙花一现？人世间的荣衰转换，往往只在瞬间。他对赤坎墟建新城的意义也产生了怀疑。

这天上午，从海颈埗头上来了三位客人，他们径直走进了司徒氏图书馆。司徒文倡一眼就认出了省建设厅公路处处长张之丰，他带了两个同事专程来到赤坎。司徒文倡曾向他发出邀请，他拖了一年多才来。老同事相见有种喜出望外的感情。

吃午饭的时候，县长余启谋也赶来了。他和司徒文倡陪同客人参观赤坎新城。

出门时下起了小雨，雨声呢喃，一行人打着桐油纸伞，走在弯弯曲曲的街道上，只觉步随景移。单体建筑各不相同，整体又风格统一，一种侨乡才有的新城市样貌出现了，像到了哪个遥远的异国他乡，陌生又熟悉的气息和隐约的南洋情调，一阵间浓一阵间淡。

三人都有些激动，甚至不敢相信自己的眼睛。张处长说：“骑楼形式跟广州一样，但味道不同，每栋楼的个性更加突出，还有一种奇怪的乡土味。”

司徒文倡走在街道上，每一次他以新的眼光来打量它，这次以建设厅同事的眼光来审视，又有了一种陌生感。别人的赞扬既让他感到充实，同时又有一种莫可名状的空虚。他一直处在梦一样的状态，难以找到真切感。

这也是他人生的状态。他坚持做实事，好像自己所有的努力都是在寻找或确认一种真实感。建新城是最看得见摸得着的事，但新城建起来后，看到钢筋红毛泥的建筑，仿佛人世间匆忙的一道布景，总有一种疏离之感。从前的砖木瓦屋一朝消失，改变越巨大，梦幻感就越强烈，新城把他童年的记忆抹掉了，身在故乡却感受不到故乡的存在。

他反思，也许童年是人生的底色，那时所见所经历的一切是个恒定的世界，也是人生的标尺，在潜意识里与新的变化的世界进行对比，肯定或怀疑，接纳或抵触，他的情感偏于后者。

回到故乡数年了，他依然怀有乡愁。这乡愁弥漫着一种苦涩的难以言表的飘浮之感。他想在赤坎扎根，却发现故乡的人和事都难以与心灵契合。他又觉得是自己变化了，已经回不来了。人生就是一场流放，不知道自己是从哪里流放来的，惘然地寻找，却又不知道寻找什么。

张之丰知道赤坎面临的困难，他表示，建设厅有一笔支持地方交通建设的经费，他可以为开平争取。第二天，他与开平公路公司沟通，决定共同出资，在赤坎与长沙交界的地方合作建一座滘流渡桥。建桥经费由县府向建设厅申请。方案确定后，马上就去考察桥址。

一早出发，雨一阵间下一阵间停，沿途各处碉楼如雨后春笋一样冒出来，远远就能睇到楼顶的拱券、山花和凉亭。碉楼与平屋的村落大异其趣，张之丰大为惊叹。

汽车东行，一行人看过东滘龙公路公司在长龙洲修的过船滘桥，又在司徒俊材陪同下，看了西溪里由他监工修建的西头咀桥。来到芦阳的交罗水，一条大河横亘眼前，春天上涨的江水一片浑黄，流速比潭江水要快。

交罗水是苍城南来汇入潭江的一条河流，是开平境内南北航运主河道。滘流渡桥横跨交罗水，需要建一座一百多米长的钢筋混凝土大桥，跨度大，投资也大，必须由广州桥梁专家来考察设计。

一行人沿岸观察河床，目测了一下宽度，又在岸边看了看沙土。这时，一条木排顺流而下，放排者跣足单衣，一边唱一边在排上走动。又有装满沙石的帆船经过，掌舵的船主望了望岸上的汽车和人。司徒文倡提醒，修桥方便了交通，但帆船不能航行，只能跑电轮，对疍民影响大。张之丰说，这也是没有办法的事情。

下午，他们继续考察新开通的公路。开平自民国十三年（1924）修筑公路，已修了二十多条。县府采取的政策是公路占用私人田亩的，由车路公司发给股票。遇到征地纠纷，由县公署勘踏，确定路线后，强制执行。

张之丰精力过人，这一年多时间他都在外面跑，走遍了南粤大地。为落实陈济棠省、县、乡分头修筑公路的政策，建设厅主修纵横省内的公路干线，干线不仅要贯通全省重要集镇，还要连接赣、湘、桂、闽邻省边境，每条主干线他都要到实地去考察。他还是那副板寸头，但头发却白了一半。

广东时局出现了难得稳定的局面，张之丰问司徒文倡是否有意出山，建设厅现在是最忙碌的时期，厅里需要他这样的能人。这次张之丰代表建设厅来看望他，受厅长之托，请他回去。厅长的好意不便一口回绝，何况张之丰亲自登门邀请，盛意难却。在张之丰登船回广州时，司徒文倡答应认真考虑，尽早回复。

这段时间司徒文倡也在考虑回广州的事，关璟娜信中表露了一家团聚的渴望，他们又生了一个儿子，她难以独自支撑一个家了。上月司徒文倡收到一位同学的信，信中提到广东筹办省立勷勤大学的事，老同学邀请他参与创办文史系。陈济棠对教育也很重视，教育经费大幅增加，他要创办一批高等学校。

广东国民大学校长吴在民也托人带信来了，请他出任国民大学文学院院长。吴在民是开平楼冈乡高冈里人。司徒文倡与他交往密切。他任广东省教育总会会长、教育司第一科科长时他们就有交往，吴在民年长十五岁，司徒文倡尊称他为小叔。吴在民信中还提到了他家大公子与梁启超女儿谈婚论嫁的事。

司徒文倡观察时局，广东经济有了起色，尤其省营企业发展很快，正在大量兴建糖厂。广州在惠爱路、上下九路和西濠口建中心商业区。他疑惑的是，美国的经济危机引发了世界经济萧条，对中国影响却不大，尤其对广东影响小。是不是广东半独立的状态起了作用？但是，它对侨乡的冲击却非常大。

在张之丰看来，太平盛世已经来临，他一心搞建设，一腔热忱极富感染力。他是个眼里只有现在的人，现实感极强。这样的人很多，他就像一面镜子，司徒文倡从他身上看到——他不会抑郁，因为他不沉湎过去；他不会焦虑，因为他不思考未来；他心里安宁，因为他相信太平盛世……而自己恰恰相反，处处感受到危机，担心所谓广东的新气象不过是昙花一现。

赤坎的危机只不过是小危机，国家的危机才是大危机。九一八事变，日本侵占东北三省。春节前，十九路军与日军在上海交战。现在战事虽然平息，但这不过是一时的平静。日本早有侵吞中国的野心，战争爆发只是迟早的事。他忧虑的是国家存亡危机日甚，但却鲜见为战争做准备的。

壬申年（1932）他过了一个最煎熬的春节。十九路军与日军在上海交战，这支广东的部队有开平的子弟，总指挥蒋光鼐、军长蔡廷锴作为南讨军先锋曾在开平单水口打过仗。特别是特务团上校团长司徒非，驻守罗店，率部英勇抗敌，报章称他为“大胆将军”。这些，开平人自然关心。《新生活报》刊出蔡廷锴的诗“戎马倥偬到此间，身心劳瘁任艰难。家书两载叮咛寄，不扫倭寇誓不还”，很多人读诗读哭了。

图书馆每天聚集了很多人，尤其青壮年多，大家无心过年，都来看报纸，谈论战事、分析时局，有人主动捐钱捐物。听到十九路军打退日军进攻，院子里有人燃起了鞭炮。漱玉影相铺找到了司徒非的照片，将其放大，挂到了图书馆的大门口，大家都来为他祈福，祝他凯旋。

司徒文倡组织昆仲捐款捐物，支援十九路军抗敌，海外华侨纷纷捐款。他一连写了几篇文章，对九一八事变日本侵占东北三省和国民党的不抵抗政策进行了严厉谴责，揭露日寇的罪行，号召海内外华人团结抗战。他把文天祥的诗句用朱砂写在白布上，挂在图书馆门口。“人生自古谁无死，留取丹心照汗青”，此时读来一股悲壮激昂之气扑面而来。

还有一场隐秘的战争，早已开始。司徒文锃告诉他，有奸商为日本人收购银元，龙洋、大头、小头和各地造的杂币全收，连辅币毫子都大量收购，这等于在人身上抽血。银铺出售的银器，也是日本运来的白银片做的，这是白银掺铜后用机器轧出的，卖得比纯银还贵。

赤坎墟的银号开始收购银元，大搞投机。日本有意破坏中国的白银币制政策。美国正在酝酿白银收购法案，美国一旦收购银元，那将是一场灾难。国家实行银本位货币，币制不改革将出大事。

司徒文倡跟县长余启谋商议，认为赤坎银号炒银元搞投机，必定会出大问题。县府张贴布告，严禁私自收购银元，但收效甚微。

洋刀仔从恩平武装走私钨矿，大买家也是日本人。钨是战略金属，司徒文倡写文章抨击其行径与卖国无异。《新生活报》发评论指责他捕风捉影，恶意抹黑，是典型的小人行径。

司徒文倡毫不示弱，继续写文章抨击，文章发表在深具影响的报纸《民国日报》和《国民新闻》上，呼吁有关部门查禁。

他考虑出山，自己的价值在哪里？要做就做对国家最有益的事。短期要为战争做准备，长期则是国家的前途，国家兴亡，匹夫有责。他现在花精力最多的是写文章，他要唤醒国人的危机意识。

六十四

中元节，中区绥靖公署委员范德星来开平视察，主要任务是考察县长政绩。上个月从香港传来消息，余启谋要去清远履职。他莅任以来，开平建设、教育均有可观成绩，去年他兼任了恩开与鹤高五县联防主任及五县匪区善后委员会常委，仕途看好。在开平余启谋口碑载道，老百姓为他立了牌碑。

余启谋陪同范德星沿潭江一路视察。阡陌上禾苗正在泛青，阳光如瀑，稻田似镜，浑黄的水面波光明灭。成群的白鹭，在江岸和稻田上空飞舞。所经各村男女老少面朝水塘或是野地，向旷野里的鬼魂和神灵躬身祭拜。香火一扎扎插在泥里，鞭炮声此起彼伏，焚烧的契钱蹿起一团团黄白色火焰。

这是族人为鬼魂过的一个节日，地上大碗大盆的时令蔬菜和烧鹅、烧鸭、烧鸡、焖鱼块，祭了鬼神后端回餐桌由人享用，鬼节终不过是人的节日。

路经鱼笥庙，十三甲族人司徒文渊、司徒俊祥、司徒铁、司徒湖、司徒墨耕等人，突然上路拦住了范委员。

公路上聚集这么多人，范委员不知来由，问身边的余县长是怎么一回事。余启谋先下车，问带头人司徒文渊为何拦路。对方说："请范委员催筑东堤马路和埗头。"

知道范委员行踪的人不多，恰好在他进赤坎墟时拦截，这是有组织的行动，背后肯定有人煽动和教唆。这些人都是横桥头争地输了官司被赶走的农户。事情可能是冲着司徒文倡来的，也可能是冲着自己来的。余启谋有种不好的预感。

范委员下车了，司徒文渊冲到他面前，大声说："请范委员做主，帮我们催筑东堤马路和埗头。"

范德星侧身看余启谋，再次询问是怎么回事。余启谋只当一件小事，他笑一笑，"范委员答应便是。"

范委员看他一副轻描淡写的样子，就满口允诺代办，他向司徒文渊提出："你将未筑路面和纪念余县长的牌碑摄影，缴呈中区。"

余启谋知道赤坎有打官司的传统，他对各位司徒提出："范委员已经允诺代办，你们族人不可再去闹讼。"

余启谋的话音刚落，有人大声对他说："我们请余县长负责。催促司徒文倡通告继续筑完路面和埗头，拿出账本界族人核算。”

余县长也马上答应，他再次声明：“如果你们要去打官司，必须先把纪念我的牌碑拆掉。”他差点就说这是在往他脸上抹黑。

中午，余启谋在鱼笱庙餐厅招待范委员，他请司徒文倡来作陪。上岛的浮桥加固后固定在江岸，桥头立了一块大招牌，写有鱼笱庙餐厅名字，还有餐厅的招牌菜各种海鲜。海鲜其实是河鲜，开平人把江河都叫海。

岛上没有昔日歌舞升平的景象了，来餐厅吃饭的人也不多。席间，范委员问起筑堤一事，知道原委后，他交代司徒文倡想办法解决经费，尽早完工。司徒文倡知道余启谋很快就要离开开平了，颇有些伤感，约好到时设私宴为他饯行。

余启谋是民国口碑最好的县长。自从清朝最后一任知县周贡金辛亥年（1911）十月逃去香港，县长就似走马灯一样来来去去。首任县长黄衍棠称民政长，到任没几天，因无法为驻县民军筹到军饷，借口去港筹饷，一去不返。第二任县长胡鼎男，一看县城无军驻守，便将县署迁到长沙。苍城被人攻陷，胡鼎男因擅自迁署被撤了职。

孙中山就任非常大总统时，粤军总司令陈炯明下令县长实行民选。第一任民选县长邓荫南是开平侨商，他支持孙中山，协助建立兴中会，曾变卖家产支持革命。陈炯明发动武装政变，邓荫南在开平举兵讨伐。

广东进入军阀混战，县长被地方驻军派人代理了。直到民国十四年（1925），国民政府再次派来县长王体端，代理县长梁振楷将库房存款一万多元卷走，逃去了新兴。三个月后，陈仲伟接替王体端，一个月后，沈载和又接任……民国二年（1913）、十年（1921）、十二年（1923），这三年每年换了四任县长，十几年总共换了四十多个县长。

余启谋是任职时间最长的县长，他干了四年。旅港开平商会从省务会议探得他调任的消息，来电挽留。开平各界为他修建了一座牌碑，表彰他为开平做出的贡献。司徒文倡给余县长饯行，晚宴上说了很多动情的话，席上他频频碰杯，醉得人都坐不稳了。

以余县长的威望，族人也没有听从他的劝告，司徒铁、司徒湖、司徒墨耕等人，还是上告到了广州地方法院，起诉筑堤委员长司徒文倡、副委员长司徒声卓侵占公款。诉状列举了司徒文倡曾说他有余资，又不肯公开账目，工程过期经年，不肯完办，还说他不屑于跟这帮穷鬼对质。

余县长也被告了，罗列了他八大罪状。县参议会召开了参议员全体会议，连开了四天，决定弹劾县长。

一天早晨，司徒文倡正在洗漱的时候，有人敲门。他有些纳闷，从来没有人这么早敲过他的门。他一边大声说“来啦”，一边去开门。几个穿黑色制服的警察堵在门口，有人举枪对着他，命令他退回房间。司徒文倡倒吸一口凉气。

赤坎公安分局局长马良走到他的面前，要警察放下枪，他出示了搜查令。

马局长皮笑肉不笑地说："我们也是履行公务，上峰有令，你有通共重大嫌疑，只有委屈你了。"

一个警察用手铐铐住了他的双手。司徒文倡瞟了一眼这个年轻人，他讨厌他大盖帽上的白带，像戴了一条孝布。

司徒不徙从房间出来，看到阿爹被铐，就朝警察冲过来，大喊："放了我阿爹！"两个警察上前一把反扭住他。司徒不徙破口大骂。

司徒文倡呵斥："收声！"见儿子不吭声了，又大声说："这里不关你的事，还不赶紧道歉！快上学去！"

警察把他放开了，司徒不徙瞪了他们一眼，一步一回头进了自己的房间。他出门后，马上去了筑庐居。

四个警察开始大搜查，书桌、衣柜、金山箱、藤篮统统打开了，翻了个底朝天，每件衣服的口袋都搜了。床也被掀开了，闹钟被床单打翻在地，热水瓶也打碎了。

他们拿走了《马克思主义浅说》《省港罢工概观》《国民革命与农民》《论北伐》《唯物史观》《工农商学兵联合起来》等书，连《文艺全书》也没收了，有的书是三益书店被捕的中共党员送他的。藤篮也被他们当工具，里面塞满了他的信件，其中一个文件袋装的全是司徒文冲的信和照片。这是弟弟留下的唯一物品，他十分珍爱。看到被他们胡乱地塞在藤篮里，他眼睛一红，但他自始至终没有吭一声。

翻箱倒柜搜查了半天，警察连阁楼都没有放过，房间里一片狼藉。

司徒文倡被带走了，他做梦也想不到，自己被关进了赫曦庐。

晚上，司徒文东、司徒文锃带了吃的，来公安局探听情况。有人把司徒文倡写的文章与他和弟弟的信件举报到了广州公安局。广州公安局掌握了司徒文冲的情况，怀疑他是共匪。

兄弟俩反复申明弟弟绝无此事。局长也知道司徒文倡的为人，下午在公安分局问话问了半天，也没有什么发现。司徒文东悄悄塞给了局长一个银元宝，局长大胆决定，先放司徒文倡回家。他告诫他们，近段时间司徒文倡不能离开赤坎墟。

从公安局回来，司徒不徙在收拾房间，看到阿爹推门进来，他叫了一声“阿爹——”眼泪就出来了。司徒文倡突然觉得他长大了，拍了拍他的肩膀说:“冇事啦。”

第二天，司徒文倡收到了广州法院的传票。上面罗列种种罪名，毁人清誉，想想后果，司徒文倡就觉得脊背发凉。自昼入夜，他一阵间亢奋一阵间悲戚，思绪纷纭像一团乱麻，气愤、委屈、无奈、失望……百般滋味回旋肺腑深处。

夜半三更了他仍难以入眠，迷迷糊糊到天亮。起床后人仍恍惚，昏沉沉像病了一场。

广州地方法院连续三次邮来传票，司徒文倡都冇理睬，他把传票扔到了垃圾堆。

法院逾期收不到回音，办案的陈检察官打来电话问询。司徒文倡反问立案的依据，他遭到诬陷，因此断定法院只有一封诉状，并无充足证据。检察官说有证人证词，要他到庭对质。

这天下午开庭对质，司徒文倡迟迟没有出现。司徒铁、司徒湖、司徒墨耕等人坐不住了，问检察官司徒文倡为何不出庭。检察官面有不豫，问了他们几个问题，然后说，已向司徒文倡问过话了，你们可以向民庭呈诉，催他计数。计数不属于本庭范围。

第二天，首席检察官将此案做出了不起诉的决定。

司徒绪等人又以赤坎市民代表名义，向中区绥靖公署控告，赤坎东埠筑堤委员司徒文倡等既收堤款，不完堤工。

司徒氏十三甲尝产保管董事会主席司徒武，向广东省政府民政厅控告司徒文倡等侵吞筑堤款六十万，同时将控告信递到了广东省建设厅。

建设厅收到控告信，认为此事应统由治河委员会办理。于是，他们将控告信上交国民政府西南政务委员会政务会议议决，经第十一次政务会议议决后，广东省政府下发第二五五七号训令，由建设厅电饬开平县，追缴欠款及完成堤工；此属治河委员会管辖范围，应由县长径呈广东治河委员会核示办理，以清权限。

新县长刚到任，就接到上级和各厅、委下发的训令、批令和指令，司徒武又将控告信递到了他的案头。

街头巷尾都在传司徒文倡进入银库拿走银元宝的事情。又说他主持城建敲诈勒索，收了水巷店铺的好处费，还强逼人家店铺拆建。他利用职权把好的地段留畀自己和两个兄弟，还为堂兄的银号拉生意，设计风水，让东埠的财气都往经宝银号聚集，甚至有人把赤坎经济不景气都怪到他的头上，是他看风水出了大问题，他是赤坎墟的罪人。

司徒文倡感觉到一张精心编织的大网正在向他罩过来，让他无路可逃。他思索，是谁要置自己于死地？当一些人的面孔浮现，他仿佛看到了他们的狞笑，一副得意扬扬的嘴脸。这些鼠辈，全为个人私利，终不过是一堆虫豸蝼蚁！

余启谋从清远给他写来了一封信，经省务会议议决，他已调任清远县县长。知道司徒文倡目前的处境，他相信一切终会过去，请他多多保重身体。最后余启谋引用了唐代诗人刘禹锡的诗句："莫道谗言如浪深，莫言迁客似沙沉。千淘万漉虽辛苦，吹尽狂沙始到金。"

司徒文倡并不害怕，身正不怕影子斜，只是这污名一时难以洗脱。他看重名声，爱惜羽毛，别人就是当着他的面，要把他的清誉像拆卸一座牌楼一样，一砖一瓦全都拆走，他却无力制止。

几个晚上，司徒文倡辗转反侧，到夜深才迷迷糊糊睡着，总是不断地醒来。他的心一直在往下沉，孤独与冷的感觉也混淆了。天亮该起床时，他又想倒头去睡。

一个人想做点事情怎么就这么难呢？他想，凡做事总会触动某些人的利益，加上人的嫉妒心，挫折就是必然的。"流水淘沙不暂停，前波未灭后波生"，人世间的磨难本是个常态。一个人如果受到打击就心灰意冷，那他将一事无成。

就这样过了一周，他的心态渐渐平和，他要用一颗平常心来面对眼前的厄难。他决定不为自己辩解，也决不跟人主动谈及，只当什么事情也没有发生，该干什么还干什么。别人背后指指点点他只当没有看见。他相信，事实终归是事实，但这需要时间，甚至是一生的时间。

《周易》启示，世间之事尽在相互转化中，一切皆有因果。潜龙在渊，飞龙在天，都是外部条件变化使然。有些事情非人力所能控制，就像命运，命中当有此劫，那就让它来吧。他相信命运自有安排，时间将证明一切。现在他需要把事情做得更好，首先要把筑堤的所有材料抓紧整理出来。

六十五

一天下午，司徒文倡来到懿石元老家。元老的身体大不如前，但一双睿智的眼睛仍然闪出锐利的光，他已经知道司徒文倡的事，两人商量马上召开筑堤委员会全体委员会议，对全部收支数目进行核算。元老表示自己愿意出面，召集各位元老、宗长，申明立场，坚决维护司徒文倡的名誉和威望。

司徒文倡表态，审核如有任何问题他负全责，没有问题则全体委员必须签字认可。他提议请县长和广东治河委员会派专员现场监督指导。

元老感叹，他这一生从清朝到民国，经历改朝换代，几多磨难都似烟云一样飘过，尽管多灾多难，他仍然留恋这个世界。这就是人生吧。年少时，他看到从香港来的机织布匹冲击开平的手工织布，许多人失去了生计，他家里的手工作坊也倒闭了。这是鸦片战争带来的苦难。

洪秀全在广西起义，开平天地会响应，参加红巾军起义，围攻苍城。正是这场起义引发了长达十年的土客械斗。恰逢少年，他也跟着打打杀杀，他用鸡公车推过尸体，人埋多了心肠就硬了。恁个乱世，杀人随随便便，能留下一条性命已是万幸。

告个状，打个官司，这算不得什么。东溪村的司徒照，当年代理陕西巡抚，遭人陷害被罢官。他是多好的一个官啊，兴修水利，疏理泾河、渭河，整顿吏治，为百姓减除浮粮杂役。

人心从来叵测，经不起拷问。不好的事谁都有，不要夸大它，要学会藏起来，就像伤疤不要去碰它。失败只属于弱者，强者只有历练。

司徒文倡一边听一边沉思，他想到一个地方一个时代善恶不同，都是环境造成的。人有善意也有恶意，必须靠永无休止地惩恶扬善，社会才会光明永驻。

说到司徒文倡的阿爷司徒贞铎，元老称赞他年纪轻轻手艺就了不得。他娶吴氏时，司徒懿石才几岁，闹新房被选中去爬床，几个男仔争抢撒在床上的糖果、橙橘、炒米糖，寓意满堂子孙。司徒贞铎掀开新娘红盖头，发现她的颧骨奇高，他不中意了。他听信女人颧骨高，杀夫不用刀。这段婚姻开始就不好，爬床的细佬仔为抢糖果打架，哭哭啼啼的。

司徒贞铎到香港后又去了美国。元老感叹：“恁时开平乱啊，饭都吃不饱，你不要怪你阿爷，他到美国赚银纸贴补家用，你们家的日子才过得好。”

司徒文倡犹豫了好久，还是开口问了元老，知不知道他阿嫲的情况。家里人从不敢问阿爷阿嫲是怎么走到一起的，这是禁忌。阿嫲的身世也一直是个谜。他曾猜测，阿爷是因为阿嫲去的美国？阿嫲是良家女子还是婢女、妓女？大阿嫲口里她就是个妓女。

懿石元老叹了口气，“几十年前，我到了台山广海山背村。恁个村的人姓陈，是你阿嫲的村子。广海是座古城，紫花岗下有个船厂，你阿爷就在那里打渔船，有时也上门到别人家里打家具。”

元老说得气喘，他饮了一口热茶，“山背村一户人家请他去打家具，吃住都在主人家。这家主人的妹仔跟你阿爷好上了。村里有人看到他们偷偷上了山，也跟着去了。

“两人发现有人跟踪。男女偷情是要两人一起囚篾笼沉潭的。他们两个就私奔了，坐船到了香港。香港造船需要木匠，你阿爷又把阿弟叫去了香港。”

去美国是什么原因，元老也不知道。广海离香港近，是不是想躲得更远一些，还是因为当时美国需要木工，他们这一去就再冇返来了。

广海司徒文倡并不陌生，他坐船去香港时经过。港口停满了大帆船。开平台山人去北美下南洋，都到那里坐船。但他不知道阿爷还在那里造过船。

听元老一席话，司徒文倡心情完全平复了。他交代账房整理好账目，又与县长、广东治河委员会联系，确定筑堤委员会会议于当月9日召开，考虑到白天委员难以到齐，便定了下午5点开会。

三十位委员和十四位列席人员齐集开平酒店四楼，其中四位无法到会，委托代表人出席。参与控告的司徒文渊、司徒俊祥也来了。广东治河委员会派来了一位姓黄的科长参会，新任县长亲自到会，他还叫来了赤坎公安分局的马局长。

司徒文倡先报告有关事项，他从建筑赤坎东埠长堤由族民大会议决说起，讲到兴建这一工程的目的主要是利便交通、发展商业。请他返来主持建城筑堤，也是由族民大会推举决定的。第一次开投工程在图书馆举行，他以总办身份参加，邀请了总监理仲实会同总工程师彼得两位回乡主持。

谭某投价最低中标，但他揾不到担保人，自愿放弃。委员会没收了他的掷票银。后经族民大会议决，交由第四届族委开投，三家公司他们选择了永隆公司。理由是永隆公司修建过广州市中央银行和执信学校等工程，比较可靠。

永隆公司承建后，因截拆铺尾处分堤地发生争执，缠讼两年，由族人调和才平息。又由于要求沿岸商铺让渡土地，不服者纷纷提起诉讼，拖延了工程。堤工克告完成，奈何少数人拖欠堤款以致不能完筑堤面马路，扪心自问，歉仄至极。

最后，他说：“近来有冒名族人代表控告本委会正副委员长侵吞堤款六十万元之巨，现将簿据数目呈上，请委员核算。完成路面工程是本人的职责，万望在座父老委员进而教之。”

副委员长司徒声卓接着发言，他情绪有些激动，说话声音本来就大，一开口就涨红了脸，他在香港听到族人为筑堤之事相互攻讦，要对簿公庭甚至刀枪相见，他流泪了。这绝非家族之福！以后大家如何相处？

他说，承蒙族人推举充当副委员长，工作不敢懈怠。当初出现欠款时，以为堤款数目虽少尚可敷支，想不到县工务局测量未察，河道弯曲，长堤地段前宽后窄，工程预算款少了六万余元。本想从筹办模范村的经费中弥补，然而人心不一，未能办成。

筑堤期间，又经历一些困扰，有族人控告前办事处总办账目不清，我们要配合查账。

有的店铺来汇通交存堤款，被族人阻止。此种行为，导致欠款者再次拖欠。虽然与汇通银号有约，堤款支付须待堤工马路完成后才可应允，但这不应成为阻止存款的理由。

司徒声卓越说越委屈，市面工料价一日比一日低时，有族人控告拖延工程为了赚取价差；物价稳定时，又有族人要求暂时停工，等物价降了再行施工；现在拖延久了，又逢经济萧条，更难催收欠款，却万口同声，克日兴筑，并四处控告。

他自责万分对不起父老，希望欠款者按时交出，否则要找肯挪现款的财主来筑妥。他将自身名下或祖遗产业作为抵押也在所不惜。这番苦心切盼委员及父老共同协助。

大家议论一番后，进入正式议题。首先讨论是否开工续筑，获得赞同。其次，确定对正副委员长经手账目审查办法，并公推审查委员。三位审查委员由委员提名，会议无人提出异议，获得通过。

三位审查委员取走三大本账本，当晚即召集分配工作，开始审查。

第二天下午5点再次召集会议，审查委员审查了一天一夜，到会汇报审查情况。经核算并分类汇计，堤款进项有六项：地价银、优先地股银、按柜银、择阄银、借款、筑堤委员会银，共计456991.21元；支出有筑堤费、职员薪金、办公费、旅费、伙食费、杂费、特别费及还借款和利息，共计456978.44元，结余12.77元。

另有业主维持会堤款进项三项：入揭款港纸银、入揭款双毫银、入领地价双毫银，共计港纸银83085元，双毫银118227元；支筑路工程、薪金、债务和利息，总计双毫银69140.19元、港纸银44706.46元，结余双毫银49086.81元、港纸银38378.54元。经查，数目相符，尚无疑问。审查组将原簿交还会议。

数日后，广东省政府民政厅第一六九五八号指令下达开平县政府。县政府奉令回复，民政厅又下发一道催办批令。

几乎同时，广东中区绥靖公署政字第八一一号训令下达县政府，县府转呈司徒文倡。训令写道：“以据县属赤坎市民代表司徒绪等，呈控赤坎东埠筑堤委员司徒文倡等既收堤款，不完堤工，联请勒令该筑堤委员会，克日继续兴筑，完成东西两段路面，而利交通等情：饬责令该筑堤委员会，从速兴筑，限期竣工，并将收支数目彻查清算，倘有侵吞情事，即予分别拘追。”

司徒文倡看后冷冷一笑，随即研墨，提笔回复：“查赤坎东埠堤工自改组筑堤委员会后，经积极进行，依照原定工程计划已将堤工建筑完竣。所余者仅未铺盖东西两段路面小部分事宜，其延迟原因纯出于各领地人认购之款尚未完全缴齐，无米之炊实难巧妇。兹将欠缴款项各业主开具清单一件附呈。恳祈钧府严令各业主从速将认欠款项克即清缴，俾遵限建筑完竣。”

他又将委员会收支账目核算和全体委员签字认可情况，做了说明。他把这个难题踢给了对方。

最后，上级及各厅、委指令，由县府代为追缴欠款，并督饬早日完成堤工。县政府旋即下达建字第八四五号指令：“查该案据筑堤委员会委员长司徒文倡呈复各业主欠款有据等情，业经令行赤坎公安分局分别追缴在案，仰即知照。”

警察出面追缴，欠款限期交清。工程一个多月后动工，两个月即告完工。

堤面马路修好了，司徒文倡觉得是该离开的时候了。自己为故乡努力过，付出过。故乡的面貌彻底改变了。然而，改变的只是街景，是钢筋混凝土的房屋，却不是人。世上最难改变的便是世道人心，而人世间最宝贵的莫过于人心。

他思想着，在离开赤坎前写一篇文章。他已经认识到教育之重要远甚于城市建设。于是，他在《永恒的道德律》中写道："新潮流之辈遂以为国既维新，视礼义廉耻为明日黄花，有以浪漫放纵为自由，以侵权夺利为竞争，以争妍斗靡为摩登，以骄奢淫逸为时髦，逆乎礼而性不节，悖乎义而行不制，鄙视廉而喻于利，昧于耻而投于污，罔知身之辱，牛马贻讥。人若薄礼蔑义寡廉鲜耻，即层楼叠造，广厦连云，亦有风雨飘摇栋折榱崩矣，中华之昌盛，惟至高道德之世世相承。"

司徒文倡要走了，有人喜，有人忧。他拜访懿石元老，与他辞行。元老知道自己年迈，今日不知明日事，最见不得的就是辞别。这几年司徒文倡可谓呕心沥血，最后还受这么大的委屈，他提出在图书馆大门墙上勒石纪念，请司徒文倡亲撰碑文，写下东埠建设历程和成就，把本族和两族内外之争和闹讼都写进去，明辨是非，警示后人，也算教以人伦。

司徒文倡认为不妥，他不能自己撰文立碑，把家族不睦公之于众。想不到的是，十三甲族人全都要求立石照录，恭请他代笔。族人有如此胸怀，司徒文倡深为感动。他想，写一篇堤政记也未尝不可，一来借此铭记余启谋县长之功德，二来如能使族人更加团结友爱，敬宗善邻，让后人既继承前人不畏辛劳，为改变家乡面貌勠力同心的精神，同时也吸取教训，警惕恶习，将裨益长远。这是前人与后人的一次坦诚对话吧。

癸酉年（1933）十二月谷旦，他清晨披衣即起，朝雾初升，落叶离枝，他一挥而就，午时前便写出了《赤坎东埠堤政记》。

午休后，觉得还缺点什么，期望也好，嘉许也罢，要给人信心。于是，他又提笔为图书馆写了一副楹联：邦教有声书传舜裔，群伦立德文起潭江。

第十一章

六十六

司徒誉被手机吵醒，他果然睡过头了。他梦到了曾祖父，在梦里曾祖父看不清面容，他只能感觉到曾祖父的眼神，曾祖父似有无数的话要跟他说。这样的梦境自天使岛回来后有过多次，一次比一次清晰。梦里他渐渐明白曾祖父的意思，但梦醒后他就记不得了。

司徒誉搜集曾祖父的诗文有一段时间了，没想到曾祖父写了这么多诗和文章，很多文章是在粤北坪石的清洞和铁岭写的，有写云南、粤北迁徙的，有写霍乱的，还有战地纪实的。诗歌写武江的多，这条薄雾轻笼的江，在低低的山岭间流淌，清澈、宁静，充满乡愁。司徒誉闲时读来深受启迪，他要给曾祖父出版一部诗文集。

电话是徐芷欣打来的，她打了两次电话。他们约了周六一起去台山看绥靖伯庙。陈仲真的后人迁到赤坎的很多，集中在潭江南岸居住。搞全域旅游可以在江南修建绥靖伯庙。陈仲真的传奇故事是可以做做文章的。司徒誉还设想建一个文天祥广场，增添新城的文化气息。

昨晚从广州回来，伍晓蕾打电话，又一次劝他，“你都当了八年镇长啦，还没当够啊。抗日战争都胜利了。可以考虑来美国啦，我办班需要人手。”

太太的话流露出的失望，让他听了很不舒服。他这一生做的最大的事情可能就是赤坎项目，阿爷说，人要做大事，不要追求当大官。他当不当官顺其自然就好，不能以当官为追求。一心追求当官的人，面目一定可憎。他们当官像风一样吹过，有谁还记得。现在连太太都不能理解他，认为他是要当官，以升官作为成败标准。

他马上起床，洗漱完了，拿起两个面包就出门。接上徐芷欣先道一声歉，就按导航直接往水南村开。

车从三埠大桥上环城公路，再转中和路。徐芷欣跟他商量，希望《碉楼深处是我家》加上一章“水上篇”。徐氏没有族谱，四处漂泊，但赤坎的历史离不开徐氏。虽然徐氏没有关氏、司徒氏那么显赫，但水上的历史是徐氏写下的。

自从关忆中约她上岛，又见到了澳大利亚作家赖特，徐芷欣就在搜集上川岛和台山沿海乡镇的资料，她要寻找海上徐氏后人。广海镇是她最感兴趣的，宋元时期广海设立巡检司，明朝设广海卫，它是海上丝绸之路交通要隘和商埠重镇。重要的是广海有五邑最大的渔村，疍家人就在此集中居住。因此，对广海她满怀期待。

她问司徒誉去没去过上川岛，司徒誉说去过几次。他反问：“你想去上川岛？没有去过吗？”

徐芷欣点点头，意识到他开车看不到她点头，又补充了一句：“没有去过。”

她犹豫了一下，又说：“关总想去。他约我好多次了。”

“好啊。他也约过我。”

“他约国庆节上岛。我想去，但想跟你一起去。”

司徒誉没有吭声。车从中和路转乡道，路两旁紧挨稻田，水南河在前面出现了。

徐芷欣又说：“你就去嘛。”

“那得人家邀请啊。”司徒誉说话的语气有些怪。

“我可以向他提。”

当着司徒誉的面，她打电话给关忆中。电话接通了，“关总，我跟镇长在一起，镇长说他答应过陪你上岛的。我们一起去吧。”

电话中传来一声“哦”，然后说：“好吧。”

徐芷欣说：“那就一言为定啦。”

放下电话，她突然想到吴寄，“可不可以叫那个奇人？”

司徒誉说：“好啊。”

徐芷欣又给吴寄打电话。吴寄说：“很想去啊，但我走不开。你到岛上看看，是不是还有盐田。据说那时关氏从上川岛运盐回来。还有下川岛，你也打听一下，是不是还有关氏。”

奇人去不了，徐芷欣想约她的闺蜜黄小璐。司徒誉说：“你约吧。”

司徒誉看曾祖父的文章，了解到广海还有一个船厂遗址，天祖母陈氏是山背村人，他想去那里看看。

车从绥靖伯庙对岸走过，在前面过水南河，到了水南市场掉头往回走，绥靖伯庙就在低低的飞鹅山下。

庙建在水南河的岸边，像座普通住宅，青砖黄瓦，不同的是，屋脊的双龙戏珠塑得夸张，庙的右边建了一座凉亭。庙门高悬“敕封绥靖伯庙”牌匾，上面披了一条红布，左右一副石刻对联，“绥万邦狼烟靖宋，伯一位鹫冕封陈”。

陈仲真被供奉为神，与他死后频频显灵有关。他当年受命围剿冈州北峰山反贼，乘胜追击时部下被贼人买通，在酒中投毒，陈仲真父子三人遇害。

死后陈仲真冤魂显灵，使盗贼自相残杀，地方因此得到安宁。清代道光年间，陈仲真再次显灵。当时京城疫情流行，邑人邝吉祥向皇帝奏请，朝廷恭迎陈仲真之灵位赴京镇压瘟疫，三天后瘟疫祛除，道光皇帝下旨敕封。香港、澳门也相继请他祛除瘟疫，均十分灵验。

陈仲真成了镇治瘟疫之神，还被奉为镇宅之神，开平、香港、新会、顺德、中山各地纷纷为他立庙。

他们拾级而入，庙内香火缭绕，在狭小的庙堂，徐芷欣上了三炷香，两人一同三鞠躬。

司徒誉围绕古庙拍照，徐芷欣四处参观，他们都在琢磨，一个普通人在岁月里如何变成了传奇？

徐芷欣来到水南河边，这是当年的秘密水道，余富彦的水军是不是从这里经过？司徒誉认为极有可能，他的天祖父当年到广海也是坐船，水南河是一条重要的水路。

国庆节一大早，按照约定，司徒誉开车先接徐芷欣，最后一个接她的闺蜜。黄小璐上车时见后排坐了一个男人，就冲徐芷欣做鬼脸。徐芷欣掉头跟关忆中说：“我跟闺蜜坐吧。”

他们换了位子，关忆中坐到了副驾驶位。

徐芷欣刚一落座，黄小璐就开玩笑说：“我不是电灯泡吧？”徐芷欣用拳捶了一下她的肩，“再坏就断了你的电。”两人笑作一团。

车从开平收费站上沈海高速，进入山区。司徒誉车开得很快，高速路上轮胎与路面摩擦发出微微的吱吱声，好像车没有动，是路在往后面快速移动。

车从月山镇出开平，穿过鹤山的址山，进入新会司前镇。在司前拐上新台高速，过潭江上的牛湾大桥，进入台山境内。

新台高速车很少。这条路与当年新宁铁路路线十分挨近，也是从牛湾过潭江，贯通台山南北。

山岭越来越低，越来越稀落，辽阔的平原上河流宽广，天空湛蓝，大朵大朵从南海飘来的白云，在头上悠悠飘移。

村落布局跟开平一样，村前一口水塘，青砖青瓦的平房遮掩在竹林、芭蕉和大榕树中。一百多年前这里叫新宁，百万人从这些村落出发，漂洋过海。

中午到达广海镇，镇政府在食堂招待关忆中一行。台山宣传部部长前来迎接。江门给台山发函，中荣公司基金投资总裁关忆中来台山寻根，要求做好接待工作。根据关忆中的要求，下午镇政府组织了鲲鹏渔业村渔民座谈，又安排了一条渔船近海打鱼。

关忆中既想跟渔民探讨自己的祖先怎样去的美国西海岸，也想寻找祖先当年出海的地方。五邑侨乡最早记载出洋的人就在广海，山背村的陈学进、陈仕保父子乾隆三十九年（1774）前往南洋揾食。同村的陈毛齐于1841年在旧金山过世，那个时间正是关忆中的祖先到达美国的时间。

村委会挨着海鲜市场，办公楼前的马路，一头连着广海湾的滩涂和渔港。穿过办公大厅来到二楼会议室，村支书和渔民们已经到了。

会议桌围成长方形，中间摆了三盆金边兰。投影仪幕布两边插国旗和党旗，旁边摆了大屏幕电视和音箱。

村支书姓蔡，人很年轻，跟大家握过手后，介绍了在座的几位渔民。

关忆中一说话就直奔主题，“我是渔民的后代，当年我的祖先就是从这里去的美国。我猜测他们是从日本北上，沿千岛群岛到堪察加半岛，再绕白令海到阿拉斯加，环太平洋一路来到美国。我不确定是不是走的这条海路，他们会不会横穿太平洋？”

渔民想不到是谈这个话题，有些意外，也有些兴奋，表情立即放松了。他们相互交流一两句，就热烈地议论起来。一位叫杨大坤的渔民首先发言：“横穿太平洋不可能，肯定是沿海岸走的。”大家都表示不可能横穿太平洋。

关忆中一副讨教的表情，“九米长的渔船可不可能去到美国？”

他们全都肯定地点头。一位年龄最大的渔民说了一件往事：“越南船经过广海海域去美国，比我们的船还小一点，能坐二十多人，有凉冲的。1989年的时候去美国的。”

关忆中还是不放心，“我说的是一八四几年的情况，那时的条件还不一样。去美国起码得几个月吧，在船上吃什么呢？”

“沿着海边，起码是有淡水供给的。越南船经过广海，我们看到他们没吃的，送了他们一些干粮。一八四几年的情况也是这样。”老渔民回答。

有了越南船的实例，关忆中就以越南船为例来了解，“他们在船上不可能带那么多粮食吧？”

老渔民说：“带的是干粮。开始的时候带的干粮其实不多。在靠岸的时候捡一些柴火或者找一些能够吃的东西，可以买东西补给一下。货币不通用的话，就打点鱼跟别人交换，鱼换菜和大米。”

关忆中眼前出现了那七条渔船——它们相隔不远，抵达日本，也许是鹿儿岛，也许是福江或是长崎，那里岛屿密集。渔民们个个年轻力壮，几个男人上岸，岸上可能是一个渔村，他们听不懂日语，用手势比画，与村民交换菜和大米，然后把一筐筐鱼抬上岸。

也许，热情的村民把他们迎上岸，他们在岸上吃了一顿饭；或者是遇到了恶劣天气，上岸驻扎……

面对茫茫大洋，关忆中追问："他们怎么掌握方向？那时渔民用指南针吗？"

杨大坤回答："古人看星星辨方向，他们有牵星图、牵星板、罗盘。我阿爷靠一个罗盘去南洋，上面有一根木庚。木庚永远是指着南边的。"

这是一幅夜航的画面——有人仰头观测星象，他们的船上也备了牵星图、牵星板和罗盘。风雨交加的夜晚，没有星月，只能靠木庚，盯着小小的指向针，雨夜的海上一定非常恐怖。行驶到高纬度地区，经度也不同了，木庚还能指引航向吗？

"天气不好的时候怎么办呢？"

"一般天气不好，都不出去的，出去会迷失方向。"

关忆中想，没有陆地，他们没办法停船不走啊！他们迷失了方向，大洋上突然掀起巨浪，那是几层楼高的浪。有的地方出现巨大的旋涡……

他一阵心悸，又问："那个时候还用什么工具？"

杨大坤说："有水砣。这东西两头尖，放在水里，绳子吊着可以看水的深浅，判断离岸有多远。"

“把水砣放下去，恁个流水把砣往一个方向推去，看着绳子就可以判断流水的方向。把绳子再放深一点，流水就会把砣往另一个方向推去，就知道在多深的地方，流水是往哪个方向的。”老渔民补充。

看到他们惊讶的表情，老渔民表情也生动了，“中海和深海的流水有几层，有时上层的流水往东边走，第二层流水往西边走，第三层流水又不动。到了五、六月西南风最急的时候，就会出现这种情况。出现三层流水的时候，恁个鱼就很难到小船边上来了。”

关忆中想，水流这么乱，太平洋是深海，流水是怎样的？想到“黑潮”，几千米深的海才出现黑色。日本东海岸海沟深达几千到上万米，黑色之上的浪花雪一样白。飞鱼、鲸鱼、鲨鱼出现，他们沉得住气吗？

渔船离开了日本国海岸，沿海沟西侧北行，在千岛群岛遇上了北极千岛寒流。天气寒冷，南方人没有抗寒经验，甚至没有寒衣。他们过白令海是沿堪察加半岛继续北行，还是一头扎入大洋，沿着阿留申群岛走？要航行多少天才能见到一座岛屿？

人在船上容易得痢疾和脚疾，会感冒发烧，海上死了人怎么办？尸体抛入大海时，亲人撕心裂肺，那个时候，大海翻腾的全是哀伤吧，有人哭泣，有人喊魂……

关忆中在靠近自己的祖先，有了与先人隔空交流的感觉。他们远航的踪迹虽然无处寻觅，但这是确凿无疑的事实。他相信，祖先实现了横渡太平洋的壮举！

徐芷欣发现渔民头发都不长，额头油亮，发际线很高，她问："渔业村有姓徐的吗？"

蔡支书想了想，"有几户，一户去了加拿大。"

"知道他们是哪里人吗？"

"都是在海上漂来漂去，我们没有固定的地方。在广海，政府给我们提供了土地，扶助我们建立了鲲鹏渔业村，我们才上岸了。"

"你们是从哪里过来的呢？"徐芷欣仍然不死心。

"我们鲲鹏村祖宗不是台山的，是阳江的。解放前从阳江过来的。恁个时候沿着海边看哪里的海产比较好一点，我们就在哪里停留。"

"是疍家人吗？"

"是的。世代捕鱼。但现在建了鲲鹏村，上岸了，不说是疍家人了。"

徐芷欣又找蔡支书要那几户徐姓人的联系方式，她要找他们。

关忆中问："有姓关的吗？"

蔡支书又想了想，"有两户，也有一户出国了。"他又补充，"多数姓蔡姓杨，也有姓张姓李的。"

六十七

晚上在渔港吃饭，桌上全是海鲜，清蒸黄立鱼、姜葱炒蟹、蒜蓉蒸虾、粉丝蒸元贝、泥猛鱼芫荽豆腐汤、炭烤生蚝、炒佛手螺。黄立鱼特别鲜嫩，生蚝又肥又滑，佛手螺大家没吃过，长有橄榄色五指，跟植物一样。这种贝壳来自上、下川岛。一桌人胃口不错，吃完饭，来紫花岗散步。

月光如水，树冠闪动点点蚁光，屋檐下一道道暗影。这里是船厂遗址，低矮的房屋，水泥的道路，石子、泥土和荒草，船厂寻不到踪迹，连海也退到了远方。

走在寂静的马路上，司徒誉竖起耳朵听海浪，只有荒草和稻田上的风声。月光越来越亮，他们议论起当年的造船技术，也许他的天祖父在开平造船，开平船竞争不过广海船，他便来到了紫花岗，香港造的是远洋大船，需要大量木工，于是，他又去了香港。

徐芷欣认为徐氏族人走向大海，最初的落脚点也会选择广海。他们没有海上捕鱼经验，先在广海湾与内河咸淡水交汇的水域捕鱼，从内河还能随时回到赤坎。

一阵阵海风吹来，带着浓浓的咸腥味道，幽幽树木发出哗哗声响。徐芷欣想到司徒誉写广海台风的诗，轻轻背诵起来。黄小璐鼓掌，“什么人呀，让我闺蜜这么用心！”

一条朝南的小路，路口立了一块牌，上写“灵湖古寺”。他们信步走进了古寺。

这里是天竺僧人智药三藏的登陆地，南朝梁武帝天监元年（502），一场台风把他吹到了这里，智药三藏在此结茅舍暂住，种下东方大陆的第一棵菩提树。后来他到韶关创立了南华寺。

徐芷欣莫名兴奋，觉得自己跟佛有缘，月光下她诵读起古寺的楹联：“灵异访前朝说彼岸见渡江芦苇，湖山留胜迹问几人悟无树菩提。”看到司徒誉双手合十，她也合掌默祷。

关忆中和黄小璐登上了大雄宝殿台阶，打开手机电筒，往殿内照射。

第二天来到山背村，果然一座石山，山背村就建在山下。山坡地上的房子都是老屋，离山越远房屋越新。山虽然不高，却阻挡了海上台风。司徒誉想象人钻进山中，要在茂盛的树木里找到并不容易。当年天祖父天祖母上山，一定有人尾随。

山背村村委会接待他们，要带去参观新建的厕所，司徒誉婉言谢绝了。村里有位老人过世，哀乐不时响起。喃呒正在做法事，邻里亲朋都来送葬。关忆中说这跟蒙特利湾渔村的葬俗相差无几。他想起旧金山过世的陈毛齐，他是山背村人，在一百七十多年前过世，为什么他到达旧金山没有记载，过世却被记载下来了呢？

在村里转了一圈，实在没有什么可看的东西，他们就直奔烽火角。

烽火角是河流入海口，大同河、汀江河、斗山河在不远处汇合，然后奔向海洋。海水不断后退，滩涂层层淤积，烽火角码头也被淤泥阻塞，二十多年前建的码头进不了船，已被废弃。

入海口建有一道水闸，上面通公路，下面设了几十个闸门，靠西岸一侧留出了一条航道。平时航道被两扇铁门关闭，台风来时，铁门打开，海上渔船入内河躲避。

徐芷欣站在航道吊桥上，这里无疑是秘密水道的出海口，余富彦的水军从这里进入大海，然后朝西过阳江到电白。那一夜朔风浩大，刮得风帆呼呼直响。来自北方的鞑靼不但占领了陆地，连水上世界也占领了，徐氏不甘屈身于异族统治，从此漂荡于茫茫大海。

康熙十二年（1673），清军在阳江儒洞一带将义军剿平，余富彦战死，部下拾回他的遗物，带回圆美村，葬于台山三八镇里边乡山中。县志称余富彦为抗清英雄，他的族人却称其为贼，水上徐氏也被人称为贼，徐氏因此一直抬不起头。徐芷欣自小就受到这样的歧视。

徐芷欣读大学的第二年，到过叱石观音寺，走进了黄公辅祠。黄公辅同样不甘屈身于清，与人在新会起兵，他宁死不降，在台山汶村自焚。杜阮黄氏把他葬于叱石山上，并立祠祭祀。里人在山中刻写一诗："思燕人已远，北望一茫然。惟有岩前树，年年泣杜鹃。"同样是反清复明，同样是在自己的家乡，为何自己的先人与黄公辅受到的待遇如此不同？

司徒誉站在她的旁边，两人眺望远处浑浊的海面，他想天祖父从这里出发去香港，是不是急于逃走？有什么苦衷迫不得已，还是要去寻找一个新的天地？

比起圆美村河堤上的那个黄昏，他俩心境不一样了，徐芷欣明白司徒誉的心思，司徒誉也懂得她的情感，他们彼此相知，只要一个眼神一个动作彼此便心领神会。司徒誉回头看一眼她，她侧过脸来，两人笑笑，笑得有些苦涩。

正午时分，阳光强烈，海面银光闪烁。辽阔的想象和思绪附着在这片波涛上，生与灭、起与伏，不可捕捉。

两岸裸露着大片黑色的淤泥，滩涂上停泊的渔船也是灰黑色的，船头尖尖，高高翘起，没有高挂白帆的桅杆，低低的木杆只用来插旗。渔船大都是鲲鹏村渔民的。

黄小璐跟着关忆中走过河闸，来到海堤上。她被一片水面吸引，网格状的鱼塘向着远方伸展，一直延伸到遥远的海域。堤埂上搭了一些茅棚，一群群白鹭或栖或飞。

关忆中冲下滩涂，踩在松软的泥沙里，他想象祖先出发的情景，七条渔船相继升起白帆，跟平时出海的情形并无多大不同，但他们却再也没有回来了。

吃午饭后上船，驾船的是杨大坤，他是贩鱼的，负责海上收鱼。

船出烽火角，犁开海面，“啪、啪”的海浪击打船舷。远远的海平线出现了一座海岛，像一排高耸的海浪，又似巨龙浮出脊背。杨大坤说，那就是上川岛。

关忆中站在甲板上，眼前的山影如此平常，陌生中似乎有一点亲切。知道上川岛是祖居地后，他不放过任何关于它的信息，甚至在欧洲16世纪航海图中找到过它，它被标为贸易之岛。

此时此刻，曾经的想象雾一样消散了，真实的一幕呈现——天空、海岛、大海三种不同颜色的蓝，大海蓝中带绿，天空蓝中带青，上川岛是浅蓝、深蓝层层叠叠，如同画屏。

山影渐大。咸湿的风拂过面庞，祖辈们的乡愁，缥缈的情愫，原乡的情感，它们来自血液，像海风来自海洋。他明白今天的这一瞥将记忆终生。

山影由蓝转绿，三洲港近了。

港湾停满了渔船和漂浮的网箱。这是海岛最美的季节，海水清澈可鉴，山岭碧绿，倒影斑斑。

船绕着海岛航行，从上川岛与下川岛相峙的海峡穿过。山影苍苍，载沉载浮，如凝固的记忆。

企头湾外停了两条大渔船，桅杆高耸，两侧伸出一对悬臂，形似螃蟹腿，巨大的网兜挂在悬臂下。杨大坤把客人送到一条渔船上，他回三洲港加冰。

开始捕鱼了。机器轰鸣，两条船同时起锚，悬臂慢慢放下，带着渔网沉入海中。渔船相隔不远，一前一后，在浅海上来回拖网作业。

第一次参加海上捕鱼，大家都很兴奋。在驾驶室参观，操作面的按钮和开关很多，黑色和红色的操纵杆列了一排，有好多个显示屏，他们对探测鱼群的荧屏兴趣最大。

舵手一边用对讲机跟船工和同行的渔船沟通，一边操控，他关注的不是驾驶室，而是甲板上的老渔民和远处的海面。

老渔民紧盯着海面，舵手看他的手势不断地调整航向和速度。

关忆中来到甲板，老渔民朝他笑笑，指指左前方，只见一条条海豚相继跃出海面。老人告诉他观鱼的经验，海面波浪细碎，海水颜色变化，那便是鱼群的信号。他手一指，船就朝他手指的方向加速前进。

徐芷欣发现这是条居家的船，婆婆和媳妇正在收拾房间。客厅里有沙发、电视、矮柜和挂钟，还挂了毛主席像。餐厅有圆桌、冰箱，卧室有床和衣柜，房间全都装了空调。

她跟阿婆聊天，令她惊喜的是，这家人姓徐，他们是疍家人。另一条渔船是阿婆小儿子的。老人知道余富彦是抗清英雄，在海上打仗很勇敢。他们就是当年跟随余富彦出海的徐氏后人？徐芷欣再细问，老人什么也不知道了。

徐芷欣收到蔡支书的信息，他发来了鲲鹏渔业村几户徐姓人的名字和手机号。她兴奋地跑到甲板上打起了电话。

航速慢下来，开始起网。长长的拖网收起来，鱼都聚拢到了网底，被机械臂吊起来，渔网鼓得像一个保龄球，它被移到船尾甲板上面。船工将绳扣一扯，鱼就像开闸的水，瀑布一样泻到了甲板上。蹦蹦跳跳的鱼银光闪闪，分外耀目，它们是清一色的黄皮头。

六七个船工按大小将鱼分拣到筐里，放上少量的冰。

阿婆拿了一盆鱿鱼煮给大家吃，每个人的嘴唇都被鱿鱼汁染得墨黑。

太阳开始西斜，渔船到了三洲港海域。大洲湾虾多，船主特意为他们来这里捕虾。

抵近海岛，山林似绿色的屏风。山上一座小教堂，万绿丛中闪出一道光，像积雪，似白帆。尖拱券的大门，尖的屋顶，高耸的十字架呈飞升态势。教堂孤零零面对大海，显得突兀而又寂寥。

船在它面前拖网，来回经过。徐芷欣突然想起，它是不是西班牙耶稣会士方济各·沙勿略的墓地？如果是，这座山便是象山。

嘉靖三十一年（1552）八月，方济各·沙勿略从日本辗转来到上川岛，试图进入大陆传教。他在岛上等待了一百天，不幸患热病于岛上逝世，葬于大象山，第二年迁葬印度果阿。他被教皇封为“圣徒”。

方济各·沙勿略是西方第一个来华传教的人。

象山下的海湾是有名的花碗坪。当年，外国商人在海滩上搭寮居住，葡萄牙人将货船停泊在海湾，每年8月到11月在此交易。

太阳落山，炽白的圆点，金色的圈，橙红的光晕，天地间颜色变得纯粹，青色的天、蓝色的海都是冷色调。大海愈加黏稠，慢慢坠入幽暗。山山岭岭成为或浓或淡的黑色剪影，拼贴在海天之间。

杨大坤的船回来了，船工把一筐筐黄皮头鱼铺上厚厚一层冰，搬入杨大坤冰封的船舱。点好筐数，船就离开了，杨大坤将他们送到三洲港码头，然后驶往陆地上的码头，那里有冰柜车在等着他。

六十八

远处一道山脉，绿色中满布星星点点的岩石，山脚一排低矮的房屋闪着白光，隔着一大片稻田就能看到北坑西村。

村里的伯爷公一早就在村口等候，关忆中一落车，鞭炮齐鸣。老人们热情地跟他握手，把他引到关氏宗祠大门。

上香，鸣炮，宗长诵祭祖文，禀告历代祖先，关族繁衍生息，海内外开枝散叶，关氏漂洋过海到美洲的后人第三十三世裔孙关忆中，今日回到祖居地，来上川岛寻宗认祖了。

关忆中向列祖列宗跪拜，捐款五万，作为关氏子弟读书的奖励金。宗长赠送他一本《上川关氏族谱》。

族谱记载了明朝嘉靖年间，十二世长茂翁之长子凤桐和三子凤韶的儿子礼仟、朝庚，五子凤彰的孙子关长、关清、关明，先后漂洋渡海，落户上川北坑，在东村和西村落籍。

宗长为关忆中查找他所属的房支。当年他的祖先去美洲，宗长认为是从沙堤渔港出发的。沙堤渔港是广东三大渔港之一，疍家人最初把旧船移上沙基，改造成木屋在那里定居。迁到沙堤渔港的关氏是散石湾村人。散石湾村关氏迁自北坑东村，为二十六世国植、国梧、国松，他们是朝庚翁的后人。

但是，翻到十四世朝庚房，族谱写到国字辈就无法考实了，全是用问号表示。从国字辈二十六世到泽字辈三十三世，八代横跨了一百七十年。出现这样的空白，可能是清代的迁海令，沿海居民一律强制内迁五十里，关氏族人也从岛上迁到了大陆，他们被迫散居各地。

看到一串串问号关忆中有些心痛，它表明祖先是在没有多少人知道的情况下远渡重洋的，这里也没有他的后人。作为后人，他自己也不知道他的名字，从问号看，祖先可能是二十五世定字辈，也可能是二十六世国字辈。

徐芷欣发现迁岛始祖名字与樟村的不符，她写的是自昭的三个孙子，自昭排行老五，上川岛族谱写的也是第五子的三个孙子，但第五子名叫凤彰，并非自昭。古人有名、字、号，是不是一处写的是名，另一处写的是字或号？自修、自齐、自治、自平、自昭五兄弟对应凤桐、凤英、凤韶、凤护、凤彰？她问族人，他们摇头。她决定以上川岛的族谱为准，回去修改。

徐芷欣又从“关氏宗祠”四个字发现了关朝宗，这块匾就是他写的，书法极有文气，笔力刚柔相济。关朝宗的爷爷带头建关氏大宗祠，关朝宗又给岛上关氏宗祠题匾，他的家族对宗祠的看重可见一斑。

随族人入村，西村一字排开，村后山坡陡峭，村前是开阔的稻田，绿色的稻穗低垂，正在一天天转黄。老人们说，当年这里都是海水，祖先们筑围垦荒，才变为稻田。村里女人耕田，男人打鱼。

沿梯级爬上山坡，来到村后古树林。这里是一条窄窄的带状台地，几栋老屋都已坍塌。这是西村早期的房屋，海水后退，他们迁到了山脚下。巨石垒的一间石窟位置最高，它是关清、关明迁来的临时栖身之所。两兄弟挑卖古赁担，从樟村到了下川岛的荔枝湾，嘉靖四十五年（1566），再迁上川岛北坑西村。

司徒誉以前来上川岛没有进过村，他这才知道关氏是岛上望族，族人逾两千，涉村二十多个，吴寄所说的历史几乎件件落实。

午饭后，一行人来到一家民间博物馆参观。馆长介绍了1821年搭帆船去美洲的甘泽浓。这是台山有记载的第一位去美洲的人。关忆中端详甘泽浓的画像，他戴黑色瓜皮帽，穿黑色对襟衫，剑眉、大鼻子、络腮胡，脸型竟然跟自己有些相像。

画像下摘录了《甘氏族谱》一段文字：“泽浓公，少读儒书，聪颖明敏，然富于冒险性，且以家计相迫，于道光初年搭船经商于美洲。”关忆中产生了去拜祭他的冲动，当即决定上山。

甘泽浓葬于石笋村风流石，车开到山下，上去要爬山。徐芷欣没想到墓地在山顶，爬了一个多钟头，累得双腿发抖。司徒誉不时拉她一把，关忆中争着来拉，徐芷欣表示自己能行，谁拉她都谢绝了。

山上松木稀疏，到处是疯长的野草。俯瞰山下田地和远处的山头，司徒誉想起了百足山的文山祖墓，这里同样视野开阔，是个美穴地。甘泽浓把坟地选在高山之巅，也许是为了眺望远方，近可望大陆，远则烟波浩渺，有他走过的海路。这是一个孤独的灵魂。

坟墓横卧，没有堆成传统的宝塔形。墓地一片沙土，竟然寸草不生。关忆中端详小如红砖一样的墓碑，上面写了黑色字“泽浓公之墓”。墓碑周围插了许多香。墓前零乱的石头垒起一堵矮的挡土墙，宽大的石罅里长出了肥大的草叶。他站在墓前发了一阵呆，馆长提醒，他才上香，鞠了三个躬。

下山，徐芷欣注意到一丛丛风中摇曳的芭茅草。自从百足山司徒誉给她摘过，她就迷上了这种极具荒野之气的草，有种原始浪漫的气息。她过去采摘，右脚踩到一块石头，不小心滑下来，脚腕一崴，“哎哟”一声。司徒誉冲过去把她扶稳。

徐芷欣痛得倒吸了几口凉气。司徒誉轻轻揉着她的脚腕。她试着往前走了十几米，一拐一扭，脚踝针扎似的痛，她停了下来。

关忆中过来把背弓在她前面，请她上来。徐芷欣望了一眼司徒誉，关忆中背一直弓着，她不好意思，就趴到了他的背上。

山路高低不平，徐芷欣担心自己太重让他受累，小心翼翼地调整身体的姿势，用手臂把重量分担到他的肩上。

关忆中背着她走了一段山路体力明显不支，徐芷欣说：“累了吧，休息一下啊。”关忆中仍然咬牙坚持。司徒誉跟在后面，看他能坚持多久。

黄小璐录关忆中背人的镜头，看到他满头大汗，跟徐芷欣说：“你是不是故意崴的啊？看人家关总吃奶的力气都使出来了。”

关忆中喘着粗气，放下了徐芷欣。司徒誉这才上前，背起她继续下山。徐芷欣双手自然地环绕着他的脖子，两人都感觉轻松多了。

黄小璐又说：“要是有人抢着背我，我也去崴一下。”

徐芷欣说：“你崴啊，没崴怎么知道有没有人背你。”

黄小璐冲她做了一个鬼脸，“你得意吧。”

晚上，鲲鹏渔业村姓徐的一位渔民给徐芷欣回了电话，他对徐芷欣的问题很有兴趣，余富彦的水军在潭江突围，在海上抗清，他小时候就听人说过。他询问了几位老人，有个老人说他们的祖居地就是赤坎。徐氏跟随余富彦到了海上，再也回不去了。

徐芷欣一激动忘了自己的脚伤，她从椅子上猛地站了起来，痛得龇牙咧嘴，倒吸了几口凉气。一个完全陌生的人，突然就变成了好似久未谋面的亲人。徐芷欣跟他约定了见面的时间。

窗外月光愈来愈亮，月色比灵湖古寺那夜还要皎洁。月光下的大海银光点点，海浪白云一样飞来，亿万年如斯的涛声，是大海的呼唤。关忆中邀集大家去沙滩，他又来敲徐芷欣的门，一直等着她把电话打完，他把她背到了沙滩上。

海浪高高纵起、后退，朝着海滩倒下，发出轰隆隆雷鸣般的响声。幽幽海面似乎高出沙滩。关忆中很激动，打开了一瓶红酒，撕开花生、紫菜和开心果，把四个酒杯倒满，“我曾爷爷种葡萄，爷爷酿酒，你们试试加州的赤霞珠葡萄酒”。

大家围坐在沙滩品酒。关忆中说：“我曾爷爷离开渔村，他一生都怀念大海。爷爷也不适应陆地，他晚年回到渔村，一到海边，很多记忆就恢复了。

“老人家看天色能预知风雨，大清早看到满天红，就知道三天内必起风。黄昏看到满天红，就要下雨。晚上海面出现粼光，风很快就到了。看闪电能预测台风，闻海里的鱼腥味也能闻到台风到了哪里。”

关忆中的父亲考上大学来到纽约。关忆中在纽约出生，大学毕业第二年，中荣公司在纽约公开招聘，他通过招聘入职，又争取到了北京总部。他来北京，爷爷最高兴，要他找时间上岛来看看，完成祖辈的心愿。

远处有人放焰火，一阵阵欢呼声传来，五彩烟花瞬间照亮了海面。司徒誉发呆，想起跟伍晓蕾在海滩放烟花的情景，她是一个浪漫的人，喜欢户外活动，甚至把爱好跟工作结合在一起。看到一条渔船，两人蹚水上船，在甲板上聊天，又把帐篷搬到船上睡了一夜。

徐芷欣跟关忆中探讨他祖先出发地是沙堤渔港还是烽火角，徐芷欣认为关氏嘉靖年间迁来海岛，上川岛中外贸易时间恰在明代正德至嘉靖年间，关氏与海外商人一定打过交道，他们了解外面的信息。特别是甘泽浓搭帆船去美洲经商，说明可以从上川岛坐船去美洲，关氏从岛上去美洲就是很自然的事了。甘泽浓数年后回到上川岛，有可能是他带回了蒙特利湾鲍鱼的信息。

关忆中说："七条渔船数量不多，如果是陆地的渔船，应该数量会多一些。"他也认可沙堤渔港可能性大。

"沙堤渔港最早是疍家人的定居地，七条渔船主体是疍家人，关氏恰好是恁个时间迁来渔港的，从逻辑上就通了。恁时候，广海还没有鲲鹏渔业村。"徐芷欣再次肯定，她甚至想到关氏来渔港，可能是跟疍家人通婚的缘故。又想到沙堤渔港有从广海、阳江、东平等地迁来的渔民，其中会有徐氏吗？

远处海面亮着灯，星星一样闪烁。关忆中感觉船一直在海上行驶，自从跟鲲鹏渔业村渔民座谈后，他脑海里渔船航行的画面就不停地浮现。他起身朝大海跪下，双手合十，闭上了双眼。

这条海上丝绸之路，两千年前就有阿拉伯人的船舶走过。郑和下西洋的大型船队从这里驶过，在前面的乌猪洲添加淡水，远航的船都从乌猪洲一头扎向大洋。葡萄牙人的帆船来了。祖先的渔船从这里启航，仿佛隔着一层透明的膜，关忆中只要追一追就能赶上，目睹或是遇见那一幕——黑魆魆的洋面，置身于时光深处，虽然周围不甚明晰，但历史就在那里。

一条狗在周围转，徐芷欣有些害怕，频频回头。关忆中拜祭完了，起身去赶。

海风大了，司徒誉问她冷不冷，他脱了身上的外套往她身上披。徐芷欣不肯，“你会着凉的。”关忆中过来把他的外套披到了她的身上。

黄小璐说：“我也冷啊，怎么没人给我衣服。”

司徒誉又脱衣服，徐芷欣阻止了他，把自己身上的衣服还给了关忆中，“都别脱了。”

黄小璐笑，“这还算公平。”

大家都笑，再次举起酒杯。

海风拂面，夜云在天空漫游。月亮向着海面下沉。黄小璐说：“明天我们去寻宝吧。张保仔的财宝就藏在岛上，藏的地方我有感觉。”

馆长给了她上川岛藏宝秘诀，有诗有图。徐芷欣寻找海上族人，曾关注过海盗。二百多年前，海盗张保仔驰骋于华南海域，曾两次溯潭江而上，杀到开平长沙。以他为首的海盗打败过葡萄牙人的舰队，清朝海军不敢与他交战，只能招抚。

海盗大多是渔民、疍户，徐芷欣遍查《华南海盗》一书，大量的海盗名字里没有一个姓徐的。她的族人不屑与海盗为伍。

徐芷欣说：“你真是财迷心窍啊。”

司徒誉提议，把红酒干了，明天要去沙堤渔港，回宾馆休息吧。他饮完酒，起身来背徐芷欣。

关忆中说：“徐老师是我背来的，我有义务把她背回去。”他不由分说，就把她背了起来。他双手托起她的臀，脚有力地抬起，踩入绵软的沙滩，像喝多了酒一样，摇摇晃晃。

黄小璐回头望了一眼司徒誉，想看看他的表情，月亮西沉，夜色里已经看不清他的脸了。

晚上，徐芷欣睡不着，她睁着眼，听海浪“嘭、嘭、嘭”雪崩一样倒下，时间风似的刮过。不知不觉就到了下半夜，一阵熟悉的脚步声在她的门口停了下来。海岛突然安静了，徐芷欣听到了自己急促的呼吸声。好一阵间脚步声再次响起，海浪声压过来，一直轰响到天亮。

六十九

伍晓蕾一早给司徒誉打电话，她想圣诞节回国一趟，带攸秀去故宫看看，爬一爬长城，如果遇上下雪天那就太好啦。攸秀喜欢雪但还没有看过下雪。她希望司徒誉飞到北京会合，陪她们一起玩几天。

司徒誉也想陪，但他估计很难抽出时间，一两天还可能，三天非常困难，现在出省还得上报。他邀请两仔乸来开平。

伍晓蕾很不高兴，“攸秀你就冇管过，一年到头只知道工作，家庭就不重要吗？我们还冇离婚呢！我们就该牺牲?《劳动法》你们政府工作人员要带头违反吗?”

司徒誉长叹一声，“我们忙得都没感觉了。加班加点是常态，不加班反倒不正常了。现在有谁是不忙的?”

伍晓蕾没作声，过了一阵说：“这就是你要的生活吗？我不管，你圣诞节一定要来北京!”

放下电话，司徒誉要去参加一位澳大利亚老华侨的赠房仪式。这是他提议镇政府举办的，要求征收办全体人员参加。老华侨把自己置换的房屋赠送给一个孤儿，他对司徒誉说：“房子是赤坎的土木建的，都是家乡的东西，本来老朽不值钱了。现在值钱是因为政策和机遇，我不能无缘无故就拿走家乡的财富。我回来是要把它送给有需要的人。”

老华侨的话让司徒誉很感动，他想起阿爷说过的话，“华侨是世界上最爱国爱乡的人。他们吃了很多很多的苦”。他想让华侨爱国爱乡的精神教育年轻一辈，让他们了解华侨珍惜华侨，不要忘记华侨，更不能亏待他们。

老华侨名叫关懋学，他出生在堤二马路一栋骑楼里，恁时全家靠阿爹的侨汇生活。战争来临，广州逃难的人拖家带口涌来赤坎，墟镇一时人满为患。日机在赤九公路和沙炎白公路朝客车扫射。民众在政府发动下锄毁公路，炸掉了滘流渡桥、西头咀桥。

己卯年（1939）正月，日军机群轰炸赤坎墟，向人群密集的地方扫射、投弹，开平酒店东横巷、天利号、鼎信祖祠、中华书局等被炸，二十多家店铺倒塌，一百多人被炸死。

关懋学一生最痛苦的记忆是从1942年开始的，香港沦陷，香港和澳门的水路全断了，再无侨汇，全家陷入了绝境。母亲变卖衣服、金器首饰和家具。赤坎墟恁时到处开估衣铺，买旧衣服的成行成市。

第二年早造大旱，影响了插秧，夏天又遇水涝，早稻失收。中稻未熟时田头就有人拿枪守着，怕人来抢。6月，霍乱流行。开平饿死了数万人，到处有人卖儿卖女，赤坎警所还破获了一起剖食女婴案件。关懋学的阿妹就是恁时饿死的。母亲带着他一路乞讨，路上全是逃荒的人，两仔乸跟着饥民往阳江走。

他们来到阳春，已是奄奄一息，为了活命，母亲不得已改嫁到当地一户人家。

关懋学的阿爹返来，发现只有一栋空房，战争和灾害使他妻离子散。他四处寻找妻儿，好不容易揾到，老婆跟人家又生儿育女了，他带着关懋学回到澳大利亚，离开了赤坎这个伤心之地。

关懋学故乡的回忆是痛苦的，年老了他还在做噩梦。现在他生活并不富裕，但对那些生活陷入困境的人，他都想力所能及地帮一帮。他找到征收办，提出帮他找一个孤儿，他要把钱赠给孩子。

大家认为给孩子一笔钱说不定会害了他，不如置换成房屋，赠给他一套房子更好。

司徒誉在赠送仪式上讲了老华侨说的话，他的故事让很多人流下了热泪。从关懋学赠房给孤儿，到关泽瑜捐两千万支持家乡教育事业，关则荃一千万征收款捐给赤坎五百万，他一一列举后，动情地说："每一个善举都令我感动。这些年我回到家乡工作，特别对华侨的爱国爱乡情怀感受很深。这是赤坎最大最宝贵的财富。"

他请老华侨吃了一餐饭，把孤儿叫到他的身边，跟他讲老华侨的遭遇，叮嘱他不要辜负老太公的期望，要做一个对社会有贡献的人。

七十

古镇长时间围蔽，堤东路、堤西路砖罅里钻出了草，疯长到几十公分高。内河里的鱼成群结队，退潮的时候，搅得河水"哗哗哗"直响。

一群流浪猫来到影灭堂，吴寄抓鱼给流浪猫吃。他找到疍家人丢下的破渔网，又找来麻绳，在房前榕树下补网，用竹竿扎了一张小扳罾。把扳罾放到河里，丢下一点鱼饵，鱼群涌来，扳罾一起，一网就能网上好几斤。他的房前屋后聚集了本地土猫和美国卷耳猫、波斯猫、狸花猫，从早到晚都是猫的叫声。

吴寄变了，仅从外观上看，他头发花白，胡须飘飘像个老道人。

秀姑的“甜半天”再无顾客光顾，只有古建施工队的工人来买水喝。她枯坐在门口，一阵阵发呆。她长着一张国字脸，男人一样粗的眉毛，嘴唇厚，鼻孔大，说话声音粗。门口贴了一张大白纸，上写：“风能进，雨能进，逼迁人员不能进。根据《宪法》第三十九条规定：中华人民共和国公民的住宅不受侵犯，禁止非法搜查或非法侵入公民的住宅。”

征收办对她下足了功夫，首先派了一个嘴巴厉害的人来做工作，此人能把树上的小鸟哄下来。他天天跑到“甜半天”假装口渴喝糖水，跟她聊天，聊了一年多都聊不下来。秀姑跟他谈什么都可以，只要一谈到征收她就不说话了，她不像其他抗拒者破口大骂、吐口水、用水泼、用扫把扫。

有人跟她老公攀老乡，两人交成朋友了，她老公答应去劝劝她，但都没有效果。

北面南兴里，入夜灯光一片，与漆黑的古镇形成了鲜明对比。他们是以前从河南洲麻风村安置过来的村民。他们不愿搬迁是不想村里人分开，还有家族的神位没有地方安放，族人没办法祭祖。尽管现在祠堂只是一间小屋，但它是家族之根。

吴寄第一次上法院起诉，没有对出租方关族图书馆提起民事诉讼，而是起诉市政府，要求政府依法对影灭堂进行补偿和赔偿。

法院判决，征收补偿决定只能对被征收人即房屋所有权人进行补偿，吴寄不具有直接向征收人提出补偿请求的权利，不具有原告主体资格，驳回起诉。

他又上告到省高级法院，二审认定，征收与补偿条例中的补偿项目已经包含属于承租人损失的补偿内容。承租人可通过房屋所有权人向政府提交相关证据材料，提出相应的补偿要求。在所有权人与政府房屋征收机构尚未达成具体的补偿协议时，吴寄提起本案诉讼缺乏事实根据。

吴寄仍然不服，上诉到了最高人民法院。最高法院审理后认为，征收人在知道或者应当知道存在房屋承租人，且承租人具有所租赁房屋上的添附以及因征收而造成的停产停业损失等独立的补偿利益后，征收人既不在与房屋所有权人签订的安置补偿协议或者做出的补偿决定中给付上述独立的补偿利益，也不另行与承租人签订安置补偿协议时，则房屋承租人有权以自己名义主张上述独立的补偿利益。

最高法院认定影灭堂具有原告主体资格，判决撤销一审、二审裁定，指令一审法院继续审理。

吴寄心思用在打官司上，他没有律师，他把打官司当作一道护身符。听过社会上一些征收故事，他整日担心停电停水，担心文物被盗被抢。他怀疑所有人，政府找公司来评估，他不让人进门。一停电他就紧张，门前堆了沙石他就想是不是要封堵自己的门，偶尔开车上路，遇到跟得紧的车，他担心是不是跟踪，或是制造车祸。除了担心自己他也担心古镇的命运，他不相信唯利是图的“资本家”，怕他们破坏古镇的建筑文物。

司徒誉找过吴寄，说明他收集的文物对赤坎的重要性，文物离开赤坎文物自身也会丧失大部分价值，他希望将文物留下来，也希望吴寄留在赤坎。他找文物公司来洽购，吴寄害怕是圈套。他想的是，镇长是想从自己的文物中找出一件赝品，然后以欺诈罪把他抓起来。

吴寄于是坚持，他不买卖文物，只捐献。至于钱，政府可以用赔偿损失的方式支付。司徒誉告诉他，政府的钱是不可以随意支付的，那是犯法。他的话吴寄一点也不相信。

施工进场后吴寄哪里都不敢去了，天天守着影灭堂，几年下来坐吃山空，他不得不向家里伸手。家庭矛盾激化了，女儿结婚的钱被吴寄买了文物，她结婚讨不回钱要跟他断绝关系。父亲病重，要见他一面，他也回不去，老父亲无比伤心，骂他要钱六亲不认。

施工队到处拆房子，他们只保留民国时期的房屋，其他房屋通通拆除。古镇的街道上到处是一堆堆的瓦砾。吴寄非常担心古镇文物遭到破坏，施工队一离开工地，他就要出来转一转。

一天，走过中华西路，他感觉缺少了一点什么，一股阴风跟着他，流水一样滑过他的脖子。阴风来自围蔽的脚手架，他钻过围蔽，看到赫曦庐变作了一堆砖瓦。他惊得“嗬嗬嗬”叫，张开的嘴巴半天没合上。眼前的景象太令人难以置信了。

他掏出手机拍照，又给镇长打了电话，这是他第一次主动跟镇政府的人联系。司徒誉没听说过赫曦庐，问清是清代的建筑，说马上来现场。

吴寄找省文物局的电话，再搜国家文物局网站，找到文物违法举报电话，接电话的人非常认真，做了详细记录。

他一屁股坐在麻石上，身边堆砌的砖石像一场灾难，横七竖八的砖石沾满往日时光，仿佛在争先恐后向他诉说什么。这是岁月的声音，嘈杂，微弱，伤感，在风中忽高忽低，忽左忽右。

光线愈来愈幽暗，沉沉暮霭瘆人。

司徒誉带人赶到了现场，看到一地青砖，他断定这是座老房子。吴寄说这是赤坎墟最古老的房子，是上埠最早的当铺，但具体什么年代建的，现在无人知晓。

司徒誉感到事情重大，他直接给于耀轩书记打了电话，又通知了中荣公司和程小东团队的人，要求保护现场。

司徒誉绕着倒塌的房屋转了几圈，吴寄跟在他的后面，一阵间他指着那些名贵的坤甸木、酸枝和檀木，说是当年关族海上走私运来的，一阵间又指着残破的灰塑，告诉司徒誉上面塑了欧美人，边上窗户的铁栅条来自德国，一点锈迹也没有。吴寄的悲伤传给了司徒誉，暮色里，两个男人的脸上都是感伤的表情。

第二天，于耀轩召开了现场会。赫曦庐倒塌原因竟然是施工方在建筑周围挖土，几场雨一下，沙土的地基崩塌了。挖土的民工是临时请来的，领了钱已经走了，离开了广东。

于耀轩非常气愤，围着赫曦庐挖土是不是故意的？有必要在它周围挖土吗？是谁指使的？他要求一查到底。

上级文物部门的人也赶到了现场，他们按照《文物保护法实施条例》做出了处理，宣布立即停工整改，验收符合要求后才准开工。

于耀轩痛心地说，这个事件提醒我们，古镇施工我们犯了逻辑偏差的错误。我们信任施工单位会按照合同管理，认为合作方能投六十亿来做这个项目，他们会比我们更加着急，会更加重视文物保护，看来是我们没有尽到监督的责任，从今天起立即补上这一环。以后古镇项目每个环节政府都必须参与。

自从赤坎古镇围蔽以来，合作方出于商业秘密考虑，严禁外人进入，古建修复、配套设施建设，政府插不上手。于耀轩想趁这个机会介入，把控好项目的各个环节。

修复工程停工了，喧闹就像尘埃一样飘走，寂静如同霜降，在每一块砖瓦、每一棵树上降落。风的声音也能听到了。

黄昏，吴寄走在中华路上，总有一个少女的影子晃来晃去，像捉迷藏似的，她在骑楼下悄无声息地飘过，有时到了街上，有时出现在楼顶，甚至基督教堂里也有她的影子。她的眼睛十分明亮，虽然朝他看过来，她看的却不是他。好像寂静的街上还有一个人。吴寄扭头四处寻找，周围空无一人。他摸摸额头，并没有发烧，自己也没有生病，难道是幻觉？他有一种既害怕又莫名期待的心情。

一天早晨，敲门声大得像擂鼓似的，吴寄打开门，收废品的人拖了一扇铁门出现在他门口。铁门横躺在三轮车上，吴寄一眼就看出它是赫曦庐的那扇门。铁门以这种方式相见，吴寄有种看到尸体的感觉，他差点掉眼泪了。

铁门在大楼倒塌时竟然没有压弯变形。往楼上搬的时候，铁板缝漏出了一线光，吴寄感到有些奇怪。收下铁门后，他发现光线并非来自缝隙，而是里面藏的东西，颜色发白。

他去工地找了一根铁钎，撬了半天撬开一条缝隙，他把铁门倒过来，又用铁钎敲击铁板，沉闷的“哐当哐当”声不像击打在铁门上，倒像是在敲骨吸髓。

一块白布慢慢露出来了，他轻轻往外扯，带出了一张纸，再继续敲，一张张又黄又脆的纸片掉了出来。

吴寄小心翼翼把布展开，布的中央画了一个八卦图形，格子里写满了字。字他大多认得却不知道意思，连环字不知从哪里断句，他一个个试，都读不通。

左边有个图类似信封，上面写“洪票收单”。下面一排写了沙冈、张江，牛路、司徒正吉，沙地、关坋……吴寄判断这是地名和人名。

没看出名堂，他又去收集纸张，发现它们是书的散页，第一页写的是“起手不离三，开口不离本，只可自己看，不可外传人”。下面一句很神秘，“青气为天，黑气为地，山乃为合”，吴寄猜了半天也猜不出什么道道。

继续翻看，有一段少林寺众僧帮助清廷打败西鲁，有功反遭残害的文字。又有崇祯十二年（1639），李闯造反，夺了江山，后宫走出了西宫娘娘李神妃的内容。还有几页纸写的全是人名。

他自己看不明白就上网查，白布竟然是天地会的入会凭证，而散页是天地会的会簿。它是天地会的传会工具，只有天地会的“帮主”才有会簿，谁有会簿谁就能充当“大哥”。他想，会簿记载的名字一定是绝密。这应该是它被秘密塞入铁门内的原因。

“青气为天，黑气为地，山乃为合”，青为天号，黑是地号，山是会号，这是天地会的符号。

那么是谁塞进去的？名字既有姓关的也有姓司徒的，排在第一位的张江是帮主吗？

吴寄电话联系徐芷欣，请她帮忙查一查。徐芷欣要他拍照发微信。吴寄有些犹豫，徐芷欣一再催促，他才拍了照片发给她。

下午，徐芷欣来到了赤坎古镇，她进不了大门，吴寄到工地入口处去接她。

第一眼看到铁门，徐芷欣有些惧怕。铁柱的门框粗大，上部粗壮的铁链纵横交错，通过圆环连成一体。下部铁板分成了几截，左右圆筒套在门柱上。令人惊讶的是，整扇门铁链、门框和圆筒没有接缝，不知是什么工艺才能铸成一个整体。徐芷欣联想到囚禁，感受到铸造者阴森的心理，只觉得呼吸困难，失去自由的感受逼面而来。

她很容易就查到了张江，他是清末开平历史人物。此人出生于水口镇沙冈新屋村，少时学少林拳，入绿林，加入了佛山洪门天地会。

咸丰四年（1854）六月，广东天地会响应太平天国号召，佛山、广州、东莞天地会首领陈开、李文茂、何六率领会员围攻广州。陈开派张江回开平，召集天地会东、西、南、北四路大军围攻苍城。西路来自赤坎，声势最大，带头的人是司徒正吉。

开平天地会在张江指挥下，两天即攻入苍城，知县庆樟、典史林镛、城守关镇邦等自杀，知县和典史的妻子上吊。开平红巾军起义成功了，全县到处飘扬着红巾军的红旗。

赤坎松柏司巡检岳崧派人赴省告急，要求派兵前来镇压。两广总督叶名琛只派彭庆云来开平复任知县。彭庆云微服从新宁走小路来到赤坎墟，住进松柏司。各地乡团头目都来赤坎墟聚集，商量镇压办法。

张江这时率部会同陈开、李文茂、何六等诸路大军进攻肇庆。陈开、李文茂西进广西浔州，建立大成国。张江又跟随何六挥师北上，占领湖南郴州，遭到曾国藩湘军阻击。十二月回师南返，张江潜回了开平。

叶名琛严令追捕，知县悬赏白银两千两，张江亲属和村中父老被抓作人质，知县扬言株连三族。张江迫不得已自首。

开平的红巾军受本地和客家武装夹击，四百多人被杀害，有的用猪笼沉入潭江。跑掉的有当土匪的，有逃到香港、澳门的，有充当“猪仔”卖到美国去做劳工的，他们是最早出国的人，在北美洲伐木、开矿、淘金和修铁路。

红巾军向鹤山云乡的客家人征集军饷，引发血案。客家人请叶名琛批准成立乡团，围剿红巾军。乡团攻打红巾军并攻占本地人的村庄，触发了十年土客械斗。

想不到一本小册子、一块布藏着一段风云历史。显然，张江是开平天地会的帮主，这个册子属于他。他被关到了赫曦庐？徐芷欣认为很有可能，但入会凭证和会簿不会是他塞进铁门的。他既然是自首，自知活不了，不可能随身携带如此重要的证据。徐芷欣分析可能是天地会的“红棍”。

“红棍”是执掌帮规帮纪的人，他可能在逃跑的路上被抓，关进赫曦庐时发现铁门的缝隙。这是最安全的地方，只有铁门倒过来，缝隙里的东西才会掉出来。要这样做，除非拆屋。

七十一

伍晓蕾的绿卡办好了，司徒誉深夜接到她的电话。“你实现自己的心愿了。”伍晓蕾在电话那头笑。他没有祝贺，聊了几句就说：“太晚了，明天早起有事，我要睡了。”

伍晓蕾还想说话，他把电话挂了。

躺在床上，却怎么也睡不着。第二天也是这样，两晚失眠，他成了“裸官”。

过了一个周末，司徒誉上班就主动上报了这一情况，等待组织处理。

他感觉到周围的人对他态度的变化，一些人眼神里少了从前的敬重和讨好，多了轻视与疏远。他可以不在乎镇长的身份，但却无法忽视别人对他的态度。他习惯了人家对他的敬重，这样的虚荣以前他没有察觉，还以为自己是一个潇洒的人，现在发现并非如此，或者不完全是。

一股冰凉的液体在他身体里面暗涌，涌出了他的空落，涌出了空虚，他不再那么自信了，也不再那么乐意面对众人。

伍晓蕾接连几天给他打电话，劝他来美国，全家经济上没有问题了，她的中文补习班很成功，只需要他来打理。洛杉矶气候很好，特别是食物来自全球各地，什么吃的都不缺，他还可以到太平洋钓鱼。司徒誉听了感觉这些事情离自己非常遥远，这不是他的生活。

起先司徒誉还跟她讨论讨论，后来就没有兴趣说了。伍晓蕾说得口干舌燥，见他一点热情都没有了，也生起气来，很长一段时间两人都不打电话了。

司徒誉想，人靠什么活着？要是没有一个支撑，没有一份自己想做的事，靠什么把自己的一生调动起来，活得有意义？年纪轻轻就去国外混日子，要吃老婆的软饭吗？

这是恋栈吗？司徒誉发现，古镇项目他放不下了。阿爷说过，凡做事合则留，不合则去，不要恋栈。他冷静想了想，这个项目从他开始，在这样一个关口，正是项目最艰难的时期，自己真要走吗？赤坎墟要是变成一个烂摊子，自己就没有责任？这不是恋栈，而是一种责任。

他想到了中荣公司，如果他从甲方变为乙方，换一个角色，可以下到工地参与施工，还可以继续做古镇项目，可以像当年曾祖父那样，善始善终做好一件事情。赤坎古镇的价值是跟曾祖父的努力分不开的，无论是为了造福乡梓，还是冲着曾祖父，他都有责任把古镇的价值发挥出来，不被埋没。这也是他的使命吧。

他又想，自己的身份去中荣政策允不允许？

关忆中、杜应麟不愧为知音，他们知道他不能当镇长，都来做他的工作，请他到中荣公司，一起来做新区项目。关忆中说，如果想离开赤坎，他还有其他投资项目，贵州的项目正需要人。

司徒誉从没想过下海，但现实让他不得不考虑。去中荣公司如果政策不允许，他还可以去阿叔的公司。吴容志也找他，说自己年岁已高，正缺接班人，好多事情他可以接手。按年薪计酬，他的经济状况将比现在好很多。

这些都非他所愿，他的人生被横切了一刀。

不知不觉间就是中秋，管委会召开扩大会议，程小东、关忆中、杜应麟等列席。《粤港澳大湾区发展规划纲要》已经印发，纲要确定支持江门建设成华侨华人文化交流合作重要平台。

程安主持会议，他传达了开平市的战略定位设想。会议一扫以前的沉闷气氛，对赤坎墟的定位和规划大家纷纷建言献策。

关忆中建议建设华侨会展中心，举办世界华侨华人大会，在赤坎墟设永久会址。程小东提出对接港澳优势，合作举办国际电影节，发展相关电影产业链条。杜应麟的设想是把开平和澳门两个世界文化遗产开平碉楼和澳门历史城区结合起来，举行世界文化遗产嘉年华。李洋风想到开平是美食之乡，可以举行世界名厨厨艺大赛和万国美食集市……

下午，程安提出将赤坎新区定位为中华历史文化名镇复兴新标杆，大家将它丰富成建设富有侨乡特色的智慧小镇、绿色小镇和人文小镇。对赤坎古镇的定位，大家取得了共识，要把它做成粤港澳大湾区古镇类文旅旗舰项目，构建华侨文化生态圈，打造具有国际影响力的华侨华人文化交流重要平台，建成国家级特色小镇，使之成为中国华侨文化第一品牌。

散会后，杜应麟看看时间还早，来到了司徒誉办公室。司徒誉去泡茶，杜应麟连连摆手，问他现在有没有时间。司徒誉不知道他是什么事情，点了点头。

杜应麟神情少有地认真，“记得我答应您的事情吧？我不是开玩笑的。请您过去侨邑馆看看，我要兑现诺言。”

七十二

侨邑馆就在镇政府对面，施工进度司徒誉都看在眼里。杜应麟对这个工程用心之深，他也是知道的。管委会会议通过某区设计院方案后，杜应麟一再保证，一定建一个代表新时代流传百世的建筑精品。

走出镇政府大门，过了马路，路边有人在等候。杜应麟拿过红色安全帽扣到了镇长头上，他们从围墙钻进了工地。

侨邑馆征集了十六个设计方案，司徒誉都不满意，杜应麟也不满意。第一个方案跟古镇骑楼类似，因为楼层高立面显得更加单调。其他都是坡屋顶民居形式，有的是青瓦白墙，有的是红瓦白墙加红墙，立面窗线设计各有变化，造型看似不同，实则大同小异，都是电脑复制粘贴。这些建筑把它建在南方哪个地方都行，缺少文化内涵，更没有地方特色。

管委会会议通过后，杜应麟又找了四家大设计院做方案，但人家接的都是大工程，不到五千平方米的建筑项目他们嫌太小，不肯做。杜应麟好不容易做通工作，四家设计院都拿出了设计图。

杜应麟把设计透视效果图挂在墙上，左看右看，仍然找不到感觉，设计方案打动不了他。这些设计仍然摆脱不了房地产开发的感觉，有一种程序化、流水作业的味道。他决定不再找设计院了，改找个人，他自己找人也发动中荣公司的人去找。

在底层楼梯口，杜应麟向镇长介绍施工总指挥："这是关总，侨邑馆是他负责的。"

司徒誉问："关总是哪里人？"

"我是樟村人。"

"哦，是自己人啊。"

关总名叫关为，毕业于广州美院，学设计画图，早年下海经商，开过设计公司，设计广告和室内装修。中荣公司工程部的人向杜应麟推荐了他。杜应麟看中的恰恰是他的外行，没有经验，没有经验就没有框框，敢想敢干。

杜应麟专程去他家里邀请。他介绍了工程情况，建筑平面已经从设计方案中综合出来了，空间由一个景观规划专业的建筑师在进行设计，确定了空间以庭院为主的形式，建筑高低错落。请关为做的是，在此基础上给房子设计衣服，对水景、窗户、立面、廊柱、艺术小品做统一设计。

杜应麟又谈了自己的思路，房子全部用清水墙砌筑。砖有家园的感觉，砖会讲话，是凝固的音乐，还会跳舞，要用活砖的语言，把砖之美表现得淋漓尽致，还要把开平传统建筑艺术活化、现代化。

大公司领导亲自来家里邀请，关为深受感动，家里人也都支持他。他觉得侨邑馆很有意思，于是，他组织美院毕业的年轻人大胆地把方案转成了动漫设计。

关为个子不高，总是面带微笑，工地就像一个迷宫，他在前面引路，一阵间走房内，一阵间出内廊，穿行到了侨邑馆的南面。

眼前出现了一座塔楼，四层全部用红砖砌筑。司徒誉感觉塔楼既有本土碉楼的神韵又有浓郁的异域风情。关为说：“这是个百万青红砖的故事。”

“塔楼从西班牙埃尔保拉尔·查尔特勒修道院获得灵感，用砖砌艺术手法在塔楼东南两个角，砌筑两条旋转柱。砖有六个面，我们把砖扩展为十二个面，再用不同角度的灯光变换明暗关系，柱子就跟着灯光旋转起来了。开平碉楼都是静止的，我们这个是会动的碉楼。”

说完关为自己先笑了起来，声音有些沙哑，这是不无自豪的笑声。

侨邑馆窗户采用了彩色玻璃，跟教堂的窗相似。杜应麟解释：“窗框嵌套的是蒙德里安风格的彩色玻璃。窗线全是砖砌的。”他又指着斜砌的线脚、三角形的窗台，“这是利用砖的几何棱角做的文章。我们总共用了七十万块青砖和三十万块红砖。”

关为指着墙面和门窗，一一介绍砖砌艺术的创意。首先确定一个侨乡建筑遗产重生计划，设计小组在开平进行田野调查，归纳了十三种窗线、几十种屋顶形式、几十种阳台和各式墙体装饰，采取编码组合，衍生出无穷的形式。用到侨邑馆的有十七种柱式、三十五种窗户、二十五种栏杆、七十七个建筑图例。

难怪看得人眼花缭乱，既新奇又熟悉，司徒誉目光处处停留，感受着建筑的一个个创意。杜应麟催着他往前走。

“镇长请看这面墙。”二楼内廊面对楼梯口的墙，红砖围出了一个画框，框里水泥上布满了手印。中间有一双手的浮雕，是一个搂抱某种珍爱东西的手势，手上青筋和骨骼突出，这是一双饱经岁月风霜的手。

“这是建造侨邑馆老工匠们的手印，是工匠的手模墙。”杜应麟说，“侨邑馆是侨乡工匠的赞美诗。”

司徒誉上前摸了摸手的浮雕，手感坚硬、冰凉，这些青筋触动了他。

“侨邑馆传承农民的创造。我们为了激发工匠们的创造性，进行施工现场创作，自由发挥。这个要冒巨大的风险，不成功就要推倒重来。”关为补充。

司徒誉点点头。他没想到是这种方式，但细一想，它们没有先例可循，这个就是必然。

“工程无法承包，工匠只能按天计酬，成本也无法控制。但是，要做出地方和民间风味，体现乡村技艺，值得一试。我的体会，只有非标准的创造，才能使侨乡建筑文化得到重生。”杜应麟说话流露几分骄傲。

庭院里还没有回填泥土，比走廊低了半层，那里将布置水景，水车已经装好。他们说话要压过施工的杂音，声音特别洪亮，在庭院上空回荡。

爬上三楼，踏过一块块石板，走过一个半开敞的空间，石板下铺了鹅卵石，墙边种了一排修竹，小庭院无水却让人感觉到了水。

进入西边一间房屋，里面已经装修好了。这是中荣公司的接待室，全国博士后创新示范中心开平分中心也设在这里。司徒誉在会议桌边坐下，工作人员忙倒上茶水。

关为继续讲他的“百万青红砖的故事”。用红砖是他提出的设想，他的设想来源于开平一中的红楼。但现在的红砖用电和煤来烧，干枯、粗糙，他必须找到红楼那样的砖。

有次挑砖，他看到一批表面油润颜色密度都好的砖，便打听烧砖的师傅。砖是姓黄的台山人烧的。关为找到黄师傅，黄师傅又推荐了谢师傅，谢师傅世代烧砖，当年建赤坎城他的曾爷爷就在白沙河烧砖，后来转到西边的赤水烧。国家取缔烧窑，谢师傅很久没有烧砖了，他答应烧，但要畀他一座砖窑。

于是，关为开车带着谢师傅四处揾砖窑。一天，他们从百足山往南，沿着白沙河走，来到了台山白沙镇。在天保村白沙河大堤下，发现一个荒废的牛背窑。谢师傅仔细考察了一下，虽然窑顶坍塌了，但还可以修复。他们找到村支书，把破窑租了下来。

好砖第一步要用好泥，泥要用沙质、黏性较大的。白沙河的泥最合适。红砖烧出来，比市面的好很多。烧青砖时，谢师傅慢火烧三天，快火烧七天，停火后加水氧化，连续淋水七天。青砖出窑颜色仍不理想，寻找原因，原来没有用狼萁草来烧。

乡村开展“三清三拆三整治”农村美化工作，动手快的地方拆了一些老房子。关为得到信息，马上上门去收集这些民国时期的青砖。

杜应麟把团队骨干都叫来了，除了汇报侨邑馆，他们要向镇长汇报第二批安置房的设计。

杜应麟看司徒誉一直在笑，他突然苦着脸说：“镇长，你得帮帮我们。我们实在撑不住了。”

司徒誉纳闷，“不是好好的吗？”

“哪里好呀！我们收集的旧砖没有合格证。检测站没有设置这类材料的检测项目，送检遇到了问题。”

“哦。”

“我们在想办法沟通。现在委托了第三方检测机构对材料强度等级、抗风化度、防火等指标检测。还不知道能不能过关。过不了关，侨邑馆项目就验不了收啊。

“还有就是我们先施工后补图纸，这个工序无法聘请监理单位，监督主体是艺术家，这个与现代标准化建筑体系是对立的。建筑实际情况与报批报建提交的图纸也不一样。

“特别是成本难以核算，没办法规范化结算。这个项目合格证很难拿，需要通过一些特殊的途径才可以办得到。”

杜应麟讲困难也是口若悬河，原来侨邑馆遇到了大难题。今天找他来，恐怕是骨头啃不动了，要他帮手。司徒誉想了想，“你们找过程书记吗？”

“找了。他让我们找你。”

“哦。”司徒誉明白了。他略一沉思，“我们可以把它作为新农村建设的样板工程，再把它定位为传承侨乡建筑遗产精神，先造舆论吧。据我所知，侨邑馆很多难题都是于书记亲自帮你们解决的，这个工程就是于书记抓的样板工程，你们以后要多请示于书记。”

杜应麟也“哦”了一声，有些意味深长。他眼珠一转，示意团队汇报二期安置房方案。方案一直讨论到月光照进了房间，大家饿得不行了。有人提醒今天是中秋节，在座的家都不在赤坎，杜应麟说：“今晚我请客啊。”

七十三

两天后，司徒誉向程安汇报侨邑馆工程，想听听书记的意见。程安也认为它是新农村建设的样板工程，传承了侨乡建筑遗产精神，又富有创新，对侨邑馆遇到的难题，政府应该出面。他考虑自己来的时间不长，司徒誉跟各方关系不错，先请镇长出面跟有关部门沟通。

两人聊到乡村振兴，自从部署实施乡村振兴战略以来，赤坎进行了农村生活垃圾收运处理、改水工程、电网改造升级、信息直通车工程、电商发展、集体产权制度改革等，都已取得初步成效。

程安深入各村走访，发现村里人影稀疏，通村公路都修好了，村口的厕所也很干净，天一黑路灯全亮了，但明晃晃的路灯下却难见到人。这种情况在开平相当普遍，他想听听镇长的意见，如何改变这样的局面。

司徒誉为此做了不少工作，他主导做的赤坎镇乡村振兴规划，以“一村一品”发展乡村旅游，引导外出务工人员、海外侨胞回乡，推动“屋前就业”，进行“田园式城镇化”探索。

他请来了五邑大学的谭教授来朴门做古村落的活化。旅港乡亲出资修复了两座祖祠、两座碉楼、六栋清代传统民居，重建了一座古庙。村主任带领村民整理了村前村后环境。古村修旧如旧，重现了昔日的风采。

朴门的民居被用作宿舍，祖祠作为课堂，谭教授建起了遗产教育基地。她通过华侨牵线，基地与斯坦福大学签约，联合对开平朴门等侨乡开展田野考察工作。

基地开幕的那一天，村内筵开百席，村民齐聚，请来了戏班表演，传统的生活仿佛又回到了村落。

基地以研学为主，探讨文化遗产保育与发展，把建筑保护、社区营造和文化传承三者融合起来，联络旅港旅澳乡亲，组织粤港澳大湾区青少年文化遗产游学营、夏令营。

徐芷欣参与基地活动，以朴门作乡村历史与遗产教学基地，带学生来进行体验式教学。

司徒誉又动员华侨来开发赤坎墟粮仓，以蒙古包造型的粮仓为背景，开了一家青年旅舍和咖啡厅。又在泉岭民国建筑群开了既有乡土气息又有民国风情的旅馆和餐厅。

在修建厕所时，庙边村的村民非常支持，自发捐款，多的捐两千，修了一个很艺术的“五星级厕所”。想不到这个厕所成了网红打卡点。这件事情给了司徒誉启发，发展乡村旅游只要方法对头，并没有那么难。

现在，乡村开始发生变化了，周末特别是节假日，很多村的村口停了一长排小车，来乡村休闲度假的人越来越多了。

程安对“五星级厕所”很感兴趣，政府投入，村民热情支持，这种模式很好。他提到开平全域旅游示范区创建，村民可在家门口参与旅游创业就业。他又考虑把安置房建设也纳入到新农村建设中来，通过农旅融合，推进精准扶贫和美丽乡村建设，打造一个古镇旅游体验服务中心。

两人认为乡村振兴要靠墟镇带动，要以赤坎古镇项目为契机，发展第二、第三产业，解决农民就业难题。人才回流了，乡村空心化问题自然就破解了。

程安谈着谈着，就跟工作结合起来了。他要求把乡村振兴的规划跟古镇项目、新区建设统筹考虑，三者联动，这项工作要有专人负责，他建议由司徒誉来牵头。

他抽出一根烟丢给司徒誉，给他点上，自己又叼了一支。司徒誉抽烟从来都是陪着别人抽的，饮酒也一样，他也从不一个人饮。程安抽烟总是略有所思的神态，深吸一口，再缓缓吐出来，抽烟是他精神放松的办法。

他烟一抽说话的语气就不一样了，笑得也多了，更像两个男人的谈话。他圆圆的脸让人联想到向日葵，这一想象让司徒誉低头笑了笑。

轰轰烈烈的“三清三拆三整治”工作已经在广东全面铺开，年初开平印发了“三清三拆三整治”工作方案，要求加快改善人居环境、建设美丽乡村。赤坎前期调查摸底、建立工作台账已经结束，现在到了攻坚阶段。

程安在专题会上强调，不能孤立对待“三清三拆三整治”，要放到农村人居环境整治和乡村振兴层面来看，借助这股东风，清理掉乱建乱搭、违章和危旧建筑，建起公共设施和村落景观，让乡村真正变得美丽。

他知道“拆屋”工作有一定风险，司徒誉表态他来负责，程安决定自己来抓。

方案在会后三天出台，由镇政府联合市城管局开展专项整治，先易后难。田间“看护房”体量小，又不完全归属个人，选择它作突破口矛盾小，于是，第一个拆除点就选在芦阳村。

国庆临近了，今年是新中国成立七十周年大庆，全镇布置了爱国卫生运动，对村容村貌进行全面整理。

拆除“看护房”与爱国卫生运动一起宣传，各村村委向村民进行了传达，村村都张贴了标语。这天，钩机开到芦阳村，村民堵住了通道，又把镇干部团团包围起来了。

程安赶到现场，双方仍在僵持。村民看到从小车上下来的人，知道他是来救人的。

有人认识他，程安跟熟悉的人打过招呼，走到钩机前，站到钩机履带上，大声说：“各位乡亲，我是书记，这里我说了算。你们有什么诉求我可以满足。你们不要为难他们。”

人群一阵骚动，有人鄙夷，有人嘘他。有人大声责问：“为什么要拆我们的屋？”有人说：“你拆了我的房子，我到哪里去放农具？”有人一边嚷嚷一边挥动手臂，“为什么只拆我们的不拆别人的？你要拆我们的，先把全镇的都拆了，再过来拆!”有人对着程安拍照、录像。

程安说：“请安静一下，我来解答大家的问题。首先，你们放农具的地方，我会给你们重新建好。我们正在设计农具房式样，两个礼拜之内把式样拿出来跟大家一起商量。

“为什么要先从这里拆？江门美丽廊道建设从路边算起，正好这个房子在界限以内，这个是全市统一拆的。从市区过滘流渡桥进赤坎，芦阳是第一站，所以从芦阳拆起。赤坎有具体的文件，回头可以让我们的干部拿畀你们看。今年底所有自然村都要拆完。你们在录我的视频，你们有视频为证，可以来找我，我说话算数。”

人群中有人窃窃低语，有人说：“保证砌好就行。”村支书趁机劝说：“大家散了吧，书记都这样说了。”

待人群散得差不多了，程安手一挥，钩机开到看护房前，几下就将房屋推倒了。

转眼之间国庆到了，乱建乱搭建筑已全部拆除，赤坎墟镇和乡村面貌大为改观。各单位楼前挂起了灯笼，插上了国旗，镇政府大门口摆放鲜花，拉起横幅，各家店铺和临街民居也都插上了国旗。

上午，首都举行了隆重的大型阅兵式和群众游行。镇委镇政府节前在教伦中学举行了升旗仪式，由学校和文化站组织的文艺表演将欢庆的气氛推向了高潮。

司徒誉和程安国庆值班，两人到古镇周边转了转，紧邻上、下埠的村落还保留着古村原貌，特别是海塘里、沙地新村、牛路头村，一派古朴风貌。纵横交错的巷子被打扫得干干净净，在一大片青砖青瓦里，五星红旗愈加醒目。

司徒誉对古村落的情感愈来愈浓，这些村落一经收拾，就散发出了一种古朴宁静的气息，有一种“结庐在人境”的诗意，农耕文明渗透了每一块砖每一片瓦。而旁边的钢筋混凝土洋楼反倒显得浅白粗犷，无根无据。他从古村棋盘式的建筑布局看到了一种人人平等、户户守望的大同理想，先辈们建村是带有并耕而食的思想和追求的。

程安在海塘里发现，只要有人一走进巷子，巷子深处都能听到脚步声。这种设计太奇妙了，窃贼进村，尽人皆知。高处碉楼的枪口就对着巷子。

两人交流感受，当即想到要做好古村落的文章，政府来主导，既与古镇项目相呼应，又形成自己的特色，留得住乡愁，建成相对独立的旅游点。这是乡村振兴的又一个亮色！

回到办公室饮茶聊天，司徒誉一边聊一边回复华侨的信息。阅兵式和群众游行华侨反响强烈。司徒誉谈起美国之行，司徒氏素庵、南坡、素直、濂川、坚翁五所祠堂的问题触动了程安。他想，赤坎古镇华侨文化是根本，而祠堂是华侨文化的魂，要打造具有国际影响力的华侨华人文化交流平台，首先得有华侨，祠堂可以发挥凝聚作用。

程安越想越觉得这是件绝好的事情，他决心帮司徒氏解决这一历史遗留问题，给司徒氏祠堂使用权，或是象征性收点钱，转让给司徒氏，把祠堂作为海内外司徒氏的重要文化交流平台。他跟司徒誉说，中荣公司把古镇当旅游项目开发，但政府的作用必须发挥好，因为这绝对不是一个简单的商业项目。

司徒誉又跟程安商量教伦中学三十周年校庆的事情，他特意提到，这虽然是一个中学的校庆，但华侨却来自世界各地。

当年很多小学生毕业无书可读，司徒氏宗亲会致书海内外族人，倡议建校。司徒氏在香港召开了筹备会议，大家认为以司徒氏名义建校，学校一定是要最好的，不是建一所普通初中，而是要建一所规模相当大而且是满足21世纪需要的高级中学。

海内外各公所和叔伯婶姆纷纷捐款，有认捐课室、大礼堂、宿舍和图书馆的。洛杉矶一位初中生捐出了三十多万港币奖学金，她把四次奖学金全捐了。香港建筑师司徒国鎏精心设计校舍，又亲自备料、监工。

五年后学校落成。庆典有各乡二十一支醒狮队、两班八音锣鼓和教伦中学少年乐队表演，场面非常热烈感人。画家司徒奇八十二岁高龄，专程从加拿大回来，创作了巨幅红棉画。

司徒氏除了捐建教伦中学，还捐建了联塘、南楼、教伦、永坚、新建、钟毓等十几所小学，村道、牌楼、水塔、厕所很多也是华侨捐建的。华侨生活并不富裕，有的打几份工，但为家乡捐款却争先恐后。

三十周年校庆，筹备委员会年初就向海外昆仲发出了邀请，各地公所都决定派人参加，来自美国、英国、新加坡、马来西亚等地的司徒昆仲有一百多人。

程安认为这是好事，他想见一见华侨。这是做司徒氏图书馆征收工作的好机会，他建议把华侨都请来镇政府交流。两人商量，座谈交流会安排在2日下午举行。司徒誉主持，程安出席，他重点介绍古镇项目和征收情况，特别是展示新的司徒氏图书馆设计方案。

七十四

11月1日上午，华侨从香港和广州纷纷前来赤坎，司徒誉的电话响个不停。程安也给司徒誉打了一个电话，要司徒誉马上来他的办公室，语气有些异样。

书记的门是打开的，司徒誉一进门，两人眼睛对视的时候，司徒誉感觉他仿佛从一个遥远的地方在看自己，习惯性的笑脸也不见了。镇纪委书记站在他身旁，看得出来他们刚才还在商量事情。他预感有不好的事情，口气有些疑惑地问："书记，有什么事？"声音明显低沉。

程安说："有人举报你，市纪委监委要找你谈话核实，纪委书记现在陪同你一起去市纪委监委。"

纪委书记说："去喝喝茶。"

司徒誉心中一震，一股热血直冲脑门，他惊讶、不解、愤怒，骂了句粗口，马上又强迫自己冷静。

平时所有的自律不都是为了面对今天这样的局面吗？他觉得没什么好担心的，去就去吧。很快他就控制了情绪，"什么时候去？"

纪委书记说："现在。"

他回办公室拿了公文包，想到会不会"留置"，又把办公室简单收拾了一下，认为这里也没有什么见不得人的东西，真要来搜查就来搜查吧。

抬头睇到《三个老华工》，搬家后他怕弄丢了或是弄脏了，特意把这幅画挂到了办公室。司徒誉给办公室主任打了一个电话，要他把《三个老华工》帮着收好。

来到市纪委监委，镇纪委书记跟纪委监委谈话人交接后，他们把他从铁门领进走廊，黑色的铁门轻轻锁上了。

谈话人要求司徒誉把公文包放进一个箱内，又要他把手机拿出来，给家里人打一个电话，告诉家人今天晚上不一定能回来。然后手机关机，一起放进箱里。

进入专门的谈话室，两个谈话人跟他面对面坐下来，亮明了自己的身份，说明纪委监委收到了匿名举报信，他们代表组织跟他谈话。

谈话人一个打开电脑准备记录，一个把《党章》摆到他的面前，"这是什么？"

"《党章》。"

"学习过吗？"

"学习过。"

"那好，你现在面对《党章》发誓，要对党忠诚，不说假话。如有不实之言，愿意接受组织的严厉处罚。"

司徒誉按照谈话人的提示说了一遍。

谈话人又说："谈话室有录音录像，你所说的话都将作为证据。你明白吗?"

"明白。"

记录人给他端上一杯茶，告诉他："谈话结束前，你不能出这个房间。"

司徒誉这才留意房子，窗户窗帘拉上了，只留了一点罅隙，外面榕树须从枝上垂下来。寻常的一棵树，这时感觉它特别美好，榕树代表了外面自由安宁的生活。

"边上有洗手间。"记录人又提醒。

司徒誉说要去一下。洗手间的门像角门只有中间一节，是双扇百叶窗门。他推开进去，门又弹回了原位。谈话人过来看一眼，他的头和脚对方都能看见。蹲厕是不锈钢的，光溜溜的，什么也没有。他想，这里找不到一样可以用来自杀的东西。

再次落座，谈话人问话，记录他的基本情况，年龄、职业、家属、电话、住址等。

"中秋节你在哪里吃的晚饭?"谈话人脸色严肃。

司徒誉想了想这天自己在干吗。

"一个多月前的事就忘了?"

他想起来下午去看了侨邑馆。"中荣公司请吃饭。"他答。

"你把吃饭的详细情况介绍一下。"

“那天中荣公司请我去看工地，讨论第二期安置房方案到很晚，食堂关门了，回去也没饭吃。大家肚子饿，就找了一家餐馆。”

“饮酒了吗?”

“饮了。”

“饮的什么酒?”

“白兰地。”

“中秋节镇里有没有传达重申节假日有关纪律要求的通知?”

“传达了。”

“通知里面有没有提到严防借过节之机搞吃喝送礼、公车私用、公款旅游、滥发钱物等违反中央八项规定精神的活动?”

“提到了。”

“你觉得吃饭有什么不妥的地方吗?”

“节假日期间不应该接受合作单位的吃请，违反了领导干部廉洁自律的有关规定。”

“侨邑馆建造成本严重超标，镇政府将高价回购。你在这种情况下接受项目负责人吃请，你知道这是什么问题吗?”

“项目建造成本增大不假，但每一项成本增加都有追加报告，用途也是清楚的，账目今后还要经过严格审计，如有违规或是贪污浪费，自有法律惩处。而且，我没有负责这项工程，我去工地只是尽一个地方干部的责任。我希望在赤坎建一个建筑精品。”

“既然没有负责这项工程，你为什么要插手?”

“不是插手，我是一镇之长，镇里所有事情我都有责任监督，这是我的职责所在。”

“是监督吗？他们有没有向你提出什么请求？你要如实回答。”

“他们是创造性的工作，所以会超越常规。有些事情不符合规定，需要与有关职能部门沟通，这个很正常。”

“违规就是违规，你有没有提出批评？你要帮他们蒙混过关吗？”

“他们是创新，所以会打破常规。我支持创新没有错。”

“你在制定征收政策的时候，定下高出市场数倍的征收价格，你的依据是什么？你的家族在古镇是不是有很多祖产？祖产与征收价格有什么关系？”

“征收政策当时找不到依据，我们又不得不制定。制定过程每一步党政班子会议讨论决策的情况都有记录，你们有兴趣可以调出来查看。我的家族房产我曾爷爷的全是置换，与价格高低无关。曾伯祖父的后人为筑庐居打起了官司，我出面调解过。财产继承者跟我的血缘关系很远，平时没有来往。曾叔祖父的望海楼财产继承人捐出了一半征收款。我问心无愧。”

“你在美国洛杉矶公务考察是不是带家属了？”

司徒誉有些惊讶，他感觉背后一双或是多双眼睛一直在盯着自己。“我的家属在洛杉矶，三年没有见过她们。虽然她们跟我一起去了丹麦小镇，但并没有影响我的考察，也没有用公务考察一分钱。”

“你们行程中有好莱坞和星光大道的考察，你去了吗？”

“没有。”

“那天上午你在干什么?”

“我去了迪士尼乐园。”

“还有谁跟你去了?”

“还有太太和小孩。”

“这是工作吗?”

“不是。”

“回国后有没有向组织报告?”

“没有。”

“你作为领队，是不是擅自离队去迪士尼乐园游玩，擅自改变考察地点?”

“我没有去好莱坞，但我是在同一座城市，不能说是偏离考察路线，所以回来没有报告。”

“是不是可以说带小孩玩迪士尼乐园也是考察需要？不要狡辩。你让我看不起，你的人品有问题。”谈话人口气突然严厉起来。

司徒誉很难过，这样的话对他是污辱，“我是实事求是!”

“你要见家属可以休假去美国探亲。”

“我没有时间休假。”

“都说自己没有时间休假。国家要求干部休假，要求领导干部带头休假。休不休假那是你自己的事。没有时间休假也不是公私不分的理由。”

“2017年9月6日，你在干什么?”

“真的记不得啦。”

“有没有去爬百足山?”

“去了，真不记得是哪一天。”

“跟谁去的?”

“跟一中的老师。”

“是男是女?”

“是女的。”

“是不是上班时间去爬山?”

“是的。”

“是不是上班时间跟一中一个女教师游山玩水?”

司徒誉明白这是往男女不正当关系上套，他脸涨得通红。

谈话人直接问:“有没有肢体接触?”

“有。”

“什么部位，怎么接触的?”

“手，爬山的时候拉过她的手。”

“有没有更进一步的接触?”

“没有。”

“有没有刺激的语言?”

“有。”

“怎么说的?”

"发现文山祖墓了!"

谈话人感觉被戏谑，严肃质问:"有没有不正当的男女关系?为什么上班时间相约去荒山野岭?"

司徒誉气得一拳擂在桌上。谈话人立即呵斥:"你有没有规矩，这是你撒野的地方吗?"

司徒誉说:"抱歉。"

"说，你们去百足山干什么?"

"我们去考察文天祥墓。她是历史老师。"

"百足山有文天祥墓?考察文天祥墓是你职责范围的事吗?"

"当然是!赤坎做旅游开发，需要的就是名人。我去考察非常正当，而且山上确实有墓地，我手机里有当天拍的大量照片，上面也有日期显示。你们可以打开我的手机查看。那天上山也不只是我们两个人，还有村支书和守山的梁伯。我们一起上山一起下山，一刻也没有脱离过他们的视线。这个你们也可以去底岗里调查。"

谈话人看他越说越激动，也不客气地说:"你就那么高尚?给自己加班发奖金又是怎么一回事呀?!"

征收按工作进度进行奖励也拿来说事了，司徒誉右手掌击了一下额头，只觉得眼前一片昏暗。征收工作繁重，为了激励大家工作的积极性，管委会提出按工作进度进行奖励，但奖励又违背了公务员工薪制度，于是向市里汇报请示，开平市又请示江门，最后作为特例，网开一面……

谈话一直谈到天黑，司徒誉谈得精疲力竭。谈话人把记录打印出来，要他签名按指印。镇纪委书记等在楼外，谈话人跟他交接后，司徒誉上了他的车。

路上，司徒誉一言不发，如同一根僵木。

熟悉的街道、村落和田野，一片黯淡，它们恍惚、模糊。

城市的灯光不再是夜景，它们被茫茫夜色包裹，与黑暗抗争着，亮得惨白，在努力地照亮道路。

村落是朦胧的意念，北风阵阵，不冷自寒。

他心里有什么东西被击碎、崩塌，纷乱的思绪，被玷污的屈辱，倔强的情感，无望而又颓丧……

是谁告的状？他想到自己从“裸官”名单拿掉的一幕。

半个月前，伍晓蕾给他打来了电话，为了成全他的心愿，她决定放弃移民。

她和秀秀办理绿卡进入了最后一道流程，向移民局递交调整为绿卡的申请。十几道申请流程走完了，第四笔律师费也支付了，伍晓蕾却犹豫了，她担心她们两仔乸拿到绿卡，司徒誉还是不肯来美国，他们家的倔脾气有遗传。她灵机一动，决定试试他，就说已经办好了绿卡。

想不到司徒誉真的这么决绝！宁可被当作“裸官”处理也不来美国。他说她强势，从来不肯妥协，他其实更加固执。到了这一步，要不想丈夫受委屈，影响他的事业和前程，她要么离婚，要么放弃移民，她不得不做出选择了。

伍晓蕾挣扎了一段时间，还是想要保全这个家，最终她做出了让步。她说：“Emily成年后，如果想移民，可以自己努力。”

司徒誉有些感动，劝她再认真考虑一下，她在美国很成功，真的要放弃吗？

他有些不安，心里从来没这么内疚过，是不是自己做得过分了？这样做值得吗？

伍晓蕾说，她已经认真考虑过了。

第二天，司徒誉就向组织报告了，太太没有取得绿卡，只是一场误会。为此，他还做了一番检讨。

时间这么巧。告状的人知道他不会作“裸官”处理了，提拔又遥遥无期，他挡了人家升迁的路。

回到家，他发现家里来了客人，司徒天宇坐在堂屋里等他。电话联系不上，司徒天宇担心出什么事，就直接到他家里来等。两人一见面，司徒天宇说：“你太太给你带来了一件礼物。”他小心翼翼地把一个小木箱递到司徒誉的手上，“她一再叮嘱不要打碎了。”

司徒誉打开箱盖，里面塞满了纸巾，有个丝巾包裹的东西，揭开来是一只佛山石湾公仔陶瓷醒狮。这是伍晓蕾去佛山实习时买的，她带去了美国，她送给他的是一只母狮。看到母狮那双熟悉的眼睛，司徒誉手抖了一下，心里一酸，眼泪差点掉出来了。这可是她最珍爱的物件。

一对醒狮分开了。母狮漂洋过海来到了他的身边。

伍晓蕾还送了他一双斯凯奇运动鞋。司徒誉穿上新鞋就跟司徒天宇去市里消夜。两个男人饮得天昏地暗。

校庆大会就要举行了，司徒誉代表赤坎镇政府出席大会，他欲推托，不想抛头露面。程安劝他，“你这个时候更要露脸！你要表现得像什么事情也没有，该干什么就干什么。不能让别人妄加猜测，更不能让害人者窥探到你的心态。”

司徒誉步入校园，教伦中学偌大的操场停满了车，校园里人山人海，到处彩旗飘扬。校庆日校园开放，科技节、美术展、摄影展、书法展、第二课堂活动、特色成果展示同时举行。潭江边搭起了敞棚，架起了柴火灶和大铁镬，学校自己烹制家乡土菜。晚上还要举办文艺晚会。

教学大楼前，水泥坪上摆满一排排条椅，两千多名师生坐得满满的。团委书记在台上指挥学生拉歌，她的手势潇洒有力，歌声一浪高过一浪，学生们个个脸色红润，青春的朝气如烂漫山花，似歌声铺天盖地。

司徒誉和董事宗亲坐在主席台上，看着学生们的笑脸，挥舞的手臂，一阵阵的欢呼声，他只觉得自己的青春离开得那么遥远，早已无影无踪。

主席台搭在榕树下，面对“凹”字形教学楼。一条条从楼顶披挂下来的红色、绿色和黄色的条幅，如同彩带把整栋楼挂满了，写的全是“热烈祝贺教伦中学建校三十周年”，落款有美国旧金山、洛杉矶、波士顿、芝加哥、纽约，加拿大多伦多、温哥华、卡尔加里，泰国曼谷，英国利物浦，澳大利亚，马来西亚，新加坡和中国香港、澳门等堂所侨社。会场摆满花篮，花篮同样是各地堂所侨社赠送。

司徒誉一眼扫过去，满眼文字看不进脑子。他脑海里浮现了司徒启荣，恁个脸庞瘦小却总是面带温和微笑的人，他现在处境怎样？在香港入关时他接到电话，他的太太突然过世了。太太病重，但她想满足丈夫回家乡看看的愿望，坚持让他回国。司徒启荣入关又出关，立即往回赶，现在正在奔丧的路上，他的心境该多么凄凉。

主持人介绍司徒誉的时候他没有反应过来，副市长捅了捅他的手，他才站起来。想着还没有跟副市长打招呼，他向她点头问好。从她的笑容里，司徒誉明白她知道自己被纪委监委谈话的事了。全镇干部也都知道了。

昨天上午，跟以往一样，找他的人一直没有断过。从众人的眼神和跟他说话的语气，他感觉得到他们的心，有为他打抱不平的，有装作什么事情也没有发生的，有幸灾乐祸的……各种微妙的表情，各种没有说出来的话，特别是势利的人，他心里明镜似的把他们一一映照出来。他这么敏感，又在乎别人，事情一时被他无限放大。

背后不知多少人正在议论。阿爷的话在他耳边响起，好像阿爷早就知道了他今天的处境，知道他爱惜羽毛，遇事难以放下，“只要你放下，谁也伤害不了你”。他提醒自己要冷静，一律无视。无论什么场合，决不提起这件事情。

有人劝他找找人，托托关系。司徒誉没有打算找谁，他想好了，什么结果他都接受。阿爷曾说，人活一世，你看不到自己，也看不清别人。他现在看清了很多人和事，但真的能看清楚吗？阿爷所说的“看不到你自己”是指命运吗？

他反思，自己做事的确有欠周全，还是毛毛糙糙，对己不能严格要求，特别是缺少从对立面来检点自己的行为。时代已经变了，按习惯做事，迟早要出大事。治党之严，反腐之广，很多认识的干部先后出事，有的在高速路口被纪委带走，有的跳楼了。今后做任何事情都必须慎之又慎。

一位校董会副主席发言，谆谆告诫学生：“当你们慢慢走入世界，一定要记住自己来自哪里。不管你将来做什么工作，请一定要做一个真诚善良的人。希望教伦中学循名责实，以人伦教育为根本，本立则枝生，枝生则花叶发荣。我们不要求每个学生都立大功，成大事，但是，我们要求我们的学生每个都是好人！”

他的话司徒誉听进去了，他频频点头。

七十五

这是个暖冬，太阳天天高照，人们意识不到时令已到了冬季。过小年时，司徒誉猛然意识到，庚子年（2020）春节已经到了！

自从阿爷过世后，司徒誉感觉父母老得特别快，两位老人头发全白了。失去了爷爷，他们就是离死亡最近的人。父母也有了直接面对死亡的心理。

春节他想陪陪父母，八十高龄了，他们该好好休息了。他计划过年自己来张罗。他下班早了，开始采购过年物资。

古镇施工队数千个工人都来自外省，他们已陆续返乡。庞大的队伍带来很大的安全压力，他们离开了赤坎墟，司徒誉也松了一口气，有了过年的心情。

大寒这天晚上，伍晓蕾打来电话，她还在争取司徒誉来洛杉矶过年。司徒誉要她回来过春节，两个人工作都忙谁也脱不开身。

客厅里，两位老人正在看电视，阿爹突然叫他看新闻。武汉出现了疫情，中央台节目主持人正在跟专家连线。

主持人问是不是人传人，专家说，新型冠状病毒肺炎是肯定的人传人。他举例广东一家两个病例，一个没去过武汉也感染上了。病毒感染才刚刚开始，正在爬坡……

司徒誉一眼认出了钟南山，他在非典时期出名，现在老了很多。

想起今天召开了全市冬春季传染病防控工作会议，他马上打电话问参会的人。对方说，副市长部署了新型冠状病毒疫情防控工作，下午还带队到开平市中心医院、市场去督导了。

司徒誉心里掠过一丝阴影，想想武汉离得远，应该没什么大碍。直到第三天，他才意识到问题严重了。上午，于耀轩书记主持召开了新型冠状病毒肺炎防控专题工作会议，他要求将疫情防控作为当前最重要的一项政治任务来抓，要以“战时”状态压实工作责任，打赢遏制疫情这场“硬仗”。下午，市长又到定点收治医院市中心医院实地察看发热门诊。

除夕前一天，武汉发布了离汉通道暂时关闭的消息，司徒誉非常震惊。武汉封城后，湖北的黄冈、鄂州、仙桃、潜江、荆门也封城了。广东、浙江、湖南同一天启动全省重大突发公共卫生事件一级响应。

这天湖北新冠肺炎确诊病例超过四百例，广东也有三十多例。司徒誉赶紧把春节餐馆订餐全部取消，又急忙去采购了一车食物，做好了春节闭门不出的准备。

除夕夜，广东、上海和解放军医疗队紧急赶往武汉。

除夕当天，开平市文广旅体局下发紧急通知，暂停旅游、演出和娱乐场所服务。随后，所有餐饮服务行业停止营业。

大年初二晚上，司徒誉主持召开全镇紧急会议，他要求各村立即安排人站岗。第二天一早，村村封路，家家户户大门紧闭。大家不再相聚，不再串门拜年。

街道上突然就静悄悄的，街灯、交通信号灯依然亮着，却人影难觅。

司徒誉跟伍晓蕾和秀秀微信“煲粥”，把他看到的各种抗疫照片、视频和信息转发给她们，“居民朋友们，只要还有一粒米，不要在市场里挤；只要还有一滴油，不要在街上游；只要还有一根葱，莫往市场里面冲；只要还有一口气，待在家里守阵地”。秀秀看了笑中国人怕死。

伍晓蕾越看心情越沉重，各种照片在网上转发，那些买不到口罩又不得不出门的人，有用半个橙子皮捂住嘴巴、鼻子的，有用塑料从头到脚把自己包裹起来的，头顶用一块硬板撑开，像个侠客，有把头套进罐装水瓶的，有用毛巾把头裹起来只留一双眼睛的……

她立即出门买口罩，发现核桃市华人都在买口罩寄往国内，她只抢到了一包。她打司徒天宇的电话，一直占线。司徒天宇正在联系洛杉矶领事馆，凤伦公所捐了一批口罩、防护服，要捐给武汉的医院，他找领事落实捐赠单位。

司徒天宇告诉了她几家医用物资商店的名字和地址。伍晓蕾赶到了中心城区，第一家店口罩卖光了，第二家店有几个华人正在购买3M标准医用口罩，他们侨团为武汉一家医院捐赠。3M标准医用口罩有很多种，1860和9132缺货，美国标准版的8210外销控制很严，他们说服了店员。伍晓蕾当即买了两箱N95口罩捐给他们侨团。又买了两大箱，拆了外包装，紧急寄往开平。

她非常紧张，想司徒誉来美国，但美国第一个发布了针对中国的禁飞令，航班取消，把对中国的旅游警示上调到了最高级别，呼吁美国人不要前往中国旅行。过去十四天内曾到访中国的外国人也被禁止入境。

开平有两个从武汉开车回来的厨师，引得全市紧张，金鸡镇如临大敌，要求他们封闭在家，不得外出。其中一位发烧，镇里紧急把他送到赤坎第二人民医院检测，结果显示为阳性，随即送江门复检，证实为误诊，虚惊一场。

一辆从武汉开来的房车，停到了塘口房车露营地，升平村支书赶紧去给他们测体温、送食品，叮嘱他们不要去别的地方了。

司徒誉组织抗疫，村镇干部都行动起来了。他们走街串巷，举着红旗，敲着锣，用扩音器喊话，用广播发布各种通知，四处悬挂横幅标语。他带了一把额温枪，每天给自己和家里人测几次体温。

司徒誉每天开着车在墟镇转，他最不希望看到的就是人，特别是聚集的人群。居民非常自觉，只有几家杂货店开了门，但没有顾客。街上行人罕有。赤坎墟有一个红绿灯，只有他的车停下又开走。

行驶的公交车，车上没有一个人，司机仍一个站一个站停车。他有一种怪异的魔幻的感觉，忍不住放起音乐，把音量调到最大，想找回一点现实感。

这天，想起了阿爷，小时候过春节的情景浮现在眼前，司徒誉把车开进了古镇。

大门只有一人看守，这里成了名副其实的空城。春节前热火朝天的施工场面像电视频道一样被切换掉了。

司徒誉来到了文璟庐，大门连同外墙都被推倒了，客厅对外完全敞开，只剩下三面墙了，里面的东西被清除得干干净净，跟建筑工地一样，只不过墙是旧的。

记忆失去了对应物，再无参照。记忆附着物没有了，许多记忆将永远消失，再难忆起。他这才意识到自己的生活原来是被往事与记忆包裹的，没有这种包裹，他就被连根拔起，从此漂浮。

走进天井，竟然还有爬山虎，绿叶在风中微微晃动。他轻轻地摸了摸叶尖，脑海里浮现了和阿爷最后一次谈话的情景。阿爷要是看到文璟庐现在的样子，也会气死的。他走了，是自己把他逼走的。他自责，喊了一声"阿爷"，他相信他的灵魂还在。鼻子一酸，他的泪水涌了出来。

这里不再是记忆里的家。空空荡荡，一切皆无。他想到武汉街头一位清洁工哭泣的镜头，她接受记者采访时说，大街小巷看不到人，她好难过。她怀念以前的人挤人，宁愿垃圾多一些，自己辛苦一点。他体会到了她的心情，守着一座空城的人是最难受的。

仿佛四处都有目光在注视着他，明明是一座空城，司徒誉却感受到一种巨大的压力，耳朵里出现了窸窸窣窣的声音。他不敢多待，离开的时候有一种逃离的感觉。

车往回开，脚手架旁边竟然站着一个人。他花白的长头发和胡须都披散到了肩上，灰不喇唧的衣服油垢闪亮，皮鞋上也全是尘土。他的小眼睛盯着车，发出幽幽的光。司徒誉被吓了一跳，以为自己出现了幻觉。车开过去后突然想到吴寄，这个人难道是他？

他生出了一股恻隐之心。什么人啊，大过年的，一个人守着一座空城。

这两年，吴寄一步都不敢离开他的房屋。切割机、搅拌机、电钻、电锤、电焊、吊车、挖掘机、泥头车……每个声音从四面八方都来寻找他的耳朵，跟他作对，使他得不到一刻的安宁。突然人去城空，寂静如冰，冻住了一切。他一个人守着一座古镇，时光漫长而又寂寥，太阳日复一日东升西落，他琢磨起自己奇谲的命运。

大年初一，他打开纪录片《三个人的城》进行剪辑，七年前的镜头呈现，他突然醒悟——这个纪录片就是自己命运的预言。他的处境不就是《一个人的城》吗？如果有人来拍他，远比《三个人的城》丰富得多。吴堡古城的三个老人比他生活得幸福，除了那个被人莫名打死的老头。他从一座古城的拍摄者变成了另一座古城的主角。这是一种什么命运？

声音已经从这个世界消失了。突然响起一阵引擎声，他好奇地走出来看看，又是过年又是疫情谁还会来古镇？

车开过去后又停了下来，来人走过来跟他打招呼，他认出来了，他是镇长。

两人本能地戴上了口罩，彼此招招手。一个人站在空荡的街上，一个人站在脚手架下，司徒誉不知道说什么好。吴寄跟政府打官司打了几年，施工的时候又多次投诉施工队破坏文物，导致停工一个月，人人都怕跟他打交道。但站在吴寄的立场，他维护自身的权益也没有错，一个外地人生活在这样的环境很不容易。想不到他落魄到了这步田地。一个人要有多坚强才能坚持下来!

司徒誉问:“你还好吧?”

吴寄有些尴尬,习惯性挤出一丝笑,“还能怎样。”

“春节怎么过的?”

“还不一样。”

司徒誉不知接着说什么好,言不由衷地说了一句:“有困难跟政府说一声。”

吴寄说:“没什么困难。”

两人对话就进行不下去了。司徒誉说:“我再去别的地方看看。”

吴寄说声“好”,掉头就回去了。

司徒誉想,吴寄身处一个困局,他的困局是有形的;自己也陷入了一个困局,却是无形的。人的命运真的难以预测。想到曾爷爷,他觉得他俩命运相似,都是与故乡赤坎墟的命运搅在一起,做事情时遭到诽谤,被人构陷。人的命运是轮回的,还是这本就是人生的常态?

古镇也有自己的命运,似乎更加莫测高深。所有人都离它而去了,建造它的人、居住的人和改造它的人,它能再次复活吗?他最焦虑的是古镇项目开张的时候,没有游客怎么办?

司徒誉感叹过洋刀仔和司徒俊材的命运,他们的前半生与后半生截然不同,仿佛两种人生。他们的命运有着强烈的时代性和戏剧性。其实,哪个人哪件事不跟自己时代的命运息息相关呢?一代人有一代人的命运。

是不是自己也会离赤坎而去？他希望能迎来古镇开张的那一天，做事情必须有始有终。

对一些人他觉得愧疚。关忆中对赤坎执着投入，不计后果。当初答应他的一些土地和税收优惠条件兑现不了，国家政策变了谁都没有办法。作为基金投资项目，投资周期临近了，他必须向股东交代。疫情突发，关忆中压力巨大，他的头发几天时间就白了 。

赫曦庐倒塌后，于耀轩要求管委会全面介入并把控项目，副镇长黄茂忠驻点办公，司徒誉定期巡查。项目每一步都走得非常艰难，时间渐渐被拖延下来了，中荣公司压力越来越大。鉴于基金的性质，司徒誉向于书记提出了政府入股的建议，甚至要做好全面接手的准备，以保证项目平稳推进。

对秀姑司徒誉也觉得有愧。她在签约时哭了，拿了钱之后，她就与赤坎没有关系了，她很伤心。征收对一些人是有伤害的，但政策又不允许特殊，只能一把尺子量到底。他们为整体的利益做出了牺牲。

又想到伍晓蕾，他也觉得愧疚，她为自己付出的代价太高了。

所有这一切，唯有古镇项目成功了才有价值，要是失败，他就是一个罪人。他突然感到自己责任重大，不管自己将被如何处理，他都必须竭尽全力去把事情做好。

他不自觉地把车开到了江南，辽阔的田野总是让人舒心的。他停好车，想沿着江岸走一走。

冬春交替，无论田地还是洲渚，依然满眼绿色，草地却有些枯槁。河滩上一丛丛孤立的簕竹，堤上一长排茂密的蒲葵，低处翠绿成茵，高处墨绿如墙。夕阳下一群鸟儿从洲上树林飞向深荫岛。鸟儿似乎比从前更多了。

天气阴冷，江风阵阵。堤上没有车，地里没有人，堤下的村静悄悄，也像没人居住。

浩荡的潭江从阳东牛围岭一路流来，流过恩平来到了赤坎，又从新会崖山与汤瓶山对峙的崖门古战场汇入黄茅海。古时它被叫作允水、牢水、封水。潭江并不汇入珠江，它在珠三角独自流淌，独自入海，只与大海交融——江水入海——海水乘潮汐入江，一吐一纳，如日月交替。

江上疍家人还在打鱼。艇在江上穿梭，完全置身疫情之外。疍家人一直与人群隔离，他们在江河之上独自漂浮。这种生存方式疫情时显示了优势。其实，做个打鱼人也挺好的，只跟江河打交道，没有人与人的伤害。

走上堤岸高悬的路段，左前方就是深荫岛。隔着一条小河，沙湾村的房屋沿岸边一字排开。司徒誉注意到浮桥断开了。沙湾村也担心疫情，把浮桥拆了。

夕阳在水波上闪烁，在渔村的粉墙上镀了一层金。夕照本就寂寞，波动的斑斓里全是寂寞的辉煌。司徒誉看着它由刺眼到暗淡，江面蓝幽幽的光影比他的影子还要浓稠。

走到浮桥边，他想联系徐芷欣，不知道她在不在渔村。《千里送京娘》看过很多遍了，他体会了什么叫上瘾。京娘的心思、暗示、不甘、决绝，从一字一句的唱腔中得到了淋漓尽致的表现和抒发，他把她跟谢泉月混同了。做梦时，京娘又跟徐芷欣混淆。

赵匡胤以天下为己任，看重清名，辜负了女人。对比自己，虽然古今不同，但也不是完全不能相比。这个世界上总有辜负。

听到道白“佳缘薄命”“死当衔环结草”，他就透不过气来。他不希望悲剧在他和徐芷欣身上发生，她不能再受伤害。

《碉楼深处是我家》首发式后，他们就没有联系过了。那天徐芷欣发言只讲了两句感谢的话就下来了。首发式后全体采编人员来瞻园聚餐，她一直沉默不语。吃饭时，她一杯接一杯来敬酒，把自己灌醉了。司徒誉背她上车时，她号啕大哭。那天，她听到有人说司徒誉是“裸官”。

一阵强烈的情绪袭来，司徒誉拿出手机，犹豫片刻，又放回了口袋。这时程安的电话打来了，问他在哪里。知道他一个人在江边，程安顿了顿，语气低缓地说：“你放心，你的事没问题啦。”

沿堤东行，对岸滘堤洲如天地间的一道墨线。司徒氏图书馆大钟这时敲响了。深荫岛惊起的鸟群向着滘堤洲飞去，黑影划过天空。它们是候鸟还是留鸟？如果是留鸟，对钟声不应如此惊慌。

钟声在潭江两岸震荡，他把它想象成怒放的鲜花，天空于是出现了花海，云彩被赋予了声音。一瞬间，司徒誉明白大钟并不为古镇人而敲，它本无羁绊，无所用心，只依从自然的法则。

太阳西沉，古老的骑楼呈现一条剪影。一道夕光从江面斜卧而来，光影延伸到了江堤之下。潭江像在回味着落日余晖，暮色中久久亮着，丝绸一样抖动、滑过，悄无声息。

心里想着徐芷欣，司徒誉的脑海跳出了几句诗：有一种获得因为放弃，有一种幸福因为悲伤。当世界归于沉寂，执着的灵魂谁可安抚？

2021年3月2日至8月27日，初稿

2021年10月5日至11月25日，二稿

2022年8月11日，定稿江门

参考书目

1. 关宇．金山掌故[M].香港：大家出版社有限公司，1987.

2. 梅伟强，关泽锋．广东台山华侨史[M].北京：中国华侨出版社，2010.

3. 沈卫红．金钉：寻找中国人的美国记忆[M].广州：广东人民出版社，2017.

4. 蒋祖缘，方志钦．简明广东史[M].广州：广东人民出版社，1993.

5. 亨利·简斯顿．四邑淘金工在澳州[M].杨于军，译．北京：中国华侨出版社，2010.

6. 桑迪·莱登．中国金：在蒙特里湾区的中国人[M].尚玉明，译．广州：花城出版社，2013.

7. 张健人，黄继烨．名镇赤坎[M].广州：广东人民出版社，2010.

8. 家族刊物：《教伦月报》《光裕月报》.

图书在版编目 (CIP) 数据

金墟 / 熊育群著. — 北京 : 北京十月文艺出版社 ;
深圳: 深圳出版社, 2022. 12
ISBN 978-7-5302-2277-5

Ⅰ. ①金… Ⅱ. ①熊… Ⅲ. ①长篇小说—中国—当代
Ⅳ. ① I247.5

中国版本图书馆 CIP 数据核字 (2022) 第 223726 号

金墟
JIN XU
熊育群 著

出　版　北京十月文艺出版社
　　　　深 圳 出 版 社
地　址　北京北三环中路 6 号
邮　编　100120
网　址　www.bph.com.cn
发　行　新经典发行有限公司
　　　　电话 010-68423599
经　销　新华书店
印　刷　北京盛通印刷股份有限公司
版　次　2022 年 12 月第 1 版
印　次　2023 年 6 月第 2 次印刷
开　本　850 毫米 ×1168 毫米 1/32
印　张　18.5
字　数　380 千字
书　号　ISBN 978-7-5302-2277-5
定　价　72.00 元
如有印装质量问题，由本社负责调换
质量监督电话　010-58572393